长篇小说

锦鸡岭
JIN JI LING

王洪德　著

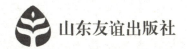山东友谊出版社

序

穆　陶

　　这是一部描写农村题材的小说。新中国成立以来，文学界写农村题材的作家与作品，不乏名家名作，在文艺领域，堪称重镇。赵树理、柳青、梁斌、浩然等，都是描写农村生活的大家，《三里湾》《创业史》《红旗谱》《金光大道》等，曾经家喻户晓，脍炙人口。这些作品，之所以能够得到广大读者的喜爱，除了文字艺术的因素以外，与它们以现实主义的文学思想，书写了一个真实的时代，艺术地反映了我国农村发展变化的社会面貌也不无关系。这些作品所描写的人物与事件，为我们展现了一个特殊年代的历史景观，而这个景观是激动人心的，是令人思考的，因此有着历史的价值。中国是一个农业大国，农民的利益，农民的命运，关系着国家的利益，国家的命运。因此书写农民的文学作品，始终是值得特别关注的。

　　然而近些年来，写农民题材的文学作品少了，写农业合作化时期的历史题材的文学作品更少了。其原因是复杂的，据我思考，一是现在作为创作骨干的青年作家，对于历史了解不够，感悟不深；二是对于那个历史时期的认识，存在分歧，作家无所适从，甚至视为禁区，所以就少有人来写了。而令人疑虑的是，那样的一个发生在农民身上的前无古人的历史景观，不再见诸作家笔下，而帝王将相官廷秘闻商战谋财之类却不绝于楮墨与荧屏。当我读到王洪德同志创作的长篇小说《锦鸡岭》的时候，便立即回忆起了四十多年前读赵树理的《三里湾》时的情景，感觉如此熟悉，如此亲切。

　　《锦鸡岭》从20世纪50年代的农村合作化写起，描写了在那个特殊年代里，中国农村的风土人情及广大农民追求幸福生活的美好愿望。作者在后记中说："之所以选材于农村 20 世纪 50 年代末和 70 年代末的两个特殊时段，是因为通观近代农村题材的小说，很少见有关'高级合作社'时期和改革开放刚刚开始的'家庭联产承包责任制'时期单独著传的作品，故想以自己的绵薄之力填补该期间空白的一二。其目的是：让广大读者回顾、重温那段历史，尤其是让青年读者通过小说的真实描述和写照，触摸、了解当时的现实状况。"作者所描写的这段历史，人们并不陌生。只是在新的历史时期，人们关注得少了，淡漠得多了，甚至由淡漠而质疑者亦不乏人在。但是，我认为这部作品在语言艺术和思想境界方面都是值得肯定的，能够进入民众的视野，好让人们欣赏品评。

文学作品固然与政治分不开，但它对人性的描写，对心灵的发掘，为生活道路的探索与奋斗，却是其他艺术形式所难以代替的。至于 20 世纪 50 年代所发生的那场轰轰烈烈、铭刻于历史的农村合作化的大变革，其是其非，可颂可贬，自有历史评判。这部小说，能在改革开放三十年后姗姗出现，步赵树理《三里湾》之后尘而赓续其流韵，在新时期百花齐放的园地上，以为社会评阅之资，不是一件好事吗？

我喜欢这部作品，更喜欢作者思想上的追求与艺术上的探索精神，故愿为之序，以志所感。

2017 年 10 月

目　录

上　部

下 部

上　部

第一回
失重心老挣空中翻
逞英雄行头翻跟头

公元 1957 年中秋节过后的一天下午，整个锦鸡岭村鸡不叫狗不咬，洋溢着一片祥和宁静的气氛，突然，一阵歇斯底里的喊叫声打破了这宁静——

"合作社的社员们注意了！锦鸡岭的老少爷们听好啦！接到乡里的通知，上级的韩刘二位领导要来咱村检查工作，至于什么时候来，大概不是在今天傍黑天，就是在明天一早，暂时还说不准！反正我们一定要做好迎接的准备！大家听到广播后，不管是坡里的活，还是家里的活，能搁的就搁，能拖的就拖，抓紧收工，到社委大院集合！……"一男高音通过喊话筒从校院里传出来，传向丰收的原野，繁忙的原野。中秋节后已过旬日，田野里大秋作物已基本收割完毕，只剩下晚熟的庄稼，人们正忙着切晒地瓜干和储存地瓜种。

这锦鸡岭村三面环岭，是一座普普通通的江北丘陵村庄。若说特殊的话，那就是石砬子多、荒坡多，再就是柏树多，多得数也数不清。不光是村头园边、旮旮旯旯有，而且还有成片成片的林地，什么东林地、东北林地呀，什么西林地、西南林地和南林地呀……尤其是北岭顶上占地足有十多亩的坟地里全都是粗大的柏树，没有一棵杂树，老远就能看到，成为该村的标志。全村不过五十来户人家，都蜗居在北岭和西岭形成的夹角中。登上北岭顶，放眼望去，岭下向北三五里地便是一马平川的平原地带；村前净是沟沟壑壑；向西、向南数里之外就是层峦叠嶂的山区；向东一道高埠岭距村不足三百米。受地理环境所限，除村东可耕种的洼地外，其他的土地大都集中在北岭和西岭上。

全村顺坡建房，北高南低，"工"字形街道把全村连成一体。"工"字腰间，一座不大的小石桥又把村隔成两截，桥北称上崖，自然而然桥南就称下崖了。街道两旁杂树上几只寒蝉嘶哑着嗓子"嘶啦嘶啦"地号叫着，似乎在悲鸣死期的来临。

坐北朝南的合作社办公大院，其实也是学校大院，就在上崖那条不太规则的东西大街以北居中的位置。这座大院，院大房高，在全村算是鹤立鸡群，院落的布局让人一看就知道它原是富裕之户的宅院。院内正房六间，西头四间做了小学校堂：三间为教室，一间为教师的办公室。东头两间为社管委办公室。门前，靠东墙有两个大大的圆形尖顶粮囤，院子最东南角的男女间隔开的简易厕所是由猪圈改建的。两间西厢房改成了敞口碾棚，被一堵辘轳把形的土打墙隔在了院外。冲着"工"字顶梁的院门拆除了门楼，成了敞口门。院南墙外面被涂成了白色，上书醒目的红色大字：加强思想教育，巩固农业合作社。

这喊话的不是别人，正是三十多岁的合作社社长兼村支部书记曹义年。他身材魁梧，紫脸膛，络腮胡，是行伍出身，曾参加过解放战争和抗美援朝，1954 年复员回家，然而。时至今日，部队的那套传统作风在他的脑海中仍根深蒂固，从而表现在行动上：衣着，至今仍穿着一身已经褪色、打着好几处补丁的黄军衣，但却洗得干干净净，穿得板板正正；为人处世，说一不二，秉公办事，不徇私情。自然而然，给人的印象就是脾气暴躁，不讲情面，六亲不认。每当他发起脾气来，两鬓的血管便似蠕动的青灰色蚯蚓，故此，人们给他送了个外号：挣断筋。不过他这个外号却没有人敢当着他的面叫，只在背地里简称他为"老挣"。

前天，他岳父因病去世，妻子闻讯后当即就回了娘家。今天是岳父过世的第三日。在农村白公事大于喜公事，无论有多忙，先得办白公事。尤其是女婿，人称半个儿，谓之贵客，是非到场不可的，且必须早赴公事场，戴半孝进灵位棚和灵堂向故去的岳父或岳母行"三拜九揖"大礼，坐宴首席。喜公事则不然，可以打发儿女代为付钱看喜，或者妻子直接带钱去即可。因与岳父家相距十几里地，曹义年一早起来先安排好了今天社里的事务，又匆匆吃了点早饭，就直接奔向丈人家赴白公事。午饭后，他随送殡的队伍到了村外，"路祭"后没有去岳父家告别，便径直往家赶来。在锦鸡岭村头上，他遇见了正推运地瓜种的高恩良。高恩良对他说，今天中午乡里的通讯员来下口头通知，见社委办公室无人，就请高恩良捎话给村干部，说韩、刘就要来了，不是今晚就是明天，要村里做好准备，到底是来做什么，高恩良没有问。

"老咔呀老咔，说你糊涂一点不假，连个话也捎不明白！当时你咋就不会问问？"曹义年听了严厉地训斥了高恩良几句，连家也没回，就急急忙忙地奔向社委办公室。其实这事由不得他不着急——几年来，自互助组、初级合作社到高级合作社，在他的带领下，锦鸡岭村样样工作都跑在全乡乃至全管理区的前列，成了全区的先进典型单位，在全县亦小有名气，况且又是本村聘来教学的孙月英老师的爸爸孙区长的蹲点村。如此一来，依曹义年的脾气性格，想让他不着急那是完全不可能的！曹义年虽然不识字，但对上级的指示是不折不扣地执行的。

在他看来：所谓的韩、刘，无非是县里专管农业的韩副县长和区委的刘书记，至于检查何项工作他虽然不清楚，但是说什么也不能因为没做好准备工作而砸了锅，拖了全区、全乡的后腿，更不能让孙区长难堪！于是乎，他一口气跑进社委大院里，打开办公室的门，摸起绿色镔铁扩音喊话筒，未来得及锁门，就来到校院里对着喊话筒扯开嗓门大喊："……你们听到广播后，坡里的活和家里的活，能紧紧手的就紧紧手，能搁搁的就搁搁，抓紧收工到社委会大院集合啦！"他喊着喊着，不由得出了院门，跨过东西大街，登上了紧傍南北大街东侧的土台子上喊。

这座土台子长约十米、宽六七米，本来就高出地面半米多，再加上在台子的东西南三面挖了二三十公分深的沟子，让人一看就知道是专门用来演戏和说书的。土台子的南侧是块面积一亩多的空场，春天做地瓜的育苗床子用，过后种点苘麻什么的，或者干脆闲搁着，冬天和初春季节就是观众场子。空场的南边才是住户。东西大街对过就是一口深约两丈、石砌方口的吃水井。这口井虽然处于岭地，但是，据上辈子讲，自他们记事起，从未见干枯过，即使遇上大旱年间，周围村庄包括平原地带的水井都干涸无水，这口井的水位却依然如故。真正应了"山头有水，人头有血"的古语。

曹义年连喊了几遍，街上除了不少散养的鸡和几只狗外，连个人影都没有。不一会儿倒引来了不知道从什么地方钻出来的六个七八岁的小男孩，成了他唯一的听众。他们有的拿着用生红薯刻成的短枪，有的手持用往年的向日葵秆做的长枪，不用说刚才是在玩战斗的游戏。曹义年没有顾及这些孩子，他解开风纪扣，望望西天尚有两竿子高的太阳，再四下里看看临街住户房前屋后成堆成堆的高秆作物秸、柴火垛和脏乱不堪的街道："草秸狼藉的，太不像话啦！"他自言自语地说着，扭头向台下走去。

"哎哟！"曹义年大概是疏忽大意走了神，没顾得看脚下，而忘记了自己在台子上，一脚踏空，失去重心的他"咕咚"一声从台子上一头扎了下来。尽管他年轻力壮，手脚利落，就势在空中翻了个跟头，但仍未能摆脱身子重重地摔在地上的厄运，手中的喊话筒也被甩出老远，筒嘴都摔掉了。他坐起来，捶捶摔疼的腰，又揉着一只崴伤了的脚脖子，疼得龇牙咧嘴喊叫着："哎哟哟！"

"哈……"孩子们见状哈哈大笑起来。

"大叔，你可真笨，连个跟头都不会翻！你看我的！"领头的行头误以为曹义年是因练习翻跟头而摔伤的。说着摘下挂在脖子上的树枝杈子弹弓，扔在地上，将手中的地瓜短枪插进扎在腰间的半干的地瓜蔓子"武装带"上，在地上连翻了几个跟头后站起来，用手背抹了下鼻头，颇为骄傲地说："怎么样？比你强吧？"

"去去去！什么翻跟头？是我……都一边去！哎哟！"在孩子们的大笑声中，曹义年红着脸扶着台子好歹爬起来，不耐烦地说。

"哈……"顽童们不但没有走，反而笑得更欢了。

"笑笑笑，笑狗屎咋的！我说行头，还不快领着给我滚！"曹义年斥责道，"再不滚，看我不揍扁你！"说着脱下一只鞋，高高举起。

欲知后事，下回分解。

第二回
小风稍看天坠云雾
徐茂公捶腰透玄机

上回说到，曹义年被顽童们一番嘲弄，假装发怒，顺手脱下一只鞋子高高举起，看似要打行头，其实只是一种无奈的象征，吓唬吓唬而已。领头的行头却不惧怕曹义年这一套，他本是外号黑白无常的张武昌的二儿子，乳名狗蛋，因顽皮捣蛋出名，人们不喊他的乳名而称他行头。他有意欺曹义年腿脚不利落，于是指着自己的鼻头，边倒退边挑衅道："打呀，有本事你就过来打呀！"

"好，算你有种！可有种你就站着别动！"曹义年绷着脸，鹤腿独立，向前蹦跳着，"我要不把你的屁股打烂了，你就不知道马王爷是三只眼！"

"曹义年，大笨蛋，翻跟头，崴着脚！"行头见曹义年真要追过来，于是喊叫着跑开了。

"哈……"其他顽童们也笑着尾随行头跑开了。

"你等着，以后再跟你算账不晚！"曹义年望着行头的背影喊。见顽童们跑出视线，才摇摇头自嘲自解地笑了："看吓得你，比兔子跑得还快，其实呀，鬼才跟你小屁孩一般见识呢！"他穿上鞋，跳回土台子前，抬起胳膊用衣袖蹭蹭脸上的汗，才拾起已经断为两截的喊话筒，端详了一阵，将筒嘴掖进衣兜后，撮起嘴"喂"了一阵，剩下的半截喊话筒口太小，他的嘴不但放不进去，嘴唇还被焊接碴划破了。他用手背抹了一下嘴唇上的血，又将话筒倒过来喊，扩不出音去。"去你娘的！"他一时性起把话筒丢在地上，想了想又拾起来，摇摇头，扶着腰一瘸一拐地顺街向东走去。

再说社场。社场就在村东北角，顺着上崖那条东西街出了村，沿着路北的牛棚和牛粪窝子，穿过一片占地三亩左右、内有十几座坟包的柏树林，出了林间小路向北一拐便是。它占地近九亩，东面和南面圈了一道高粱秸篱笆，或许是考虑到好看门和便于庄稼进场，只留了东北和西北两个门，西边则是一堵土打墙。场的北面是建起没几年的四间平房，只靠东头的那间被间开，是看场人和民兵值班用的，其余三间通着。里头一盘用来磨地瓜、地瓜干和豌豆的石磨；一盘专门用来磨豆浆做豆腐的人工拐磨子；东边土坯灶上安着一口大铁锅，是做粉皮和豆腐共用的；还有一口大水缸、一个大瓦盆子等，反正都是做粉皮和豆腐的一应工具。

向西与平房接山的是两间敞口棚，里边放着杈、耙、扫帚、扬场锨等场用工具。西北门南是两间仓囤式平房，是专为储放粉皮和大豆用的。场南端有两个圆形尖顶粮囤。场东边是几个豆秸垛、谷秸垛、麦穰垛。房前有一大堆鲜地瓜，再向前有八个竖立的碌碡，每两个一组，中间挑着一根长木檩条，檩条上斜担着已经揭去粉皮的高粱秆做的帘子。

"庞涓嫂，早来了？"年龄在十七八岁，圆脸盘，大眼睛，中等个头，粗细适中，两支又黑又粗的发辫垂到腰下的曹义霞吃着煎饼卷葱，一路小跑进了西北门。由于她勤快能干，手脚麻利，抬脚就是小跑，所以人们给她起了个绰号"小风稍"（体型细长、能在麦穗头上行走的蛇，亦称草上飞）。

"刚到一会儿！"被称作庞涓嫂的家庭妇女，姓庞，名玉娟。这庞玉娟年龄在二十五六岁，漫长脸，中等个，脑后挽着一个大纂，腰扎白色棉布围裙。因她在娘家为闺女时曾上过两年学，识几个字，思路又敏捷，颇有心计，再加与战国时名人庞涓一个姓，在叫法上又只差一字，于是人们干脆删除中间的"玉"字，直呼她为"庞涓"。她抱着几页粉皮帘子向敞口棚走来，望一眼义霞，微笑着说："小风稍，还不在家吃饱算了，忙什么？"

"扯了二尺布披着——迭不得叠！孬，下了坡我脸还没来得及洗呢！"曹义霞脚步没停，问，"文斋三大爷来了没有？"

"在屋里呢！"庞玉娟抬抬下巴。

　　"哦！"曹义霞跑到西边的平房囤南，嘴叼煎饼，将两支长辫系在脖子后，抱起一抱干豆秸，疾步走进作坊屋，将柴草放在灶前，一手拿煎饼，一手摸起水缸里的水瓢就向灶台上的大盆里舀水。

　　"闺女，你要做什么？"朱文斋蹲在地上正在磨剁地瓜干和鲜地瓜用的三刃刀，他从老花镜上方望着义霞，问。这朱文斋年近七十，高挑个，慈眉善目，满头霜雪，颔下半尺多长的银须让他显现出与众不同的风度和潇洒。人赠雅号"徐茂公"。不过，他这个雅号当面却没有人好意思称呼，只在背后叫。据说，他这个雅号是因自曹义年当上社长和村支书后，他像徐茂公辅佐程咬金一样，不遗余力地支持和辅助曹义年，积极为曹义年出谋划策得来的，在此之前他是没有绰号的。

　　"烧水做粉皮呀！"义霞仍在舀水，不假思索地回答说。

　　"不做了！"朱文斋收回眼光，说。

　　"不做了？"曹义霞咬了一口煎饼，不解地问，"是不是因为刚才我哥喊集合？"

　　"不是！你义年哥一再交代，咱三个人傍黑天吊粉皮，雷打不动，除特殊事外是不会来叫咱的。"朱文斋肯定地说。

　　说起吊粉皮，为什么白天不吊，非得傍黑天才吊呢？那还不得搭上半夜夜班吗？这是因为秋天空气干燥，风又大，大白天吊粉皮，晾的时候易沾上尘土，无法弄净，退一步说，没有风的时候，粉皮干得又太快，过早脱掉帘子，其色泽也不好看，捆绑更不好掌握时间，而傍黑天吊呢，做成的粉皮当夜就能晾个大半干，第二天一早将粉皮揭下帘子，随即捆绑，或是把它放进屋里，下午再捆绑。所以才选择傍黑天吊粉皮。

　　"那、那……？呕！呕！"义霞想问个究竟，却被煎饼噎住了，她像鸡一样伸长了脖子，一连打了几个嗝，仍没咽下去。不得已摸起水瓢喝了一大口水，又用手捶捶胸膛才好歹咽下去，问："为什么？"

　　"要下雨了。"朱文斋头也没抬。

　　"下雨？"曹义霞走出门外，见风不刮，树不摇，秋老虎的威风依然在！仰头看看天，万里晴空没有一丝云，只有一群大雁排成"人"字形，喊着号子飞翔。这样的天气怎么会下雨呢？她百思不得其解。"哼，大瞪着两眼说瞎话，骗三岁的小孩子吧！"要是换了别人，她定会认为对方是在糊弄、取笑她，而她一定也会这样笑骂对方。然而，跟她说"要下雨了"的却是威信高、有名望、受人尊敬的朱文斋，再加上她眼下正与朱文斋的独生子朱玉轩打得火热，无论如何也不能至少是不好意思反驳。所以她只好回到屋里，皱起眉头，讨教似地问："满天都没一块云彩，怎么会下雨？"

"你还年轻！"朱文斋停下手，捋了两把长须，笑着说，"再大几岁就知道了！"

曹义霞一脸迷惑，如坠五里雾中，将所剩不多的煎饼放在锅台上。

"俗话说，'春刮东南，夏刮北，秋刮西南等不到黑。'"朱文斋放下已经磨好了的三刃刀，从衣兜里摸出翠绿嘴、黄铜锅、一拃来长的竹制旱烟袋，在黑色烟荷包里装着烟末，慢慢站了起来。

"天都快黑了，怎么……？"义霞还是有点儿不相信地问。

"嗯，天有时刻阴晴！"朱文斋用火镰碰着火，引燃高粱秆引子，吹了吹，才点上烟，吸了两口，"中秋节都过去十多天了，可这天还闷呼呼地热，说明大雨就要降临啦！"说完在腰间捶了几下。

"哦！"义霞点点头，又摇摇头，没再说什么。

"义霞，快去跟玉娟拾掇拾掇，不是还要去社委集合嘛！"朱文斋吩咐道。

"文斋叔，你们在做什么呀？"人未到声先到。

欲知后事，下回分解。

第三回
巧莲委托重任诚恳
彩云褪掉长裤较真

上回说到朱文斋吩咐曹义霞拾掇完场后去社委集合，正在这时一个人走进了社场，来者不是别人，正是挣断筋曹义年。他拿着半截喊话筒，挂着不知从哪儿找来的槐木棍儿，一瘸一拐地进了西北门。

"哦，曹社长来了！"朱文斋与义霞闻声迎出门，问，"有事吗？"暂且不提。

却说果园。果园就在西岭东坡，足有二十七八亩地，与村只隔一条南北便道。果园里除植有杏树、桃树、李子树外，占比例最多的还属梨树和苹果树。从果树大小不一和毫无章法的分布情况来看，原先是个人的，后来才入的社，成为集体所有。

此时，杏桃李子等树都已无果了，苹果树和梨树上的果子也大都采摘完毕，唯有三两棵梨树和四五棵苹果树上还有为数不多的瘪肚子、带疤和被鸟啄食过的及在高枝子上难以摘到的果子。树与树之间相对宽阔的空地上堆着几堆质量不同的苹果和梨。不少灰喜鹊、黑喜鹊和专爱啄食水果而叫不上名来的鸟儿站在树梢上疑惑地望着争抢它们食物的人们，"叽叽喳喳"不满地抗议着。有几只胆大的灰喜鹊趁人不注意，快速飞到果堆前猛啄几口，见人走近后才极不情愿地飞去。

妇女主任、生产队副队长巧莲正带领着七八个四十岁左右的农村家庭妇女采摘果子。这巧莲的对象在部队服役，是个军官。她二十五六岁，中等身材，鸭蛋脸，双眼皮，大眼睛，乌黑的齐肩短发，腆着一个怀孕五六个月的大肚子。

"队长，咱还摘呀？"一位妇女挎着满满一柳条挎筐梨从果林深处钻出来，将梨倒进梨堆里。她扔下筐子，摘下紫色头巾，边抽打着浑身的尘土，边来到正在离苹果堆不远的树下摘苹果的巧莲跟前，建议道："该收工了吧！"

"是啊主任，咱是该收工了！"未等巧莲回答，妇女们都从四周的树空中钻出来，几乎异口同声地说。

"论说是该收工了，可是……"巧莲笑了笑，放下竹编篮子，摘下红色的头巾，说，"可是，就剩这么几棵了，大秋头子上，明天还能值得再来？再说呀，曹社长再三强调，千万别耽搁了明天去赶红沟河集卖果子，要咱们无论如何，哪怕就是三更三点也要摘完。我看哪，咱们要是再紧紧手，太阳落山前就能摘完，要不鸟啄虫咬的搁一天折一天，它贱不贱的总比地瓜干值钱，拿到集市上咋也得五六分钱一斤吧！？这地上堆着的加上这树上没摘的少说也有两千来斤，那就是一百多元，到年底分红每个户就能多扒两三块钱哪！婶子、嫂子、姊妹们你们说是不是？"

"七月里核桃，八月里梨，九月里柿子赶大集。"这一古老的农谚说得是原生果树，即一生子水果的成熟期。当年没有经过嫁接、杂交的苹果树和梨树，进入农历七月的下旬，个别的果子开始成熟，八月上、中旬除少数果子外基本上都已成熟。今年中秋节前，合作社曾集中力量突击采摘了五天，收获了十之八九，剩下的都是没熟好的、有疤的和树梢上难以摘到的。由于中秋节后村集体把主要精力转移到抢收地瓜上，人们没能顾得上这些未摘收的果子，只安排了一位老头儿看管。昨天晚上，老头儿的儿子去曹义年家说他爹病了，请求换人。曹义年这才想起此事：果子是到了该全部下园的时候了。为此，今天早上曹义年去岳父家之前，安排巧莲下午领着七八个中年家庭妇女去果园采摘剩下的果子，并交代说就是打夜班也要全部采摘完，不能耽误明天赶集卖。所以巧莲之言不是杜撰的。

"理是这么个理，曹支书可喊了好一会儿了！"一妇女说。

"你说的这些我们都懂，谁不想年底多扒俩钱？可老挣的脾气你是知道的！"

蹲在专用于采摘果子的高腿木梯凳子上的彩云不无担忧地说。这彩云四十岁刚挂零，漫长脸，一般身个，脑后挽了个长方形的纂。她性格耿直，泼辣大方，快嘴快舌，能吃苦耐劳，是个名副其实的"女汉子"。在家中一切也是她说了算。因其丈夫张武昌绰号叫"黑白无常"，据此，人们顺理成章给她演绎了个外号"判官"。至于为何不称彩云为阎王而叫她判官，不得而知，无从考究。

"是啊，无常家侄媳妇说得对！"另一妇女叫着彩云丈夫的绰号赞同地说："咱社长可是个不讲情面的人！"

妇女们紧跟着七嘴八舌地嚷起来："可不，说啥也不能惹那老挣！"

"咱们要是去集合晚了，说不定他一会儿就能找来，到时情管等着挨刭儿（方言：训斥）吧！"

"……"

"大家静一静！"巧莲等妇女们静下来后才说："咱们社长的脾气是有点儿——有点儿那个，但却不是不讲理的人。好汉还讲不过悖理的去？反正驴腿也是腿，马腿也是腿，集合也罢，摘果子也罢，都是为了集体的事，咱们就是去晚了他曹社长也不能说咱的不是，你们说是吧？"

妇女们有的点头，有的摇头："很难说！"

"要不，你们先摘着，我这就去社委跟他说声。"巧莲想了一下，说，"那边的事要是不太急的话，说不定他还能安排几个人来帮咱摘哪！"

"这样最好！"彩云抢着说，"你快去吧！"

"好，那我走了。"巧莲扭头走去，但没走几步又折回身，说，"大家听好了，我走后，由彩云嫂子领头，你们都听她领导，她怎么安排就怎么干！"

"不行！不行！我干不了！"彩云站起来，推辞道。

"叫你领导就领导！咋不行？"巧莲问。

"我这张破嘴，让我胡啦八侃还行，可一到正事上就没辙了！我哪，天生就不是当领导的料！"彩云辩道。

"谁天生就是当领导的料？"巧莲笑笑，问。

"是啊，无常家的，主任叫你干你就干吧！咋还属犟驴的——牵着不走打着倒退呢！"一妇女戏谑道。

"哟，判官，你啥时候谦虚过？现在倒是起手（方言：偷盗者）跟着个卖蒜的——拿起头来了！哈……"另一妇女嘲弄道。

"哈……"人们被逗笑了。

"娟她娘，你别站着说话不腰疼！这还有七八棵树，要是天黑前摘不完的话谁负责？"彩云矛头指向一妇女，"要干你干！"说着就下高凳子，"别派我的孙（方言：不是）！我……"情急之下，就在她下蹲时，将背后的一根拇指粗的树枝"咔嚓"一声撞折了，断枝把她的大红色的线绳腰带挂住了。

在那个年代，由于布料紧缺，条件所限，在农村无论男女老少极少有长裤里边套裤头的。所以这长裤一褪，她那赤裸裸的下身就毫无遮挡地暴露在了光天化日之下。

"哈……"人们哄笑起来。

"笑！笑！笑！你们都喝了笑老婆尿咋的！这果园里又没个男人毛，就是全脱了还怎么着？真是小庄里的人家！"彩云下了高凳子，提起裤子，"什么稀罕物，要是你们还没看够的话，那我再脱一遍！"

欲知后事，下回分解。

第四回
胸有成竹意欲辞职
心中无底乱拟标语

上回说到，摘果子特别是摘到最后时，梯凳必须放在靠主干的枝干之间，在树冠外围是无法够到果子的。彩云要下梯子时腰带被背后的断枝挂住，长裤没有了约束，借她下蹲之势，一下子褪到了脚脖子上，引得妇女们哄然大笑。彩云无法阻止她们的嘲笑，"哼！干脆一不做，二不休，倒不了葫芦洒不了油！就让你们笑个够！"她心里发个恨，索性又将长裤褪至膝盖，并转了一圈，说："看够了吗？"

"哈……"人们笑得更欢了，有的笑得躺在了地上，有的笑得双手捂着肚子蹲下来，有的笑弯了腰。

"好了，好了，大家别闹了！"巧莲忍住笑，一手擦着眼泪，一手抚摸着肚子，说："判官，连黑白无常你都管得严严的，难道这么几个人你还领导不了？你们都听她的，抓紧干吧，我走了！"

"哼，就是天王老子来，"彩云提上裤子，系着腰带，赌气地说，"我说不干就不干！"

　　回头再说挣断筋曹义年。曹义年来到社场，本来是想叫朱文斋停止吊粉皮去学校书写标语的，但是还未等他说出来，朱文斋却提出了想要辞去村会计职务的事。曹义年一听就急了，说："什么，什么！你不想干会计了，那让谁干？"他坐在木凳上，拔下叼着的廉价卷烟，质问道："你是不是觉得既要看场院，又得做豆腐、吊粉皮，还得再当会计干得太多，想撂挑子是吧？"

　　朱文斋是个独苗苗，在叔伯弟兄们中排行老三，他的祖父和父亲做了一辈子小买卖，家庭条件比较宽裕，所以供他读了私塾。不料天有不测风云：在他还未上完五年学时，其祖父和父亲就相继去世，他不得已只得辍学，回家支撑家业。新中国成立前他曾在个体商铺当过几年账房先生，也曾在外地教过几年书，抗日战争爆发后，才回到了家乡务农，其家境亦大不如前，评定家庭成分时，他家被定为中农，也是锦鸡岭村唯一的一户中农。由于他能写会算，为人和善，心怀大度，办事公道，有求必应，回到家后全村人遇到什么邻里纠纷、喜白公事、弟兄分家等事无不请求于他，每到阴历年前请他写对联的人也是络绎不绝，挨号排队。初级社一成立他便当选为会计，直到现在。朱文斋在社委里是举足轻重的人物，全指望他打谱出主意，他也是曹义年的主心骨。朱文斋的辞职对曹义年来说不啻是一个晴天霹雳，于是，一时冲动，忘记了"尊重"二字，变成质问。朱文斋赔了个笑脸，说："嘿嘿，瞧你说哪儿去了？你看我朱文斋是那见沉不拉、偷奸耍滑的人吗？"

　　"那你？"

　　"是这样的，曹支书……"

　　"你甭叫我支书，论辈分我得喊你叫叔，见面直称大侄子就行，要不干脆喊义年算了！"

　　"行行！"朱文斋吧嗒了两口烟，"这事我本想一成立高级社时就跟你说，可又不好开口，一直拖到现在。这事嘛……"

　　"什么这事那事的？有话快说，千万别跟我马保六九（方言：隐瞒，哄骗）！"

　　"你三婶的身体不太好，时常打针吃药，得用人支使不说，主要还是我这眼老花得跟瞎子差不多，白天理账时间一长就模糊得看不清，晚上就更不行了，那数字简直都成两行。"朱文斋没有生气，慢言慢语地说，"所以，所以嘛，你看我还能……嘿嘿！"

　　"事是这么个事，可你不干谁又能干？"曹义年就凳子腿上捻灭烟屁股，语气软多了，"咱这小山庄一瓢就能扣住，全村除了你和面瓜家的小子宇坤识字外，还有哪个能识文断字？可他早被调到区粮库里当会计去了，你让我上哪再去找会计？"说完从衣兜里掏出一打早已裁好的用过了的本子纸，拿过朱文斋的烟荷包，卷着烟。

"这，那……？"

"别这那了！你就再将就着干吧！"曹义年卷好烟叼在嘴上，又拔下来，说，"要是真有人能写会算的话，还能聘外村的人来咱村教学吗？咱可不能再找个外村的人来干会计吧？"

"刚才我话还没说完，你就不让我说了，我又没说现在就不干了不是？我的意思是在咱物色出或者培养出会计之前，先请孙月英老师临时帮帮我，咱再……"

"那谁教学？"曹义年反问道。

"嘿嘿，不就是多打几个夜班嘛！耽误不了她白天教学，年底咱多少补给她俩钱就是啦！"

"说得轻巧！一个闺女孩子家让她半夜五更回家，你就放心？"曹义年撩起一只眼睛，说，"就是她父母知道了也会说咱做事欠考虑呢！"

"嘿嘿，这我早想好了，"朱文斋磕磕烟袋，"高恩良家三口人，三间房，有地方睡，让她跟恩良的奶奶和妹妹恩慧住在一起不就结了？"

"这……这独说睡觉还好办！"曹义年转了话题，"我是说要是白天算账分东西，可不能停课不教了吧？"

"这你放心！不是还有我吗？"朱文斋拿起燃着的高粱秆捻子为曹义年点着烟，说，"我的意思是说请她帮我，又不是让她替我！"

"这，这个嘛——还得看人家愿干不愿干，算啦！算啦！先不说这些了，以后再说！"曹义年没话可说了，岔开话题，"三叔，你什么也别干了，快拾掇拾掇去学校写标语！"

"写标语？"

"刚才你没听见我吆喝么？"

"听到了，要检查什么？"

"我也不太清楚！"曹义年连吸了几口烟，"乡里的通讯员来下通知，社委锁着门，正好遇上高恩良，通讯员让他捎话，说上边要来检查，到底检查什么，问高恩良他也说不出个子丑寅卯来！"

"检查什么都不知道，这可没法写！"朱文斋不无为难地说。

"咋没法写？胡写就行！什么消灭四害、搞好卫生、扫除文盲、打好秋收秋种这一仗、多打粮食支援国家啦，走合作化道路，什么什么呀，反正照着赶形势、扫大路的话写保险没错，管怎么能碰上贴题的一样！不是吗？孙区长在咱村蹲点，说什么也不能让人家下不了台吧？等他从县里开会回来咱也好有个交代！"

"真要这么写，那得写多少？"朱文斋双手一摊。

"不要紧，我已经打发你家宇轩去请孙老师了，估计也快回来啦，你快去敞开社委办公室的门，有现成的纸和笔，先写着……"说到这里，他突然想起了什么，"对啦，刚才忘了跟你说，明天一早你跟高恩良领着几个人去赶集卖果子！"

"嗯！"

"那你快去写吧！我到坡里看看还有没有干活的……"

"哎哟！"曹义年话没说完就要站起来，却忘记了闪着的腰和崴了的脚，"咕咚"一下子从座位上跌了下来。

欲知后事，下回分解。

第五回
好价钱真心劝入社
老滑溜无意砍胳膊

上回说到，挣断筋曹义年心事重重，想去坡里看看还有没有干活的，要站起来时忘了身上的伤，从凳子上跌下来，虽然没有跌伤，却也跌了个仰面朝天。

"哥，怎么了？"已经拾掇完场刚刚来到门外的曹义霞跑进来，边搀扶他边说，"也不会小心点儿！"

"去去！没你的事！"曹义年挣脱开叔伯妹妹义霞的手，爬起来，摸起身边的木棍，好歹站起来。

"跌得没怎么样吧？"曹义霞关心地问。

"关你什么事？"曹义年并不领情，摸着跌疼的屁股，大声斥责道，"用着你在这里多嘴多舌？还不快去集合！"

"哼！狗咬吕洞宾——不识歹好人！"曹义霞噘着嘴，出了门，抬脚边向场外跑，小声嘟囔道，"挣断筋，你挣吧！跌断腿才好呢！"

却说村东洼。西下的太阳还有半杆子高，东洼里显得空旷旷、冷清清的。这里土层厚，水源好，方便浇灌，大都种植大秋作物，很少有地瓜地，眼下只有不太多的尚未十分成熟的大豆、夏谷、夏高粱等晚秋作物和未刨出的高粱茬、玉米茬及用犁翻过准备种小麦的茬子地，人们都忙着去岭地切晒地瓜干和储存地瓜种，唯有单干户张华友和他的女儿张武贞在西距菜园地不远的地块里间割已经成熟了的豆棵。

"还在地里干活的社员们，赶快收工去学校大院啦！"虽然看不见曹义年的人影，但能听见他的喊声从北坡断断续续传来。

"武贞呐，你听挣断筋在吆喝什么？"张华友直起腰，一手招着耳朵，想仔细听听，怎奈附近的蝈蝈和梆唧狗子（比蝈蝈小，比纺织娘大一点儿，翅翼摩擦会发出"梆梆"声响的昆虫）似乎有意跟他作对，"蝈蝈、梆梆"的吵闹声使他根本无法听清曹义年喊的什么话。

"还能吆喝什么？不就是说上边要来检查嘛！"张武贞直起腰，回答道。这张武贞二十二三岁，眉清目秀，五官端正，一米六五的个头，尽管憔悴的面容与她的实际年龄不太相符，却掩盖不了她曾是百里挑一的美人的事实，其身材和相貌要说她就是张华友的闺女，不知内情的人肯定是不会相信的。因父亲张华友以前常挂在嘴头上的一句话，人们给她起了个外号"好价钱"。

这张武贞从小就是讨人喜欢的美人胚子，是张华友的掌上明珠。张华友一向对女儿疼爱有加。在她年龄不很大的时候，张华友就经常带着她赶集上店、走亲戚，每当人们当面夸奖张武贞的美貌，说是"鸡窝里飞出金凤凰"时，张华友都不无自豪地说："啊呀了伙价！不是吹的，俺这闺女长大了能值四千万！"（新中国成立前后，人们称一元为一万，一角为一千）当时的四千万可是个天文数字，所以人们才称她为"好价钱"。

张武贞于五年前嫁进县城里，已有一个女儿，每到农村的大忙季节大都回娘家住上一阵子，帮娘家忙地里和场上的活。今秋也不例外，她来娘家已经十多天了。她用镰把捶捶腰，问："那会儿你没听到他在喇叭上喊吗？"

"啊呀了伙价！都怨你们这些噪耳的家伙！"张华友讪讪一笑，尖声尖气地责怪蝈蝈和梆唧狗子，"你们歇一会儿不好吗？哑了嗓子那可是不划算的伙计！"这张华友六十六七岁，一米六左右的个头，"啊呀了伙价"是他的口头禅，且他喜欢将这句口头语挑在舌尖上说。他模样长得有点儿滑稽：蝌蚪般的八字形眉毛，小小的三角形眼睛，缺少了几颗牙齿的嘴巴老是流露着笑模样，稀疏灰白的头发扎了支比大拇指粗不了多少、也就一拃来长的小辫子，不听话地翘在脑后勺，下巴上灰白而又寥寥可数的、长短不一的一撮山羊胡须俏皮地撅撅着，看见他就会使人联想起长尾巴的母蝈蝈。大概是因他老于世故，行事圆滑吧，人们将他的名字"张华友"转化成"老滑溜"。

"爹，您还不打算入社？"张武贞看看四周无人，放下镰刀，脱下已经被汗水湿透了的白底粉红小碎花长袖褂，上身只剩下白色紧身衣。她将褂子放在身边的豆棵堆上，问。

"啊呀了伙价！你说得倒好，旧社会叫我入教（方言：教会门）我都不入，还入什么社，邪门我就不入！"张华友本来想动手割豆子，闻听女儿说入社，于是放下镰刀不割了。他蹲下来，抽出插在腰带中的黑色烟荷包和一尺多长镶着缺了一小块的灰白玉石嘴的旱烟斗，慢腾腾地装着烟末，说。

"爹，入社怎么会成了邪门？"张武贞懵懂了，"全村就咱家一户单干，难道人家入社都是入了邪门？"

"啊呀了伙价！这你不懂了吧？嘿嘿！"张华友从补着几块补丁、敞着怀的对襟粗布上衣口袋里摸出火柴，划着后点上烟，瘪着两腮吸了一口烟，慢慢地吐出烟雾。

"什么不懂？"张武贞摸起镰刀，问。

"自打新中国成立后，走马灯似的先是土改，接着是互助组，紧跟着就是初级社，没过两年又是高级社，明年还不知是什么社呢！你说我急着凑这个热闹干什么？"张华友反问道。

"凑热闹？"张武贞刚弯下腰又直起身。

"不是也差不离儿！"张华友将了两把山羊胡子，"你爹大半辈子都懒散惯了，还真不想下半辈子再被管辖，受约束！你听听挣断筋还在吆喝吧？入了社可不管你忙和闲，叫集合就得集合，去不去可就依不得自己喽！"说完就镰刀把上磕磕烟灰，又装烟末。

"爹！"张武贞放下镰刀走过来，想在张华友身边就地坐下。

"嗯！"张华友示意女儿先别坐，他摘下头上已经破了边、顶子补黑布的六角苇笠，仰放在张武贞身后。

"爹，您可不是懒散的人！"张武贞在苇笠边上坐下，拿过张华友的烟包烟袋，替他装上烟末后，递过去，笑着说，"您不想入社——恐怕不是因为担心受约束吧？"

"那为什么？"张华友将刚刚挨到嘴巴的烟袋放下来，反问道。

"如果我没猜错的话，大概是为了这几亩地吧？"张武贞诡谲地笑着望了她爹一眼，划燃火柴为他点上烟。

"啊呀了伙价！还是我的宝贝闺女知爹的心哪！"张华友吸了两口烟，先向四周瞭望了一番，才压低声音说："咱这锦鸡岭人少地多，大亩里一口人将近二亩，可净是些蛇虫子（方言：蜥蜴）半夜就得搬家的山岭薄皮，没几亩好地。就说这东洼吧，总共才五六十亩地，就有咱家的三亩多，能赶多少亩岭地打粮食？要是入了社还能这么多吗？你算算，我跟你娘加上你哥仨人咱多说着也就能摊亩把地吧？哦，退一步说，就是能分到三亩洼地，可菜园地和西岭上、北岭上那几亩地还能捞得着吗？"（当地三点六三公亩为一大亩。文中所说"地亩"均为大亩，简称亩。一顷为一百大亩。）

原来，张华友的祖父是富甲一方的土地主，牛羊无数，佣人成群，良田数顷，开着铺子和油坊，后几经变故，家境逐步衰落，到了张华友的父亲张玉石这一辈，就只剩下百余亩土地、四处房宅和油坊了。这张玉石娶妻刘氏，终生未育，纳一房姜李氏，生下两男一女，长子华立，次子华友，女儿华欣。由于张玉石是母蝈蝈腔上一根毛——独生子，所以从小娇生惯养，游手好闲，既嫖又赌，后来又染上了大烟瘾，家业更不如前，先是变卖了油坊，继而变卖了房宅，只剩下本村的一处，最后又折腾土地，卖得还剩下不足五十亩，此时的他还不到四十岁已经是体衰力竭，临终前才将家分开。当时，包括地亩在内的家产是平均为三份分配的，一份是妻与姜养老的，剩余部分兄弟二人二一添作五。长子张华立自小身体欠佳，患有黄疸病，不能下地干重体力活，其妻王氏生下张武昌不久也得了肺结核，夫妻俩常年看医生吃药，把个十六七亩土地变卖得连零头都不到了。在张武昌尚未成亲、十九岁那年，夫妻俩先后撒手而去。而次子张华友则省吃俭用，精打细算，想重整家业，不但没有变卖土地，而且还购置了一亩多。然而，"人算不如天算"，分家后的张华友时运不济，两次被架票，第一次，变卖了九亩土地，做了赎身钱，第二次是被高恩良的父亲救出的，此是后话。"土改"时，他家的土地虽没有被分割，但他没有分到土地。鉴于他家底较本村其他各户殷实，评定家庭成分时，他家被评定为上中农，也是与朱文斋家一样——全锦鸡岭村唯一的一户上中农家庭，另外除一户逃亡在外的反动富农外，其余都是贫农和下中农成分。

成立互助组时张华友哪个组都不加入，在初级社和高级社成立期间，村里多次劝他入社都未果。

张武贞听后一时无法评价父亲的观点，只点了点头。

"还有啦，合作社穷得叮当响，连挂马车都没有，咱现在入社岂不吃大亏了伙计？"

"爹，你可真会算计！"张武贞此话说是奉承却又夹带戏谑的味道。

"啊呀了伙价！这怎么是会算计？这叫老谋深算！"张华友纠正道，"要不，你爹这老滑溜的外号岂不是浪得虚名啦伙计！"

张武贞嘴张了张，没有说什么。

"你不是不知道吧？合作社粮食收得再多，也得先交什么公粮。去年包括地瓜干在内，人均口粮三百六十斤，今年加了十斤，也只够填饱肚子，可咱们呢？"张华友深深地吸了一口烟，得意地吐了几个烟圈说，"你哥哥闯关东不在家，就我跟你娘俩人能吃多少？剩下的还不都是花花绿绿的票子嘛！"

"说归说，"张武贞拔起一棵草，掐着，"咱家是甭愁吃的，可您老是奔七十的人了，这么多地咋能把揽（方言：管理）得过来？"

"啊呀了伙价！你都说了些什么？不就是八九亩来地，咋把揽不过来？不用说远了，退回十来年的话，再有个三五亩，爹也干得没得干！"

"这我信！可是'英雄不提当年勇'，那时您还年轻，现在呢？动不动就得求人不是？"

"啊呀了伙价！咋叫求人？是雇人！是用人！"张华友停了一会儿，说："退一步说，就算是求人，可咱也从没白求过！为人嘛，说话行事都得有个讲究，捕的就是捕的，拿的就是拿的！哪能豁唇子喝粘粥——一漫漫子（方言：嘴里嘴外都是，意为混淆）！不信，你称上二两棉花纺纺（访访），你爹这大半辈子了，无论与谁打交道，都是里不招、外不欠。我呢，不想欠别人的，别人也甭想赚我的便宜！咱远的不说，就说你大爷家武昌家两口子和你叔伯侄子吧，凡是叫他们来帮工，有哪一次白用过？没有吧？从来就没亏待过！至于入社嘛，爹还是那句话，不急！"

"您……"

"你什么都别说啦，等你哥哥回来，我给他巴结上个家口（方言：娶上媳妇）后再说！唔，对了，明天哪——西南山里憨木匠的什么表姨就来为你哥哥提亲。"张武贞刚要说什么，却被张华友打断了，他磕磕烟斗站起来："时候不早了，你先去校院看看你哥集合散了没，要是散了的话，就叫他套上马车来拉豆棵。随后你再回家和你娘拾掇拾掇，别让媒人笑话咱脏，窝囊！我呢，趁明快儿再割点儿！"说完不知是有意，还是忘了，将烟袋、烟包搭在脖子上，摸起镰刀就动手割起豆子来。

"啊呀活了伙价！这回有酒肴啦！哎哟！"张华友刚割了几镰，一只大肚子、长尾巴的母蝈蝈受到惊吓，慌不择路，从豆棵上跳到了他的肚子上。他站起来，用左手一把捂住，那母蝈蝈不甘心束手就擒，毫不客气地狠狠咬了他肚子一口。松手间，母蝈蝈又跳落在他的脸上，他忙双手去捉，由于脖子上的烟袋和烟荷包碍事，慌乱中将镰刀抡在了左胳膊上。

　　欲知后事，下回分解。

第六回
迎接检查挑灯夜战
请人不到备受训斥

　　上回说到，老滑溜张华友为捉母蝈蝈慌乱中将镰刀抡在左胳膊上，这一抡不要紧，胳膊上登时开了一道深至骨头，长约三寸的口子，鲜血从划破的衣袖上流下来。他忙扔了镰刀，右手捂着伤口跳起来，龇牙咧嘴地嚎叫着："哎哟娘啊！哎哟娘啊！可要了命了！"

　　"爹，爹，怎么啦？"刚走出不远的张武贞被惊叫声吓了一跳，转身跑来，问。

　　"啊呀了伙价！放血啦！放血啦！"张华友五官都挪动了位置，就地转着圈子，"这回甭担心得疝气了伙计！"

　　却说学校教室里。教室里除讲台上的讲课桌是两个抽屉的书桌外，其余的七张学生用的都是砖垒底座、上担长木板的简易课桌。讲台上，煤油罩子灯下，朱文斋伏在讲桌上专心致志地书写着标语。

　　"加强社会主义教育""动员起来消灭老鼠""搞好卫生""扫除文盲""巩固合作社""走社会主义道路""多打粮食，支援国家""搞好秋季大生产""打好三秋会战这一仗"等二十多幅彩纸黑字的长条标语已经摆放在后三张课桌上。在朱文斋的身后还有一大卷未裁好的五色纸。十四五岁的张建柱与十二三岁的曹义民二人负责研墨、抻纸、裁纸、晾晒等工作。这张建柱个头不太高，粗数却够了，像个布袋头子。而曹义民则身材单苗，大眼睛，高鼻梁，与张建柱差不多高矮。

　　"哐啷啷！""咕咚！"声从院子里传来。

　　"柱子！"歪躺在前排课桌上抽着廉价卷烟的曹义年拄着木棍坐起来，吩咐道："去瞧瞧外边什么响！"

　　"是宇轩！"张建柱跑出去又接着跑回来，说，"倒了脚踏车（方言：自行车）！"

　　院子里，留着分头的朱宇轩趴在歪倒在地的自行车上。这朱宇轩二十多岁，白净脸，单眼皮，打扮时髦：上身穿一件白布半截袖对襟褂，下着黑色洋布长裤，脚蹬胶底黑帮鞋，腕戴玻璃蒙子都已经发黄、需看着太阳才能猜出时间的手表。他个头不高，足足比朱文斋矮了半头，但是，给人的第一印象就是聪明伶俐之人。由于他未曾拜师就会木匠活，是庄户人所谓的"憨木匠"，大概是为了好叫，抑或是该村的习惯，大都好将"木匠"二字去掉，在憨字前面冠以"老"字，直呼其"老憨"。又因为他开口闭口就是"我还有办法"，故亦有人戏称他为"我还有办法"。刚才，他吹着口哨，一手扶着车把，一手插在衣兜里，骑着自行车进了院子，因为车还没停稳就急着下车，结果被车别倒了。

"哦，是宇轩？"曹义年瘸着腿向门口走来，劈头就问："请来了吗？"

"没！"朱宇轩怕被人笑话，慌忙爬起来，由于起得太猛，掐在裤脚上的铁夹子挂在了断了半截的链子盒上，"嗤"的一声响，裤脚被撕裂了，口子足有半尺长。他摇摇头，哭丧着脸啧啧作叹："咳，你也太不结实啦！我根本没用多大的劲，你就，就……啧！啧！太可惜啦！"

"冒冒失失！"曹义年倚着门框站下来，撩起一只眼睛："哎，我说老憨，你不是跟我打马虎眼（方言：欺骗），根本就没有去吧？"

"嗨！哪能呢！"朱宇轩用手拍打了一阵衣服上的尘土，又抻对了一会儿撕裂了的裤脚，才掏出一串钥匙，嬉笑着道："嘻嘻，我朱宇轩就是骗遍全世界的人，那也不敢骗您哪，除非借俩胆儿给我！不信，您看！"

"油嘴滑舌！"曹义年板着脸，"那孙老师怎么没来？"

"是这样的，"朱宇轩扶起那辆除了铃不响浑身都响、大梁缠满白胶布的老掉牙的德国造"钻石"自行车，"接到您的命令，我就马不停蹄地赶到孙老师家，可她不在家……"

"废话！"曹义年打断朱宇轩的话，"这大秋头子上，一个人巴不得劈成俩使，谁能在家闲着？你就那么死心眼，不会到坡里找找？"

"嘻嘻，你想我能不找？可她没在坡里干活！"

"她不在家里，也不在坡里，那她去哪里了？"

"嘻嘻，您甭急，我还有办法！"朱宇轩满不在乎地说。他支下车子，走近曹义年，说："她没有下地，也没在家，原因是到医院给她娘陪床去了，没法子，我只好马不停蹄地赶到区医院，人我是找到了，可她说抽不出身，但又怕咱没有笔墨再误了事。这不，就把钥匙给了我，让咱们自己去开她办公室的门。于是，我又马不停蹄地……"

"算啦！算啦！啰啰唆唆地都嘟囔了些什么！"曹义年一把夺过朱宇轩手中

的钥匙，不耐烦地挥着手，"你呀，哪辈子能干出点漂亮耍来？去去！清扫大街去！"

"那也得让我喘口气，回家吃口饭吧？"

"吃饭？哼！想得倒美！你去问问清扫大街的社员们谁吃过晚饭？不信的话进屋问你爹是不是！"

照理说儿子朱宇轩遭受训斥，作为爷老子的朱文斋应该挺身护短，据理力争。但他却坐在教室里稳如泰山，知子莫若父——儿子从小就调皮捣蛋，尽管在他面前还算是守规矩，可一旦离开他的视线，儿子那不受约束、玩世不恭、爱耍嘴皮子的毛病就会犯，真是应了那句"山难改性难移，生就的骨头长就的肉"的古语。天生就是这么块料，老子纵有天大的本事又能如何？能管不如别摊上！朱文斋所能做的只能是对天长叹了。

对于曹义年的性格朱文斋更了解，他是个毛三枪，发起脾气来暴跳如雷，还管什么叔叔、大爷、二婶子。虽然他说话有些难听，训斥过头，但也不能怪他不讲情面！反过来还得感激他为自己管教儿子呢！如此，他朱文斋怎好出来？怎好出面调停劝解？于是只能"事不关己，高高挂起"，埋头写标语，任凭门外塌下天来。

朱宇轩一听老爷子就在教室里，顿时成了霜打的茄子，一时不知说什么好，嗫嚅道："那……"

"甭啰唆！快去！"

"得也——令！"朱宇轩为缓和气氛，故意做了个鬼脸，推起自行车，掉转头就要抬腿骑车子。

"滚下来！"曹义年怒斥道，"显摆什么，就你有辆破车子咋的！"

"那是！那是！全村没有第二辆！"朱宇轩虽然耍嘴，但还是身不由己地下了车子。

"看你烧包得不轻！两拃远近，还想骑车子？有飞机的话，你还要坐飞机了！"曹义年真得发火了，"去！给我扔一边去！"

"是！"朱宇轩心里尽管不情愿，却也只好乖乖地把自行车推到门口一边支好，锁上锁，但他并没有立即走的意思，而是仔细检查着自行车刚才有没有被摔坏。

"呀嗨，还得用八抬大轿抬你走不成？"曹义年扬起木棍，以不容分说的口气道，"不准磨蹭，给我跑步走！"

"好嘞！"朱宇轩佯装正经地向曹义年敬了一个礼，规整地就地向后转，才迈开步子向院门跑去。

"回来！"曹义年突然想起了什么，大声喊道。

欲知后事，下回分解。

第七回
不惜气力毁镢毁锨
顾及脸面怨天怨地

上回说到，曹义年安排朱宇轩骑自行车去接孙月英老师来书写标语，朱宇轩人未接到不说，还车倒裤子裂，并受到了曹义年的严厉训斥。心情十分沮丧的他领命去清扫大街，还没跑出几步，却又听到曹义年喊他回来。

"好我的曹书记，您还有什么吩咐？"还未跑到院门口的朱宇轩闻声想停下步子，然而一只脚已经抬起，惯性使他难以立时收住脚步，他闪了个趔趄，差点儿摔倒。此时他心里虽有一千个不满，却也不敢表现出来，只能无可奈何地转过身，请示道。

"去下崖把无常给我叫来！"

"叫他？叫他来做什么？"朱宇轩疑惑地问。

"不关你的事，问那么多干什么！让你叫你就叫就是啦！"

却说大街上。夜晚，没风没火，繁星闪烁，小半块火烧似的月亮吊在天空中。整个"工"字大街上，全村男女整半劳力倾巢出动，他们借着沿街路旁挂在树枝上的灯笼的光亮，正在热火朝天地打扫卫生。他们有的用扫帚扫，有的用铁锨除，有的用带有长方形条编篓子的独轮车推运垃圾，有的用粪筐抬垃圾，有的用镢头、锄头刨街边上的小树茬子和难以用锨除掉的高秆草，有的挪柴草垛和土堆，有的……他们边干边打趣说闹，熙熙攘攘，热闹非凡。

许多顽童也来凑热闹，他们相互追逐，或跳房子，或捉迷藏，但大都集中在上崖。不表。单说下崖的东西大街。

这条大街虽然不是很宽，但却贯穿于村两头，"工"字的竖梁以西的街北只有两家住户，街南则住有四五户人家，十来间山墙接连的平房及门楼向东延至临街一棵三人都难以合抱的老国槐树旁，槐树以东的街南街北也有几家住户。

街西端，巧莲正领着十多个青年妇女和家庭妇女清扫垃圾。彩云别着头，正在用铁锨铲一棵紧挨着石头垒成的墙根长出来的比大拇指还粗的枣树棵子，她连铲几锨，不但没有铲断，反而让摇晃的枣树上的刺划伤了手背，疼得她不由得大叫起来："哎哟！哎哟！都出血了！"

"那个、那个，我——来吧判官！吭！吭！你……你不行！这、这不是娘——们干的事！"高恩良推着载着空条编粪篓子的独轮车子走过来。这高恩良二十五六岁，长方脸，粗眉大眼，留短发，生得肩宽腰圆，身个足有一米八。要是他不开口言语，光从外表看的话，谁也看不出他是个说话颠三倒四、磕磕绊绊不利落且口齿不太清晰的人来。故人们给他起了个雅号"老咔"。

高恩良放下推车，不容分说夺过彩云手中的铁锨，用力向枣树铲去。"咔嚓！"随着一声响，钢板铁锨头从中间裂成两半，差点儿劈到头，枣树卡在了锨头中间。"不顶打！什……什么锨啊？那个、那个的……吭，吭，那个的——钢火不行！"他拔出夹在枣树上的铁锨，扔到一边，疾步向东边离此不太远的几个用镢头刨树茬子、高秆草的男劳力群走去，不一会儿扛着一把镢头跑回来，没打停站地向双手吐了两口唾沫，"嗨！"猛向枣树刨去，只听"咔叭"一声响，镢头刃子残缺了不说，连镢攀也掉下来了，而树仍然站着。

"咯……哈……"妇女们被逗笑了。

"哎，我说老咔小叔，你这张飞的猛孙劲，就是给你个生铁蛋子也能耍上个亚腰儿（方言：哑铃状）！"张武昌与一中年男子抬着空粪筐走来，戏谑道。这张武昌四十多岁，长脸，一米七五的细高个。由于他惯于尖酸刻薄，好捉弄人，说话行事没有章法，令人难以捉摸，于是人们给他起了个阎王前听差的名字：黑白无常。为了好叫，干脆把他的姓氏去掉，省去黑白二字，将"武昌"二字谐音成"无常"。他称老咔为小叔。也不知是哪辈子立下的规矩：在本村不论姓氏同不同，都得按辈分称呼。

张武昌放下粪筐，一手托着下巴："说你笨，你还真笨，你就不会从一边刨？或者先把枣树摁倒再刨？单单冲着墙根刨？"

"不行！吭！是钢火不……不中用，那个那个，吭，锨也赔，镢头也赔，不就是——是那个破锨破镢嘛！"高恩良红着脸辩道，"再、再换张镢头来，那个的……的我去！"他说着扔下镢头，向槐树底跑去。

"无常！无常——！老挣叫你去学校……哎哟！"朱宇轩气喘吁吁地从上崖跑来，刚转过南北街向西还没跑几步就正好与向东跑的高恩良"咕咚"撞了个满怀，高恩良只是被撞了个趔趄，朱宇轩却被撞了个仰翻在地，好半天才爬起来。他双手摸着摔疼了的屁股，哭丧着脸埋怨道："老咔，你的眼是管喘气的？为啥不好好看着点儿？哎哟——！我的屁股快跌成八瓣啦！"

"哈……"妇女们都被逗笑了，只有曹义霞没笑，她放心不下，非常想过去瞧瞧朱宇轩摔得重不重，但碍于面子，担心别人说三道四，仅走了两步就停下了，只能心疼地望着朱宇轩。

"那个、那个，吭！一个人，能啊、能——怨我吗？"高恩良白了朱宇轩一眼，撇撇嘴，"心口窝，吭！吭！我的还疼呢！还……还说我，你！"说完揉着胸口兀自向东走去。

"哈……"张武昌扛着扁担笑着走过来，"老憨，咋这么不顶撞？你不是会两手嘛，这会儿那功夫都跑哪儿去了？"

"你甭嘲笑我！要是我早有准备的话，哼！"闻此言，朱宇轩虽然头和屁股疼痛难忍，但还是强咬着牙不再喊哎哟，而是不服气地强辩道，"倒下的还不一定是谁呢！"

"啊呀呀！我就说嘛，牲口市上的牛咋比以前少多了，我还认为养牛的少了，原来与你有关！"张武昌放下扁担，歪着头嘲弄道，"啧啧！瞧瞧你那鼻子尖吧，上面的牛粪是新的接着旧的，曾经间断过吗？啊，哈……"

"你、你……不服是吧？"朱宇轩下意识地摸了一把鼻子尖，一时语塞，但当他抬头见曹义霞正在向这边张望时，顿时来了精神，攥起拳头在张武昌眼前晃晃，"改日找个宽敞的地儿，咱俩先比划比划！怎么样？"

"不敢！不敢！这我可真不敢！"张武昌后退了几步，说，"我要是跟你动真格的话，别人一定会说我在欺负你呢！"

"哼！量你也不敢！你呀，只是想说句大话壮壮自己的胆儿罢了！"朱宇轩撇撇嘴，扭过头，不再理张武昌。

"的确！的确！但不知道说的是谁。"张武昌望着朱宇轩撕裂了的裤脚，转了话题，"哟，老憨，你的裤腿怎么了，不是为图凉快吧？"

"哎——！我愿意又怎么样？"朱宇轩扬起头，"你呀，是老母猪调拉尾巴——干磨你那张臭嘴吧！"

"你，你……"张武昌本想戏弄、嘲笑朱宇轩，结果便宜没有赚到，碰了一鼻子灰不说，还让朱宇轩比方着骂了个狗血喷头。由于二人经常嬉闹，编扯着辱骂对方并不新鲜，所以，既不能恼火，也不能对骂。他一时回不上言来，感到再继续闹下去也无趣，于是问："哦，对了，老挣叫我去学校到底是干什么？"

"你问我老挣叫你干什么，是吧？"朱宇轩一手摸着头，一手摸着屁股后退着来到街边的一棵榆树前，倚在树干上。

"对对！"张武昌扛起扁担跟过来。他虽然知道朱宇轩从不抽烟，却还是从衣兜里掏出半盒廉价卷烟，从中抽出一根递了过去，讨好地说："半点儿不错！"

"刚才你不是嘲弄我吗，哼！不能让你白赚，我得想法捞回来！"朱宇轩瞥了一眼十分着急的张武昌，心里说。但说出来的却是："嘿嘿，这个嘛——"他有意把话头打住。

"快说，老挣到底叫我去做什么？"张武昌急切地追问道。

"当然是有事啦！可我也不知道叫你干啥！"

"嗨！将了个媳妇死在轿子里——跟没说有什么两样！"张武昌别过头，泄气了，收回伸出去的手，将卷烟叼在自己的嘴上。

"不过嘛——看老挣那个来头，叫你去肯定没有好事，大概凶多吉少，吃不了得兜着走！"

"嘘！嘘！"张武昌一惊非小，痴呆呆地站在那儿，划燃火柴却忘记了点烟，直到手指被烧疼了才回过神来。他扔掉火柴，又是吹，又是甩手，却没出声。

"不过你甭着急，不就是想知道叫你干什么吗？这我还有办法！"

欲知后事，下回分解。

第八回
写标语张建柱逞能
捎货物高恩良上当

上回说到，张武昌听说曹义年叫他去学校"凶多吉少"，一时慌了神，手足无措。对于曹义年的脾气他再清楚不过，且领教过他的批评和训斥，至今回想起来，还心有余悸。这次无缘无故地叫他去做什么？难以捉摸！原来这张武昌一贯刁钻刻薄，净耍心眼，任凭谁他都想捉弄，唯独挣断筋曹义年，他不但从未有过打歪主意的想法，而且还有点惧怵他。故此，他苦思冥想：在这之前自己做错了什么？还是有什么把柄在曹义年手里？还是……？为什么不叫别人，而单单叫自己？真是百思不得其解。如果真像朱宇轩所说的那样"凶多吉少"的话，这可是去也不好，不去还不行。去呢，肯定没好果子吃，不去呢，"躲得了初一躲不了十五"！其后果也是"团圆媳妇（方言：童养媳）不吃剩饭——早晚脱不了嫚姑子（方言：童养媳）的"！正在他左右为难时，朱宇轩却说他还有办法，他便如溺水之人抓住了一根稻草。

"快说！"放下扁担抬腿要走的张武昌转身走回来，"你有什么办法？"

"你去了不就知道了嘛！"

　　回头再说教室。教室里曹义年与朱文斋正在议论张武昌其人。

　　"这我知道！"曹义年单脚独立，倚着还带有粉笔字迹的黑板，拿着朱文斋的烟荷包，用纸卷着烟末，说："无常那份子字确实拿不出手，可有什么办法？唉！只好死马当活马医算了，写得孬好不说，只要别写错了字就行，有他总归比没有强吧？国家还不嫌字丑哪！你说是不是？要不，你一个人得写到什么时候？"

　　"嗯！事到如今，也只能如此了！"朱文斋把笔放在砚台上，摘下眼镜，抹了一把脸，连眨了几下眼，转身接过烟荷包装着烟末，"我这眼哪，又模糊得看不清了！"

　　"要不，我来写！"张建柱毛遂自荐。

　　"就你？"曹义年眯起双眼，问。

　　"不相信咋的？三爷爷，你闪闪！"张建柱挽起袖子，一副跃跃欲试的样子，"让我写给你们看看！"

　　"算了吧！你老子的字都像螃蟹爬叉的一样，何况你！"曹义年不屑一顾。

　　"他是他，我是我，我爹才上了三年学，我都四年级了！"

　　"啧！啧！上了六年学，才四年级？逞啥能！要是兔子能拉磨的话，还要骡子干什么？"曹义年挖苦道。

　　"唉，上学不在多少！"张建柱不服气，振振有词，"有志不在年高嘛！"

　　"哟！字写得孬好不说，"曹义年笑笑，"瞧这张嘴吧，随你老儿却随神了，可省的差了种！"

　　"还有呢，刚才你是怎么说的？"张建柱见有隙可乘，见缝插针，问。

　　"刚才我说什么来着？"

　　"只要字别写错就行，国家还不嫌字丑哪！"

　　曹义年刚要说什么，这时，突然刮起了一阵大北风，刮破了窗户纸，吹灭了罩子灯，顿时，屋里一片漆黑，外边也暗了下来。还未等他们回过神来，但见远天几道闪电划过，继而响了几声闷雷，紧接着稀疏的铜钱大的雨点就夹着米粒子般的饭巴碴子（比雹子小的冰块）噼里啪啦地下起来。

　　"坏啦！坏啦！变天啦！"曹义年拄着木棍，摸索着窗台上的铜摇铃，一瘸一拐地来到门口，回头说，"你们几个也别待在这里了！快走，拾地瓜干去！"话没说完，人已出了门口，他先摇了几下铜铃，声太小，又摸出口袋里的铁哨子，一路"嘟嘟嘟"地吹着上了土台子。他掖起哨子，吆喝道："老少爷们，社员们听好了，不要再扫街啦！赶快回家拿上家什去坡里拾地瓜干、盖地瓜种啦！"

再说张华友家。第二天，天刚蒙蒙亮。天晴了，而北风还在刮，只是比昨晚小了许多。费了好大的劲才打扫好的街道上一片狼藉，水湾儿里囤积着成堆成片的残枝败叶和柴草，那些毫无依着的树叶则随风飘零着。冷空气的奇袭使霜冻越过寒露提前二十多天到来了，一夜间，天气似乎由中秋转为了初冬。

可能是忙碌了大半宿的人们这会儿还在梦乡里，也许狂吠了一晚的狗也叫累了，听到声响都懒得搭理，整个村子寂静得很。上崖东西大街两旁住户的大门大都关闭着，唯独位于街前井西的张华友家的木栅栏门半掩着。

张华友家本来大门口向东，却在大门以东、水井以西打了一堵墙，形成了宽约两米的南北夹道，临街之处又安了一个木栅栏门。

"恩良哥，俺爹的脾气你是知道的，说话不大好听，可千万别往心里去！"身披外衣的张武贞与穿老蓝色长袖褂的高恩良出了大门，进了夹道。她深情地看了一眼高恩良，愧疚而又委婉地说："你别以为是因为咱俩以前的事，俺爹才成心不给你面子的，他更不是有意难为社里。你呢，回去好好和挣断筋说说，俺爹不借马车给社里使，并不是担心社里不给钱，更不是有意拿一把，而确实是让俺哥去拉豆棵子了！"

原来，昨天集合时，曹义年通知高恩良明天去赶集卖苹果和梨，高恩良本想等清扫完卫生再去张华友家借他的马车用用，结果卫生还未清扫完，就去坡里抢收地瓜干、盖地瓜种，整整忙活了大半宿，不得已，今天一早就叫开了张华友家的门，来到他家。没想到却空手而回，临走张华友又委托他帮忙捎肉和韭菜。

当时合作社有个规定：凡是为集体干活所用的较为大型的工具和容易损坏的诸如栽地瓜用的铁桶、木筲等工具，都给予一定的工分补贴。借用单干户张华友家的马车，自然也是要给予报酬的，只不过不是工分，而是现钱。高恩良去借张华友家的马车，是经过曹义年批准的。至于张武贞所说的"咱俩以前的事"，此是后话。

"吭！吭！那个——顶多、多推两趟，多去……去两个人，就是！"高恩良既没有停下脚步，也没有回头，而是加快了速度，一出了夹道，就头也不回地顺着大街向东走去。

"哎，别忘了俺爹麻烦你的事！拜托啦！"张武贞跟到栅栏门前，望着他的背影喊道。见高恩良未搭理，她摇摇头，深深地叹了一口气："唉——！"关上栅栏门，牙咬下唇，转身向回走去。

"啊——哈哈！"穿黑色夹袄、双手抄肩、打着哈欠的张武昌出了社委东边的南北小胡同，抬头见高恩良顺着大街从西边急匆匆地走来，便在街中心站下了，等高恩良走近后，他才客套地问："哟，老咔小叔，一大早去哪来？"

"啊，那个的、的，哦，借……借马车来，吭！你二——叔家！"高恩良站住说。

"你用马车干什么？"张武昌纳闷地问。

"那个、那个的不是……是社里用它，用它——赶集卖、卖梨和苹果嘛！"

"噢！那借着了吗？"

"那个那个……个，你使不是吗？你，吭！你二叔说、说叫你——拉豆棵，是真的？"

"是有这么回事！要不我干吗起啊——啊哈哈起得这么早？"张武昌揉揉惺忪的双眼，打着哈欠说。

"哦！"

"哎，刚才我听武贞说拜托你，有什么事拜托你？"

"那个、那个是……是什么来着？吭！吭！叫我上、上集去——割九毛猪肉，一毛韭菜，那个的……的媒人来！"

"嗯！时候不早了，走吧！"张武昌让开道，边慢慢地向西走，边自言自语地念叨着："一毛钱的韭菜，九毛钱的肉，一毛钱的肉，九毛钱的韭菜。"说到这里，他的眼珠子迅速转了几圈，心想：我何不设法捉弄捉弄他俩，看高恩良如何交差，我二叔如何接受，又能如何收场？于是点点头，折转身，喊："老咔小叔，等一下！"向高恩良追去。

"那个的什——么事？"已经走出十几米远的高恩良站下来。

"哎，你刚才是不是记错了？"张武昌赶上来，问。

"那个——什么？"

"应该是九毛钱的韭菜，一毛钱的肉才对！"

"那个，吭！九——毛韭菜，一毛肉？真、真的吗？"

欲知后事，下回分解。

第九回
运豆棵叫驴受洋罪
晾瓜干社长遭挖苦

上回说到，张武昌得知高恩良要给张华友捎九毛钱的肉、一毛钱的韭菜，于是对高恩良说应该捎九毛钱的韭菜、一毛钱的肉才对。高恩良问及原因，张武昌说："前天见俺二叔才割了二斤猪肉，这会儿他家里肯定还有，可能是怕不大够，或是嫌不新鲜，对对！一点儿也不错！肯定是这样！"张武昌煞有介事地说，"所以，才让你割一毛钱的鲜肉添巴添巴，好伺候媒人！"

"那、那……那个，九毛钱得割韭菜多——少斤？"

"咳！你没听说过吗？'韭菜黄瓜两头鲜！'眼下快来到寒露了吧，霜降后韭菜就会枯的，割下来又能卖给谁？反过来说，就是不枯，可谁还舍得割来卖？除非是想让它快点死，明年不要了！你说是不是？"未等高恩良回答，张武昌接着说，"俺二叔家今年没栽韭菜，他这会儿想多割点儿，日后好炒着吃、揉咸菜吃、煎着吃、荷包蛋吃。嗨！省点儿是点儿嘛！他呀——那扣扣腔眼、咂咂指头的过日子劲四屋两庄（方言：周围村庄）有谁不知道？更何况还要攒钱给他儿子找媳妇呢！"

"理是——这么个理，那……那是我，可不能、吭！是我、我听错了？"高恩良摸着后脑勺说。

"嗯！不是你听错了，就是你记错了！我说的保险没错！记好了，九毛钱的韭菜，一毛钱的肉，错了找你！"张武昌说完，转过身得意扬扬地哼着"一只老虎，两只老虎，跑得快，跑得快，一只没有尾巴，两只没有耳朵，真奇怪，真奇怪"的儿歌向张华友家走去。

原来，昨天傍晚，参加集体刨地瓜的张武昌前脚刚到社委大院，张武贞后脚就到了。张武贞上气不接下气地对张武昌说，要他等集合完了后，打夜班去东洼拉豆棵，他答应了，可没想到社委却要社员们饿着肚子连夜打扫街道，半道上又去抢拾地瓜干、盖地瓜种，忙到半夜后才散工。

在当时，农村家庭靠工分吃饭，分红。张武昌家人多劳力少，他是个整劳力，彩云算个大半劳力。所谓的整劳力，就是男性青壮年，能干重体力活，什么耕、耩、推、挑样样都能干。整劳力干一天活一般挣十分工分，计件活另算。大半劳力指中青年妇女，一天能挣七至八分工分。即使整、半劳力干同样的活，也是如此。

另外还有半劳力，就是老人和能干轻活的孩子，工分视情况而定，最高不超过整劳力工分的一半。张武昌夫妻俩拉扯着四个孩子，按"人七劳三"的分配标准，吃还不成问题，可一到年底分红就傻了眼——自从入社以来，每年分红，所挣的工分折合款，扣除柴草和口粮、青菜等款后，他家不但没分到一分钱，而且还要倒欠集体的。张武昌之所以今天一大早就去张华友家套车，怕的就是耽误了干集体的活，挣不到工分。所以，他强忍着浑身的疼痛，天不亮就起了床。当他赶着大黑叫驴驾辕的马车来到东洼的豆地时太阳才冒红。于是，他将马车停放在地头上，开始到地里抱豆棵装车。

初升的太阳离地面半竿子高了。湿漉漉的豆棵已经装得高出车盘近一米半，足有两三千多斤重。张武昌抱起地里割倒的最后一堆豆棵，蹒跚着走出豆地，来到马车边。他装上豆棵，用绳子煞好车，从衣兜里摸出张华友给他的半盒廉价卷烟，叼起一支，划燃火柴点上，狠狠地吸了两口后，才拔下插在车上的自造马鞭，得意地喊了一声："老伙计，大功告成，咱该上路了！嘚儿，驾！"随着喊声，他在半空中"啪！啪！"地抡了两下响鞭。然而，由于他装得太多，路又滑，尽管驴子使出了吃奶的劲，马车还是原地不动。不得已，他只得放下马鞭，在车后助推，马车终于启动了。

驴拉马车轻来轻去还行，可车上装了这么多货，驴可就有些体力不支了，它迈着颤抖的四腿蹒跚前行。张武昌却不顾及这些，马车还没走出多远，他就一屁股坐在了车辕上。这一坐不要紧，只听"咕咚"一声，驴子被压趴下了，"哗啦啦！"豆棵塌下来，砸在驴身上，张武昌也闪了个前趴。他爬起来，吐掉已经被湿地湮灭的烟，顾不得浑身的泥巴，慌忙去掀辕杆，费了九牛二虎之力，驴子仍难以站起。

"怨你！怨你！都怨你！"张武昌累得一屁股坐在地上，大喘着气，埋怨自己说，"轻快快的两趟不就结了？谁让你懒省事啦！倒好，这下好了！"说完站起来，忙去解绳子。

再说社场。日上三竿，北风已停。社场的地势北高南低，尽管场的南头还有积水，北边却已经成了干湿相间的"马虎脸"。作坊里、西棚里的地上堆满了昨夜抢收回来的半干不湿、沾满泥土的地瓜干，房前墙根边也有两三堆已经揭去草苫子的地瓜干，估计有上万斤之多。

曹义年正领着朱宇轩、曹义霞、彩云、巧莲等二十多名男女社员晾晒地瓜干。他们有的搬运，有的晾晒，有的专门挑拣地面较干的地方铺草苫子。朱宇轩扛着一麻袋地瓜干从作坊里走过来，放下麻袋，神秘兮兮地问正在地上铺草苫子的曹义年："我说社长，这天都快晌了，看来韩、刘二位领导不可能来检查了吧？"言外之意是埋怨曹义年：昨天下午你不是喊上级领导不是昨天傍黑天来检查就是今天一早来吗，现在天都快晌了，咋还没来？是领导们不讲信用，说话不算话，还是你曹义年把时间记差了？

"哼！明知故问！"曹义年心里说。他认为朱宇轩的问话是西北风刮棘子——连讽（风）带刺，成心挖苦他、嘲弄他。于是说："去去去！哪把壶不开，你偏提哪把壶！"他拄着木棍站起来，为自己推脱责任说，"说冷空气来了不就结了，可干吗撇腔，非得说什么寒流要来？寒流是什么？我还以为是管农业的韩县长和区委的刘书记哪！"

原来，由于偏僻的锦鸡岭村识字的人少，对"寒流"之说人们从来就没听到过，更不知其意。今天一早乡里来人统计各村晚秋作物的受灾情况，曹义年才得知"寒流"是指陡然袭来的冷空气。

"噢——！原来是这样！"经过曹义年的一番牢骚和辩白，朱宇轩才理解了"寒流"的含义。但是他却不知道上级领导要来检查的信息来源，认为是曹义年直接接到的通知。他点点头，用带着埋怨的口气说："那你也真是，拿着个棒槌当针引（认），咋不问明白就乱喊呢！倒好，人仰马翻的折腾了半宿，却干搭忙活，得浪费多少人力物力呀！"

朱宇轩说的"干搭忙活，浪费人力物力"这话不无道理，然而，责怪曹义年没问明白就喊，这可冤枉了他。昨天曹义年要大家写标语、搞卫生，就是为了营造气氛，装点门面，给上级领导一个好印象。鉴于此，即使明知"浪费人力物力"，却也必须做好检查前的准备工作，他曹义年没做错！只是曹义年没弄明白罢了。

"这能怨我吗？是老咔话没捎明白！"曹义年虽然是在为自己争情理，但辩解的语气却显得那么苍白无力。其实他就是想强硬那也毫无理由。他现在，不！准确地说是从昨晚刮风下雨时起，他是又气又恨，又窝囊。气的是乡里的通讯员没解释清楚，高恩良捎话没问明白，恨的是自己没文化少知识，结果是浪费了人力物力清扫街，换的却是大量的地瓜干被淋、地瓜种被冻。造成如此大的损失，他难辞其咎。窝囊的是，自己将表示陡冷空气的寒流说成是人，这话要是传出去，可就成了天大的笑话，他的脸面就会丢尽。

退一万步说，假设昨天乡里没来通知的话，被雨淋的地瓜干和被霜冻的地瓜种有可能更多，但可另当别论，顶多所承担的责任是：大意，没预料到！抑或说乡里来了通知，老咔问明白了的话，他曹义年也不会喊社员集合打扫卫生，如此，损失程度绝对会大大降低。这样一来，他曹义年就用不着气恨、窝囊，更用不着担心自己的脸面了！遗憾的是这两者都不沾边。

昨晚打夜班拾地瓜干、盖地瓜种时，社员们不满的表情他看得明明白白，埋怨他的话也把耳朵塞得满满的，可他能说什么呢？又能怨谁呢？

"对对！是一个传达不明白，一个问不明白！"朱宇轩刚想说什么，却听见一个人进场插了话。

欲知后事，下回分解。

第十回
伺候媒人尽心竭力
接收肉菜哭笑不得

上回说到，曹义年正在尴尬之际，只见浑身泥巴的张武昌扛着一把大镢头从西北门急匆匆地走过来，插话道："这叫二百五对着个半吊子——差不了一大些！"这张武昌一早就去拉豆棵，想图省事，反而贪多嚼不烂，最后不得不卸下豆棵，分两趟拉。拉完第二趟，已过早饭饭时头，他与张武贞卸下车上的豆棵后，在张华友家洗了把脸，胡乱填了下肚子，连家也没回，衣服也没来得及换，就扛起张华友家的镢头，直奔北坡。半道上听别人说社员们大都在社场晾晒地瓜干，又急忙扭回头奔向社场。

"这个，这个——你逞什么能？就数你精神了！"曹义年无言对答，不得不岔开话题，阴着脸问，"你在家磨蹭什么？都快天晌了，咋才来？"

"嘿嘿，给俺二叔拉豆棵，这才——呵呵，来晚了。"张武昌见势不妙，赔了个笑脸。

"来晚了还有情理了你？还有，咱们是晾晒地瓜干，你扛镢头来干什么？"曹义年质问道。

"那会儿我在坡里拉豆棵，没听清楚你喊的什么，我还以为是上坡刨地瓜哪！这……"张武昌嗫嚅着说。

"哎，我说你是真傻还是装傻？"曹义年刚才被朱宇轩嘲弄了一顿，窝了一肚子火正没地方发泄，这会儿全都发泄在了张武昌头上，"连雷加闪地折腾了大半夜，下了没三指雨，虽然走路还能将就，地里可就够使的了，还能下地吗？就是过了晌能不能下地还不一定呢！就说你吧，下了大半辈子庄户，连这个都不懂，猪脑子呀你！啊，你真想刨泥地瓜是吧？那好，你去刨吧，刨出来全都分给你家切晒！"

"我、我、我……"张武昌一时语塞，灵巧的嘴巴像打了结。

"我我我，我什么？傻站着卖秋秸咋的！哼！显摆你条杆好？去去去，扛地瓜干去！"

却说老滑溜张华友。这张华友膝下一儿一女，儿子武成二十六七岁了，还光棍一条。在儿子还不到二十岁时，张华友就忙着为儿子张罗婚事，可就是媒人不上门，在没有办法的办法下只得请熟人、托亲戚、求邻舍帮忙，闺女相了近一个班，却没一个有下文的。也难怪——这张武成身个与老子差不了一些，多说也就一米六，尖嘴猴腮的相貌也有点儿对不起观众。为这事张华友常常怨天怪地：老天爷为什么不让儿子和女儿调个个儿？儿子要是有女儿的身个和相貌，我张华友还用着犯这个愁？哎！真是宁生穷命，别生穷相啊！在他判定，儿子在周围村子是无法说到媳妇了，万般无奈，四年前让武成去了东北投奔他姑姑家，然而，至今还是孑然一身。

前天，朱宇轩的娘来说，她的一个什么老亲戚姊妹后天要来给张华友的儿子提亲说媒。在儿子的婚事上，有人上门提亲这可是太阳从西边出来——稀奇加罕见。张华友大喜过望。亲事成不成，媒人是关键！只要招待好媒人，媒人就肯卖力，变着法子为主家吹嘘，无中生有，乱侃一气，有一成说成十成，那样，婚事也就成功一大半了。否则，其结果就可想而知了。张华友深明其理，说什么也得好好准备一番，招待好媒人。这不，昨天晚上他就宰了家里唯一的一只公鸡，割了一块豆腐。傍晚，将屋里屋外打扫得干干净净。本来他打算今天一早自己就去赶集割肉买韭菜，巧的是高恩良天不明就来借车去赶集卖苹果和梨，于是他就央求高恩良给捎买，也好给自己留下足够的时间再准备准备。

今天一早，他又把屋里和院落重新打扫了一遍，炕上铺上了一领过年都没舍得铺的新席子。早饭后他就炖上了鸡，择好了菜，刷洗好茶具，等候媒人大驾光临。而他自己也特意打扮了一番：上身内穿一件粗布白衬衣，外罩一件老蓝色偏襟褂，下着浆洗得干干净净的黑色长裤，头戴黑色毡帽头，脚蹬崭新的家做黑布帮千层底鞋。由于他的左胳膊用白扎腿带吊着，加上他那仕女般的削肩，所以，尽管穿戴一新，但却仍像一只断了一根翅膀的老母鸡，其形象假若要怨的话也只能怨其生身父母了。

　　早上七八点时，朱宇轩的娘就领着媒人来了，寒暄了一会儿，宇轩娘就托词有事起身走了。张华友老俩及女儿武贞没话找话地与媒人闲扯着。看看天已快晌，到下锅炒菜的时候了，可万事俱备，只差肉和韭菜，高恩良却迟迟不到。张华友实在坐不住了，借故有点事出去一下便出了门，直奔村东，迎接高恩良。

　　"啊呀了伙价！误了大事啦！坏了，坏了！坏了醋了！"几近中午，张华友顺着上崖的东西大街，边嘟囔着，边急乎乎地出了村。他来到村东头站下，手搭凉棚向着路的尽头巴望着，然而，离村不太远的东埠岭子挡住了他的视线，目及之处一个人影都没有。于是，他跺跺脚，就地转了几圈，搓着双手，自言自语地说："你看看，你看看，天都快晌了，咋还不来？就是现杀猪也不至于等到这吧？真是依仗破鞋扎着脚！不得托，不得托，太不得托啦！这、这、这，这可怎么办呀？算是砸了锅啦！唉！"

　　"还有你，你咋不会慢点走呢？干吗单单跟我作对，走得这么快呢？"张华友埋怨一会儿高恩良，又抬头埋怨一会儿太阳，正在他万分焦急的时候，转身间看见埠岭子上出现了四个人，正向这边走来，头前三个人推着车鼻梁两边载着摞得高高的条编圆形果品篓子的胶轮推车，一个人在后边跟着。张华友一见忘情地喊起来："啊呀了伙价！谢天谢地，你可回来啦！还来得及，还来得及！我就说嘛！"他甩开双腿一溜小跑地向前迎去。由于他只顾向前看，一不小心，被路上的一块石头绊了一跤，"咕咚"一声，摔了个"狗抢屎"，左胳膊上的伤犯了重茬，渗出了血，疼得他喊叫起来："哎哟娘啊！可要了命啦！"

　　"华友老弟，摔伤了没有？"未等张华友爬起来，朱文斋等四人已经下了埠岭子疾奔过来。朱文斋将已经焊好了的喊话筒放在一边，扶起张华友，关切地问。

　　"还好，不咋的！"张华友先抚摸了一下左胳膊，又活动了一下浑身的关节，颇为自豪地说："啊呀了伙价！我这副老骨头还真经得起摔打！"

　　"哎，我说老滑溜，都多大年纪了还这么能蹿？就是火上了屋脊也用不着跑啊！"一青年打趣地说。

　　"是啊，仗着地湿，要不可够你受的！"另一青年接着说。

　　"文斋老哥，你们都回来了，老咔呢？他怎么没来？"张华友没有搭理二位青年，而是两眼巴望着埠岭子，急切地问。

　　"他到菜园里割韭菜去了！"朱文斋捡起话筒，答道。

　　"去菜园——割韭菜？"张华友疑惑地问，"集上没有卖韭菜的？还是去晚了人家都卖完了？"

　　"老咔说，今天集市上的韭菜一毛钱五斤，到菜园里自己割的话一毛钱六斤！"第三个青年解释说。

"啊呀了伙价！什么五斤六斤的，不就是一毛钱的韭菜吗？这老咔也真是，什么时候学会算计了！"

"这可就不知道了！"朱文斋安慰说，"我们果子还没卖完他就走了，估计也快回来啦！"

"那，你们回家歇歇吧伙计，我到前边瞧瞧！"张华友说完，向埠岭子颠去。这条埠岭子东西跨度约三百米，东西长度约五百米，突出地面四五米高，岭顶一条东西路直通锦鸡岭村的上崖大街。

"啊呀了伙价！我的小祖宗，你可回来了！要再不回来，今天这出戏就没法唱啦！"张华友爬上埠岭子，刚拿下搭在肩上的烟袋、烟包想抽袋烟，一抬头发现埠岭子对面高恩良推着带有几个空果篓子的推车上了崖头，正向这边走来，车鼻梁上还有一大捆看似青草的东西。他喜形于色，装上的烟末也顾不得点了，大声喊着："老咔，都啥时候了伙价，还有闲心给社里割牛草？"说着向高恩良迎去。

"啊呀了伙价！我还以为是牛草呢，结果是韭菜！怪不得来晚了！"张华友奔到跟前，劈头就问，"哎，你还给谁捎的？"

"那个、那个没有，就……就你！"高恩良回答说。

"没有？那一毛钱能买这多韭菜？"张华友纳闷了，问。

"一毛不，那、那个是……是，吭！是——九毛！"高恩良放慢了脚步，纠正道。

"啊呀了伙价，不是让你买一毛钱的韭菜吗？怎么……？"张华友跟在后边，不解地问。

"那个，吭！你……我，是无常说，说是我没听明白，那个——那个的前天……天，你割了二斤肉，怕不新鲜——肯定，添巴添巴，他还说多割点韭菜，那个那个……是你以后炒着吃，揉着吃，还……"

"好了，好了！嘿嘿嘿！"张华友笑得比哭还难看，心里虽然不满张武昌的恶作剧，但却装出一副无所谓的样子，"别说了，九毛就九毛吧，不就是多吃两顿嘛！奇好！奇好！割来了就好！"张华友从后边越到前边："老咔，这九毛钱买了多少斤韭菜？"

欲知后事，下回分解。

第十一回
为女相亲挖空心思
真话假说被迫无奈

上回说到，张华友好不容易等到高恩良回来，肉不知割了多少钱的，韭菜确实是买了九毛钱的。他纳闷，今早上只给了高恩良一元钱，才迫不及待地问。高恩良说："六十斤那个、那个……一、一两不缺！我跟着人家，吭！割了两……两个多畦子，半上午！"他站下来，一手扶车把，一手揪过白底蓝杠的长垫肩布擦着汗，"那个——六九五十四斤，正该，人家多搭了六斤，吭！是……是六十斤吧？"

原来，今天一早，朱文斋领着高恩良和三个青年来到果园装果篓子去红沟河集卖，近三千斤苹果和梨虽然都装进了篓子里，但是四辆推车无论怎么个放法，仍剩余四篓子果子装不上车。于是，朱文斋要高恩良推着车与他头前走，先到集市上卸下车，再回来推运剩下的。第一趟高恩良没顾得上给张华友割肉、买韭菜，第二趟，他一到集市上，放下车后，篓子都没来得及卸，就急急忙忙地去割肉、买韭菜。肉好办，集上有好多肉杆子，韭菜却难办，由于季节的原因，偌大个红沟河集市上卖韭菜的寥寥无几，且因他来得晚，每个摊上也就还剩个十斤八斤的，多的也不过二十斤。高恩良问了一圈，都是一毛钱五斤，他想把所有摊上的韭菜全买下来，但是货色又不一样，七长八短的，他担心张华友不愿意，一位卖韭菜的老头闻听后对他说："眼看就要下集了，各人差不多都快卖净了，就是全集上的韭菜都给你，恐怕也不够九毛钱的。这样吧，我是这本村的，你真买这么多的话，我的菜园子里还有，那菜园子离这里也不太远，就在村前，你就跟着我去割吧，算你一毛钱六斤，怎么样？"老实人就是老实人，高恩良二话没说，回到水果摊上，对朱文斋等人说了一声，就推起空车子，跟着老头割韭菜去了，所以才回来晚了。

"啊呀了伙价！好账法！对对！半点儿也不错！"张华友知道木已成舟，再怎么埋怨也于事无补，先奉承了一番后，才问："那肉呢？"

"那个、那个的……五毛四一斤，吭，是——不大到二两！在这儿！"高恩良摘下车攀，放下车子，从篓子里拿出用枯荷叶包着的、还没耗子大的猪肉。

"啊——"张华友张大了嘴巴，半天合不上。

却说憨木匠朱宇轩。午饭后，朱宇轩身穿列宁服（当时流行的一种服装）、高挽袖口，推着自行车，与一山里人打扮的家庭妇女并排着出了村，顺着南北路边说话，边慢慢走。村南这条路是条一般的乡村路，路面不太宽，且坑坑洼洼，平坦的路段少，出村就是一溜大下坡，斜度恐怕有三十度，路两边都是不太深的沟汉子。

朱宇轩问："表姨，今中午张华友家伺候的还行吧？"

"庄户人家嘛！"被称作表姨的家庭妇女笑笑，没做正面回答。这表姨年龄在四十七八，身材高大，体重在一百六十斤以上。但是从她那薄嘴唇、单眼皮上看，就是农村那种十分典型的能说会道的精明之人。朱宇轩问及张家伺候得如何，平心而论，是非常热情周到：她一到张华友家，全家人就像接天神一样，又是嘘寒问暖，又是让座让茶，当面阿谀奉承，说她有福气，夸奖她所提的闺女如何如何的好。午宴十分丰盛，鸡、蛋、肉、菜的摆了一饭桌。临别时张华友老俩一再挽留她在他家住一晚上，走时老俩直送到下崖。但这些都不好提在嘴上，怕说出来让朱宇轩笑话，于是说："俗话说得好，'在家喝凉水，强起十里路赶嘴！'这个忙时候，一个人恨不得当十个人使唤，你表姨我冒（方言：将近）二十里路大老远地赶来，还在乎一顿饭！"

"嘻嘻，说的也是！"朱宇轩笑了笑，"那你提的这门亲估计能成不？"

表姨摇摇头。

"不般配？"

"很难说！"

"就因为他家是单干户？"

"是！但也不全是！"当时，没有入社的单干户比比皆是，哪个村也有几户，不足为奇。不用明说，表姨肯定不是因为张华友家是单干户才摇头，含糊回答的。

"什么意思？"朱宇轩站下来。

"实话跟你说吧，"表姨也站下来，"我今天来不是为说媒，而是来相亲的！"

"怎么说？"朱宇轩惊讶地问。

"俺家你表姐，今年都二十多岁了还待在家里，四五两庄那提亲说媒的你来我去的倒不少，可就是高不成低不就，至今还没个实落埝（方言：婆家），唉！愁人！"

"嗨！甭愁！甭愁！我还有办法！"

"什么？"表姨用期待的目光看着朱宇轩，"你有办法？什么办法？"

"好好劝劝她呗！"

"劝？"表姨的单眼皮连眨了几下，"咋个劝法？"

"劝她别挑肥拣瘦的心里没个数，你先问问她，哪里能找到个正好般配、四眼齐（方言：家庭、本人、父母及家人等各方面都好）的！"

"唉！要是为了这就好说了！"表姨叹了口气，说。

"那……？"朱宇轩进了糊涂阵，不知道该用什么言词问下去。

"你表姐不愿意窝憋在山旯旮里待一辈子！可那来提亲所说的那些男方却没一个远的，都是四周边的，她一听就够了，说是，只要能够走出山里去，不管高的矮的、穷的富的、大点儿小点儿都行，丑俊莫论！要不甘愿在家待一辈子！我呢，儿子倒不少，就这么一个闺女，事事由着她，从小习惯了，也就不好为婚事逼她，怕逼急了再弄出个好歹来！这不，一年小两年大，眼看都到二十一了，在俺那地儿算是嫁不出去的老大闺女了！唉！你说俺住在那大山里，上哪儿去托个媒人把她嫁出山里去？为这，我跟你表姨夫成宿成宿地都睡不着觉。"表姨说着，在路边的石头上坐下来，长叹一口气："唉——！"

在当时，《中华人民共和国婚姻法》规定：男二十岁，女十八岁，方可登记结婚。如果青年男女超过二十岁而未结婚的话，就会被称为大龄青年。

朱宇轩点点头，又摇摇头，支下车子，没有说话。

"上个月，打听到你们村里有个姓张的户主，说是家庭比较富裕，就一儿一女，闺女出嫁了，儿子跟他姑父闯关东不在家，今年连虚岁二十五了还没成家，这不，我就来了。怕别人笑话，我才对外说是来说媒的！"

"哦！怪不得我从来没听说过你是个媒人呢。"

"不这样不行，哪有亲生父母为自己的闺女提亲说媒的！"

"这回可是走出大山了！"由于表姨所回答的都是模棱两可的话，朱宇轩捉摸不透，他也在对面的石头上坐下来，试探地问，"该中意了吧？"

表姨笑笑，摸起一根草棒在地上乱划着："说是丑俊不管、孬好不论，事实上并没那么简单，这婚姻大事可不是闹着玩的！你可能不知道，闺女找婆家比儿说媳妇难多了，儿说媳妇只要看中人就行，闺女找婆家呢，不是这里不顶对，就是那里不顶对，找个称心如意的还真不容易！那个叫什么张武成的长相到底是丑是俊，长长的还是团团的，脾气是好是坏，咱面儿都没见，光凭别人说怎么能行？再说他那父母——嗯，怎么说呢……"

这表姨家住西南山里，家中有六个儿女，其女儿排行老三，上有两个哥哥，都已成家，下有三个弟弟。她说女儿二十一岁，其实连虚岁二十三了，至今尚未嫁出。当她打听到这锦鸡岭一家户主叫张华友的，家中有个儿子二十五岁了，至今未成婚时，便动了心：这锦鸡岭虽然不是平原，但也比山里强多了，俩人的岁数也正好相当，只是对于张家的家境、父母的为人、儿子的真实情况心中无底，尽管听他人说张家如何如何的好，但百闻不如一见。她越琢磨越觉得有必要来一趟看看，心想：不行，我得亲自出马，一探究竟！要是行，中意的话，立马托媒人提亲，要是不中意，权当没这回事，再忙不就是耽搁一天工夫嘛！此事宜早不宜迟，以防夜长梦多。

主意一定，今天，天还未亮她就起了床，瞒着全家人，空着肚子，单枪匹马地向锦鸡岭赶来，到了朱宇轩家正赶上全家人吃早饭。饭后她向宇轩娘侧面打听了一下张华友家的基本情况，说是邻居的闺女委托她前来提亲。宇轩娘是个忠厚老实的人，说的与她所打听到的情况差不多。于是，二人来到了张华友家。张家给她的第一印象是：家庭情况一般以上，比较富裕，全家人好客热情，但与张华友一见面，连她自己也无法说清为什么，心里总感到有点儿别扭，不舒服。特别是看到他拿回家来的猪肉还不如耗子大时，又感到他太吝啬，不大方。如此，"中意"就减去了五分。至于他的儿子，虽然无法见上面，但是"槽头买马看母亲"，假如随他二老的话那相貌也好不到哪里去，至少是身个不高，要不，这么好的家庭条件，二十五六了还说不上媳妇？自然，"中意"二字也就无从谈起了。不过，她并没有堵死面子，临走时留了个活扣："我是看中了，没什么意见，只是不知那女方中意不中意，我回去问问再说！"其目的是：假如她的女儿和张华友的儿子在一年内都还没有订婚的话，此人未必不是再次的女婿人选。

表姨见朱宇轩没有吭声，接着说："还有，就是我这为娘的说中，你那表姐还不知愿意不愿意呢！"

"嗨！这还不好说？我还有办法！"

"你还有办法？"表姨怀疑地望着朱宇轩，问。

"让俺表姐自己来看看不就行了！"

"嗨！你就这办法呀？"表姨不知道"我还有办法"是朱宇轩的口头语，还以为他有什么锦囊妙计，原来是黔驴技穷，纯属耍嘴皮子。她鄙夷地瞥了他一眼，低下头。

"怎么样？婚姻自主嘛！"

"以后再说吧！"表姨搪塞道。她抬起头，目光一亮——绝望中的她像发现了新大陆，突然问："外甥，上过学吗？"

"上了，咋会没上？没上学怎么能当木匠，算尺寸呢？嘻嘻，只不过上的少点儿，上了不大到三年，还旷了四百多天课！"

这朱宇轩说的是实话，也不是实话，俗话说："瘦死的骆驼比马大。"朱宇轩上学时，其家境在全村来说是一般以上的，如果那时评定阶级的话，至少是富裕中农，难道这样的家庭条件还能供应不起他上学？回答是否定的。

他的父亲朱文斋在这偏僻的农村也算是知识分子了，更深明事理。他坚信"书中自有黄金屋"，每每与人谈起，都表示自己上学太少，否则，就用不着与土圪垃打交道了。他想把自己的夙愿转嫁到儿子的身上，殷切期望朱宇轩能刻苦读书，考取高等学府，光宗耀祖，所以才不遗余力地供应他。在家也加以辅导。然而，事与愿违——儿子聪明不失俏皮，伶俐带有捣蛋，做什么一点就通、一学就会，可就是课堂上不认真听讲，上学三日打鱼两日晒网，手掌被老师打得肿得跟气蛤蟆一样的事时有发生，母亲看在眼里，疼在心上，每次都陪儿子大哭一场，为儿子争情理，多次请求朱文斋让儿子辍学。而朱文斋起先还以"严师出高徒"的名言劝解妻子，强调上学的重要性，到后来看到儿子实在不想上学了，硬逼亦无益，只好对天长叹，听之任之。如此一来，朱宇轩名义上是上了四年学，而实际上到校学习的时间还不大到两年。

"哟，不就是二年级还没毕业嘛！啧啧！可惜了你这个块才！要是能上到现在，考高中，读大学保险没问题！"表姨用惋惜中带着夸奖的口气说。

"虎走遍天下吃肉，狗走遍天下吃……"朱宇轩一副玩世不恭的样子，"屎"字未出口，意识到说错了话，立马改口，来了个借坡下驴，"吃什么来？它就吃老虎！吃了吃不了，那是它的事！命里该当吃一斗，走遍天下吃十升，无所谓呗！"

"这孩子，无论是脑瓜还是嘴巴儿真是百里挑一，没比的！还有他那家庭，要是闺女能嫁给他的话，那算是……"表姨点点头，心里说。于是直奔主题，问："今年多大了？"

"连虚岁二十一！"

"有对象了吗？"

欲知后事，下回分解。

第十二回
赠送土产礼尚往来
捕捉蚂蚱纯饱口福

上回说到，表姨为女儿相亲，乘兴而来，败兴而归，于是在朱宇轩的身上打起了主意，问他有对象了没。朱宇轩回答说："月下成双对，镜前配鸳鸯！"

"这么说是你还没有啦？"

"不！不！"朱宇轩感到刚才自己打的比方有些不贴题，犹豫了一下才说，"这——说有也行，说没有也行！"

"咳！你这是什么话？有就是有，没有就是没有，咋叫说有也行，说没有也行？"显然，表姨对他这模糊的回答是不满意的。

"嘿嘿，说有呢，既没托人说，也没登记，不算是有！说没有呢，好像还真有那么回事！"

"哦，那女方是谁？"表姨急切地问。暂且不提。

　　却说小风稍曹义霞。下午两点半左右，她一手拎着内装五六斤猪耳朵扁豆的白包袱，一手提着一斤左右的两串蚂蚱，慢慢地进了场。当她一眼瞥见房前的横杆上已经担着每张贴有五页湿粉皮的两张帘子时，不由得由走变成小跑，未来到作坊门口，先不好意思地说："哟！你们早干开了？我又来晚了！"

"不晚！不晚！"朱文斋在开水锅里抡着装有豌豆、地瓜粉子合成的稀糨糊状粉皮料的红色铜镟子，没有责备，而是微笑着和蔼地说："昨天下雨没干成，今天趁着天气好，想吊三个坨子粉皮，所以提前下了手！"

　　原来，他们每天基本上都是吊两个坨子，没特殊情况的话，很少吊一个或三个坨子。因为，一个坨子不值得吊，三个坨子得熬到半夜才吊完，第二天也就没什么精力干活了。

"哦！"曹义霞进了屋，将包袱和蚂蚱放在磨台上，说，"三大爷，俺娘叫我把这点柴扁豆捎给您，这两串蚂蚱是我趁晌午头下坡抓的，好给您做酒肴，走时别忘了拿着！"

　　曹义霞的父亲前年突然得了一场急病，医治无效，谢世时还不满五十岁。父亲死后，曹义霞与母亲和年幼的弟弟三人相依为命，苦度岁月。没有顶梁柱的家庭就像塌了天，无所依靠，家里家外许多事情都得求人。朱文斋可怜这个残缺家庭，常热心地帮着打谱出主意，处处给予关照，什么盘炕、支锅台、垒墙的活，不但有请必到，且毫不计酬地全包全揽。什么出圈粪、推土运肥等笨重活，也由其儿子朱宇轩承担。朱文斋没有女儿，老伴年老体弱，两眼老花，什么缝缝补补的针线活，曹义霞和母亲也就自然揽过来干。如此一来，两家越交往越深，相处越来越融洽，有什么缺物、稀罕物，都会相互赠送。

　　昨天没有吊粉皮，今天上午粉房里没什么活，曹义霞晾完集体的地瓜干后，午饭也没吃，就带上针和线去坡里抓蚂蚱了。这锦鸡岭荒场多，蚂蚱多，曹义霞又是抓蚂蚱的高手，几个钟头下来，就抓了三串蚂蚱。她回家吃完饭，洗刷完毕，就准备去社场，临走母亲让她带上早已包好的猪耳朵扁豆送给朱文斋，她又挑选出两串较长的蚂蚱带上，这才起身。

按以往的惯例，这个时间走一点儿也不晚，没想到今下午吊三个粉坨子。朱文斋对曹义霞带给他的礼物也没做什么客套谦让，只是心疼地说："晌午头子也不嫌热。"朱文斋将已经熟了粉皮的铜镟子放进锅台上盛有凉水的大盆里，又拿起一个空镟子，就灶南空地上用三条腿木架支着、盛有粉皮料的酱红色大缸盆里舀上一木勺料，倒进镟子里，放进锅里，道，"真难为你啦！"

"没什么，闲着也是闲着，反正地里又没法干活！"曹义霞说着，挽挽袖子，向灶下添了一把柴火，摘下挂在墙上的白色围裙边扎着，边来到北墙根，去搬门板上已铺满五页粉皮的帘子。

"小风稍，你先坐一边歇歇喘口气。"一直没有插话的庞玉娟扒下镟子上的粉皮，就围裙上擦擦手，一边去夺帘子，一边道，"我来吧！"

"不用！"曹义霞搬起帘子，"忙你的去吧！"说着一溜小跑出了房门。

再说张武昌。他家住在社委以东的南北胡同里，这条胡同不长，胡同以西只有两户居住，前面的一户沿街开门，他家就住在后面，东西向门楼。说是门楼，其实是座大过道，足有一间房子大，里边有镢头、锄、铁锨等小型农具，还有一小堆干土。双扇大门上去年贴的"幸福全靠共产党，翻身不忘毛主席"的春联，由于没被雨淋，字迹和纸质变化不大，虽是如此，与门口两旁贴的两个大红纸双喜的鲜亮度还是相差甚远。原来，张武昌的大女儿出嫁还没有仨月。

胡同以东就住有几户，还都沿街住着，临街的一户房后是个柴火园子，其他几户的房后大都空着，只有杂树。所以张武昌家一出大门口，隔条南北路对面就是田野，地里还有茼茬，茼地里有几个已经挖好的宽一米二三、长约两米、深在一米八九的地瓜种窖子。

"好嘞！"张武昌晾晒着大门以北临墙摊开的湿土，他锄完最后一锄，得意地说，"大功告成，搞酒肴去喽！"

"爹，搞什么酒肴？"正在门楼旁土堆上玩耍的五岁的孪生兄妹听说后，男孩方方问。

"抓蚂蚱呗！"张武昌拿起锄头向门口走去。

"抓蚂蚱？我也去！"方方站起来，说。

"爹，我也去！"女儿圆圆抢先跑过来，喊。

"去去去！一边玩去！"张武昌将锄头放进过道里，掩上双扇大门，"抓蚂蚱你们当是什么好玩的？都在家好好看门！要不让小偷盗了东西去怎么办？听话！"

这抓蚂蚱说是玩也行，说不是玩也可，因为它是一门技术含量较高的耍儿，并不是人人都可以玩的！一是季节。蚂蚱除蝈蝈类是杂食外，其余的都是食草性动物，一年一代，很少有繁衍第二代的。除春天的无翅"裸驼"和惊蛰时成虫的红里翅子的"撒拉斗"外，大都于中夏破卵出土，中秋左右成虫并怀子交配、产卵，秋后死亡，山里的越冬蚂蚱除外。二是时间。抓蚂蚱的最佳季节是中秋节前五天至九月中旬，此时蚂蚱个个膘肥体胖，母体子满。抓蚂蚱的时段最好选择在午后一点半至五点。因为一早一晚它会钻进草丛底下，有的还钻进土里。中午前后，蚂蚱最为活跃，灵敏性强，能蹦善飞，不好捕捉。下午一点半后至五点前，较为老实，好抓。三是场地。蚂蚱喜欢蛰伏在荒场、田埂和地瓜地、花生地等处，高秆作物地里很少有。四是技巧。蚂蚱的种类很多，性格各异，有的好静，有的好动，有的神经质，一有风吹草动马上起飞，甚至见到别的同类起飞，它就会起哄跟着飞，那一翅子就能飞十几或几十米，甚至百米。再者，蚂蚱的身色与周围环境色极为相似，很难辨认。如此，就要看抓蚂蚱人的捕捉技巧如何了。其技巧是：眼观六路，耳听八方，动作快，轻轻行，迎头拦，别后捕，先顾大，后顾小，先捕苍的，后扑老实的，起飞远的不理，起飞近的先判断值不值得再决定要不要捕。能掌握这一技巧的是一流高手，即使中午前后也能有所作为。二流和三流的捕捉者，只能在下午一点半后才出兵开战。所谓二流者、三流者，其区别就在于：前者用手捕，快、方便，后者用蚂蚱拍子捕。用蚂蚱拍子捕，利小弊大：所谓利，捕捉面积大，甭担心蒺藜棘子扎着手；所谓弊，用力小了拍不死蚂蚱，拍子拿开时蚂蚱可能飞掉，用力大了能把蚂蚱拍碎，还需远避障碍物，再者就是耽搁工夫。

那个年代，由于豆油奇缺，人们都舍不得炸蚂蚱，用少量的油炒的蚂蚱则是庄户人家极好的下酒肴。当时此地虽然蚂蚱多得很，但是，多数人对此只能望洋兴叹。张武昌好这一嘴，且也是抓蚂蚱的行家里手，至少算是二流高手。每到抓蚂蚱的季节，一有闲空他就去抓，但是他从不愿意孩子跟着，以防碍事，这才哄骗两个孩子。

"嗯！"圆圆懂事地点点头，原地站下来。

"不嘛！俺就不嘛！"方方上来拽着张武昌的一只手，撒娇地嚷着："让圆圆看门，我要跟你去抓蚂蚱！"

"你呀，太不听话了，有你妹妹一半的乖就好了！"张武昌责备了方方一句，又扭头夸奖圆圆，道，"俺圆圆乖，听大人的话！记好了，千万别到处乱跑，待会儿你娘也就回来了！"

"不！俺也不看门了，俺也去！"圆圆跑过来，说，"俺也去抓蚂蚱！"

"去去去，一边玩去！"未等张武昌说话，方方以小大人的口气说，"你还小，在家看门，等咱娘回来！"

"你大？你不也是连虚岁才五岁吗？"圆圆不服气地反驳道。

"我？我是男子汉，你能比吗？"方方指着自己的鼻尖，顺手用大拇指擦了下鼻头，"丫头片子！"

"不！俺偏要去！你管不着！"圆圆不服气地说。

欲知后事，下回分解。

第十三回
谈婚姻表姨找没趣
送亲戚木匠钻进沟

上回说到张武昌想去抓蚂蚱，他先是答应了方方跟着的要求，而圆圆不甘心自己在家看门，也非要跟着不可，张武昌不解，问："为什么？"他笑笑，站下来问圆圆，"刚才你不是答应在家看门吗？"

"俺一个人在家害怕！俺不敢！"圆圆嘟囔道。

"好好好，都去逮蚂蚱！"张武昌想了一下，"都去还不行吗？"

"抓蚂蚱去喽！抓蚂蚱去喽！"方方松开张武昌的手，与圆圆拍着小手高兴地跳起来。

"去可得好好听话，不许碍事绊拉脚！"张武昌锁上大门，一手牵着一个孩子，"走！"

"爹，咱上哪去抓蚂蚱？"圆圆问。

"去西南坡小闺女放鸡，那里蚂蚱多！"张武昌回答说。

"爹，什么是小闺女放鸡？"方方问。

"到那里就知道了！"暂且不提。

回头再说朱宇轩与表姨。此二人坐在原地未走，表姨继续循循诱导朱宇轩，问："有把握吗？"

"嘿嘿！"朱宇轩摇摇头，没有说话。

"要是这样，那可得抓紧，俺表姐和表姐夫都上了岁数，不能再拖啦！"表姨望着朱宇轩。

刚才，在表姨的纠缠盘问下，朱宇轩不得不如实说。所谓有，那就是指曹义霞，可二人的关系既没有进展，也没有后退，还在原地踏步走。对外界说有的话，还得打个问号。说没有吧，二人至今未结束恋爱关系。至于把握如何，朱宇轩心里没底，无法判定。现在表姨说他父母上了年纪，要他抓紧时间确定婚姻关系，不要再拖了。这个问题就是不用表姨提醒，他本人也比谁都明白，而且也十分着急。可这拖与不拖，并不是他朱宇轩所能左右的！但换个角度说，这拖与不拖，也不能说跟朱宇轩一点儿关系没有！

朱宇轩不是独子，他还有个妹妹，只是她受极刑而亡。在他三岁那年，母亲生孩子难产，胎位不正，一天一夜也没能生下来。偏僻农村遇上这难产，要么大人死，要么孩子亡，再不就是大人孩子都不保，只有这三条路。甭说，无论如何得先保大人，否则，就是孩子当时能保住性命，以后也未必能成活。至于第三条路可能没人会选择。为保住大人，接生婆用剪刀将婴儿绞成段，一块块拿出来。宇轩娘的命虽然是保住了，却落下了一身病。那这些与朱宇轩与曹义霞的婚事拖与不拖有必然关系吗？回答是肯定的！

这得从三年前说起。自曹义霞的父亲去世后，朱、曹两家来往密切，朱宇轩先是在父母的命令催逼下经常为曹义霞家干这干那，后来就成了自愿的。曹义霞呢，是他的得力助手。当时二人还两小无猜，但随着年龄的增长，接触次数的增多，二人的心里就产生了一种不可言状的东西，这种东西称它为什么呢？干脆就叫它男女之间的特殊情感吧！这种特殊情感是从什么时候开始的呢？恐怕连当事人自己也说不清楚是去年春天还是夏天，或是秋天。彼此越来越关注和在乎对方了，大有一日不见如隔三秋之感。然而，却是苘秆子打狼——两方都担心，谁都不愿先戳破这层窗户纸，怕的是对方拒绝。如此，情感是拉近了，言语行动却拉远了：以前二人无拘无束，无话不谈，经常打打闹闹，触肤切体的现象司空见惯。后来，心里有许多话想与对方说，可见了面却又感到没得说，只是胸膛里的"小兔子"不安分守己了。说话前，要先看看四周有没有人注意，在一起干活或做事时，两人都有意远离对方，即使不得已必须近距离劳作时，也显得拘拘束束，一本正经。他们这种反常的行为，明眼人一看就知道，二人在搞恋爱了。

对于此事，对作为父亲的朱文斋来说，他从内心里就喜欢聪颖、手巧、能干、做事麻利的曹义霞，殷切期望她能成为自己的儿媳妇，但表面上却不闻不问，任其发展，一副漠不关心的样子。因为他深知喜欢和婚姻是两码事，船到桥头自然直——能不能结婚就看儿子的造化和两人的缘分如何了。

而朱宇轩的母亲呢，因为她知道自己这风中残烛般的病体，怕的是说不定哪天一口气上不来就会撒手西去，如果在她闭眼之前，不能看到儿子成婚，就是在九泉之下也不能瞑目！所以，在儿子还未到谈婚论嫁的年龄时，她就急着求亲戚、托媒人为朱宇轩说媒提亲。当时朱宇轩还太年轻，对这方面不上心，敷衍地相了几个，都没看中。自从有了与曹义霞这层关系后，媒人再来说，朱宇轩既不应口，也不去相。母亲虽然明白儿子的心意，但却更急了，她打心里也喜爱曹义霞，巴不得曹义霞早日进门，自己早日抱上孙子，好了却自己的最大心事。年前年后她几次与儿子商量，想托人去曹义霞家提亲，朱宇轩却坚决反对——他怕对方一口回死，那丢的不只是他一人的脸面，全家人的脸面和父亲的威望都会化为乌有，到那时后悔就晚了。更何况曹义霞的娘一直持反对意见，尽管她只是限制自己的女儿，没有亲口对朱文斋家说开，但是世上没有不透风的墙。如此，与曹义霞的婚事朱宇轩就是想加速向前赶，那也是枉然。然而，他对此并不甘心，他要想方设法找机会，挽回局面，因为曹义霞在他的心目中是他选择对象的唯一标准。故此，面对表姨他只能"嘿嘿"一声，作为回答。

表姨不知其中缘故，巴不得曹义霞和朱宇轩的婚事没戏，她好粉墨登场唱主角，见朱宇轩摇头，正合了她的心愿，于是，单刀直入，微笑着说："外甥，你跟我说个实话，到底是有把握，还是没有把握？要真没有把握的话，那表姨我给你保个媒怎么样？"

"保媒？谁呀？"朱宇轩惊讶地问。

"俺家你表姐呀！"表姨眼睛直瞅着朱宇轩的脸，细细观察他的表情，问，"怎么样？"

"她？"朱宇轩低下头来。

"嗯！你俩小时候经常在一起玩，这多年没大走动了，见了面也不一定能认出来！不是表姨我王婆卖瓜——自卖自夸，现如今你表姐出脱得真是要身段有身段，要模样有模样，比你大一岁，正好般配！怎么样？"

"这、这个么——嘿嘿，以后再说吧！"朱宇轩没有直接驳表姨的面子，而是婉转地回答。他讪笑着站起来，岔开话题："表姨，天不早了，咱该上路了！"

"哼，不知好歹的东西！这送上门来的好事，还以后说，你说去吧，甭挑肥拣瘦，要是能找到像我女儿这么好的姑娘做媳妇，算是你家烧了三辈子高香！

什么玩意儿！一根筋！"表姨感到十分尴尬，她又气又恨，可又无理由发作，只能在心里骂。说出来的却是："你这孩子！"她站起来，问，"几点了？"

"三点半多……"朱宇轩偷偷地瞥一眼太阳，又煞有介事地抬腕看了看表，"多三分！"

"哟！是不早了！那得快走，到家还近二十里地呢！"

"上来吧，表姨！"朱宇轩放下自行车，推至路中央，拍拍后货架。

"能行吗？"表姨围着自行车转了一圈，疑惑地问。

"不在话下！"朱宇轩自信地说。

"那、那我可要上了？你得扶好！"表姨围着后货架转了几圈，不知如何坐才好。

"向东回头，偏坐！"朱宇轩指点道。

"哎！哎哎唉……哎呀！"看得出表姨从未坐过自行车，她向上一跳，屁股实实在在地砸在后货架上，朱宇轩毫无准备，加之自身轻，前轮撅上了天，后轮就地转了两圈，前轮才着地。还好，仗着表姨腿长，跳下车子，只闪了个趔趄，没有摔倒。

"嗨，哪有你这样坐车的！"朱宇轩擦擦头上的汗，笑着责备道。

"嘿嘿，算了！"表姨歉意地笑笑，"还是我自己走吧！"

"你想步辇走？那恐怕黑天也到不了家！"

"那……？"

"我还有办法！"朱宇轩说着将车推到路边，一脚踩地，一脚踏在高出地面十多公分的石头上，先骑在车座上，"上吧！"

"能行？"表姨虽然心里忐忑不安，但是还是小心翼翼地坐上了后货架。

"对对！就这样，把腿抬起来，别着地！"朱宇轩叮嘱道，"坐稳了吗？坐稳了，那咱走！"

自行车顺坡而下，越来越快。

"表姨，快吧！"朱宇轩惬意地说。

"快！都飞起来了！"表姨紧闭双眼，脸已吓得蜡黄。

"我还有一个挡没加上呢！"朱宇轩喜形于色，颇为自豪地吹嘘道。

表姨慌忙阻止道："够快的了，千万别加了！我……"话没说完，只听"咯噔"一声，自行车驶进一个卡窝子，车子剧烈颠簸了一下，表姨被闪下来，"咕咚"一声跌坐在地上。"哗啦啦！"失控的自行车"啪嗒！"一头扎进了路边的沟汊子里。

欲知后事，下回分解。

第十四回
讲述村名凭空想象
寻觅酒肴意外收获

上回说到朱宇轩送表姨回家，因路况不好，表姨被颠下自行车，而自行车失控，一头钻进了沟汊子里。还好，朱宇轩正巧跌进了一个不深的泥湾子里。他人没受什么伤，只是磕掉了自行车的一只脚踏子。

"哎哟！哎哟！叫你别加挡你偏加，哎哟哟，可疼死我了！"表姨好歹站起来，摸着屁股，四下看了一会儿，却看不到朱宇轩的身影，还以为朱宇轩自己头前跑了，于是顾不得喊疼了，忙一瘸一拐地向前颠着，喊道："哎，外甥，你去哪儿啦？等一等我！外甥！"

"我在这里！"朱宇轩趴在泥湾子里，抬起满是泥巴的头，答道。

"哟，你怎么在这里？"表姨折回身，来到沟边，嘲弄道，"你还有办法吗？"

回头再说张武昌爷仨去抓蚂蚱的事。张武昌爷仨出了村，直奔目的地，一双儿女头前跑，他在后边跟着小跑，大概是怕儿女碍事，或许还有别的原因，今天他特意做了一个用高粱秆和半干的地瓜蔓子组成的蚂蚱拍子。见儿女已经到了荒场边缘，忙大声喊："别跑了，别跑了！小闺女放鸡到啦！"

被称为小闺女放鸡的地方，其实就是一片占地数十亩的大荒场，其间虽然有几块庄稼地，但也小得可怜，仅能栽种几十棵地瓜，或是断种缺垵、少头无穗、秆如小拇指粗的、不值得收割的小片晚高粱。前天夜里一场霜冻，原野里草儿没那么精神了，地里的地瓜蔓子头都蔫蔫了，绿色的叶片变成了青灰色。

"到了？"一人拿着一根高粱秆连蹦带跳跑在头前的方方、圆圆闻声在荒场边上站下来，先环视了一下。方方回头问："爹！小闺女在哪里？怎么没看到？"

"是啊爹，鸡都跑哪儿去了？"圆圆也纳闷了。

"没有小闺女，也没有鸡！"张武昌气喘吁吁地跑过来，回答道。

"你不是说小闺女放鸡吗？"方方问。

"只是叫这么个名！只是个传说！"

"名？传说？"圆圆问，"为什么？"

"说来话长啦！"张武昌在一块石头上坐下来，从衣兜里掏出一个猪尿泡做的烟包和裁好的本子纸，慢慢地装着烟末，说，"听我爷爷的爷爷的爷爷……"

"爹，你怎么那么多爷爷？"方方在张武昌的对面蹲下来，打断了他的话。

"去去！什么爹有那么多爷爷？爹是说上辈子的上辈子的上辈子，到底是、是——嗨！跟你说不明白！一边好好听！"张武昌卷好烟，划燃火柴点上，吸了两口，"这样说吧，在很久很久很久以前，有个人天不亮就上坡，月明地儿看见这里有一个小闺女放着一群鸡……"

"爹，那小闺女多大了，黑夜里放鸡，她不害怕吗？"方方来到张武昌身边坐下。

"去去去，就你事多！她害不害怕爹怎么知道？至于岁数嘛——大概也就十一二，也可能是十三四岁吧！"

"爹，你怎么知道的？"方方好奇地问。

"爹当然知道！要是跟圆圆一般大，大白天一个人连门都不敢看，能在黑夜里放鸡吗？要是再大了不就是大闺女了？你说是不是？"

"嗯！"方方点点头，"还有，你不是常说鸡一到黑天就什么也看不见，可……"

"方方，别打岔了！"站在张武昌身后一直没说话的圆圆不满了，"好好听爹说嘛！"

"还是俺圆圆懂事，乖！"张武昌转身摸了摸圆圆的头，接着说，"那群鸡是多少只呢？少说也有七八只，也可能是十来只，或者二十多只吧，否则就称不起群了！那群鸡个个浑身的毛都花里胡哨、五彩斑斓，比咱家里的大花公鸡还漂亮！那个人一见，就想跑过去看个究竟，可是呢，等他跑到跟前时小闺女和鸡都不见了。"

"爹，小闺女和鸡都跑哪儿去了？"方方双手托着小脸问，"那人不会到别埝（方言：处，地方）找找，肯定是跑到秫秫（方言：高粱）地里藏起来了！"

"找了，不光秫秫地里没有，哪里也没有！"张武昌回答说。

"为什么？"方方放下手，问。

"因为那是——是神灵或是仙家显化的，也可能是金子！对对，肯定是金子！所以咱村就是根据这才叫锦鸡岭的！"

"爹，咋要鸡不要人呢？"方方站起来，愤愤地说，"该叫小闺女岭才对！"

"对归对，可叫起来多别扭呀！"张武昌贪顾说话，烟什么时候灭了都不知道，他干吸了两口后，才划燃火柴重点上烟，问，"哎，你们知道卧龙岗吗？"

"不知道！"圆圆摇摇头。

"咋不知道？肯定是趴着一条龙，要不就是俺姥爷趴在上面！"

"你姥爷？"张武昌糊涂了，"他干吗趴在上边？"

"听俺娘说姥爷是属蛇的，还说属蛇就是属小龙！"

"哟，你还真会联想呢！可惜你没猜对！你们哪——都没有看过三国演义，当然不知道了！"张武昌拔下卷烟，说，"卧龙岗其实也是一道埠岭子，正因为诸葛亮出生在那里，又因为诸葛亮字孔明，号卧龙，所以才叫卧龙岗的，如果叫诸葛亮岗，或是诸葛孔明岗的话，那多饶舌！这下你们都明白了吧？"

"不明白！"方方回答。

"不明白！"圆圆也回答说。

"不明白？爹知道你俩心里都明白了，只是太谦虚啦！"

这张武昌虽然只上了三年学，但脑袋瓜特别聪明，说书唱戏不能说听一遍就会，但两三遍就能记个八九不离十，而且还能编故事。他刚才讲述的村名来历，是真有其事，还是他杜撰的，有待考证，作者不敢断言。不过锦鸡岭村附近确有这么个地名。

"爹，俺真不明白！"圆圆从后面转到张武昌面前，"你快说说！"

"哦，真不明白呀？那等爹以后有空再跟你们说！"张武昌就地捻灭烟蒂，"天不早了，咱们该去抓蚂蚱啦！"说完，蹦起来，向荒场走去。

兄妹俩兴致正浓，思想还停留在卧龙岗上，站在原地未动。

"哎，你俩还不来抓蚂蚱，傻站在那儿干啥？天一冷蚂蚱就钻进土里去了！快来！"张武昌掐下一根胡枝子条（一种半木本藤状伏地植物），催道。

"好吧！"兄妹二人拿起高粱秆，无精打采地来到张武昌的前面胡乱抽打着。

"哎，怎么说的？不许碍事绊拉脚！"这地方蚂蚱是不少，但都给兄妹俩轰飞了，张武昌生气地说，"都到后边去！要不离我远点儿，到那边去抓！"

"嗯！"二人不情愿地走向一块地瓜地。

"爹，长虫（方言：蛇）！"方方喊。

"长虫，爹！长虫！"一条比茶碗口还粗、近两米长的黄皮黑花的大蛇正蜷曲在草丛中休息，被"啪！啪！啪！"的抽打声惊了，蜿蜒着钻进了地瓜地，俩人边跑边转了嗓子地喊："爹！爹！长虫！大长虫！"

"大长虫？别跑，站下别动！"张武昌跑过来，问，"多长？"

"这么这么长！"方方伸开双臂，两手在背后几乎碰在一起地比划着，"身上还带着花，吓死人了！"

"哈哈！活该咱爷们有口福，是它自己撞到枪口上了！"张武昌眼睛一亮，咽了几口唾沫，问，"在哪儿？"

"那边！"圆圆指指地瓜地，"钻里边去了！"

"你俩在这站着别动，我去逮住它！"张武昌扔下蚂蚱拍子和胡枝子条，挽挽袖子，蹑手蹑脚地走进地瓜地，四下瞅了一下，"呀哈，你原来在这儿呀？藏得够严实的！"说着疾步凑上去。说时迟那时快，张武昌上去一把揪起大半截身子钻到地瓜蔓子底下的蛇的尾巴，轮了两圈，又倒着抖擞了一阵，那蛇便直棍儿似的不动了。于是，他另一手掐着蛇的脖子，炫耀地将蛇扎在腰上，向地头走来。

"爹，别过来！"方方倒退着，大声喊。

"爹，怪吓人的！"圆圆跑向一边，"俺害怕！别过来！"

"害怕？害怕这还不好说！"张武昌岔向地边。

预知后事，下回分解。

第十五回
病入膏肓万分焦急
势在必行一筹莫展

上回说到，张武昌带着两个孩子去捉蚂蚱，却意外地抓到一条在当地罕见的大蛇，他心里比拾到两元钱还高兴。原来，张武昌的一个亲娘舅很早就下了关东，家就住在长白山附近。他十多岁时曾跟着母亲、父亲去过几次舅家，且都一两个月价待。那里蛇特别多，当地的人大都喜爱吃蛇，什么炸着吃、烹着吃、煮着吃，反正什么样的吃法都有，不一而足。张武昌刚接触活蛇时，还有些害怕，更不敢品尝，后来竟逐渐吃上瘾了，就常与舅舅一起到野外抓蛇，回舅舅家做着吃。自爹娘死后，他再也没去过东北。虽然多年没有吃蛇了，但是，蛇肉的那个鲜美劲儿，他至今回想起来，似乎口中还留有余味。

锦鸡岭这地儿虽然也有蛇，但是很少见到大的，太不值得下锅。因为当地人不吃蛇，见到蛇都想法把它弄死，所以，即使有大点儿的也是死的，等张武昌见到时不是死的时间长了，腥臭味难闻，就是被砸得伤痕累累，面目全非。像今天抓到的这样的大活蛇他还是头一遭儿见。只见他将蛇扎在腰上，向孩子们身边走来，方方和圆圆都喊害怕，于是他岔向地的另一边，用石头对着石头砸烂了蛇头，才站起来，掂量着："好家伙，少说也有二斤半！足够咱爷们撮一顿了！"

"爹，能、能吃吗？"圆圆倒退着，说。

"能！太好吃啦！放在油锅里一烹，或是清水锅里一煮，蘸着酱油和蒜泥吃，甭提多香了！走走，走，回家下锅去喽！"

"爹，那酒肴……？"方方问。

"酒肴？你是说蚂蚱吧？哦，有它就行，比蚂蚱强多了！走吧，回家吃饭去！"

却说张华友家。张华友家有草房三间，是分家后建的。东窗前有一棵籽石榴树，主干足有茶碗口粗，上面的石榴已经所剩无几。西窗下有一口大水缸和一口较小的咸菜缸，东头是一间与正房接山的挂耳屋子，里边放着一些小型农具什么的。本来就不太大的院子里摊晒满了湿豆棵，靠房根留了一条仅容一人通过的小道。院子西南角是猪圈。房门至圈门间也留有一条小道。紧挨猪圈向东是长长的敞口棚子，棚子西头拴着一头驴，中间放着一挂马车，东头堆有草料和柴草。棚子以东有一棵搂抱粗的大国槐树，主枝上挂满了玉米皮编成辫子的玉米棒。可能是为了马车出入方便吧，没有搭建门楼，棚子东墙与挂耳屋子之间是仅有几米长的一堵土打墙，墙上留下的豁口算是门口。

明间里，地上放着一张短腿方形饭桌，在灶台上墨水瓶做成的煤油灯的照射下，但见桌子上摆有一碗刚揉的韭菜咸菜，一盘蛋少得勉强能连成块的韭菜煎蛋，一小盆以韭菜为主、只有一个荷包蛋的菜汤，一个白瓷酒盅。桌子北头靠墙跟摊晾着四五十斤韭菜。

张二婶蹲在灶前用扒去皮的、长有枝杈的胡荽秆燎好酒，顺手将未燃尽的荽秆插进灶下的灰土里，转身把能盛二两酒的大肚铝铁酒壶放在桌子上，说："他爹，酒燎好了，进来吃饭吧！"

"啊呀了伙价！萱萱她妈还没回来，吃饭咋这么急伙计！"张华友在院子里回答。

"你和萱萱先慢慢吃着菜等着，"张二婶站起来说，"要不菜就凉了！"

这张二婶个不高，长方脸，过早花白而又稀疏的头发在脑后挽了一个小巧的纂，一对小裹脚多说也超过不了五寸长，走起路来有点儿东摇西晃，要是遇上一阵大风，没准就会被刮倒。人们"对症下药"，称她为"小脚家"。她五十岁刚挂零，比张华友小了近二十岁，要是不知真情，说这夫妻俩是父女俩的话，那也肯定没人会怀疑。她性格温和，对丈夫从来是唯命是从。见张华友没应声，她走出门，倚着门框，望着院门，自言自语地说："天都这晚了，武贞咋还不回来？"说完，回屋搬了个小马扎择起韭菜来。

"啊呀了伙价！甭怕，过来吃呀！"棚子的前檩条上挂着一个竹制圆形鸟笼子，里边养有一只画眉。吊着胳膊的张华友端着半小碗小米拌炒鸡蛋，用小铁匙子向鸟笼子里的白花瓷鸟食罐里添着食物："下来，下来，给你喂食呢！荡秋千干啥？"那只画眉却不买他的账，扑棱了一阵翅子后，双爪抓在了笼子顶上，胆怯地望着他。

"姥爷！姥爷！鸟怎么还会打秋千？"正在房门外吃籽石榴的四岁女孩萱萱闻声跑过来，"我看看，我看看！"

"好好好，姥爷拿下来你看！"张华友放下小碗，摘下鸟笼子，搁在杌子上，叮嘱道，"它怕生人，靠远点儿看！"

"姥爷，姥爷，它怎么不会站，光会打秋千？"萱萱与张华友退离鸟笼子两步远，好奇地问。

原来这只画眉天生畸形，双爪都没有后脚趾，所以在笼子的横梁上咋也站不稳，不得不倒着荡秋千。

"啊呀了伙价！都是你武昌大舅办的好事！"张华友蹲下来，从脖子上抽下烟袋，装着烟末说。

"俺大舅？"萱萱回过头，问，"他怎么了？"

"火！听到了没有？"张华友没有接茬，而是对屋里喊。

"嗳，来了！"张二婶放下韭菜，拿起灶前的蒿秆在煤油灯上燃着，出来给张华友点上烟后，又回到屋里。

"前年我养了一只画眉，没看好让猫给吃了，今春上你大舅进城办事，我托他再买只，倒好，画眉是买来了，却不会站横梁。"张华友吧嗒了两口烟，说。

"为什么？"

"啊呀了伙价！你没看见吗？它天生残废，没有后脚趾呀！"

"没有？"萱萱走近鸟笼子端详着，"那他咋还买？"

"贪图贱呀！当时这画眉站在平地上，不仔细端详是看不出来的。你大舅不会耍鸟，光感到比其他画眉贱八毛钱，就买来了！"张华友站起来，走近笼子前，"嘿嘿，也好，也好，八毛钱能割斤半猪肉呢！"

"那……"

"汪！汪汪！"随着叫声，一只大黑狗踩着豆棵从大门外跑过来，围着张华友撒欢。

"啊呀了伙价！是萱萱妈回来了！"张华友抚摸着狗的头，说。

"妈妈——！是妈妈回来啦！"萱萱听说妈回来，顾不得看鸟了，张着两只小手向院门跑去。

"萱萱！"张武贞用镰刀柄背着一捆鲜地瓜蔓子头进了院子，"没惹姥爷生气吧？"

"妈妈，妈妈，姥爷少了俩脚指头，不会站……"萱萱没有接茬，拉着张武贞的手倒退着。

"啊呀了伙价！姥爷啥时候少了俩脚指头，还不会站？你看是少吗？你看我不会站？"张华友脱下鞋子，望着萱萱，炫耀地说，"姥爷不但会站，还会跳呢！是鸟……哎哟，哎哟哟！"他没跳几下，不小心一脚落在豆棵上，被几个干豆角的尖扎伤了脚底板，疼得扳起伤脚就地转起圈来。

"是鸟！鸟少了指头，还会打秋千呢！"萱萱没有顾及张华友，自我纠正着，"妈妈，快去看看！"

"妈知道，不是少了指头，是后脚趾！"张武贞笑笑，"萱萱乖，别碍妈的事，找姥娘去！"

"嗯！"萱萱噘着嘴，跑进屋里。

"爹，您咋不先吃着？"张武贞走到房门口，瞥见明间的饭桌，问。说着脚步没停地来到圈门前。

"我叫你爹先吃，你爹不，说是等你回来一块吃！"未等张华友回答，张二婶走出来，接下地瓜蔓子，说。

"嗨！等我干什么？"张武贞敞开圈门将一半地瓜蔓子扔给母猪，掩上门后，又拿起另一半放进棚子东头，折转身来到盛有小半缸水的水缸前，摸起缸里的葫芦水瓢就喝水。

"屋里有热水，咋喝凉水呢？我给你倒去！"张二婶说着进了屋。

"不用！热水不解渴！"张武贞放下水瓢，拿下房前墙上担在木橛子上的担杖，去挂水缸旁的两只空木筲。

"武贞，你不吃饭，又要去哪？"张二婶走出屋，问。

"水不多了！你们先吃着吧！"张武贞挑起木筲就向外走。

"啊呀了伙价！你没听说吗？'干不干先吃饭'，"张华友跟过来，"营生（方言：活）是一天干的？明天一早挑也不晚呀！"

"明天就没空儿了！"张武贞回答说。

"没空儿了？"张华友不明其意，问。

"今下午城里来人捎信，说是萱萱的爸爸住进了医院，"张武贞站下来，"说是得了什么癌症，还是晚期。"

"哦，癌症，还是晚期，可这癌症是什么病？大概是不住地哎哼？嗯，是这个病！一准没错！"张华友自问自答。

"所以，明天一早我和萱萱就走！"

"奇好！奇好！可是——可是……算了！算了！走就走吧，不说啦！不说啦！"

"爹，可是什么？您说呀！"张武贞放下担子，"有话您就说嘛！咋不说了？"

"唉——！我这胳膊呀，也真会找火色！"张华友迂回包围，没将话说破。

"爹，您说这呀？"张武贞明白了，她以为父亲的伤口又发炎了，"又没伤到骨头，过不了多久就会好的！"

"我是说，咱北岭上还有一亩多春地瓜没刨，咱东园里的白菜、萝卜、疙瘩也该去看了，免得兔子啃耗子咬的扒叉不成物，换不成钱。依我的想法，你能再多住几天，帮我切完地瓜干后，我也就没挂心事了，好安安稳稳地去看园，可是你这一走嘛……唉！我这胳膊呀，没个半月二十日的它也好不利落！"

欲知后事，下回分解。

第十六回
得消息曹义霞穷计
详实情庞玉娟献策

上回说到，张华友得知女婿得了什么癌症，还是晚期，他不知道什么是癌症，但他明白肯定是病得不轻，否则是不会捎信催女儿赶紧回去的。这可让他左右为难，一筹莫展：不让女儿回去吧，这身为人妻，不回去伺候丈夫，于情于理都说不过去。再大再急的事先得以人为重，人命关天啊！但如果让女儿回去，他张华友家的这一大摊子农活依靠谁来干？

"这……"张武贞为难了，说，"可我也不能不回去呀！"

"算啦！算啦！你走吧！明天一早就跟萱萱回去！爹另想办法！"张华友无可奈何地说。

却说曹义霞和庞玉娟。夜深人静，繁星满天，月牙弯弯，上崖那条东西大街上一个人也没有。曹义霞挎着兜有二三十个树柿子的包袱，与庞玉娟吊完粉皮后，顺着大街边走边说，来到学校院门前站下来，曹义霞问："宇轩他表姨没走？为什么？"

"不知道！不过嘛……"庞玉娟有意把话打住了。

"庞涓嫂，不过什么呀？"曹义霞催促道，"还卖什么关子！"

"哎，小风稍，你先说说，你跟我还有办法的事怎么样了？"庞玉娟没有正面回答曹义霞，而是反问道。

"什么事呀？"曹义霞明知故问。

"哟！跟我还装傻卖乖？"庞玉娟两个大拇指碰对了几下，"眼下到了什么程度了？"

"没有的事！"曹义霞虽然否认，语气却非理直气壮，她红着脸，低下头，"别听外边乱嚼舌头！"

"哼！你以为你自己做得严密？其实呀全村人有谁看不出来？还装腔作势的撇的什么清！"庞玉娟心里说。她白了曹义霞一眼，假装生气地说，"要真是这样，那我就不说了！"

"你就说吧！我的好嫂子，我求你啦！"义霞抬起头，哀求道。

"好！不过你得答应我个条件。"庞玉娟拗不过，笑了笑，说，"实话告诉嫂子，你俩的事进行得怎么样了？"

曹义霞咬着下唇，摇摇头，没有说话。

"怎么？"

"俺娘不同意！她说、说朱宇轩不务正业，掉蛋八戏的光会耍小聪明，不是实实在在过日子的料！"义霞一只脚蹭着地，"俺娘发誓说，就是把我垫了下栏（方言：猪圈）池子，也不让我嫁给宇轩，除非她死了！要是再让她发现我跟宇轩来往，就砸断我的腿，要不就把我远嫁到关东去，权当没养我！"

俗话说：寡妇门前是非多。自义霞爹死后，义霞娘处处小心行事，检点行为，安分守己，没事大门不出、二门不迈，无故很少与成年异性接触，担心的是自己的一时不慎造成节外生枝，弄出事端，被人戳脊梁骨，让儿女在人前抬不起头来。

按说，丈夫死时，刚四十岁出头的她，不值得为死者守寡，就是不为自己，为了全家今后的生计，那也满可以坐山招夫，或者带着儿女改嫁他人，以求解脱困境。当她亡夫百日一过，那些说媒提亲的就你来我去，却都被她拒之门外。她怕的是儿女在后爹跟前吃气受屈，更重要的是她受"贤臣不侍二主，好女不嫁二夫"封建思想的影响过深，使得那些说媒提亲的无不望而却步。义霞娘虽然性格内向，但却是个要强的人，她就算豁上牺牲自己后半生的幸福，也要独自把儿女拉扯成人。为给儿子垒个窝，以后好巴拉上家口，她省吃俭用，今年春上东借西凑硬是盖起了三间房子。她教导儿女好好与人相处，别惹是生非，争取混出个模样来，让人家羡慕。然而，她做梦都不愿想的事还是发生了，"管得了自身，却管不了儿女身"，虽然自己洁身自爱，保住了"贞节"，得到了人们的好口碑，问题却出在了女儿曹义霞身上。

本来，邻里相处相互帮忙，无可厚非。前面说过，义霞爹死后，朱文斋爷俩为曹义霞家帮这帮那，十六岁的曹义霞常常给朱宇轩打下作、当帮手，两人称兄道妹，说说笑笑，打打闹闹，相处十分融洽。当时，义霞娘没什么别的想法，小孩子价投脾气要好，属正常现象。还别说，她还真把朱宇轩当作己生看待，有什么好吃的和稀罕物都给他留着。然而，随着年岁的增长，二人的关系却改变了。

古语说得好："要想人不知，除非己莫为。"曹义霞以为自己做得神不知鬼不觉，天衣无缝，但还是"山雨欲来风满楼"，纸里焉能包得住火？尽管二人此事做得保密，可消息还是不胫而走，不久就在全村风言风语地传开了。自然也会传到义霞娘的耳朵里。

义霞娘埋怨丈夫"享清福"，将未成年的孩子扔给她，怨恨自己教女无方，恼怒女儿有失体统，败坏家风，懊悔当初不该引狼入室，答应朱宇轩帮她家干活。然而，这一切的一切又怎能说得清道得明？其中的苦衷只能埋在心里。不过她是明理之人，就是对女儿与朱宇轩的事再不满、再气恨，也没责怪过朱宇轩，只是臭骂斥责女儿，严厉限制女儿与朱宇轩私自接触，声称如果女儿违背她这个意愿，要么，她自己寻死上吊，要么把女儿远嫁他方。坦率地说，拿朱宇轩另眼看待也罢，当作己生也好，她却绝不许他做她的闺女女婿。因为她看不惯朱宇轩的行为，觉得他"不是实实在在过日子的料"。她担心女儿嫁给他会受罪！为亡羊补牢，她想尽一切办法，断绝女儿与朱宇轩的关系。自年前至今，家里有什么需用人的活，她能找别人，就不再找朱宇轩。有什么事需要请教或者求助朱文斋的话，她便亲自出马请或打发儿子去请，绝不让曹义霞踏进朱家半步。另一方面，她还抓紧时间请媒人求亲戚给女儿提亲。话又说回来，她虽然对朱宇轩不如以前热忱，但她从内心里感激朱文斋一家对她家的关照，对朱文斋本人的尊重程度依然未减，两家往来依旧。

曹义霞是个十分孝顺的女儿，从未当面顶撞过母亲，或在个人的婚姻问题上违背母亲的意愿，她虽对母亲的所作所为心怀不满，但在表面上却是完全服从的，不论亲戚提的还是媒人说的，她该去相就相，该去看就看，但也只不过是掩耳盗铃、自欺欺人罢了。因为她心里只装着朱宇轩，所以也就只在乎朱宇轩了。

"那你呢？"庞玉娟歪头看着义霞，"时下提倡婚姻自主，恋爱自由，难道你……"

"唉！有什么办法？"曹义霞苦笑了一下，说："俺爹死得早，俺娘一骨碌一跌好不容易把我和俺兄弟拉扯大，为这事我怎么忍心惹她生气呢？"

"嗯！这事确实棘手！"庞玉娟嗟叹不已，"本来嘛——我想为你俩牵线，促成这个好事，现在看来喜酒我是喝不成了！"

"庞涓，啊，不，是玉娟嫂，咱不说这些了。"义霞强扭笑脸，说，"走，到那边坐下歇会儿！"

"玉娟嫂，吃柿子吧！"二人来到路南的土台子边，曹义霞放下包袱，从裤兜里掏出一块白底花手绢，铺在台子上，坐下后，又从包袱里拿出两个柿子，说。

庞玉娟摇摇头，没有接。她脱下鞋子垫在屁股下，在义霞身边坐下来。

"你尝尝，文斋三大爷家濮好了的，不涩！"

"俺家里有，也是他家送的！"庞玉娟没有接，说。

"玉娟嫂，你刚才说宇轩他表姨没走？不对吧？"曹义霞将柿子放进包袱里，说，"昨天下午我去井上打水，亲眼看见他推着自行车与他表姨和张华友家老俩一块儿从老滑溜家出来，说是去送他表姨回家的，怎么会……？"

曹义霞说得一点也没错，表姨确实是走了，只不过是没有走成而已。

原来，朱宇轩钻进沟里后，表姨见状，忙下沟帮朱宇轩将自行车抬上沟沿，朱宇轩又下沟找了个水湾子连带衣服洗了个澡。此时天色已不早，大概四点多钟了。表姨一看，想让朱宇轩送自己已经无望，自己走吧，路程远不说，还净山路，晚上没法走。再则，朱宇轩是为送她才摔坏自行车的，况且还弄了个浑身湿，自己如果此时抬起屁股走人，那太不近人情，外人一定会笑话她，以后她也没脸再见朱宇轩一家人了。在她看来，坏了自行车，是件好事，是老天保佑，助给她一臂之力！一则她不回家，而与朱宇轩一同回锦鸡岭，顺理成章，可以让他人高看一眼，朱文斋一家还感激她，称道她；再则是她的一桩心事还未了——那会儿，她瞅准朱宇轩对自己的婚事还没多大把握，而正在十字路口上徘徊的机会，才提出保媒，想将女儿许配给他，没想到却讨了个没趣，对此，她并没有死心。虽然上级号召"婚姻自主，恋爱自由"，但她仍深信"父母之命，媒妁之言"的家训和戒律在农村的威力，更不怀疑自己的能力。她心里说："甭你烧地瓜顶门——撑糊劲！我一定找机会来找表姐，凭我这三寸不烂之舌说服你父母，让他们给你施加压力，哼！到那时，我就不相信你还不应口！"心想：现在不是回不了家吗？正好省了我一趟腿，我这就跟你回家，去对你父母提。

表姨同朱宇轩一起回到家，晚饭后，趁朱宇轩有事出去，她就直截了当地向朱文斋家老俩提出了将女儿许配给朱宇轩的事。当场，宇轩娘表示同意，说这亲上加亲的好事，就是打着灯笼也没处找。而朱文斋却未表态，说这事他不插手，让朱宇轩娘俩看着办。

"为什么没走，其实我也不知道！只是听俺婆婆说，昨晚文斋家三大娘上俺家送柿子，说是她表姐想把自己的亲闺女许配给宇轩……"

"真的？"曹义霞霍地站起来，"他父母同意吗？应了没？"

"文斋家三大娘说，老俩都没意见，就看宇轩如何表态了！如果……"

"那，那他表态了吗？"曹义霞打断庞玉娟的话，迫不及待地问。

"这文斋家三大娘当时说还没得空问宇轩，表态没表态我就不知道了！"

"哦！"曹义霞无力地坐下来。

"义霞，嫂子看得出你心里十分那个……"二人沉默了一会儿，庞玉娟说，"要想知道宇轩同意不同意，你问他一下不就行啦！"

"问？怎么问？这不是三句两句就能问明白的，白天呢，人多眼杂，那俺娘没个不知道！晚上咱还得打夜班，哪有空啊！"曹义霞忧心忡忡地说。

"嗨！真是死心眼！"庞玉娟不满地看一眼曹义霞，说，"活人难道还真能让尿憋死不成？你就不会想法晚上约会吗？"

"嗯！"曹义霞想了一会儿，"只能这样了！"

"如果宇轩已经答应了他表姨的话，再多说一些也没用！不过，据我判断宇轩应口的可能性不会太大，要真是这样的话，那一切就好办了！"庞玉娟停了停，说，"至于你娘嘛，我倒有个主意，一定能改变她的看法！"

"什么主意，快说说！"曹义霞眼睛一亮，向庞玉娟身边靠了靠，追问道。

欲知后事，下回分解。

第十七回
严厉主妇施发命令
古稀老太导致误会

上回说到，庞涓庞玉娟告诉小风稍曹义霞，如果她与朱宇轩的婚事要成功的话，首先得通过她娘这一关，得设法让她娘改变对朱宇轩的看法。曹义霞急于想知道用什么办法才能搞定，请求庞玉娟说出来。庞玉娟说："你家的新房子不是盖起来了嘛！"随即又问："是不是还没有上门窗？"

"是啊！屋筒子麦后就闯（方言：建）起来了，光等拾掇完了泥外墙，请木匠做门窗啦，可这……？"曹义霞一头雾水。

"这不就好办了嘛！"庞玉娟双手一拍，自信地说。

"好办了？"曹义霞不解其意，"你越说我越糊涂了！"

"别急！你慢慢听我跟你说嘛！"……

却说张武昌家。下午，天色暗淡，雨雾蒙蒙，路上积了滩滩小水湾子。西下的太阳本有两竿子高，眨眼间，就匆匆钻入厚厚的云层中，再也不露脸了。顿时，天提前黑了。

张武昌家草房三间，是新中国成立后新建的。从双扇房门上去年贴的"一室儿女喜，满堂笑如春"的春联上看，该户儿女不少，并且都还不很大。由于区域所限，院落不大，进大门向里没几步就是半堵影壁墙，前院墙与前户的房子后墙仅隔一米多。院子西南角是猪圈，圈后檐下紧挨西院墙根建有几间小房子样的兔舍，兔舍前插有双层、高约一米的高粱秸障子，算是兔子的活动场所。兔舍的北边便是鸡屋子。

"娘，开斋了！开斋了！"淋得全身湿的行头一手端着盛有七八个已经死去的麻雀、松林子鸟的苇笠，一手提着一只不太旺相的猫头鹰的翅膀跑进大门，喜滋滋地叫嚷着："南松林（方言：南柏树林）里鸟可真多，不到一下午，我和俺哥哥就办了这么多货，还有一只大家伙呢！"

"啊，你哥俩活不想干一点儿，吃饱了饭就知道胡窜窜！"明间里，靠东墙根是大锅灶，西墙根是专门炒菜的小锅灶。小锅锅盖敞着，里边空空的。大锅里，晚饭已经煮好了，彩云揭掉扣在高粱梃子锅盖垫上的瓦罐盆子，放在风箱上，又揭开锅盖垫竖在后墙上。热气稍散后，但见：锅中间有一只盛有水的酱紫色双鼻陶罐，罐子周围是地瓜，地瓜上面有几个地瓜干窝窝头、五六个煎饼、四五个茄子和大半碗白面炖小干鱼。她从土坯砌成的饭橱里拿出一双筷子，连插几下茄子后，头也没抬，训斥道："还来家干什么？"

"这阴天下雨的，你让俺干什么？"紧随行头进了院子的张建柱边向裤兜里掖弹弓，边解披在身上的黄色油布，带着几分委屈辩解道。

"下雨就没事做了？"彩云盖好锅，放下筷子，提起地下装有搅拌好了的猪食的瓦罐，向猪圈走去，"猪圈你垫土了吗？假期的作业你做完了吗？你呀，干什么都不中用！就知道犟嘴！"说完来到圈门前，将猪食倒进圈边的黑石头槽子里，打开圈门。只见两只六七十斤的黑猪争先恐后地奔向槽子。

"二哥，二哥，你手里拿着什么？"未等张建柱回答，浑身是泥的方方和圆圆从门外跑进来，方方叫喊着，"我看看！"

"夜猫子！（方言：猫头鹰）"呆站在屋门外，一直没敢回言的行头，小声说，"有什么好看的！"

"夜猫子？给我！"方方说。

"我也要！我也要！"圆圆说着就去抢。

"它还活着，拧人！"行头抬高手，吓唬道，"可不敢拿！"

"咋不敢？"方方疑惑地问，"你怎么拿来？"

"我是大人！"行头进屋搁下苇笠后，走出门，将猫头鹰放在地上，叮嘱道，"你俩站远点儿，小心拧着！"

方方与圆圆闻听后胆怯地转到张建柱身后，探出脑袋好奇地望着猫头鹰。

"嗷——！站起来啦！"那只猫头鹰刚着地时还无精打采地低头趴着，渐渐地抬起头，继而慢慢地站起来了，不用说，它当时是被弹弓子打昏了，现在基本苏醒了。方方见状忘记了害怕，拍着双手跳起来。

"扑棱！扑棱！扑棱棱……"猫头鹰扑棱着伸展了几下翅膀后，突然间猛展双翅飞向天空。

"完了！完了！你们不是想看吗？这回再看呀！"行头欲哭无泪，将满腔怒火撒向方方和圆圆，"都怨你俩！赔我的夜猫子！赔呀！"

"不该我的事！怨你！"方方反驳道。

"怨你！怨你！谁让你搁在地上来？"圆圆也不示弱。

"乱嚷嚷什么？都给我住嘴！"彩云用拌食木板子敲打着石槽子，怒斥道，"都给我干活去！"

这彩云与张武昌现在有五个孩子，除大女儿已经出嫁外，家里还有大儿子张建柱、二儿子行头、三儿子方方和二女儿圆圆。她严于家教，孩子们在她面前敢怒不敢言，她要说四颗牙绝没个扒口的。而张武昌性格正好与彩云相反，从不向孩子们使厉害，孩子们都不怕他。

阎王是管鬼的——她这一喊，兄妹四人都只有听令的份了。

"建柱，你挎土垫栏！行头，你去扒蒜捣蒜！"彩云手指孩子们逐个点着，命令道，"方方圆圆你两个去老咔家叫你爹回家吃饭！"

方方和圆圆二话没说，向大门跑去。暂且不提。

再说高恩良家。高恩良家在石桥子以东的一条东西向小胡同北侧的东端。这条小胡同里只有三户人家，南侧一户，北侧两户。西户大门向南，高恩良家则向东。他家草房三间，东窗下是鸡屋子。房东头与之接山的是足有两间房子大的敞口棚子，里边居中安有一盘石磨，两头放有小型农具及柴草，还有一大筐鲜地瓜。大大的院落南北窄、东西宽。院子西南角是猪圈，向东不远便是专为饲养兔子建的一间简易房，房门口用旧单扇门横挡着，里边有十多只大小不等的兔子，靠墙角，一个长方形的花铁笼子里单独放有一只体型大于其他兔子的银狐兔。

整个院墙除西墙是夯土墙外，其余都是用从坡里石头碴子上捡的碎石头垒的，有一人高，上面爬满了月扁豆、柴扁豆和葫芦秧、南瓜秧。自上次那场霜降后，天没再太冷，秧蔓类植物的茎叶逐渐返青还阳，有的还重新发了芽，一眼望去整堵墙像披上了黄绿相间的军装。门楼前有一面积不大的打麦场，场上有一个柴草垛和一堆垫栏土，麦场边上有数十棵侧柏树、榆树、刺槐树等杂树，再向东是一个闲园子。

傍晚，雨雾散去，虽然天还没晴，但比先前明亮多了。草房檐上还在断断续续地滴答着小水珠，搭在木头框、秫秸扎成的双扇半门子上的军用雨衣也在滴水。

房门外，高奶奶正坐在矮凳子上择月扁豆，问："噢！可了不得了咳！是俺庄里叫你来的？"这高奶奶七十多岁，裹脚，高高的个子，脊背稍有点儿弓，头发基本全白，少齿缺牙的嘴巴使得两腮凹进去，说起话来透风撒气。

高奶奶家是烈属家庭，祖籍外县，她的儿子高良玉很早就参加了革命，抗日战争爆发不久，受我党组织的指派，打入国民党军队内部，与本村反动富农分子高占才的儿子高运振在同一个团当兵。新中国成立前夕的一九四八年春上，高良玉在一次与我地下组织联络人接头时，恰被时任军需官、到此地催给养的高运振发觉，并向他当师长的舅舅告发，当夜高良玉即被捕入狱，第二天敌人又来到锦鸡岭将高恩良的母亲抓去。一个月后，夫妻二人双双被敌人杀害。从此高奶奶与孙子高恩良、孙女高恩慧相依为命，苦度时光。

高良玉遇难俩月后，高运振被我党组织设计诱捕，就地正法。高占才闻讯后，举家出逃，至今未归。其宅舍归公，被改为校院和碾棚。

"可了不得了咳"是高奶奶的口头禅。因她嗓门高，话又多，人称"二哇哇"。她对着屋里说："我说嘛，怪不得还没开学你就来了，那你娘……？"

"俺娘得的是急性阑尾炎，住了几天院就好了，前天刚出院。"孙月英穿一双崭新的家做白底黑帮偏带布鞋，一手拿一块带水的黄色油布，一手提满是泥巴的半筒黑雨鞋，走出明间，说，"昨天朱宇轩上俺家说，这村里马上就要分地瓜和地瓜干，社委怕他爹老花眼看不好，如果我没有什么急事的话，最好能来帮着他造预算和分配方案，这不，我收拾了一下就赶来了。"这孙月英二十一二年纪，高挑个，瓜子脸，高鼻梁，好看的嘴巴两侧有一对酒窝，齐肩短发扎成两个刷子。她将半筒雨鞋竖放在墙根，说。

孙月英家居平原村庄，离锦鸡岭六七里路。她是独生女，父亲是军转干部，时任区长，经常不回家，蹲点锦鸡岭。母亲与她都是农业户口。四年前，经锦鸡岭村申请，区委同意批准在该村建一处高小学校，因锦鸡岭村无教师人选，便特聘请初中刚毕业的孙月英来任教，当复式班教师。

当年，农村学校的假期都是围绕着农村闲忙来定的，三夏之时放麦假，假期在两周左右，三秋之时放秋假，假期视情况而定，或四十多天，或五十余天，甚至两个月不等，而且乡与乡、区与区的学校（学区）在假期时间上都不统一。寒假（年假）多说三个星期，什么暑假、其他节假日一概没有。教师每礼拜六下午去学区开会，礼拜天大都去乡里或区里开会，好歹盼到学校放假，还得抽出时间参加集中学习。

今年学校放秋假，孙月英在区里参加了十天集中学习后，才回家帮母亲忙农活，不料，母亲得了急性病，肚子疼得难以忍受，乡里没医院，只得去区医院医治，前天才回家，昨天下午朱宇轩就赶到了她家。她接到消息今天下午就冒雨来到了锦鸡岭。

"噢！路上不大好走吧？"二哇哇问。

"嗯！还行！"孙月英笑笑，拿下半门子上的雨衣晾在从猪圈后扯到房前墙的铁丝上后，进屋搬了个小凳子在二哇哇对面坐下，伸手就去拿大瓢里未择好的扁豆。

"不用！不用！"二哇哇见状将瓢端起来，"你刚到，先歇着吧！"

"不就是五里六里的路嘛，不累！"孙月英站起来夺过瓢放下，向身边拉拉盛着已经择好了的扁豆的小瓦罐盆子，"您老也太不实在了！看这天都快黑了，咱俩快择择，要不就耽误我恩良哥回家吃饭啦。"

"哎，老师，我那孙女子……"高奶奶无可奈何地妥协了，她摇摇头，无话找话地说。

"奶奶，您老这么大年纪了，还老师老师地叫，多难听！"孙月英打断高奶奶的话，"叫我月英就行！"

"月英？不得劲，也不顺口呀！"

"那就称我闺女算了！"

"可了不得了咳！这不差辈了？你叫恩良哥哥，我再叫你闺女，使不得！使不得！只有比自己矮一辈的才叫闺女！"在二哇哇看来，高恩良叫她奶奶，是孙子辈，据此她应该叫孙月英孙女才对。

"奶奶，您听我说，在农村是这么称呼，可在城里闺女就是姑娘，姑娘也是闺女！"孙月英笑着说，"只要不是一家人，不是亲戚，对未出嫁的女孩都叫闺女或者姑娘，是社会上的统称！"

"噢——！那咱就统称，叫你——闺女？"二哇哇试探着问。

"嗯！这样叫亲切实在！"

"哦！闺女，俺那孙女子学习怎么样？"

"您是说高恩慧吧？那可真是出类拔萃！"

"哎哟哟，可了不得了咳！你这是咋说话？"高奶奶吃惊地看着孙月英，问。

"奶奶，我说什么了？"孙月英懵懂了，问。

"畜类就是畜类，咋还是杂碎？这不是骂人吗？"

"奶奶，我没骂人！我说的是出类拔萃！"

"还说没骂人，畜类就罢了，还杂碎！骂人够狠的了！"高奶奶将手中的扁豆向地上一扔，激动地站起来，"天底下哪有这样骂人的！"

"奶奶，您老别生气，"孙月英赔个笑脸，站起来，"先坐下来，慢慢听我解释！"她拉高奶奶坐下，自己向高奶奶身边挪挪凳子坐下来，说："我说的出类，不是骂人的牛驴马羊、猪狗鹅鸭的畜类，拔萃也不是杂碎，可能是我说得太快了，您老没听明白，听成五脏六腑的下货杂碎了！"

"我没听明白？"高奶奶怀疑地望着孙月英。

"我说的是出——类——拔——萃，不是畜类杂碎！"孙月英强调了字的发音，加重了语气说，"出类拔萃是个成语，是个连词！形容好的意思，优秀的意思！我是说你的孙女学习成绩全年级最好，每次考试都是第一名！"

"噢——！可了不得了咳！你这一说，可不冤枉煞你了！"高奶奶后悔刚才的举动，她一把抓过孙月英的手，放在自己的大腿上抚摸着说，"闺女，别往心里拾！都怪我老了，不识个字，耳朵也不好使！"

"奶奶，瞧您说的！"

高奶奶刚要说什么，突然，大门外传来一声喊："恩良小叔在家吗？"

欲知后事，下回分解。

第十八回
按政策村集体照顾
加工分犟汉子拒绝

上回说到，二哇哇高奶奶因年老耳背不识字误会了孙月英老师，心里感到十分内疚和惭愧，正在向孙月英道歉，突然被门外的喊声打断了。

高奶奶闻声望去，见张武昌披着蓑衣站在大门口。"哟，可了不得了咳！是行头他爹吧？"高奶奶说着与孙月英一起站起来，招呼道，"进来坐吧！"

"孙老师也在这儿呀？"张武昌进了院子，脱下蓑衣搭在半门子上，问，"什么时候来的？"

照说，雨已经停了，张武昌咋还披着蓑衣？俗话说："秋雨不遮天。"张武昌来高恩良家的路上还细雨霏霏，雨是才停的，他还没来得及解下蓑衣。

"刚到一会儿！"孙月英将自己的座位让给张武昌，又到屋里搬出一个凳子在一旁坐下。

"你咋知道宇坤回来了？"张武昌坐下来，摸出纸和烟包，装着烟末，问。

"他什么时候回来的？"孙月英反问道。

原来，张武昌所说的宇坤，就是锦鸡岭村监察委员会主任朱文远的二儿子，初中毕业，比孙月英晚一年。前年被区粮管所聘去当会计。孙月英与他十分要好，经曹义年介绍，双方父母同意结为亲家。去年登了记，因朱宇坤家住房紧缺，至今未举行结婚仪式。

"噢，你不知道呀？"张武昌划燃火柴，点着烟，道，"今上午来的，说是阴雨天没法收公粮，来家看看，大概后天下午就赶回去！"

"哦！"孙月英点点头。

"行头他爹，你找恩良有事吗？"高奶奶进屋将瓢和盆子放下，又端出一个旱烟笸箩来，放在张武昌面前，问。

"有点儿！但也没多大的事！"张武昌问，"他去哪了？"暂且不提。

却说村后沟北沿。锦鸡岭村地处北岭前怀，为防止梅雨季节北岭上下来的大水冲击，在村后不到一箭之地处，挖了一条宽约一米半、深约一米的东西向沟渠。沟渠的中段架起了一座拱形砖石桥，是村里通往北岭的必经之路。沟渠以北、紧靠路的西侧地势相对较高、不易存水，而又较为平坦、土层薄，往下没二十公分就是风化石的地块，自然成了村集体和邻近住户挖地瓜窖子的首选。

这块地面积也就一亩多，东西宽，南北窄。地的东端南侧挖有四个深约两米、宽约一米半、长近三米的地瓜窖子，其中两个已经装满了麦茬地瓜，上口斜担着几根木檩条，上面覆盖着谷草苫子，另外两个还空着，窖底不平之处有少许积水。向西没几步就是几个容量小得多的个人窖子，紧邻个人地瓜窖子的西侧，新开了一个即将挖好的大地瓜窖子。

"那个——别喊啦！别……别喊啦啊！不聋，我、我又！"光着膀子、汗流浃背的高恩良持一把断了半截镢柄的女人放脚子似的开山镢头，正在全神贯注地刨窖子底。他头也没抬，说："那个，那个的你等等，没几镢，吭，我……我就刨完了！那个——这个新开的窖子，两白加上半……半宿，真难刨他娘的！"

"你快上来吧，天都快上黑影啦！"腆着大肚子的巧莲，一手拿块油布，一手拿着笔和《社员劳动记工手册》，站在窖子边上，焦急地说，"再晚了，就看不见记了！"

"行那个！算是，吭，差——不离儿了！"高恩良刨完最后一镢头，就在准备向窖子口旁扔镢头时才发现与他说话的是巧莲，于是放下已经抢起来了的镢头，纳闷地问，"那个——主任嫂子、副——队长，怎么那个你，秀芬呢？"

"这算是啥称呼呢！"巧莲笑笑，"秀芬相婆婆家去了，委托我记两天工。"

"嘿嘿，婆婆家那个——还得相、相两天？"高恩良摇摇头，说，"吭吭！那个的……的你记吧！"

"上来呀！上来看着我记，不看着点儿，过后可别说是我记错了！"

当时记工员不是村干部，也不脱产，村集体给予一定的工分补助，与社员们一起干活，即将收工时，由队长或者副队长授意，有时还需在场的社员们评定，当场在本子或表上登记每个社员应得的工分数，后再登记在个人的《社员劳动记工手册》上。分散或者单独干村集体的活时，记工员需到当事人干活的地点，将应得工分数直接登记在《社员劳动记工手册》上。巧莲虽识字不多，但是登记个人名和洋码子数还是可以的，所以记工员才委托她代行职责。

"那个那个，谁呀……呀，赖账还？看与——不看，吭！它认得我吗？记就是……是，你！"

"好，只要你信得过我，那你就不用上来了！"巧莲想蹲下来，放到腿上记，但是凸出的肚子却让她没法蹲，不得已只好站着，说，"你先听着，我边说边记！不对的地方你再说！"

"嗯！"

"按规定，刨一个旧窖子，一个工，新刨的两个半工，二十五分。你呢，两天刨了一个新窖子，记三个工，三十分，你……"

"你、你，那个的你……你，看着谁——不行？"高恩良一听火了，将半截镢头扔出来，正好砸到放在挖出不久的新鲜风化石堆上的瓦罐燎壶上。"嘭！"燎壶被砸得粉碎，而他却全然不顾，叉开两腿"噌！噌！噌！"出了窖子，瞪大双眼，质问道："那个、那个凭——什么三十分？"

"嫌少？"巧莲被吓得倒退了好几步，惊慌地望着他，"嫌少也没办法，是社委决定的！"

"我说不是！是！那个凭什么——别人两个半工？吭！吭！为什么我仨？那……那看着我不是不——行吗？"

"嗨！我还以为是嫌少呢！"巧莲释然了，说，"多给你工分，是因为你家是烈属呀！"

"啊！怎么了……了烈属？吭！那个是——俩头，还、还是贴那个头贴？"高恩良"据理相争"。将脚边的半截镢柄踢出老远。

"是这样的，县里、区里，还有乡里一再明文强调，要求各村各合作社，凡是烈军属，尤其是烈属，不但要在政治上给予优待，在条件允许的情况下，经济上也要给予适当的照顾！"巧莲解释道，"所以社委会研究决定，从今下半年开始，一个整劳力，一般情况下，干一天活十分，你呢十二分，计件活另算……"

欲知后事，下回分解。

第十九回
投其所好馈赠蛇皮
掩饰尴尬慷慨陈词

上回说到，村集体给高恩良加工分，高恩良不但不感激，反质问为什么他每天挣的工分比别人多。巧莲起先还以为高恩良嫌少，后来才知道并非如此，于是给予了解释，说这是社委按上级的政策决定的。

高恩良打断巧莲的话："那个——什么？不知道我……我么，吭！没听记工员说？"

"虽然秀芬没对你说，但是劳动手册确实是这样记的，不信你自己看看！"

"那个我——不想看，白搭！吭！我不要！多一分也不行！划了去！要不……不全割下来！"高恩良说着就去夺手册，"看我不把它撕了，我！"

回头再说高恩良家。天已傍晚，张武昌说有点儿事要等高恩良回来说，没有走。高奶奶对他说："事急的话，你就去找他，他在村北刨窖子！"

"刨窖子？刨什么窖子？"张武昌纳闷地问，"你家的窖子不是早就刨好了吗？"

"不是俺家的，是社里的！"二哇哇停了一会儿，说，"前天曹社长来说，今秋里雨水多，又加上那场霜冻，怕地瓜种不好收藏，需要多存地瓜种，叫他再去刨个窖子。唉！正遇上这么个天，等天好了再刨也不晚，可恩良说怕误事，这不，都去刨了两天了！"

原来，这锦鸡岭适宜栽地瓜的岭地多。往年只需储存四个窖子的地瓜种就足够用了，今年由于秋里雨水多，自那突如其来的霜冻以来，除了下雨还是下雨，大大小小从没间断过。曹义年便与朱文斋商量，在四窖子地瓜种的基础上，再多存一窖子，作为备用。前天晚上，曹义年来到高恩良家，言明其意，要高恩良在村北重新开挖一个窖子。高恩良当场答应下来，第二天他就拿着镢锨去了沟北。

"哦！那我就不等他了！"张武昌见天已经上黑影了，他捻灭纸卷烟屁股，站起来，从衣兜里掏出一个葫芦叶包，说，"他回来后，就交给他！"

"这里边盛的什么？"二哇哇没有接。

"长虫皮！"张武昌回答说。

"可了不得了咳！他要长虫皮干什么？"二哇哇惊奇地问。

"俺小叔不是好拉二胡吗？给他好鞔二胡！"

"他会拉什么二胡？净胡拉拉！"

"嘿嘿，个人所好嘛！"张武昌打开葫芦叶包，指着里边叠成几层、还尚未干的蛇皮说，"这东西对别人来说它是一文不值，恐怕倒贴钱还嫌脏呢！可对恩良小叔而言，就不一样了，是宝贝！想倒换还倒换不着呢！"他提着蛇皮尾站起来，炫耀地说："你看看，你看看，多长呀，光上半截粗的这块，鞔四把二胡肯定是不成问题的！"说完重新把它放回葫芦叶里。

"可了不得了咳！是够长的！"高奶奶微笑着，"难为你有这个心！你先放在这儿，回来我就给他！"

"孙老师，你在这儿忙吧！"张武昌将葫芦叶包放在地上，向孙月英点点头，"高奶奶，我就不等恩良小叔了！"

"没事就多坐会儿吧！"高奶奶与孙月英一同站起来，"天黑了，估计待不了多大会儿，他也就回来了。"

"算了，我还有事要办，就不等他啦！"张武昌说完，向院门走去，但只走了几步，似是猛然想起了什么，又转回身，"看我这脑子，差点儿把正事给忘了！"

"？"送张武昌的高奶奶站下来。

"嘿嘿，俺家的银狐母兔子刚下了小兔，行头他娘说，叫我来借您家的银狐公兔子使使，使完就马上送回来！您看……？"

当年，农村社员家里钱的主要来源有三项：一是抠鸡腚眼；二是养猪，那时的猪由于品种和食料的原因，饲养一年也不过百八十斤；三是养家兔，锦鸡岭村草多，地瓜蔓子多，饲料充足，基本上家家户户都饲养家兔。不过，并不是每家都饲养公种兔，这大概一方面是因为优良品种不好寻，更重要的是因为公种兔除交配时用一下外，平常净糟蹋饲料，比不上养母兔合算。这样，张武昌来借公兔子使，也就不足为奇了。张武昌为何说，他家的母兔子刚下了小兔，就来借公兔子用呢？原来，兔子不跟其他脊椎动物一样，发情期才交配，它长大后，除第一次在发情期交配外，以后必须得在生了小兔两日内与公兔交配，最好是生下兔子的当天交配，庄户人称之为血配。否则，很难怀孕。

那天下午，张武昌抓蚂蚱时意外抓到了一条大蛇，本来，将蛇大开膛后，拾掇起来省事，但他并没有这样做，因为他家的银狐母兔子已经怀孕，掐算日子，最近几天就要生产，而银狐公种兔全村只有高恩良家里有，到时候少不了得去他家借用。当时，农村里虽然借用他人的种兔和种猪是不需付钱的，但张武昌不愿欠情于人。他想：你高恩良不是好要弄二胡吗？那好，我何不来个投桃报李，我借你的公兔子用，你得到我的蛇皮，岂不两得其便，互不欠账？想到做到，他将蛇头剁掉，囫囵扒下蛇皮，晾在圈后墙上。

今天早上，彩云喂兔子时，发现银狐母兔扒土埋窝，知道母兔生了小兔，当即吩咐张武昌早饭后去高恩良家借公兔子。为何彩云自己不去？因为，当时受封建思想的影响，像借用种兔子、种猪之类的勾当，都是由男人出面，女人羞于启齿，如果家中没有男人，那就另当别论了。不想整个上午雨大一阵小一阵的基本没停，吃过午饭，张武昌本想躺会儿，彩云催他快去，说不能再拖了。张武昌无奈，这才捎带着蛇皮，奔向高恩良家。

张武昌本是精明之人，怎么临走时才想起借兔子之事？其实他是有意这样做的。他来高恩良家的真正目的只有一个，那就是借公兔子，那他为何不早提出？因为有外人在场，他怕孙月英老师笑话他是计较之人——不就是借用兔子嘛，何必还用蛇皮换，这才装出"似乎想起了什么事"的样子。

"可了不得了咳！不就是使使兔子吗？还得拐弯抹角地说行头他娘使！你来我就不给你使了？和你说，敞着开儿使！谁使也行！"当着孙月英的面，高奶奶格外大方，心情激昂，慷慨地说，"不用说你使，就是行头他娘使也行！愿意使几天就使几天，尽管使！"

"高奶奶，瞧您这话说得！"张武昌看一眼抿嘴而笑的孙月英，感到实在窘迫，欲辩解、纠正高奶奶的措辞，又一想那只能越描越黑，于是只能搪塞。而高奶奶却自以为是，紧追不舍。

"怎么，我说得不对？"高奶奶丈二和尚——摸不着头脑，惊讶地问。

"对对对！谁说不对了？啊，不对不对！"张武昌语无伦次地说，"我是说，是说不是我使，也不是行头他娘使，俺俩都不使！"

"你俩都不使？不想借了？"高奶奶挠着头皮疑惑地望着张武昌，问。

欲知后事，下回分解。

第二十回
异姓指路利令智昏
作贱卖辈怒不可遏

上回说到，张武昌来高恩良家借公兔子用，因高奶奶用词不当，使张武昌十分难为情，本不想辩解，但高奶奶不依不饶，使之越解释越糊涂，高奶奶以为他不借了。

"借！借！谁说不借了？我是说借给母兔子使！"张武昌慌忙辩解道，"给母兔子使！"当着孙月英的面，他没好意思重复"不是借给行头他娘使，也不是借给我使"的话。

"可了不得了咳！我刚才不也是这么说的吗？"高奶奶并没有感到自己措辞不当，她认为自己说得很对。

"是是是！"张武昌哭丧着脸，"你说得很对！"

"那在南屋里的铁笼子里，你自己去拿吧！"

再说方方和圆圆。这兄妹二人受命去叫张武昌回家吃饭，俩人出了门直奔高恩良家，高恩良家只有高奶奶一人在家，她说没见张武昌来过，于是俩人在全村逐家逐户地找了个遍，都摇头说没见。二人不舍弃，又围着村子转了两圈，直到天擦黑也没见到张武昌的影子，正当俩人怕交不了差而不知所措时，张武昌出现在了胡同头上。

"娘，娘，俺爹回来了！"方方和圆圆俩人没有去迎接张武昌，而是扭转身跑进了院子里，一同叫嚷着，"饿死我啦！可饿死啦！"

"干脆住在那儿算了，还知道回来？"彩云没有理会兄妹俩，出了房门，迎上去，接过张武昌怀中抱着的银狐兔，斥责道，"干什么中用，借个兔子还借一下午？你看都什么时候了？这第二顿饭到现在还没吃，你靠得住，可孩子呢？"

不是一日三餐吗，这天都擦黑了，咋还有第二顿饭之说？原来，当时农村一进冬季，因夜长昼短，地里沉锄大镢的力气活基本没有了，因为生活所迫，为节省口粮和柴草，就一天只吃两顿饭。即使秋季，在阴雨天无法下地干活的情况下，也只吃两顿饭。早饭的时间与一日三餐时没什么太大区别，只是多做一点，放在锅里，以备中午孩子们饿得实在靠不住时吃一点，大人就不吃了。第二顿饭，一般在太阳落山之前吃。

"嘻嘻，事出有因嘛！"张武昌没有生气，脱下披在身上的蓑衣挂在墙上后，嬉笑着说。

"有因个狗屁！"彩云敞开兔院门，放下兔子，又打开其中一间用三块砖头堵着门的兔舍，一只银狐兔子钻了出来。"我还不知道你？哪管个忙闲，咧乎着个鳖嘴，拉起八大马子（方言：没有主题的闲聊）来，还管天晌日头西！"

"啊——呀！呀！呸！呸！呸！"张武昌没有接茬，伸开满是淡黄色兔子尿的双手看了看，又放到鼻子下嗅了嗅，迅速将头扭向一边，咧嘴吐舌道，"呀，呀，真臊！真臊！比人尿臊气多了！"

"可中了，几辈子没闻臊气味？"彩云嗤之以鼻，剜了一眼张武昌，说，"傻站着干啥，还不快洗洗手吃饭！"

"你们吃吧！"张武昌蹲下来，边在门外的小瓦罐盆里洗着手边说。

"哎——！不就是刚才说了你几句，还真使起小性子来了不是？"彩云关上兔子窝的门，说。

明间里，摆在地下的长方形短腿木饭桌上，摆放着一笊篱地瓜、窝窝头和煎饼等食物；桌上的一个小缸盆子里盛着蒸熟的茄子，已经用筷子划成了条；还摆着一小碗切成块的疙瘩咸菜，一个白瓷酒盅和一把口小肚大的二两装锡酒壶。四个孩子早已围坐在桌旁等待开饭。彩云将石头蒜臼里的蒜泥倒进茄子里，没好气地说："好，不吃是没饿熊！"说着赌气地把空蒜臼扔在地上，"来，咱们吃！"

"嘻嘻，还真生气了？"张武昌抽下晾衣绳上的手巾擦着手，"我说不吃了，是因为有管饭的！"

"美得你！"彩云坐下，挖苦道，"哼！没看哪里有管兔子食的！"

"这回你可没说对，"张武昌搭上手巾，"嘿嘿，确实有！还是社委呢！"

"社委？这可是大年五更有月亮——稀奇加上稀罕！"彩云气是小了，却转为惊讶，她刚拿起一个地瓜，又放下来，问，"什么事？"

"大柳树底的章寡妇不是呜呼了嘛！"张武昌摸出卷烟纸和烟包，边装着烟末，边进屋来到东里间的门槛上坐下来，"这事你知道吧？"

"还'六呼'了哪！就橡子碗大的庄有谁不知道？不就是今头晌咽的气！"彩云拿起地瓜低着头慢慢地扒着皮，"死了就死了，快八十的人了死了也不算是少亡！"说到这里，突然有所悟出，她抬起头，"噢——！我知道了，是社委派你去帮忙（方言：那时当地为死人处理后事时才称帮忙，一般帮他人做事称帮工）吧？"

"好像有那么回事，"张武昌划燃火柴点上烟，吸了两口，"不过嘛——好像是，但也不是！"

"去去去！你这是什么话？"彩云不耐烦了，咬了一口地瓜，摸起筷子夹起一块茄子丢进嘴里，边吃着边说，"没事滚一边去！谁有闲心听你胡拉嘎（方言：没正经话）！"

"来来，进屋我跟你说！"张武昌站起来，进了东里间。

"有什么背人的话还得跑里边说？"彩云嘴里虽这么说，但还是放下筷子和地瓜，进了里间，"有话快说，有屁快放！"

"章寡妇她不是哀哉了嘛！"急性病偏遇慢郎中——张武昌在炕前的杌子上试了好几试才蹲下来，又抽了几口烟，才说，"她是哀哉了，对吧？"

"屁话！"

"她这哀哉不要紧，可把社委的干部们给愁坏了。"

"是老死的，又不是被人害死的！可有什么犯愁？再说啦，她活着的时候村里照顾得很好，死了刨个窝子埋了就是！"

"说得倒轻巧！哼！"

"怎么，还要赖着不成？可她又无儿无女，能赖谁？"

"问题就在这里！"

"什么意思？"

"这章寡妇虽然她没儿没女，可有亲戚呀！有娘家人呀！"

"有！那也不能不讲理吧？"

"不是讲理不讲理，是没法办理后事！"

"这就怪了！那是……？"

"按咱这里的风俗，老人死了得儿子先指路，没儿子还得过继个近份（方言：五服之内）或同姓的下辈指路，指了路后才能发'盘缠'，儿女亲戚们才能哭，然后是收敛、送汤水、出殡！她呢，在咱村是独门独户的章姓，听起来章跟张没两样，可实际上她是立早章，文章的章，而咱是弓长张，三国里张飞的张。这样想过继也没法过继，有谁愿意改名换姓继承那两间小破趴屋子？"张武昌在杌子腿上捻灭烟，又装着烟末，说，"可章寡妇娘家的人却非要按当地的风俗办不可，并把他们村的支书请来，与咱村的干部们协调，这不就给干部们出了个不大不小的难题嘛！要是破了例草草埋了，怕外村里说咱村歧视独门独姓人，不把寡妇当人看，而且也不能堵死她娘家人的面子硬办吧！"

"嗯，这倒是个麻烦！"彩云摸过灯龛上的火柴划燃为张武昌点上烟，在炕沿上慢慢地坐下来，问，"后来呢？协调好了没？"

"你听我慢慢说，"张武昌吸了几口烟，"那会儿我去高恩良家借兔子，刚转过胡同头，就见面瓜无精打采地出了校院门，我上前一打听，才知道村里决定出高价雇佣指路的，十个工，这可大有赚头，就、就，嘿嘿，就随他去了社委办公室。"

原来，这张武昌去高恩良家借兔子用，却在半路上打了个拐——他出了胡同，刚走到校院门东，抬头见朱文远耷拉着头从校院走出来，他马上迎上去，搭话中得知，为章寡妇雇人指路的事社委的干部们研究了半上午带着半下午，也没研究出个所以然来。这朱文远是因过于集中思考此事，无意中离开会场走出来的。张武昌听到雇人指路有利可图，心想，这可是桩合算的买卖，不用费劲就能挣到十个工，相当于一个整劳力拼命干十多天才能挣到的报酬！机不可失，时不再来，这样的好事去哪里找？当时就把个借兔子的事抛在了脑后，跟着朱文远进了社委办公室，与社委的干部们一番讨价还价，直到他感到差不多满足后，才想起了借兔子的事，此时天已不早了。难怪方方和圆圆找遍全村也没见他的踪影。因为张武昌没事平常很少去社委办公室，所以俩人单单就没去社委找，也就在情理之中了。

"你答应了？"彩云问。

"嘻嘻！"张武昌未置可否，但他这一笑算是默认了。

　　"混蛋！"彩云怒不可遏，霍地站起来，将火柴盒向张武昌的脸上扔去，质问道，"啊！论邻里家她还得喊你叫爷爷，为了几个工，就甘心当孙子啦你？"

　　"咱不是困难户嘛！"张武昌歪头闪过火柴盒，望一眼门外的四个孩子，说话如蚊子叫，"孩子多嘛！"

　　"孩子多又怎么啦？全庄就光咱家孩子多？啊，怪不得逼着我吃打胎药，怪不得丫丫才十七就急着把她嫁出去呢！"彩云鄙弃地望了一眼张武昌，气愤地说。

　　"呀嗨，丫丫出嫁早这事能光怨我吗？当时你不也是赞成的吗？说是早早离开山岭薄皮庄，到平原地儿享福吗？这会儿……"张武昌不服气地争论道。

　　"好了，好了，别多说啦！你不是嫌孩子多拖累了你吗？那好，俺娘们都走！剩你一个人吃香的喝辣的该行了吧！"彩云说着怒冲冲地向外走去。

　　"嘿嘿，你先别发火，我不是那个意思，"张武昌跳下杌子，拦住彩云，把她按坐在凳子上，"哪能是嫌孩子多呢？"

　　"还有什么意思？"彩云站起来，"说一千道一万，要想卖辈不当爷爷当孙子的话，俺娘们立马就走！"

　　"你就放心吧！这事我早就想好了，我不但能指了路，赚了工分，不当孙子，并且还能解决村里的难题，让干部们另眼看待，如此不是拉屎扒地瓜捎带捕蚂蚱，一举三得嘛！"

　　"就你？"

　　"我敢打包票！"

　　"去去，快滚！不听你满嘴里放屁！"

　　"嘿嘿，快消消气，吃饭吧！啊！"张武昌巴不得离开这"是非之地"，得到赦令立即抬腿走人，"我走了！"

　　"回来！"彩云从后窗上拿下用纸捻子绳捆扎的一个长方形纸包，攥出门，"把药捎出去扔掉！"说着将药包向院子里扔去。

　　"哎哟娘啊！"药包不偏不倚，正砸在一个人的怀里，只听得"咕咚"一声响。

　　欲知后事，下回分解。

第二十一回
锣鼓响主角未露面
帷幕启班主空着急

上回说到，因利益所驱张武昌想去给章寡妇指路，彩云听后，火从肝中起，怒向胆边生，大骂张武昌卖辈改姓当孝子，而张武昌却说他去指路是一举三得的好事，彩云拗不过他，只得放行。张武昌如得了赦令一般，疾步走出，在大门口差点儿与抱着韭菜的不速之客撞个满怀。此客不是别人，正是张华友。

锦鸡岭绝大部分家庭在这个时节只吃两顿饭，但张华友家粮草充足，还是一日三餐，在黑天前是吃不着晚饭的。张武昌为章寡妇指路一事传到他耳朵里，他不明就里，想来探个究竟，临走前吩咐老伴儿炒好菜、做好饭等他回来吃，这才抱着韭菜来到张武昌家。不料刚进张武昌家的院子，就被一包中药击倒了。

一个中药包怎么会把他一个大活人砸倒呢？那是因为：一是彩云扔药包时没好气，用力过猛；二来地面滑，他又没有防备，陡然间躲闪不明之物，脚下一滑；再就是上了年纪，所以被砸了个屁股蹲，怀中抱着的七八斤已经蔫蔫得叶子都已发黑的韭菜散落了一地。

"啊呀了伙价！"张华友躺在地上，"你俩这又是怎么了？"暂且不提。

却说章寡妇家。章寡妇家居住在村最东南角的一棵搂抱粗的柳树旁，人称柳树底。这章家不是外来户，是当地人，据说上去几辈子还有七八户人家，可是人丁不旺，到了章寡妇这一辈子，就只剩下她这一户了。她无儿无女，老伴于十年前去世，撇下她孤独一人，入社后成了五保户。

她家有两间矮草房，此时，敞着的单扇门上贴着半截白纸。屋里烟雾缭绕，什么也看不清。房门上檐，一侧插着的一根高粱秆头上缠着一根长约一米半、宽六七公分的白布条。另一侧插着的高粱秆头上挂着白纸剪成的、连在一起的外圆内方的铜钱状"长钱"。树枝子插成的障子围成不大的院落，一盏纸糊的灯笼和一盏气死风马灯高挂在院子里的小杂树上。房西南角有一个直径两米的窝子，紧靠窝子，用碎石头垒成的约一米半高、三面墙上横担着两根木棍子、上面覆盖着草苫子的建筑物算是栏圈。木棍扎成的狭小栅栏子门是敞开着的。

按当地习俗，除夭折、少亡外，凡是成人（婚后）不论男女，死了后就得按程序、按风俗办理丧公事：去世第一天的主要事项是发盘缠、指路、守灵、报丧、送汤水、开圹挖坟地等；第二天是守灵、送汤水，没有报完丧的继续报；第三天设棚子招待奔丧赴公事的亲戚和朋友，仍然守灵、送汤水，午饭后下葬等。至此，一场白公事的整个套路才算告一段落。什么"圆三"，什么按儿子的多少上"一七、二七、三七"或"五七坟"，什么上"百日坟"，都不属于办白公事的范畴。如此繁杂的公事，可忙坏了村干部们，章寡妇早上一倒头，村干部们就凑成块儿商定公事事宜，找好帮忙的，安排人去报丧，定棺材，赶制寿衣，上集购买瓦罐盆（送老盆）、烧纸、松香、孝白布，置办酒肉鱼菜，招待章寡妇娘家早到的客人及帮忙的等，这一切一切，只要有钱有人都好办，就是麻烦点儿。令人挠头的是为逝者指路的人选问题。为此事，社委会成员开了大半天会，也没讨论出个所以然来，好在"重赏之下，必有勇夫"——张武昌一口应承，村干部们可算松了一口气。

　　人们听说张武昌要为章寡妇指路的消息，一传十，十传百，亲戚传亲戚，朋友传朋友，不只本村甚至连附近村庄的好凑热闹的人都来猎奇，把个院子围了个里三层外三层。然而，张武昌至今未露面。腰腿已经好得差不多的曹义年叼着烟卷出了屋，他望一眼已经爬上树梢的月牙儿，对在院子里的朱文元和高宏伟打了声招呼，三个人便一起出了栅栏门。

　　"快二更天了，无常还没来，你俩说怎么办吧。"三人来到离章寡妇家几十米远的野外，还未站定，曹义年就迫不及待地说。

　　"说的也是，这个武昌，行事真是令人难以捉摸，明明答应得好好的，说是擦黑就来，可都到这时候了还……"高宏伟接过曹义年递过来的烟卷，站下来。这高宏伟二十六七岁，粗壮的身个也就一米六多点，不知何故，人们反叫他杆子。他的脾气与曹义年相差无几，但是性格就像张飞与李逵一样，他考虑事简单，做事如在墙头上赶猪——既不考虑退路，也不计后果。大概是因为他能冲能干，所以初级合作社一成立就让他担任了队长之职。他沉思了一会儿，说："主角不来的话，这台子戏真还不好唱啦！"

　　"面瓜，你是监委会主任，"曹义年蹲下来，对早已蹲下的朱文远说，"别光吧嗒烟，你来说说怎么办好。"

　　"嘿嘿，我嘛，这无常来了的话，什么都好说！"朱文远拔下嘴上的烟袋，不慌不忙地说，"要是不来的话，就跟杆子说的一样，少了主角，这台子戏不是不好唱，而是就没法唱！嗯，不好办！"这朱文远六十岁左右，因他性格温和，老于世故，很少得罪人，是典型的大泥板，故人们给他送了个雅号："面瓜"。

　　至此，《锦鸡岭》中的生、旦、净、丑各类角色该出场的除个别的还没露面外，基本上都已经登台亮相了。也许有人会问，锦鸡岭的人怎么了，咋都有个稀奇古怪的绰号？其实这并不足为奇，忘记了是谁说的，有一个百十多户的村子，除了南园里的明白二大爷外，其余全村人人都有外号，此话虽然说得有点儿过头，有点儿宽满，但是，当时农村给人起绰号的现象十分普遍，可以说是一种风气、一种时尚吧。

提起绰号，虽然没有什么章程可循，但却是一门学问，有的按性格，有的依长相，有的为口头语，有的是名字的滑音，有的反起，像戏剧角色一样——先出场的丑角称末，花脸却称净，还有的……反正是五花八门，有褒有贬，不尽相同，但是坐下来细细品味，好像还都有那么点贴题儿，也似乎有点儿像意。闲话少说，书归正传。

"废话！好办的话还用等到现在？"曹义年霍地站起来，甩掉烟屁股，不满地说，"正因为不好办，才叫你俩来商量的，倒好！两个人一唱一和，开口就是不好办，闭口还是不好办，那还商量个屁！"

"嘿嘿嘿，先别发火！别发火！"朱文远笑着说，"你是支书，是社长，先拿个主导意见给俺俩听听，那样也许就好商量了不是？"

"你你你，咳！"曹义年想火也火不起来，想恼也无法恼，"你呀，你呀，可省得起错了名！恨起来真想踹你两脚！"

"要不……要不我去叫他？"高宏伟被曹义年抢白了一顿，嗫嚅着说，"看看他在家里干什么！"

"你说呢？"曹义年问朱文远。

"这事嘛没个中不中！"朱文远连抽了几口烟，"无常是出了名的气管炎（妻管严），判官要说是叫他上东，他绝不敢向西！大概嘛——是判官反对，去看看最好！"

"好？好个屁！要是正遇上两口子为这事吵嘴打架，怎么办？岂不是进不来出不去？"曹义年从烟盒里抽出一支烟，"说不定还会让判官给骂出来！"

"也是这么个事！"朱文远磕磕烟袋，"那咱就再等等？"

"等？人家催了好几遍了，再等得等到什么时候？"曹义年给高宏伟点上烟，又给自己点上烟。

"那叫也不行，等也不行，"高宏伟感到无咒可念了，蹲下来，"怎么办好？"

"我琢磨着——无常肯定会来！不为别的，光为那十五个工，他也会来！不过也不一定！"朱文远抽了几口烟，以商议的口气说，"要不，咱当干部的都矮上半截，集体给章寡妇指路？"

欲知后事，下回分解。

第二十二回
当仁不让颇受奉承
工钱换算初露锋芒

上回说到，已近二更天，答应为章寡妇指路的张武昌还未到场露面，在章寡妇娘家人的催促下，因朱文斋打夜班吊粉皮，巧莲怀孕"怕冲"，不能到红白公事现场，曹义年不得不约朱文远和高宏伟二人商议对策。在三人实在想不出办法来之时，朱文远提出了村干部们共同给章寡妇指路的建议。曹义年当时就恼了，他认为：若是村干部集体为五保户指路，此事要是传出去，岂不成了天大的笑话，以后还怎么开展工作？还怎能有脸见人？要是区里乡里的领导问起来又该如何回答？他们肯定会批评说锦鸡岭的村干部相信迷信，个个无能！要是一个普通的社员给章寡妇指路，结局就不一样了，人们都会翘大拇指，夸奖锦鸡岭村社委一班人有谱项，有办法，称赞锦鸡岭的社员觉悟高，思想素质好，处处为村集体着想，替村干部解忧。如此一来，试想他朱文远所提的建议曹义年能采纳吗？

"去去去，净打胡谱！"曹义年扔掉还未吸几口的烟卷，"算了，算了！靠你俩什么谱也甭想打出来！杆子，你马上去社场叫文斋三叔来，咱俩先回去，在这节骨眼上，千万别让她娘家人说咱当干部的赶了躲官庄集（方言：逃脱，躲避）！"

回头再说张武昌家。张武昌见二叔张华友摔倒在地，忙折转身与彩云拉起张华友，一同进屋。此时，孩子们都已吃完饭，行头趁彩云不注意，向章寡妇家跑去，张建柱刚要溜之大吉，却被彩云一口喝住，勒令他收拾完院子里的韭菜后，在家做作业，张建柱无奈，只得照章办事。彩云问及张华友吃过晚饭了没，张华友摇头说张二婶在家做好了饭菜等他回去吃。于是张武昌夫妇极力挽留他在此吃饭，张华友也没怎么客套，便一屁股坐在了饭桌前。彩云见饭桌上的菜肴已所剩无几，要下厨炒菜，被张华友阻拦，告诉彩云估计她二婶菜已做好，打发彩云去他家端菜。彩云额首答应，领着方方和圆圆走了。

这张华友与张武昌爷俩都好那么一口，无特殊情况时一天两顿，二人坐成块儿喝酒是经常的。但是张华友来张武昌家喝酒的次数并不多，且每次来喝酒都是捎这捎那，从不空手。因为他做人的标准是：里不欠，外不该。不过他这次来，并不是着意找酒喝，而是为章寡妇指路一事而来，再者，往常这个天气、这个时间，张武昌家已经吃完饭多时了。虽然在这个时间他不知道张武昌到底去没去章寡妇家，但他知道侄媳妇彩云这个时间一般是不会走出家门的。

张华友的到来，如同给张武昌打了一针兴奋剂，心里暗暗庆幸来了个大救星——刚才他与彩云闹个不欢，他还真无法借梯子下楼。他了解二叔的为人，深信二叔肯定会向着他，为他解围。张武昌心想：现在去章寡妇家已经不早了，可晚了就晚了，不在一时一霎，反正"指路"的这个差事是没有人跟我抢的！于是干脆坐下来陪张华友说话。

当张武昌讲述了"中标"为章寡妇指路的经过后，张华友赞成地说："啊呀了伙价，这事咋不中，只要给钱就行，大小它也是个买卖呀！"

明间里。在高凳子上煤油灯的光照下，可以看见饭桌上只有吃剩的小半缸盆蒜拌茄子，一小块疙瘩咸菜和被彩云扔掉的那个中药包。张华友夹了一筷子茄子丢进嘴里，问："社里没说给多少钱？"

"不给钱，"与张华友对坐的张武昌吸了一口烟，"答应给工分！"

"啊呀了伙价，那工分它也是钱哪！"张华友端起盅子却没有喝酒，"没说给多少？"

"十个工！"

"啊呀了伙价，十个工，好像是……"张华友放下盅子，摸起饭桌上的烟袋，在桌子下瓢做的烟笸箩里装着烟末，"他们说几你就答应几，就没争竞争竞（方言：讨价还价）？"

"想情理我能不争竞？我一开口就要二十个工，可无论怎么讲，社里最多给十五个工，多了一分一厘也不给！"

"十五个工？这十五个工嘛——"张华友就灯上对着火，手捋着胡子，长长地吸了两口烟，说，"按去年社里一个工两毛五分五算的话，应、应挣……"

"应挣三块八毛二分五厘！"张建柱拿着半截铅笔从西里间跑出来，抢着回答道，"四舍五入，应为三块八毛三！"

"啊呀了伙价！还是俺孙子脑瓜好使呀伙计，一口就能喝出来！"张华友夸奖道，"有出息！有出息！学习保险孬不了！是吧？"

"嘻嘻，还算可以！"张建柱红着脸，扭着身子，说。

"啊呀了伙价！有出产头，有出产头！"张华友捋着不听话的胡须，沾沾自喜，说，"咱张家的坟地里要冒青烟了伙计！"

"哼！还冒白烟！"张武昌没好气地说。

"怎么？"张华友张大了嘴巴，好半天合不上。

"去去，大人拉呱，小孩子插什么嘴！"张武昌瞪了建柱一眼，责备道，"这里有你说的话？滚屋里做作业去！"

张华友迷惑地看看张武昌，再看看噘着嘴的张建柱，百思不得其解。

张武昌候张建柱快快地进了里间后，才走过来，对张华友耳语了一番。

"真的？"张华友再次张大了嘴巴，"不行！得空我得去瞧瞧！"

"小声点儿！"张武昌向西里间掀掀下巴，回到位子上坐下来，"咱先不说这些了！"

"十五个工，三块八毛三，一年三百六十天，三百来个工，一头猪……"张华友仰着头，闭着眼，念叨了一番，突然睁开眼道："啊呀了伙价，这比养猪强呀伙计！"

"什么比养猪强呀？"张武昌拿起酒壶，为张华友斟上酒，问。

"你呀！"

"我？我怎么成了猪？"

"啊呀了伙价！打个比方嘛，谁说你是猪了？"张华友端起酒盅喝了一口酒，捋捋胡子，"一年三百六十天，除了刮风下雨，病灾有事，满打满算能挣三百有零无零的工，按两毛六算，六十一二块钱，养一头猪对头一年顶多攒四十来车子一级粪，一车两毛，也就八块来钱吧！？俗话不是说嘛，'养猪图攒粪，挣钱难上难！'你呢，撒泡尿的工夫近四块钱就能拿到手，等于半年时间攒的猪粪钱，这还是说得养肥猪，养壳郎的话得一年，甚至得一年半！这样算来，不比养猪强多了？你说我这个比方打得对不对？"说完将酒盅子里的酒一口顺下。

原来，当时户里攒的圈肥不算工分，直接算成钱，按粪与土的比例评等级，一般来说，一推车一级肥算两角钱、二级肥一角八分、三级肥一角五分，如若土过多则为等外级，钱的多少，视情况而定。

"对对，是比养猪强！至少省了工夫和料钱！"张武昌随和着说。

"啊呀了伙价！这买卖做得！不用费什么力气，就能扯近四丈一毛——尺的人民布，全家人就甭愁没新衣裳穿了伙计！"

"确实是！"张武昌为张华友斟上酒，愁眉苦脸地说，"可你侄媳妇却不让，说要是我给章寡妇当了孝子，就跟我离婚，领着孩子走人！"

"啊呀了伙价！你不明白咋的？离婚回娘家是女人家吓唬男人的拿手戏，你就怕了？"张华友端起酒盅呷了一口酒，"两口子哪有是事都想成一块的？叫我说，家有千口主事一人，男人嘛，说了老婆就得服从，要不怎么说是大丈夫呢！就说你二叔我吧，跟你二婶子结婚大半辈子了，这些年还能不为事打架斗嘴？离婚领孩子走还不是她常挂在嘴上的事，现在离了没？走人了没？女人嘛，别跟她愣里格冷！看准了的事，赌管办就是！"

"那——我去？"张武昌试探地问。

"啊呀了伙价，天底下哪有这样的好事呀伙计，咋不去？"张华友摸起筷子又放下，"二叔我不是社员，要是社员的话，我就抢着去！"

"二叔，菜端来了！"张武昌刚要说什么，见彩云端着一盘蛋炒韭菜，领着方方和圆圆走进来，把盘放在桌子上。

"二叔，您还有什么事？"张武昌站起来，问。

欲知后事，下回分解。

第二十三回
急性病偏遇慢郎中
台词难方显怪奇才

上回说到，张华友对张武昌指路之举的一番极力赞赏，完全在张武昌的意料之中，他钦佩张华友的眼光，暗暗称道。他担心彩云回来还会阻拦，本想在她回家之前就去章寡妇家，可爷俩越说越投机，把个时间给耽搁了。然而事已至此——彩云已经到家，他就是后悔也来不及了。于是站起来问张华友还有什么事。

"没别事，"张华友为打消彩云对他与张武昌谈话内容的怀疑，有意给彩云造成错觉，说，"别忘了我刚才说的，你瞅个空约合几个人，帮我把北岭那亩来地瓜刨刨吧！工钱呢我照付，分文不欠！"不过，他说的也是实话，只是"附带"而已，因为这也是他本想说而没来得及说的事。

"那也得等集体的忙个差不多再说！"张武昌明其意，附和着说。

"嗯！"

"您要是没别事的话，那我走了！"张武昌话没说完，拔腿就向外走。

"你要去哪？"彩云厉声问。

"我去看热闹还不行吗！"暂且不提。

却说杆子高宏伟。东天的月牙儿，不知是被云翳还是雾霭包围着，晕蒙蒙的一团，大地似罩上了一层纱。"日晕风，月晕雨"，这预示着明天不是下雨就是阴天。

高宏伟奉社长之命一气跑到社场，见朱文斋正忙着与曹义霞、庞玉娟吊粉皮，当即告知他说："三叔，先别吊粉皮了，张武昌至今未去章寡妇家，老挣要你马上去章寡妇家商议一下此事该怎么办！"朱文斋感到事关重大，吩咐曹义霞和庞玉娟二人立即停工，收拾一下，等他回来再吊。随即与高宏伟向章寡妇家奔去。

二人来到下崖章寡妇家的房后，就见性急的曹义年早将用谷草扎成身子和四腿、用成捆的麦秸做马头的简易"倒头马"搬到了章寡妇家的房后。三人简单一碰头，朱文斋也想不出更好的办法来，于是朱文斋打发高宏伟去章寡妇家与朱文远张罗着场面，安慰安慰章寡妇的娘家人，并安排在场看热闹的曹义民去张武昌家，瞧瞧张武昌在家做什么。

为何将这棘手的差事托付给一个孩子呢？因为曹义民聪明机灵，与张建柱是同班同学，俩人极为要好，经常一起做家庭作业，一起玩耍。朱文斋派他去张武昌家打探消息，就是冲着他具备的这些有利条件来的。他自己则与曹义年在此坐等消息，迎接张武昌的到来。二人等到近三更天了，既不见曹义民回信，也不见张武昌的身影。

"打发义民去叫——合适吗？"蹲在"倒头马"旁的曹义年实在等得不耐烦了，站起来，向西巴望着，"要是真遇见无常家两口子打架，怎么办？"

"那也不要紧，曹义民这孩子鬼头着呢！"朱文斋蹲着没动，抽了几口旱烟，颇有信心地说，"他准会借口说找柱子玩！"

"要是无常反悔不干了怎么办？"曹义年点点头，又忧虑地问。

"不是没有这个可能，但也只能再等等看吧！"张武昌到底是因何事至今不到？要是张武昌反悔怎么办？对此朱文斋心中也没底，他也并不是不担心，只是没有更好的解决办法。

"我看大概够呛，咱不能再等了！"曹义年扔掉烟头，摸出卷烟纸条，蹲下来，要过朱文斋的烟包，就纸条上倒着烟末，"要不，我去指路？"

"不行！不行！就是他不来，那也轮不到你呀！"朱文斋接过烟袋，"你是支部书记，这事要是传出去，还怎么出头露面？还有，要是武昌一会儿真来了，他不反说是咱干部们不讲信用吗？再等等，等义民回来再说！"

"唉——！都快三更天了！"曹义年长叹一口气，焦虑地说。

"来啦！来啦！"曹义民刚跑到老槐树底就喊，"无常来啦！"

"来了？"曹义年站起来，急切地问，"他人呢？"

"在后边！"曹义民跑过来，气喘吁吁地说，"我刚转过胡同头，就见他正出大门口，估计他现在已经到了石桥子啦！"

朱文斋知道这孩子没说实话，首先从时间上讲就不对碴口——章寡妇家与张武昌家虽然是一家在村最东南角，一家在村最东北角，但充其量也不过二三百米，不用抽袋烟的工夫就能到，可他与曹义年光在此地就已经等了半个多小时了。既然曹义民这样说，那肯定是有不便言明之处。

的确如此，曹义民得到社委派他去叫张武昌的指示，二话没说，一口气就跑到张武昌家大门口，却在门外停了下来，没在立即敲门——对于建柱娘的脾气他是了如指掌，如果曹义民来她家与张建柱一起做作业，她是举双手欢迎的！因为他语文成绩比张建柱好，算数成绩则不如张建柱，二人在一起做作业能互补长短，共同提高学习成绩。但若曹义民是来叫张武昌去为章寡妇指路的，那彩云一定会恼了大花脸，不把他骂出来才怪！于是曹义民悄悄转到屋后，想先听听张武昌两口子在说什么，再瞅空儿见机行事。他侧耳听了一会儿，没听到彩云言语，只听见张华友和张武昌在议论指路的事，他断定这会儿彩云肯定不在家。心想：此时不去，更待何时。正当他来到屋角时，大门却"吱呀"一声响了，他以为是张武昌出来了，探头一看，却是彩云领着两个孩子回来了，心中不免暗暗思忖：坏了，坏了！看来是没法去叫张武昌了！这可如何回去交差呢？说啥也不能按事实说！他像打了败仗的将军，无精打采地往回走，刚走到胡同南头，就听到背后开大门的声音，回头一看，见是张武昌刚出大门口，便赶紧拔腿向章寡妇家跑来复命。曹义年并不计较曹义民去的时间长短，更不探究是何原因，他所关心的是张武昌的来与不来。所以急着点火，说："三叔，咱点火吧！"曹义年扔掉尚未卷好的烟，划燃火柴就要点"倒头马"。

"慢着！"朱文斋站起来，制止道，"他人是来了，可他干不干还尚在两可，无法断定，等他来问好了再点也不迟！"

"那好！"曹义年扔掉火柴杆，"你等着，我去问问！"说着疾步向西奔去。

"嘿嘿，不好意思，让你们久等了！"张武昌刚到老槐树底，遇见曹义年，便歉意地说。

"怎么样？"曹义年劈头就问。

"嗨！什么话？我张武昌说话算话，掉地上砸个窝！"张武昌没有停步，"男子汉大丈夫，一言既出，驷马难追！"

"好好！快走！"曹义年与张武昌来到房后，对朱文斋喊，"三叔，点火吧！点火吧！"说着二人向章寡妇家走去。

"来啦！来啦！"章寡妇家围观的人此时不但没有减少，反而增加了七八个或帽子，或鞋子，或衣扣，或发辫上点缀着白孝的男女老少，他们个个都在翘首期盼主角的到来。张武昌与曹义年刚到院门，几个顽童就嚷开了："儿子来啦！章寡妇的儿子来喽！"

"去去去！胡乱喊什么？"张武昌走进院子，唬道，"谁要是再胡吆喝，我就揍扁谁！"

"来，我给你戴上！"庞玉娟拿着一根长一米、宽三指的白孝布迎上来，想给张武昌缠在头上。

原来，朱文斋走后，庞玉娟与曹义霞二人急忙收拾了一下，随后便也一起来到章寡妇家瞧热闹、打杂。

"我自己来！"张武昌没说不让庞玉娟给他戴孝布，接过来搭在胳膊上。

"儿子，再拿着这个！"朱宇轩将一根头上夹着半米多长白布条的挑幡递给曹义年，嘲弄道，"早说开，不许恼的！我可不是说你是我的儿子，而是说你是章寡妇的儿子！哈……"

"哈……"人们哄然大笑起来。

"你才是她的儿子呢！"张武昌瞪了朱宇轩一眼，一把夺过挑幡，昂头挺胸地向栏旁的高腿杌子走去，"好了吗？我可要上了！"

这个杌子破得不能再破了——杌子面上有一个被火烧出的窟窿，四根撑子少了两根，曾经断过的一条腿用苘匹子捆绑着，只能勉强坐人。张武昌站在杌子上，把扎头布搭在挑幡杆上，抬起右胳膊，将挑幡指向西南方，清清嗓子，高声说："章太太你听好了！

　　　你是五保户，我是困难户，
　　　为了挣工分，雇我来指路，
　　　饿了上粮囤，渴了去水库，
　　　实在没钱花，赶快找支部！
　　　戴孝摔老盆，都与我无故！"

"孙子媳妇，你一路走好！千万千万别回来找我张武昌！章老太太，你别害怕！你上西……"

这时，只听得"咔嚓"一声响。

欲知后事，下回分解。

第二十四回
忧家母孙月英催婚
愁住处朱宇坤犯难

上回说到，人们翘首以待，好不容易盼来了主角，这戏马上就开演了。假若张武昌为奶奶辈或者大娘、婶子辈指路，指路的套路子话，不难想象："xxx一路走好，别害怕！您向西南！"就行了。然而张武昌所面对的却是孙子辈，况且还不一个姓。围观者个个伸长脖子，屏住呼吸，睁大眼睛，竖起耳朵，静观张武昌如何应付指路这个差事。结果，却大大出乎人们的意料：他是为挣工分才来指路的，什么戴孝、摔老盆都与他无关，这台词不敢说全世界没有，在全国大概可算是独一无二的！如此一来，不能不说张武昌是个奇才人物，也难怪他敢对妻子打包票：一箭三雕，其实是一举四得。所谓四得：一者，挣了工分，还没有出卖姓氏和辈分；这台词村干部挑不出不是——路已经指了，指路的台词没有既定，更无标准；章寡妇家的娘家人也无理由指责，用工分雇外姓人，且还是爷爷辈，你能让他怎么个指路法？更不能让他戴孝摔老盆吧？二者，为村干部分了忧，解了愁，争了光，应付了章寡妇娘家人的"合理"要求；三者，提高了自己的威信，能让全村人乃至外村人另眼看待；这四嘛，暂且不表，以后再述。

正在全场鸦雀无声之时，突然听得"咔嚓"一声响，把人们从沉思中惊醒，还未等大家反应过来，紧接又是"哐啷啷！""哗啦啦！""咕咚！"连续几声响。

原来，张武昌喊到末后，想显示一下自己的英雄气概，抬起一只脚猛力一跺，破旧的杌子无法经受住如此大的撞击，"咔嚓"一声，原本被捆着的杌子腿断了，离开原地的杌子砸在离此不远的尿罐子上，"哐啷啷"罐子破了，"哗啦啦"半罐子尿淌出来。张武昌"南"字还未出口，便"咕咚"一声从杌子上掉下来，跌了个仰面朝天。他躺在地上，叫喊着："哎哟娘啊！这下子可真打了瓦碴子啦！"

"哈……"人们忍不住大笑起来。

却说村东路上。天刚放亮，天阴得没一丝空隙，随时都有降雨的可能。

此时，虽然能够听到村里的鸡鸣狗叫和隐隐约约的井台上担杖撞击木筲的杂乱声，但是，村东头却静悄悄的。二十一二岁、中等身材的朱宇坤腋下夹着一把竹制油纸雨伞，肩上挎背着一个盛着地瓜、煎饼之类食物的黄色新书包，在村东几十米远的路上站下来，转身对刚刚出村的孙月英喊："不快点儿走，还在后边磨蹭什么！"

这朱宇坤是朱文远的二儿子。朱文远大儿子没上学，已与庞玉娟结婚数年，与他分居独住。朱宇坤上到初小，家庭就负担不起他上完小的费用了，好在他的姑姑出阁，嫁了个富裕户，在姑家的资助下，他才好歹读完了初中。在家干了没两年农活，他就被区里选拔去粮库当了会计。农历的八月底至九月底正是收秋季公粮最繁忙的时候，往年这时候，除地瓜和极少数夏谷、夏玉米、夏高粱等晚秋作物外，大秋作物已经晒干入库，公粮也已上缴完毕。由于今秋天气不好，晒干入库的谷物也大都返潮，得等好天弄出去重新晾晒，但是老天一直作对，就是不晴天，自然也就没法收缴公粮了。为此朱宇坤特向领导请了三天假，回家帮着家里干点活。结果在家只待了两天，单位上就捎信说有事，要他快回去。这两天他与孙月英一次面也没见过，今天假期已到，孙月英从朱文远口中得知朱宇坤今天要返回单位，一早便候在了朱宇坤家门外，为的是来送送他。

"狼撵着咋的？"脚蹬半筒雨靴、腋下夹着折叠着的军用雨衣的孙月英出了村，倒退着四周遍视了一番，确定没人注意后，才拔腿跑过来。她瞥了宇坤一眼："干么走得这么快？"

"要下雨了！"朱宇坤说着，与孙月英并膀慢慢向前走去。

"昨晚我去你家，家里锁着门，在章寡妇家也没见到你，去哪来？"

"哦，前文庄的同学结婚，叫去喝喜酒，下半夜才回家！"

"喝喜酒？"

"是啊！我不知道你昨天来，才……"朱宇坤语气中既有遗憾，也有愧疚，虽然话没说完，但其意不难理解：如果知道你来找我的话，我就会提前回来，晚上就不会住下喝喜酒了。

"我不是那个意思！"

"不是那个意思——？"

"你同学结婚了，那你呢？你就不想结婚？"

"想啊！咋不想啊！"

"既然想，咋不早做打算？"未等宇坤回答，月英接着说，"咱俩登记都快两年了，去年刚拾掇完你就答应说结婚，可到现在……"她说到这里有意把话打住了。

当时，在农村登记与结婚是不能相提并论、同日而语的两码事。登记只能说去政府办了合法的婚姻手续，换言之，就是政府承认了俩人的关系，即准婚。但要等举行完婚礼，入了洞房，得到了亲戚、朋友、四邻们的承认，才算真正意义上的结婚，即使没有登记而举行了结婚典礼，亦称事实婚姻，那也会得到社会上的认可。孙月英所说的结婚就是指举行婚礼。由于受封建世俗的束缚，在举行婚礼之前，男女两方都得注重"礼节"，特别是身体部位上更不能接触，否则，就违背了"男女授受不亲"的规矩，特别是女方，会被视为：家教不严，败坏门风，作风有问题。如此，孙月英在村头上有意与朱宇坤拉开距离走，也就在情理之中了。

　　"我是这么说过，可俺家就两间小破屋，结了婚咱到哪里去住？"朱宇坤站下来，双手一摊，愁眉苦脸地说，"可不能到大街上去睡吧！不是吗？要是有地方住的话，你还用住在老咔家？"

　　"想好事吧你！"孙月英站下来，用食指轻轻地点了一下宇坤的额头，"就是你家有地方住，结婚前我能去住吗？你呀，光想、想赚我的……的那个是不是？"

　　"哈……！我正派着哪！才不会那个呢！"朱宇坤瞄一眼孙月英那高高耸起、呼之欲出的双峰，上去就搂孙月英。

　　"去你的！"孙月英一矮身，从他的胳膊下躲到一边，红着脸双手护胸，娇嗔道，"还说正派呢！"

　　"我不是想……嘿嘿嘿！想那个嘛！"

　　"好啦！好啦！别闹了！"孙月英收敛笑脸，头前慢慢地走着，"咱们说正经的，你知道俺娘得的什么病吗？"

　　"什么病？不就是急性盲肠炎嘛！我问过孙区长，啊，对了，是你爸，也是我未来的岳父大人，他就是这么说的！"

　　孙月英摇摇头。

　　"怎么？"

　　"俺爸不相信区医院的诊断，把俺娘转到了县医院，县医院的医生对俺爸说，俺娘顶多也就一两年的活头了，动手术还不如不动好，劝俺爸别花瞎钱了！唉——！"二人说着，爬上了东埠岭子。孙月英叹了一口气，无力地在路边的石头上坐了下来。

　　"不治之症？"朱宇坤站下来，"不会吧？"

　　"怕话传到俺娘的耳朵里，她再经受不住打击，所以才对外说是盲肠炎的！"

　　"哦！"朱宇坤在她一边坐下来。二人沉默着。

　　"你家就没打算盖新房子？"孙月英首先打破了沉默，未等朱宇坤回答，说，"俺爸担心俺娘看不到咱俩结婚的那一天，到死也闭不上眼，所以才打发我抽空来催催你家盖房子的事！"

　　"不用催，这房子是非盖不可！俺爹和俺娘曾经说过，手头宽绰的话，到拾拨完了或者明年一开春就盖，看来……看来不能等到明年了！可……"

"你不用说了，房子不是说说就能盖起来的！"孙月英打断朱宇坤的话，从衣兜里掏出一卷钱，递过去，"给！"

"你这是干什么？"朱宇坤没接钱，站起来，不解地问。

"这五十八元，四十元是我爸的，这十八元是你们村给我的生活补贴。"孙月英也站起来，先将卷在一起的钱按所说之量分开，又合在一起，以命令的口气说，"拿上，好去准备盖房子的材料！"不容分说，一把抓过宇坤的手，硬塞进他的手里。

"那你娘……？"

"光吃药保养花不了多少钱的！"

"那你呢？住在老咔家可不能手头没有一点钱吧？"

"我？我这里还有！快掖上吧！"孙月英从另一个衣兜里拿出两张面值一元的纸币，亮了亮，放回兜里，"你甭操心，咋说我离家也不远，隔三差五地还能不回去趟？"

"那我收下啦？"朱宇坤深情地望着月英，把钱放进兜里，说，"哦，忘了问你，假期还没结束，咋就提前来了？"

"你爹没对你说？"

欲知后事，下回分解。

第二十五回
连阴天曹义年无咒
集分散朱文斋有谱

上回说到，孙月英因母亲得了不治之症，要求早点结婚，而朱宇坤说无房居住，手头又无钱建房，于是孙月英将手中的五十八元给了朱宇坤，帮他家建房。朱宇坤问及孙月英还没开学，咋就提前来了，孙月英却反问："你爹没告诉你？"朱宇坤回答说："他呀，不就是个监委会主任嘛！可整天价也不知忙些什么，前天，哦，也就是你来的那天吧？他为章寡妇的公事一天没着屋子地儿，昨天一早我赶去文庄，帮同学忙活着拾掇，晚上回来时他已经睡下了，今早上我还没起床，他就走了，这不，回家一趟连个照面都没打！"

"哦，原来如此！"

"哎，我说，你可不只是为建房子的事才提前来的吧？"

"当然不是了！"于是，孙月英将她提前回来的前因后果如此这般地说了一遍。

却说社委办公室。秋雨哗哗地下，房檐上的滴水连成线。

"什么破天？下雨还有瘾！"曹义年头戴苇笠，身披蓑衣，冒雨来到办公室门口。他推开半掩着的门，摘下苇笠，在门外甩甩水，倚放在地上，又解下蓑衣挂在门上后，才在门台子上蹭着鞋子上的泥，埋怨道。

"文斋叔，"曹义年推开风门子走进里间，见朱文斋正与孙月英坐在两张并对着的书桌两侧埋头做秋季预算方案，只听得"噼里啪啦"的算盘响，他的到来并没有引起二人的注意和反应，于是问，"你们早干开了？"

"来了曹书记，"孙月英站起来，离开自己的位子，"这边坐吧！"

"你坐，你坐！"曹义年说着在北墙根的土炕沿上坐下来。

"你先坐会儿，"朱文斋头也没抬，"等我算完这笔账！"

"先忙你的！"曹义年脱掉鞋子，上了炕，背倚着墙盘腿坐下，"我没什么事，忙你的！"他掏出烟包，卷着纸烟，问："孙老师，是头一回做这事吧？"

"嗯！"孙月英笑着点点头，坐下来。

"别看是头一回做，算得比我还快！"朱文斋放下蘸水笔，摘下眼镜，插嘴说，"年轻人脑子好使，学问又深，不用怎么教，一点就会！"

"还没开学，就叫你来，可真不好意思！"曹义年卷好烟，舔了舔，说。

"瞧您说的！"孙月英红着脸，说，"俺那里栽地瓜少，净玉米、高粱、谷子和大豆什么的，早拾掇完了，在家又没事，别的也帮不上什么忙！"说着又站起来，知趣地说："曹书记，你们有事慢慢谈，我去提壶热水来！"

"算啦！算啦！"曹义年下了炕，阻止道，"下大雨价，别去了！"

"不要紧！"孙月英摘下挂在墙上的军用雨衣，披在身上，"您坐，您坐！"说着走了出去。

"找我有什么事吧？"朱文斋转过身，就烟荷包里装着烟末，问。

"今天是寒露了吧？"曹义年划燃火柴先给朱文斋点上烟，又为自己点上，没有正面回答，问。

"嗯！"朱文斋点点头。

"俗话说，'白露早，寒露迟，秋分种麦正适宜'。"曹义年吸了几口烟，"今年特殊，自秋分至现在除了下雨还是下雨，没几个好天，咱那麦子播了还没有一半，豌豆一搂也没糁，唉！你说愁人不。"说完上了炕，坐下来。

"哦，这甭愁！地湿无晚麦，再不然，种埋头，以前咱又不是没种过，不就是多耗费点麦种嘛！"朱文斋吧嗒了几口烟，"再说了，咱这地儿不指望着麦子，每年人均也就二三十斤，主要还是以地瓜为主粮，只要地瓜……"

"地瓜？它老天爷也不让咱好好收啊！"曹义年打断朱文斋的话，"紧赶慢撵霜降马上就到啦，可咱这地瓜现在出（方言：刨，还含有切晒地瓜干和收藏地瓜种的意思）了多说也就一半，天要是老拉不起晴来，下一步地瓜种和地瓜干不知道是文收还是武收哪！"

"这事嘛——我倒有个谱。"朱文斋停了一会儿，说，"只是还没向你请示！"

"请示什么？"曹义年蹲起来，"快说说，是什么样的谱？"

"按以往的经验，寒露后雨水就小了，连阴天也就少了，所以……"

"经验？经验管个屁用！古语都说'七月十五定旱涝，八月十五定太平（方言：收成）'。眼看就要进入九月了，老天爷它就是跟咱调对着来，偏偏歪歪着尿，不晴天怎么办？"

"嘿嘿，你先别急，听我慢慢地说嘛！"朱文斋没有生气，"秋雨不遮天，有雨归有雨，像今天这样大的雨再往下就少见了！管怎么它也有晴天的时候！"

"这还用你说！等晴了天说不定就该上冻了！"曹义年抢白道。

"嘿嘿，你这就叫抬杠了！从寒露连阴到立冬，我倒没经历过，也没听说过！退一步说，地瓜干冻了终比烂了强吧！"

曹义年张了张嘴，没说出话来。

"打从入社以来，到了出地瓜这时候，都是集体切晒地瓜，集体拾地瓜干。"朱文斋望一眼曹义年，磕磕烟袋，说，"所以我想打破这个老例子，改改法子！把春地瓜和豌豆茬地瓜全部分到户里去切晒！"

"分到户里去？"

"对！"朱文斋要过曹义年的纸烟头，对着火，曹义年示意不要了。朱文斋扔掉烟头，说："以往集体切晒地瓜干，为了图省事，也为了好拾地瓜干，大都直接切晒在刨过的地瓜地里。今年地气湿，再直接晒在地里的话恐怕是不行的，地瓜干既不容易干不说，还容易烂。要是把地瓜全部分到户里去，这个问题就解决了！"

"我不明白！"曹义年拿起纸和烟末，"说具体点！"

"咱这地儿，别的没有，就是不缺石头碴子和地阶子（方言：地埂），咱把地瓜分下去，各户自己就会想办法切晒、收拾，咋说也是量少好把揽！"

"噢！"曹义年卷好烟，划燃火柴点上，"你的意思是不让石头碴子和地阶子闲着是吧？"

"嗯！咱村这岭地，上水头的地瓜和下水头的地瓜差距很大，为了找平衡，咱们分的时候，不但要按各户人口的多少比例分配，还要进行抓阄，大地块一块一抓，零碎地块划片抓。"朱文斋没有正面回答，说，"等拾掇完了后，咱们按春地瓜三斤半、豌豆茬地瓜四斤或者四斤二两折算一斤地瓜干，视情况而定，除留下该分的口粮外，其余的全部上缴到社里。这样一来，一是节省了劳动力，户里切晒地瓜用不着出工破日地耽搁工夫，饭前饭后、得空闲忙就可干，再不然打打夜班，还能够腾出时间和精力干集体的活。二是平常日离不开家、身体病弱、下不了坡的老人和家庭妇女，和顶不起劳力的孩子们在家里就能挣工分。三是去掉了依靠心理。谁都不愿意自己的地瓜烂了，即使是下雨阴天，也会在炕上烘房地上晾的！再就是咱这当干部的也省了不少心！"

"啊呀！太好啦！"曹义年霍地站起来，"这个谱你咋不早说？"

"嘿嘿，没法子的法子。"朱文斋笑笑说，"这法子也是让天老爷给逼出来的！"

"就这么办！"曹义年扔掉没吸几口的卷烟，下了炕，"我这就去通知社委的人来开会，马上研究！"

"甭急！甭急！"朱文斋站起来，阻止道。

"怎么？"正向外走的曹义年站下来，问。

"这只是我个人的想法！合作社是大集体，如果这样一分，就又成了单干不是？区里和乡里还不一定批准，最好是先征得上级领导们的同意再研究！"

欲知后事，下回分解。

第二十六回
释疑虑恰似安心药
闻喊声犹如夜惊魂

　　上回说到，由于秋雨连绵，到了寒露节气锦鸡岭村的小麦和豌豆还没播种完，地瓜也只刨了还没有一半。俗话说："三秋不如一麦忙，三麦不如一秋长。"对锦鸡岭来说，十麦不如一秋长！整个村就村东那几十亩洼地和育地瓜苗用的二十余亩岭地种小麦，收割时尽着忙也用不着十天就能收完并打场入库。剩下的地除了种地瓜还是种地瓜，在以往农历的十月下旬秋收秋种才完毕也是有的，可那是闰月节气晚，而如今呢？霜降和立冬随后就会按时来临！

　　朱文斋所说的"埋头"，即是寒露至霜降期间播种的麦子，此时地温已经降低，至明年开春解冻后，小麦才破土发芽，故叫"埋头"。由于日期短，"积温数"难达到小麦生长的需求，分蘖就少，其产量自然低于秋分左右播种的小麦，但是，下地的种子每亩却要比后者多五至七斤。真是"人误地一时，地误人一季"！尽管锦鸡岭村种的麦子和豌豆不多，但也是村民们在青黄不接时赖以生存的基本保障，在没有办法的情况下，就不得不种"埋头"。而地瓜呢？它占上缴公粮和村民口粮的百分之七八十！如果在立冬之前收不上来的话，就会在地里烂掉不少，立冬后，要么是冻地瓜，要么是冻地瓜干，自然，公粮和口粮也就无法保证了。为此，作为一社之长的曹义年被搞得"寝不安席，食不甘味"，实在无咒可念，这才冒雨来向"徐茂公"朱文斋求教。朱文斋虽然提出了把春地瓜和豌豆茬地瓜分到户里切晒的建议，然而却又怕上级知道了进行批评。

　　将地瓜分到户这事拿到现在来说，完全不值得一提，太平常不过了，但在当时却属于违法行为。农村合作社是一个经济实体，一切讲求集体：集体劳作，集体收入，集体分配口粮，集体上缴公粮等等。如果将地瓜分到各户，就意味着有走资本主义道路和倒退单干的嫌疑。在这样的形势下，若将地瓜分到各户，各自为战，无疑是猪八戒照镜子——自找难看。说不定还会被扣上"走资本主义，破坏集体化"的坏分子帽子。如此，朱文斋会有担心和顾虑也就不足为奇了。

　　曹义年却说："嗨！管他上边（方言：上级）同意不同意，只要社员们能少吃烂地瓜干，社里能多缴公粮就行！以后的事以后再打谱！要是真出了什么差错的话，由我曹义年一人顶着！"曹义年向外走着，"三叔，你去敞开教室的门，打扫打扫！"

暂且不提。

却说小风稍曹义霞。社场的作坊里，磨台上、地下的麻袋片子上摞着半干不湿的粉皮。几只条编篓子里已经装满了捆好的粉皮。曹义霞与庞玉娟正在捆粉皮，每两页为一组，中间一蜷对折后，再用裁好的半干地瓜蔓子捆起来，放进几个空篓子里。曹义霞望着房檐上的雨帘，说："嫂子，这粉皮可真不肯上干，三四天了还这么湿。"

"这几天一直连阴，能指望着什么干？没有霉烂就不错了！"庞玉娟头也没抬，说。

"你说差以筋道（方言：韧性不够）了吧？"曹义霞将装满捆好了的粉皮的篓子挪到一边，又拉过一只空篓子，在木凳子坐下来，问。

"你说呢？"庞玉娟看一眼曹义霞，问，"哎，小风稍，你问过老憨了吗？"

曹义霞笑了笑，没回答。

"不用说肯定也没约会！"

"这几天一直下雨，再说、再说……嘻嘻！"

"光阴荏苒，时不我待！"

"光阴咋的？还……还什么不带你？"曹义霞抬起头，一脸迷惑。

"不是待我，是待你！"

"带我？不带你？带我什么？"

"我是说时间过得太快，"庞玉娟强忍着笑，"你别再犹豫啦！"

"那直接说不就得啦？还用得着撇腔！"曹义霞不好意思地笑笑，"你又不是不知道，我没进过学校门，八字都不知道两撇，就别再耍我的活猴啦！"

"好好，嫂子再不要你的活猴了就是！"庞玉娟笑笑，"我知道，你不太好问，这几天一直下雨，确实也是没给点空儿，但嫂子却为你打听明白了！"

"怎么样？"

"他定了亲啦！"

"什、什么？"曹义霞一惊，手上的粉皮掉在了地上，"真的！"

"哈……！看把你急的，我又没说和谁订了，你说你着得什么急哪！哈……"

"我着什么急来？"曹义霞被庞玉娟笑得脸如大红布，拾起地上的粉皮。

"还狡辩哪！"庞玉娟好不容易止住笑，说，"昨天，俺婆婆去文斋家扒鞋样子，听三大娘说，与他表姐的事宇轩死活不干，一口给回绝了。这下你该放心了吧？"

"怪不得人家叫你庞涓来，"曹义霞瞅了庞玉娟一眼，"可够坏的！"

曹义霞自从得知表姨想将女儿许配给朱宇轩，而宇轩娘满口答应，只看朱宇轩如何表态的消息后，就一直吃饭不香，坐卧不宁，精神恍惚，心里就像十五只吊桶打水——七上八下，整天胡思乱想，担心朱宇轩顶不住母亲的压力，抵不住表姨的诱惑而点头应允。假若事实如此，她真想当面与朱宇轩理论理论，指责朱宇轩的见异思迁！然而，她却又并没有资格和理由这么做，因为她娘一直反对不说，她自己也没有当着朱宇轩的面言明过：我曹义霞要嫁给他！更没有向社会公开挑明：我非朱宇轩不嫁！如果朱宇轩真答应了表姨女儿的事，那么约会还有什么意义？岂不是多此一举，白白授人笑柄！自然，她所说的因雨天没空，只是搪塞罢了，更是一种无法对人说的无奈。说真心话，她曾想过不再在意此事，任凭朱宇轩选择，他愿意娶谁就娶谁，都与自己无关！但是她又做不到，闭上眼就是朱宇轩的影子。真是进退两难，欲进无计，欲罢不能。万般无奈之下，只能默默在心里祷告上天：保佑朱宇轩能力排干扰，绝不应允与表姨女儿的婚事。

正在曹义霞一筹莫展之时，庞玉娟给她捎来了安心丸，使她悬着的心落了下来。曹义霞暗暗感谢庞玉娟是个有心人，处处为她着想，但却口是心非，说出来的是"你真坏！"

"还有，用木匠的事跟你娘说了没有？"庞玉娟笑了笑，问。

曹义霞摇摇头。

"你呀，叫我怎么说你好？你就不会编个话，就说还有办法那个了？再不行的话，直接找挣断筋，求他跟你娘说，不就行啦！"

再说章寡妇家。雨还在大一阵小一阵地下。

章寡妇死后，两间草房里已经空空如也，成了村里嗜好聚堆的闲员们聊天、打牌、下棋的场所。明间里。张建柱等三四个半大男孩正在地上玩以纸壳子自造自画的"棒、虫、鸡、虎"为道具的游戏，几个比他们稍小点的男孩在旁边观阵助威："你赖人，只有棒打虎，哪有棒打鸡的？""对对！出鸡！出鸡！鸡吃虫！""你出虫，虫凿棒！"他们有的就地而坐，有的蹲着，有的站着，有的坐在没有了锅的灶台上，不时地吵闹着，惹得里间的大人们阵阵斥责。

里间，朱宇轩、高宏伟等八九个年龄不等的男人把个屋子塞得满满的，他们有的坐在铺有破席头子的土炕上，有的站着，朱宇轩坐在瘸了一条腿的杌子上，都在聚精会神地听张武昌说《三国演义》：

"话说，赵云与刘备离开柴桑，刚想喘口气，突然间，他们背后尘土飞扬，原来是蒋钦等吴国的四员大将赶来，刘备一看，说：'完了！完了！前无救应，后有追兵，如何是好？'赵云赵子龙安慰道：'诸葛亮既然有所安排，肯定会派人来接应！咱们先奔向江边去再说！'然而刚到江边，却见江的上游无数只战船正飞速而下，为首一员大将乃周瑜，左有黄盖，右有韩当。刘备一看仰天长叹：'我等将命丧此地也！'"紧挨窗户、盘腿而坐的张武昌说到这里却把话打住了。

"说呀！"

"快说呀！"

"别卖关子啦！"人们嚷起来。

"水！"张武昌双手抄肩，说。

"有！"站在门口的一中年人从外间里抱过一把用铁条做把手、竹编外壳上缠着麻绳的暖水瓶挤进来，将水倒进张武昌面前的白瓷碗里。

"烟！"张武昌一口气喝了半碗水，放下碗，一伸手，说。

"烟？有！"坐在张武昌身边的高宏伟将自己刚刚撒上烟末而尚未卷好的纸烟递给他，"给！"

"好，咱们书接上回。"张武昌卷好烟，高宏伟给他点上。他连吸了几口，才说："'俗话说得好，天无绝人之路！'正在这危急关头，从芦苇荡里钻出二十多只商船来，站在首船上的不是别人，是谁呢？诸葛亮！于是，刘备等人上了船，顺水急流而下。这可是周瑜万万没有想到的，于是，他急忙下令加速追赶，眼看快要追上，商船却靠近了江北岸，刘备等人弃船上岸而去。周瑜见状，与众官兵也都下了船。周瑜队伍里差不多都是步兵，只有几个偏将骑马冲在头里，看看快要撵上，突然间，只听得'咚咚咚'一阵鼓响，斜刺里冲出一队人马，拦住了他们的去路，为首一员大将乃是关公关云长，左有黄忠，右有魏延，呐喊着杀来。吴兵大败，死伤无数，周瑜等只得落荒而逃。这真是：周郎设计安天下，赔了夫人又折兵！'啊！老天负我呀！'周瑜大叫一声，口吐鲜血，昏倒在地……"

"在这里干什么？"正在这时，彩云头戴苇笠，身披茅草编的半截蓑衣出现在屋门口，对张建柱怒斥道，"滚回家做作业去！"

"离开学还早着呢！"张建柱小声嘟囔着，无奈地站起来。

"你爹呢？"彩云问。

"在、在……"张建柱嗫嚅着。

"张武昌！"彩云未等张建柱说完，杀气腾腾地来到里间门口，"你给我滚出来！"

这一声喊叫不啻半夜鬼叫门，顿时把个张武昌吓得腿肚子都向了前。

欲知后事，下回分解。

第二十七回
选用木工首做试探
满腹狐疑终无相应

上回说到，张武昌正在讲说《三国演义》，却突然听得彩云喊，叫他滚出来，顿时三魂去了两魂半——彩云尽管是出了名的泼妇，但并不是拿着悖晦当情理、光会使厉害之人，在公共场所还是注意自己的行为、照顾丈夫面子的，像今天这样脸不是脸、鼻子不是鼻子的表情，在家不足为奇，司空见惯，然而当着众人就这样做却是少之又少，在张武昌的记忆中还是首次。他不知道是自己做错了什么，还是家中出了灾祸之事，还是……？否则，她不会一反常态。或许是心理反应吧，张武昌霍地向上一起身，但只起了一半身子，却又坐下来，自嘲自解地说："嘿嘿，看俺这一口子吧，怕我饿着，找上门来叫吃饭了！"张武昌对众人笑笑，就窗台上捻灭烟，"不就是叫回家吃饭吗？还用使这么大的厉害？"

"还吃你娘的头！"彩云说着转身就走，"快滚下来回家！"

"什么事这么急？"张武昌欠了欠屁股又坐下。

"问那么多干什么！"彩云头也没回，"到家就知道了！"

"好，今天就到这里，下一回是曹操设宴雀台会，孔明三气周公瑾。"张武昌站起来，"我家里有点事，改日再说！"

却说曹义霞家。曹义霞家就在上崖东西大街西面的第一条胡同的北端西侧，有草房两间。明间西，暗间东，窗下有一盘水磨。不大的院落，围墙全部是用碎石头砌成的，上边爬满了柴扁豆。大门口没有门楼，向南开，门口两侧埋着根木棍算是门框，单扇大门是用木棍和双层高粱秸秆做的。出门口隔着一条短而窄、通往胡同的东西小巷，巷子西头是堵死的。院子的西南角是猪圈，圈旁有两棵葫芦顺着木杆爬上了圈顶，结了五六个大葫芦。圈后是个不大的圆形锥顶粮囤。院子东南角有一棵搂抱粗的大杏树，树北临墙是座面积不大的敞口简易棚子，里边除几件小型农具和一堆地瓜外，其余全是干柴草。

明间面积本来就不大，一个锅台、一个风箱和锅台南的鸡窝占去了将近一半。曹义霞在里边摊煎饼时，就不得不把风箱搬进里间里。她坐在蒲团上，边摊着煎饼边说："娘，您咋能那样想！"

原来，庞玉娟曾经向曹义霞提起过：要想你与朱宇轩的关系有所进展，首先必须让你娘改变对朱宇轩的看法，想尽一切办法使她对朱宇轩产生好感。曹义霞虽明其意——选择朱宇轩为她家做木工活，预先告诉他在娘面前少说话，多干活，使出真本事把木工活做得漂亮些，使她娘对他产生好感，从而取得她娘的赞赏，至少是不反感，这就有了与娘协商的余地。所谓"预先"就是与朱宇轩提前面对面商定对策，而要面对面就必须约会。但是，上次庞玉娟提起选用朱宇轩做木工活时，曹义霞还不知道朱宇轩是否答应了与表姨女儿的婚事，她没往心里放，感到无所谓，约会之事也就无从说起了。

今天上午，庞玉娟再次提起时，她就有些坐不住了，与庞玉娟捆完粉皮后，天还不晌，雨还在下。要是以往，她都是等停了雨，或等到晌天才走，今天却冒雨赶回了家。回到家时，见母亲正在鏊子窝里摊煎饼，于是她让母亲去一边休息，自己则坐下一边摊煎饼，一边与母亲谈论选用木匠的事。没想到她一提起让朱宇轩为她家做木工活，母亲就满腹狐疑，说义霞耍歪心眼儿，想借故与朱宇轩近距离多接触，所以反问道："那你让我怎么想？"

里间，靠窗是盘土坯炕，北墙根放着个旧木柜子，上面摞着旧木箱子，墙旮旯里还有一个盖着盖垫的小瓮，门口放着个风箱，把个房间挤得满满的。义霞娘盘腿坐在炕上，正在给曹义民做白布袜子，说："周边庄里的木匠都死净了咋的，非得找他？他一来，你俩成天价磕插成块（方言：相处在一起），外人会怎么看？假的不也成了真的？你就是浑身是嘴能说清楚吗？"这义霞娘四十三四岁，中等个，大放脚。何为大放脚？即：裹脚未到成年就放弃了，脚板的长短与正常人的差不多，只是除大拇指外其他四趾都已弯曲残废，也叫"烧地瓜脚"。中年丧夫的悲伤和人生道路的坎坷，毫不客气地写在她好看的脸盘上。由于她性格内向，与世无争，不愿抛头露面，人称："家姑姑"。

"只要站得正，不怕影子歪！"曹义霞将一勺子煎饼糊狠狠地甩在鏊子上，"任他们嚼舌头去吧！"

"哼！你不怕，我还怕呢！"家姑姑停了停，说，"俗话说，'泰山底下压不死人，舌头底下可压死人'！"

"娘，话是这么说，可您仔细想过吗？为了盖新房，亲戚朋友、邻里百家咱都借了个遍，欠人家一百多块钱，这才闯起筒子来，要是再请外村的木匠的话，到哪里再去借钱？"曹义霞抽下搭在肩上的白毛巾，擦擦被烟呛出来的眼泪，"我算笔账您听听，去外村请木匠，咱家没地方住，早来晚去耽搁工夫不说，什么酒啊、肉啊，烟啊，茶叶啊，哪样不得钱？一天起码得一至两块钱吧？还有那工钱呢？

加起来，哪天也得三块钱左右！"

"那……"家姑姑一时无法回答，停下手里的活沉思着。

"听人家说，要是把门窗户搭全都做好安起来，最少也得半个月，光花销就得六七十块钱！饭菜咱可不能不管吧？说句不好听的，不用说得管，招待不好人家都得给个样儿看看呢！还有那工钱呢？外乡外疃的可不能拖欠人家的吧？"

"这，这倒也是！可……唉！"曹义霞的一连串反问，没给家姑姑留一点儿思考的余地，使得她只有招架之功，全无还手之力，只有叹气的份。

"反过来说，咱要是用本村的木匠，"曹义霞的语气缓和下来，"朱宇轩既不吸烟，也不喝酒，咱家做的饭人家也未必愿意吃，就是在咱家吃，我想也不用大肉大鱼地伺候，这样一来，饭钱酒钱还有工钱一包在内，顶多二十块钱就足够啦！您不是常说吃饭穿衣量家当吗？这个账可不能不算！"

家姑姑兀自点点头，又摇摇头，没有说话。

"娘，您不是没相中他的手艺，没看好他的木匠活，怕他给咱做得不顺心吧？"

"娘说实话，宇轩这孩子，心灵手巧，别看没跟天师傅，可那手艺还真没可说的，他给别家做的活我都见过，跟随师学艺的都差不到哪里去！可就是他那个来头……唉！"义霞娘在头上蹭了蹭针，拿起袜子缝着，不无遗憾地说，"人家都说儿子随老儿，他倒好，那诚实劲连他爹的一夹一绺(方言：十分之一)也没有！"

"娘，我明白了！"曹义霞笑笑，"说来说去，您还是怕担待不起呀！"

家姑姑撇撇嘴，未置可否。

"娘，您就放心吧！"义霞煞有介事地说，"人家朱宇轩定亲了！"

"定亲了？"家姑姑停下手，疑惑地问，"你不是骗娘吧？"

"我骗您干什么？"义霞有意停了停，才说，"娘，这几天天不好，您很少出门，不知道，外边可传响了，说是他的什么表姨把自己的亲生闺女许配给他啦！"

"真的？"

"不信，您亲自去他家问问，要不把他叫来您问问？"

"他订不订婚碍我什么事，我闲得没事干咋的？"

"那——咱家的木匠活……？"

"拾掇完了再说！"

"娘，娘！"曹义霞刚要说什么，曹义民手拿着苇笠进了院子，未到门口就喊，"可饿死我啦！"

欲知后事，下回分解。

第二十八回
胡拉乱唱妹妹倒地
借雄还雌兔子逃逸

上回说到，小风稍曹义霞苦口婆心劝说她娘，变着法子想让她娘同意用朱宇轩做木工活，假若如愿，她将抓紧时间设法早与朱宇轩联系约会。如果她娘一口否定，决定另找木匠，那她就如庞玉娟所说：去找叔伯哥哥曹义年，请他出面与她娘谈。然而，她娘却心有疑虑，既不说同意，也不表示反对，只说了一句模棱两可的话"拾掇完了再说"！母亲此说虽然情有可原，但却给曹义霞出了个不大不小的难题——她的投石是有声呢？还是无声呢？说无声吧，娘的反对态度没之前那样坚决了，说有声吧，娘也没有点头应允同意，不能说有声，最多只能说她娘的思想有些动摇，尚有回还的余地。但是动摇与同意还有相当大的距离，眼下到秋后拾掇完还有一个多月的时间，若到时候娘却另易他人做木工活的话，她曹义霞可就有口难言，无可奈何了，因为"拾掇完了再说"空当太大了，它没有任何定义！曹义霞本想借着娘这个"空当"再劝说一番，遗憾的是弟弟曹义民回家了。曹义霞长长地叹了一口气，心里埋怨道："你早不来，晚不来，偏偏在这个时候来！"

"哟，雨停了！"家姑姑向窗外看了一眼，忙放下手中的活，收拾着针线笸箩，"真是阴天不觉日头高，快晌天了吧！"

"娘，饭做好了吗？咳！咳！"曹义民才一脚踏进屋，就被烟呛了出去。

"我知道你不害饿是不回家的！"家姑姑下了炕，来到明间，吩咐道，"去新屋那儿拔几棵葱，摘几个辣椒子来！"

回头再说张武昌。张武昌从章寡妇家出来，已不见彩云的背影了。尽管他比较惧怕彩云，但彩云竟当着那么多人的面呵斥他，使他丢尽了脸面，便决定与她大吵一架，以泄满肚子的窝囊气，然而，当他回到家时，顿时傻了眼，就像跑了气的猪尿泡，一下子瘫坐在地上——整个一窝七八只未睁眼、没长毛的兔崽子全死了，堆放在兔栅栏角上，彩云站在一边擦眼抹鼻子。他不明就里，问："这是怎么了？"

彩云手指着他，说："这还用问我？都是你办的好事！"

张武昌问："我怎么了？"

彩云骂道："你装嘲咋的？要不就是眼瞎了！连你爹和你娘都认不出来啦！"

张武昌懵懂了，嗫嚅着说："有话好好地说还不行，咋张口骂人呢？这到底是怎么回事？"

"哼！明知故问是吧？"彩云没好气地一把揪住身边的银狐兔子的耳朵提起来，一手扒开兔子的生殖器，"瞪起你的狗眼看看，是不是把你娘送给人家了！"张武昌顿时张口结舌，被彩云骂了个狗血喷头，吓得连大气都不敢吭一声。

原来，这兔子生产好几天了，彩云一直没留意它们的事——她家养兔子多年了，按以往的经验，母兔生了小兔用不着人管，它自己就会按时把节地扒土喂奶。今天早饭后，彩云去喂兔子，突然发现母兔子以前扒土埋的窝子没有变样，觉得大事不妙，慌忙扒开兔窝一看，一窝小兔全死了，她又抓起银狐大兔子端详了下生殖器，兔妈妈变成了兔爸爸。她顿时气得七窍生烟，五官都挪动了位置，拔腿奔向章寡妇家。

按说，张武昌家既然养兔子不是一年两年了，作为一家之主的他难道连兔子的公母还分不出来？不看别的，光看毛色就应知公母，然而，事就出在毛色上，凡较为高级的脊椎动物，雄性大都比雌性好动性子烈，那天张武昌去高恩良家借兔子，忘了带筐子，捉拿时公兔子连蹬带挣不肯就犯，被张武昌手掐把拿地弄掉了不少毛，又加上折腾了一路子，抱到家时，毛色大不如前，当时比他家拔毛絮窝的母兔子也好不到哪里去。他去还高恩良家的公兔子时，看见两个银狐兔子的个头差不多大，只是体重略有差距，一时大意，没有查看兔子的生殖器，鬼使神差地把个毛色不好、体重稍轻的送给了高恩良家。事已至此，再后悔也于事无补。张武昌自知理亏，也不用彩云催促，便将银狐兔子放进筐子，上面蒙上块白包袱，向高恩良家奔来。这时雨已经停了，秋风猎猎，把满天的云撕得不成片儿，几近正午时太阳终于露出了久违的笑脸。

且说高恩良家。西房间里，高恩良坐在炕沿上，操一把自造的二胡奏着茂腔调儿，边用反串腔随唱《王二小赶脚》中二姑娘的戏段，由于他记不住戏词，有时唱词，有时便随二胡音乱哼哼："六月里三伏好热的天，二姑娘今天把家还……咚格里格楞格楞，咚得里得楞得咚，得里楞得咚得咚，咚得了里——楞得咚！"走腔跑调的乱唱使人心烦意乱，简直能药死耳朵的噪音传出老远。

在大门楼里做作业的高恩慧不得不将两只耳朵各塞进一团棉花，以阻噪音。她的后背几乎挨着紧掩着的大门，坐着矮木凳，趴在杌子上专心地写字。这高恩慧十二三岁，生得眉清目秀，一条黑而粗的辫子直垂到腰际。

"笃！笃！笃！"张武昌挎着条编四方筐子，来到门外。他敲敲门，喊："恩良小叔在家吗？家里有人吗？"见高恩良家无人回答，便猛地推开了紧掩着的大门。

"咕咚！""哗啦！"两声响，高恩慧被推出好远，趴在倒了的杌子上，书本文具全掉在泥地上。

"哟！对不起！对不起！"张武昌放下筐子，急忙拉起高恩慧，"没想到你会在这里，磕伤了没小姑？"

"你没长……"高恩慧刚想发火，见来人是张武昌，她"眼"字没出口，马上变为，"哦，是你？"

"没磕伤吧？小姑？"张武昌扶起杌子，拾起课本文具，在身上擦着泥，问。

"没！"高恩慧抠出棉花团，微笑着摇摇头。

"你可真能学！"张武昌放下课本和文具，讨好地说，"俺家柱子呀，他有你一半的用功就好了！"

"是找我哥吧？"高恩慧被夸奖得红了脸，岔开话题，"我去叫他！"

"不用！不用！你忙你的！"张武昌阻拦道。说着就去拿筐子，却被闪了个趔趄。原来他刚才急了，放筐子的速度快而冲，包袱被掀开了一角，放在里边的兔子跳出来跑了。"坏了！坏了！跑啦！"

"什么跑了？"尚未坐下的高恩慧问。

"好我的祖师爷，你跑哪里去了？"张武昌没有顾及高恩慧的问话，在门外寻找着。

"你祖师爷？什么祖师爷？"高恩慧跟出门外，懵懂了，"祖师爷是什么？还跑了？"

"好家伙，你原来藏在这里！"张武昌来到土堆旁，发现银狐兔子正在柴草垛后吃草，他挽挽袖子，自言自语地说，"说你吧，不在里边好好待着，跑出来干吗？还得费我的事！"说完就去捉兔子，兔子却好像有意跟他捉迷藏，在树林间转起了圈。

"哦，不就是只兔子嘛！咋成了你的祖师爷？"高恩慧跑过来，与张武昌一起捉兔子。

"看你这回往哪跑！"张武昌说着猛地向兔子扑去……

欲知后事，下回分解。

第二十九回
措施得当入会者赞
唯利是图当事人悔

上回说到，黑白无常张武昌因大意，错将母兔子还给了高恩良家，致使一窝小兔全部憋死在了窝中，彩云大发雷霆，就差用巴掌扇他的耳光了。张武昌见彩云发怒如同老鼠见了猫，心惊胆战，既不敢怒，亦不敢言，三十六计，走为上策，他不动声色地装上公兔子直奔高恩良家，不曾想不但将高恩慧推倒在地，挎筐子时兔子也跑了。他四处寻找，当发现兔子被撵累了，趴在柴草垛后休息时，就蹑手蹑脚地走过去，猛地一扑，说时迟，那时快，只听"咕咚"一声响，就在他扑出去的一刹那间，兔子又跳起来跑了，他脚下一滑，趴倒在泥地上。暂且不提。

却说挣断筋曹义年。上午曹义年从社委办公室里出来，急急忙忙地冒雨去叫巧莲、高宏伟和朱文远三位社委干部，又请了在村里和家族里颇有威望、有一定影响力的四位老头儿，要他们立即去学校开会。等他赶回教室，所叫的人也都到齐时，已经是午后了。曹义年在讲桌前坐下，先请朱文斋讲述了上午对他所提的建议，接着问坐在靠讲台的前两张木板课桌上的四位村干部和坐在第三张课桌上的四位老者："你们还有什么意见？"见入会人员都摇头后，接着说："没意见的话，就这么定了！"他就鞋底上捻灭卷烟，"刚才文斋三叔该说的都说了，假若有没听明白的，那我再重复一遍。今年的天气特别，先刨下窖留存的麦茬地瓜，后刨春地瓜和豌豆茬地瓜。春地瓜和豌豆茬地瓜，除了复收的做粉皮、喂猪外，一个不剩地全都按斤两分到每家每户，各户自愿，想多留就多留，想多切就多切，到时候按社里的规定折算，除留足口粮外，其余的地瓜干全缴到社里来。工分呢，按实际缴纳的地瓜干数再加上人均口粮数来定。大家听明白了吗？"

前面几次提到过，要将麦茬地瓜下地窖留作种子，那么为何不将春茬地瓜和豌豆茬地瓜留作种子呢？那是因为：地瓜是一年生块茎作物，靠块茎所萌生的芽苗繁殖后代。

春茬地瓜需于清明左右建床育苗，夏至前移苗栽种，中秋后收获，生长日期长，地瓜个头大小不均匀，过大的浪费种量，过小的不值得栽培，且易有黑斑病和虫子口。豌豆茬地瓜，移苗栽种期稍晚于春茬，稍早于麦茬，此时，苗床中的地瓜种已经乏力，秧苗弱，或者带有黑根，不宜留作种子。而麦茬地瓜则生长期短，它是由春茬的蔓子剪裁成段栽植的，地瓜个头均匀，相对于春茬和豌豆茬小，数量却多于前两者，它病伤少，水分大，糖分高，芽眼多，发芽率高，故宜留作地瓜种。再者容易窖存，可作为人们冬春两季的主粮，人们一般很少将其切晒，因为五斤鲜地瓜也切晒不了一斤地瓜干。换言之，五斤鲜地瓜一个整劳力无论怎么个吃法也吃不上，但如果切成地瓜干，去了皮子、把子、渣滓下脚料，不用说是大人，就是半大孩子也未必能吃饱！所以，社委的建议得到了老者们的交口称赞：

"明白了！"

"这个办法好！"

"好，没说的！"

"那我再补充一点。"曹义年等会场静下来，卷着纸烟道，"今年的麦茬地瓜也全部分到各户，还是那句话，各户愿留愿切，自己随便，不计工分，社里也不收麦茬地瓜干！这麦茬地瓜直接运到各户的窖子口，不负责运到家里。至于分配斤数呢，与往年一样，论车不论斤，多与少用地瓜干找补！由于地与地之间，上水头下水头之间，地瓜长得孬好不一，为了找平衡，由会计事先裁好纸条，写好户名订起来，再由杆子队长从头挨着撕，延着谁算谁，这样一来，没了偏私厚薄，省了打唧唧。假若地瓜都长得杠子（方言：形状细长）、带子那样没个形的话，另当别论，就不分，社里留着喂猪！你们看这样行不行？"

众人点头，没人说话。

"好，那今天会就开到这里！散会后我就去乡里汇报请示！"

回头再说张武昌。张武昌与高恩慧费了九牛二虎之力，总算把兔子逮住了。他把大门掩好，将筐子放在明间里，才进了西里间。

西里间，西墙上挂着一把存旧了的商品二胡和一把自造的二胡。浑身是泥的张武昌坐在炕前的杌子上，用"七七毛"团子擦着脸上被柴草垛上的枝棒子划出的伤口的血迹，没有开门见山地直接说来换兔子的事，而是绕了一个大圈子。他故意奉承道："还行啊老咔小叔，别看不是科班出身，这二胡拉得还真有板有眼哪！"

"嘿嘿，叫、那个叫——人家笑话！吭！"高恩良从明间端着一白碗热水走进来，不好意思地说，"那个、那个是……是捋音，吭，吭，不——在谱！"

"哟，揪着山羊的胡子走——还须牵（虚谦）呢！"张武昌扔掉"七七毛"团子，接过碗喝了一口，"我说老咔，我就纳闷了，你唱起来咋还不卡卡绊绊呢？"

"嘿嘿！"高恩良在炕沿上坐下来，"那个、那个地——笑话啦，让你！"

"我说的都是真的！"张武昌放下碗，摸出纸和烟包，装着烟末，瞅一眼墙上的二胡，无话找话，"长虫皮还行吧？"

"行！那个行、还——行！"

"鞔了几个？"

"嘿嘿，吭，头一回……回学、学着……"高恩良起身摘下自造的二胡，惋惜地说，"都——鞔坏了，就、就一个！"

"哟！"张武昌拔下嘴上叼着的烟袋，接过二胡，装模作样地端详了一番，啧啧赞叹，"不孬！不孬！真看不出，手艺确实不赖啊！老咔，真有你的！"

"那个你来……？"高恩良受宠若惊，红着脸，岔开话题。

"哦，你奶奶没在家？"张武昌打断恩良的话，"我怎么没见到她？"

"噢，那个的你、我——啊奶奶？那个我表弟……吭，吭，她前天去了——我老、老、老姥姥娘家那个……"

"俺奶奶昨天回了俺老姥娘家。"已经在明间里做作业的高恩慧走进来，插嘴道，"俺舅舅家的表哥结婚，来人接去的！"说完走了出去。

"哦！"张武昌点点头，点上烟。

"啊，那个的你找——俺奶奶？"高恩良以为张武昌是有什么事，专程登门找他奶奶的，问。

"不不不！不找她！"张武昌急忙否认道。

"那你？"高恩良言外之意：既然不找我奶奶，你干吗还问她？

"是这样的，"张武昌解释道，"大前天我不是来你家借过公兔子使来吗？"

"是！那、那个你送——送来了，一早！"

"这我知道，我是问现在你家的公兔子还在不在！"张武昌有意不说母兔子在不在。如果在的话，他会借口说再用用，到那时神不知鬼不觉地将两个兔子掉个个，就万事大吉了。

"那个它——它没死！"在当地，问某人还在不在，有指其是否还在世的意思。高恩良以为张武昌问兔子死了没，"那个的——活蹦乱跳地……地好好的。"

"没死就好！没死就好！"张武昌连连点头，感到悬着的心终于落下来了。

"噢，那个——你还要使？使那个？咳！你咋不早来……来说？"

"现在来说也不晚吧？"

"晚了！"

欲知后事，下回分解。

第三十回
捆白菜无能复无奈
运地瓜损人又损己

上回说到，张武昌拿着公兔子来高恩良家换回母兔子，绕了很大一个圈子才切入正题，高恩良说兔子还在，只是他来晚了。张武昌问："不是又借出去了吧？那不要紧，改日我再来拿！"

高恩良说："那个的俺奶奶捎——捎到俺俺俺……老姥娘家去了！说是、是那个那个什么来？啊，那个对！磕头钱，去卖掉了——看喜！"

"啊——！"张武昌一听，惊得蹦跳起来，双手拍着屁股，"完啦！完啦！彻底完啦！"

张武昌本来以为他来换兔子那是灶王爷伸手——稳拿一个糖瓜，手到擒来的事。不想，事与愿违，该当张武昌破财，他家的母兔子昨天就被高奶奶卖掉了。这如同给了张武昌致命的一闷棍，前面说过这锦鸡岭村钱的来路有三条，养猪、养兔与养鸡，首推养兔，因为养猪和养鸡得用饲料，会与人夺口粮，而养兔子则不用粮食，顶多给它喝点儿麦麸子水就行。且兔子繁殖快，一年最少生六七窝，生长又快，出栏率也高，自然钱也来得快。尤其是进口的银狐兔子，不能说奇缺，但可以说稀少，它个头大，价格高，容易卖，全村也就有那么几户养的。

"男女无别终有别。"曾经有人说过，死个牛、死个驴，妇人有可能不以为然，而丢个鸡或者少个兔子，则会哭鼻子抹泪，心疼得饭都吃不下。彩云拿着她家的这个银狐母兔子当宝贝。一窝小兔因人为原因死掉，虽然损失不小，但假如母兔子还在的话，还算"留得青山在，不愁没柴烧"。只要加强管理，精心喂养，一年多生上一窝，那就能挽回一定的损失。如今母兔子没了，也就等于摇钱树没了。试想，他张武昌如何向彩云交代？他顿时吓得面如土色，魂魄出窍——看来彩云的一顿牢骚和臭骂是再也无法躲过啦。不在话下。

却说老滑溜张华友。这张华友是个闲不住的人，自被镰刀割伤胳膊后，十多天过去了，按说伤口也该好了，但他的伤却至今没有痊愈。一是因为伤口较深，镰刀上有菌，回家后他只用盐水洗了洗伤口，敷上了点女人用的化妆粉，用条旧白棉布条胡乱地缠了缠，又用艾蒿煮了两个鸡蛋吃，就算是消炎了；二是因为他去接高恩良时不慎摔倒，犯了重茬；三是因为他舍不得花钱看医生，受伤后既没打针，也没吃药，咬着牙硬是强挨；最重要的是自女儿张武贞回城后，家里家外的活都得依靠他，重的活他现在干不了，如挑水、割豆子什么的就由张武昌一家子包了，其他的但凡能干得了的他就干。"牙疼牙长，腿疼腿短。"这句话说得太绝了。这话说的并不是心理作用，而是伤处特别敏感，再加上不是今天碰一下，就是明天搡一下，如此一来，他的伤能好才怪呢！这日，张华友心里记挂着自己菜园里的白菜该捆绑了，于是掐上一大把谷草，就水里蘸了蘸，来到了村东菜园地里。

时值暮秋，菜园里一片丰收景象。靠东的一片菜地足有七八亩，地头上有一座新盖的看园屋子，屋子旁边的井上支着一架辘轳。从成片种植的白菜、萝卜、胡萝卜、辣椒、茄子、韭菜、芹菜等蔬菜和已经下了架的西红柿、黄瓜、扁豆等晚秋蔬菜的规模上看，毫无疑问，此菜地乃合作社集体所有。此时，虽然菜地里一个人也没有，但是地里所有白菜的"腰"间都已捆上了地瓜蔓子，架黄瓜、扁豆等爬蔓蔬菜的架柴也都已被拔出来晾在畦子旁。

西边，是张华友的菜园子，占地约半亩，与集体菜园仅隔一条南北向浇水主渠道和一条紧傍渠道的田间小路。菜地里种有几畦子尚未捆绑的白菜，几畦子萝卜，两畦子疙瘩，几沟葱，还有一畦子用高粱秸作架的早扁豆。园地北头有一座较旧的看园屋子，屋子旁的井上有一支提水的木秤杆。园地南头是片刚刚露苗的麦地。

"啊呀了伙价！这就怪了！"吊着一只胳膊的张华友掐着湿谷草在集体的白菜地里转了一圈，回到西边的菜园里又转了一圈，才在几棵被兔子啃了心的白菜旁边放下谷草，弓着腰心疼地挨棵侍弄着被啃坏了的白菜，自言自语地说，"就说你兔子吧伙计，放着大片的白菜你不去，偏偏来啃我的！我的好吃咋的？嗯，邪门！邪了门啦！干吗跟我过不去？噢，我知道了，你兔子不吃回头草呀伙计，怨就怨中间留的这条小路！嗯，留不得！留不得！"他摇摇头，蹲下来。

"你说留你还是不留你？不能留！成不了物啦，白费我的功夫和肥料，拔了喂猪算啦！"张华友对着白菜念念有词，费了好大的劲一连拔出了两棵，忽然又改变了主意，将两棵拔出的白菜又栽回了原地，"嗯，不能拔，要不你会说我偏心眼。算了，留着算啦，好容易长到现在！"他抽下搭在肩上的烟袋、烟包，没装烟末，干含在嘴上吧嗒了几口后，拿起谷草就去捆白菜，胳膊上的伤却让他无法捆，"啊呀了伙价，捆不成呀伙计！"于是扔下谷草，抽起了闷烟。

再说天气。也许老天爷实在是累坏了——持续多日的连阴天终于告一段落，郁闷已久的人们彻底松了口气，露出了欣慰的笑容。燥阳尽射，秋风劲吹，没几天的工夫就可以下地干活了。锦鸡岭合作社的社员们抓住时机，掀起了秋季抢收抢种的高潮，整个田野里洋溢着欢歌笑语。

东北坡上，巧莲正带领着庞玉娟等二三十名较为年轻的家庭妇女割地瓜蔓子。俗话说三个女人一台戏——妇女们找成块儿，便会用她们特有的表达方式抒发情感，嘻嘻哈哈的喧闹声在原野里传播着。

东坡上，由于为了抢收抢种暂时停止了吊粉皮，朱文斋正带领着七八个老头儿拾掇着晚秋作物的秸秆。

北坡上，朱文远正与两个四五十岁的男社员用木犁翻耕着已经倒出茬子来的地瓜地。响脆的鞭子声、悠长的牛叫声和吆喝牲口声，奏出一首独有的交响乐曲。这些都不细说。

单表西岭西坡上。

傍晚，太阳即将落山。

上崖那条东西大街直通西岭顶，这是锦鸡岭村通往西岭的唯一道路。岭顶向西一溜斜坡，离岭顶百米左右的路两侧有十多亩相对平坦的梯田地块，栽种的是麦茬地瓜。这片地瓜已经全部被刨出晾在地里，劳力们大都已经转移到别处去了，只有孙月英率领着张建柱、高恩慧、曹义民等近二十个小学生在拾地瓜，地里都是成摊成摊或集中成堆的地瓜。高宏伟在负责给推运地瓜的人发纸条的同时，还指挥着彩云、义霞娘等五六个家庭妇女装车子，并帮着把载满地瓜的车子拉出地头。张武昌、高恩良等六七个青壮年劳力负责推运地瓜，曹义霞等六七个女青年负责拉车子。

"老咔！"

岭顶上，有块较为平坦的地面，推地瓜的人爬上坡后大都在此地喘口气歇息一会儿再走。张武昌的车子停在路边，车上地瓜刚刚突出长方形条编粪筐，上边覆盖着几团半干的地瓜蔓子。他边坐在独轮车车把上边抽烟，边与坐在路边石头上、专给他拉车的女青年闲聊着，正巧看见高恩良推着连车鼻梁上都堆满地瓜的车子爬上了岭顶，并没有停下休息的意思。于是，他跑到拉车子的曹义霞前面，伸展双臂，笑着阻拦道："你们还让不让别人吃饭？"

"那个……？"高恩良不知何意，两人被迫停下脚步。

"你俩还真打算落下俺们一季子？"张武昌放下双臂，问。

"无常，"曹义霞问，"你这话是什么意思？"

"什么意思？这么远的趟子（方言：路程），连装带卸，一下午推三趟就累得腰酸背疼，浑身酥了似的了。你俩倒好，连这趟算是四趟了吧？小风稍，叫你说这不是不让我们吃饭了吗？"张武昌说着在路边坐下来。

"嘿嘿，那个、那个的三趟，什么那个四趟？没算——计我！"高恩良没有放下车子，"吭，吭，那个——西山……山快落了，太阳！"

"老咔，天光是为你才黑的？"女青年笑着搭帮腔，戏说道，"一定是媳妇在家等着你吧？要不急着回家干什么？"

"老咔，既然他俩都这么说，咱也歇会儿吧！"曹义霞未等高恩良回答，说，"等后面的上来再走！"说着一屁股坐在地上，捶着双腿道，"哎呀，我这腿都快抽筋了！"

高恩良犹豫了一下，才摘下车襻，放下了车。

"哎，我说老咔，你真的不累呀？"张武昌指指身边，"过来歇会儿吧！"

高恩良笑着摇摇头。

"老咔，就说你吧，反正是论车不论斤，干吗装得这么满，是不是有意把小风稍累成锅腰子(方言：驼背)，让她没法找到好婆家？"张武昌有意戏逗，"噢——，我知道了，装得这么满，不用说一定是给你自家推的！"

"那个那个，吭，是你——"

"怎么，我说得不对？"

"无常，这回你可真说错了！"曹义霞插话道，"这是给黑白无常判官家的！"

"嘿嘿，骗别人去吧！"张武昌把嘴撇得老长。

"狗咬吕洞宾——不识好人心！"曹义霞白了张武昌一眼，从衣兜里掏出一张二指宽、近一拃长的白纸条，晃着，笑骂道，"不信瞪起你的猪眼看看，这是哪个王八蛋家的！"

"啊！不行！不行！那得快走！"张武昌站起来，走近一看，扔掉烟蒂，着急地说，"晚了看不清，再磕得少皮无毛，咱快走！"未等拉车的女青年站起来，他就来到高恩良的推车挡里，"你靠一边，咱俩换车推！"没等高恩良答应，他挂好车襻，推起车子就走。

只听得"嘭"的一声响。

欲知后事，下回分解。

第三十一回
歌声震打翻五味瓶
急火攻陡患便秘症

上回说到，因社里规定分麦茬地瓜论车不论斤，张武昌耍心眼，怕出大力，运地瓜时车故意装得不太满，心想：管他满不满的，谁家摊上只能怨他时运不好，只要不是我家的就行。"老牛趴在垧沟里——自在一时是一时。"我张武昌才不那么傻呢！而高恩良则是实诚人，无论是给谁家推运，他都装得满满的。在嬉闹中张武昌得知高恩良车上的地瓜是分给他家的，登时急了，未等拉车的女青年拾起拉绳，推起车子就走，没走几步，只听"嘭"的一声响，车轮子撑在拉绳上，车子竖了"大旗"，差点儿把他甩翻过去。"哗啦啦！"车里的地瓜几乎全滚了出来。他好歹摁下了车子，前沉的车子却借着惯性，"吭当"一声撞在了他放在路边的车上。只听"咔嚓"一声，一根车把被碰断了，"哗啦啦！"前头的车子被推向路边，"哐"！车子来了一个一百八十度的大翻个，车轮子朝了天，车里的地瓜除滚出来的外，全被扣在了车底下。

"啊！我的地瓜！我的地瓜呀！"张武昌不顾一切地扑向他家的地瓜堆，喊叫着。

却说老滑溜张华友。连阴天时合作社的地瓜大都没刨没切，张华友家北坡里的地瓜那时虽然也没刨，但是"蟹子过河——随大流"。他想：天不好急也没用，咋说我也比你们大集体少得多。可天一拉开，他就像热锅上的蚂蚁急得团团转了。合作社的人马全力以赴投入了秋收秋种大会战中，要是在前几年单干时，夏秋两季自己忙不过来，完全可以雇人干，本村无人，还可以去外村雇，或者到集市上去雇短工，只要有钱就甭犯愁。而现在呢，就是有钱也白搭，村村户户基本上都入了社，去哪里雇人？前天他去菜园里捆绑白菜，没绑成，只好央求张武昌挤个空帮他捆绑了。而刨地瓜和切地瓜干呢，雇人夜里刨容易落下地瓜不说，就是社员请假也很难，村集体晚上也有晚上的活。即使是晚上村集体没活，但村集体把春地瓜和豌豆茬地瓜都分到了各户，大家也都忙着切地瓜干。为此，前天他从菜园里一回到家就病了，头疼得不能自己，请邻居帮忙捏了捏眉心和两鬓角，昨天又在炕上躺了一整天，才稍微轻了一些。今天他自我感觉基本上好了，可以下地干活了。于是，吃过早饭后，就扛上一把镢头，拿上一把镰刀，领着行头、方方和圆圆来到了北岭顶。

北岭顶，柏树林前有一块占地八九亩的地瓜地，通往岭顶的南北路把它从中间分成了两块。此时，除靠近路东边约有一亩来地、连蔓子都没割的春地瓜外，其余的地瓜都已被刨出，地也翻耕了，只等播种麦子或者豌豆了。

"啊呀了伙价！这么快呀！"吊着胳膊的张华友与三个孩子来到没割地瓜蔓子的地头上。

"二爷爷，"行头放下条编筐子，问，"光剩下你家的没出啦，咋还不出？"

"啊呀了伙价！你也看出来啦？"张华友放下镢头和镰刀，拔下叼着的烟袋，别在背后的腰带上，以商量的口气说，"那咱现在就出，怎么样？"说完，先紧了紧腰带，又向手心里吐了两口唾沫，便操起镰刀，躬身去割地瓜蔓子，但由于左手受伤无法抄拢地瓜蔓子，他只好蹲下来割，好歹将就着割了几棵，已累得气喘吁吁，满头大汗。"啊呀了伙价！没法割，没法割！"张华友说完扔下镰刀，蹲在地头上抽起烟来。此时，男青年社员们大合唱的声音清晰地从西坡传来：

　　　　"没有共产党就没有新中国，

　　　　没有共产党就没有新中国，

　　　　共产党他辛劳为民族，共产党他一心救中国，

　　　　他指给了人民解放的道路，他领导中国走向光明，

　　　　他坚持抗战八年多，他改善了人民的生活，

　　　　他建设了敌后根据地，他实行了民主好处多。

　　　　没有共产党就没有新中国，

　　　　没有共产党就没有新中国。"

"哈……！"

"咯……！"

"该你们识字班（方言：当时较为偏僻的农村，对未婚的女青年一概称为识字班）啦！唱呀，不要耍赖！"嬉笑声中，男青年们齐声嚷嚷道。不一会儿，传来了青年女社员的合唱声：

　　　　"花篮的花儿香，听我来唱一唱，唱一呀唱

　　　　　来到了南泥湾，南泥湾好地方，好地呀方……"

"唉！"张华友听到这里，心里想：听听人家合作社的社员们，那活干得热火朝天的不说，还有时间嬉闹逗唱，不看别的，就看人家这北岭的地瓜地吧，才几天的时间连茬子都倒出来了，光等播种，而我张华友家的呢？此歌声虽然不大，却极强烈地震动着他的心弦。他心里犹如打翻了五味瓶，甜酸苦辣咸什么味都

有——说是嫉妒吧，不太可能，没来由！说是羡慕吧，更不可能，否则，他早就入社了！说是生气或者怨恨吧，那么，所针对的主体又是谁？是合作社还是他本人？大约他自己也说不出个所以然来。他摇摇头，索性不听了，长叹一口气，将尚未抽完的烟袋放在地上，摸起镢头就去刨地瓜，怎奈吊着的胳膊无法使上劲，不是刨碎了地瓜，就是差点儿刨到脚上。

"啊呀了伙价！"张华友撸下吊着胳膊的带子，"我就不信这个邪！"举起镢头就向地瓜刨去。一镢刚下去，他慌忙扔下镢头，疼得龇牙咧嘴，右手抱着左胳膊，在地上转起圈圈来："啊呀娘啊！可要了命啦！这下子完了，完了，完了，彻底完了！"

"二爷爷还会转迷溜道道（方言：转圈圈）呢！"行头不明就里，感到好玩，就对方方和圆圆说，"来，咱也转！"

"啊呀娘啊！这下子完了，完了！完了！彻底完了！"于是三个人嘴里喊着，学着张华友的样子转起圈圈来。

俗话说："屋漏偏逢连阴雨，船迟又遇打头风。"这张华友祸不单行，前天儿子刚来信说姑父得病去世，他也不得不去伐木场干临时工，对象的事至今还没着落，昨天自己去刨地瓜，不但地瓜没有刨成，还伤到了胳膊，左胳膊肿得老粗，已经结疤的伤口又开始向外流血水，疼得他一宿没闭眼，早上起来上圈大便，咋也拉不出来。

"老头子，你还待在里边干什么？"张二婶提着大半铁桶猪食，端着一瓢米糠，拉拉巴巴地从屋里走到圈门口，放下桶和瓢说，"都半头晌了，老母猪还能靠得住，小猪可得一天吃五顿！"

"啊呀了伙价！瞎吆喝什么？"张华友的声音从紧掩着门的猪圈里传出来，"等会儿！"

"哎！"张二婶先将桶里的一部分猪食倒进大半截粗原木凿成的专门喂小猪的槽子里，再把剩下的倒进大猪食槽子里，又倒进一瓢米糠，用木板子搅拌了几下，叮嘱道，"出来时敞着门就是！"说完拿着瓢进了屋。

"啊呀了伙价！完啦！完啦！"吊着胳膊的张华友提着裤子，出了圈门，一手捂着肚子，在大猪食槽子边蹲下来，"哎呀，这下子算完啦！"

"怎么啦？"张二婶站在门口，问。

"拔干（方言：便秘）呀伙计！咋也拉……"张华友话还没说完，便被早已等得不耐烦的老母猪猛地拱了一嘴巴子，毫无防备的他"咕咚"一声趴在地上，哀嚎着，"啊呀娘啊！"

"你刚才说什么？"张二婶拉起张华友，扶他来到门外的小凳子上坐下。

"拔干呀伙计，问什么？"张华友说着又向圈里跑去，正在吃食的七八只还未出满月的小猪被他吓得四下乱窜。

"老头子"，张二婶跟过来，急切地问，"怎么样了？"

"拔干了伙价！啰唆什么？"张华友在圈里不耐烦地斥责道。

"咳咳，看你！"张二婶没有生气，劝导着，"我知道，你一定是为地里的活急得上了火，才拔干的！说你吧，都一大把年纪的人了，就不会悠着点儿，别……"

"啊呀了伙价！我说你还有完没完？"张华友提着裤子弯着腰出了圈门，"去去！快去给我熬药！"

"熬药？"张二婶懵了，站着未动，问，"哪来的药熬？"

"凡是叫你熬就有！"张华友回到原座位上坐下来，"哎哟！"

"有？在哪儿？"

"就是我从行头家拿来的那包！"

"那、那可是打胎的药，能行吗？"张二婶犹豫着。

"啊呀了伙价！咋不行！那么大的孩子都能打下来，何况这个？一个理！"

欲知后事，下回分解。

第三十二回
张华友得病乱用药
高恩良取义再救人

上回说到，在三秋大忙中，张华友自家北岭的春地瓜还没刨没切，东洼的玉米地和大豆地刚倒出茬子来，还没翻耕，更不用说是播种小麦了。想雇人没处雇，自己又干不了，他心火一攻，得了便秘，于是便吩咐张二婶给他熬药。张二婶纳闷，说那可是打胎药。

在这里不得不交代一下这打胎药的来龙去脉。彩云自进了张家的门，与张武昌一气生了六胎，三男三女共六个孩子，张建柱下，行头上，中间还有一个女孩，两岁时不幸夭折了。前年她又怀孕了，本来五个孩子她就已感到实在无能力抚养了，于是去医院拿了两副打胎的中药。她吃了一副就把胎打下来了，剩下的一副便扔在后窗台上搁置了起来，要不是张武昌去给章寡妇指路，两人争吵中提起孩子多的事，她还真忘了。她把药包扔出门外，张华友捡到后没舍得扔，说以后不定还用得着，就带回了家。今天他要张二婶熬给他服用的就是那副药。

张二婶眨了几下眼，再次提醒："这——能一样吗？"

"啊呀了伙价！叫你熬你就熬，你懂什么！真是女人家见识！"

"那我这就去熬？"张二婶进了屋。

"啊呀了伙价！一块七毛多钱呢！还能扔了？"张华友自言自语地说。他似乎看到了希望，为自己的长远眼光感到骄傲，或许是心理作用，难受的肚子好像轻松了不少。他扎好腰带，进屋拿出烟袋，重新坐到凳子上自言自语地说："哼！扔了多可惜，现在不是派上用场了嘛！"暂且不提。

却说老咔高恩良和小风稍曹义霞。二人推着满载麦茬地瓜的车子从坡里往村里走，半道上遇见张武昌和负责给他拉车的女青年正推着车子下坡，车上的两只长方形粪篓里分别坐着方方和圆圆。

"老咔，小风稍，你俩就悠着点劲吧！"张武昌打趣地说，"再这样干，就把我们落掉鞋襻子了！"

"好啊！光着脚更利索！"曹义霞回敬了一句，与高恩良脚步没停地向村里赶。

二人进了村，顺着上崖那条东西大街来到村西果园里。整个果园里的果树上没有一个果子，光溜溜的枝条上挂着寥寥可数的、发红了的叶片，地上铺满了落叶，一踏上去犹如踩在海绵上。

在果园的东边有几孔早已挖好的地瓜窖子，有的才装了半窖子麦茬地瓜，有的已快装满了。曹义霞与高恩良在一座空窖子旁放下车，卸下篓子，还未向外拿地瓜，就听到村里传来大喊声："来人呀！救命啊！救命啊！喝了药了，要死人啦！救命啊！"

"老咔，你听谁在喊救命？"曹义霞直起腰，问。

"那个的是——张华友家，听声音，那……那好像！"高恩良回答道。

"走！去看看是谁喝了药！"曹义霞话没说完，拔腿就向村里跑去。

回头再说张华友。这张华友在张二婶熬药期间，又连蹲了几回厕，都没能便出，且一次比一次难受，他感到即使马上喝那救命药都晚了，不断地催促张二婶快点儿熬。这熬药得耐住性子，用慢火煨、温火熬，张华友却实在等得不耐烦了，把张二审推到一边，自己亲自熬。刚开锅他就停了火，将药汤倒进碗里，想马上喝，可药汤太热，于是就把药汤分开倒进两只碗里，并向碗里掺进了凉水，将两碗药汤一气喝尽。过了不到一袋烟的工夫，他的肚子就疼得比刀绞还厉害，他就地打着滚，让张二婶赶快去叫人。

"来人啊！来人啊！救命啊！救命啊！"张二婶不敢怠慢，颠着两只小脚跑到东西大街上，语无伦次地大声喊着："救命呀，喝了药啦！要死人啦！救命啊！"她一路喊着向张武昌家跑去，然而，不光张武昌家的门锁着，凡她经过的沿街的大门也都锁着。于是，她又跑回到校门前喊："死人啦！救命啊！"

"可了不得了咳！谁喝药了？"不一会儿，二哇哇高奶奶与几个上了年纪、怀抱隔辈婴幼儿的老太太和老头儿赶了来，高奶奶问。

"是俺那老头子呀！"张二婶没有理会这些老人们，双手握成筒，喊，"快来人啊！救命啊！"

"哟，喝了药啦？那一定是喝了耗子药啦！可了不得了咳！那要死人的！"高奶奶说。

"是啊！是什么事想不开？"

"这耗子药可毒了，喝了可就没救啦！"

"谁说不是呢！光等着死吧！"

"也不一定！快上医院啊！去早了或许还有救！"

"去医院？谁和他去？就咱这些无能无拽（方言：没有本事）的棺材瓢子在家，能跟他去得了呀？"

"可不是！能蹦能跳的都下了坡，上哪找人跟他去？"

"怎么办呀，你说？"

"没办法！去坡里叫人吧！"

"劳力们都在东北山后出地瓜，离村一里多路呢，要真喝了耗子药，不等叫来人就那个啦！"

"可不，恐怕是来不及啦！"

老人们七嘴八舌地议论着，都一筹莫展。

张二婶见喊来的人除了老人就是被老人抱着的婴幼儿，万般无奈，又颠着小脚往家跑，老人们也都跟在她后面来到了张华友家。

只见张华友赤着双脚，脸色煞白，嘴唇发紫，吊在左臂上的带子也不知被丢到哪儿去了。他双手捂着肚子，从屋里滚到天井里，疼得在地上碰头打滚："啊呀了伙价！完啦完啦完啦！疼煞我啦！娘啊！要了命啦！完啦！完啦！可砸了瓦碴子啦！"他喊着喊着，突然从口里"哇"地吐出一大摊污物来。

围在他身边的老人们个个手足无措，不知如何是好。

"老头子！你、你坚持点儿！"张二婶泪流满面，"忍着点儿，我再出去看看来人了吗，来了人咱就上医院，啊！"

"啊呀了伙价！就是去医院也白搭，我的肠子都断啦！甭去了！"张华友阻止道，"你快去把我的送老衣裳（方言：寿衣）找出来，准备后事吧！啊呀娘啊！快死了吧！老天爷，开开眼吧，别让我受这活罪啦！"

"那个的、那个的——二嫂子，我、我、我二哥是……是、是……"高恩良听说是救人，一马当先跑到张华友家，见张华友如此状况，想问明白是怎么回事，可本来就结巴的他，越急越结巴，急得在地上乱跺脚。

按说，张武昌喊高恩良"老咔小叔"，高恩良称张华友家老俩"二哥，二嫂子"，从辈分上讲，本无差错。但在第八回中，张武贞却喊高恩良为"恩良哥"，这又如何解释呢？原来，在高恩良与张武贞定娃娃亲前，张华友按邻居辈分上称高恩良的父母为"大叔，大婶子"，他与高恩良平辈，哥弟相称。自高恩良与张武贞订婚后，高恩良改嘴称张华友家老俩为"二大爷，二大娘"，五年前，张华友悔约退婚以后，高恩良又改嘴为"二哥，二嫂子"。所以，张武贞喊"恩良哥"，不是差辈，而是叫习惯了。是一时改不过嘴来，还是有意不改嘴，不得而知。

"去去去！别说了！还是我来问吧！"紧随高恩良跑进院子的曹义霞制止了高恩良，问，"二大娘，这是怎么啦？"

"唉！"张二婶羞愧以启齿，叹了一口气，"怎么说呢！"

"到底是怎么啦？"义霞追问道，"什么事？你快说呀！"

"说出来也不怕你们笑话！"张二婶鼓足勇气，说，"老头子拔干，喝了打胎药！这不……唉！造孽呀！"

"啊——！"在场的人个个张大了嘴巴！

"那还不快上医院！"曹义霞道。

"谁跟他去啊？"张二婶双手一摊。

"那个的……我去、去医院！套——车！"未等张二婶回答，高恩良抢着说。

俗话说，"夺人之妻，不共戴天"！高恩良与张华友的女儿张武贞从小定了娃娃亲，二人长大之后，张华友却又悔婚，将女儿另嫁他人，但是高恩良不计前嫌，听说要拉张华友去医院，连个停站都没打，立马去套大车。

曹义霞来到张华友跟前："二大爷，您忍着点，咱马上就去医院！"

"那个、那个的——去……去不了了！"高恩良跑到棚里的空马车旁，喊。

欲知后事，下回分解。

第三十三回
误饭时孙老师热心
送热水张二婶破例

上回说到，张华友得病乱求医，喝了打胎药，整个五脏六腑翻江倒海，其症状无法形容。"卤水点豆腐，一物降一物。"这打胎与打粪便，虽然都有一个"打"子，好像是一码事，其实则不然，女人打胎是通过药物，让胎儿从子宫中流下来，而便秘则是因肠胃上火所造成的，两者一个是生理性的，一个是病理性的，张华友为治便秘喝了打胎药，肯定会受不了的。

高恩良来到马车前，说去不成医院了。

曹义霞急问："什么事？"

"那个的，那个——扁、扁啦，车……车轮子！"高恩良指着一个瘪着的车轮子说。

"咳！真是越害渴，越给盐吃，就这么巧！"曹义霞搓着双手，急道，"这可怎么办！"

"完啦！完啦！"此时，张华友脸上满是指尖大的汗珠子，叫疼声渐渐弱下来，折腾得也不像先前那样猛烈了。他听说车胎没气了，绝望地说："这是老天爷成心想要我的命呀，哪还有救啊！"

"老头子，想开点儿！天无绝人之路！"张二婶擦擦眼泪，坐下，扶起张华友，让他半躺在自己的怀里，"忍着点儿，啊！"

"老咔，快去果园里推车子来！"曹义霞近乎命令地说。

却说东北山后的一片春茬地瓜地。中午收工后，全村的男女老少都到地里来搬运、切晒自家的地瓜。从地里那大小不一的一堆堆地瓜上看，各户的地瓜都已经分好了。尽管每堆地瓜旁都用土坷垃压着一张比卷烟纸大不了多少的纸条，上边写着户主的名字，但仍有不少地瓜堆上做了记号，有的堆顶上放着一块或两三块土坷垃，有的在大地瓜上刻着不同的图标，有的在地瓜堆旁放上了空筐子，有的放上了空麻袋，有的……

此时有的户在装地瓜，有的户已经在搬运，还有的户直接就在地里切地瓜干，有的户还在满地里找自家的地瓜：

义霞娘与曹义民正向一个柳条编圆形大筐里装地瓜；

高恩良推着一车子地瓜，与拉车子的高恩慧即将出地；

巧莲坐在凳子上，正用绑在杌子上的地瓜铡子切地瓜干；

朱文远腋下夹着条空麻袋正满地里找自己的地瓜；

张武昌、彩云、张建柱、行头一家四口正在向推车子里装地瓜。

"孙老师，哪是我的（地瓜）？"曹义年挑着一头是空果篓，一头是空四方筐子的担子来到地头上，问挂着一杆大抬秤、坐在下小上大的方形大木斗子上的孙月英。

"哦，在那边！跟我走！"孙月英放下抬秤，站起，头前领路，来到一堆共百多斤的地瓜旁站下来，"这就是！"

"孙老师，不用！不用！我自己来！"曹义年放下担子，见孙月英要帮他装，忙阻拦道，"快回家吃饭去吧！"

"不急！"孙月英说着与曹义年一起装起地瓜来。

"孙老师，你在这义务为俺村忙活，到现在了还没得空吃晌饭，真不好意思。"

"曹书记，您咋一家人说两家话，把我当外人呢？"

"孙老师，"曹义年刚要说什么，却见高宏伟推着两只空花篓走过来，说，"麻烦你给找找我的！"

再说北岭顶张华友家的地瓜地。这天一连晴了一旬多，紧赶慢赶，村集体的地瓜刨、切的已有十之八九，茬子地也基本翻耕过了，小麦和豌豆亦播种得有个大概了，社员们终于可以稍微松口气了。这天乡亲们相约来帮张华友家刨地瓜、切地瓜。

地瓜蔓子已经被割掉了，一团团地搁在地瓜沟底下。高宏伟、高恩良、张武昌、朱宇轩等八个男社员正在刨地瓜。

张建柱、曹义民、高恩慧等六个孩子正在拾地瓜。

彩云、义霞娘等四五个家庭妇女和三个青年女社员正在地里直接切地瓜干，她们有的用地瓜铡子，有的用地瓜擦子。

"他宏伟哥哥，你们都快歇歇吧！"张二婶挎着一个竹篮子，与行头抬着一个瓦罐子来到地头。她放下罐子，从篮子里拿出几个碗，放在地上，向碗里舀着水，说："你们都过来喝点绿豆汤吧！"

　　这张二婶自张华友喝药去医院后，心里一直感到空荡荡的，说不出是什么滋味，老头子是死是活，她心里也没有底。她饭也不想吃，活也不想干，出去进来地坐立不安，直盼到天黑，高恩良才回来告诉说："二、二嫂子，我、我和小——风稍去了区……区那个、那个医院，还有俺……二哥，人家嫌去晚了，接着俺就去了县……县医院，那个的那个，医生说，俺二哥的没——什么危险，生命！可得多……多住、多住几——天院！你就、就放心吧！我、我回来了，小、小那个的风稍，不、不回来，在那——里陪床！"张二婶听后，她那忐忑不安的心才算稍微安定下来。

　　张华友住院已经五天了，至今未回来，这期间尽管张武昌曾两次去医院看望过他，回来都对张二婶说二叔的病没什么大碍，胳膊上的伤也好得差不多了，但是张二婶的心仍然无法踏实下来，真想亲自去医院瞧瞧，可又去不了。她长这么大年纪，也就在女儿武贞出嫁时去过一次县城，还是坐马车去的，现在县城在什么地方她都记不清了。再说即便有人陪她去，那她也离不开，她要是关门走人，家里的什么猪、狗、鸡等张口子货又有谁来管呢？她只好打消念头，在家里苦等，期盼老头子早日回来。

　　对于地里的活，张二婶是干瞪眼干着急，不用说她一步挪不了四指的"三寸小金莲"干不了沉锄大镢的活，就是轻来轻去下坡的农活，她也很少参与——依张华友的观点和标准：丈夫就是"外头"，专主外，什么出头露面的事或是下坡的活就得由男人来办、来干；妻子嘛，是"家里"，所谓的"家里"就是专门主内的，外边的事她不用管，只要安安稳稳地做好家务、伺候好男人、照顾好公婆、管好孩子就是贤妻良母，就是好"家里"。对于女儿张武贞则另当别论，张华友多次说过："闺女早晚是人家的人，结了婚由婆家说了算，就是做出什么丢人现眼的事也与娘家无关！"这张二婶严守"妇道"，对张华友是不折不扣地言听计从，从不越雷池半步。

　　今天张二婶得知乡亲们要来帮助她家刨地瓜、切地瓜干，很是高兴。吃过早饭，她烧了一锅绿豆水，还特意抓上了一把红糖，挣脱女人不可抛头露面的"清规戒律"，破例来到了北岭顶。在来之前她不清楚都有谁来，更不知道有多少人，心想也就七八个人，顶多十个人一大关，没想到却来了这么多人，顿时感动得热泪盈眶，不知说什么好。高宏伟理解张二婶的心情，说："二婶子，你别太客气啦，我们才干了不大一会儿。"他停下手说："要不麻烦你先舀上冷着，我们待会儿喝。"说完又动手刨起来。

　　"我说义霞她娘，你们也快歇歇吧，过来喝口水再干也是一样的！"张二婶放下葫芦勺瓢子，"要不我给你们端过去？"

"不用，不用！你搁着吧！谁渴了自己过去端！"义霞娘没有停手，"二嫂子，你歇着吧，不用客气！"

"倒也是，地里暴土扬尘的！"张二婶嘴里虽然这样说，但还是端起一碗水，来到身材瘦弱的宇轩娘跟前，"三嫂子，你怎么也来了？"

欲知后事，下回分解。

第三十四回
发自肺腑执意付款
出于情愿分文不取

上回说到，张二婶听说乡亲们都去为她家刨地瓜、切晒地瓜干，激动不已——一人有难，众人帮忙。在她的人生中，以前只是听说过，还未曾亲眼见过，尤其是体弱多病的宇轩娘都来帮工，更让她感动得不知道说什么好了。

宇轩娘笑笑："弟妹家，你这话怎么说？"她停下手，"他们能来，我就不能来了？"

"我是说你那身子……"张二婶自感失言，解释说。

"有仇家（方言：死去的孩子）时，月子里落下的病，去不了根，时好时坏的，这阵子又好了一大些了！"

"来，先喝点水歇歇吧！"张二婶诚恳地说。

"弟妹家，我不渴！真的不渴！"宇轩娘伸出脏兮兮的双手，"你看看我这手，怎么端？先端回去吧！"

"那……那就待会儿？"张二婶端着一碗水，转了一圈，不知如何是好。

却说老滑溜张华友。那天他喝了打胎药，人们把他放进推车的篓子里，并在另一边的篓子里放了一块石头。高恩良推起车子就与曹义霞一溜小跑，一气跑到了区医院。区医院的医生说，没见过这样的先例，这里治不了，建议立即去县医院救治，去晚了恐怕有生命危险。二人听说，当即将张华友送到了县医院。这时已经是下午两点多了。高恩良直等到医生诊断说张华友没什么生命危险后，才往家赶，到家天就大黑了。而曹义霞则留下来陪床，伺候张华友。第二天，曹义年赶到县医院看望了张华友，并安排曹义霞为张华友陪床，说家里的事甭她管，直到张华友出院为止。

张华友在医院一待就是七天，不但身体康复了，连胳膊上的伤都好了，昨天与曹义霞一起回到了家。今天吃过早饭，他左肩扛一杆长筒鸟枪，右肩扛一把铁锨，铁锨柄上还挑着一个铺盖卷，向村东菜园地走来。

“啊呀了伙价！曹社长，全村我都找遍了，没想到在这儿遇见你！”张华友刚出村，抬头看见曹义年掐着一把干草出了社场，正向这边走来，忙迎上去，“你这是去哪？”

“哦，是华友二叔！我去地里插（方言：标，做记号）粪堆！”曹义年站下来，“你全好了吗？”

“好了！嘿嘿，全亏了老咔和你妹妹，要没有他俩，咱爷们恐怕永远也见不上面啦！”

“咳，不就是喝了那么点儿药吗？有那么蝎虎（方言：厉害）？”

“啊呀了伙价！你说得倒轻巧，别看就那么点药，就让我住了七八天院，差点儿去摸了阎王鼻子！”

“好了就好！”曹义年从衣兜里摸出半盒廉价香烟，递给张华友一根，“我说你，病刚好了也不在家歇两天，这又要去哪？”

“啊呀了伙价！我倒想歇着，”张华友接过烟，放下枪和铁锨，“可野兔子不让我歇！”

“兔子？”曹义年划燃火柴，刚要点烟，听说野兔子不让老滑溜歇，懵了，他吹灭火柴，问，“野兔子怎么会……？”

“住院前，我去东园里，见我的白菜让野兔子啃了五六棵，现在说不定都快啃遍了！”张华友划燃火柴，为曹义年点上烟，又为自己点上烟，“这不，我想去看着点！”

“噢！”曹义年吸了一口烟，“你刚才说满村里找我，什么事？”

“钱！钱的事！”

“钱又怎么了？”曹义年纳闷地问。

“啊呀了伙价！它让我烧香找不着庙门啦伙计！”

“我咋越听越糊涂了？你说明白点儿！”

“我北岭顶那亩来地瓜，村里的老少爷们不是帮我刨了，还给切晒了嘛？”

“这我知道！”

“我算了一下，一亩地瓜连刨带切，找人帮忙的话，工钱得六块五毛钱左右，这么着，我想拿出八块钱来，付给帮我忙的人……"

"哦，那谁去干了你付给谁就是！"曹义年打断张华友的话，"何必找我？"

"啊呀了伙价！要真那样，我张华友就不用欠情欠义啦伙计！"

"怎么？"

"给谁谁不要！"张华友说着，从衣兜里掏出一个干猪尿泡钱包子，敞开后从里边拿出面值一元和一角、二角的共十多块钱来，"所以我想把钱给你，请你帮我把钱给人家！"

原来，张华友去医院时，没有准备，家里也没多少现钱，带去的钱也不多。如此，便不得不委托张武昌将他家还未出满月的一窝小猪全卖了，以支付医药费和住院费。出院回家后，张二婶把乡亲们如何帮他家刨地瓜、切晒地瓜干的事一五一十地说了一遍。张华友当天晚上就把帮工的户走了一圈，想把工钱付给他们。在他看来：钱这东西是万能的，只要有了它，世界上包括情义、恩怨在内，没有摆不平的事。这欠债还钱是天经地义的至理名言，哪有干搭忙活的。然而，却没有一户收他钱的。于是他想到曹义年，希望曹义年以社委的名义代收代发，这样他就可以无债一身轻，无须欠情欠义了。

曹义年说："这钱我不能收！"没有接钱。

"你是一社之长，"张华友为难了，"那你这当社长的都不收，叫我把钱给谁？给朱文斋还是给面瓜？"

"谁也不用给！"曹义年连吸几口烟，"既然你给他们他们都不要，那么你想，假如以我们社委的名义给他们的话，他们就能要吗？"

"那？"张华友蹲下来，"他们不会是——是嫌……啊！"他"少"字没有出口，马上改嘴说："是担心我住院花费不少，怕我这钱是拉饥荒借的？的确，我这次住院看着不起眼，却是砸进了近百块钱哪！但是，我还用不着拉饥荒，我把我那还没出满月的小猪仔全挑（方言：不到卖的日期就卖掉）了，我有钱！"此话与其说是对曹义年说的，倒不如说是他自言自语更确切。

"瞧二叔你说的，咋把钱看得比情义还重呢？要是不讲情义的话，恐怕你花钱雇，他们也不一定干，你说是不是？"

"嘿嘿嘿！倒也是！"张华友无话可说，回答道。

"单说帮你出地瓜这个事，社委没研究，也未指派，完全是社员们自愿的！"曹义年也蹲下来，"叫我说，假若他们真心不要的话，你就把钱收起来，只要你领了他们的情就行啦！"

"那？那就以后再说？"张华友拿出三张一元的钱，将其他的包好，说，"不过，这个钱你可得替我收起来！"

"什么钱？"

"给你叔伯妹妹义霞的！"

"给她的？"

"这闺女真没说的！伺候得比我自己的亲生闺女还体贴！我住院这些日子，她跑前跑后，端屎端尿，吃不好，睡不宁，人瘦了一圈，怪心疼人的！我过意不去，想多拿出俩钱来给她补补身子，没承想昨天晚上我去送钱，她把钱给扔出来了伙计！说以后……"

"既然是这样，这钱我就更不能替她收啦！"曹义年打断张华友的话，说。

"为什么？"张华友问。

欲知后事，下回分解。

第三十五回
猜谜语老憋脑瓜快
瞒真相无常红娘当

上回说到，老滑溜张华友得知乡亲们帮了他的大忙后，一定要付工钱，结果无一人接受，他无奈之下，求曹义年以社委的名义代收代发，也遭到曹义年的拒绝。张华友还不放弃，又拿出钱来要曹义年转交给曹义霞，曹义年也不收，张华友问为什么，曹义年说："我还是那句话，情义比钱重得多！这钱虽然说是很重要，但是，情与义是再多的钱也买不到的！你说呢？"张华友张了张嘴，却没吐出一个字，曹义年微笑着望着他，说："还有，义霞陪你住院期间，社委已经研究决定，不光给她听着工分，而且每天还补助两毛钱的生活费，所以，你千万别拿这当回事。她既然是我妹妹，我说了就算，你就把钱收起来吧！"

张华友不知如何是好，没有收起钱，也没说话。

"华友二叔，你还有事吗？"曹义年扔掉烟蒂，岔开话题，"没事的话，该忙什么就忙什么去吧！"说完站起来，拾起干草笑着摇摇头走了。

却说西岭西坡。暮秋的太阳虽然没有那么毒辣了，但是，中午前后它的威力还是够人玩儿的，尤其是干重体力活的人们，都是汗流浃背，大喘粗气。西坡这片地瓜茬地约有四亩，一半多已经播种了豌豆，没播种的地里云散着一推车为一堆的粪堆，旁边都插着干草做标记。

张武昌与高恩良、朱宇轩三人正用方形木粪斗接力赛似地扒粪和向耧仓里撒粪，曾为张武昌拉车的那位女青年负责牵牛帮头。

"我说面瓜主任，可怜可怜我吧，该歇歇啦！"满头大汗的黑白无常张武昌从粪堆上装了不满一粪斗的粪，弓着腰，来到行进着的独腿耧旁，边撒粪，边哭丧着脸说，"可要了命啦！"

负责扶耧的朱文远嘴里叼着空旱烟袋，没有表态。

"无常"，女青年打趣地问，"我看你今天的脸面不像个人色，该不会是被判官赶了出来，没吃午饭吧？"

"要是不吃午饭就好了！"张武昌回答说。

"不吃饭好？"女青年不明白，问，"这是咋个说法？"

"雨淋地瓜干，乌黑一道边，吃上三四片，沥心（方言：胃不舒服）两三天！"

张武昌秉性难改，尽管肚子难受，却没忘了卖弄才分。他用扒粪木板子敲着粪斗，先念了几句打油诗，才说："俺园子里的地瓜切的瓜干着了雨，又捂了，今中午加上绿豆煮的，当时我吃着还挺顺口，一口气扒了两大碗，没想到现在我的肚子比刀子拉的还疼！"

"谁叫你长那么多零件？"朱宇轩过来接上茬撒粪，说，"要是没有肚子你怎么叫它疼去？"

"我的好面瓜，"张武昌没有理会朱宇轩，他抬起胳膊，用高挽着的衣袖擦着脸上的汗，"你成心想搁我的差（方言：要命）咋的？再不歇歇喘口气，可就真要了我的命啦！"

"嘿嘿，那咱就在这半路上歇歇？"朱文远一手扶着耧把，慢言慢语地说。

"你……"张武昌嘴张了好几张，好歹憋出一句话来，"我也没说就在地中间歇呀！"

不一会儿到了地头，面瓜说："今天就照顾一下无常，咱就提前歇歇再干。"

"早就该歇歇啦！"几个人无不响应。

朱文远调过耧头，插下。与其他人一起来到地头上，围坐在已经坐在反扣着的粪斗上的张武昌身旁，嚷嚷着要张武昌说书讲故事。女青年说："无常，前些日子光忙活地瓜，很长时间没听你讲故事啦，你讲一个吧！"

"嗨！讲故事哪有说书过瘾！"朱宇轩争辩道，"你还是说书吧！说什么呢？对，就说《三国演义》！上回你说到哪里来？是关云长走麦城，还是……我记不大清了，可后来关公怎么样了？死还是没死？你就接着那个茬再往下说！"

"那个的、那个记……记不清那个的，还、还有个——茬，你？"高恩良嘲弄道。

"去去去！谁说我记不清了？我是说记不大清！"朱宇轩强词夺理道，"记不清与记不大清是两回事！我的意思是我也很长时间没跟无常在一起干活了，不知道这期间他说《三国演义》来没！"

"好啦！好啦！你俩就别争辩了！今天我肚子不太好受，咱既不讲故事，也不说书。"张武昌抽着纸卷烟，说，"我抛个谜语让你们猜，怎么样？"

"抛吧！"众人点头，朱宇轩说。

"雾气腾腾刮北风，蝎子落在江当中，三两银子买稀饭，八只靴子四人蹬。答四个省份。"张武昌一手揉揉肚子说。

众人沉思着。

"我知道，"朱宇轩抢先说道，"是云南、浙江、贵州和四川，对不对？"

"还真别说，我还有办法无师自通，脑瓜就是好使！"张武昌夸奖道，"一点也不错！好，我再抛一个。一个东西不大点儿，浑身都是眼儿。打一物。"

"老掉牙了！"女青年的头扭向一边。

"不新鲜！"一直没说话的面瓜朱文远也说，"无常，你是不是挖了暴糠（方言：没有办法）了？能不能抛个新一点儿的？"

"对！"朱宇轩赞成道，"这个谜连三岁的小孩都知道！"

众人都觉得不值得猜，唯有高恩良没有表态。

"老咔，你说是什么？"张武昌问。

"那个、那个，老憨是！"高恩良说，"他……他人长得小巧，那个、那个的——麦根子垛，心眼子多，吭，吭，浑身是！"

"咯……！"

"哈……！"

众人被逗得大笑起来。

"那个、那个你们笑、笑什么笑？个、个……个顶针子，谁——不知道，有，我有意说——这样说！"

"哟，没想到出名的老实人，还会编扯人！"女青年笑着说，"老憨不是老憨了，我还有办法也不是我还有办法啦，倒变成顶针子啦！"

"好，这个太好猜了，我说个难点的！"张武昌笑笑，说，"歪歪斜斜的一个小瓢磴，里边扣着四个小鳖，答一……"

"那个——这我知道！"张武昌还没说完，高恩良就抢着说。

众人为之愕然。

"是什么？"张武昌问。

"是——咱村！那个的，吭，锦……锦鸡岭！"

"咱村？"张武昌半夜五更量宅子——不摸四至了。

"那个那个，嗯，吭。咱村在半山岭上不是吗？那个——从南边老远看，就那个的……的不正当，歪歪着那个，像个瓢碴子，还有，还有那个咱村就有姓张的、姓高的，姓——曹的，吭！吭那个还有死了的……的老婆子那个姓章的，不是四——个姓？对吧？"

众人都像进了迷魂阵，个个张大了嘴巴。

"哈……！"张武昌忍不住大笑起来，"老咔，你还真会比照，我还没说猜什么东西，你就说是咱村？哈……！"

"无常！别笑了！"女青年说，"你快说说是什么东西吧！"

"是繁写体为，为什么的为！"张武昌忍住笑，"我写给你们看看，这个字怎么写也写不正当，上边这块是不是像个破瓢碴子？下边这四个点儿不就是小鳖嘛！"说着用指头写了个繁体"爲"字。

"咳！难怪我们猜不出来！"女青年撇撇嘴，"这里除了你和老憨识几个字外，其他人还不都是睁眼瞎子？别抛字啦，抛个别的东西吧！"

"那个没……没意思！一点啊不——好玩，也！"高恩良拿起身边的二胡站起来，"还不如那个，吭，去——拉我的二胡！"说完走到离他们二三十步远的地方坐下来，拉起二胡来。

"算啦，老咔不跟咱玩了，我也不想跟你们玩啦！"尽管与高恩良相隔不短的距离，但是，毫无音律可言的二胡吱嘎声仍然吵得人心烦，几个人为之兴味索然。张武昌见状皱了皱眉头，眨巴了几下眼，点点头，扔掉卷烟屁股，站起来，说："今天暂且到此为止，我去找老咔有点儿事！"

"老咔，悠哉自乐啊！"张武昌来到高恩良身边就地坐下来，搭讪道。

高恩良只抬头看了张武昌一眼，没有理会。

"老咔，麻烦你先停一下。"张武昌卷着纸卷烟，以商议的口气说，"我想跟你商量个事！"

高恩良停下手。

"有对象了吗？"

高恩良摇摇头。

"想要吗？"

"嘿嘿！那个我不想，奶奶她……怎么说呢？我！嘿嘿！"

"想要的话，我给你介绍一个怎么样？"

"那个就、就——你？"

"不相信咋的？是不是因为韭菜和肉的事？"张武昌吸了几口烟，"其实那事既不怨你，也不怨我，我当时真不知道俺二叔家的肉吃得那么快，真的！"

高恩良没有表态。

"如果你信得过我张武昌的话，我还真想给你介绍一个！"

"那个——谁信呀，鬼？骗人也……也去吧！"

"还是不相信？跟你实说了吧，要不是你救了俺二叔的命，我才懒得揽这胡萝卜薅（方言：做分外之事，管闲事）呢！看在这个情分上，我才真心实意地给你介绍的，并且还跟女方家说好了！"张武昌一本正经地说。

"你那个，吭，不——骗我？"高恩良侧着头，拿眼瞅着张武昌，不相信地问。

"嗨！这事能闹着玩儿吗？我张武昌这回是百分之一百二的没骗你，骗人的是小狗！"张武昌赌咒说。

"那——你说那个的是……是谁女方？"高恩良似信非信地问，"家是——哪里？

欲知后事，下回分解。

第三十六回
张武昌再骗高恩良
小风稍重探家姑姑

上回说到，扒粪撒粪的几个人在休息时，张武昌抛谜语让众人猜，高恩良感到没意思，独自到一边拉二胡。张武昌眉头一皱，计上心头，离开土堆，来到高恩良身边，煞有介事地说要给高恩良介绍对象。虽然张武昌发誓赌咒，但并没有打消高恩良的怀疑，他问女方是谁，家住哪里。张武昌说："我给你介绍的女方家是红沟河村的，姓苟，家住乱场子市西边，朝东门的第一户，父亲人称尿墙……"

"那个你——爹叫尿墙？"高恩良放下二胡，问。

"咳！谁说我爹叫尿墙？是女方她爹叫尿墙，是个外号！他不是姓苟嘛，称他老苟不好听，称他大苟或者小苟更不中听，苟呀苟的叫起来多不雅致！男人和牙狗都是雄性的，凡是牙狗没有不尿墙角的，而他从小就不干人事，游手好闲，做事老是歪歪着来，所以大家才给他起了个绰号叫尿墙。一样的道理，"张武昌用下颌指了一下人堆，"同样，他朱宇轩叫老憨，他朱文远叫面瓜，再说你吧，不也是叫你老咔吗？"

"那个那个的……你——？"

"怎么，不想听了是吧？那好，咱不说了！"张武昌有意拿紧头，站起来做出要走的架势，"我走了！"

"那个的你我、我、我……"高恩良一把拽下张武昌。

"既然想听就别打岔！慢慢听我说。"张武昌坐下来，说，"这尿墙在家窝憋坏了，就去闯外，不是闯了关东，就是下了西北，没人知道，家里人都猜测，是胡迷了路回不了家，还是被人家……啊，肯定不是被人害了，就是死了，反正没了音信。这样就撇下了母女四人在家过日子。这仁闺女是三胞胎，都二十多了，她们姊妹仁一般高矮，一般粗细，真是要模样有模样，要身板有身板，无可挑剔！只是至今还都没有个婆家。前些日子我去赶集，去过她家要水喝，她娘曾经托我给她闺女找个婆家，我当时就提起过你，她娘答应说先见见人再说，要是相中了女婿，任挑任选，哪个也行！还说越快越好，要不闺女大了不好留！怎么样，没骗人吧？"

"那——，嘿嘿，没骗人！那个我、我什么啊时候，跟你……？嘿嘿！"高恩良见张武昌说得有名有姓，有鼻子有眼的，感到不像骗他的样子，顿时急了，没说出口的意思是：这事我相信你了，什么时间我跟你去相亲？

"这个嘛——"张武昌深明其意，心中感到好笑，但却装模作样地想了一会儿才说，"当然是越快越好，这样吧，咱这秋季播种明天就结束了，听面瓜说社委研究决定，后天和大后天放两天假，让社员们歇歇，处理一下自己的事，假期过后再集中精力复收落在地里的地瓜。正好，后天是红沟河集，你最好挤个空去一趟！怎么样？"

"那——去的话，该、该捎点什么？我？"

"头回见面当然不能空着手啦！至少得割上二斤肉，买上两瓶酒、二斤点心作为敲门砖，再说这也是人之常情嘛！"张武昌回头看了一眼正与女青年打闹的朱宇轩，神秘地说，"最好是能骑着自行车去，那样才显得更有派头，能让丈母娘另眼看待！"

"那个、那个的就是有……有我，也不会——骑啊我！"

"推着也好看！反正集市上也没法骑！"

"那你——不和我……我一起去那个！"

"我要是能跟你去是最好不过的了！不巧的是行头他姥爷病了，你说我不能不去瞧瞧吧？所以，我就没法跟你一起去了，只好委屈你自己去吧！地点嘛，跟你说好了，乱场子市西没有第二户大门口朝东的！"

"那个那个，嘿嘿！你不去……去那个，"高恩良摸着后脑勺，"怎么好——意思？"

"咋不好意思？你呀，借口说要口水喝不就行了！"

"哎！你俩说够了吗？"朱文远站在楼旁，喊，"天不早了，咱是不是该下手干了？"

"这就来！"张武昌站起来，对高恩良说，"事成之后可别忘了我这个大媒人啊！"

却说曹义霞家的新房。曹义霞家的新房就在社场西侧，与场西的南北路相隔一二十米。草房三间，土坯垒成的墙体才只泥了里边，外墙还没抹泥。由高粱秆障子扎成的院墙围成的院子里，靠西边种着一畦子韭菜、两沟茄子、一沟辣椒和几沟葱。东边是个柴草垛。障子里种了一圈向日葵。翻车子门楼坐北朝南，由用向日葵秆和高粱秆扎成的挡子作为大门。院子西南角是猪圈。圈门、大门和房门都只安装了门框，前后窗也都还没有窗心。

东里间和西里间堆放着不少干地瓜干。明间里靠墙竖着两根截成两米长的粗大柏树木段和几根楸树木段。

"娘，现在您同意了？"曹义霞与家姑姑抬着一麻袋干地瓜干进了院子，来到东里间，曹义霞放下手里的簸箕，问。

"我本心里不同意，可你义年哥哥来找我两趟了。"家姑姑抽出扁担，拢拢头发，"说是包工活，一天一个工，饭菜也不用格外做，憨木匠又不喝酒，也不抽烟，他愿意在咱家吃就吃，不愿意在咱家吃就拉倒，好伺候！"

原来，曹义霞上次曾向她娘提过此事，她娘虽然思想上有些动摇，但是态度不肯定，于是她就求助于叔伯哥哥曹义年做她娘的工作，通过曹义年几次细致耐心的劝说，她娘终于同意了。

"我就说嘛！用本庄木匠省工、省料、还省心，"曹义霞解开捆麻袋的绳子，"比用外庄的木匠方便多了！"

"哎，我说义霞，这事——不会是你挑唆你义年哥的吧？"家姑姑放下扁担，帮着义霞倒麻袋。她突然想明白了什么，停下手，问。

"娘，你真没得怨了，俺哥那脾气你又不是不知道？我的话他能听？"曹义霞笑了笑，蹲下来边堆着地瓜干，边说："不过，话又说回来，是亲三分向，俺哥哥这样做的目的还不是为了给咱家省钱，您说不是吗？"

"这倒也是！"家姑姑点点头，说。

"您仔细算算，这门和窗户全做好，再安上，少说也得十五个工，啊，就算二十个工，咱也不按一个工两毛五算，就算三毛，不就是六块钱嘛！单独伺候也不过是家常便饭，一个也是牵着，两个也是放着，不就是多双筷子嘛，花不了多少钱！这样一场子下来少说也能省四五十块钱！"

"这话你说了多少遍了，还啰唆什么？娘比你算得还明白！"

"娘，您打算什么时候找他干？"

欲知后事，下回分解。

第三十七回
聊无主题焉有目的
明知渺茫试碰运气

上回说到，曹义霞的娘家姑姑同意了让朱宇轩给她家做木工活。曹义霞追问何时找朱宇轩来干，她娘却说："急什么！"

"我是说趁着天暖和，"曹义霞赔了个笑脸，说，"早下手比晚下手强，太晚了会冻得伸不出手来的！"

"不用你操心，该干的时候我就去找他！"家姑姑拾起扁担和绳子，"先别堆了，明天脱不了还得搬弄出去晒一个日头（方言：一天）！走吧，再有两趟就差不多抬完了！"

却说张华友的看园屋子。这座看园屋子面积约一间房子大，南北向，土坯墙，谷草苫顶，脊檩探出南山墙一米多，上边晾晒着一床蓝底小白花被子。南山墙的单扇门旁挂着一只鸟枪。房顶西坡处搭着一领旧席子。

"啊呀了伙价！瞧瞧你爹这份子营生（方言：干的活）吧！"张华友用半干的地瓜蔓子重新捆着白菜，"没脱了还得费二遍功夫！"

"二爷爷，不光是俺爹捆的，我跟俺哥哥也帮着捆来！"行头拎着用毛莠子草穿在一起的、十几个专爱吃白菜的红姑娘子蚂蚱跑过来，"这棵说不定还是我捆的！"

"啊呀了伙价！你也能捆白菜啦伙计？"张华友改变了口气道，"那捆得不孬，捆得不孬！还行来！"

"那是自然！"行头颇为自豪地说。

于是乎，祖孙二人一个无目的地问，一个答非所问地答，东沟一犁、西沟一耙地乱扯起来。

"行头，上学好呢，还是当街孩子耍好？"

"当然是耍好了！俺老师可厉害了，不准迟到早走，上课还不许说话、吃东西，不许回头，大小便非得先打报告，就是放了学也都得排队，要不就挨批！"

"啊呀了伙价！就得这样，严师出高徒嘛！嘿嘿，开学几天了？"

"一、二、三、四、五……九天了！"行头掰着指头说。

"都学了些什么伙计？"

"声母和韵母今天才学完，算术嘛——啊，二十以内的数都认识了，再学就是一位数的加法了。"

"啊呀了伙价！学得不慢！"张华友一天学也没上，只不过是顺着说罢了，"听说你哥哥没去外庄里上五年级，又蹲了级？"

"没去！"

"为什么？"

"俺老师说，怕跟不上班！还说，我哥哥在班里学习是两个第一。"

"啊呀了伙价！两个第一！不简单！可……那既然是两个第一，咋还跟不上班呢？这事就怪了！"

"俺老师说他加减乘除一点就通，一学就会，回回都考第一名，说他偏科太厉害，对语文就是不开窍，每次考试也都是从后边数第一名！"

"噢！哎！我让你哥哥晚上来园里跟我做伴，他愿意吗？"

"不太愿意！说是嫌远，还嫌来这里连个耍的伴儿都没有。不过，我倒是想着来，可俺爹和俺娘说我太小，黑灯瞎火地让人不放心！其实有啥可怕的，不就是一跳一跳的鬼火吗？"

"啊呀了伙价！你连鬼火都不害怕？胆子够大的！"

"不怕！它又不会咬人！就是鬼来了，咱也不怕，你有枪，我有弹弓，它要是真来，咱俩打死它炒着吃！"

"嗯！那味道一定比狗肉还香！"

"二爷爷，什么是二窝子字？"

"二窝子字？"张华友懵懂了，停下手想了半天，依然回答不出来。

"是不是就跟俺家的兔子一样，下了第一窝，再下第二窝？"行头自作聪明，

"保险！肯定没错！"

"啊呀了伙价！字怎么能跟兔子一样，它可不会下崽！噢，我知道了，肯定是你没听明白，把二蔓子听成二窝子了！就跟西瓜一样，有头蔓子瓜，还有二蔓子瓜，二蔓子长得不如头蔓子大，也不如头蔓子甜！"

"我没听错，是二窝子！俺老师就是说俺哥哥净学了些二窝子字嘛！不信等俺哥哥来，你问他！"

"嗯，改日我去问问老师，不用问他！"

"二爷爷，快来接着我！"正在这时，张建柱背着一大捆干草出现在离此五六十米的地南头的东西路上，"累死我啦！"

再说老咔高恩良。前天下午张武昌说要给他介绍对象后，他当晚就跟奶奶说了，奶奶也同意，千嘱咐万叮咛地说："你也老大不小了，到找媳妇的时候了。奶奶我这么大年纪了，说不定哪天就砸了瓦碴子，在你巴拉上家口前，奶奶就是死了，到了阴曹地府也无法向你爹你娘交代。他张武昌红口白牙地打包票，我想不会是骗你的！后日社里放假，家里什么活也不用你干，别不别的说什么也得去瞧瞧，过了这村就没下个店了。去了以后大方点，少说话，多长眼色。那闺女丑点儿俊点儿莫论，高点矮点也行，家庭条件孬好更不用管，是个女人就行。千万别不知道自己，再挑肥选瘦地没个数！再相下一个，那可就得等到猴年马月了。还有，去的时候，头一回见面别太小气了，多捎点礼物，省得叫人家笑话，说咱太苟鄙！"

"那个的……这钱——？"巧媳妇难为无米之炊，高恩良知道家中没有多少钱，为难了。

"钱的事你甭犯难为，我这里有！"高奶奶说着从箱子里拿出一卷钱，"这是我卖兔子的钱，全给你，你点点是不是五块七毛钱。"

"那个、那个的卖兔子——兔子的这……？"高恩良懵了，心想：你卖兔子的钱不是留做看喜钱和磕头钱了吗？为何又拿回来了呢？再说一只兔子怎能卖这么多的钱呢？

"噢，那天我去集上卖兔子，人家一看是母兔子，还刚下了小兔不久，没有过秤就论个买了，给了五块七毛钱。要是论秤的话，多说也就两块来钱。"高奶奶明白高恩良的意思，解释说，"我本来拿着五块钱准备做看喜钱和磕头钱，可你表叔说啥也不要，他说是：'心我领了，钱还是留着您自己用，权当是我孝顺您的！'这不，我就拿回来了。你全拿去，看看该置办点什么就置办点什么，自己看着办吧！"昨天上午，高恩良带着钱专门去乡驻地，按照张武昌所说将礼品置办全了，共花去三块一毛钱。剩余的钱他回家后要交给奶奶，奶奶说穷家富路，要他收起来，明天去相亲，说不定还得用。

昨天晚上，高恩良大半宿没睡着觉，辗转难眠，挖空心思，考虑相亲时该说什么话，第一句该怎么说。让他头疼的是自行车的事——该如何向朱宇轩开口呢？要是向他借别的东西，绝对没问题，可要借这自行车就没有什么把握了。朱宇轩把他的自行车看得比命还值钱，什么都可借，唯独自行车不外借。可要是不借吧，就如张武昌所说，不气派，无法让丈母娘高看一眼。最后他还是决定去借，为了能够被相中，也不怕"打不着黄鼠狼赚一身骚"了。豁上了，打打创头，碰碰运气吧！

今天一早起来，高恩良刻意打扮了一番，洗了洗脸，就硬着头皮直奔朱宇轩家而去。

"那个，老——啊，宇轩，我……嘿嘿！"

朱宇轩家位于村前头、老槐树西，大门向东开。双扇大门上贴着"忠厚传家远，诗书继世长"的对联，虽然纸质变黄了，黑字颜色也变浅了，却完好无损。门口对过是个柴火园子，还有十几棵大楸树。高恩良来到大门口，刚要抬手敲紧掩着的门，却听得从朱宇轩家的园子前的柏树林子里传来"呀！咳！"的喝叫声，于是他转身向柏树林走去。

这是一片侧柏树林，共有二三十棵树。身着白衬衣黑长裤的朱宇轩正在里边练拳脚，从他那踢腿伸胳膊的架势上看，是没有什么正式套路的。

"那个的那个，"高恩良来到林子边，搭讪道，"练——功啊你？"

"有事吗？"朱宇轩继续操练着，问。

"我那个的——有、吭，有点儿……"

"有什么事的话，那你先等一下，我一会儿就行！"朱宇轩练了不一会儿，收住手脚，长呼一口气，说，"好啦，什么事？说吧！"

"嘿嘿，我那个……是这样的，我去抓药，俺奶奶啊病了，想来——吭，吭，那个的，那自行车，嘿嘿，我想……想借一借，你看？"

"噢，我知道了，你奶奶病了，你想借我的自行车骑着去抓药，对吧？"

"啊对！对！那个的去——快点儿！"

"你——你会骑吗？"朱宇轩围着高恩良转了一圈，上下打量着，问。

"嘿嘿！会、会一……一点点儿！"高恩良低着头，很不自然地说。

"这事嘛——论说是应该借给你用也没什么，但是，"朱宇轩拾起放在石头上的外衣，走出林子，"我朱宇轩历来是借老婆，不借车子！不信的话，你可曾见有谁骑过我的自行车来？"

"你，那你连……连个老婆都没有、吭，那个的老婆——谁还借？"高恩良嘲笑着说。

"我只是这么个说法，意思是什么我都可以借出去，只是绝不向外借车子！一枝不动，百枝不摇嘛！俗话说'善门难开，善门难闭'，如果我现在借给你骑的话，以后别人再来借，我还怎么说话？不能破了这个规矩！"

"那……？"

"甭急，我还有办法！"

欲知后事，下回分解。

第三十八回
堵湾捞鳅一意孤行
下水抠蟹三魂出窍

上回说到，黑白无常张武昌要高恩良去借朱宇轩的自行车，是成心搞恶作剧，目的是让朱宇轩难堪，让高恩良扒着眼照镜子——难看。他明明知道朱宇轩是不会借给高恩良自行车的，却故意挑唆高恩良去借，以看朱宇轩如何答复。朱宇轩若不借吧，高恩良肯定会说他吝啬，其人不可交；朱宇轩要是借给他，高恩良那可就有的看了——去红沟河少说也有七八里地，会骑自行车的人便当，快，是条腿，而不会骑车的人就只能推着，比走还慢，是个累赘，走不了几里地就能累个半死，真是想找罪受，就不用上酆都廊坊（方言：阴曹地府）了。高恩良是个老实人，他不知这是张武昌耍的计谋，于是知难而上，偏偏去借，其结果并没有超出自己的预料，朱宇轩果然不借给他。而朱宇轩却说，他还有办法，高恩良不相信，问："你？"

"对！你如果时间紧，而又必须现在去的话，我骑车替你去抓药！怎么样？"

"那个……个的，嘿嘿，不——麻烦啊你！算了！"高恩良没有生气，说着转身就走。

"老咔，我说的可是真心话，"朱宇轩追上来，"反正今天我在家闲着，没别的事干！"

"忙吧，你……我走——着去！"

却说张武昌。社里放了两天假，昨天一天，加上今天一早上，他就把家里和坡里的活忙得差不多了。前天他跟高恩良说过帮他提亲的事之后，就把那事忘在脑后去了——信不信由他高恩良自己决定，与他无关，至于说老丈人病了，那只是随便找来的理由，他当然也不会去丈人家。吃过早饭，彩云领着方方和圆圆出去了，他感到无所事事，突然心血来潮，想去捞泥鳅，以改善生活。

"行头，做完了吗？"院子里，张武昌肩上扛着一把镢头，镢柄上挑着一只破铁水桶，一手拿着一个葫芦瓢，站在窗前问，"布置了多少作业，到现在还没做完？"

"星期六跟俺二爷爷家去撮了一下午地瓜干子，"行头在屋里回答道，"晚上，你又嫌浪费火油，那叫我什么时候做？"

"下午再做行不？"

"爹，到底是什么事？"行头从屋里走出来，问，"这么急？"

"扛上铁锨，跟我捞泥鳅去！"

"捞泥鳅？"

"趁着爹有空，又正赶上你过星期天，咱俩去捞点泥鳅开开斋！"

"去哪？"

"涝湾沟！"

"好吧，你先头里走着，我收拾收拾就去！"行头进里屋收拾了一下，急乎乎地跑出来，与张武昌兴致勃勃地向涝湾沟奔来。

由于地理位置所限，锦鸡岭村附近没有河流经过，有的只是由于长年累月的雨水冲击，在村前形成的大小不同、深浅不一的沟汊子。

涝湾沟，听其名就知道也不是条有源头的河流。它位于村前半里许，河床宽大，秋冬春三季水流很小，但因有控山水补充，极少断流，自然，水位落差所形成的湾子里就滋生了不少小虾、小鱼、螃蟹、泥鳅等水产物，每到冬春季节便引来不少人堵湾捕捞，秋夏两季却很少有人来干这勾当，其主要原因是水太多。而张武昌却不信这个邪，他一意孤行，想竭泽而渔，此虽不能说是违背了季节的规律，但至少得说是疏忽了今秋的雨水天气。

时值秋末，水还在"哗哗"地淌，许多说不上名的水鸟正在河岸边寻觅食物，青蛙在岸上的草丛里蹦来蹦去，耐寒的灰色蜻蜓在水面上悠闲地飞舞。

父子二人来到涝湾沟，找了一个长约五米、宽约三米、水深约一米的跌湾子作为捞泥鳅的地点。张武昌放下家伙，脱掉长裤，将褂子下摆掖在由长裤改成的大裤头子里，然后挥动铁锨在湾上游改变了水的流向，再将湾下游用泥巴堵死。他放下铁锨，紧接着摸起铁桶开始向外舀水，一口气干了一个多小时，湾里的水下去了六七十公分，剩下的水却怎么舀也不大见少了。

"爹，快舀！快舀！"赤着双脚、裤腿高挽、浑身是泥的行头端着瓢，在水下游捡着滞留在草窝里的小鱼虾。他一看水不见少，急了："快！快！没到脚脖子啦！"

"舀了半天不见少，老是这么个水位啦！"张武昌直起腰，将铁水桶扔到岸上，用满是泥水的手背擦擦脸，"可累死我啦！"

"爹，咋不舀了？"行头不解地问。

"今秋里雨水大，往外舀的水还不如渗进来的多！算啦！快下来帮我蹚浑水，"张武昌说着连手带脚满湾子搅起浑水来，"那泥鳅不顶折腾，被泥汤子一呛，就会漂起来。"

行头二话没说，放下瓢，脱了长裤，光着屁股下了湾。

"双手捧，别抓！它太滑，抓不住的！"张武昌停止了蹚泥，捧起一条泥鳅，向岸上一扔，"像我这样，捧起来向干地上扔！"

还别说，真有泥鳅被泥汤子呛得露出了水面，但是不多，只有寥寥数条，然而水位却在慢慢上升，泥鳅也随之不见了。

"算了，咱不捞啦！"张武昌上了岸，"上来拾拾吧！我抽袋烟喘口气，再下去抠螃蟹！"

"爹，您看就这么点儿！"行头捡完最后一条泥鳅，端着盛有七八条泥鳅和数量不多的小鱼虾的瓢，来到张武昌跟前。

"嗯！是不多，不大值得下锅！"蹲在地上的张武昌连抽了几口烟，"不过不要紧，今年来这里捞泥鳅的人还不多，咱大概是头一炮，湾边上肯定有不少螃蟹！我去逮上几只，回家打上两个鸡蛋，来个大锅烩，美美地撮它一顿！怎么样？"张武昌说完，扔掉还没抽几口的纸卷烟，下了湾。

"我得吃两碗！"行头说着用舌头舔了舔嘴唇，在干地上坐下来。

"行头，把桶拿过来！我逮住了一只！"张武昌在湾边抠摸了不一会儿，就抓住了一只螃蟹，他高举着战利品，炫耀着，"我说有吧？肯定还不少呢！"

"哟！个头还不小呢！"行头将桶提过来，说。

"啊——！"突然，张武昌面如土色，歇斯底里地惊叫起来，"啊呀娘啊！救命呀！"

欲知后事，下回分解。

第三十九回
高恩良相亲欠思量
张华友说话少文雅

上回说到，黑白无常张武昌与儿子行头来到涝湾沟堵湾捞泥鳅，由于秋季雨水大，湾里的水到了一定水位线上，就很难减少了，就像张武昌所说的"往外舀的水还不如渗进来的多"，且水位上涨得快，两人没捞几条，泥鳅就随着水涨不见了。因张武昌知道每年这时候光顾这里的人很少，所以他决定捷足先登，下水抠螃蟹。

张武昌抠摸了没一会儿就抠到了一只大螃蟹，他放下螃蟹，继续在湾边上抠摸着，却抠出了一只大癞蛤蟆，顿时吓得魂飞魄散，"啪嗒！"一屁股蹲坐在了水里。

"哈哈哈！不就是只癞蛤蟆嘛！"行头大笑着，"那么大的长虫你都敢扎在腰上，却让癞蛤蟆吓成这样？哈……！"

行头说得一点儿不错，敢与蛇玩的人却被癞蛤蟆吓得三魂出窍，这似乎让人感到费解。其实不然，作者曾听说过，有这么个人，扒坟时敢与骷髅亲吻，看到蛇却吓得全身颤抖，腿肚子朝前，路都不会走了，就是见到条死蛇，他也得绕道而行，且三天内不敢再去那个地方，还听说过，有个人自称啥也不怕，月黑天敢与人打赌，去坟墓林里坐蹲一宿，但是，如果有人把一个豆虫放在他身上，那他会立马吓昏过去。如此看来，这害怕不是假装的，因人而异，各有所怕。

"笑什么？快下来帮帮我！"张武昌惊慌失措，手里的癞蛤蟆被他攥得大张着嘴，眼睛都快凸出来了。

"你扔了不就行啦？快扔啦！"

"扔？扔什么？"张武昌看着行头，茫然地问。

"癞——蛤——蟆！"行头拖长字音说。

却说老咔高恩良。他去向朱宇轩借自行车碰了一鼻子灰，回家匆匆吃过早饭，便肩挎装有二斤瓶装白酒、二斤包装桃酥的军用挎包，手提二斤猪肉，一路赶到了红沟河。

红沟河集是一个农村集市。此时，秋收秋种已经结束，正值农闲季节，集市上人来人往，熙熙攘攘，买卖东西的和赶闲集的人把个东西向街筒子和几条南北小胡同挤得满满的。

篮球场大的乱场子市就在集市最东头的南侧，里边有卖门窗的，有卖桌椅条凳、木料的，有卖灶具、小型农用具、日用工具的，有卖瓦罐盆的，还有两炉打铁的烘炉，几篷子说书的，还有……此起彼伏的叫卖声震耳欲聋。

高恩良混挤在人群中。他无心驻足观看乱场子市的热闹场面，只身来到一户大门口向东、紧掩着双扇大门的门前。

"无常不会是骗我吧？真与人家说好了吗？"高恩良回头遍视了一番，心里说。他抬手想去敲门，却没有敲："这样是不是太唐突了？万一没说好，人家会怎么说？岂不是自找难看？不能进！"于是折转身离去。

"这七八里的路，我既然来了，难道就这样回去？"高恩良走出没多远，心里又说，随即又向那家大门朝东的住户走去，"管他呢，试一试再说！"

"笃！笃！笃！"高恩良来到门前，轻轻地敲了几下门，见院内没有动静，"那个、那个的——有人……人在家吗！"他放下用葫芦叶包着的猪肉，推开门，一手把着一扇门，将头探到门缝里喊。

"汪！汪！汪！"一只黄色的老母狗带着三只小狗崽狂吠着向高恩良扑来。

"啊！哎哟！"高恩良见势不妙，急忙掩门，慌乱中把头夹在了门缝中。

"嗤——！"

等他开大门缝抽出头来时，裤脚已被狗撕下了一块。

后经打听，高恩良得知，该户主不姓苟，而姓李，家中只有两个儿子，并无闺女。

再说碾棚。这碾棚离张华友家不远，自他家出了大门向东一拐没几十步就到。下午，张华友与张二婶去碾棚碾地瓜干。张华友先把地瓜干和推碾的工具搬弄了去，又回家牵着驴子头前去了。

"呀，老头子，咋还没套驴呀！"张二婶拿着一个簸箕来到碾棚，见碾台上堆着尚未摊开的地瓜干，问，"你在看什么？"

"小声点儿！"牵着驴的张华友头也没回，跐着脚向墙里巴瞅着什么。

原来，自上次与行头谈起关于张建柱的"二窝子"之事，他就一直挂念着是个事，想找孙月英问问"二窝子"是什么，却又不好意思开口。今天他来推碾，无意中听见孙月英正在讲课，于是连驴也不套了，站在墙外静听孙月英授课。

"该套了吧？"张二婶放下簸箕，问。

"啊呀了伙价！你不会小声点嘛，没看见我正在听上课的？"张华友指指教室，小声说，"给，自己套！"

"听上课的？"张二婶摇摇头，牵过驴去。

由于张华友的个头太矮，踮着脚那额头才刚刚漫过墙头，所以根本看不见教室里的情况，但是孙月英的声音却能从有意留下未糊纸的几个前窗户棂子里传出来。

"一年级的同学，把学过的拼音字母默写三遍，写完后自己对照课本检查一下，看默写得对不对。四年级今下午上作文课，题目是：《新学期开始了》，在同学们打草稿之前，我先讲一下上星期你们写的《记一件好事》的作文情况。总的来看，同学们都很用心，写得也比较贴题，但也有个别同学，写得不够理想，下面我先念一篇作文你们听听！作文的题目是：《记一件好事》，小标题是：《抢收地瓜干》。正文是："瓢泼似的大雨淅淅沥沥地下起来，忽听一阵俏（哨）子响，衬（村）里的狗都叶（叫）起来了。我慌忙从坑（炕）上趴（爬）起来，只听得大门'吱呀，咣当！'一声响。""

"老师，您读完了？"高恩慧的声音。

"读完了！"孙月英的声音，"下面我来分析一下这篇作文。一、主题思想不明确，不贴题。二、记一件好事，从题目上看，是篇记叙文，但是该作文缺少时间和地点，内容也空洞，没有写抢收地瓜干的场面，更没交代主人翁是否去过抢收地瓜干的现场。三、文字过少，一字不多、一字不少整五十个字，而且语言缺少逻辑性，有病句，例如，瓢泼似的大雨淅淅沥沥地下着，前面说的是大雨倾盆，后面却成了毛毛雨，岂不自相矛盾？再就是错别字连篇，净二窝子，把哨子的哨写成了俏皮的俏，村子的村写成了衬衣的衬，还有炕与坑不分，爬与趴混淆等，我就不一一细说了。总的来说，要是三年级上学期刚学作文的同学写出这样的作文来，尚可以原谅，都四年级了，再写这样的文章确实不该，至于是谁，我就不点名啦，希望同学们引以为戒，下面我再读一篇范文同学们听听……"

"哎呀了伙价！是谁写的？连我也都没听出个道道来！"张华友不看了，低着头自言自语地说着，"不过倒像是柱子写的，要不咋跟他爹说书一样，末了还卖关子，留个际头？是他！鸭子的儿才会凫水呢！不行，待会儿我进去问个明白！"他回到碾棚，接过张二婶手里的笤帚，跟在驴屁股后心不在焉地扫起碾来，嘴里念叨着："二窝子，孙老师又说二窝子，啥叫二窝子，行头曾说他哥哥净写二窝子字嘛！对！对！一定是建柱！保准没错！我得进去弄个明白！"

张二婶沿碾台外围均匀地撮了一簸箕碾细了的碎瓜干，放到笸箩旁，又从麻袋里捧上半笾子地瓜干倒在碾台内圈上摊开。

"先别箩啦！"张华友扫了没多会儿碾，吩咐道，"过来扫碾！"

"你要去哪？"刚坐在笸箩前，还没开始动手箩面的张二婶拿着已经舀上碎瓜干的圆形筹，问。

"我到里边瞧瞧去！"张华友指指校院。

"瞧瞧？瞧什么？"

"啊呀了伙价！你管得倒不少！"张华友放下笤帚，向外走去。

"大概是让尿憋急了！"张二婶笑笑，站起来。

"可不，先撒泡尿再说！对，别不别的先尿尿！"张华友自我念叨着进了校院门口。

"啊呀了伙价！孙老师，你去尿尿来？"张华友刚到厕所门口，差点儿与刚从女厕所里出来的孙月英撞个满怀，脱口说出。

欲知后事，下回分解。

第四十回
井台上借故定暗号
校院里游戏玩跳房

上回说到，张华友去碾棚碾地瓜干，听见孙月英讲解剖析作文，当听到"二窝子"时，如同钻进了迷魂阵，百思不得其解，一心想去问个究竟。因张二婶提起"让尿憋急了"，使他顿起尿意，去如厕时差点儿与孙月英撞个满怀，事发突然，没有思想准备，他本想说自己要去尿尿，嘴巴却偏不听使唤，问成了孙老师是不是去尿尿。

孙月英没有回答，红着脸低头向教室走去。

"哎呀了伙价！多少话你不会问？咋问去尿尿来伙计？人家还是个没出门子的大闺女哪！"张华友的尿意顿时消了，他折转身向外走，自言自语，"可我也没问错呀，她不尿尿去里边干什么？你说不问尿尿，还能问你吃饭了没有？更不像话，这不是骂人嘛！倒好，没问成什么是二窝子，倒问尿尿！尿就尿吧！该我什么事！"说着向碾棚走去。

却说小风稍曹义霞。随着秋收秋种的结束，锦鸡岭的粉皮制作业紧跟着复工了。

"一场秋雨一场寒，十场秋雨换上棉。"入冬数日，天气虽然渐冷，但是由于立冬前后雨水不多，所以还称不上寒。

曹义霞与庞玉娟肩挑空木筲走出社场，顺着上崖那条东西大街，边说话边向井台走来。她们刚走到学校门口以东的胡同头，抬头间看见朱宇轩端着一簸箕谷子，与手拿一把扫炕笤帚的宇轩娘先后进了碾棚，庞玉娟说："去呀，过去说呀！"

曹义霞笑了笑，摇摇头。自从娘说同意让朱宇轩给她家做木工活后，她便没了挂心事。她本想早日把这一好消息告知朱宇轩，并与他"约法三章"的，怎奈无隙相约，直拖至今日。现在庞玉娟要她过去，可当着庞玉娟和宇轩娘的面，她羞于开口，实在是感到难为情。

"去啊！"庞玉娟推一把曹义霞，提醒道，"机不可失，时不再来，我还是那句话，过了这个村，可就没有下个店了，你如果再前怕狼后怕虎犹豫不决的话，恐怕就晚了三秋啦！"

"他娘跟着呢！"曹义霞拽了一下身子，问，"怎么说？"

"你呀，真是当局者迷！过来我教教你！"庞玉娟在曹义霞耳边嘀咕了几句后，来到校园门口，放下担子，故意大声说，"我到里边方便一下，你先去打水吧！"说完向校院走去。

"坏啦！坏啦！"曹义霞把铁桶挂在井绳的木钩子上，将井绳放进井下，四顾一番，见周围没人，大声喊，"掉进井里去啦！"

"什么掉进井里了？"朱宇轩与母亲一起走出碾棚，朱宇轩问。

"水桶脱了钩！"曹义霞眼望着井筒，显出一副焦急的样子，"啊呀！可怎么办？"

"你过去瞧瞧！"宇轩娘吩咐道。

"这不是没脱钩嘛！"朱宇轩跑到井边一看，纳闷地问。

"傻瓜！你就信？我叫你过来是想跟你说个事！"曹义霞白了朱宇轩一眼，"离我近点儿！"她对朱宇轩耳语了一阵后，小声说："我们今天是开工吊粉皮的头一天，文斋三大爷说今晚不打夜班，想让我们顺顺劲歇一晚上，从明天开始，全天吊粉皮，晚上还打夜班，以后大概就没有空了，趁俺娘还不知道，所以正好是个机会，咱们都早点儿去，别忘了，谁去得早谁放！"

"放心！我保证去在你的头里！"朱宇轩喜形于色，"来，我替你拔水！"

"去！推你的碾去吧！让人家看见多不好！"

再说学校校院。下午放学了，孙月英与大多数学生都回家去了。只剩下高恩慧、曹义民等几个值日的学生。

"恩慧，我们来帮你们扫！"曹义民与一年级的一男同学拿着扫地笤帚从教室里走出来，对正在扫院子的高恩慧、四年级一女同学和一年级一女同学说。

"不用！不用！"高恩慧用扫帚指指院子，"你不是还要去看戏吗？快回家吃饭吧，我们这就扫完了！"

"那我们先走了！"曹义民与一年级的同学进教室放下笤帚，走出来，说。

"你们走吧！"高恩慧扫完最后一扫帚，拢拢头发，"我们一会儿就走！"

"恩慧，待会儿咱们玩跳房吧？"负责用铁锹除垃圾的四年级女同学提议道。说完除起一铁锹垃圾向院外走去。

"太阳要落山了，"拿着扫地笤帚的一年级女同学说，"咱回家吧！"

"回家又没事干，急着回家干什么？"高恩慧进教室放下扫帚，出来接过一年级女同学的笤帚，说："要不你先回家吧！"

"不！你俩不走，那我也不走！"一年级女同学要过笤帚，"咱们一起扫完吧！"她将最后一点垃圾扫进四年级女同学的铁锹里，

"那好！我画房，你俩去找瓦碴吧！"高恩慧说着来到靠近仓囤的地方用小石块画着将大长方框间隔成六个小方框的跳房图。

"哟，这里怎么有块瓦碴？"刚扫过的校院里干干净净，四年级女同学进教室放下铁锹，与一年级女同学满院子找了一番，也没找到瓦碴。一年级女同学无意间发现社委的窗台上有一小块黑瓦罐盆底碴子，问："谁放这儿的？"

"管他谁放的，"高恩慧直起身子，"拿过来就是！"

"慧慧，你们在跳房呀！"曹义霞进了校院。

"义霞姐，来跟我们一起跳房吧！"高恩慧迎上来。

"我多大了，还能玩这个？你们跳吧！"曹义霞笑笑，"我来看看俺义年哥在这里没！"

欲知后事，下回分解。

第四十一回
张建柱意在茂腔戏
朱宇轩徘徊柏树林

上回说到，放学后几位值日的同学清扫完卫生后，相约玩跳房游戏，在寻找瓦碴时发现窗台上有一块黑瓦盆碴子。这是谁放的呢？稍后再述。她们刚画好玩跳房

用的图形，曹义霞就来到了校院。高恩慧问她来做什么，她说是来看看曹义年在不在社办公室。

"锁了一天的门，没见他来！"四年级女同学回答完，接着说，"慧慧，该你跳了！"

"哦！"曹义霞来到社委窗前，装模作样地向窗里巴望着，"那他去哪儿了？"她嘴里说着的同时，趁同学们不注意，从衣兜里掏出一小块黑碗碴子轻轻地放在窗台上，边向外走，边说道："我到别处去找找，你们也该回家吃饭啦！"

却说张建柱。"娘，我走了！"傍晚，他边向裤兜里掖着弹弓边出了屋门，对蹲在兔子院落里饮兔子的彩云说。

"天还这么早，你要去哪？"彩云从瓢里抓出一把小麦麸子放进地上一个盛着水的瓦罐小盆里，用一双筷子搅拌着，问。

"去东园看门睡觉呀！"张建柱说。

"去东园？那又不太远,等你爹和方方、圆圆他们回来一块吃完饭再走也不晚呀！"

"我刚才吃了两个冷煎饼，已经饱了，就不等着一块吃了！"

"娘，别听他胡编！"未等彩云发话，行头从屋里蹿出来，插嘴道，"他不是去东园，是去看戏！"

"我就是去看戏，又该你什么事？"张建柱狠狠地瞪了行头一眼，小声说，"哼！狗拿耗子——多管闲事！"

"骗人去吧！明明是去看戏，还说去东园！真是撒谎也不打个草稿！"这行头虽然才上了几天学，但是常听老师对四年级说作文要先打草稿，这会儿竟用上了。他说完，撒腿就向门外跑去。

"行头，去叫你爹和你弟弟妹妹回家吃饭！"彩云站起来对着行头的背影嘱咐道。回头又问张建柱："行头说你是去听戏，是真的？"

"嗯！红沟河集要起山会（方言：庙会），请县里的茂腔剧团去演戏，连演两白三黑！"张建柱低着头，一只脚蹭着地，"我怕您不让去，才……嘻嘻！"

"去红沟河来回得十五六里路，黑灯瞎火的不好走。"彩云出了兔子院落，阻止道，"就别去啦！"

"娘，难得县里的剧团来演回戏，您就让我去吧！您放心，一大些人呢！"张建柱拽着彩云的手，"娘，我求求您，义民他们还在等着我，您就让我去吧！"

"去吧！去吧！不过早说开，去前先得跟你二爷爷说好，"彩云妥协了，"让他给你留着门！"

"放心，我这就去说！"张建柱话没说完就向院外跑去。

"路上小心点儿！"彩云追出大门口，叮嘱道。

"知道了！"张建柱答应着，一口气跑到张华友家，刚到大门口就喊，"二爷爷，二爷爷在家吗？"

"哟！是柱子呀！"张二婶迎出门，问，"他还没回来，你有什么事找他？"

"都快落太阳了，咋还没回来？"张建柱没正面回答，他站在院子里，没有进屋的意思。

"饭菜我已经做好了，光等着你二爷爷来拿。你先屋里坐会儿等等吧！"张二婶说着进了屋，"哦，还没吃饭吧？那我就先拾掇出饭菜来你先吃着？估计你二爷爷也快回来了！"

"您甭忙活！我在家吃过了！"张建柱向栅栏子门巴望着说。

"那……？"

"二奶奶，我就不等俺二爷爷了，俺二爷爷回来时别忘了跟他说，我去红沟河听戏了，让他给我留着门。"张建柱话没说完，转身向外跑去。

再说憨木匠朱宇轩。今天下午他与母亲去碾棚碾谷子，在井台上打水的曹义霞谎称笸落进了井里，为的是怕别人看见才不得已而为之。二人约定：今天晚上在村前的柏树林中见面，她有话要对他说。并商定了相约暗号：谁去得早谁就在社委的前窗台上放上一块瓦碴，以防临时发生变故，无法脱身，不能按时赴约。

自从去年冬天至今，两人不用说是单独约会，就是在公共场所因共事而靠得太近，都会担心招来非议，家姑姑更是对曹义霞严加看管，如果知道二人近距离接触，一定会与义霞过不去。今天曹义霞突然要与他约会，并且是在远离村庄的南柏树林里，这不能不使他想入非非。当时，他激动的心情无法形容，心里比吃了蜜还甜，巴不得天快点儿黑，太阳却似乎是被钉定住了，老是不见下沉。好歹挨到下午四点多钟，他就急着要吃饭，母亲见状，问："什么事这么急？你爹还没回来呢！"

朱宇轩撒谎说："娘，我今晚上去红沟河看戏，赵子远走晚了就没有伴儿了。我就不等俺爹了！"

母亲说："那也得等我做好饭吧！"

朱宇轩说："我将就着吃点冷的就行！"没等朱文斋回来朱宇轩就胡乱吃了点冷饭冷菜，饭后很挑剔地找了个信使——一块瓦盆底碴子，并刻意将它的边沿磨得光滑发亮，这才急匆匆地赶到校院。此时，社委办公室里没有人，学校还没放学，他趁人不注意，把瓦碴放在了社委的前窗台上后，就一溜小跑来到村南的柏树林里，等待久违了的幸福时刻。

这片柏树林位于村西南角，离村约二百米，虽被称作柏树林，却只有二十几棵柏树。林子里没有坟墓，只有几块突兀的大卧牛石穿插于其间，是人们休息乘凉的好去处。

朱宇轩坐在一块卧牛石上盼啊等啊，望眼欲穿，一直等到初夜，仍不见曹义霞的踪影。

此时，一点儿风丝也没有，甚至连喜好活跃于野外的鬼火都不跳动了。天阴得不见一颗星星。柏树林里寂静得很，只有几只侥幸没被冻死的秋虫有气无力地胆怯地鸣叫声。

"怎么还没来？不会是让她娘发觉了吧？"在林子里徘徊的朱宇轩心里说，"或许今晚上又吊粉皮？不对呀，她亲口说过不打夜班呀！既然不打夜班，那她又在忙什么？"

"天还没黑，我就放上瓦碴了，她不会不去看看吧？"朱宇轩焦躁不安起来，一会儿走出树林，向通往村里的小路上巴望一番，一会儿回到大卧牛石上坐下，一会儿又拾起小石头瞄准某棵树的树干打。

"轰隆隆！"突然，刮起了大北风，从远天滚过一声闷雷。几道闪电划过远际的天空后，接着噼里啪啦地下起雨来。

"下雨就下雨吧，都进十月了还打什么雷？你不打的话有谁能说你哑巴？"坐在石头上的朱宇轩仰头埋怨着天，"哦，对了！她肯定看见了，是嫌天气不好才没来！要不就是成心耍我？嗯！嗯！保准没错！你不是诡计多端嘛，诡来诡去，还是让小风稍给诡着了！她说你就信？以后这个当你还上吗？活该！"他心里说着，霍地站起来，拾起一块石头狠狠地向一棵树抛去，"去你的吧！我也不能光傻等，老子也回家！"

欲知后事，下回分解。

第四十二回
躲避雨关帝庙撞鬼
调换地看园屋失算

上回说到，曹义霞与朱宇轩相约村南柏树林，因密约于远离村庄之地、夜深人静之时，引起朱宇轩的遐想。他想到，曹义霞来后一定会跟他紧紧地依偎在一起，轻轻诉说对他的思念和爱慕。他甚至憧憬着俩人结婚的情景和婚后的甜蜜生活。然而，眼下这一切都化为泡影，朱宇轩由想入非非变为胡思乱想，先是怀疑曹义霞有事脱不了身或是被她娘发现而阻拦——继而又抱怨她不讲信用，最后发展为恨她，认为她是有意耍他。

其实这可真冤枉了曹义霞：今天下午收了工后，她家也没回，找了块瓦碴，就直接从社场去了社委。她在窗台上没有发现瓦碴，以为是天还太早，没落太阳，朱宇轩可能在家吃饭，是自己先来了，于是从衣兜里掏出瓦碴放在了窗台上，就回家吃饭去了。自然，她无论如何也不会想到高恩慧她们跳房用的瓦碴就是朱宇轩所放的瓦碴。此后她又两次来社委，看到的都是自己放在窗台上的那块瓦碴。曹义霞感到蹊跷，心想：朱宇轩不可能失约，大概是心情太激动了，忘记了放瓦碴吧？于是冒雨跑到南柏树林，但却没见到朱宇轩的影子，因为此时朱宇轩已被老头儿搀扶进了关帝庙。

然而，这一切一切，朱宇轩根本就不知道，还在一股劲地埋怨气恨曹义霞，不过，他的心里又很矛盾，仍怀有一线希望。

"不行！要是我前脚走，她再后脚来怎么办？"朱宇轩转身向林外走去，但没走几步，又停下来，心里说，"等会儿再说！说不定有什么事耽误了，这会儿正走在路上呢！"

"不行，我不能在这里死挨淋！"雷电越来越近，雨点儿越下越密，刚坐下不一会儿的朱宇轩靠不住了，站起来，自言自语地说，"得先到关帝庙里去避避雨再说！"转身向关帝庙跑去。

关帝庙是座砖瓦结构的建筑物，坐北朝南，只有一间房子大，庙里供奉着关公、周仓和关平的泥胎彩绘塑像，墙上画的也是记载关云长事迹的彩色人物画。庙前几米远就是一堵用石灰涂白的影壁墙，墙的两端各有一棵粗大的侧柏树。它与村南柏树林仅隔一箭之地，中间只隔条南北小路，一者在东北方，一者在西南方。

"啊呀娘啊！鬼！鬼！"落汤鸡似的朱宇轩刚跑到庙前的影壁墙前，随着一道耀眼的闪电划过，便看见一位身着白褂白裤的白胡子老头儿从庙里走出来，登时吓得三魂去了两魂半，脚下一滑瘫坐在地上，转着嗓子没命地喊，"来人——哪！我、我活见鬼啦！见……见鬼啦！救命啊！救命啊！"

"我不是鬼！"老头儿辩白道，"是过路的！"

"别、过来！别——过来！"朱宇轩想爬起来跑，怎奈腿肚子转了筋，两腿不听他使唤。但是，他尽管无法控制哆嗦的嘴唇，却还是壮着胆子，恐吓道："我……

我可警告你，我、我可会武术！不、不、不……不信？你过来试试！"说着，坐在地上伸胳膊蹬腿地亮起了架势。

"孩子，甭害怕！"向前只走了几步的老头儿停下来，解释道，"我去走闺女家，多贪了几杯，回来晚了，在这里避避雨！"

却说老滑溜张华友。他自把铺盖卷捎去菜园里后，就睡在园屋子里了。他白天忙菜园地里的活，除早饭回家吃外，午饭和晚饭基本上都是在菜园屋子里吃，午饭是早饭后带去的，晚饭则是落太阳之前回家拿，怕的是天黑了，一则眼色不好走路不便，再就是防范人们在下坡回家时趁他不在去拔他的白菜和萝卜。到了晚上，张建柱就来和他做伴。今天下午张建柱去他家的时候太阳还没下山，要是以往这个钟点他已经准时回家了，但今天由于曹义年的到来，把时间给耽搁了。

下午，太阳近有两杆子高的时候，曹义年在坡里转了一圈后，来到了张华友的看园屋子外，此时张华友正在屋子外用爆壶煮水，二人闲聊了一会儿，曹义年才转入了正题，劝张华友入社。这已经不是第一次了，以前，每当谈起此事，张华友不是拿话搪塞，就是设法岔开，再不就是耍无赖，这次也是如此："啊呀了伙价！蟹子过河——随大流，入社是好事嘛！"他吧嗒了几口烟，不紧不慢地说，"好事归好事，不过嘛——旧社会叫我入道（方言：道会）我都不入，这入社嘛，嘿嘿嘿，我还是那句话，好像还不太急吧？"

"那你打算——？"蹲在一边的曹义年用复杂的目光望着他，问。

"上边不是有政策说入社自由、退社自愿嘛！嘿嘿，这不入社可犯不了法吧？也进不了局子（方言：坐牢）吧？"

"那是自然！那是自然！"曹义年无可奈何地点点头。在当时上级确实是明文规定：入社自由，退社自愿，只许做思想工作，农户入社，不许强迫、威逼。虽然张华友家是上中农成分，但不是"专政"的对象，而是团结的对象。

"嘿嘿！"张华友习惯性地嘿嘿一笑，"所以嘛，曹社长，这事你就别操心啦！我张华友说话算话，绝不会不给你面子，也不会拖你们社委的后腿！到了该入社的时候，不用你劝我自然就入！"

"哼！净说屁话！"曹义年一时语塞，无法回言，只在心里骂道，"好你个老滑溜，真是西瓜掉进油缸里——滑蛋一个，让人无法抓到把柄，也不知道是哪个明白二大爷给起的外号。听听他说的吧，那真是天花乱坠，比唱的还好听。全村除了你张华友一户单干没入社外，还能找到第二家？事到如今却还口口声声说给面子，不拖后腿，哼！这还不叫不给面子，还不叫拖后腿？那叫什么？真是不知道害臊值多少钱！"

"曹社长，外边凉，进来喝茶吧！"张华友煮好水，进屋把靠在墙边上的一张自制的简易小木桌放在炕前，拿出已经下好茶叶的白瓷茶壶和两个白瓷空茶碗，在桌上摆好，这才出去提起燎壶进屋，将热水倒进茶壶里后，又拿出两捆被当作座位的麦捆，一捆递给已经跟进来的曹义年，一捆留给自己坐。他倒上茶水，试探着问："曹社长，你今天来——不只是来劝我那个、那个的……嘿嘿！恐怕是还有别的事吧？"

"哎呀了华友二叔，你还真会掐算，比诸葛亮差不了哪里去！"曹义年端起茶碗，有意奉承道，"还真让你说着了！"

"啊呀了伙价！我就说嘛，你这个大书记、大社长，是个大忙人，咋有闲空专门跑来说不值得一提的入社小事！"一丝得意从张华友脸上掠过，他端起一碗茶水，说，"有什么事你就吩咐吧！"

"是这样的，上级号召各村利用冬春农闲季节大搞农田水利基本建设项目，咱锦鸡岭村岭地多，天涝了还好说，可利用地势排水，但是，这天一旱那就只能大瞪着两眼死挨啦！所以，我琢磨着要是能在北岭顶挖个大蓄水池，再修上一条主渠道，那就不用再担心没水浇地啦！"曹义年一气喝完茶碗里的水，放下茶碗，掏出卷烟纸和烟荷包卷着烟，说，"不过，这事我才只跟文斋叔通了通气，还没向上级汇报。"其实事前曹义年不止与朱文斋商量过了，也已向乡里和区里打过招呼，请人测量过蓄水池的大小和主渠道的方位、长度和深度了，还做了工程预算。他这样说的目的是给张华友造成错觉：这件事只是他曹义年的个人想法。

"啊呀了伙价！这兴修水利是大好事哪！咋还用上边批准？"张华友拔下嘴上的烟袋，问。

"事，确实是好事，问题是修水渠……"曹义年没有正面回答，他把话打住，拿眼角掠着张华友。

"难道怕上边不批准咋的？"张华友眨眨眼，望着曹义年。

曹义年摇摇头："不是不批准，而是主渠道必须通过你北岭顶那块地。"

"那你的意思是……？"

"所以，我今天来主要是跟你商量一下调换地的事，你那一亩多地……"

"啊呀了伙价！不是一亩多地。"张华友打断曹义年的话，纠正道，"是一亩四分七厘六毫地，加上我在地两头开的荒，少说也有一亩六！"

"啊，就算它一亩七吧！我跟文斋叔商议好了，如果你愿意换岭地的话，一亩给你二亩，要洼地哪，一亩顶一亩，你看行不行？"

"啊呀了伙价！咋个不行？这不让我赚大便宜了伙计！不过——"张华友给曹义年续上茶水，小眼睛接连眨了数下，说，"我张华友却没有这个福气。"

"怎么说？"曹义年将刚刚挨到嘴边的茶碗放下，问。

"实不相瞒，我岭顶那块地，是我老爷爷置的，曾找风水先生看过，说是块风水宝地，我还想着等百年之后把俺老俩葬在那里，这样俺张家后人就会人财两旺了！要不，别说什么一亩顶一亩、顶二亩的，就是平扯平我都没意见！都愿意！"

"那……？"

"怎么，我说的不对？"

张华友话都说到这个份上了，曹义年还能说什么呢？他感到此时点头也不是，摇头也不是，只能长长地呼出一口气。

"曹社长，我还是那句话，不是不给你面子，如果我没了那地，不用说孙子，就是我那儿子武成也难找上家口，这样的话我张华友家岂不就断了香火？"

欲知后事，下回分解。

第四十三回
暴雨突袭戏场溃散
投石问路额头着弹

上回说到，挣断筋曹义年与老滑溜张华友商谈调换北岭顶的地之事，曹义年怕张华友不答应，开口就把价码抬高：一亩岭地换二亩岭地，或者一亩岭地换一亩洼地。这样一来，他张华友不劳而获，不用躬腰就能捡到一大笔财富。可张华友却贪得无厌，心想：你曹义年是一社之长，又是村支书，绝对说了算。既然你提出一亩地可换二亩岭地，或者一亩洼地，难倒就不能再给加加价，一亩岭地置换三亩岭地或者二亩洼地？再不行给一亩半洼地也行！于是，他自作聪明，编出了他那地是人财两旺的"风水宝地"的谎话。在他看来把事情说得越玄，加码的理由就越充足，你合作社家大业大，要真想在我的地里通渠道，就不在乎一亩二亩的地。然而，出乎他的意料，曹义年说："既然是这样，那就算了！"他就地捻灭烟，"村集体就是豁上不修水渠，也不能断了你家的香火！"

"你看看，你看看，这事……让你白跑一趟，真不好意思！"

"没什么！我走了。"曹义年站起来，转身走去。

张华友望着曹义年的背影，懊悔得肠子都青了——弄巧成拙，话说得太绝，把个缰绳头给挣断了。他真想去把曹义年叫回来，重新与他讨价还价，然而，拉出来的岂能再抽回去？真是鸭子吃了筷子——没法回脖。他在心里暗暗地骂自己："张华友呀张华友，你可真傻，到手的金元宝你都不要，那你还想要什么？还老滑溜，你都滑溜了些什么？狗臭屁！"他摇摇头，重重地叹了口气，望望已经落山的太阳，这才想起还没回家拿饭。于是忙锁上门，急急忙忙跑回家，捎上饭菜又赶回菜园屋子。酒足饭饱后，他便躺在炕上静等张建柱回来。这张华友酒量不算小，六十二度的烈酒一顿喝半斤也没事，今天最多喝了有四两，也不知是因为心情不好，还是因为生自己的腌臜气，竟些许有了点儿醉意，迷迷糊糊地睡着了。也不知道睡了多长时间，突然被雷声惊醒了。

"哎呀了伙价！大概看戏的给雨淋回来了伙计！"张华友听得一阵隐隐约约的狗吠声从村子的方向传来，他一骨碌爬起来，披着夹衣，下炕趿着鞋子去开门，门外只有疾风暴雨声。

"柱子也该回来了！我去掌上灯等着他！"张华友回头望一眼炕上张建柱的被盖，自言自语地说。他关上门，摸索过挂在墙上的气死风马灯，放在炕上，又去西窗台上摸过火柴，谁知，火柴已被潮气浸透了，他连划几支，均告失败。"啊呀了伙价！咋就忘了早拿过来？倒好，不用点灯了，也省了抽烟啦！唉！"

却说张建柱。这张建柱与曹义民等八个半大小子相约，在太阳还没落山时就急急火火地向红沟河奔。他们赶到目的地时，天才刚擦黑，戏也还没开演。在那个年代，农村文化生活贫乏，不用说是看县剧团的戏，就是村里来个说书的，耍把戏的，外村来个演戏的，不等天黑人们也都会抢地方占座位。此时整个剧场里已是人山人海，把个戏台子围了个水泄不通。张建柱他们岁数小、个子矮，根本看不到戏台子上啥样，不得不从观众相对较少的台子侧面硬挤乱钻，费了九牛二虎之力好歹挤到了距戏台约十米的地方，就再也挤不动了，因为前面净是坐座位的，伙伴们也挤散了。这时戏开演了。今晚剧团演的戏是《小姑贤》和《井台会》，《小姑贤》还没演完，狂风暴雨突然袭来，顿时，整个剧场就像开了蟹子包，孩子哭老婆叫，夹杂着人们因被踩伤脚、挤掉鞋而发出的谩骂声。张建柱与曹义民不由自主地随人流涌出场外之时，锦鸡岭来看戏的大人们已经走在回家的路上了。张华友之所以会听到村里有狗叫声，确实是因为看戏的人们进村了，只不过不是张建柱他们。

张建柱与曹义民俩人跑到回家的必由之路的路口，直到等齐了一起前来的伙伴们，这才拔腿往家奔来。等他们到了村东高埠岭时，已至深夜。这时，乌云越聚越厚，雷电虽已远去，风雨却未停，天黑得伸手不见五指。但张建柱他们毕竟是小孩子天性，即将到村时，对回家的期望值却降低了，他们索性停下了脚步，任凭雨淋，开始嬉戏、玩笑。

"你说咱们戏没看成，却让瓢泼似的大雨淅淅沥沥地淋了个上下湿！"一伙伴说。

"可不，让雨这一淋，浑身冰凉冰凉的，还真冷！要是这里有个热'坑'暖和暖和就好了！"另一伙伴接着说。

"想好事去吧你！这里哪有热'坑'？还是紧走几步，回到自家的热'坑'上暖和吧！"又一伙伴嬉笑着说。

"义民！快走啊！大人们早回到家了，听听，'衬'里的狗都'叶'起来了！"

"好话重三遍，狗都不愿听！"张建柱见伙伴们都在嘲笑他，于是怒斥道，"就你们能还不行？有能耐，你们的算术也考一百分我看看！"

"哈……！"伙伴们大笑起来。

"你们别闹了！"落在后边的曹义民说，"哪有净揭人短的！"

"你们走吧！"伙伴们等曹义民赶上来，才慢慢下了高埠岭。走了一段路，张建柱估计到了通往菜园子的南北小路了，站下来说："我到家了！"

"那我们走啦！"曹义民说着与伙伴们加快了脚步向村里跑去。

"二爷爷！二爷爷！"遍地小水湾子，不容易辨清哪是田间小路，张建柱下了东西路，进了园南头的麦地，怎么也找不到路，无奈何，只得估摸着园屋子的大体方位高一脚低一脚地摸索着走，进了菜园地，大声喊着，"二爷爷，二爷爷，你在哪里？快开门点上灯呀！"然而，嗖嗖嗖、唰唰唰的风雨声将他的喊声淹没了。

"坏啦！找不着屋子了，怎么办？"张建柱自言自语地说。正在他无计可施的关键时刻，手无意间碰到了裤兜里的弹弓："咳，真笨！我何不用它投石问路？"

"嗖——啪！"石子打在白菜上。

"嗖——啪！"石子打在萝卜上。

"嗖——嘭！"听声音，既不像打在蔬菜上，也不像打在地上或水湾里。

"啊呀了伙价！哪个儿呀伙计！大黑夜价准头还这么好？"张建柱第三弹弓刚打出去，随着"吱嘎——！"一声门响，石子不偏不倚正好打在开门的张华友的额头上，他摸着顿时起了包的额头，尖叫着，"正好打着老子的天灵盖啦！"

欲知后事，下回分解。

第四十四回
赴约会朱宇轩染病
赐秘方曹义霞求情

上回说到，雨大天黑，张建柱如同钻进箱子里，无法找到看园屋子，情急之下，他掏出弹弓和小石子，想要"投石问路"。他约莫着屋子的方位一连打了两颗石子，均未打在屋子上，第三颗石子却正巧打在了开门的张华友的额头上。

张建柱听到张华友中弹的喊叫声，虽感到好笑，却又吓得大气都不敢出一声，只好捂着嘴蹲下来，过了一会儿才向看园屋子走去。

却说小风稍曹义霞，昨晚为约会的事，她对母亲撒谎说要打夜班，吃了晚饭就去了社场，头半夜间曾两次冒雨去社委，并且还去了一趟南柏树林，半夜之后才快快地回到家中，却怎么也睡不着。她苦思冥想，脑子里却像塞了一团乱麻，咋也理不出一点儿头绪来，直到鸡叫时才合了合眼，早上起来感觉头涨得比大筐还大。她真想美美地再睡上一觉，但是又不能耽误了吊粉皮的活。于是，喂上猪，洗了把脸，她强打精神，来到了社场。社场里静悄悄的，连看场的朱文斋也没在。她打开作坊的门，把锅里添上水，点上火就坐在灶前烧火。

"小风稍，停火吧！"庞玉娟一进门就说。

"你看都快开锅了！"曹义霞没有停火，继续向灶膛里填柴火，"咋停火？"

"叫你停你停就是了！"庞玉娟笑着说，"还用问那么多？"

"怎么？"

"文斋叔说今天不吊粉皮了！"

"天气这么好，为什么不吊了？"

"他说去抓药，没空来！"

"抓药？给谁抓药？"

"我还有办法呗！"

"他？他病了？"曹义霞停下火，着急地问，"昨天下午去推碾，不是还好好的吗？怎么会……？哎，什么病？"

"让雨淋得着了凉！"庞玉娟捡个凳子坐下来。

"雨淋得？难道他去听戏来？"

"怎么？昨晚你俩没在一块儿？"庞玉娟纳闷了，"你不是说跟他约好了，晚上去约会吗？"

"哼！"曹义霞没接茬，将头别向一边，"什么玩意儿，一点信用都不讲！"

"你这话怎么说？"这次轮着庞玉娟疑惑了，心想：朱宇轩是因何事惹得曹义霞又是骂，又是埋怨？难道朱宇轩真的是失约去看戏了？

"昨天我跟他说得好好的，约定晚上在南柏树林子里碰头，不见不散！"义霞愤愤地说，"可是，让我做梦也想不到的是，他不但失约，而且连暗号也不做！"

"暗号？什么暗号？"

"我俩怕到时候不一定谁有事暂时脱不开身，就约定好，谁去得早，谁在社委办公室的窗台上放块瓦碴子，你猜怎么着？"

庞玉娟没有插话。

"昨天晚上，我去了三趟校院，根本没见窗台上有什么瓦碴子，头一趟去，天还没黑，见慧慧她们几个玩跳房……"

"等等！"庞玉娟向前拉拉凳子，"你先别说，我明白了！"

"你明白了？"曹义霞懵懂了，问，"你明白什么了？"

"瓦碴子肯定让慧慧她们拿去玩跳房啦！"庞玉娟回答说。

"不大可能吧？哪里还找不着块瓦碴子？就单单……？"

"你刚才不是说他不讲信用吗？"庞玉娟反问说。

"嗯！"

"今天早上，文斋家三大娘来俺家，说昨天老憋浑身是泥，下半夜才回的家。"

"下半夜回的家？"

"嗯，还是一位老头儿送回来的！文斋家三大娘说，他一到家就病了，用白酒搓了两遍都退不下烧去，嘴里也念叨着说你不讲信用。你想，尽管他不肯跟爹娘说去哪来，但一猜就知道，他不是去了南柏树林子，又能去哪？要是去听戏的话，也用不着后半夜才回家吧？再说就是去看戏，也不止他一个人去看，准有不少人，那么送他回家的为何是一个老头儿？"

"它就这么巧？"

"芝麻掉进针眼里还不是常有的事？不信，你去问问慧慧，瓦碴子是不是让她们拿走了！"

"叫你这么一说，我不是误解他了吗？"

"一点儿也没错！"

"那……哎，玉娟嫂子，你说怎么办？"

"解铃还须系铃人！只要你自己亲自去一趟他家，保证药到病除！"

"我？"

"药方只有这一个，那就是神丹妙药！其他再也没有比这药更好的！"

"玉娟嫂子，你说的确实在理，可是我怎么能去呢？"

"为什么不能？"

"文斋家老俩人缘那么好，一听说宇轩病了，谁家还不去瞧瞧，要是我一去，准会传到俺娘的耳朵里。费了些周折，好不容易才让俺娘答应让他做门窗的事，我这一去岂不泡了汤嘛！"

"说的也是！"庞玉娟站起来，手托下巴，在屋里来回踱步，自言自语地说，"还真不好办！"

"我倒有个办法！"曹义霞看了一眼玉娟，"只是……"

"只是什么？"庞玉娟站下来，"快说！"

"想麻烦你替我跑一趟！"

"我？我就是跑一百趟，那也代替不了你去一趟！再说，我就是去，他也不一定能相信我说的！"

"只要你肯去，他一定会相信的！"曹义霞自信地说。

"你说的就这么绝对？"庞玉娟仍持怀疑态度，

"我敢肯定！"曹义霞站起来，从衣兜里掏出昨晚放在窗台上的黑瓦碴子，"你带上它去一趟，我想一准行！"

"那……"

"你想让我给你下跪，还是怎么着？好嫂子，我求求你啦！"

欲知后事，下回分解。

第四十五回
薄命人难抵避风港
贪财奴舍弃家产权

上回说到，小凤稍曹义霞正憋了一肚子气无处发泄，无处哭诉，正巧庞玉娟提起她与朱宇轩约会的事，这下她可找到知心人了，将昨晚之事一五一十地诉说了一遍，言语中充满了对朱宇轩的不满和埋怨，甚至骂他"什么玩意儿，不讲信用"！但是，当她明白真相后，又为自己误会了朱宇轩而内疚，尤其是得知朱宇轩为赴约而得病后，心里更是由怨恨变为焦急和心疼，恨不得立即去看望他、安慰他，然而却有诸多不便，因而恳求庞玉娟代劳。庞玉娟说："好吧！我就勉为其难吧！"她想了一会儿，接过瓦碴，"不过，我得早说开，我这鞭响不响可不一定！"

"谢谢嫂子啦！"曹义霞深深地鞠了一躬。

"哦，对了，咱俩光顾了说话，把文斋叔安排的事都给忘啦！他叫咱俩今早上把仓囤里还没卖出去的粉皮全搬出去晾晒着，上午捆昨天吊的粉皮和推磨过粉浆。走，搬粉皮去！"

却说老滑溜张华友。"立冬拔萝卜，大雪搬白菜。"立冬已过数日，张华友家菜园里的萝卜、疙瘩都已搬出、收存。为防寒冷突然降临，冻坏白菜，这天下午，他手持铁锨用心地培埋着白菜根部，一直干到傍黑天，还有七八棵没培完。

"二爷爷，二爷爷！"行头从家里跑来，上气不接下气地说，"俺二奶奶叫……叫你回家！"

"啊呀了伙价！"张华友见状停下手，笑着说，"家里失了火咋的！"

"俺姑回来啦！"行头用衣袖擦擦脸上的汗，回答说。

"俺姑？不不不！是你姑！是你姑对吧？"张华友一时说顺了嘴，急忙纠正。他未等行头回答，问："是你武贞姑回来了吧？"

行头使劲地点点头。

"她和谁一块来的？"

"萱萱！"

"和萱萱？"张华友自说自道，"就和萱萱俩人，嗯，就俩人！"

"二爷爷，您快回家吧！我走了！"行头说完，扭头向村里跑去。

"啊呀了伙价！你走，我也走！"张华友扛起铁锨就要走，但是，只走了几步却站下不走了，心里说："就剩七八棵还没培完了，急不急的不在这一霎儿，培完再说！"挥动铁锨又干起来。

"啊呀了伙价！听说俺闺女回来啦！"张华友一气将白菜培完，锁上门，匆匆地往家赶，一进院子，未到屋门口就嚷道，"武贞哪，什么时候回来的？"

"爹——！"穿一身黑衣服，头发系着白扎头绳、两眼肿得像红樱桃似的张武贞闻声跑出屋，一头扑在张华友的怀里，趴在他的肩膀上放声大哭起来："爹，女儿的命好苦啊！呜……"

"你这是？"张华友问。

"萱萱的爸爸死了！"张二婶擦着眼泪走出门口，代为回答。

"啊呀了伙价！不就是难受唉哼几声，咋这么快就死了？"张华友困惑地问。

"爹，不是唉哼病，是、是……"张武贞哽咽着说，"是肺癌！听、听医生说，萱萱她爸爸得的这病没救！到后期，又……又转移到了其他脏器官，靠打针吃药好歹挨到现在，大前天死了，呜……！"

"啊呀了伙价！你说这好好的，咋说死就死呢？唉！死就死了吧，这是个人的寿限，常言说得好：'阎王叫人三更死，不能留人到五更。'谁也没办法啊！"张华友抹了一把脸，拍拍张武贞的肩头，长叹一口气，安慰道，"武贞哪，光哭也解决不了问题，再怎么哭他也活不了了不是？再能挣也挣不过命呀！这既怨不得天，也怨不得地，要怨就怨自己命不好！认了吧！"

"都怪你！"张武贞听此言戛然止住哭，擦擦眼泪，"什么叫怨我的命不好？怨就怨你逼着女儿嫁个棺材瓢子！"说完离开张华友，进屋在凳子上坐下来。

"啊呀了伙价！你这是什么话？"张华友没有生气，跟进屋里，向旱烟袋里装着烟末，说，"嘿嘿，当初你嫁给他时，他那身体棒得跟牛一样，与你可般配了！咋说是……"

"般配个屁！"张武贞打断张华友的话，别过头去，嗤之以鼻，"他比女儿大了整整二十岁！"

"啊呀了伙价！不是只差十四岁吗？咋又成了二十岁？"

"媒人的话你也信？"

"那……？嘿嘿，其实，大点就大点吧！"张华友在房门坎上坐下来，张二婶过来划燃火柴为他点上烟，他吸了两口，说，"男人大了知道疼女人，我比你娘还大十七岁呢！你看现在怎么样？能说我跟你娘不般配吗？"

原来，张华友家原先比较富裕，他不到二十岁就与亲姨家的表姐订了婚。就在两人准备结婚的节骨眼上，他姨害了一场眼病，双目失明。因为他姨家有两个儿子，只有一个女儿，女儿是老大。他姨失明后家里没有做针线活的，当姐姐的不能一推六二五，离家不管，所以直到两个弟弟结婚成家后，才打算与张华友结婚，这一拖就是七八年，因为是亲戚，这期间张华友自然也不可能再应承她人。

俗话说："天有不测风云，人有旦夕祸福。"就在两人决定婚礼前的第三天，表姐却因一场暴病而亡。此时的张华友已经二十六七岁了。张二婶的娘家家庭比较寒微，与张华友家是远房亲戚，听说此事，其父母当即就把与张华友岁数相差悬殊的女儿许配给他做了童养媳。张二婶与张华友结婚后，六七年没开怀，所以，长子武成今年才二十五六岁。

"哼！"张武贞回过头，想反驳，但只张了张嘴，却没吐出一个字来。

"你不说爹也明白，你不是嫌男人岁数大，而是为自己做了个填房，才跟爹赌气的吧？"

张武贞抬抬眼皮，没有说话。

"嘿嘿！赌就赌呗，你不跟爹赌气，又能跟谁赌气呢？谁叫我是你爹呢！我要叫你爹的话，到了这个份上也会赌气的！不过嘛，当初，爹可完全是为了你好，虽然是做填房，可是能脱离开庄户地，到城里去享福。就人家那家庭的殷实劲，下半辈子还愁不吃香的喝辣的？谁承想后来变成了病秧子，不顶折腾呢！唉！人哪，既然到了这个地步，爹劝你还是想开点儿好，听天由命吧！"

张武贞满肚子委屈和烦恼无处哭诉，想发火也无处发，气得再次别过头，不再理张华友。

"武贞哪，你打算什么时候回城去？"

"哼！"张武贞霍地站起来，兀自进了里间。

"老头子，"早已进了里间的张二婶端着灯走出来，说，"她说再也不回城了！"

"啊呀了伙价！嫁鸡随鸡，嫁狗随狗，咋能不回去呢？她婆婆家那么大的家产，"张华友狠狠地磕磕烟袋，"可不能便宜了他那个过继儿子！"

"还家产呢！"张二婶点上灯，放在锅台上。

"怎么，难道还中没有武贞的份不成？"

"听武贞说，萱萱她爸爸还没咽气，她那两大姑子就闹着要跟他的过继儿子分家产，还打了官司呢！"张二婶在凳子上坐下来，"还有，武贞说他那个过继儿子，是个地痞流氓，成天游手好闲，东诓西骗，她男人还在的时候，就对她动手动脚、不怀好意，老头子，叫你说她还能回城吗？"

"啊呀了伙价！真这样的话，可不能回去让那畜类给糟蹋了！"张华友说到这里，回头巴瞅了一眼东里间的炕，又站起来，走到西里间，问，"武贞哪，我怎么没见你的铺盖，没带回来咋的？"

"你也真是，捡了芝麻，掉了西瓜。"张二婶插话道，"那么大的家产都不要了，还在乎那点儿铺盖？"

欲知后事，下回分解。

第四十六回
方灵验神仙一把抓
测实物材料欠宽绰

上回说到，张武贞丈夫病死，回到娘家，哭诉自己是苦命人。事实如此！俗话说人生有三大不幸：少年丧父、中年丧夫、老年丧子。虽说张武贞还不到中年，但丈夫病死她想另嫁他人却更难遂人意——她嫁亡夫之前，已是有夫之妇，曾与高恩良定过娃娃亲，此不细表。与亡夫结婚之时，已做填房，当后妈，如此一来，假若想再改嫁，则被视为三嫁，势必穷嫌富不要，不但很难找到称心的，而且很可能为外人所不齿。如果她不想再嫁他人，而愿意长居娘家，那更不是长久之计：父母年事已高，自己还年轻，膝下无子，女儿长成嫁出后她还能依仗何人？再说，按当地的风俗，因丈夫死亡或者离婚，闺女回到娘家后如果不再嫁人的话，死后是不能进祖家的林地的，只能占地边地角，那就成了荒坟野冢。

而张华友作为父亲来说，女儿张武贞是他心上的宝贝疙瘩，拿着她比儿子张武成还娇惯器重。否则，他就不会与高家悔婚而将女儿嫁到城里的富裕人家去了。他原本图的是让女儿掉进福囤子里去，然而，出乎他意料之外的是，女婿不到五十岁就死了，使女儿年轻轻的就要守寡。现在，他虽然为女儿什么家产也没分到，"光着屁股"回来感到不是滋味，却也只能憋在心里，因为在他看来，男人是根，掌控一切，妻子只是丈夫的附属物。假如外甥萱萱是男孩的话，他肯定不会罢休的！尽管他刚才听老伴说，女儿的两个大姑子都要与女婿的过继儿子打官司、分家产，但在他的眼里，男女还是有天壤之别的。"嗯，也是，也是！"张华友出了西里间，"不过嘛，结婚这四五年了，就这么空着手回来，还真让人窝气！"说完又回到东里间的门槛上坐下来。

"家产是生带不了来，死带不了去，只要人能安安稳稳地回来，就算烧了高香啦！"张二婶道。

"嗯！是这个理！不回啦，不回啦！我张华友满养得起！"张华友站起来，"萱萱呢？"

"跟方方和圆圆玩去啦！"张二婶回答说。

"我去找她回家吃饭！"张华友抬脚向外走去。

却说庞涓庞玉娟。当天晚饭后，她拿着曹义霞给她的瓦碴，又拿上九个鸡蛋和一斤红糖向朱宇轩家走去。按当地风俗，下午和晚上是不能探望病人的，换言之，也就是看望病人不能超过中午十二点。其讲究是：当地人认为十二点后看望病人，会使病人的病情加重，病人的家人会说探望者是瘟神，居心叵测，外人也会说探望者不明事理。对此忌讳庞玉娟并不是不知道，但她难却曹义霞之盛情，使命在身，不得不豁上受到朱文斋家老俩的不理解和他人的白眼、鄙弃，来到朱宇轩家。在她看来：如果她的到来能使朱宇轩痊愈的话，这一切一切又能算得了什么？值得！

上面提到庞玉娟拿着九个鸡蛋去看望朱宇轩，她为什么不拿十个呢？原来在当地还有个说法：不论是看望病人所带的礼品，还是生了孩子所送的"粥米"，其鸡蛋的个数都是有讲究的。看望病人要么送九个，要么送十二个、十六个；送"粥米"要么送六十六个，要么送八十八个、九十九个，两者都不能是齐头数和忌讳数。齐头数即：十个、二十个、三十个……八十个、九十个、一百个；忌讳数即：十位数后的一、三、四、五、七。其论道是：不吉利。主家自然也不会欢迎。只有上坟时所带的熟鸡蛋和馒头才能是齐头数。

庞玉娟来到朱宇轩家时，朱文斋没在家，宇轩娘正在明间熬药。她问过宇轩的病情之后，来到里间，见朱宇轩躺在炕上，身上盖着棉被，额头上捂着一块用凉水浸过的白手巾。她在炕沿上坐下来，趁着宇轩娘熬中药之际，悄悄地询问了昨天晚上朱宇轩是否在社委的窗台上放过瓦碴，朱宇轩说天还没黑就去放上了。"这就对上茬口了！"庞玉娟笑笑，说。朱宇轩问："嫂子，什么对上茬口了？"

庞玉娟将瓦碴给了朱宇轩，把昨晚曹义霞曾三次去社委和一次冒雨去南柏树林的经过，以及义霞娘答应让他做木工活的事，如此这般地说了一遍。朱宇轩患病表面上虽然是被雨淋又遭惊吓所致，但其实他所患的主要是心病——昨晚上曹义霞的失约对他的打击太大了，就如庄户人说得那样："打了旺头子（方言：没了精神）去。"他认为他与曹义霞的事就此要吹灯拔蜡了。当他接到瓦碴时，他的病就像"神仙一把抓"—— 一下子减轻了八分，得知义霞娘答应他做木工活时，登时又好了一分。只见他霍地坐起来，"嗵"地下了炕，跑出里间，喊："娘，不用熬药啦！""都说'病来如山倒，病去如抽丝！'此话也不尽然！"庞玉娟见状，心里说，"看来这块小小的瓦碴确是神丹妙药！"她告辞出大门时，正遇手拎二斤点心的曹义年同朱文斋一起进门。不提庞玉娟。

且说曹义年。这曹义年之所以来朱文斋家，一是为探望朱宇轩，二是为与朱文斋商谈何时开挖蓄水池和渠道，顺便告诉朱宇轩，说："你呢，不用挂心下坡的事，好好在家养病，等你病好之后，抽空抓紧给俺婶子家做门窗，俗话说'大雪不封地，不过三两日'，这天一天比一天冷了，你在封冻之前争取把门窗给她安上，好让她能早日搬进新房住。要不抓紧的话，大概在大雪节气之前就要开工挖掘蓄水池和渠道，那时天冷伸不出手来不说，时间上也就不好掂对了！"朱宇轩兴奋不已，满口答应，说："社长，您就把心放到肚子里去吧！我敢保证，大雪之前一定把门窗做好，给她家安上！"

曹义年来后的第三天，朱宇轩吃过早饭，推着独轮空车来到了曹义霞家的新房，决定提前为她家做门窗。

朱宇轩在大门口外放下车子，进了院子。院子里的茄子秸和辣椒秸都已被拔掉了，向日葵也只剩下了茬子，向日葵秆被竖放在西墙上。窗前的地上躺着两截柏树原木和几根楸树木段。甭说这是家姑姑得到曹义年的回信后，早把木材搬出来晒着的。房子的外墙已经泥好了，屋里的炕和锅台也盘好了，但没有了地瓜干显得空荡荡的。

"圆三径一，方五斜七。嗯！"朱宇轩径直来到木料前，先大体量了量楸木段，自言自语地说，"足够，足够！"接着又展开木匠尺子边对柏木段横量了竖量，边用木匠专用的铅笔在小本子上记着数字，摇摇头道："嗯，不宽绰，不算宽绰！有了圈门，就少了一扇屋门，有了屋门，圈门嘛大概就够呛有！"

"哟！宇轩来了！"家姑姑一手端着一个盛有茶壶和茶碗的茶盘子，一手提着一把泥瓦罐燎壶进了院子，问，"你估量着木头够不够？"

"婶子，嘿嘿，我看嘛——也差不离儿！"宇轩把铅笔夹在耳朵上，说。

"差不离儿？听你这话音儿是木料不宽快（方言：充足）了？"家姑姑进屋放下茶盘子，走出来，"实在不够的话，把老宅子里的那棵杏树杀（方言：砍伐）了添巴上算啦！"

"婶子，现在杀了也白搭，太湿了，就是做出门来也会走样！"

"那？要是早知道不太够的话，早杀了晒着就好啦！"家姑姑不无后悔地说。

"你放心！就是差也就差个一星半点儿，不要紧，那我还有办法，到时候赌管安你的门窗就是啦！"朱宇轩掖起本子，去院子外推过推车子，放在木头旁，"婶子，过来帮我装上车吧！"

"怎么，你不想在这里做？"家姑姑问。

"放心，剩下来的木屑、刨花子和下脚料，完工后我会一点不落地给您送回来的！"朱宇轩以为家姑姑问他不想在这里做门窗的目的，是担心得不到柴火。

"瞧你这孩子说的，婶子就是再小气，也不会在乎那点糟烂柴火！"家姑姑从话音中得知朱宇轩是误解了她，急忙辩解道，"我是说你不在这里吃饭了？"

欲知后事，下回分解。

第四十七回
扫除文盲议办夜校
确保丰收商修水利

上回说到，朱宇轩推着车子来到曹义霞家的新房里推运木料，义霞娘问及是否在她家吃饭，朱宇轩说："不了！我运回家做，一来不耽搁您的工夫，省的您一天到晚忙活着烧水做饭、炒菜什么的！二来，我把它运回家还能打打夜班抽空闲忙地干点儿，尽量早点把门窗做起来，你们也好早天搬进来住！"

"难为你想得这么周到！"义霞娘笑笑，"你不在婶子这里吃饭，婶子还真觉得过意不去！"

原来，曹义年让朱宇轩给曹义霞家做门窗时，并没有谈到在何处吃饭的问题。后来他也没跟义霞娘提及管饭还是不管饭。而朱宇轩不愿在曹义霞家吃饭，不只是为了给她家省钱、减少麻烦，更重要的是想远离家姑姑的视线，免得引发意想不到的事端。所以才说："不用过意不去！等做完了，我再来你家多喝两顿酒不就找补回来了吗？"朱宇轩说着掀起一根柏木段的粗头，说，"来，帮我抬上它！"

却说社委办公室。社委成员晚饭后都到这儿开会。

"今天是入冬以来咱们开的第一个社委会！"盘腿坐在炕上的曹义年对坐在炕沿上的朱文远、高宏伟以及对桌而坐的巧莲、朱文斋说："开会前，我先向你们通报一个好消息，今年咱们把春地瓜、豌豆茬地瓜全部分到户切晒，按比例上缴地瓜干的做法，受到区里和乡里的好评，他们都表扬咱锦鸡岭合作社上缴的公粮，没有一页烂地瓜干，质量在全区数第一！孙区长已经把咱们的经验上报到县里，县领导说力争明年把这种做法在全县所有的山区丘陵乡村推广开来！"

"人哪，还就得识俩字儿，"高宏伟摸过朱文斋的烟包子，向纸条上撒着烟末，感慨地说，"要不是文斋叔出了这个谱，今年的地瓜干还不知道会烂成什么样呢！"

"我也是迫于无奈，让老天逼出来的！"朱文斋放下笔，摸起烟袋和烟包。

"什么迫于无奈？就是识字管用！"朱文远接过话，慢吞吞地说，"我倒是年纪不小了，你这个谱就是砸死我也想不出来！"

"说实在的，当时我心里还真没有底，担心上级批评，说咱是倒退，搞单干呢！"朱文斋向烟袋里装着烟末，心有余悸地说，"现在想起来还有些后怕呢！"

"面瓜和杆子说得都不差，人不识字就是不行！要是识字的话，'寒流'二同志就用不着来检查了！"巧莲笑着说。

"哈……！"大家忍不住笑起来。

"好啦好啦！别闹啦！当着矬子的面还不能说矮子的话呢！"曹义年抽了两口烟，"今天召开班子会议，主要有三个内容。第一个内容，就是冲着解决识字来的！人家大村早就办起了青年妇女识字班，而咱村庄太小，又没有老师教，至今也没办！昨天，我到区里去开会，会上区委打了招呼，要求各村今年冬春、明年冬春举办夜校和十六岁以下人员的补习班，力争在两三年内扫除文盲，让四十岁以下的人都达到完小文化水平，至于具体什么时候办，各乡还要召开动员大会！我琢磨着，咱村十六岁以下的基本上都上学了，十六岁以上不识字的倒不少，可咱那教室太小，盛不了那么多的人，是不是先让十六岁以上二十五岁以下的青少年进夜校？先脱他们的盲，摘他们的帽子，你们看怎么样？"

"嗯！没意见！"众人点头赞同。

"教夜校的老师也没有别的人选，还得请孙月英老师来，我想你们都不会有意见吧？"曹义年说。

众无异议。

"第二个内容，就是大搞农田水利基本建设，确保旱涝丰收！区委要求各村都要有自己的项目。"曹义年磕磕烟灰，"咱这锦鸡岭净岭地，涝点儿还不怎么，遇到干旱，岭顶上就打不出水来，这可就没戏唱啦！所以我先和文斋叔商量了一下，并且把这个工程项目上报给了乡管委会，赵乡长说咱这个办法可行！什么项目呢？就是就北岭顶地东边的桑行湾挖一个三米深、二十米见方的储水池。东边地势低，不用人工提水，东北坡的地块可靠自流灌溉；向西在林前的地中间开凿一道深宽各一米，长一百多米的东西主渠道连通储水池，再在渠道的下流开几条小水渠直通到西岭和西南坡。这样，就是遇上干旱，只要能提前攒一池子水，浇它个百八十亩地也不成问题！你们看可行不可行？"

"嗯！嗯！"朱文远点点头。

"我没意见，完全赞成！"巧莲说。

"这个办法好啊！谁还会有意见？"高宏伟激动地说，"我敢保证全村人没一个反对的！"

"有！有反对的！"曹义年拔下嘴上的纸卷烟捻灭。

"谁？谁脑子里进水啦！"高宏伟几乎跳了起来。

"老滑溜呗！"曹义年重新卷着烟，"按规划，北岭顶那条主渠道，正好通过他那亩来地的中间，是必由之路，如果绕着走，费地费工不说，半路上有个辘轳把式的弯，真是要多别扭有多别扭！自然，那水流也不可能会畅通的！"

"咳！咱用地换他的不就行啦！"高宏伟不以为然。

"换他的？你倒说得容易！啊，你以为我就没想过？"曹义年停了停，"为这事我曾找过他，这个张华友真是滑蛋一个，一个滑蛋！劝他入社，要么就说，旧社会叫他入教他都不入，还入社！邪门他就不入！要么就质问你，上边不是提倡入社自愿，退社自由嘛！不入社进不了局子吧？一提起换地，我想按他的地亩数，一亩岭地用二亩岭地或一亩洼地换，他都不答应，说什么他那块地不是土改分的，是老一辈子留下的，请风水先生看了，说那块地是风水宝地，给多少地他都不换，咱要是挖断了风水他那儿子就得打光棍，他家就断了后，真是让人哭笑不得！"

"我就不信这个邪！"高宏伟站起来，"不行！我这就去找他！"

"算了吧！"曹义年阻止道，"你跟我一样，是个毛三枪，你不出面还好点，你一出面，还不越搞越僵，把事搞砸了！"

"那……？"

"你先坐下，慢慢听我说！"曹义年等高宏伟坐下来，说，"这项工程我与文斋叔找人算了一下，起码得要两个冬春才能完成，今冬明春，大批的男劳力去挖储水池，剩下的识字班和家庭妇女去挖渠道，渠道该怎么挖就怎么挖，只是先闪着张华友的地。这么着，等开完全村社员大会把这个事通下来后，延个三两天，咱就下手干。面瓜家的新房子不是已经建好光等着泥墙上门窗了吗？天冷了，今年是没法抹外墙皮了，你呢就靠着挖渠道，巧莲能去就去，不能去就算了。杆子靠上挖储水池子。再往下也没法吊粉皮啦，文斋叔靠上做豆腐的同时，还要抽空做年终决算！我这样分工你们看还有什么意见没有？"

"同意！"众人几乎同时回答，"没意见！"

"都没意见就好！第三个内容，就是班子增加人的事，在这里提出来商议商议！"

欲知后事，下回分解。

第四十八回
气蛤蟆充垫桌子腿
寿棺椁改做门窗材

上回说到，社委召开会议，书记兼社长曹义年讲了三个议题，一是开办夜校，二是兴修水利，三是班子建设。他说："现在社委班子共五人，我是支部书记兼社长，文斋叔是会计，面瓜是监委会主任，兼物资、现金保管员，杆子是生产队长兼副社长，巧莲是妇女主任兼生产队副队长，这样就少了共青团书记、民兵连长和治保主任。本来不到三百人的小山庄，五个人就不少不少的了，可乡里还嫌少三职，说什么麻雀虽小，少一样下货那它也不能活！有些事无法上通下达。我想来想去，还真没有好的人选，所以，我提议让高恩良来干！你们发表下看法吧！"

"哼！就他？除非全村的人都死净了，要不怎么也轮不到他！"曹义年话音刚落，高宏伟抢先发言。

"可不，要是选上他，那可就是赶着鸭子上架——死逼！不知道的人还会不说咱锦鸡岭没人了吗？"巧莲接着反对道。

"面瓜，你别闷着头抽烟，说说你的看法！"曹义年笑着说。

"嗯，这个事嘛，你说中就中，肯定有你的理由，叫老咔干，我想无非是拿气蛤蟆垫桌子腿——临时抵挡一阵子，上级开个什么不重要的会让他去听听，借他的腿和耳朵使使，再就是对上级也好有个交代！"朱文远磕磕烟袋，"可是——杆子和巧莲都反对，不用说他们两个也有一定的理由，我觉着好像也不……！"

"算啦算啦！你呀，就是只杀不死的鸭子！"曹义年听得不耐烦了，"中就是中，不中就是不中，明说就是！你倒好，光会抹弄光滑墙！"

"嘿嘿，"朱文远不火不恼，"那你就先说说你的主导意见？"

"我想让老咔进社委，理由有两个。一是，不得不承认老咔能干不惜力气，但不会使巧劲，用什么家什什么家什坏，使什么什么毁。一年到头农业社里沉锄大镢的活也没有多少，让他进班子，凡是能够顶替的会就叫他去开，跟面瓜刚才说的一样，借他的腿和耳朵使使。尽管他说话颠三倒四，但传达上级的会议精神肯定走不了样，实在说不明白的我们慢慢捋捋就行啦！最重要的一条，高恩良是烈属的后代！这个事我不说你们也知道，他的爹娘是老革命。本来，上级几次想给老咔安排工作，就是因为他的嘴巴和他那上了年纪的奶奶、年幼的妹妹无人照看，才一直拖到现在也没安排！"曹义年连吸几口烟，"今年无论是县里、区里还是乡里逢会必讲，要求各村对烈军属不但要在政治上给予关怀和照顾，在经济上也要尽最大的能力给予补助！今麦后，咱社委已经开会通过了，决定下半年给老咔一个工日多补二分，包工活和计件活适当补，可老咔知道后说什么也不让，非得把多补的工分割下来。所以，我才想让他担任团支书、民兵连长和治保主任的！这样一来，再多给他误工补贴的话，也就名正言顺啦！咱们哪，也算是优待烈属了！对了，说到这里，我想起来还有一个事没跟你们商议，就是给孙月英老师的补助，以前每月补助她两块钱的生活费，从八月份，不，从下半年开始，我打算每月补助她四块钱，其中一块钱是给高恩良家的，让她代收，用在他家的日常生活上，要不老咔是不会接受的！另一块钱，算是请她教夜校和帮咱算账的辛苦费！当然了，这只是我个人的想法，不能代表大家伙儿的意见，你们都说说吧！"暂且不提。

却说朱宇轩家。朱宇轩家正房三间，或许是因为地理位置的优势吧，院落特别狭长，只猪圈和与之接山的两间南屋就等同于邻居院落的南北长度。出了南屋的串门，向前三四米才是南院墙，门楼建在前院。

两间南屋之间没有间隔，是做木匠活用的。里边锯、凿、锛、斧、墨斗、刨子等木匠工具样样俱全。四天前，朱宇轩从曹义霞家拉回木材，就在这南屋里没白没黑地干了起来。此时，靠东墙根堆着解成四棱子的窗户棂子料；墙角堆着刨花子等下脚料；一根柏树木段已被解成门板子厚的木板摞放在南墙根下。

今晚，朱宇轩正在与母亲挑灯夜战，二人用大马子锯解着门板子。朱宇轩站在长板凳上拉上路锯，其母坐在蒲团上拉下路锯，木架上的柏树木段才解了还不到一半，随着"嗤——"的一声响，锯一下子锯到了木段底，木板"啪啦"落地后，原木中心现出近一米长、比茶碗口还粗的糟烂空心来。朱宇轩见状，跳下板凳，似泄了气的皮球，瘫坐在地上，丧气地说："完啦！完啦！这下子算玩完了！"

"咳，不就是烂了窟窿嘛！"宇轩娘站起来，拍打着衣服上的木屑说，"还用急成这个样子！"

"娘，您不知道，义霞家的木料，我是横算了竖算，就是全用上也不够，咋也少一两块门板子，我想咱家里怎么说也能找上点木料添添，谁承想会是这样呢！"朱宇轩站起来，拿起一把凿子抠抠烂木心，"您看，都烂成这样了，至少一货屋门的料没地方找了！"

"哟！缺这么多？那怎么办？"宇轩娘感到了问题的严重性，以商议的口气说，"要不明天就去叫义霞她娘来看看，让她自己打个谱？"

"这能让她知道吗？"朱宇轩扔下凿子，说。

"咋还不能让她知道？要是她不知道的话，那还不埋怨咱把木料给糟蹋了吗？"宇轩娘不解地问。

"就是豁上赚埋怨，那也不能让她知道！就是义霞，能不让她知道就尽量别让她知道！"朱宇轩一手托着下巴，在屋里来回踱步，"听义霞说，她家为盖新屋欠下了一百多块钱的饥荒，现在让她娘再另打谱，您说她还能打个什么谱？我去她家拉木头时，她娘还说要把老宅子里的大杏树杀了添吧上呢！"他站下来，"再说我可是早在未来的丈母娘面前夸下海口了呀！"

"那？"宇轩娘也无法可想了。

"怎么办呢？怎么办呢？"朱宇轩一会儿挠挠头皮，一会儿搓搓手，在屋里转了几圈后，不知不觉出了前门，月光下，他猛然间瞥见了院子里两根粗大的侧柏木。这两根原木段粗细数都在两搂抱以上，长约两米半，它们横躺在南墙根，底下垫着三根粗木棍，上面用由木条和草苫子搭成的棚子遮盖着。朱宇轩激动的心情难以控制，"嘣"一下子蹦起来，双手一拍："呀嗨！有啦！"

"什么有啦？"宇轩娘闻声来到门口，问，"什么事，值得一惊一乍的？"

"天意啊天意！想吃腥来了个卖虾皮的！"朱宇轩指一下侧柏木，"这还不是现成的大门嘛！"

"哦，你说它呀！那可是你爹和我留的寿材料！"

"人家都说棺材板子改柜子——今辈子不能盛（成）人！嘿嘿，我呀，也让这棺椁木改改秉性，明天就把它给你办啦！"朱宇轩踢了踢原木，兀自说。

"那得跟你爹商议商议，看他同意不同意！"

欲知后事，下回分解。

第四十九回
说三道四揭疤诋毁
一石二鸟避短扬长

上回说到，憨木匠朱宇轩去曹义霞家拉木头时经实物测量，发现她家所准备的门窗料，就是都能用上也至少还缺一两页门板子，他当时想到自己家里还有点儿木材，凑合着做一扇屋门应该是不成问题的，所以才当着未来丈母娘的面说了大话，拍了板，叫了套。没想到，其中一根粗原木竟然是空心的，从外表根本看不出来。如此，不用说原本就缺少一两页门板，就是再添上一货屋门的料也还不知道够不够。在那个年代，木材紧缺，不搞建设的话，一般没人会准备下干木料，就是有，也就一星半点儿檩条什么的，但那也不是做门的料。正在他不知所措、无计可施之时，发现了新大陆——棺椁木。

按当地风俗，为延长年老之人的寿命，凡是家庭条件较为富裕的户，都会预先为百年之后准备好棺与椁。有的户直接做成成品，放在空闲屋里，有的户则嫌不好看，将原木处理好后保存起来，届时再做。朱文斋家原先家庭条件殷实，这两段原木还是在 20 世纪 40 年代初购置的，距今快二十年了。即使遇事急需用钱时，也只尽量东取西借，从未动用它的念头。朱宇轩要用它为曹义霞家添加门窗料，他娘无法定夺，说先与他爹商量一下，朱宇轩说："别别别！千万别！您可千万别！"他走过来，"俺爹的脾气您还不知道？叫他知道了，事不但办砸了不说，也说不定啊我还得挨顿熊，也说不定骂我耍心眼，做人不诚实呢！"

"那我可做不了主！"宇轩娘说完进了南屋，在板凳上坐下来。

"娘，您老就放心吧！我还有办法！"朱宇轩跟进屋，哀求道，"等咱解成了板子后，我爹就是知道了，到那时生米已经做成熟饭，他再发火也没用啦！"

"你呀，凭着东西还得背人！"宇轩娘瞥了儿子一眼，佯装不满地说，"谁家的胭脂粉搽在屁股上？"

"娘，你答应啦？"朱宇轩跪下来，给他娘磕了一个头，又抓过她的手，撒娇地说，"您真是我的好娘！感谢您成全了儿子的大事，等您和俺爹百年后我一定给你们做两个金丝楠木的寿材！"暂且不提。

却说黑白无常张武昌家。煤油灯下，方方和圆圆已经睡熟了。彩云盘腿坐在炕上，边给张建柱缝着棉鞋帮，边说："我也不知道你整天是怎么想的，让你借个公兔子使使，见公兔子毛色好看，把个母兔子还给人家，结果把一窝子七八只小兔给活活饿死了。给你二叔买个画眉吧，就贪图省几毛钱给他买了个残废货，赚得外人都说。还有呢，老咔是个老实人，可你也不放过，变着法子捉弄他，明明二叔让他买一毛钱的韭菜九毛钱的肉，来伺候说媒的，你倒好，你非得说老咔听差了，弄得二叔说不得道不得，事本来该成的话，叫你一搅和那它还能成得了吗？"

下巴搁在炕沿上、趴在被窝里抽纸卷烟的张武昌一直没有插话，边听边笑。

"更没人味的是给老咔介绍对象，码量着自己没有本事介绍，就干脆把嘴别在翅膀子底下，能介绍就正儿八经给他介绍个，咋能给他介绍个小……小狗呢！哈……"彩云说着忍不住笑起来，"你说他就不会想想，尿墙的闺女是什么？"

"哈……！谁说不是！我本来是跟他闹着玩儿的，谁承想他竟当了真！"张武昌憋不住也大笑起来，"更喜人的是，事儿还那么巧！头秋里我去赶红沟河集，见那个户家的母狗大着个肚子快要生的样子，我就顺口胡编，果不然还真生了，听说老咔的裤子还让狗给撕破了，哈……"

"娘，你们笑什么？"已经睡熟的圆圆被惊醒了，她坐起来用小手揉揉眼睛，懵懂地问。

"没笑什么！"彩云放下手中的活，爬过去按下圆圆，又给兄妹二人掖掖被角，边轻轻地拍着圆圆边道，"好闺女，睡吧，啊！"

"睡着了？"过了一会儿，张武昌问。

"再说话咱小声点！"彩云点点头，回到原位坐下，拿起鞋帮，接着上次的话头道，"也就是老咔，要是换了别人，不跟你恼了才怪呢！"

"他就是想恼也不行！我事前就跟他唾了死槽（方言：叫板），骗人的不是我张武昌，是小狗！我还说那尿墙从小就不干人事，游手好闲，他就不仔细想想，狗能干什么人事？它不游手好闲，难道还能推磨拉碾、下地干活？还有啦，他要我陪他去相亲，我说不巧的是行头他姥爷病了，他就不想想，巧和不巧两者的概念有何不同？他呀，怪就怪他不好好琢磨琢磨！"

"你呀，吃柿子挑拣软的捏，专门欺负老实人！"

"那你说谁是灵透人？"

"我还有办法呀！你耍弄得了吗？"

"你是说憨木匠吧？咳，小菜一碟！"张武昌自信地说，"不在话下！"

"吹吧！就不怕下巴掉下来砸肿脚后跟！"

"骑着驴看唱本——走着瞧！"

"其实老咔一点儿也不傻，"彩云在头皮上蹭蹭针头，"只是做人实诚，心眼直，小时候掐疯掐得说话不利索了罢了！可不是你。"

"我怎么了？"

"烟袋锅子盘炕——净弯子转子，没有一点正当心眼！你要是把心眼用到正事上就好了！"

"你呀，什么眼色？"张武昌就炕前捻灭烟，披衣坐起来，"咋就没看到我过五关斩六将，只看到我走麦城了？不是吗？咱远的不说，就说给章寡妇指路的事……"

"还好意思提呢？啧！啧！为了赚点小便宜，爷爷不当当孙子！"

"那我当成孙子了吗？没吧？"张武昌沾沾自喜，"也不是吹的，除了我张武昌有那个能耐，有那个本事，别人嘛……"他摇摇头代替了未说完的话。

"狗屁！"彩云的嘴撇得老长，"能耐个狗屁！"

"不服是吧？"张武昌从张建柱用过的本子上撕下一张纸，裁着卷烟条，撩起一只眼，"连村干部们都愁得没咒念，可我一到场，问题马上就解决了！这能说我张武昌没能耐吗？"

"闭上你这张臭嘴吧！"彩云不屑地说。

"还有啦，我这叫一石二鸟，不！是一举四得！"张武昌卷着纸烟，说。

"四得？什么四得？"彩云停下手，问。

"一是，十五个工没用抽袋烟的工夫就拿到手了；二是，为干部们解决了那么大的难题，为咱村争了光；三是，不只干部们感激我，老少爷们对我也会另眼相看；四一个嘛——是为了柱子！"张武昌说完伸手端过煤油灯点上烟。

"为柱子？"彩云懵懂地问，"别没得说了，你去指路该柱子什么事？"

"咱柱子今年连虚岁十五了，蹲了一个三年级，又蹲了一个四年级，根本不是上学的料！"张武昌放下灯，说。

"上学不中用就干脆退学下地干活，要不就去给社里放猪算啦！"彩云说完又低头缝起来。

"你说得倒好，才十四五岁的孩巴芽子你让他干什么活？沉锄大镢的他能抢得动？"张武昌吸了两口烟，"再说，我张武昌的儿子能让他去放猪吗？"

"那你就让他当县长，当省长去吧！"彩云抢白道。

"你呀，真是女人家头发长！叫你这一说，农村里除了下地干活、放猪，别就没有活干了？"张武昌有意不说"见识短"，担心彩云不愿意，跟他过不去。

"还能干什么？"

"当会计！当账先生！"

"就他？"

欲知后事，下回分解。

第五十回
会计培养荣获提名
匠心独运后悔莫及

上回说到，判官彩云与黑白无常灯下夜话，彩云戏揭张武昌的短处，张武昌不服，予以反驳：你只看到我败走麦城的狼狈一面，却没看到我过五关斩六将精彩而又辉煌的一面。彩云问及所以，张武昌提起为章寡妇指路之事，自称此举不是一石二鸟，而是一举四得。其中"三得"前面已经解释过，所谓的最后"一得"，就是为儿子张建柱谋求村会计之职。他说："我刚才不是说过嘛，为指路的事，我为干部们争了面子，他们就会高看我一眼，我自然也就有了威望，有了威望就有了资本！"张武昌停了停，说，"这个事我虽然没跟你商议，但是我已经跟老挣打过两次招呼了，让柱子边上学边学会计，不就是再多上年学嘛！"说着躺下来，"是官他就强起民呀！"

原来，一个月前，曹义年与张武昌等几个社员谈论村里谁有文化、谁有学问时，曹义年不经意间提到朱文斋年老眼花，想找个人接他班的事，并为全村里找不着人选而犯愁。"说者无心，听者有意"，当时其他人都没留意，唯独张武昌拾在心里，想："这当会计不就是算数的吗？只要账目好就行！柱子对语文一窍不通，就是数学好，我何不找挣断筋探探口气，争取让柱子接村会计的班？"想到做到，张武昌曾两次找过曹义年，起先曹义年不答应，嫌张建柱年龄太小，况且还在上学。张武昌说小不要紧，又不是明天就干会计、接会计的账，可以先请孙老师和朱文斋教教他，让他一边上学，一边学会计，保险不用两年就能顶起差来。搁不住张武昌的软磨硬泡，曹义年终于松了口，答应他等开社委会研究通过再说。因为此事张武昌一直没有与彩云商量过，所以彩云说："做梦去吧你！"

"不信呀？老挣还真答应了！"张武昌爬起来，说。暂且不提。

回头再说社委办公室。夜已深了，会议还在进行。

"叫你这么一说，我完全同意老咔进社委班子，"高宏伟就鞋底上捻灭纸卷烟屁股，"至于给孙月英老师的补贴，就是再多点儿我也没有意见！"

"曹社长所提的两点我都同意！"巧莲说。

"嗯，垫桌子腿的事，我同意。只是嘛——嘿嘿，月英是我的儿媳妇，补多补少的，只要你们看着行就行！"

"你呀，不但是个面瓜，而且还熟炸了皮，是面得不能再面了！"曹义年用指头点点朱文远，"这么好的名字也不知是哪个明白二大爷给起的！"他蹲起来，"文斋叔，说说你的看法吧！"

"事情你已经点明了，无论是把高恩良纳入班子，还是给孙老师增加补贴，全都是变着法子提高烈属的经济待遇，以体现党在农村的优惠政策！这是一。"朱文斋摸起桌子上的烟袋，装上烟末点着，吸了两口，"其二，虽然你没有明说，但是我也猜到了！让高恩良担任团支书、民兵连长和治保主任的根本目的，无非是想借此提高他的声誉，让他好说个媳妇早成家！"

"哎，我说文斋叔，你不是我肚子里的蛔虫吧？否则，你咋就摸得这么透彻？"曹义年惊讶了，打断朱文斋的话，问。

"嘿嘿，我刚才不是说猜的嘛！能让高恩良早日成家，就是对他家和他本人最好的政治待遇，也就尽到了咱们当干部的责任，了却了他奶奶的心愿，我想比每年补助他一百块钱还强十倍！所以，让高恩良进班子是顺理成章的事，没必要再讨论！关于给孙老师增加补助的事嘛——"朱文斋吸了一会儿烟，才说，"我觉着少了点！怎么说呢？一是，今年去外村考五年级的学生中，咱村的孩子把前五名全占了，为这得给她加补贴！二是，学校放假正该歇着，帮家里干点活，可她一听说咱社里需要她来，二话没说，撇下生病的老娘立马赶来了，没白带黑地帮咱造预算，分地瓜和地瓜干，凭这也得给她增加补贴！再就是今冬明春还要请她教夜校，得空还得帮咱造年终决算，为此我想，咱村穷不穷的不在几元钱上，每月增补到五元钱，其中三元归她自己所有，好让她贴补贴补家庭。剩下的两元，一元直接给高家，一元算生活补贴！另外，一个闺女孩子家只身在外不容易，吃住都在高恩良家，尽管从家里捎干粮，但咋说也不如吃住在家里好，为此，我提议每个月补给她五斤小麦！你们看怎么样？"

"好！就按你说的，每月五块钱！五斤小麦！"曹义年问，"你们同意不同意？"见众人都没持反对意见，接着说，"都没意见的话，那咱们就这么定了！文斋叔记下来！最后我再补充一个事，就是会计的人选问题。这个事文斋叔跟我不只提过一次了，他家属身体不好，自己又年老眼花，要求换人，叫你们说，我上哪儿找人呢？这可攀不得锄地，只要不惜力气就行，当会计呢，就得有学问，不是任何人都能干得了的！要不咱就不用请孙老师啦。但是，只能请人家一时，不能请人家一世，这不是长远的谱！听面瓜说，孙老师明年春天就跟宇坤结婚，结了婚待不了多久就有小孩，再往下咱还好意思请人家帮忙吗？更何况她还教着学呢！所以咱得赶紧培养一个！培养谁呢？"曹义年说到这里，仰头吸了会儿烟，说，"年龄大一点的没个识字的，年轻的上学的上学，在外的在外，别无人选，也就是无常家柱子了！孙老师说他文科不怎么样，就是算术好，加减乘除，还有什么四则五则的一点就会，当会计不就是数字嘛！话又说回来，就是小了点，今年还不大满十五岁，但是我觉着只要他愿意学，请孙老师操操心，让他边上学边学会计，得空再让文斋叔指点指点，不用一两年保险就上套路了，到那时，文斋叔就是干着不退，也不用操多少心了！"

再说憨木匠朱宇轩。朱宇轩瞅父亲不在家的空，与母亲一起将一段寿棺椁原木解开，用去了不到五分之一，再加上曹义霞家的木料，光做门窗的话，就足够了。等朱文斋回家发现时，为时已晚，问及详情，宇轩娘将实情告知，朱文斋既没责备，也没赞成，只告诫朱宇轩用心去做门窗，别糊弄人。朱宇轩心里一块石头这才落了地。他从心底里感激父亲的大度、谅解和爱子之情。

这材料宽绰了，木质又好，还省事，朱宇轩就把以前已经解好的大门板子改做了房门。他黑白兼做，挤空干，奋战近半月，终于把曹义霞家新房的所有门窗都做好了。今天吃过早饭，他推着做好的后门子、后溜檐窗和前两个窗户芯来到曹义霞家的新房处，用了大半上午的工夫将其全部安装好后，又返回家去推运大门。

"义霞！义霞！"满头大汗的朱宇轩推着两扇尚未油漆的木大门来到院门外。他拿下挂在车把上的工具箱和放在车鼻梁上的一把锯后，才放下车子，喊，"出来帮我卸下门来！"

"来啦！"正在烧火做午饭的曹义霞答应着，向灶下填了一把柴草，拿起扫地笤帚清扫着灶前的柴草，"你等一下，我这就来！"

"宇轩来啦！"义霞娘挎着一个蓝底白花包袱风尘仆仆地从院子东边的路上岔过来，对正在解绳子的朱宇轩说，"你等等，我来帮你卸！"说着放下包袱。

"娘回来啦？"未等宇轩说话，曹义霞从屋里跑过来，"娘，不用您，我来！您去屋里看着火吧，锅还没开呢！"

"好，我去做饭！"家姑姑挎起包袱，走了几步，回头嘱咐道，"义霞，弄好后和宇轩一块来吃饭！"

"来，再安这扇！"二人卸下木大门，安好后，朱宇轩抬起倚在车上的另一扇大门的一头，说。

"呀！太窄了？"二人安上另一扇门，曹义霞闭上双门，叫道，"这缝子都能钻进狗来！"

"糟啦！糟啦！"朱宇轩嬉笑着挠挠头皮，小声说，"大概是我记错尺寸啦！都怨我！"

"不怨你，那还能怨我不成？"曹义霞不满地瞪着宇轩，"当初你是怎么量的？"

"嘘——！"朱宇轩将叠着的两个手指放在嘴上，"小声点儿！"

"什么事怨你怨我的？"义霞娘闻声出了屋，"你这是……？"

"婶子，都是我不好！那……"朱宇轩不知如何是好，嗫嚅着。

"不用多说啦！"义霞娘愠怒地说，"你把门卸下来推走吧！"

欲知后事，下回分解。

第五十一回
老本行反被聪明误
新干部正该责任担

上回说到，朱宇轩费尽周折做好了大门，从下崖推运到曹义霞家的新房，却费力不讨好，反遭指责和训斥。其实也怨不得别人，怪只能怪他自己——他得知义霞娘回了娘家伺候兄弟媳妇月子，明天满月，后天才能回来，曹义民在学校，现在家里只有曹义霞一人。于是在门上做了手脚，故意将屋门做得宽窄数正好，高度却与大门一样长，其目的是想在曹义霞面前耍小聪明，展示手艺，也好借机与她多待会儿，万没想到义霞娘却提前两天回来了。本来，自从义霞娘反对他与曹义霞这门亲事后，他与义霞娘之间的感情就有隔阂，但不光是害怕而是拘谨，时时处处不得不小心翼翼，说话都得吊着墨线，一板一眼的。坦率地讲，连面都愁见，必须见面时"巧舌如簧"的他也会感到拙嘴笨腮，手脚都没地方搁。为此，自去年冬天至今他去曹义霞家的次数屈指可数，帮她家干活的次数更是寥寥无几。这次，曹义霞家找他做门窗，完全出乎他的意料，他深信此差事要是没有曹义霞的努力和社长曹义年的"指派""推荐"的话，说什么也降临不到他的头上。所以，他想借此抓住契机，让曹义霞家少花钱，多办事，尽自己最大的努力把门窗做好，以取得义霞娘对自己的好感，至少是缓和她对自己的态度。然而，却弄巧成拙，神使鬼差地将门做成这样，可谓"一失足成千古恨"，后悔都来不及了。此时此刻即使他有千张嘴也说不清道不明，任何借口和理由都显得软弱无力！真是哑巴吃黄连——有苦难言。所能做的只是赔不是。

"婶子，别生气！"朱宇轩赔了个笑脸，"我还有办法！"

"凭着好好的木料做成这样！"当着母亲的面，曹义霞恼羞成怒，"轰隆！"拉开双门，"你还有狗屁办法！"

这曹义霞气不打一处来，自朱宇轩来她家拉木头到今天，她与朱宇轩从没打过照面——前些日子曹义霞全天候吊粉皮，朱宇轩白天不是干集体活，就是在家忙着赶做门窗，晚上还打夜班。后来去北岭搞水利建设，曹义霞在西边挖渠道，朱宇轩则在东边的桑行湾挖蓄水池。在朱宇轩为曹义霞家做门窗的这期间，曹义霞一次也没去过朱宇轩家，自然也就无法与他面对面地"约法三章"。不过，她还是早就通过庞玉娟把"章法"传给了朱宇轩，大意是："一、朱宇轩尽力把门窗做好，决不能让母亲挑出毛病来；二、朱宇轩少说话，多干活，看母亲的眼色行事；三、在母亲面前俩人尽量拉开距离，少接触，如陌路人，不能让她察觉出丝毫亲近感。"因朱宇轩既没在她家干木工活，又没在她家吃饭，后两章自然就废止无效了。而至关重要的第一章，朱宇轩非但没遵守，反而背道而驰，把门做得大门不像大门，房门不像房门，成了四不像，让她在母亲面前丢尽了脸面。如此，她怎能不生气，又怎能不发火？要不是碍着娘的面，她真想臭骂他一顿，甚至捆他两记耳光。而朱宇轩知道不是全在自己身上，只有招架之功，全无还手之力。狼狈的他只能自嘲自解，为自己找梯子下楼："嘿嘿，屋门不是还没有吗？它宽窄数绝对与这门正好！长短数里在这个地方裁下一截就行啦！"朱宇轩向曹义霞使了个眼色，拿下夹在耳朵上的铅笔，在两扇门上早已做好记号的地方各打了个叉号，又拿出工具箱里的木匠尺子，"不信，我去量量！"说着跑到屋门口，量了量门框的宽窄后，又跑回来，"我说嘛，一分不差，一寸不少，正好！

"哼！你呀，真是属地瓜蔓子的——咋也架不起来！"曹义霞无暇顾及朱宇轩眼色的含义和他打叉号的目的，指着宇轩，"难怪无常说你一货大门料做了一货后门子，看来还是真的，不是臭哄（方言：贬）你！"

原来，朱宇轩刚学木匠时，张武昌曾说他"拿着秃子学代手（方言：理发）"，说那时候朱宇轩为了练手艺，去给他亲娘舅家做大门，由于尺寸没掌握好，做出的大门比门框也宽也高，于是把长短数宽窄数都截了一圈，结果门又变得过窄过短了，守寡的舅妈哭了，朱宇轩安慰说："别哭，别哭！我还有办法，你家不是还没有屋门吗？我把它改作屋门！"改过的大门虽然窄了短了，却仍大于屋门，于是朱宇轩又动手截了一圈，结果门又变得比屋门框又短又窄了，这次舅妈哭着说："你舅早死了，我一个妇道人家拉扯着一堆孩子，盖处房子容易吗？我说请人给做门，你把撅着不依，怎么样？好好的木料都让你给糟蹋了！"朱宇轩又安慰说："妗子，妗子，你别哭，别哭！你家不是还没有后门子吗？我还有办法，把它改成后门子吧！"本来，朱宇轩连个叔伯舅都没有，他去哪倒换个亲舅家给做木工活？由此可见是张武昌搞恶作剧，成心臭哄他罢了。然而，他这一编扯不要紧，朱宇轩却因此"臭名"远扬了，一提起此事不只本村人，就是附近村庄的人也没个不知道的，都拿它当作笑料。

"义霞，不值得跟他生气，咱另请木匠就是了！"义霞娘劝道，"民民该放学了，去叫他回家吃饭！"

却说挣断筋曹义年。社委会议后的第二天上午他来到高恩良家，只二哇哇高奶奶一人在家，当曹义年向高奶奶说起让高恩良进社委班子时，高奶奶说："可了不得嗨！他哥哥，你们这是擎着个扁嘴（方言：鸭子）去打围——看嘴它也就不像只鹰啊！这当干部可不是刨地、推车子，有力气就行！咱村二百多口子人，怎么还找不出个人当干部，非得找他？从哪里说，他也不是块当干部的料，就是弄（方言：选）上他，他也干不了！别耽搁了你们的事，另打谱找人吧！"曹义年就把社委如何决定，上级如何照顾烈属的政策等说了一遍，高奶奶这才勉强同意，说："他哥哥，你们既然找他干，我也不好说什么了。可丑话说在前面，要是他实在干不了，千万别怨我！"这高奶奶虽然年事已高，却是三口之家的一家之主，孙子和孙女都听她的。高恩良回家后，她将曹义年所说之话告诉了他，高恩良欣然答应。

今天下午，乡里的通讯员来，告诉曹义年说，明天在乡里召开会议，要求各村的民兵连长、治保主任、团支部书记和妇女主任参加。而妇女主任巧莲正巧生了孩子，不用说，参加这个会非高恩良莫属。于是曹义年就在社委办公室坐等在北岭挖掘蓄水池的高恩良。

傍晚时分，在水利工程上干活的男女社员们收工了。有的扛着镢锨，有的抬着空粪筐，有的推着载有空篓子的推车子，他们三三两两地从学校东边的胡同里走出来后，在东西大街上分手，奔向各自的家。

"老咔！"等候在校门口的曹义年见高恩良推着带篓子的空车子出了胡同头，喊，"老咔，你过来一下！"

"那个——社长，有、又有……叫我，什么事？"高恩良疾步走过来，问。

"明天别去上工了！"曹义年迎上来，"今晚上好好准备准备，明天一早去乡里开会！"

"那个、那个的，吭，吭，开……开什——么会？"高恩良站下来，问。

"扫盲动员和年前年后农村治安保卫的会议！通讯员说，要求团支书、民兵连长、妇女主任和治保主任都参加！时间一天，自带一顿饭！"

"哦，那个……个的谁还去，我、我——跟谁？"

"就你自己去！"

"我、我自——己？"

"嗯！巧莲刚做了月子，你自己去一总代表就行啦！"曹义年郑重地说，"老咔，你上任以来这是首次去乡里开会，责任可不小，必须得认真听讲，使劲用脑子记，往心里装，回来好传达。你呢，一定要早点儿去，能往前坐就尽量往前坐，千万别去晚了！"

"嗯，那个……那个，吭，我——知道了！"

"坏啦！坏啦！木筲掉进井里啦！"正在这时，井台上有人喊起来。

欲知后事，下回分解。

第五十二回
审时度势既定联姻
时过境迁悔约退婚

上回说到，乡里召开扫盲动员和春节前后的治安保卫工作会议，要求各村的民兵连长、治保主任、团支书和妇女主任四职干部参加。以上四职干部，大的村庄分别由四人担任，像锦鸡岭这样只有二百来口人的小庄，现在职数虽然不少，但却是一人兼多职，且正值巧莲坐月子，如此，便只有高恩良一人去开会了。这高恩良进社委班子已经半月多了，社委还没开过会，有什么事也大都是几个委员碰一下头就算了。明天他去乡里开会，可真算得上大姑娘上轿——头一遭儿。试想，如此大的责任，他曹义年怎么能放得下心？所以才再三强调、嘱咐，但是还没等他交代完，就听到有人喊筲掉到井里去了。这喊话的不是别人，正是张武贞。

正在打水的张武贞由于呆呆地看着高恩良出神，竟忘记了已落在水面上的木筲，见高恩良回头看她时，才慌忙低下头提木筲，这时井绳已经松了，木筲脱了木钩，漂在了水面上。

"不、不——要紧！你……你等等，啊！"高恩良放下车子跑过来，"还、还飘着……那个、那个我下去！别动！"他脱掉鞋子，又开双腿，踩着石砌的缝隙下了井……

却说好价钱张武贞。自丈夫去世，她回到娘家后，总感到自己现在落到这人不是人鬼不是鬼的境地，实在是不愿见人。她白天忙活家务，除了打水推碾、下坡干活什么的外，一般很少出门，更不用说是串门走亲戚了，怕的是别人问起来无言答对，晚上吃了饭就与萱萱在东里间早早睡下。人们常说"望景生情，睹物怀旧"——自今天傍晚在井上与高恩良相遇后，她那趋于平静的心中又泛起了浪波。

夜已深，张武贞却辗转难眠。她望着窗前石榴树那婆娑的身影，五年前春天的一段往事又浮现在眼前：那年她刚满十七岁，按婚约所订，第二年就该与高恩良结婚，然而，张华友却私自废止了婚约。这天下午，张华友来到高恩良家，提出了退婚，其理由是他的儿子张武成已经超出谈婚论嫁的年龄却尚未成婚。张华友说："啊呀了伙价！咱这定娃娃亲时没有证人，婚约是我与他爹良玉订的，他已经作古了，我现在提出退婚，终止合约，好像是有点儿不太光面，但是，我是没有办法的办法！你看我家武成已经二十好几了，至今还没娶上媳妇，眼下虽有几个提亲的，可个个都要彩礼，多得邪乎，三百元还是少的，有的开口就是五百六百的要，你叫我怎么办？说什么也不能让俺张家绝了后吧？你们不同意不要紧，那得把钱拿出来！我不是以前就常说吗？俺那武贞能值四千元（人民币），就这个价钱别人还争破锣打破鼓地抢呢！可我张华友是个重感情的人，知恩图报，所以说，看在良玉救过我一命的份上，根据你家的情况，我既不要四千，也不要三千，还不要两千，只要一千元，啊，就是最少也不能低于八百，怎么样？"当时高恩良家老的老小的小，就是砸锅卖铁，卖了屋子底也拿不出二百块钱来，去借又无门，所以，对于八百元这个骇人听闻的数字，可以说是望洋兴叹。

"拿不出来吧？那好，我张华友也不逼你们，宽限仨月，要是到期还拿不出来的话……你们该找对象就找对象，我的闺女该嫁人就嫁人，谁也别说谁的不是，到时候可不能怨我张华友不讲情面！"张华友见高奶奶和高恩良二人无话可说，就从衣兜里掏出六张面值五元的人民币，说，"还有，我张华友做人光明磊落，不想赚你们的便宜，也不想让你们吃亏！这二十元算是聘礼钱，这十元是恩良这些年为我家干活的工钱，多点儿也罢少点儿也罢，咱都别计较，其实呀，就是想计较那也没好法子计算呀伙计！这样一总全给你们，从今往后咱两家的婚事一刀两断！"说完扔下钱，扬长而去。

前边多次提到娃娃亲，何为娃娃亲？顾名思义，就是在男女双方都未成年时预先送柬，即男女双方当事人的生辰八字，约定婚姻，等到一定年龄后正式结婚。如果男方年龄较大，而女方过小且家庭条件不太富裕的话，可到男方家居住，称为童养媳，等长大后再成婚。这也需经媒妁说和，若不用媒人，则由证婚人（见证人）主持，经双方父母同意，制定婚约，并签字画押，形成文书，一式三份，各自收存，谓之三方见证。在旧社会，无论是"指腹为婚"，还是"既定娃娃亲"所订的合约文书，都是要负法律责任的，男女双方必须认真恪守，任何一方如果没有失踪、死亡或到结婚年龄而联系不上等特殊情况，不得以任何借口或理由终止合约，提出退婚，否则，以罪论处，罚以赔偿，甚至坐牢。

那么，张武贞与高恩良是何时又因何事定的娃娃亲呢？这还得从张华友被架票时说起。1942年秋天的一个深夜，张华友被土匪架了票，绑至距锦鸡岭村二十多里的邢村，因缴不出二百银圆的赎金，是夜，土匪决意撕票，他们在邢村外挖好了土坑，准备活埋张华友。正在这时，时任国民党军队排长的高良玉带领队伍执行任务路过此地，见状将绑票的五六个匪徒全部打死，救出了张华友。

后经查实，绑架张华友的并不是什么土匪，而是高运振的手下和他的兄弟们。这高运振已有一妻一妾，却又看上了张华友的妹妹，屡托媒人提亲，但张华友深知其人品，百般阻拦，并将妹妹远嫁东北。高运振对此怀恨在心，设法报复张华友，所以假扮土匪架票张华友，想置他于死地。然而，事与愿违，张华友不但被高良玉救出，高运振的弟兄们还被高良玉打死了许多。高运振对此一直耿耿于怀，但又不好明说，只能在暗地里找茬设障，并最终导致高良玉夫妇双双遇难。

当时张华友感恩不尽，无以报答，将七岁的女儿张武贞许配给长她三岁的高恩良为妻，两家为二人定了娃娃亲，并约定候张武贞年满十八岁时举行结婚仪式。

张华友从高恩良家回来，将退婚之事告知张武贞，张武贞坚决不同意，与他理论起来，张华友说："啊呀了伙价！你说得一点也不假，你是和姓高的定了娃娃亲，可现在解放啦，不兴这个了！"东里间，张华友坐在炕头上，就着饭桌上仅有的一小碟豆豉咸菜，自斟自饮。他仰头顺下一盅酒，夹了一个豆粒子放进嘴里嚼着，说。

"那也不能说话不算数呀！"扎一条独辫子，年龄在十七岁的张武贞倚在门框上，回答说："耽误了人家这么些年，如今再说不行了，咱对得起人家吗？"

"多少年？他到现在还不大满二十岁呢！"张华友抿了一口酒，捋捋不听话的胡子，"咱这说也不晚，怎么就说对不起他呢！"

"俺俩的事全村有谁不知道？无缘无故地和人家散了，邻里百家还不戳着脊梁骨骂咱势利眼？我可丢不起这个人！"

"啊呀了伙价！咋，人还有被骂死的伙计？谁愿意骂就骂吧，有我张华友一个人担着！反正你在城里又听不着，咋你还丢不起人呢？"

"不管怎么说，我就是不同意！"张武贞进屋把自己扔在炕前的杌子上，倔强地说。

"啊呀了伙价！你咋就这么死心眼呢？人活在世上不就是图个享福嘛，哪有大瞪着两眼跳火坑的？"张华友摸起烟袋在一个长方形带拉盖的木制烟盒里装着烟末，"如果他父母还在世，你嫁过去可以东不管西不管，赌管享你的福，可现在呢？要什么没什么，就是有一个无能的老婆子和一个不懂事的孩子，就这样的家道，那你能图什么呢？"

"我图他的人品！"张武贞昂起头，坚定地回答。

"哈哈哈！"张华友笑得前仰后合，东张西歪，不能自己，把尚未点燃的烟末几乎全抖了出来，"啊呀了伙价！灵透地跟嘲猪似的，脾气犟的和驴不分上下，说话就像打机关枪，哩哩啰啰半天别人还不知道说了些什么！还人品呢？哈……"

"他心眼好！"张武贞瞪了张华友一眼，"我喜欢！行了吧？"

"啊呀了伙价！咋不行呀伙计？"张华友没有生气，擦擦笑出来的眼泪，重新装着烟末，"我说他心眼不好来吗？我说不让你喜欢了吗？可这心眼好和喜欢能当饭吃吗？"

"你……哼！"张武贞气得别过头去，"跟你说不出个里表来！"

"你喜欢不要紧，可得讲点现实吧？"张华友划燃火柴点上烟，劝道，"为人父母有谁愿意儿女受累受穷的？爹想把你嫁到城里，完全是为了你好啊！不说别的，就说人家那家道吧，高房大屋的，还开着铺子，钱哗哗地往家淌，你嫁过去下半辈子还不掉进福囤里了伙计？这样，父母的心事也算了了不是！"

张武贞回头看了一眼，想反驳，但嘴只张了张，又扭过头去。

"再说啦，你要嫁的这个男人除了比你大点外，哪样不比老咔强？还有，就说他那做人行事的大方劲吧，咱家那挂马车，我……"

"正因为你图财，才把我卖了！"张武贞忍无可忍，霍地站起来，指着张华友，"你昧良心去吧你！"

"啊呀了伙价！天地良心啊！我要是把你卖了，遭天打五雷轰，天要是不轰隆我，我就在窗外那棵石榴树上上吊！"张华友用烟袋指着窗外连树冠算上都不足一人高、刚刚冒芽的石榴树，信誓旦旦地说。

"哼！你是没卖我，可我问你，那二百块钱和马车是怎么来的？"张武贞火冒三丈，质问道。

欲知后事，下回分解。

第五十三回
人品好男子怀怜情
时气差母鸡交厄运

上回说到，张华友原本将年幼的女儿许配给高恩良，为两人定了娃娃亲，表面上看是为报答高良玉的救命之恩，真正目的其实是图高良玉是个军官，虽然他当时只是个排长，但以后可能升为营长、团长或师长什么的，所以，张华友虽明明知道高恩良口吃、头脑反应不是那么快，还是愿意"将一朵鲜花插在牛粪上"，为的是让闺女下半辈子吃穿不愁，说不定自己以后也能跟着闺女沾点光。然而，高良玉夫妇却英年早逝，家境一下子大不如前，他的愿望也化为了泡影。以前，他曾几次想毁约退婚，但怕的是"好汉说不过悖理去"，遭全村人笑话，更惧坐牢。他想：只要儿子能说上媳妇，至于女儿嘛，早晚是人家的人，出了门子，享福受罪只能看她的造化和命运，既怨不得天，也怨不得地，更怨不得父母。直到五年前，他的儿子武成已经二十多岁了，连个媒人都不招，求亲告友所提的个个都要巨额彩礼，为此，他才在女儿武贞身上打起了主意：用她换亲。如此女儿结婚他不但不用花钱，而且还成全了儿子武成，谁知张武贞却誓死不干。正值张华友无咒可念之时，有媒人前来提亲，说城里有一富裕之户，家口刚刚过世，想找一个美貌的闺女续弦，事若成，男方答应给一份可观的彩礼。张华友满口答应，但却没对外声张。事过不久，他就向高恩良家提出要巨额彩礼，以此逼迫高家终止婚约。张武贞得知这一切后，说父亲昧着良心把她卖了。张华友矢口否认，张武贞问及钱与马车的来路，张华友说："啊呀了伙价！那都是人家陪送的伙计！"他顺下一口酒，嗓门不高，却振振有词，"那马车，我只是说好，没说要，可他硬是把它送来了，不用钱！不算是卖吧？那二百块钱，也是他心甘情愿送的，说是为你哥哥去东北你姑家表示的一点心意，钱我是一分也没见，都让你哥哥拿去了，咋就说把你卖了呢？这可冤枉死你爹啦！"

"你、你……！"张武贞你了半天，才憋出一句话，"什么样的鳖让你气不青盖！"

"她爹，"一直没插话、在明间炒菜的张二婶端着一盘鸡蛋炒疙瘩咸菜走进来，劝道，"武贞，你俩都少说几句吧！小心让外人笑话！"

"啊呀了伙价！都是你给惯的！"张华友就炕沿上磕磕烟袋，"说话真还没老没少……不成？"

正在这时熟睡了的萱萱醒了，喊："妈妈，妈妈，我要撒尿！"打断了张武贞的回忆。

却说高恩良。自从傍晚与张武贞在井台上相遇后，他的心情也跟张武贞的一样，可谓"投石击破水中天"。夜，没有月亮的夜，已经很深很深了，他翻来覆去仍无法入睡，幕幕往事闪现在脑海中：

他刚满十岁那年，在父母的主持下与张武贞定了娃娃亲。父母在世时，张华友经常领着张武贞来他家，父亲每次探家也领着他去张华友家，虽然高恩良不善言谈，但是张武贞却与他玩得很开心。当时两家老人开口亲家、闭口亲家地相互称道，他还不知道什么是亲家，随着年龄的增长，他才知道张武贞就是他未来的媳妇。他为有这样美貌的妻子而自豪。自从父母去世后，两家的来往渐渐少了，没有事，张华友一般不来，有活需用人时才到他家叫他这"廉价劳动力"，且限制他与张武贞的交往和近距离的接触。

张华友来他家退婚的时候，高恩良从头到尾都在场，他回想起来如同发生在昨天。在这之前，他还憧憬着美好的未来，盼望着能早日与张武贞完婚，以慰父母在天之灵，也了却奶奶的一桩心愿。但是，事与愿违——订婚这些年来从没提起过要钱的张华友却突然索要起彩礼来，且狮子大张口，一口咬定八百元，这个数字不用说是期限三个月，就是三年，一家人不吃不喝也凑不齐。无奈之下，他家不得不接受终止婚约的意向，无条件地退婚。当时奶奶就气病了，卧床五六天，在邻居的劝慰和兄妹二人的精心照料下，才慢慢好转。不过，这高恩良却并没有为此怨恨张华友的无情。张华友的儿子武成因为长相猥琐，二十好几了还没讨上个媳妇。高恩良曾听张武贞说过，有几个前来给她哥哥提亲的，不是提出苛刻的条件，就是索要巨额的彩礼，这张华友并没说假，向他家索要彩礼，也不算无理要求。自古以来，男方向女方纳彩礼就是理所当然的事，无可争议！只不过张华友要的数额太大了，与他高恩良家的承受能力相差甚远，如果当时他家能拿出个三百五百的来，事也许不至于闹到这步田地，所以他并不认为张华友是故意刁难于他，为此对他予以谅解。

对于张武贞，他非但不恨，反而还有几分敬佩和感激，他敬佩她的人品和坚贞。张华友要用她给儿子武成换媳妇，她则守住了"好女不嫁二郎"的贞节，为此张华友还喝药上吊以死相逼。此是后话。张华友索要彩礼，提出退婚，她得知后又与父亲大闹了一场，虽然没能改变自己的命运，但却显现出她不嫌贫爱富的高贵情操。可是，人心都是肉长的，不管怎么说，失去了心上的人，高恩良心里终不是滋味，张武贞出嫁那天，他不愿面对那种离别的场面，天不亮就跑到了十几里外的山上，一整天没吃没喝，自己也不知道痛哭过几次，直到很晚才回家。张武贞嫁到城里后，连他自己也说不出为什么，老是挂心她的命运，暗暗为她祈祷，期盼她能得到幸福。自从张武贞的丈夫病死后，他又埋怨老天爷太不公平了，为什么对待她是那样地残酷无情？他怜惜她、心疼她，要是可能的话，他真想分担她的痛苦和不幸，然而，他与她早已成路人，就是接近一下也怕遭到他人的非议。正在这时，房外传来令人毛骨悚然的哀叫声："吱吆——！""吱吆——！"

鸡被黄鼠狼咬着的惨叫声从高恩良家的鸡屋子里传出来，格外惊人，把高恩良的追忆打断了。

"良子！良子！"东里间，高奶奶被惊醒了，她欠起头，向西里间喊，"快起来！黄鼠狼拖鸡啦！"

"高奶奶，恩良哥劳累了一天，大概睡着了，我去吧！"孙月英一骨碌从被窝里爬起来，没来得及穿外衣，只穿了一件乳罩和一条裤头，下炕穿上鞋，向外跑去。

只听"嘭"一声响。

欲知后事，下回分解。

第五十四回
辨话音曲解为辱骂
弄手段岂能不惹嫌

上回说到，鸡的惊心动魄的惨叫声打断了高恩良的追忆，高恩良来不及掌灯，光着身子，赤着双脚就向外跑，刚出西里间的房门口，正与从东里间跑出来的孙月英"嗙"的一声撞了个满怀，慌乱中，二人身不由己地搂成了块儿，"啊——！"孙月英不由得惊叫了一声。

高恩良慌忙松开手，拉开门跑了出去。此时，黄鼠狼拖着一只大母鸡即将爬上东墙头，他跑上去一把把鸡撕下来，黄鼠狼跑了，然而，鸡被咬断了脖子，已经死了。

却说乡委会堂。乡委会堂设在一处学校的教室里。贴在主席台后墙壁上的"前进乡扫盲动员暨冬季治安保卫大会"红纸黑字的长条横幅上的标语分外醒目。主席台上，并排着摆了两张书桌。三间房的教室被三十多个男男女女塞得满满的（处于丘陵和山区的乡一般辖七八个村，最多也不超过十个村），只有前边的几个座位还空着。坐在主席台桌旁的一青年女干部拿着几张带字的纸正在点名："蒋沟村的团支书来了吗？"

"来了！"台下一男青年站起来应道。坐下。

"治保主任来了吗？"青年女干部在纸上用钢笔打了个对号，问。

"来啦！"台下一四十多岁的中年男子站起来应道。

"妇女主任呢？"

"来了！"台下一三十多岁的家庭妇女站起来应道。

"民兵连长呢？"

"来了！"台下一男青年站起来应道。

"锦鸡岭的团支书来了吗？"

"来啦！那个的……来啦！"着意打扮了一番的高恩良挎着一个黄色军用旧挎包，上气不接下气地跑进来，应道。

这老咔高恩良，昨天曹义年就一再强调，要他千万别来晚了，但他还是来晚了，因为他是起了个早五更却赶了个晚集——昨晚上半夜他思虑与张武贞的事难以入眠，接着就因黄鼠狼来拖鸡被吵醒，下半夜又考虑今天来开会的事，直到鸡叫才迷迷糊糊地睡去，睡了没一会儿，奶奶又催他起来，说："良子，良子，天都大亮了，快起来吧！你不是还要去乡里开会吗？再不起来就来不及吃饭了！饭呢，我早做好了，孙老师也把鸡炖好了，你快起来，洗洗脸吃饭！昨夜里地上落了一层面饼厚的小雪，路上不好走，你得提前走，千万别耽误了开会。"

为高恩良去乡里开会，二哇哇提前就做好了准备，昨天晚饭后，她翻箱倒柜地把高恩良过年时才舍得穿的一身新衣服找了出来，放在西里间的炕上，又与孙月英和面擀了四张面饼，做了一小碗鸡蛋炒辣疙瘩咸菜丝，这才躺下。她睡了没一会儿，黄鼠狼就来拖她家的鸡。这二哇哇家就养了四只母鸡，还被黄鼠狼咬死了一只，把她心疼得都落了泪，但她转念又一想：这鸡已经被黄鼠狼咬死了，再心疼也白搭，反正是不能活转过来。死了就死了吧，只能怨你时气低，却正好有了俺孙子捎的好就菜，要不孙子捎着蛋炒咸菜去开会，在那么多人面前吃饭，我这为奶奶的还真感到寒碜，脸上无光！于是，她擦擦老泪，穿上衣服，与孙月英一起，烧水把鸡脱毛、去下货，放进锅里炖起来。"春三秋四冬八遍"，说的是夜里公鸡打鸣的遍数。紧炖慢炖，鸡叫已经是第七遍上了。炖好后，孙月英劈下两根鸡大腿包好，装进军用挎包里，换出了蛋炒咸菜疙瘩，一切拾掇停当，二哇哇这才叫高恩良起来吃饭。

高恩良睁眼一看，天已经放亮了。他一骨碌爬起来，慌忙穿上衣服，洗了几把脸，匆匆地吃了饭，背起孙月英借给他的军用挎包和军用搪瓷缸子，就向乡驻地赶来。锦鸡岭距乡驻地八九里地，凭着他那两条长腿，以往用不了一个小时就能到达，今天因路滑难走，路上还摔了几跤，大概用了一个半多小时才赶到乡委院，一打听，会议室没设在这里，而是在距离乡委院一里多路的学校里。无奈之下，他又折转身奔向学校。假若说不是昨天傍晚张武贞的木筲落到井里，曹义年可能会告诉他会议室的所在处，或许他自己也会问曹义年会议在什么地方召开，那样的话他就不用走这冤枉路了。等他到达会堂时，正好点着锦鸡岭村的名。女干部点名道："治保主任呢？"

"那个、那个——个来……来啦！"刚挤进前面空位上的高恩良还没坐下，应道。

"妇女主任呢？"青年女干部没有抬头，忙着打对号，问。

"那个……那个也——来了！"刚坐下的高恩良站起来，应道。

"什……什么？"女干部闻声抬起头，"你、你咋是妇女主任？"

"那个——我不是！是、不是我！"

"那你们村的妇女主任呢？她咋没来？"

"她？那个她、她不是大了肚子嘛！那个，吭，吭，大了肚子不就……就生——小孩了嘛，生小孩她就……"

"咳，不就是在家坐月子吗？"女干部打断高恩良的话，"什么大了肚子，什么生小孩，直接说在家坐月子不就行啦！"

"对对！那个是……是坐月子，吭，没出月啊——满月！"高恩良重复道。

"你是头一次来开会吧？自己过来签个名吧！"

"那个我、我、我……不认得字，我！"

"那我代你签！"女干部坐下来，"什么名？"

"嘿嘿，安、安稳！"

"安稳？是小名吧？我是问你的大号！"

"那个、那个的人家都叫我、叫我老——咔！对吧？"

"老咔？咯……！哪有叫这个名字的？"女干部失声笑了，"你的记工手册上写的就是这个名字？"

"噢！那个的不是！是——是、是……是高恩良！"

"哎嗨！你怎么骂人呢！"由于高恩良吐字不清，女干部没有听明白，吃惊地问。

"那个——我怎么，吭，吭，骂……骂人了我？"

"还说没骂人，那搞您（方言：音为en）娘不是骂人，是什么？"女干部站起来，质问道。

"我、我……那个高恩良，就是——高恩良，骂人了咋叫？"高恩良据理力争，"我那个的从小就……就——高恩良了我！"

"你、你……哼！还从小就搞俺娘？"女干部气得将笔向桌子上一摔，"你们大家都听听，他一口一个搞俺娘，还说没骂人！你呀，不但骂人，骂人还够狠的，还从小就搞俺娘！什么德行？你咋配当干部呢！"

"刘文书，你别生气，他的确没有骂你！"坐在高恩良身后的一青年站起来打圆场，说，"我与他邻村，他真名就叫高恩良，姓高的高，恩情的情，良好的良，不是搞您娘！"

女干部不好意思地笑笑，歉意地说："哦！原来是这样？刚才都怪我没听清楚，态度不好，还请你多多原谅！"女干部坐下来，说，"不过，以后来参加会的时候一定要早点儿来，今天你是来的最晚的！嗯，请坐下吧！"

高恩良擦擦脸上的汗，友好地笑笑，坐下来。

"赵乡长等领导随后就到，会议马上要开始了，请大家做好准备，能记的最好记一下！"女干部站起来，"开会前我强调一个事，就是午饭的安排，乡里下通知时已经说明白了，要求自带一顿饭，愿意出去吃的就出去吃，别耽误了下午一点半的会就行，愿意在学校里吃的，今天是星期天，吃饭的人不多，校食堂里有开水，还准备了二分一碗的姜辣面疙瘩汤！"

再说小风稍曹义霞。前天朱宇轩为她家安门，母亲当面倒没说什么，朱宇轩走后，就把一肚子不满转嫁到了曹义霞身上。曹义霞有嘴不能辩，只能忍受母亲的谩骂和埋怨。为这，几天来她饭不想、夜难眠，做事无心，郁郁寡欢，心里比吃了只苍蝇还窝囊。

今天早饭后，在朱文远的带领下，她与四十多个青壮年家庭妇女和识字班的人们一起来到北岭顶继续开挖渠道。此时，自张华友的地东边至桑行湾，长度不过百米的渠道已经挖下近一米深了，但张华友地西边的渠道还没挖。

休息间，她们三个一伙、五个一堆地聚在朝阳的坡地里聊天、嬉笑逗闹，不时发出阵阵欢笑声。唯有曹义霞来到远离人群十几米远的一座石碴子前坐下，无聊地扔着小石头。

"哟，小风稍！"庞玉娟从人群中走过来，"你咋一个人跑到这里来了？"说着在曹义霞身边坐下来。

"清闲！"曹义霞勉强地笑笑，继续扔她的石子。

"你这两天蔫而吧唧的，像是得了鸡瘟。"庞玉娟开门见山地问，"一定是遇上不顺心的事了吧？"

"没有！"曹义霞摇摇头。

"哼！还不承认呢！那我问你，你家的门窗做好安好了没有？"庞玉娟笑望着义霞，问。

曹义霞没有回答，扔石头的手却在空中停了下来。

"你呀，骗得了别人，还能骗得过我？"庞玉娟停了停，"其实呀，朱宇轩是聪明反被聪明误！"

"什么意思？"曹义霞扔出石子，问。

"你想听呀还是不想听？想听就靠我近点儿，我跟你说！"

"真的？"庞玉娟在曹义霞耳边嘀咕了一阵，曹义霞惊讶地问，"真的都做好了！"

"听文斋家说，他这两天没白带黑地干，昨天晚上就把大门和屋门全赶出来了，还油漆好了，"庞玉娟点点头，"直接拉去安上就行啦！"

"那——那天……？"

按说曹义霞并非不是聪明之人，更不是头脑简单之辈，那么她每遇一大难题，咋都要依赖庞玉娟给出主意想办法呢？那是因为：一者应了"当局者迷，旁观者清"的名言，就如劝人一样，别人遇事时，劝人者会说得头头道道，至情至理，然而当事降临到自己头上时却不知所措，似傻了一般，连最简单的道理都想不出来。二者，庞玉娟比曹义霞年龄大，心眼多，有经验，且有一副热心肠，与曹义霞又很合得来，所以曹义霞才把她作为知心人，屡次求教于她。庞玉娟说："他听说你娘去你姥娘家伺候你妗子月子，就把做好的屋门拉去了……"

"屋门？"

"是屋门！"

"骗人去吧！屋门哪有那么高的？"

"我刚才不是说了吗？聪明反被聪明误！"

"到底是怎么回事？你就别打哑语了！"

"木匠的记号——叉号就是对的，对号反而是错的！"

"我还是不明白！"

"那你知道有捎着锯安门的吗？没听说过吧？"

"你想把我闷死咋的？"

"他错就错在耍花枪上！老憨想当着你的面露一手，显摆一下本事，还想借机与你多待会儿，就把应该裁掉一块的屋门拉了去，没想到正遇上你娘回来啦……"

"俺娘又怎么了？"

欲知后事，且下回分解。

第五十五回
酿造笑料合乎情理
目睹景象出于意外

上回说到，庞玉娟于前天下午就发觉曹义霞少言寡语，萎靡不振，思想上肯定有问题，想问其究竟，但又觉得无从问起。昨晚宇轩娘来她家串门，谈话中她才知其根由，于是来到远离人群的曹义霞身边，将朱宇轩安门的真正目的告诉了曹义霞，并说与她娘有关。曹义霞问及原因，她说："这老憨看见你娘，简直是老鼠见了猫——连最起码的逃跑的本事都吓没了！听宇轩娘说，当着你娘的面，朱宇轩又不能跟你明说，急得他六神无主，对你一次次地使眼色，又是打手势，又是打叉号，你呢，就是不闻不问，光会发火使脾气，搞得他狼狈不堪。叫你说，这不是扒着眼照镜子——自找难看嘛！"

"活该！谁让他自作聪明呢！"曹义霞低下头，说，"我还真认为他是耍藏掖的趴下了——就那么大的本事啦！"

"一失足成千古恨！我也说他活该！"庞玉娟笑笑，问，"哎，听说你娘又去了你姥娘家，是吧？"

"嗯！去借钱买木料，另请木匠！"曹义霞抬起头，"大概后天就回来啦！"

"趁这个空，你就不打算去瞧瞧老憨做得怎么样？"庞玉娟循循善诱。

"我？"曹义霞犹豫地说，"这事合适吗？"

"事情都到了这个份上，你还怕什么？快去帮他把门窗拉来安上算啦！"

　　却说老咔高恩良。中午散会后，来参会的人们离家近的回家吃饭，左近有亲戚的去赶嘴，离家远的去了学校的食堂。

　　学校食堂屋两间，半间是炒菜做饭的厨房，半间是对外卖菜饭的窗口。另一间是专供教师和学生们吃饭用的餐室，里边只有两张高腿旧方桌和十来个杌子。时值星期天，没有教师和学生前来就餐，只有前来开会的十几个男女村干部围坐在饭桌旁开始吃饭。他们有的掐着煎饼、干咸鱼，有的掐着饼、咸豆腐干，有的掐着窝窝头、疙瘩咸菜，有的……

　　"同志，来，喝上一碗疙瘩汤暖暖身子吧！"挎着军用挎包的高恩良进了食堂，在窗口随便地向里看了下，一位五十多岁的男炊事员从售饭菜的窗口探出头来，热情地招呼道。

　　"喝？那个的……的那个——喝！"高恩良说着就要离开，"喝、喝、喝——不起呀我！"

　　"哎，同志你别走呀！"炊事员不让，"你刚才不是说要喝嘛，我都舀上了，咋才说喝不起？"

　　"喝，那个喝，我没——说要！是你、你……"高恩良站下来，搜遍身上的口袋，也没搜出一分钱来，"我没带钱呀我，不信，吭，你——看看！"

　　"没带钱？"炊事员不依不饶，"没带钱，你还要？"

　　"高恩良，端过来吧！"曾为他打圆场的青年站起来，说。

　　"那……"高恩良接过碗，站在原地不知所措。

　　"过来一起吃吧！"青年走过来，将一张面值二分的纸币递给炊事员，邀请道。

　　"那个——那你看……"高恩良仍未动。

　　"不就是二分钱嘛！"青年说着回到原位上坐下来，"还愣着干什么？"

　　"嘿嘿，那……我这就——过去！"高恩良走过来。

　　"吃咸鱼吧！"青年咬了一口烙煎饼板，指着面前放在书纸上的几个小咸鱼，说。

　　"那个、那个我……我有！"高恩良感激地看了一眼已经两次为他解围的青年，不知如何报答是好。他放下碗，摘下挎包放在桌子上，边打开，边说："还是，吭，吭，好、好——吃的呢！”

“好吃的？什么好吃的？”青年问。

“那个大腿呀，条白！还、还……两根呢！我、我说不要不要，可那，吭，吭，孙老师硬给掀、掀、掀——上了！”高恩良说着从挎包里拿出一个带盖的军用搪瓷茶缸，和用白包袱包着的几张白面饼来。

“你说的是什么大腿硬掀上了？”青年不解地问。

“那个，那个是——这大腿，鸡呀！”高恩良揭开缸子盖，拿出两根用包装纸包着的煮熟了的鸡大腿，将其中的一根递过去，“给！”

“哦，原来是鸡大腿呀！我还认为是孙月英老师的大腿呢！哈……”青年大笑起来。

“哈……”周围的人也都大笑起来。

再说曹义霞的娘家姑姑，三天前见朱宇轩把门做得大门不像大门，房门不像房门，她心里那个窝憋气就别提了，要是换了别人，一准会大闹一场，但是她没有那样做，而是要朱宇轩把门拉走。等朱宇轩走后，她就把女儿数落了一顿，说着说着竟落下泪来，晚上还哭了半宿。第二天一早，她没吃饭就回娘家借钱了。当天把个脖子憋得楞粗楞粗的也没有勇气张口，因为，建新房时她向娘家借的三十四元钱至今还没还上，怎么好意思再说借？但也没有别的办法，所以，直拖到第二天傍晚才豁上她的老脸开了口，娘家人听说后，东拼西凑才凑了十三元六角五分钱现钱，就这些钱，家姑姑也没好意思全拿走，只要了十元，这十元钱与购置门材的款额还相差甚远，无奈之下，她又央求娘家兄弟去邻居家借取，娘家兄弟连续走了六七家，才凑了十二元钱。第二天吃过早饭，家姑姑带着娘家给的鸡蛋和猪肉匆匆往家赶。

家姑姑进村后没有直接回老宅子，而是先来到新房，抬头一看，登时惊呆了——黑色的油漆大门已经安好了，门挂上还挂了一把崭新的铁铃铛锁。她不敢相信自己的眼睛，怀疑是在做梦，于是，狠狠地在大腿上拧了一把，钻心地疼，这才确定是真的。心想：大概是义霞去集上买的，可她没有钱啊！嗯，有可能是借钱去买的或者是赊的。她情不自禁地来到门前，摸摸铁锁，又按按两扇门上的铁环，最后躬身瞧瞧门缝的严紧度，自问自答地说：“瞧这严丝合缝的样，不像是买的，要是买的，咋会宽窄大小都正好呢？难道是朱宇轩……？不可能！本来木料就不够，他去哪儿弄的木料？就是有现成的木料，才两三天的空，那也做不起来呀？除非是神仙！要不……”正在这时曹义民回来了。

"啪！""啪！""六尺！"

"啪！""啪！""一丈一！"

中午放学后，曹义民在东西路上自娱自乐，他拿着一块长一尺宽二寸的木板，打着自制的、两头尖的木茧儿。他先用木板在地上的木茧儿的尖端敲一下，当木茧儿蹦起后，再跑过去向木茧儿猛地打一下，然后边用步子丈量距离，边数步子的多少。他刚拐过南北路，一抬头看见站在大门前的母亲，急忙拿起木茧儿，边跑边高兴地喊着："嗷！娘来啦！娘来啦！"

"哦，义民，放中午学了？"家姑姑一边抚摸着门环，一边回过头，问。

"娘，门锁着呢！"曹义民跑过来，"你没看见上边的锁吗？"

"娘知道！"家姑姑转过身，笑了笑说。

"那您？"曹义民不解了。

"义民，什么时候安的门？"家姑姑没正面回答，问。

欲知后事，下回分解。

第五十六回
学珠算准会计专注
听念信老爷子走神

上回说到，义霞娘家姑姑满怀希望回娘家借钱，心想咋说也能借个四五十块钱，没想到只借到了二十二元钱。她一路上盘算着如何去买木料，如何去外村请木匠，就这俩钱，不用说付工钱、管饭钱，就是光买大门和屋门的料，那也相差甚远！尽管家里还有个十块八块的可以添巴上，但够与不够也还两说着。更不用说请木匠的工钱和饭菜钱了。正在她犯愁时，却发现崭新的大门已经安好了，这大大出乎她的意料。此事由不得她不乱猜一气。此时，儿子曹义民放学回来了。于是，她迫不及待地问他是什么时候安上的。

曹义民说："前天！"他掏出钥匙，有几分显摆和得意地说："宇轩哥还给咱家做了一张饭桌，一个杌子和四个小凳子呢！"

"哦！"儿子的话揭开了家姑姑心底的谜团，她接过钥匙，指指地上盛有几十枚鸡蛋和二斤来猪肉的篮子，嘱咐道，"提上吧，小心别打了！"说着开了锁推开门，奔向屋门。

"娘！娘！"曹义民提起篮子，跟上来，"咱那老宅子也搬过来啦！"

"噢，老宅子？"义霞娘来到屋门前，没有急于开锁，而是仔细端详着新屋门，问，"哦，你是说老家里的东西都搬来啦吧？"

"嗯！嗯！"曹义民使劲地点点头，说，"好多人都来帮着搬的！"

原来，前天曹义霞听了庞玉娟的话，中午收工后，她就直接去了朱宇轩家，与朱宇轩一起把门拉来并安好了。下午收工后，朱宇轩、高恩良、庞玉娟等几人又去她家老宅子帮着把里面的东西全搬进了新屋。

"噢噢！"义霞娘答应着，转身奔向猪圈门。

却说孙月英。天色将晚，整个校园里空荡荡的，只有孙月英老师还在办公室里辅导张建柱会计业务的基础知识。

社委会议结束后的第二天，曹义年晚饭后来到张武昌家。张武昌一家人正在吃饭，张武昌正自斟自饮。全家人见他到来，都连忙站立让座。

"你们都坐下，别客气！"曹义年在东里间的门槛上坐下来，说，"我已经吃过了！"

"行头他娘，快沏茶！"张武昌说着进里间拿出一盒廉价烟，从中抽出一支递给曹义年，自己也叼起一支，他划燃火柴给曹义年点上烟，说，"吃过了不要紧，咱俩再喝上一壶，怎么样？"未等曹义年回答，他就又吩咐彩云说，"快去炒上盘鸡蛋，俺弟兄俩极少坐成块儿，今天说什么也要喝上二两！"

"我这就去炒蛋！"彩云将沏好茶叶的茶壶放在饭桌上，用勺瓢子（有一种葫芦名曰勺瓢子葫芦，它下大、呈圆形，上细长，成熟后用锯从中间平均锯开，即成勺瓢子。当年农村各户都用它舀水、舀稀饭）从饭锅里舀满馏锅水，说，"你俩先喝着茶等着！"

"嗨！你俩都别忙活了！"曹义年站起来，拍拍肚子，阻拦道，"我现在是酒足饭饱，有酒我也喝不进去了！你们呀，都快坐下吃饭吧！"说完坐下来。

"既然是这样，那咱就来实在的？"张武昌倒上一杯茶水，端给曹义年。

曹义年接过茶杯："最好！最好！"

"你们撑饱了，都滚一边去！"彩云对孩子们呵斥道，"该干什么就干什么去！别在这里碍事拌拉脚！"孩子们得到命令，放下饭碗一声不吭地离开饭桌，张建柱进了西里间，行头领着圆圆和方方出去了。

"曹社长，"彩云拾掇完饭桌上的残羹剩饭和酒壶、酒盅，用擦桌布擦着桌子，招呼道，"过来喝茶吧！"

曹义年与张武昌在饭桌前坐下后，张武昌试探着问："你今天来——？"

"噢，没什么别事，"曹义年放下茶杯，说，"主要是为柱子的事来的！"

"怎么样？"张武昌为曹义年倒上茶水，急切地问。

"你是说学会计的事吧？"曹义年就地上捻灭烟屁股，说，"他这个事呀——昨晚社委会议已经研究通过，决定让柱子来接朱文斋的班，当村会计，是明年下半年还是后年，看情况再定。眼下在不耽误学习的情况下，让他先跟着孙月英老师学习会计方面的基础知识，得空好好练练算盘。这事我以前曾经征求过孙老师的意见，她没意见，说同意社委的决定，会尽力而为！"

张武昌与彩云听说社委已决定让张建柱接朱文斋的班，正中下怀，满心欢喜。送走曹义年后，张武昌酒也顾不得喝了，饭也顾不得吃了，立刻进了西里间，对张建柱谆谆教导，动之以情、晓之以理，说什么以后当了会计，有雨淋不着，风刮不着，热天晒不着，冬天冻不着，还不用干重活等优点，夸大其词地重复了好几遍。再三强调，要他抓住这个机遇，一定好好跟着孙老师学。本来，这张建柱早就上够学了，只是父母不让退学。他上了六年学，至今还没爬出四年级的门槛，一上语文课就头疼，但是，算数却是他的强项，在上四年级时他已经学过珠算加减法和一位数的乘法及除数是一位数的除法，这不用老师再教，得空自己练练就行，就是两位数以上的珠算乘除法和会计知识必须得请教孙老师。他听说不是明年下半年，就是后年就能辍学当会计，立时打开了心灵上的"枷锁"——再也不用为上五年级和考取初中的事犯愁了，当即满口应承下来，并做了保证。自那以后，他有空就专心练习算盘，不到一个月的时间，多位数的加减法准确率已在百分之九十五以上了，只是还不够快。他从前天开始才跟孙老师学习珠算乘法，且全神贯注。今天下午放学后，他没有回家，而是留下来跟孙老师学珠算乘法。孙月英说："会计的主要业务就是记账和算数，首先得学会打算盘！"办公室里的办公桌上整整齐齐地摆放着几摞语文、算术、图画、作文等学生作业本和一摞教课本。她坐在桌前，说："算盘的加减法只能靠自己练习，才能熟能生巧，别没捷径可走！而乘法和除法则不同，全靠法则和技巧！先说乘法，乘数时一位数的，背过"小九九"就行了，乘数是多位数的，就不一样了，什么空挡，什么悬珠，什么以一计十，什么一颗上珠子等于二十等等，尤其是记位，它是多位乘数的基础。为了便于记位，必须背法则，我说说，你好好听！'多位乘法此乃真，起手先从二位引，三四五位乘完了，再从首位计其身。'什么意思呢？来，我做一下示范你看看！"孙月英将张建柱面前的十三路柱子的算盘拉过来，先在算盘的最右侧三路柱子上拨上了"六、七、八"三个数，又在算盘的最左端空了一路柱后，拨上了"五、一、九"三个数，说，"起手先从二位引，就是先用乘数的十位数一去乘被乘数的个位数八，再用乘数的个位数九去乘被乘数……"

"笃！笃！笃！"几下敲击教室门的声音打断了孙月英的话。

"请进！门开着呢！"孙月英说完，继续对张建柱讲解道，"再用乘数的个位数九去乘被乘数的个位数八，最后用乘数的百位数五去乘……"

"笃！笃！笃！"敲击办公室门的声音再次打断了孙月英的话。

"请进！"孙月英抬头见是张华友站在半掩着的门外，忙站起来，"是您？大爷，里边坐吧！"

"啊呀了伙价！孙老师，你在打夜班呀！"张华友走进来，"还没吃饭吧伙计？"

"不晚！"孙月英离开位子，伸手指着靠墙边的一张铺有席子的单人木床示意，"您请坐！"

"哎！哎！"张华友没有坐，对站着的张建柱说，"柱子，得好好地学呀伙计！为教你，你老师到现在还没捞着回去吃晚饭呢！"

"您放心，二爷爷！"张建柱点点头。

"大爷，找我有事吗？"孙月英问。

"嘿嘿，也没有什么大事，就是，"张华友看一眼张建柱，支吾着，"就是……"

"张建柱，咱今天先学到这里，改日再学！"孙月英见状，对张建柱说，"你回家吃饭吧！"

"嗯！"张建柱向孙月英鞠躬后，向外走去。

"大爷，什么事？您坐下说吧！"孙月英回原位上坐下来，问。

"嘿嘿，我想，我想麻烦你给看看信！"

"信？什么信？"

"我那儿子武成从东北给我来信了！"张华友说着，摘下黑色毡帽头，从里边拿出几张带字的纸，"本来我想叫武昌看，可又怕他磕磕绊绊地念不明白，这才……嘿嘿，不耽搁你吃饭吧？"

"您别客气！"孙月英笑笑，"拿过来吧！"说着划燃火柴点燃了煤油罩子灯。

"是真耽搁不了？那我就不好意思了！"张华友将信纸放在孙月英面前，"麻烦你念念吧！"

"好！"孙月英拿起信纸，念道：

"爹、娘你们好！

"你的来信我早就收到了，因为我自己不会写字，所以拖到现在才给你们回信。从来信中得知，我妹夫死了，妹妹回了咱家，请你好好安慰她，劝她再嫁吧！

"我在这里一切都好，我姑姑也都好。我现在参加工作了，当了林场的工人，一月工资十二元八角钱，对象也找上了，年底我俩准备回家结婚……"

"啊呀了伙价！当了工人了伙计！"坐在床上的张华友情不自禁地插话道，"也搞上对象了，还回老家结婚？那上面是真这么写的？我不是在做梦吧？"

"信上确实是这样写的！"

"啊呀了伙价！这下子可了了我的心事啦！"张华友得意地捋捋胡子，"孙老师，再往下念！信上还说了些什么？"

"嗯！"孙月英点点头，念道：

"爹娘，我来东北四年多了，十分想念你们。从信中得知咱村只有咱一家还在单干。您二老一年老起一年，身体一天不如一天，我又不在跟前尽孝，所以，我劝您还是入社吧！入了社，村里会有照顾，名义上还好听，您说是吧？

"好了，我不多说了。最后，我想问一下，半月前我寄回去的三十元钱不知您收到没有？请回信！儿子，武成。"

"入社，劝我入社，你说我入还是不入呢？"张华友听到儿子劝他入社时，思想就开了小差，对孙月英下边念的是什么都没听见，只顾自己念叨。

"大爷，信念完了！"孙月英笑笑，说。

"念完了？"张华友回过神来，"那后头都说了些啥？嘿嘿，我耳朵不好使，没听明白！"

欲知后事，下回分解。

第五十七回
宴请客托词假推诿
设圈套恃才真争标

上回说到老滑溜的儿子武成来了信，张华友并不是怕张武昌不会念，而是下午接到信后连去了张武昌家两趟，张武昌都在桑行湾修蓄水池没收工，因为他急于想知道来信的内容，才急急火火地找孙月英为他念信。儿子来信说他已经当上了工人，而且还说上了媳妇，张华友的心里顿时乐开了花，但是，当他听到儿子劝他入社时，由不得不走神——儿子去东北前农村还时兴互助组，没有合作社这一说。儿子去东北近五年了，来信少说也有个七封八封的，却从来没有提到过让他入社的事，此次可是破天荒。在他看来武成天生懦弱，性格内向，逆来顺受，他就是说锅底是白的，武成也绝不敢说是黑的。所以，儿子如此"大逆不道"的行为，才使他的思想开了小差，以致连孙月英读完了信他都不知道。他问及信的后边还写了些什么，孙月英说："你儿子问，他寄来的三十元钱，你收到了没有？"

"啊呀了伙价！早就收到了伙计！咋还收不到呢？"张华友站起来，"孙老师，给你添麻烦了，等武成回来，请你来我家喝喜酒！"

却说义霞娘家姑姑。俗话说："滴水之恩当涌泉相报。"当家姑姑得知为给她家做门窗，朱文斋家把老俩的寿棺椁木料都用上了后，感激之情无以言表，对朱宇轩的看法自然也就改变了。在当地无论是有恩于人，或有求于人，还是欠人情，都会"几杯薄酒聊表心意"。宴请对方酒是第一件，家姑姑为表示心意，答谢朱文斋对她家的恩情，决意请朱文斋爷俩喝酒。家姑姑深知：自丈夫死后，朱文斋经常为她家帮这帮那，尽管她多次挽留请他喝酒吃饭，但是都被朱文斋婉言谢绝。这次她想请两人恐怕还请不到，事前不得不找曹义年商量，她想以曹义年的名义请酒，并请他作陪。

今天下午，在北岭顶挖渠道的曹义霞委托庞玉娟提前向挖蓄水池的朱宇轩打招呼，叫他散工后与他爹来她家喝酒。而她自己也特意向朱文远请假，提前回了家，帮着母亲做饭炒菜。此时太阳已经落山，估计下坡干活的社员们也都收工回家了，但是朱文斋家爷俩至今未到，于是家姑姑就打发曹义霞去叫："天都这么晚了，你三大爷和宇轩还没来，你去瞧瞧吧！"

"不去！"明间里，曹义霞刚烧好大锅。她站起来，拿起扫地笤帚堆着灶前尚未用完的柴草，说。

"喷！喷！卖豆腐的挑着床——架子可不小！"坐在小锅灶前的家姑姑正在炒菜。她将盛着炒得半熟的猪肉的双耳朵小铁锅里倒进一小盆切好的白菜，用铁铲搅拌着，问："为什么不去？"

"我不想癞！"曹义霞说完，放下笤帚，端起锅台上的一盘炒花生米，进了东里间。

东里间，炕上的长方形新饭桌上摆放着一盘肉炒豆腐，一盘碎葱白煎鸡蛋，桌旁还有两瓶白酒。

"你这是什么话？"义霞娘向三块砖头支成的灶下续续劈成片子的葵花秆，问。

"你不是说宇轩他好耍小心眼、不诚实，"曹义霞放下花生米盘，走出里间，"我再跟他交往的话，就砸断我的腿吗？"

"噢，还真让你抓着把柄了？"义霞娘瞅一眼女儿，"去吧，往后娘不说就是了！"

"你不说，那我还怕赚口舌呢！"曹义霞说着在新凳子上坐下来。

"人家都订了婚了，"义霞娘将高粱梃秆做成的锅盖盖在锅子上，说，"还能赚什么口舌呢？"

"说不去就是不去！要去叫的话，等民民回来去叫好啦！"曹义霞倔强地说。

"他叫你义年哥去了，这时候说不定又去哪里玩了！"

"到时候他还不回来？"

"等他回来，人家早吃了饭了，还叫什么叫？"

"是叫谁呀婶子？"曹义年进了院子，"你看我这不是来了嘛！"

"他哥来了！"家姑姑揭开锅盖，翻翻菜，说，"我让你妹妹去叫文斋家爷俩，可她说什么也不去！"

"为什么？"曹义年进了屋，问义霞道。

"还不是嫌我以前说话不好听，现在跟我较起真来了！"未等义霞回答，家姑姑抢着说。

"咳！以前是以前，现在是现在！"曹义年在凳子上坐下来，从衣兜里掏出一盒廉价香烟，启开封后抽出一支，在拇指指甲上闯着，"以前我也说他不务正业，光会耍嘴皮子，鬼诡人。可现在呢？他就是再鬼诡人，那也没鬼诡咱们吧！听说为给你家做门窗，把他爹娘准备做寿材的木料都给用上了，就凭这一点儿，你也得去叫他俩来！"

早已站起来的曹义霞摸起火柴为曹义年点上烟，笑了笑，没有说话。

"还是你哥说得对！"家姑姑抽出未烧尽的葵花秆就灶前的土灰窝里捻灭，站起来，"快去吧！"

"那，我这就去叫！"曹义霞慢慢地向外走着，"不过——叫来叫不来我可不敢打包票，到时候可别怨我！"

"他来与不来是他们的事，你去叫就是了！"义霞娘跟出门外，说。

"他们要是不来的话，你就说酒是我曹义年请的！"曹义年大声说。

却说桑行湾。桑行湾位于北岭顶侧柏树林的东南角，因湾东的地里有数十棵桑树，故此得名。

四百平方米的储水池挖下去一米多深了。半米以下则是风化石夹杂着质地坚硬的石头核，如此不得不动用开山镢头刨和炸药炸。四十多名青壮年男社员，在高宏伟的带领下正热火朝天地干着，他们有的用镢头刨，有的用铁锨除，有的打炮眼、装炸药，有的用粪筐抬，高恩良、张武昌等五六个人通过西南角刻意留出来的湾底至湾沿修的一道俗称迈扬道的斜坡，用推车子向外推运土石方。

与掌钎子的朱宇轩结伙的高宏伟放下大铁锤，喊："歇歇啦！大家歇歇啦！咱们歇歇喘口气，攒攒劲再干！"

"啊呀娘啊，可解放啦！"人们相继停下手中的活，各自找背风又向阳的地方扎成堆儿抽烟、拉杂呱。湾南崖上的张武昌放下空车子，嬉笑着来到湾底，说："杆子，你可真是我们的大救星呀！要再不喊歇歇，不知道别人怎么样，我可成了对虾了！"说着捶了捶腰，在湾底北边坐下来。

"那好啊！你要是真成了对虾就好了，今中午我们就不愁没有酒肴啦！"高宏伟说着，与三个青年人走过来，在张武昌身边围坐下来。

"说到酒肴，这几天俺家里除了清炒白菜，就是清炖萝卜、粉皮，真还靠坏了，要是用肉炒就好啦！"一青年说。

"可不，家里肉鱼不见一点，不想吃斋也不行！"另一红脸膛、外号炸蟹的青年接着说，"这大冷天的，要是在热炕头上一蹲，烫上二两烧酒，再切上一盘热猪头肉，咳！那滋味，真是神仙过的日子！"说着用手背擦擦从嘴角流下来的哈喇子。这炸蟹名叫朱宇豪，是朱文亨的儿子，是年才十六岁，暂不细表。

"炸蟹，你做梦找媳妇——想好事去吧！"高宏伟戏谑道。

"嗯，这事——可不是做梦！"张武昌卷着纸烟，拖着长腔说。

"无常，你这是……"高宏伟伸手摸着张武昌的前额，"哟，这不是没发烧嘛！"

"酒肉唾手可得！"张武昌打掉高宏伟的手，"不过，就看你们有没有能耐享受了！"

"什么能耐？你说说看！"高宏伟给张武昌点上烟，又为自己点上纸卷烟。

"我看咱这一群人里边没有一个能……"张武昌摇摇头，"算了，算了，不说啦！"

"难道一筐子木头还砍不出个楔子来？咋能把我们都看扁了？说吧！"一青年不服气地说。

"好，那我就说！"张武昌吸了两口烟，"咱们打个赌，谁能跟我二叔打起架来，咱们四个人就凑给他五块……不！六块钱，任凭他自己处置，否则他就得拿出六块钱来，这样，咱这几个人不就有酒喝、有肉吃了吗？"

"这样呀！"刚才还群情激昂的几个人，顿时成了霜打的茄子。

高宏伟磕磕烟灰："要想跟他打仗，简直是老鼠钻进棺材里还想逃——门都没有！"

"我说是吧，你们都没有能耐还不承认，怎么样？"张武昌看一眼扎在另一人堆里的朱宇轩，说，"我看呀，这事只有老憋能办到，别人都不行！"

"对对！我还有办法心眼多，准能行！我把他叫来试试！"被称作炸蟹的青年站起来，喊，"老憋，老憋，你过来一下！"

"炸蟹，你叫我？"正与一中年人下五股棋的朱宇轩扔下小石子，跑过来，"什么事？"

"刚才无常说，谁要是能跟老滑溜打起仗来，就凑给他六块钱，要是打不起来，就情愿掏出六块钱让大家搭伙喝酒！"高宏伟接过话，"我们掂量来掂量去，俺们几个都是苘秆子顶大梁——根本不是那块料。只有你能干捡六块钱！怎么样？"

"要跟他打仗嘛？我还有办法不干……"朱宇轩坐下来，说，"不干——是不可能的！哼哼，这六元钱嘛，可以说是瞎子擤鼻涕——把里攥！干！"

欲知后事，下回分解。

第五十八回
妄叫阵朱宇轩败北
稳接招张华友奏捷

上回说到，朱宇轩自恃能言善辩、脑瓜反应快、聪明过人，不假思索满口答应了去跟张华友打仗。其实，他压根儿就没考虑到，这是张武昌专门为他设的圈套。这个圈套，张武昌蓄谋已久——前些日子的一个晚上，妻子彩云曾藐视他，说就你这本事，也就是耍弄耍弄老咔这样的老实人，憋木匠你能耍弄得了吗？对此，他一直耿耿于怀，拿着当回事儿，只是一直找不到机会。今天上午休息时，炸蟹等人嚷嚷说没酒肉吃，靠得荒，他感到时机已到，于是借题发挥，矛头直指朱宇轩，说："你们都没有这个能耐，也就是老憋能办到！"因为，他深知张华友为人处事圆滑，抻不长长，拉不团团，说了不当，当了不说，一百个应承，一百个不中，想与他打架，不敢说是比登天还难，但也得费一番周折！在张武昌的记忆中，他二叔张华友不用说是与外人打架，就是与外人吵骂也没发生过。所以才用"谁能与我二叔打起仗来，大家情愿凑出六块钱任其处置"的赌注，来诱惑朱宇轩。此计可谓是一箭双雕：一是朱宇轩输成定局，这顿酒是唾手可得，二是可使彩云再无话可说，承认他技高一筹。即便张华友真把持不住，开口骂朱宇轩，那他顶多摊块把来钱，还能赚个吃喝，何乐而不为呢。于是他窃笑了一下，说："那正好！今天我二婶和武贞出门走亲戚去了，咱们借这个机会，中午收工后就去他家，到晚上也好美美地撮它一顿！"

"不行！不行！"朱宇轩摆摆手，"今晚是夜校头一天开学，我们不能旷课，明天中午撮怎么样？"

"好！一言为定！"张武昌坚定地说，"就照你说的办！"

次日中午收工后，朱宇轩、张武昌、高宏伟、炸蟹等六人没有回家，直接来到张华友家的栅栏子门前，站下来，朱宇轩叫套说："早说开，到时候可不许赖账的！"

"咳，不就是六块钱嘛，俺这五个人，人均才摊一块二，还值得跟你赖账？"张武昌说，"你就把心放到肚子里去吧！只要你能跟他打起来，使用什么样的办法都行，过后赔礼道歉的事算我的，不用你管！不过，要是跟他打不起来，你就得乖乖地把钱拿出来，那时也不准反悔的！"

"那是自然！"朱宇轩信心百倍地说，"你们哪，赚等着凑钱吧！"

"好，那你去吧！我们到后门口去听着点儿，只要他能大声骂你一句，就算我们输了！"张武昌说完，与高宏伟等人向张华友家的后门口走去。

张华友家紧傍大街，没有后院墙，溜檐窗常年封着，后门口也用土坯挡着，仅在最上端留有碗口大的空间，作为透风出烟之用。众人悄悄地来到他家后门口屏气静听。

"老滑溜在家吗？"朱宇轩一进院子就大声说。

"啊呀了伙价！是老憨呀？"明间里，张华友坐在杌子上，用牛腿骨做成的纺线锤打着麻经子，"进来坐吧！"

"既然知道是老子，为什么不出来接着？"朱宇轩来到屋门口，摆出一副要打架的架势，斥责道。

"啊呀了伙价！我这不是出来接着了吗？"张华友放下纺线锤，来到门口，笑脸相迎，说，"嘿嘿，我张华友有福呀伙计，老来老去没想到还有这么个年小的爹，以后就不用拼命地巴结喽伙计！"

"哼！你这儿子，算什么玩意儿！"

"啊呀了伙价！常言说得好：'老子英雄儿好汉，老子霸道儿混蛋！'你说我这当儿子的不是玩意儿，嘿嘿，那不是在骂你自己吗？"

"你……？哼！"朱宇轩一时语塞，进屋一屁股坐在凳子上。

"嘿嘿，请问您有什么吩咐？"

"老子要喝水！"

"好！您等着，儿子马上照办！"张华友揭开大锅盖，舀上一碗已经不太热的馏锅水，双手端过来，"您老请！"

"啪！"朱宇轩有意失手，碗掉在地上摔碎了，脱口而出，"坏啦！"

"啊呀了伙价！不就是只破碗嘛！旧的不去新的不来，嘿嘿，这才是碎碎（岁岁）平安！我拿碗再给您舀！"

"什么脏水？也拿来伺候老子？"

"嘿嘿，那我刷刷锅，再另给你烧去？"

"算啦算啦！那得等到猴年马月！"朱宇轩一眼瞥见机子上的纺线锤，点点头，"老滑溜，你说糠碗子能不能搓麻线？"

"啊呀了伙价！咋不能啊？不就是多续两个头嘛！"张华友说完，在机子上坐下来。

"这可是你说的，"朱宇轩较真地说，"你搓给我看看！"

"这个嘛，我试了不止一次了，可就是太笨，没搓成！要不，你这当老子的再教教我？"

"老滑溜，你老婆和闺女咋没在家？"朱宇轩想发火也没法发火，转移话题道，"不是跟人家私奔了吧？"

"啊呀了伙价！要是私奔了就好啦！我一个人吃饱了，全家人不饥困（方言：饿）！可我那老婆子撵都撵不走，老赖着不挪窝，闺女呢，还没人要，嫁都嫁不出去，这不，娘几个去出门，傍黑天就回来啦！"张华友摇摇头，"实在是没办法！"

"你闺女现在还没再另找主吧？我看就别找了，干脆在家开半掩门子（方言：隐蔽的窑子）算啦！"

"啊呀了伙价！挣俩儿是俩儿，大小可也是个买卖，咋不行呀伙计？这事行！嗯，还真是个挣钱的门路！你这为老子的咋不早提醒儿子一声？不够意思呀伙计！"

"听说萱萱是你陪送的？"朱宇轩再次找茬口，改变话题。心想：这回看你如何对答，我就不信你还不发火！

"啊呀了伙价！谁说不是呢！我到现在还懊悔，才陪送了一个，要是陪送俩就好啦！"张华友心不跳、脸不红，搓着双手，装出一副无可奈何的样子，后悔地说："你看看，啧！啧！这事儿办得真臊气！"

"老滑溜！"朱宇轩霍地站起来，"你这老混蛋，连自己的亲生闺女都不放过，你还算是个人吗？猪狗都不如！"

"啊呀了伙价！我说自己算是个人来吗？没有吧？嘿嘿，算你说对了伙计！"

"你，哼！"朱宇轩恼怒之极，拿下挂在墙上的一个较新的六角苇笠，狠狠地摔在地上，猛踹了几脚，"不是人的东西，戴着苇笠操狗——说人话不办人事！你不配戴！哼！哼！再叫你戴！"朱宇轩独出心裁，以物取材，歇后语的原话是："戴着礼帽操狗"，被他杜撰成"苇笠"。

"啊呀了伙价！我正嫌它碍事插旮旯子，想扔还没得空，谢谢你，要不我还真忘了呢！"

"老滑溜呀，老滑溜，你真是比泥鳅还滑溜呀！"

欲知后事，下回分解。

第五十九回
算债钱算出糊涂账
读韵母读进迷魂阵

上回说到，憨木匠朱宇轩"中标"后，感觉蛮有把握能与张华友打起架来，至少能让张华友开口骂他，这样，他不费吹灰之力就能把六元钱拿到手。所以，他一进张华友家的门就摆出一副气势汹汹的架势，大有不获全胜决不收兵的意思。然而，经过一番短兵相接，朱宇轩尽管使出了浑身解数，结果还是败北，不得不俯首称臣。他无可奈何地说："我还有办法，从来还没有服过任何人，没想到竟在你这泥沟子里翻了船！我真服了你啦！"

"哈……"房后传来大笑声。

"唉！算我倒霉，还多折了一块钱！"朱宇轩哭丧着脸，从衣兜里掏出一元钱，"给！算赔你的碗和苇笠钱！"

却说曹义霞家。"回来了，娘！"院子里，曹义霞正在圈门口喂猪，见母亲从外边刚跨入大门，问，"没送下吧？"

"人家不要！"义霞娘摇摇头。

"娘，娘，"东里间的炕上已经放好了饭桌，光等着家姑姑来家吃饭。曹义民闲得无聊，用筷子敲着空碗。他闻声跑出来，好奇地问："您去送什么，人家不要？"

"咳！小孩子家乱打听什么？"家姑姑瞪了一眼义民，"去，屋里等着吃饭去！"

"我就是偏问！"曹义民固执地说，"您要是不说，我还不吃饭了呢！"

"你这孩子，惯得还有个样？"家姑姑笑笑，"好，我说！娘去你文斋三大爷家给他送钱……"

"娘，你去给他送工钱，是吧？"曹义民打断母亲的话，"不是用工分顶吗？"

"不是工钱，是料钱！咱做门窗用了人家的木头。这不，我拿着这钱去送，人家说什么也不要！"

"咳！我还认为什么事呢！"曹义民不以为然，"不要就算了！留着给我买个新书包算了！"

"真是小孩子说话，没量没数的！"家姑姑笑笑，"人家能给使上就刚大的面子了，咱应该知情才行！哪能无缘无故地干用？"

"不听就算啦！吃饭去喽！"曹义民说完，跑进屋里。

"哎，义霞，"家姑姑走近曹义霞，"你怎么知道我送不下钱？"

"人家要是想要的话，那晚上爷俩来喝酒，就不会把钱扔在窗台上了！"曹义霞用木棍搅搅瓦罐盆猪食槽子里的料，直起腰，"想情理，在咱家人家都不收，现在您去送人家就能收吗？我没猜错的话，人家还会把钱扔在大门外呢！"

原来，那天晚上朱文斋爷俩前来赴宴，饭后家姑姑当着曹义年的面，将从娘家借来的二十二元钱加上自家的七元钱总共不到三十元钱，给朱文斋，不好意思地说："三哥，我知道这二十九块钱是不够你家的木料钱，可你别嫌少，先拿着，剩下的等年底社里分了红再还你！"朱文斋推辞不要。

曹义年帮腔说："三叔，叫你拿着，你就拿着，这人情和钱是两码事，欠情还情，欠债还债，一码归一码，你一总算算你那木料钱应该是多少，以后俺婶子也好去还，省得欠情欠义的不得劲！"朱文斋说："既然你这样说了，那我也就不谦让了，木料钱我早算好了，不多不少，正好三十块，少个块儿八毛就算了！"朱文斋接过钱掖进衣兜里。送走朱文斋爷俩后，曹义霞却发现钱在窗台上。家姑姑实在过意不去，今天趁大家都在家吃午饭的时间又亲自去朱文斋家还钱，结果还是空跑一趟。

"可不是嘛！还真让你猜对了！"义霞娘从衣兜里掏出一卷钱，扒拉着，"人家不会是嫌少吧？”

“怎么会呢！”

“那，早晚可得还人家的饥荒！你说这怎么办呢？”

“甭急！”

“甭急？为这点钱咱可不能跟人家赖账吧？”

“当然不能赖账！我是说他家有钱，不在乎这俩钱！”

“人家有是人家的，咱欠的就是欠的，一码归一码！不能因为人家有钱就拖着不还人家！改天，娘再去送，我就不信送不下！”

“您要是再去送的话，钱照样会被扔出门外的！不信，您就去试试看！”

“为什么？”义霞娘惊讶地问。

“说出来您可不要生气，”义霞诡谲一笑，“要不我就不说了！”

“娘卯里不知榫里的事，连你要说什么我都不知道，就是想生气那也没法生啊！”义霞娘掖起钱，“说吧，娘答应你，不生气就是了！”

“那我可要说了？”曹义霞犹豫了一下，说，“欠他家的木料钱，我已经还上了！”

“还上了？”义霞娘如进迷魂阵，“你哪来的钱？不是给娘宽心丸吃吧？”

“您慢慢听我说！前两天宇轩家杀了七棵大楸树，换了一百多块钱，宇轩给了我五十元，不！是借给我五十元，我只拿了二十元，您说那木料钱是不是还上了？”

“他借给你五十块，你拿了他二十块，剩下三十块，还上了三十块，是……？不对不对！”义霞娘掰着指头念叨了一阵，“咳！你这是算的哪门子账？弄来弄去，这不是不但木料钱没给人家，反过来还又借了人家二十块钱吗？”

“咯……！”曹义霞憋不住大笑起来。

“死妮子，娘是你拿来当笑料耍的吗？”义霞娘板着脸，“快说说，到底是怎么回事？”

“您刚才还答应不生气的，咋还说话不算数，又生气了呢？”曹义霞赔了个笑脸。

“谁有心思听你胡拉嘎子（方言：胡扯）？”义霞娘白了女儿一眼，说。

“那我就跟您实说了吧！那天晚上喝完酒，我去送他爷俩，半路上宇轩掏出五十元钱给我，不，是借给我，说临年靠近了，担心咱家里没钱，所以，非得让我拿着应应急，先还急着打的饥荒，这不，我就只、只借了他二十元！”说着从衣兜里摸出一卷钱来。

“你小呀？咋不懂事？”家姑姑一听火了，“咱跟人家既不沾亲，又不带故的，欠人家的木料钱没还，就感到抬不起头来了，还好意思厚着脸皮再借人家的？

不嫌丢人！快，这就给人家送回去！"

"娘，您别着急嘛！咱是借他的，又不是白要，我跟他说，等咱卖了肥猪就还他的！"

"等卖了肥猪还他的？那得什么时候？"义霞娘向前踢踢两只正在吃食的都在三十斤左右的小猪，说，"明年端午喂肥喂不肥还不一定呢！"

"娘，那……"

"不必多说了！得空爽（方言：立马，快）把钱给人家送去！你要是不好意思去送，那我去！"义霞娘不容分说，"快拦上猪，吃饭去！"

再说黑白无常张武昌。夜校开学多日了，今晚，因孙月英老师有事回家，为使学员们不耽误功课，临走前她委托张武昌代为履行其职。

高恩良、朱宇轩、曹义霞等近三十名男女青年都端坐在教室里，静听张武昌讲话。课桌上放着个人自带的煤油灯，每人面前都有一本《速成课本》和石笔、石板。石板的样式虽然不一，但大都是就地取材，有的是瓦盆子底，有的是破脊瓦，只有朱宇轩用的是商店里的存旧石板。

"今天孙老师有事回家去了，委托我来代课。"张武昌倒剪双手，在讲台上走来走去，说，"那咱就书归正传，孙老师临走时交代，昨晚你们学完了韵母，今晚上主要是学习声母与韵母的组合，也就是拼音。根据她的安排和要求，咱们先来巩固一下昨晚所学的韵母，我在黑板上写，叫着谁，谁就起来念，其他人不准说！"

"曹义霞！"张武昌拿起讲桌上粉笔盒里的一支粉笔在黑板上写下"啊、依"两个字母，用手指着字母，"读一下！"

"啊！依！"曹义霞站起来，念道。

"很好！请坐下！"张武昌又在黑板上写了一个字母"喔"，手指字母，"高恩良，来读一下！"

"那个、那个是——，"坐在最后排的高恩良站起来，端详了一番，"是……是秤钩子！"

"不是！再念！"

"那、那……那犁上的牵秤，是——不是？"

张武昌事感蹊跷，进了迷魂阵，心想：这高恩良咋除了物件还是物件，既然学过了，为啥还认作秤钩子和牵秤？难道孙老师就是这么教的？不可能！如果是这样的话，怎么给汉字加拼音呢？再说我也没听到学生们说过秤钩子和牵秤字眼啊？他思忖了一会儿，才说："它是拼音，不是什么谜语，你好好想一下，再念！"

"喔！"坐在高恩良前排的朱宇轩回过头，小声说。

"那个、那个的是——是老憋！"高恩良理直气壮地念道，"老憋！"

"咳！这咋成了老憋呢？"张武昌指着自己的鼻尖，"不是老憋，是喔！"

"是你！"

"哎呀！怎么是我呢？来，跟着我念，我念个什么，你就念个什么！"张武昌指着拼音，念道，"喔！"

"你！"

"喔！"

"你！"

"你念个喔！"

"我、我念——念个你！"

"哈……"大家忍不住都大笑起来。

"老咔呀老咔，你是怎么学的？连喔都不认识，"等大家都停下笑，张武昌问，"那你还认识什么？"

欲知后事，下回分解。

第六十回
黑暗中乘机越防线
灯光下装憨蒙娘亲

上回说到，老咔高恩良将拼音韵母中的"喔"说成是木犁上的牵秤和秤钩子，如果从没上过学，单独从其形状上看，它就像是数字中反写的"5"，只是"5"上的横梁长了点儿，且出了头。从形体上看，它又有点儿像牵秤和秤钩，所以，高恩良这样认为也就奇而不怪了。张武昌说他连"喔"都不认识，他又误以为是第一人称的"我"，说："那个、那个的——的那个谁呀，谁不认识你、你？吭，吭，你不就……是黑白无常的张——武昌嘛！不是？"

"咳！真拿你没辙！"张武昌连连摇头，颓丧地说。

"无常！"一女青年说，"老咔的奶奶病了，他前天晚上和昨天晚上都请假，没有学韵母！"

"啊——！怪不得认不得喔呢！"

却说曹义霞。夜校放学后，学员们作鸟兽散，各自争相早回家。因曹义霞家在社场的西邻，且当晚没有月亮，朱宇轩不放心她独自一人回家，非要把她送到家门口不可，曹义霞也没做推辞。于是，两个人出了校门，顺着上崖那条东西大街边说边慢慢地走着。

"你呀，是买了个老母猪瓦扣脸（方言：棺材嘴）——丑（臭）就丑（臭）在嘴上。"曹义霞一手抱着书本和瓦罐盆底做的石板，一手端着墨水瓶做的已经灭了的煤油灯，与背着书包的朱宇轩来到岔向社场的南北路上站下来，她放下书本、石板和煤油灯，搓着手说，"嘴里整天价嘻嘻哈哈，就像被鳖咬着似的，没句正经的！"

"嘿嘿，我还真想改！可江山易改，本性难移！不自觉地就冒出来了！"朱宇轩摸摸后脑勺，"不过你放心，我会尽量改的！"

"自从你给俺家做了门窗以后，俺娘对你还真改变了看法，说以前错看了你，没想到你处世行事还可以，心眼也还不算歪歪！"

"我的心眼本来就很正当嘛！"朱宇轩颇为自得地说。

"看你，刚卖弄（方言：表扬，赞扬）了你几句，就摸不着脉了不是！"

"谁说摸不着脉了？现在蹦蹦地跳得狠呢！"说着，他一手抓过曹义霞的手，向自己另一只手脖子上按，"你试试，摸不摸得着脉？"

"去去去！"曹义霞挣开手，"腊月里生人——还动（冻）手（冻）动脚的！就不怕让人家看见笑话咱？"说着向四周观望了一番。

"嘿嘿，都快半夜了，还能有谁看得见？来，让我亲一下！"

"看你美的吧！"曹义霞嘴里虽然这样说，但却把头探了过去。

朱宇轩一把搂过义霞的头狂吻起来，先从脸开始，继而额头，在与她接吻的同时，一只手又偷偷地伸进曹义霞的棉袄里，迅速地摸向她高耸的乳房，并轻轻揉搓着。曹义霞的呼吸加快了，剧烈跳动的心几乎蹦出胸口，她浑身颤抖地不能自控，倚躺在朱宇轩的怀里……

"啪！"沉浸在"旱苗逢雨露"梦幻中的曹义霞突然苏醒了，她一手打掉朱宇轩的手，佯怒地说："不知足！还想得寸进尺了你！"说着挣脱出朱宇轩的怀抱。

"嘿嘿嘿，我哪敢？只不过是忍不住了，就想……！"

"想好事去吧你！"

"我还没……你就让我、我那个一下，好吗？"

"好啦，好啦，别闹啦！天都这么晚了，我也该回家了！要不俺娘会挂心的！"曹义霞说完，端起灯，抱起书本和石板，转身向家跑去。

曹义霞一气跑到家门口，闭上双眼，一手拍拍胸脯，长呼了几口气，直到激动的心情渐渐平静下来，才慢慢地推开门，进门后返身关上大门，向屋门走来。

"是义霞回来了吧？"曹义霞腋下夹着书本和石板轻轻地开了屋门，把煤油灯放在锅台上，又轻轻地关上门，摸着黑，蹑手蹑脚地向里间走，但仍惊动了母亲。

"嗯！是我！"曹义霞闻声，划燃火柴回身点上灯，端着进了东里间，见母亲披着棉袄坐在被窝里，问，"娘，您咋还没睡呀？"

"睡不着呀！"家姑姑回答道。

"娘，都快半夜了，"曹义霞将灯放进灯龛里，"您老坐着怪累人的，快躺下歇歇吧！"

"义霞，朱宇轩真是订了婚了？"家姑姑突然问。

"您说什么？"曹义霞没有思想准备，放下书本和石板，不安地问。

"宇轩真订婚了？"家姑姑抬起头，眼望着曹义霞，重复了一遍。

"嗯！订了！"曹义霞点点头，回答说。

"跟谁？"家姑姑追问道。

"这个嘛——"曹义霞怀疑是不是被娘看出了什么破绽，脸顿时红了，忙转过身，在炕沿上坐下，脱着鞋子，"我不是十分清楚！"

"哎，上次你不是对我说，他跟他的什么表姨家的闺女订了婚，这回咋又说不清楚呢？"母亲没有察觉女儿脸色瞬间的变化，问。

"我是说过！可我也是听别人说的！"

"哦！"

"娘，您怎么突然问起他来了？"曹义霞脱下鞋子，爬上炕，拉开被窝，问，"不会是因为钱的事吧？"

"唉！我连去送了两次，可人家……！"义霞娘低下头，双手搓着脸，不无忧愁地说，"这个人情可怎么还哪！"

原来，今天上午家姑姑揣上四十九元钱又来到了朱宇轩家，她到的时候只宇轩娘一人在家，俩人张家长李家短地闲聊了一会儿，当家姑姑提及还钱的事时，宇轩娘说："他婶子，就这么俩钱，你还用得着三趟两趟地跑，你看看俺家里有什么地方用钱？要是有事急着用的话，不用你来送，我早就跑去要了！放心吧，俺家刚刚才卖了树，有没有的不在乎这俩钱。"

　　家姑姑说："三嫂子，话虽然这么说，可这个年头谁家是个有钱的？为了给俺做门窗，把你们老俩的寿材木头都给用上了，这个情本身就让我没法还了！可俺那妮子却不懂事，又向你家借了二十块钱，你说这不是饥荒越落越大嘛！能叫我怎么办？"

　　宇轩娘说："他婶子，实话跟你说了吧，俺掌柜的一再嘱咐：她一个人拉扯着两个孩子过日子不容易，又刚盖了屋，手头上肯定没钱，欠了不少饥荒，她要来还钱的话千万别收，要她拿着这点钱先应应急，临年靠近了，先还急着打的饥荒，要不，欠人家钱的主户来要饥荒，义霞她娘拿什么来堵？掌柜的还说，准备傍过年的时候，再借给你个三十二十的让你好置办年货，给孩子买件子新衣裳。叫你说，掌柜的现在没在家，我把这钱收下了，他能跟我过得去吗？你呀，就别难为我了！"……

　　"娘，为这事还用愁成这样？您说，为家人家，盖屋说媳妇有谁家不落点饥荒？"曹义霞在母亲身边坐下，宽慰地说，"咱既然送不下，干脆等以后再还，现在正好用他的钱借马跑一程，应应急，先还人家急着用钱的饥荒。不就是不到二百块钱的饥荒嘛！我想到年底社里怎么也得分点红，咱咋也能扒俩钱吧？再加上他借给咱的二十块钱，头年咱打不了一百，至少能打八九十块钱的饥荒！剩下的饥荒等咱卖了肥猪也就打个差不离儿了！"

　　"娘不是为这个！"

　　"那您？"

　　"你不懂！"

　　"什么我不懂？"

　　"吃人家的嘴软，拿人家的手短！平白无故地用了人家的木材，回过头来还又借了人家的钱，这话怎么说呢？唉！"

　　"娘，您咋就老想不开呢！欠文斋三大爷家的，又不是欠别人家的，等还完别人家的饥荒后，咱豁上不吃不喝，接着还他的钱！要是您怕等不及的话，那就，就……"曹义霞说到这里停下来。

　　"就怎么样？"义霞娘放下手，"快说！"

　　"就、就——赶紧给我找个婆家嫁出去，我向婆婆家要钱来还饥荒！"曹义霞鼓足勇气，羞答答地说。

　　欲知后事，下回分解。

第六十一回
置年货远涉深山里
追猎物深陷枯井中

上回说到，对于曹义霞与朱宇轩的恋爱之事家姑姑还被蒙在鼓里，她以为朱宇轩已经订婚，所以对女儿看管得不再那么严了，现在她所关心的是如何归还朱文斋家的债钱。曹义霞看在眼里，急在心上，但又不能明说，而且还要一味地掩饰，为此不得不装癫卖傻，哄骗母亲说把自己卖了还饥荒。家姑姑说："傻妮子，净说疯话！嫁闺女你当是卖猪卖羊，说啥时卖就能卖？如果找不到好人家、好女婿，就甘愿留在家里也不能向外发送（方言：嫁出去）！"

"我也知道娘舍不得！不过您可得答应我别再想这事了！"

"论说你岁数已经不算小了，也该找个婆家啦！这闺女呀，越大了越不好找主！"义霞娘苦笑一下，不无自责地说，"当初都怪娘啊！唉！"

"娘，咱不说这些了，睡吧！"家姑姑的言外之意十分明了，曹义霞心中暗喜，却不露声色。她扶母亲躺下，吹灭了灯。

却说老滑溜张华友。"人逢喜事精神爽"——自从儿子武成来信说找到了工作，搞上了对象，张华友无论是精神头上，还是身体的硬朗劲好像一下子年轻了十岁。还未踏进腊月门，他就打算出外打猎，准备为来家结婚的儿子儿媳准备喜宴酒肴和年货。可今年的天气特殊，不只雨水大，而且雪水也大，大雪节气过后，这雪就三天一场、五天一场的，虽然没有下过暴雪和大雪，但是中雪却时常降临。本来，昨天他就想进山打猎，不想飘飘扬扬的大雪从天明下到天黑。今天，天刚蒙蒙亮，他就起床了，出门一看，下了一天一夜的大雪终于停了，地上的积雪足有半尺多厚，正是打猎的好机会，遗憾的是他打猎的好帮手、养了十多年的黑狗于三天前死掉了。

他早饭也没吃，就捎上干粮，扛起鸟抢出了家门。"啊呀了伙价，你还扫啊？"张华友打扮了个头紧脚紧，头上毡帽外又裹上了女儿的绛紫色头巾，脚蹬家做半筒棉鞋，连同棉裤缠上了裹腿般的扎腿带，直缠至膝盖下。他肩扛鸟枪，斜背着布兜，来到栅栏门，见张武贞不但打扫了自家院子和夹道里的雪，而且还在拿着扫帚打扫栅栏门外东西大街上的雪。他站下来，道："你是四类分子咋的？还义务打扫大街呀？"

　　所谓的"四类分子"，是指"地主、富农、反革命分子和坏分子"四类人，"右派分子"是后来才加上的，成为"五类"分子。在农村凡属"四类"或者"五类"之人，都要强制劳动改造，无条件、无报酬地为本村打扫碾旮旯、街道等活。

　　"爹，大早晨价，您这是要去哪？"张武贞停下手，没有接话茬，微笑着问。

　　"准备年货呀伙计！"张华友喜滋滋地回答。

　　"准备年货？那您扛着枪干什么？"张武贞不解地问。

　　"你哥不是来信说，年前来家结婚吗？没几天就进腊月了，他说不准是月初来还是月底来，我去山里打上几只野兔子，好为你哥办喜宴！"

　　"等好了天雪化了再去也不晚呀！"张武贞不以为然地笑着说。

　　"啊呀了伙价！你不懂了吧？大雪天好找兔子脚印！再说，今天是星期天，柱子不上学，我叫上他一块做个伴儿，下远趟子（方言：走远路），进山去打！保不住还能打它个三五只，运气好的话说不定还能逮着只狗獾呢！"

　　原来，去年腊月里，张华友去南山里打猎，就打到了一只大狗獾。本来狗獾是冬眠类动物，该当它时气低，命运不好，居住的坟包不知是因雪厚还是年代久远，突然塌陷，这才使它碰上了张华友的枪口。因狗獾的油脂是治疗烧伤和烫伤的良药，这只狗獾竟卖了近五十元，所以张华友一直在想"守株待兔"的好事。

　　"路不好走，可得小心点儿！"

　　"放心！你也别扫了，回屋里去暖和吧！"

　　长话短说，张华友约上张建柱，踏着积雪来到距离锦鸡岭村十里多地的南山里，但见山峦起伏，群峰叠嶂：山连山，手挽手，肩并肩，逶迤连绵，望无尽头。真正是："山舞银蛇，原驰蜡象……银装素裹，分外妖娆。"与平原地带和丘陵地带的景象大不相同！张华友顾不得观赏这壮观而又秀丽的景色，一心只想打野兔。他手气还不错，不到一个小时就毙获了一只四斤多重的大野兔。但是他的裹腿带却不知何时弄丢了，半截棉裤腿都被雪湿透了。过了不大一会儿，又一只卧地的野兔被惊动，爬起来就跑。张华友在离兔子不足二十米远处开了枪，只听得"叭"的一声响，兔子就地打了个滚，爬起来又跑。被打断了一条腿的兔子，跑得虽然没有先前那样快了，但仍挣扎着拼命地跑，身后留下一串鲜红的血迹，在雪地上十分显眼，也充满了诱惑。

　　"啊呀了伙价！打中了！着伤啦！"张华友拎着枪，在没到脚脖子以上的雪地里紧追不舍，语无伦次地大声喊，"柱子，柱子！断了一条腿啦！快撵呀柱子！它跑不了多远啦！"

"哎！"距张华友不远的张建柱手持一根长木棍，拔腿岔道向兔子追去。

"啊呀了伙价！向你那边去了，快截住它！别让它跑啦！哈哈，竟自己找上门来啦！今回儿看你……啊！"

"咕咚！"受伤的兔子被二人追得晕头转向，慌不择路，竟调转头向着张华友身边跑来，它因体力不支，速度越来越慢。张华友两眼盯着兔子奔跑，哪还顾得上脚下，就在胜利即将到来——兔子离他只剩几步远的时候，他却一脚迈进了一口弃用的枯井里，枪被扔出了数米远。

"二爷爷！二爷爷！你去哪儿了？"离枯井二十多米远的张建柱脚下一滑，摔倒在地，当他爬起来时，已经看不见张华友的身影了。他兔子也顾不得撵了，双手握成喇叭筒，大声喊："二爷爷——！"

"我在这里！我在这里！"张华友在井下回答。

"二爷爷，你不撵兔子，跑到这儿做什么？"张建柱闻声跑过来，见张华友站在雪没到膝盖以上的井底下，埋怨道，"是不是因为里边暖和，你才进去的？"

"啊呀了伙价！你当是我愿意进来？"张华友委屈地说，"是我不小心掉下来的！"

"眼看着就快逮住兔子了，这下倒好，又白白让它跑掉啦！"张建柱双手一摊，不无遗憾地说。

"啊呀了伙价！都什么火色了，还顾得上逮兔子？"这座枯井年久失修，井壁塌陷，井上口直径一米半左右，下口却不小于两米，井深四米多，好在井下覆盖着厚厚的积雪，张华友才没摔得怎么样。他挣扎了一阵子，结果越陷越深，吓得再也不敢动了，只能站在井下喊，"快拉我上去呀！"

"这么深，叫我怎么拉？"张建柱为难了。

"啊呀了伙价！你手里不是有棍子嘛！把它伸给我。"张华友着急地说，"快点！"

"哎！"张建柱趴在井沿上，双手拽着棍子，将棍子的另一头伸给张华友。然而，木棍只有一米二左右，张华友个子矮，又陷下井底半截腿，两手距棍子稍还差近一米。

"啊呀了伙价！差得太远了！"张华友嚷着，"快去拿枪来！"

"好！你等着，我去拿枪！"张建柱仍下棍子，捡起鸟枪，在井边趴下来，将枪管伸向张华友，这鸟枪虽然比木棍子长半米多，但是张华友伸长了胳膊指尖也只能刚刚碰到枪管头。

"啊呀了伙价！够不着呀伙计！"张华友放下手，丧气地说。

欲知后事，下回分解。

第六十二回
忍无可忍驱逐出家
成人之美邀请登门

上回说到，张华友追逐伤兔，失足掉进枯井里，张建柱将鸟枪的一头伸入井下，想把张华友拉上来，然而，井太深，加之张华友身个过矮，难以如愿。

"怎么办？"张建柱收起鸟枪，站起来。

"周围有没有人？"张华友问。

"一个人影也没有！"

"左近处有村庄吗？"

"没有！除了山还是山！"

"那——那你快回家叫人去吧！"张华友吩咐道。

却说老咔高恩良。这高恩良从来就不愿意扎人群、凑热闹，更不愿串门子，拉二胡和吆喝两嗓子是他仅有的爱好。因下雪北岭顶的水利工程已经停工七八天了，高恩良没事干就在家拉二胡，胡唱八唱，自娱自乐，打发时光。今天上午，高奶奶串门去了，高恩慧与同班级的两个女同学趴在东里间炕上的饭桌上做作业。高恩良坐在西里间的炕沿上，边拉二胡，边用五音不正的腔调唱着茂腔戏：

"绣房里出了个苦命的张秋兰，当里格当……"

"哥，你还让俺学习不呀？"高恩慧见两位女同学双手捂着耳朵，作业也无法做下去，于是下了炕，来到西里间，责怪道，"你出去玩玩不行吗？明天我们就要期中试考呢！"

"那个的，那个——这大雪天价，上谁……谁家不好也，街上也、也一个人没有，"高恩良挂起二胡，说，"那个的、吭，吭你叫我去——哪呀去？"

"咋没地方去？章寡妇家不是有很多人吗？"

"那个的那个，吭，吭，去就……就说书无常光，我——听不懂又！"

"多听几回就懂了！去吧，说不定还有下棋打牌的呢。"

高恩良没话可说，摇摇头，出了门，慢腾腾地来到章寡妇家。此时，正值张武昌在说《三国演义》："书接上回，上一回说到，刘备得知关公、关平和周仓战死的消息，一天哭昏数次，不顾朝中文武众官的劝阻，决定起兵伐吴，没想到镇守阆中的张飞因赶造白旗白甲，怒打手下末将范疆、张达，二人怀恨在心，吞气不下，乘张飞夜晚酒后酣睡，将张飞杀死，割了他的首级，当夜投东吴去了。"

因雪天，村里愿意聚堆的闲员们大都集中在章寡妇家听张武昌说书。章寡妇家不但里间里挤满了人，明间里也有不少人。高恩良只好站在明间里。

里间里，炕中央放着一个底下垫着两块砖头的圆形泥火盆，成为全屋唯一的取暖设施。高宏伟、朱宇轩等人也在场，他们有的坐在炕上，有的站在地下。

靠窗台坐的张武昌吸了几口纸卷旱烟，说："桃园结义如今只剩刘备一人，他痛不欲生，本来只想伐吴，为关公报仇，而张飞一死，却变成了想灭吴，以解心头之恨。说到这里，也许有人会问，这伐吴和灭吴有什么不一样呢？确实是不一样！列位，先听我说这伐，比如说一大片树林子，假如说是伐掉，那只拣着大的伐、好的伐，灭呢，却不是了，不管是大的小的、孬的好的，还是小树苗子，一撮窝的全部灭掉！再比如一棵大树，伐，或是砍，还可以说是大修理，顶厉害是用锯将它杀掉，但是树墩来年还能发芽，灭就不一样了，连根刨倒！一样的道理，刘备想伐吴，只是出于报仇的目的，动用武力侵犯吴国的边疆，杀他几员大将，夺他几座城池，以解心头之恨！灭吴呢？不用细说，在座的也会明白，就是想让吴国亡掉，占为己有。于是，刘备起兵七十余万，择定日期，向东吴进军。至此，才引出了陆逊火烧连营七百里，刘备命送黄泉白帝城！"他说到这里，将话打住，手一伸，"水来！"暂且不提。

再说庞涓庞玉娟。前天下午，曹义霞来到她家，庞玉娟问及家姑姑现在对朱宇轩的态度如何，曹义霞就将那晚夜校放学朱宇轩送她回家后，她与母亲的谈话一五一十地叙述了一遍，只不过删去了她与朱宇轩在路上所上演的一幕。庞玉娟分析说时机已经成熟，不能再拖，免得夜长梦多，中间发生变故。她执意要为义霞与宇轩搭桥作筏，向家姑姑提亲。曹义霞担心为时过早，恐怕庞玉娟判断有误。庞玉娟说："你就放心吧！天上下雨地上湿，咋说也得找个中间人提提，要不捅破这层窗户纸，只靠你们俩人的话……"她看一眼低头捻衣角的曹义霞，才说，"就是事已成真，那也还不知道拖到什么时候才能实落，俗话说得好：'长痛不如短痛。'行不行在此一举，明天我去你家，当面向你娘提亲！"

曹义霞说："既然你感到真有把握的话，你就去，但是可千万别说是我委托你去的！"

庞玉娟笑笑："既要开窑子，还想立牌坊！不过——嫂子我不会出卖你的！"昨天下了整整一天雪，今天，庞玉娟吃过早饭，拾掇了一圈，这才向曹义霞家走来。

"婶子，"庞玉娟进了曹义霞家的院子，从有意没用纸糊的窗户棂子里瞥见家姑姑坐在炕上不知在忙活什么，于是来到屋门前，在门外跺着脚上的泥雪，"婶子，在屋里忙什么？"

"哦！是她玉娟嫂子吧？"东里间，坐在炕上扒玉米粒子的家姑姑闻声说，"我就不下去了，进来坐吧！"

"婶子，"庞玉娟进了里间，问，"在扒玉米呀！"

"她嫂子，脱鞋上来坐吧，炕上暖和！"盘腿坐着的家姑姑向炕里边挪挪屁股，"这边坐吧！"

"不冷！我坐这儿吧！"庞玉娟说着在炕前的新杌子上坐下来。

"她嫂子，是找义霞吧？她上老宅子扫雪去了。"义霞娘指指簸箕里七八个还没扒的玉米棒，"就这几个了，扒完了我就去叫她！"

"婶子，我不是找她，是找你！"

"噢，找我？那一定有什么事吧？我下去给你倒水！"

"婶子，"庞玉娟笑笑，"我要喝酒！"

"要喝酒？"义霞娘懵懂了，问。

"对，是要酒喝！还是喜酒呢！"

"她嫂子，这是从哪说起呀？"家姑姑不明就里，干脆不扒玉米了，"什么事，你就直说吧！"

"婶子，说出来你可别生气！我呀——是来为俺妹妹义霞说媒的。"庞玉娟说。

"哟！瞧你说的，这修路搭桥、提亲说媒都是造福行善的好事，俺家义霞也十七八了，该找个婆家了，麻烦你来提亲，婶子我感谢还来不及，咋能生气呢？"家姑姑从簸箕里一手拿起一个玉米棒，问，"你说的这男方家是哪里？多大年纪了？耍手艺还是下庄户？家里还有什么人？家庭条件怎么样？"

"婶子，你刚才问的，其实你摸得比我还清楚！"

"比你还清楚？"家姑姑被弄糊涂了。

"嗯！我介绍的这男方他是远在天边，近在眼前！"

"那是……？不会！要不就是——？不可能！"家姑姑仰起头想了一会儿，自问自答，最后笑着摇了摇头，"我真还猜不出来！"

"就是文斋家宇轩！"庞玉娟诡谲一笑，"嘻嘻！没想到吧？"

"他？他不是与他的什么表姨家的表姐订了婚吗？怎么……？"

庞玉娟于是把朱宇轩如何推辞他表姨，曹义霞如何选择朱宇轩做木工活的事如此这般、这般如此地说了一遍。家姑姑这才恍然大悟，笑骂道："这死妮子，怪不得把摁着不让我去送钱呢！"

"嘻嘻，婶子，这就叫先斩后奏！她要是早跟你说了实话，你还会让我还有办法做门窗吗？"挪到炕沿上坐下的庞玉娟笑着说。

"我没猜错的话，这鬼点子一定是你替她出的！"家姑姑笑了笑，"你们呀，早就串通好了，合成块儿一起骗我！对了，还有她义年哥，一个劲地挑唆我用宇轩，不用说也有他的份儿！"

"婶子，你这可就冤枉他了！事先他根本不知内情，只是想着为你家省钱罢了！"

"这么说——我是冤枉他了？"

"嗯！"庞玉娟点点头，"婶子，怎么样？我这个媒能做得下来吗？"

"这个嘛——不用这么急吧？"义霞娘犹豫了一下，说。

欲知后事，下回分解。

第六十三回
命注定屡临绝境地
弃前嫌三救落难人

上回说到，出乎家姑姑的意料，庞玉娟给女儿介绍的对象竟是朱宇轩。上次她曾对曹义霞说："当初都怪娘啊！"此话中不无后悔之意：之前为彻底打消朱宇轩的念头，家姑姑多次托人给曹义霞介绍对象，家姑姑每每都陪同前往相亲，娘俩相了一圈，不是这样不顶对，就是那样不称心，权衡来掂对去，没有一户的家庭条件和为人能与朱文斋家相匹敌。朱宇轩与所相的这些男人相比，除了个子稍微矮点外，其他方面都强于他人。美中不足的是朱宇轩玩世不恭，爱耍小聪明，但是，这也算不上大毛病，尤其是自从朱宇轩背着父亲用父母的棺椁料为她家做了门窗后，家姑姑就感到他慷慨大方，不像她以前所想的那样，而是完全可以考虑和选择的对象。然而，朱宇轩却早与他表姨家的表姐定了亲，这使得家姑姑后悔莫及。

后来，家姑姑去还木料款，朱文斋家不但不收，而且还借给她家钱，当时她只觉得有点蹊跷，难以理解，以为朱文斋家是因为可怜她，才接济她的，根本没考虑到是女儿义霞真戏假演，与朱宇轩唱双簧，有意把她蒙在鼓里，经庞玉娟解释后，她才茅塞顿开。但是，老一辈子传下来的教条：作为女方的家长应该矜持一番，方显稳重，免得让人家笑话："凭着闺女嫁不出去咋的？还用得着抢天忙活地巴结人家？"这才说甭急，庞玉娟见大功告成，趁热打铁，说："俗话说，闺女大了不中留，留着留着爬墙头！俩人岁数都不小了，本庄本疃的，要是搞出个那个……"庞玉娟拍拍自己的肚子，"丢人现眼的事来，大概就是想哭也找不着个坟疙瘩！"

"那，等义霞回来，我跟她商量一下再说吧！"家姑姑想了一会儿，才说。

"还跟她商量什么？就是她委托我来的！"话赶话，庞玉娟最终还是把曹义霞出卖了。

"这死妮子，就不知道害羞！闺女孩子家哪有自己托人说媒的？"

"咱话也不用多说了，你要是同意的话，我就去跟那头说说，文斋家还不知信呢！"

"也好，你就看着办吧！"

回头再说章寡妇家。窗外，大雪飞舞。屋内，张武昌还在说《三国演义》："话说蜀吴两国几场大战，东吴损兵折将，城池丢失，败仗连连，而西蜀则威声大震，江南之人闻声丧胆。镇守边疆的吴国大将韩当、周泰慌忙上奏吴主，要求派兵增援。吴主得知，急忙召集文武群臣会商，决定拜镇西将军陆逊为征西大都督，统领八郡一百二十州的兵力与西蜀抗衡。这陆逊虽然年轻，但却颇有智谋，偷袭荆州时就是该人出的谋策。陆逊到任后，命令众将坚守城池，任凭蜀国军队在城下谩骂，任何人都不得擅自出战，违令者定斩不饶。

"时值农历的七月，天气炎热，酷暑难熬。刘备决定将陆军营寨迁入山林茂密之处，水军则顺江而下，沿江屯扎水寨，深入吴国境内。由于蜀国多日无缘与吴国交战，军心渐渐涣散，锐气大减。机不可失，时不再来，吴国都督陆逊见时机已到，决定发兵。是日，令朱然于水路进兵，要求船上装满柴草以作备用，令韩当引一军于江北岸，周泰引一军于江南岸，每人一把茅草，内藏硫磺烟硝，自带火种，到蜀国御营后，顺风举火，隔一点一，蜀国四十座御营寨子，只点二十营。

"是夜，初更时分，东风骤起，只见蜀国左营起火，方欲救时，右营又起火，火借风势，风助火威，霎时间整个江岸成了火海，蜀兵各自弃寨逃命，烧死的、落江的、自相践踏的，死伤无数。这时只听得轰隆轰隆两声炮响，吴兵在韩当、周泰的率领下，如猛虎下山，呐喊着向蜀军杀来。刘备见大事不妙，大叫道：'娘啊，此时不跑，更待何时！我还是脚底下擦油，逃命去吧！'"……

"不好啦！不好啦！快救命呀！"正在这时，浑身是雪的张建柱背着张华友的挎包，扛着鸟枪跑进院子，喊道，"我二爷爷掉进枯井里啦！"人们得到凶信，说书的顾不得说了，听书的也顾不得听了，张武昌急忙下了炕，打发张建柱去叫上张武贞，一起去山里拯救张华友。

在张建柱的引导下，高宏伟率领高恩良、朱宇轩、张武昌、张武贞、张建柱等人，与其他五六个青年人带着救人工具，用了一个多小时，冒雪赶到了目的地。他们围着井沿向下一看，只见雪人似的张华友一条腿插在没到膝盖以上的雪窝里，一只脚蹬着井壁，两手抄进袖筒里，耷拉着脑袋，已倚着井壁昏睡过去。高宏伟可着嗓子喊："老滑溜！老滑溜！我们救你来了！快醒醒！"

"二叔！二叔！你醒醒！"张武昌连喊几声，见张华友头不抬、眼不睁，没有反应，说，"坏啦，这大半天了，大概是冻死了，没有救啦！"

"爹！爹！你不要死呀！"走在后边的张武贞闻听父亲死了，跑上来，一下子扑倒在井沿上，哭着喊，"你们快下去救救我爹呀！"说着跪下来，"我求求你们啦！"

"啊——呀了伙价！谁、谁说——我……我死了伙计？"张华友被唤醒了，他慢慢抬起头，沙哑着嗓子，哆嗦着紫黑色的嘴唇，断断续续地说，"阎王爷还……还、还没有下，下请帖哪！"

"谢天谢地，我爹醒过来啦！还活着！"张武贞破涕为笑，她擦擦眼泪，喊道，"爹，您等着，我们马上就来救你！啊！"说着站了起来。

"二叔，我把绳子放下去，"张武昌抬起地上的大粗绳子，说，"你好好地把它抓牢啦！啊！"

"啊呀了伙价！"张华友抽出手，但由于手已经冻得不听使唤了，不是够不着，就是抓不住，"没、法治……治呀伙计！"

"井这么深，咋能下去人把他弄上来？"高宏伟为难地说。

"是呀！井壁上连个踏脚的地方都没有，"几个青年说，"就是下去了也上不来！"

"那个的——把我的腰……腰拴上，你们，放我。吭吭，下——去就行！"高恩良说着，拿过张武昌手中的绳子，两头各余一截，拴在自己的腰上，顺手拉过身边的一个带有绳子的大抬粪筐，"那个、那个的——的来吧！"

众人拽着绳子的两头，将高恩良放到井底。高恩良抱起张华友，把他放进抬筐里，又解下腰间的绳子拴在抬筐的绳子上，将绳子头扔到井沿上，说，"啊——拉吧！"

众人一起将张华友拉出来后，又扔下绳子把高恩良拉上来。

"老滑溜，别坐在抬筐里睡大觉啦！"高宏伟说，"快出来，咱们往家走吧！"

张武昌听说后，与张武贞走上前，一人一根胳膊，架起张华友，但是，张华友只有一条腿能站立，另一条腿却蜷曲着，咋也不能动。没法子二人只得又把他放进抬筐。

"杆子，看来他自己是没法走了，"张武昌说，"咱们抬着他走吧！"

"嗯，只能这样了！武贞，你回家拿钱，带上需用的东西，从家里直接去县医院！其他人俩人一拨，轮流倒替着抬着走！"高宏伟命令道，"无常和老憨先上！"

"啊呀了伙价！要……要了命啦！可、可跌完了伙计！"

欲知后事，下回分解。

第六十四回
见风使舵计议圆镜
斟酌额度磋商捐助

上回说到，张华友为追野兔被困枯井里，等人们赶到时，他在枯井里待了少说也有三个多小时了，连冻带饿，再加情绪低落，能不昏睡过去？自然，行走是不可能了，人们把他放进抬粪筐里，高宏伟吩咐大伙轮流抬着他走。

张武昌与朱宇轩走上前，一人肩挎一根绳，抬起粪筐就走。张武贞在后边扶着已经坐不稳的张华友。然而，山路本来就不好走，雪地上又打滑，加之俩人的身个悬殊太大，没走多远，就接连几个趔趄，虽然没有滑倒，张华友却从朱宇轩抬的那边筐里掉出来，摔了个四爪朝天，疼得他大声喊叫着。

"那个、那个的——不行，这样的，路、路、路这么远，吭，哪……哪——年才到医院？"高恩良说着，脱下棉袄，披在张华友身上，上身只剩一件单褂子。他蹲下来背起张华友就跑……

一行十几人护送着张华友，经过整整一下午才跋涉到县医院，他们没用挂号，直接把人抬进了急救室。

人们出了急救室，来到走廊里，高宏伟与张武昌在一起抽闷烟。高恩良、朱宇轩等三四个青年人轻轻地交谈着什么。彩云候在急救室门旁。

"大夫，怎么样了？"急救室的门开了，一位身着白大褂的中年男医生走出来，彩云迎上去问。

"生命倒没有什么大碍，就是左腿膝盖以下在雪窝里待得时间太长了，肌肉组织恐怕给冻坏了，至于骨头伤到了什么程度，等动完了手术才知道！现在还很难说！"医生摘下口罩，说。

"哦，只要生命能保住，就太好啦！"彩云舒了一口气。

"你们村的干部来了没有？"医生问。

"有什么事，尽管说吧，"闻讯赶到的曹义年和回家拿东西的张武贞正好步进走廊，听到医生的问话，未等高宏伟搭话，曹义年立即回答说，"我就是！"

"病人需要马上动手术！但是，病人的血型比较特殊，而血库里的库存临时没有了，你们来的人当中血有没有O型的？"

"我们不知道自己的血是什么型的！"

"我们都不知道！"

众人都摇头。

"噢，你们都没献过血吧？不知道不奇怪！"医生笑笑，"好啦，那你们去门诊抽血化验吧！"说完进了急救室。

"我也去！"张武贞将手里的一个包着洗刷用品、餐具、衣服等的蓝底白花包袱朝彩云怀里一塞，说。

"你去？"彩云接过包袱，问。

"我的血型是不是O型我不知道，但肯定跟我爹的差不多！"张武贞点点头。

"就是一样也不行！"彩云阻拦道，"你要是抽了血，那还怎么伺候俺二叔？你不能去！"

"唉！"张武贞叹了口气，拿回包袱。

"哎，你咋不去？"彩云见曹义年、高宏伟领着青年们都走了，张武昌却独自一人站在走廊尽头的窗前抽烟，她走过去，问。

"咳，年小的们去就行啦！还用得着我这半老汉子？"张武昌悠然地说，"再说，我的血型也不是O型的！"

"你又没去化验，咋知道不是？"

"好几年前，我去割草，让镰刀割伤了指头，去医院化验过，是myw型的！"

"满嘴里喷粪！"彩云瞪了一眼张武昌，"谁听说过割伤了指头还用化验血的？"

"不信？不信呀，那我再哄别人去！"张武昌吹着烟圈说。

"你呀！"彩云咬着牙，用指头点了点张武昌，转身回到站在急救室门旁的张武贞身边。

"哎，曹社长，你们都回来啦？"不知过了多久，曹义年与青年们都回来了，只有高恩良没来，张武贞着急地问，"恩良哥呢？他怎么没来？"

"在门诊上抽血，"曹义年回答道，"可能还得待一会儿！"

"就他自己……？"张武贞向走廊进口巴望着，问。

"我们呀，想舍己为人做点好事都不够格，"朱宇轩俏皮地说，"唯独老咔够，是O型的！"

"嫂子，你先拿着！"张武贞没有理会朱宇轩，将包袱塞给彩云，"我去瞧瞧！"话没说完就向走廊出口走去。

"哎，你看到了吗？"彩云接过包袱，把张武昌拉到一边，小声地说，"武贞在老咔身上可真急！"

"我早就发现了！"张武昌在彩云耳边小声地说，"武贞自打从城里回来，就背着二叔有事没事地向老咔家跑，见了老咔还魂不守舍的，不知做什么好！"

"去去去！大瞪着两眼说瞎话！武贞回来后大门不出、二门不迈，连门都很少串，你几时见武贞向老咔家跑来？净胡扯淡！"彩云抢白道。

"嘿嘿，我确实见过，不过——有没有去老咔家这我不清楚，我可见她从老咔家门前路过好几次！"

"你呀，吃了苇子拉席——肚子里编吧！"彩云停了会儿，压低声音说，"可别说，你看多好的一对！要不是当初二叔硬挡着不依，武贞也不用年轻轻地守寡！唉！人呐，怎么说呢？"她停了一会儿，说，"二叔遇上了三回大事，还不都亏了老咔……"

"你说得不对！"张武昌抢过话头，纠正说，"应该是四回，第一回，二叔被土匪架票，是老咔他爹救的；第二回喝卤水上吊；第三回喝打胎药；第四回，也就是掉进枯井里这回，你算算是不是四回？"他吸了几口烟，"这事我琢磨了好长时间，他就那么巧？二叔每次眼看就要摸阎王鼻子的当口，救他脱险的不是老咔他爹，就是老咔本人，你说邪门不邪门？二叔呀，欠了人家老咔家四条人命啦！"

"老咔确实是好样的！"彩云没有反驳计较，她赞许地点点头，"二叔对待人家那么苛刻，人家还不记仇！这么好的心眼真是天上难寻，地上难找！"

"我看呀，咱们与其静观其变，还不如见风使舵！看他两人现在仍然是你有情我有意的，咱们干脆趁热打铁，从中挑拉挑拉，再让他俩死灰复燃算啦！"

"什么？你说什么？还挑拉挑拉？还死灰？"

"我是说，咱们给他两个人牵牵线，让二人再续前缘！"

"咳！那叫撮合，怎么能说是挑拉？"

"表大娘和表婶子——没啥两样！不挑拉那死灰它能快点着起火来吗？"

"你呀，一样的话咋从你的嘴里说出来它就变味！"暂且不提。

　　再说挣断筋曹义年。张华友住院治疗十多天了，他前前后后去了四五趟。昨天下午他去医院，财务上的人找到他，说截至目前病人家自己捎来的钱不算，包括住院费和医疗费在内已经欠医院二百三十元钱，要他抓紧时间筹款。他说保险欠不下钱，三两天就把钱拿来。他去询问张华友的主治医生，张华友再住多少天才能出院，医生说病人的腿虽然是保住了，但还得住院观察治疗，大概得十天半月的才能出院。他从医院赶到家时天已大黑了。今天一早，他去了张华友家，说起医疗费的事，张二婶听后只有叹气的份，说："现在就欠医院那么多钱，等到出院那得欠多少，少说也得百多块钱吧？唉！你说，要是个百儿八十的还好说，我把家里的东西折懂折懂，再想法借上俩儿，也就差不多了。可这三四百价，俺小家小户的去哪儿弄这多钱？就是砸锅卖铁那也凑不起来！"说到后来竟抹起泪来。"天无绝人之路，活人没有被尿给憋死的，慢慢想办法！"曹义年安慰了一会儿张二婶，快快地回到家，着实替张华友家犯愁，他捉摸着怎样才能解决张华友家的燃眉之急，左思右想，也没想出个计策来——不管怎么说，欠谁家的钱都好说，就是不能欠医院的！吃过早饭，他先去了朱文斋家，想请朱文斋想想办法，但宇轩娘说朱文斋一早起来就出去了，到现在还没回家吃早饭，大概在社委办公室里造什么决算。曹义年没打停站，转身向社委办公室走来。

　　"文斋叔，决算造得怎么样了？"他还未跨进房门，劈头就问。

　　"哦，是社长？"坐在桌前专心记账的朱文斋抬起头，"总算差不多了！等召开社员大会时，各户核对所挣的工分无误后，就可以分配啦！"

　　"一个工日扯（方言：折合）多少钱？"曹义年掏出半盒廉价香烟，抽出一支叼在嘴上，去明间靠西北角生着火的土炉子上点上烟，问。

　　"两毛八分五！"朱文斋没有停手，"比去年稍高点儿。"

　　"嗯！"曹义年在炕沿上坐下来，"文斋叔，你先停一下，我想跟你商量个事！"

　　"什么事？说吧！"朱文斋放下笔，说。

　　"你手里有现成钱吗？"

　　"多少？"

　　"起码得三百元！"

　　"我手里有是有，也就个十块八块的，没那么多！"朱文斋划燃火柴点上旱烟袋，以为是曹义年个人借款，问，"你说做什么用吧，说出来那咱也好想办法！"

"我昨天晚上从医院里赶回来，老滑溜的腿算是保住了，但是却欠了医院里近三百元钱，我想用集体的钱先给他垫上，医院催着要呢！"

"嗯！咱们上缴公粮和卖果子的钱都在朱文远那里，估计这时他正在家吃饭，你去拿吧！"

"还有一个事，老滑溜今年连着住了两次院，现在就是磕了筐底恐怕也拿不出一分钱来，依我个人的想法，豁上今年社员们少分点红，也挤出二百块钱来救济给张华友，你看……？咋说他也是本村的老少爷们吧！"

"这事，你跟我想到一块去了，你就是今天不说，改天我也想抽个空跟你商量商量，只要咱们把事讲清楚了，我想社员们也会理解的，保证都没意见！"

"还有，等张华友出院回来，怎么着那个导来？请每家每户自己节省一点，拿三块也不多，两块也不少，五毛还不嫌，尽量吧，帮他渡过难关！"

欲知后事，下回分解。

第六十五回
弄玄虚刻意选死法
摒宿仇首救冤对头

上回说到，朱文斋听说曹义年不是为自己借款，而是为垫付张华友的医疗款，不由得从心底敬佩面前这位书记兼社长的宽宏大量——他多次劝张华友入社，回回都碰一鼻子灰，跟张华友协商调换地又被一口拒绝。如此"刁民"，曹义年不但不拿他当私心太重的单干户另眼看待，冷落他、报复他，反而处处为他着想：张华友头一次因喝打胎药住院，村集体专门派曹义霞不计报酬地服侍了七八天，他这次坠陷枯井住院，曹义年又前前后后跑了多次医院，借款垫付医院欠款不说，又提出减少分红，挤款救助他，并且倡导全村为其捐款。于是说："你的意思是倡导全村为他捐款吧？"

"对！对！就是这个意思！"曹义年点点头，"要不，甭说他儿子回家结婚再花费，就是这个年节他张华友还不知是怎么过呢！"

"这事我同意！"

　　"好，只要你同意，我心里就有数了！抽时间咱们召开社委会再研究通过！"曹义年说着站起来，"那你忙吧，我走啦！"

　　"什么事这么急？"朱文斋站起来。

　　"下午我还要赶去医院呢！"

　　却说好价钱张武贞。自从父亲住院以来，除了嫂子彩云抽空来替她陪了几晚上床外，基本上都是她陪伴在父亲身边。刚进医院时，她担心父亲会被锯掉一条腿，成为永久的残废，后经抢救腿给保住了，她从心里感激去救父亲的人，感激村集体为父亲垫付了住院款，解决了她家的燃眉之急，尤为动她之心的是高恩良：为救父亲脱险，他奋不顾身抢救下枯井；出事地点离县城有四十多里地，听彩云嫂子说，高恩良一人就背着父亲走了不下十里；父亲需要动手术，村里虽然来了那么多人，却没有一个人的血型与父亲相匹配，单单只有他的血型合适！而他又毫不含糊地慷慨献血，这一切一切都使她不只是感激，而且更加敬重他的人品，冥冥之中一种不可言状的感觉由心底升腾，他的影子在她的脑海里再也挥之不去。

　　现在父亲的伤势基本痊愈，在医院里独占单间病房疗养。坐在床边的她望着对面床上熟睡的父亲，由他这次深陷枯井，联想起他五年前喝药上吊，差点儿被水淹死的情景：

　　五年前初夏的一天，村东她家的菜园地里一片绿油油的。黄瓜、扁豆、西红柿正是插架柴的时节。张华友父女二人用蘸湿了的麦秸在架柴上捆绑着黄瓜蔓子。当张华友再次提起要张武贞为武成换亲的事并遭到张武贞的拒绝后，他声称要去死。扎着独辫子的张武贞愤愤地说："你愿意死就死，我可没逼你！"

　　"啊呀了伙价！那你还想怎么逼我伙计？让你给你哥哥换个媳妇吧，你死活不干，把你嫁到城里吧，你还是寻死觅活地不应承！叫我怎么办？"张华友站起来，连珠炮似地质问道，"啊，你仔细想想，你如果真不答应的话，我去哪里弄钱给你哥哥凑盘缠？没盘缠他怎么能去得了东北？去不了东北怎么能混个媳妇？没有媳妇不就得打光棍儿？打了光棍儿又去哪里倒换孩子？没有了孩子不就断了后？断了后那我还有什么活头？叫谁说说，你这不是成心把我向绝路上逼吗？"

　　"我不管！"张武贞态度坚定。

　　"你要真不管？那我就死给你看看！"张华友咬着牙，狠狠地说。

　　"想死就去死吧！我又没拦着你！"张武贞赌气地用力一摔手中的麦秸，一屁股蹲在畦埂上。

　　"这话可是你说的？我这就去死！"张华友说完进了看园屋子。

"哼！"张武贞撇撇嘴，嗤之以鼻，"有什么本事就全使出来吧！"

"看好了，我可要喝卤水啦！"张华友出了看园屋子，一手掐着一条麻绳，一手拿一块半个鸡蛋大小的淡褐色块状物在空中晃了晃，填进嘴里，"我去上吊啦！"说完，向东边菜园地头上的井跑去。

"吃吧！……啊！不对！"张武贞起先以为爹不过是想吓唬她，做做样子罢了，没想到爹真的吃了卤水块，还拿着绳子向井跑去，她一惊非小，霍地站起来，边跑边喊，"爹，不要啊！爹不要啊！我听你的就是啦！"

张武贞还没有跑到井边，只听得"咔嚓！""咕咚！"两声响，辘轳把断了，张华友掉进井里。原来，这辘轳日久年深，已经糟烂，哪能承受住他猛一逮的重力？

"来人哪！来人哪！救命呀！"张武贞跑到井边，看一眼在井下挣扎的张华友，哭喊着，"快来人哪！"

"什么事？什么事？"在东边个人的菜园地里干活的朱文斋、朱文远等几位老年人闻声抢先赶过来，问。

"我爹掉进井里啦！"张武贞哭着说，"快把他捞上来！"

"宏伟，你下去！"在园东麦地里拔麦蒿的朱宇轩、曹义霞、巧莲等七八个人员也随后跑来，朱文斋道。

"这可难为我了！"高宏伟指指井口，哭丧着脸，"井口这么大，你看我能……？"言外之意是腿过短，脚没地方踩。

"那……？"朱文斋遍视围在井边的人，除了几位老人和女人外，再就是十五六岁的男孩朱宇轩了，无奈之下，说，"你们快去找绳子来，把绳子拴在我腰上，我来！"说着就脱鞋。

人们听说后，忙去找绳子，不一会儿高宏伟拿着一根背架柴的绳子跑过来，"给！"

"那个、那个，什么事？我——来！"下坡路过这里的高恩良见状跑过来，边脱鞋，边说，"那个的你、你……你不——行！"说完，脱掉鞋子，拿过朱文斋手中的绳子，将它拴在腰间，叉开双腿，两脚踹着石缝下到井底，如老鹰抓小鸡似地将张华友提离水面，又把拴在他腰间的绳子扔上井沿，"那个、那个，我……扶着，你们、们快——拉吧！"

众人一起将灌足了水、肚子胀得跟蜘蛛似的张华友拉出来，解下他腰间的绳子，想把他放在井旁不远处的一堆高粱秆架柴上。

"不要放！不要放！"张武贞见状跑到前边，展开双臂阻拦着，哭喊着，"快送他去医院！"

"不就是灌了肚子水吗？让他趴在上面控控水就行！"众人不解了。朱文斋说：“何必去医院呢？”

“我爹还吃了卤水块儿哪！”张武贞跺着脚说。

“啊呀呀，喝了卤水上吊——死死无解！”高宏伟走过来，“看样子他真是活够了，还变着花样寻死！”

“你们说，有什么想不开的事，还用得着这样？”巧莲说，“要是给一口水呛死，也就不用去医院啦！”

“别嚷嚷啦！现在说什么也没用！”众人还要说什么，朱文斋斥责道，“快抬他去医院！”

“不用去！呕！”

被人们抬着肩膀和脚的张华友嘴里“哗啦啦”地吐着水，有气无力地说：“是蘸了、蘸了秫秫（方言：高粱）水的蜂蜡！”

“哈哈哈！”人们把张华友放在架柴堆上，都大笑起来，一妇女说：“怪不得上吊绳子拴腰不拴脖子，原来是闹着玩儿的！”

“老滑溜，蜂蜡好吃吧？”高宏伟笑着问，“以后还吃吗？”

“下次？下次我……我就吃真的了！”张华友边吐着水边说。

想到这里，张武贞忍不住笑起来：“咯……”

“武贞哪！”张华友被张武贞的笑声惊醒了，吃惊地问，“你在笑什么？”

“咯咯咯！”张武贞一时难以控制自己，笑得前仰后合。

“啊呀了伙价！什么样的事，看把你高兴成这样呀伙计？”张华友被笑蒙了。

欲知后事，下回分解。

第六十六回
续前缘刁钻鬼搭桥
受感召顽固佬入社

上回说到，老滑溜张华友假装喝药上吊，想逼迫女儿就范，没想到辘轳把竟然会折断，就在不会凫水的他命悬一线之际，高恩良及时赶到了，要是等到年迈的朱文斋下去相救的话，张华友很有可能就得去阴曹地府报到了。张华友这耍花招而弄假成真的游戏也算经典，难怪张武贞会大笑。她说：“爹！我在笑你福大命大。"张武贞好不容易才忍住笑，"好几回差点儿砸了瓦碴子，还都平平安安地回来啦！"说完又"扑哧"一声笑了："咯……"

"啊呀了伙价！这叫做'大难不死，必有后福'！"张华友没有笑，他捋着胡子，颇为得意地说，"你爹我现在还没有见到儿媳妇的面，还没有抱上孙子和外孙子，他阎王爷能好意思要我吗？"

"爹，您刚才说什么？"张武贞止住笑，问，"您上哪去抱外孙？"

"怎么？你武昌哥没跟你说？"张华友坐起来，反问说。

"说什么？"

"你跟高恩良的事呀！"

却说黑白无常张武昌。昨天，张武贞从医院里赶回家，说她父亲明天下午出院。今天一早张武昌与高恩良、张武贞就推着一辆独轮车上了路，他们赶到县医院时天还不响，医生正在给张华友做最后一次全面检查。午饭后，等办完出院手续，买好张华友回家后需服用的药品，这才推起张华友往家走，赶到家时天已经擦黑了。此时大街上"叭！""嗵嗵啪啪！"的鞭炮声不时传来。

张武昌安顿好张华友后回到家中，只有妻子彩云一人在家，他径直进了东里间，但见炕上的饭桌上，摆着一碗豆腐炖白菜，一盘虾酱煎萝卜丝，一碟子疙瘩咸菜条和一双筷子。彩云端着一把酒壶跟进来，劈头就问："怎么样了？"

"回是回来了，不过得瘫个年儿半载的还不一定能跟以前一样！"张武昌坐在炕前的杌子上抽着纸卷旱烟，说，"临出院，大夫一再嘱咐，目前最好是在炕上好好躺着，就是仨月后也不要下地干活，也不要做剧烈的运动！"

"这还用他说？伤筋动骨还得一百天呢，何况是动了手术！"彩云倒上一盅酒，放下酒壶，"我是问咱妹妹与老咔的事，你跟二叔说了没？"

"噢！你问这个呀？"张武昌连吸几口烟，"上次我去送干粮时就说了！"

"怎么样？"

"二叔的嘴都歪歪了，我……"

"怎么？二叔他又添了新病，得了吊传疯（方言：面瘫）？"彩云打断张武昌的话，惊讶地问。

"没有！我是说他乐得鼻子、嘴巴和眼都变换了位置，"张武昌比划着，"高兴得一蹦比这炕还高！……"

"去去去！拉聊斋去吧你！"彩云去外间拿了双筷子进来，"刚才你还说二叔他脚都不大敢沾地，现在又说蹦起来，快说他飞起来算啦！"

"嘿嘿，我是说如果他能的话，肯定得蹦那么高，可惜呀，只能躺在病床上来了个鲤鱼打挺，蹦了还没有半尺高！"

"你呀，什么时候才能说句人话！"彩云放下筷子，笑了笑，"不过，你这净耍歪心眼的刁钻鬼儿，这回总算是办了件人事儿！"

"救人一命胜造七级浮屠嘛！"张武昌装模作样地捋捋根本没有胡子的下巴，"再说他俩要是真成了，对咱还有老大的好处呢！"

"大侄子娶媳妇——没有他二大爷的事！"彩云白了张武昌一眼，"叔伯妹妹的婚事，与你有什么关系？"

"说你见识少，你不是还不承认吗？"张武昌在杌子上蹲下来，"你想想，他俩人要是结了婚，咱们就能升半辈，再也不用喊老咔小叔了，回过头来，他还得喊我大舅子哥呢！"

"抠门算是抠到家了！连这个便宜都想赚，丢人不？公鸡都让你羞得尿了裤子啦！"彩云撇撇嘴，鄙弃地说。

"为人不图三分利，谁还起个早五更？是菜就得剜进篮里，无论什么样的便宜也得想法赚才行！"

"别耍贫嘴了，快洗洗手吃饭吧！"

"我刚到家，你至少得让我抽袋烟喘口气吧！"

"你呀，草绳拴在烟囱上——早晚勒（累）在这口烟上！"彩云在炕沿上坐下来，"别抽了，吃了饭还有事呢！"

"不就是开社员大会吗？甭急！"张武昌满不在乎地说。

"你知道开什么会？"

"什么会？"

"后天就是小年了，今晚社里公布年终分红，好让个人早点准备年货！还有就是为二叔捐款的事！"

"噢！你咋不早说？"张武昌就杌子腿上捻灭烟，站起来，"饭待会儿吃！走，先开会去！"不提。

再说会场。全村社员大会的会场就设在学校的教室里，张武昌赶到时会议已经开始了，曹义年的声音从教室里传出来："高级社的社员们，锦鸡岭的老少爷们！今晚召开的会议主要是两个内容！"

教室里，被前来参加会议的朱文斋、朱文远、高宏伟、曹义霞、巧莲等村干部和家庭户主们挤得满满的。校院里也站满了人，张建柱、行头、方方、圆圆、曹义民、高恩慧、义霞娘、宇轩娘等人均在场。张武昌好不容易才挤进教室。只见精神抖擞的曹义年站在讲台上，扯着嗓子说："一是请孙月英老师宣读一下各户今年所挣的工分数。二是给张华友捐款的事，谁家要是愿意捐款，村里发分红时就先扣下来。下面先请孙老师公布一下各户的工分情况，谁要是觉得不对，会后马上来核对，过后不认账！好了，请孙老师念吧！"

"好！"孙月英拿着几张纸上了讲台，在放着罩子灯的讲桌前坐下，说："刚才曹书记已经说了，我慢慢念，大家都仔细听，谁要是觉得不对，等我念完后咱再慢慢核对，怎么样？"

"你念吧！"教室里的人几乎同时说。

"嗯！"孙月英点点头，把纸放在讲桌上，"朱建成，今年……"

"等一下——！"高恩良与张武贞抬着坐在粪筐里的张华友头前走着，张二婶和萱萱紧随其后，刚进校院，张华友就大声嚷道，"等等我！"

"老滑溜，你咋也来啦？"院子里的人主动给张华友等人让开一条路，人群中的朱宇轩问。

"啊呀了伙价！我咋不能来？"张华友高举着双手，"从今天开始，我张华友也是合作社的社员啦——！"

欲知后事？请看《锦鸡岭》（下部）。

下　部

第六十七回
联产计酬试点锁定
扩大会议观点不一

书接上回，说到黑白无常张武昌作筏，好价钱张武贞与老咔高恩良破镜重圆，有情人终成眷属；锦鸡岭村最后的单干户老滑溜张华友也加入了高级合作社。

《锦鸡岭》（下部）主要叙述 20 世纪 70 年代末锦鸡岭村试行"联产计酬责任制"初期发生在该村的故事。时隔二十多年，一切都发生了翻天覆地的变化。

"江山依旧，物是人非！"为交代《锦鸡岭》上部书中所出现而在下部书不再出现的人物的来龙去脉及归宿，特作简单叙述。

在三年困难时期，老滑溜张华友老两口吃了"苍子叶"中毒身亡，不提；在大炼钢铁中，庞涓庞玉娟的丈夫是主要的司炉手，被一口烟呛死，庞玉娟改嫁外村，不提；徐茂公朱文斋因为面对工作组提出异议，说了实话，从此被清出村委班子，后死亡，不提；由于生活无着落，憨木匠朱宇轩凭借自己的手艺带着母亲与小风稍曹义霞闯了大西北，不提。

面瓜朱文远死于"四清运动"中，不提。

曹义民二十六岁时有幸被推荐上了大学，毕业后被分配到外地工作，母亲家姑姑也跟随去了外地，不提；民办教师孙月英转为公办教师，调入公社教委工作，不提。

闲话少述，书归正传。

公元 1979 年初夏的一天下午，一男子嘶哑的声音从开着门窗的锦鸡岭大队委员会办公室里传出来："什么联产计酬？什么责任制？我看是让人们向资本主义发展！"

　　大队委员会办公室设在高级合作社时期的社委大院里，房子是在学校和社委办公室的原址上翻建的，它垫高了地基，高出地面足有三四十公分，门口外加设了石台阶。这座建筑物一拉四间，东头两间被间隔开，靠东一间是客室，是专门用来接待上级领导和外地前来参观学习的人的。紧邻的一间就是队委办公室，与客室合走一个门。西头两间是通着的，单独开门，为召开社员大会专用。院内东边的两座尖顶圆形粮囤已被拆除，改建成两间平房，作为伙房。东南角上的猪圈拆除后被修建成男、女厕所。院墙原型基本没变，只是由原来的土坯墙体换成了由"老社员"投资改建的坎砖墙体。院门口仍是无门，门两边竖起了砖座长方体门柱。左边的门柱上挂着一块白底黑字的长条木牌，上书：永康公社锦鸡岭大队委员会。

　　此时，大队委员会扩大会议正在大队办公室里进行。会议由年过半百、两鬓挂霜的村支部书记挣断筋曹义年主持。

　　曹义年自当兵复员回来后就担任锦鸡岭村的党支部书记兼社长，成立人民公社后大队长替代社长称谓，由杆子高宏伟担任，他只担任支部书记一职。由于责任在身，工作需要，备尝了没学问的苦头的他，不想再闹"韩刘（寒流）二同志要来检查"的笑话，从那以后刻苦学习文化知识，目前已经能够轻松阅读报刊和文件了，讲话也比以前有逻辑了许多。

　　曹义年首先口头传达了上级的指示要求，说："所谓'联产计酬责任制'，是因为在'人民公社化运动'中刮起的以平均主义为特征的"共产风"，违背了等价交换、按劳分配的原则，严重挫伤了社员的劳动积极性。此种现象直至现在。为适应社会的发展，调动社员的积极性，推动和繁荣在市场经济的前提下产生的农村经济体制转型。"他停了停，接着说，"为什么要在咱村搞试点呢？不用我说，大家心里也清楚，县里的先进单位如果不先行一步，那么让什么样的单位去搞试点呢？"

　　原来，高级社时期锦鸡岭村就是区里的先进单位，成立人民公社后该村利用三春两冬的时间将蓄水池和浇水的主、支渠道修建完毕，通过沟洼的地段还架设了"空中"渡槽，成了一道靓丽的风景，替代锦鸡岭北岭顶的柏树林成了村标志。后来在曹义年的率领下，社员们苦战数载，又将大部分岭地改造成了"大寨田"，土地改造好了，水浇条件提升了，粮食产量自然就上去了，经济收入也得到了长足发展，成了全县"远学大寨，近学锦鸡岭"的先进样板单位。

　　昨天，曹义年去参加全公社村支部书记会议，会后公社管委会主任单独把他留下来，说："县委县府决定在你们村搞'联产计酬责任制'试点的事，今春天就定下来了，只是没正式下文。这事早就通知你了，至于'联产计酬责任制'具体是什么内容，我们也不十分清楚。具体是怎么个搞法，明天下午县农业局里的有关领导可能去你们村做部署和指导，现在正式跟你打个招呼，你回去后立即召开会议，先将班子的思想统一起来，提高认识，到时候可别七挣八裂的！"曹义年不敢怠慢，当晚就找到高宏伟商量，决定明天下午召开班子扩大会议。

参加会议的六名人员分坐在几张办公桌旁，个个紧绷着脸，一声不吭，唯有年近五十岁的杆子高宏伟大队长，一脚踏在三人座长板凳头上，一手舞着镶有灰白色玉石烟嘴、黄铜烟锅、烟杆足有一尺长的旱烟袋，像只斗架的大公鸡，嚷着："六七十年代那阵子，自留地和自留园分下来，又收上去，一会儿叫发展个体经济，一会儿又要割资本主义尾巴，闹得人心惶惶，六神无主，如今才安稳了点儿，又要搞什么'联产计酬责任制'，庄户人能撑得住这穷折腾吗？"

"大队长，你的意思是说还是大胡隆（方言：大集体）好啦？"一名同时兼副大队长、大队保管员、民兵连长的大队成员问。

高宏伟装着大叶子烟，不发一言。

"大叔，社员出工不出力的毛病，您难道就不感到头疼吗？"与高宏伟同坐在一条板凳上的村妇女主任于大嫂问。

这于大嫂学名叫于金华，二十八九岁年纪，一般身材，五官端正，留着齐肩短发。她是外号炸蟹的朱宇豪的妻子，比炸蟹小十多岁。四年前身为副业队长的朱宇豪为村集体搞建设打石头，不幸被飞起来的石头砸死，暂不细表。那为什么人们不称她"炸蟹嫂"或是"朱大嫂"呢？因为那时候农村与城市对他人姓氏的称谓不同，在城市一般称姓，老什么、小什么，同龄人才称呼名字，不称姓氏，有职位的在姓氏之后加职务。在农村，尤其是较小的村寨，尽管姓氏不同，也得按不知道从什么年代论起的辈分称呼，对辈分高的人从不带姓称谓，如李爷爷、张爷爷等，都直接称"爷爷"；对辈分低的只叫学名或者乳名，不称姓氏。就年轻家庭妇女而言，也是叫学名，不称姓氏。如果叫辈分低的，高一辈的老人就直呼"侄媳妇"，对自己的儿媳则不直称"儿媳妇"，高两辈子以上的，不称"孙子媳妇"或"重孙媳妇"，而是说"某某他娘、他妈"。巧的是于金华与她还在世的婆婆重名不同姓，她婆婆朱奶奶姓刘，名曰：刘金华。为了尊重老人，又好区别婆媳俩人的名讳，所以，根据她的姓氏"于"，称呼为"于大嫂"。如此一来，"于大嫂"三个字既不是她的名字，也不是对她辈分的称谓，只是她本人的代名词，大人孩子都可称其为"于大嫂"。至于为何不称"炸蟹嫂"，无非是出于对其丈夫炸蟹年轻轻的就无疾而终、死于非命的忌讳罢了。

彩莲随军后村里曾先后推选了两名妇女主任，最后这一任是位青年妇女，她于1976年出嫁到外村，于大嫂嫁到锦鸡岭后就接了她的班。

"哟咳！你逼哪家子能？"高宏伟点上烟，讥讽地说，"你上有婆婆，下有孩子，男人没了这些年，下坡干活有几个顶搭（方言：中用）的？可饿着你们了吗？你可知道，实行责任制后，粮草还按人七劳三分吗？谁还给你这妇女主任补助工分？你呀，就别跟着瞎起哄了！"

"你……"一句话把于大嫂噎得说不出话来。她紧咬下唇，霍地站起来，背向高宏伟。

"哎、哎！哎哟！"因为于大嫂突然站起，板凳顿时失去了平衡，"咕咚！"把毫无思想准备的高宏伟闪坐在地上，撅起的板凳正好砸在他的左前额上，他头上立时起了个包。他疼得龇牙咧嘴，扔掉烟袋，摸着额头上的包站起来，责备地说："嗨！你起来前，为什么不事先告诉我一声？晦气！"

"杆子大队长说得对！要不，当初为什么费那么大的劲搞互助组、合作社和人民公社呢！"三十六岁的大队会计张建柱放下手中的钢笔，捡起烟袋，就烟包里捏出烟末，卷起一根纸烟，叼在嘴上后，才将烟袋烟包还给高宏伟，讨好地说。

这张建柱在半大小子时，身材还像半截麻袋包，随着年龄的增长，后来竟成了细高挑，个子与他的父亲黑白无常张武昌一般高，故人们夸大地戏称他为"麦秆梃"。他于1958年年底接替了朱文斋，担任大队会计之职，成为锦鸡岭村大队班子成员。

众人面面相觑，议论纷纷。

"还有啦，目前咱大队有搞副业的，也有搞建筑的，假如这地一分，谁还能安心呢？"高宏伟接过烟袋，等议论一停下来，就振振有词地说。

"刚才大队长说的有他一定的道理！"曹义年拔下嘴上的烟卷，说，"比如说，老幼残疾和缺少劳动力的咋处置？男人在外的家属又该怎样对待呢？"

常言道："虎老了不咬人。"高级社时期锦鸡岭社委的原班人马，面瓜朱文远在"四清"时，因仓囤短缺了18斤麦种，被定为"监守自盗罪"而开除出社委会，第二年病故；会计朱文斋，因新中国成立前曾任过资本家的账先生，当过私塾先生，又在成立人民公社前的1957年主张分地瓜到户，后在游街时倒下，再也没有爬起来；妇女主任彩莲于1964年跟随升了营级干部的丈夫去了部队，同时卸职；高恩良于1958年辞职，只剩下曹义年、高宏伟二人了。张建柱和身兼多职的副大队长则是后期填补的。当时，大队干部按人口定职定编，像锦鸡岭这样的小村庄，什么妇女主任、团支部书记、治保主任、民兵连长、物资保管、副业队长、生产队（组）长等职能人员都不属于大队委员会成员，只享受职务误工补贴，大队里研究什么重要事情时才列席参加。

自从朱文斋被"拔白旗"后，曹义年没有了主心骨和掌兜的，又无法指望直肠子的高宏伟和少有主见的副大队长帮他出谱拿主意，张建柱光会耍嘴皮子，滑蛋一个，就像杆子说的那样："地瓜扒了皮——啥也不是！"更无法指望。大队里一遇到什么挠头的事都得靠他自己想办法，定决策。几经变故，他的脾气和性格都有了很大的改变，就如大河里的石头，原先有角有棱，但历经激流冲击就会变成圆滑的鹅卵石。此时的他为人沉稳老练，遇事三思而行，说话也没那么冲了，如果说有一点没有变的话，那就是对于上级的指示和号召绝对服从、照办。

"就是！"令高宏伟没想到的是曹义年非但没有反对他的观点，反过来还替他说话。他随手抹了一把张飞般的络腮胡须，坐下来。一丝得意闪现在他的脸上。

这高宏伟是"大树底下好乘凉"：由于历次运动基本上都没有受到太大的冲击，即使在"人人过关"被审查的年代，由于他不是村里的一把手，是事由支部书记撑着，很少用得着他出头露面，自然得罪人就少，加之根正苗红，是贫农出身，又不掌握钱粮大权，所以，只挨过几次象征性的批斗。如果说他没当过锦鸡岭村的一把手也不对，他曾担任过村"贫下中农管委会主任"一职，只不过有其名无其实——被造反派架空了。即使这样，还未等他尝出咸和淡来，干了还没一年的他，就又被造反派轰下台来。

作为高宏伟，他对曹义年是既尊重，又畏惧，他尊敬曹义年敢做敢当，处处为集体、为他人着想的人品，惧怵他"六亲不认"的脾气。对于曹义年的话他唯命是从，曹义年指向哪里，他就毫不犹豫地冲向哪里。随着时间的推移，曹义年不再大权独揽，而是把权力逐步放给了其他大队成员，凡是牵涉到农村生产方面的事情都托付给二把手高宏伟，由他出主意、想办法、定措施，有关政策或者党内的事则另当别论。还别说，杆子高宏伟在领导农业生产和指导种地技术这方面还真有一套，能够独当一面。否则，他也不会在村委干到现在了。刚才，曹义年让他先发言，也是出于对他的尊重和信任。

"但是，我并不是说因为这些就不实行'联产计酬责任制'了，而是要坚决地贯彻执行！"曹义年的话头突然来了个一百八十度的大转弯。

高宏伟站起来想反驳，但话未出口，又坐下来。

"今天召开大队班子扩大会议，就是专题讨论商定联产计酬的实施方案，并不存在咱们愿意不愿意做试点的问题！"曹义年真诚地说，"希望大家畅所欲言，各抒己见！"

"我说两句！"团支部书记高志强站起来说，"无论是互助组、初级社、高级社还是人民公社，不管是哪种形式都是历史发展到一定阶段的必然产物，无不推动着社会的发展！"

这高志强二十五岁，是高宏伟的儿子，个子却比高宏伟高出近一头。他在学制改革时上的初中，高中只上了一年，算不上高中毕业生，属"回乡知识青年"。

"哼！"张建柱的嘴撇得老长，将头别向一边，低声嘟囔道，"羊群里跑出个驴来——就数你大了！"

"至于说农村今后走什么样的路子，向何处发展，党的十一届三中全会早已指明了方向！"高志强没有理会张建柱，继续说，"我认为，实行农村体制改革，是农业发展的新路子，也是形势发展的需求。实施联产计酬，是调动广大社员积极性的有力措施！我们共青团……"

"狗屁！开裆裤子还没脱掉的孩巴伢子，就你能？"高宏伟打断儿子的话，斥责道，"什么时候能轮着你说话了？什么时候轮着你抢着头里拉狗屎啦？不说话又有谁能把你当哑巴了？"

"本来嘛！中央明文规定……"高志强不服气，反驳说。

"规定什么？"

欲知后事，下回分解。

第六十八回
吴局长驱车锦鸡岭
有情人话菊渠道边

上回说到，锦鸡岭大队召开扩大会议，高宏伟刚说了几句，就遭到于大嫂和儿子的反驳，却得到了张建柱的支持，同时得到了曹义年的肯定加否定，使他无言答对，正在这时，儿子再次跳起来拆他的台，于是他打断儿子的话说：

"中央文件哪一条规定全县非得在锦鸡岭村搞试点非得施行联产计酬了？有本事你就拿来我看看！拿出来呀，拿呀，拿不出来吧？"他带有几分自豪地说，"哼哼！厚皮鸡蛋碰石头——自不量力，悖理你还嫩了点儿！"

"老顽固！有理也跟你说不清！"高志强小声说着坐下来。

高宏伟不再理会儿子，说："我高宏伟没上一天正规学校，大道理不会讲，可我知道，单干那阵子，亩产量不过几百斤吧，如今呢？"他以胜利者的眼光环视一周，走到西山墙前，用烟袋指着墙上的几乎直线上升的历年粮食产量指标示意图，说，"你们都看看，地还是那地，人还是那人，可亩产已超过一千五百斤（夏秋两季农作物产量之和）了！这难道说大集体不好吗？用你们识文解字的话说，历史的车轮滚滚向前！"

却说吴友。这吴友是县农业局的局长，四十八九岁，业已谢顶，身体过早发福。他原是县农业局的常务副局长，今年春天被提升为局长。

由于当时的社会主义集体经济制度，实行集体生产，浮夸风盛行，各地虚报粮食产量，争相"放卫星"，但是所上缴公粮的数量与粮食产量成正比，虚报越多，公粮压力越大，导致好多地方一边虚报粮食产量，一边无口粮，人们忍饥挨饿。而且在集体生产体制下，人们的生产积极性不高。在这种背景下，去年，安徽凤阳小岗村的十几位村民联合秘密立下契约，分田到户，小岗村解决了粮食问题，而且将历年所欠公粮悉数缴齐。后来这一做法受到安徽省委书记万里的大力支持，并上报中央，进而在全国推广。

今年春天，县委就把锦鸡岭村作为全县农村实施"联产计酬责任制"的试点单位，责成县农业局制定具体实施方案，指名局长吴友靠上抓，蹲点锦鸡岭。

堂堂的一局之长，县委为何安排他蹲点锦鸡岭呢？一是"身在其位谋其政"，身份所定，责无旁贷；再就是他懂农业，不外行；更重要的是他在锦鸡岭村待了将近十年，对该村的风土人情了如指掌。

昨天，公社里告诉他锦鸡岭大队今天下午召开班子扩大会议，专题讨论"联产计酬责任制"事宜。今天下午他就乘坐吉普车向距离县城四十多里地的锦鸡岭奔来。

俗话说："三月里寒食不见花，二月里寒食老了花。"是年闰六月，三月初九清明节，时值四月初，春夏相交，微风习习，莺歌燕舞。沉睡了一冬天的大地上万物昂首疯长，遍野披绿，柳丝飘飘，梨树堆雪，碧桃如霞。路两边的野花百花齐放，五颜六色，争艳斗芳。

吉普车下了南北向县乡公路，顺着东西向乡村土公路驶向锦鸡岭。此时的锦鸡岭，村东头的柏树和坟墓没有了，路北的牛棚和牛粪窝子迁移了，上崖那条大街也拓宽了。吉普车东进锦鸡岭，吴友要司机减慢速度，他拉开车窗玻璃，探出头来，但见村头上迎面是一座扩街宽、两边水泥立柱、弧形钢筋拱顶的大门，立柱上的红漆对联是："大干社会主义有功，大干社会主义光荣。"横额为："社会主义好"。

车开到大队院前，街中间又有一道用铁丝拴在街边的两棵国槐树上的红布黄字条幅，正面是："计划生育是我国的一项基本政策！"反面是："控制人口增长，提高人口素质！"街两边的墙上和树干上贴有用墨笔书写在长条五彩纸上的口号："坚决实行计划生育，大力提倡晚婚晚育""生男生女都一样，女儿也是继承人""反对重男轻女的思想"等。

吉普车刚进队委院门，只听得传来："咣！""乓！"两声响。

原来，锦鸡岭队委扩大会议刚才在举手表决"联产计酬责任制"试行方案时，六人中会计张建柱弃权，只有高宏伟一人持反对意见，于是他的炮仗性子爆发了，他赌气地一脚踢开屋门，门上的玻璃被震掉了一块，落在地上摔得粉碎。未等吴友反应过来，又见一只空铁桶"哐啷啷"滚出了门外。

"嘎——！"司机急忙刹车，铁桶被车轮撞出去。

"哎哟——！"高宏伟怒冲冲地走出门外，被极速滚动的铁桶"咕咚"绊了个仰面朝天，闪了腰，疼得他直咧嘴叫。

"姐夫！摔伤了没有？"吴友与司机一同下了车，扶起高宏伟，问。

"你们谁能谁干！这个大队长我不干了！"高宏伟没有搭理吴友，冲着跟出门来的人嚷道。

"没了郑屠夫，还能吃带毛的猪？"高志强火上浇油。

"你小子混什么蛋！"高宏伟举起烟袋，挣脱着。

"姐夫，有话好好说嘛！"吴友拽住高宏伟，劝道，"来，来，来！都进办公室继续开会！"

再说东洼。为方便耕种，成立人民公社后锦鸡岭村与附近村庄置换了不少"插花"地块，原有一百三十余亩地的东洼，现在扩展成二百多亩了。由于土质优良，水浇条件好，基本上一年只种小麦和夏玉米两季作物。

"三月十三麦子直站。"说的是农历中旬，小麦开始分蘖、拔秆，准备打苞抽穗。此时，整个东洼麦浪滚滚，像一望无际的海洋。小麦腆着孕妇肚子似的即将绽放的麦苞额首带笑，上边挑着的一叶小旗如同翘起的大拇指，似乎是在自我陶醉，炫耀地说："在不久的将来，我将冲破重围，笑傲江湖了！"

二十五岁的吴菲菲和几位女社员在地头的水渠边改水道浇麦田。这吴菲菲鼻头稍微有点儿翘，圆脸，个子一米六左右，丰乳美臀，两腿修长。她头戴圆顶草帽，腕戴坤式手表。她虽然一身庄户打扮，但却流露出城市人那种特有的气质。

"菲菲！"一辆标有"锦鸡岭大队"字样的军绿色解放牌货车下了东高埠岭，在公路边上停下，张建新跳下驾驶室，端着两盆尚未开花的菊花向渠道走来，喊，"你猜我带什么来了！"

这张建新乳名叫方方，是黑白无常张武昌的三儿子，初中毕业，现年二十六周岁，长方脸、高鼻梁、嘴巴有角有棱，一米七三的个头，着一身洗得褪了色的绿色夏军装。他十八岁那年参了军，在部队里学会了开汽车。去年复员回到了锦鸡岭老家。

"哎——！建新，你回来了？哎！哎——咳！"吴菲菲放下铁锨，刚要跑过去，不料脚下一滑，一脚踩进刚浇过的麦地里，鞋子咋也拔不出来了，只好赤着一只脚，一瘸一拐地跑过来，问，"什么花？"

"自己看呗！"张建新摘下手表，放进衣兜里，在渠道边蹲下来，向花盆里捧着水，回答道。

"嗨，我还以为是什么好花呢！"吴菲菲掠了一眼，嗤之以鼻，"不就是臭虫菊吗！"她用草帽扇着风，说。

"不是臭虫菊，是贵妃醉酒！秋后开花，香着哪！"张建新甩着手上的水，问，"怎么样？"

"再好不也就是棵花吗？"吴菲菲不以为然，"有什么可稀罕的！"

"你，你说什么？"张建新问。

"我是说，你去过俺家吗？"吴菲菲得知自己说溜了嘴，忙岔开话题，揪下肩上的花手巾递过去。

"去过！你妈还给你买了新衣服呢！"张建新没有接花手巾，甩甩手上的水，去驾驶室里拿出一个包裹，说，"给！"

原来，吴菲菲是吴友的女儿，十多年前她与九岁的妹妹随父母一起来到锦鸡岭定居。"落实干部政策"时，干部的妻子和年龄在二十周岁前的子女由农业户口还原为非农业户口，二十岁以上者（在校者放宽到二十二岁）则不享受这个待遇，吴菲菲当时既不是下乡"知识青年"，也没在校上学，自然享受不到这个政策优惠。她要么是到国有企业干临时工，要么是到社办企业当工人，再就是留在原居住的农村等待机会和政策的变更到县直部门和国营厂子就业。但是，这个机会少之又少，国企一般是很少从农业户口人员中招工的。如此，吴菲菲只能暂住锦鸡岭，等待机会。

"怎么样？还行吧？"吴菲菲打开包裹，拿出一身银灰色的套裙，美滋滋地在身上比量着。

"嗯!"张建新端起花盆,赞美道,"不错!正合身!"

"你真好!"吴菲菲突然向张建新的嘴上吻去。

欲知后事,下回分解。

第六十九回
大队长伤腰拔火罐
高二婶因酒赚美名

上回说到,吴菲菲听到张建新的赞美声,抑制不住感情的冲动,突然吻向张建新。虽然他们二人订婚已经好几年了,吴菲菲却从来没有这么狂热过。张建新真想与她当即接吻,但是,农村终归是农村,农民终归是农民,当着那么多的人,在众目睽睽之下接吻,还是怕被大家嘲笑。

"哎哎!哎!"刚要站起的张建新躲闪不及,忙用花盆遮挡上去。

"啊!呸!呸!"菲菲的嘴吻在花盆上,连水带泥弄了一脸一身。

却说杆子高宏伟。高宏伟家就住在上崖那条东西大街北,与张华友家隔条大街,前后为邻。他家草房三间,一明两暗,大门口向东开,与曹义霞家的老宅子同在一条南北胡同西侧。较大的院子里,猪圈建在西南角,猪圈东建有一间草棚和一间南屋。院子当中有一棵合抱粗的大国槐树,东窗前有一盘石磨。

今天下午,他强忍着腰疼,好歹挨到队委扩大会散会,回到家本想躺下休息,但却疼得无法挨炕席,无奈之下,他要妻子高二婶立马给他拔火罐。

"对!就这!还有这!"明间里,高宏伟光着脊梁,趴在三人座长板凳上,腰间一旁已扣了一个茶碗,他用烟袋指着腰的另一边,说。

"好我汏!咋这厉害!"高二婶点上一块草纸,放在茶碗里,准备给高宏伟拔第二个火罐。她心疼地说:"看看,都起瘀青了!"

在此,也许有人会问,在《锦鸡岭》上部书中没有出现高二婶和高志强娘俩,现在怎么突兀地冒出来了呢?那是因为高二婶虽然是本地人,娘家离锦鸡岭村也就三五里地,但是1955年初她娘家就举家去了内蒙古。上部书中,只叙述了

1957年中秋节后至腊月"辞灶"前几个月的事，而恰恰在此时间段内她的父亲病故，母亲患病，卧床不起，她领着只有三岁的高志强去娘家奔丧和伺候母亲，直到是年春节前夕才回家。闲话少说，书归正传。

这高二婶比高宏伟大，五十四五岁，塌鼻梁，漫长脸上有几颗浅白麻子，说话声音低且慢，与她那一米七的高大身材不成比例，"好我汏"是她的口头禅。她没入过学校门，曾因此出过洋相，直到现在人们还把它当作笑料。

1969年是个人迷信盛行的一年，毛泽东被推上中国的"神坛"，从中央到地方层层开展对毛主席"三忠于，四无限"活动，陷入对领袖狂热崇拜的迷醉中不能自拔，城市和村镇的主要街道、公共场所及一些部门、单位的大院都建有毛主席塑像或画像台，机关办公室、学校教室、企业车间里都挂着毛主席画像，在办公桌和家庭里的显要位置摆放着毛主席的石膏像，在建设工地及生产劳动场所摆放着毛主席画像。人人胸佩毛主席纪念章，不论识字不识字都携带《毛主席语录》在领袖像前早请示、晚汇报，"斗私批修"。一日三餐"三祝愿"：敬祝我们伟大的领袖，英明的统帅，我们心中最红最红的红太阳毛主席万寿无疆！万寿无疆！敬祝林（彪）副统帅身体永远健康！永远健康！家中来了客人，吃饭前主人和客人要先一起站在毛主席像前进行两个"祝愿"，然后才落座吃饭。有许多人像虔诚的教徒那样，每天"三祝愿"后，还会真诚地检查自己一天的所作所为，对照《毛主席语录》或指示进行深刻的检查，并真诚地忏悔。

当时，大人孩子都要学习《毛主席语录》和《为人民服务》《纪念白求恩》和《愚公移山》"老三篇"，演唱革命歌曲，唱的最多的是《毛主席的书我最爱读》《北京的金山上光芒照四方》和《东方红》，喊的最多的口号是"毛主席万岁，万万岁"。有的地方甚至专门组织"红卫兵"和"红小兵"（未满十四岁的学生戴着红小兵袖箍或红小兵胸章）在路上督查这项运动。

初秋的一天，高二婶回娘家，在路上被查路口的"红卫兵"拦住了，"红卫兵"说："毛主席。"高二婶答："万岁！""红卫兵"问："你到哪里去？"高二婶答："俺老爹病了，回娘家！""要斗私批修。""全心全意为人民服务！"对答之后，"红卫兵"又要她背《纪念白求恩》，否则，不能上路通过。虽然简单的对答没有难住她，可《纪念白求恩》她却只是听别人读过、背过，连什么意思都弄不明白，但是不背诵又过不了关，被逼不过，只得照办："毛主席教导我们说，白求恩是夹拿着长大的（是加拿大共产党员）……"

"什么夹拿着长大的？"一"红卫兵"打断她的话，质问道，"你还不如说是抱着长大的算啦！"

"噢！那是抱着长大的，"高二婶忙改嘴，继续背诵道，"他不愿在湾里（不远万里）……哎，去了哪里来？噢，上了中国……"

"去去去！什么湾里沟里的？"另一"红卫兵"打断她的"背诵"，不耐烦地说，"要不是看在你大字不识一个的份上，私自篡改'老三篇'，现在就把你打成反革命！至少是坏分子！继续背诵！"

"算啦！算啦！别难为她了，让她走吧！"又一红卫兵上来打圆场，说，"回家请人好好教教你！下次遇上你，要是再背不过的话，我们就不客气了！你走吧！"从那以后，很长一段时间，她都没敢出远门和赶集上店。

高二婶本来没有绰号，她脸上虽然有几颗麻子，不细看也辨认不出来，大概是因为她为人老实忠厚吧，没人称她"麻子"。但是由于丈夫高宏伟的一句戏言，却让她赚上了个外号："酒嘟噜"（方言：盛酒用的上粗下细、带双鼻子的圆形陶罐）。

这还得从20世纪70年代初某年的大雪节气这天说起。几年前，集体的菜园地因离村太近，为防鸡刨狗蹬，不好看护，由社场东迁到了距村一里多地的东北坡。俗话说："大雪不搬菜（白菜），必定受其害！"是年大雪节气的前一天下午，菜地里的白菜还未搬完天空就飘起了雪花，社员们没顾得上吃午饭，冒雪抢收，收完时天已不早了，也就没来得及分给各户，只能先用玉米秸盖起来。村里决定，当天晚上由高宏伟带班，与张武昌、高为农和朱宇豪去菜园屋子守护白菜。等他们吃罢晚饭到达菜园地时，雪厚已将近三十公分了。四个人闲得无聊，在看园屋子里的炕上用扑克打起了"夺百分"，未至半夜，各人的肚子就"咕噜噜"作响，玩不下去了。

"杆子，你有没有听见我们的肚子在提意见了？要是能喝上一壶热酒，吃上一顿白菜炖豆腐就好啦！"张武昌说。

"这还不好说，屋子里锅碗瓢盆和柴草都不缺，白菜更不用说，有的是，尽着肚子装，愿吃多少吃多少！"高宏伟望一眼屋外如筛子筛面的大雪，双手一摊，说，"可这油盐酒和豆腐却必须有人回村办弄吧？"

"嗨！这样就好办了！"张武昌接过话头，提议说，"咱们几个谁的酒量大，谁就得回村！"说着从衣兜里掏出两元钱，"现在还不到半夜，豆腐房里还有人，割上它五六斤，酒钱咱们凑，去小卖部买，如果小卖部关了门，我家里还有二斤散酒，就到我家去拿。豆腐杆子说了算，肯定不用花钱。酒钱我先垫上！你们先说说自己一顿能喝多少酒吧！"

"我先说，"朱宇豪抢先道，"我顶多喝一两酒！"

"我，嘿嘿，"高为农笑笑，"我、我闻着酒就——会醉！"

"我嘛，说不喝酒你们也不相信！"张武昌叼着旱烟袋，说，"撑死也就一顿一小盅酒！"

"我呢？"高宏伟见三个人中，一个顶多喝一两酒，是谦虚；一个撑死喝一小盅酒，是撒谎；唯有高为农说的是实话，众所周知，高为农从不喝酒，在酒席上闻着酒味就会被熏得面红耳赤，如同醉了一般。他心里说："当庄本村的谁还不知道谁？不就是不愿回村嘛！"但是，下雨不打伞——轮（淋）也轮着了，不表态也不行。他想："喝酒醉，闻酒醉，就还少着'见酒醉'了。"于是说："你们三个都回村办货去吧！"

"为什么？"三个人几乎同时问。

"我一见到俺老婆就醉！"高宏伟回答说。

"怎么解释？"张武昌纳闷地问。

"俺那口子生来就像个酒嘟噜儿似的，一见到她不用喝酒，我就醉了！"高宏伟煞有介事地说。从那以后，高二婶就有了"酒嘟噜"的雅号……

高宏伟见妻子心疼他，并不领情，反埋怨说："都是你给惯的！"

"好我汰！孩子孩子来，"高二婶没有生气，劝慰道，"咋能和他一般见识？"

"什么孩子？都二十五六的太岁（方言：一般用于骂自己的儿子）了，还孩子？狗屁！"高宏伟骂道。

"好我汰！这些年的饭都烂在肚子里，两句话就盛不了了，都一大把年纪的人了火性还不减！"高二婶说着把茶碗给他扣上。

"谁跟你似的，三脚也踹不出个屁来！……哎哟！你想火化我咋的！"高宏伟不由得痉挛了一下，斥责道。

高二婶一笑了之，拔下另一侧的茶碗。

"哎哟！想活扒我的皮？不会轻点？"高宏伟大声嚷道。

"好我汰！咋说话啊！"高二婶摇摇头，又在他腰侧的相对位置按上了一个茶碗，"哦，你到炕上趴会儿，我去准备酒菜！"

"你说什么？"高宏伟转过头，问。

"待会儿他姨夫来！"高二婶说着进了里间。

"他来干什么？"高宏伟气呼呼地说，"不伺候！"

"怎么了？"高二婶懵懂了，走出来，问。

"哼！以前他比谁都反对联产计酬，可今天在会上他又比谁都赞成，这不是有意出我的丑嘛！"高宏伟不满地说。

高宏伟与吴友是割不断的连襟，两个人比较投脾气合得来，吴友官复原职回到县城后，两个人依然经常你来我往，酒席上无话不谈，自然也会提到"联产计酬责任制"的事。自今年春天两人每每谈到这个事，观点基本上都一致：担心重走"单干"的路子。高宏伟没想到在今天的会上连襟却反戈一击，与他唱对台戏，大加赞赏"联产计酬责任制"如何如何好，说是社会主义条件下，农村必走的新路子。

"好我汰！瞧你说的，人家是局长，哪能跟你比，想到哪儿就说到哪儿！"

"你，你说什么？啊，你咋胳膊肘向外扭，和他穿一条裤子……哎哟！"高宏伟火了，话没说完，就听到"咚"的一声响。

欲知后事，下回分解。

第七十回
子代父受过挨批斗
儿为爹替会被遣回

上回说到杆子高宏伟闪了腰，要妻子酒嘟噜给他拔火罐，当妻子提到妹夫吴友要来吃饭时，他当即火了，忘记是趴在板凳上，霍地坐起来，板凳撅起来，正好砸向他的右前额，顿时又一个包凸起，不偏不倚，额头上倒像长了两个角。

对此，也许有人会问，"三人座木板凳"咋那么容易撅起来？当时，除木匠专用的三人座、四人座板凳是国槐木的外，其他公共场所和家庭用的板凳大都是楸木的，比较轻。因柏树木、榆木和刺槐木易走样，一般不用；国槐木沉重而稳，不走样，便于木匠在上面操作；楸木相对轻且不走样，便于搬动。为增加座位，少占空间，所以许多场所和家庭都选用楸木的三人座板凳。

却说老咔高恩良。俗话说："黄鼠狼单咬病鸭鸭。"他与好价钱张武贞于1958年春天结婚，第二年其奶奶得病故去，妻子张武贞也在婚后的当年夏天就得了肺结核，再不能生育，为继香火，无奈之下，领养了他舅舅家大表哥的儿子做继子，起名高为农。"文革"期间，因为高恩良祖籍在外县的家庭成分是富农，运动中重新划定成分时被判为地主家庭，他的父亲高良玉由中共地下党员一夜间竟被打成"叛徒"，成了混进党内的"内奸"，烈士家庭变成了"地主、反革命"

家庭，坟同时也被扒掉（新中国成立后，高良玉夫妇在外地的坟墓被搬迁至锦鸡岭村西的果园里），夷为平地。

1967年农历十一月底的一天晚上，半夜中高恩良被全村狗的狂叫声惊醒，没有一袋烟的时间，就听得"咚咚咚！"的擂打大门声，紧接着就听得有几个人翻墙跳进院子里，继而又听得"咚！""咔嘣！""哗啦啦！"几声响，屋门就被人踢开。还未等高恩良一家人明白过来，就见七八个戴"红卫兵"袖箍的男女青年杀气腾腾地进了屋，先命令他全家人都别动，继而翻箱倒柜地找高良玉的反革命证据，结果一无所获，后指定高恩良一人穿上衣服，跟他们走。原来，是他老家高家坡村里的"红卫兵"们来勒令高恩良回原籍，替他父母代过挨批斗。不容分说，无须辩解，他就被几个男青年挟持至停在石桥子上的十二马力拖拉机的后斗子里。一路颠簸，第二天中午才到达他的老家。

高恩良的父亲被害那年在国民党部队任排长，是名副其实的"伪军官"身份。"红卫兵"抛开高良玉是"中共地下党员"为革命鞠躬尽瘁不说，没根没据地污蔑他是混进党内的"内奸"，革命队伍里的"叛徒""特务"。

高恩良永远不会忘记，该年的雪特别大，天特别冷，他白天脖子上挂着注有"反革命子弟"的牌子，头戴带尖的写有"地主羔子"的高纸帽子游街，站在土台子上低头认罪，挨批斗，吃的饭连猪狗食都不如。晚上住在一座四面透风、已经废弃的破房子里。由于父亲参加革命时，高恩良还是一个不懂事的孩子，父亲被害时他才十多岁，根本不知道父亲以前的事，"红卫兵"却屡次逼问他有关父亲的"底细"，让他交代父亲的"反革命罪行"。为了应付"红卫兵"的拷问追查，也是为了纠正自己说话"颠三倒四"的毛病，他就此学上了一句口头语："我道的！"做铺垫，怪的是说这句话时还不结巴。高恩良在老家一待就是二十多天，要不是妻子张武贞连惊带吓，忧郁死去，"红卫兵"们发了"慈悲"之心，有可能得到过了年方能被释放。他在老家"服法"时经常受冻挨饿，因此得了气管炎，这病时好时坏，冬春两季犯得特别勤。

在"文革"中，确定贫下中农的绝对地位，重新划分了阶级阵营。在受阶级斗争扩大化的"左"的影响下，地方上喊出了"让阶级敌人断子绝孙"的口号。许多地富子女和其他所谓的"黑五类"及"叛徒""特务""走资派""知识分子"家庭子女因血统论在升学、参军、工作、入党、婚姻等方面受到牵连。运动中后期，为划清界限，许多贫下中农子女与"地富反坏右"子女结婚的纷纷离婚，其子女未结婚的娶不上、嫁不出，有些家庭甚至用"换亲"建立婚姻。

所谓"换亲"，它分"直换"和"转换"两种形式。"直换"是指两个家庭的儿子到了或超过结婚的年龄，不好找对象，为解决打光棍儿绝后的问题，用家中未出嫁的女儿给儿子换媳妇，称为"通腿法"。"转换"，有"三转""四转"，甚至"五转"。以"四转"为例，甲乙丙丁四个家庭都有搞不上对象的儿子，甲家的女儿嫁给乙家的儿子，乙家的女儿嫁给丙家的儿子，丙家的女儿嫁给丁家的儿子，丁家的女儿再嫁给甲家的儿子，故称"推磨法"。这种推磨法，不是一两个媒人所能办成的，需兴师动众，央求左邻右舍和亲戚朋友齐上阵，共同捏合。由此不难看出，无论是"通腿法"还是"推磨法"都是建立在没有感情基础上的婚姻。由于各方男女在家庭条件、岁数、高矮相貌、脾气性格等方面相差太大，联姻维系十分脆弱，从结婚的第一天起就危机四伏，危如累卵。其中有一家出现家庭破裂，就会"牵一发而动全身"，其他的家庭也会相继如"多米诺骨牌"，一毁俱毁。

作为"地主、反革命分子"子女的高恩慧，刚上"大一"时就被迫退学，回村接受"劳动改造"。当时她已经二十四五岁，工作无着，对象难找，成了"穷"嫌"富"不要的老大难。1970年好歹嫁出去，跟了一个比她大六岁的麻子，落实政策后，高恩良家被恢复为"革命烈士"家庭，高恩慧参加了工作，张武贞的女儿萱萱于前年出嫁到外村。

眼下高恩良虽然还不满五十岁，头发却已经黑白参半，他背也驼了，腰也弯了，与当年判若两人。他说话虽然比以前慢了许多，但还是无法改掉颠三倒四、缺少逻辑性的毛病。

今天傍晚，高恩良就着一盘炒花生米，一块咸菜疙瘩，蹲在炕上独自饮酒。或许是为了消愁解闷，苦挨时光，他自从被老家的造反派批斗后就有了抽烟和喝酒的爱好。

"爹！爹！"院子里传来儿子高为农的喊声。

"那个、那个，上了屋……屋脊咋的？火！"高恩良见儿子走进来，头也没抬，问，"散——会了？"

"嘿嘿，还、还没散！"高为农回答说。

这高为农长得五大三粗，比高恩良年轻时有过之而无不及。俗话说："跟脚的鞋，没有舍得扔的。"高恩良的舅家大表哥有五个儿子，其中四个都生得龙睛虎眼，精神十足，唯有当时五岁的老四天生一副憨相。正在大表哥整天犯愁老四没有出息头，担心以后不好说媳妇时，高恩良找上门来，求大表哥过继个儿子给他，好给他养老送终，使他百年之后能有个添土上坟的。大表哥慷慨地说："亲顾，亲顾，非亲不顾！既然表弟找上门来了，为表哥的能不答应？能不帮这个忙？

不过，我可把丑话说在头里，你也不用挑，也不用选，我就把老四过继给你，你愿意的话就把他带走，不愿意就算了！咱们亲戚还是亲戚，权当没有这回事！"

按高恩良的本意，想过继两岁的老五，因他年幼不懂事，很快就会把以前的事给忘掉，长大后能把高恩良当作他的亲爹看待。再不然过继八岁的老三也行，虽然岁数是大了点，但咋说也比憨儿吧唧的老四强，可"拾的饽饽别嫌冷""有毛不算秃"，高恩良既没有亲兄弟，在老家也没有三服内兄弟，别无他法，而大表哥又一口说死，只得"将就钱俯就货"，一番讨价还价，高恩良交给大表哥五十元抚养费后，领着老四回了家。

大概是"被窝子师父"的原因吧，高为农刚来时并不结巴，也不知从哪天开始，说话一快也带点儿口吃了，不过本事没学到家，与他老子比起来，是小巫见大巫。他小时候上学不跟班，连续上了三个一年级，不得不辍学。如今的他二十六岁了还光棍儿一条。

"我道的！"高恩良不满地问，"那个、那个的，吭，吭，你、你……你回来干——啥，没散会？"

"人家要、要我回来，"高为农回答说，"叫您去！爹！"

"我道的！"高恩良不知实情，问，"哎，那个的……的，不——是一样吗，你去？"

"不、不行！人家说您是一家之主，是家长！听说今晚的会是……是什么联产计酬，什么制！"

原来，今天下午大队扩大会议结束后，队委会决定当天晚上召开社员大会，主要公布队委参照县里的《联产计酬责任制实施方案》拟定的《联产计酬责任制实施办法》草案，定于麦收后具体实施，指名要户主参加，不准顶替。傍晚前，挣断筋曹义年在高音喇叭上喊："各家各户听好了，今天晚上八点在大队会议室召开大会，要求每家每户的户主来，没特殊情况，不许顶替！你们听到广播后，抓紧吃饭，八点准时开会！"

自成立人民公社至今，村里召开的社员大会特别多，高恩良没仔细听，以为还与以前一样，只要不点名全体社员都必须参加，每户只去一成年人即可，顶多得不到参加大会的工分。于是，他才打发高为农去开会。高为农做好饭，喂上猪，饭也没顾上吃，就去了会场，结果被曹义年撵回来了。

"咳！咳！他记仇（计酬）也罢，报恩也罢，"高恩良连续咳嗽了几声，苦笑了一下，说，"无非就、就、就是——单干！不是？"

当时"联产计酬责任制"是个新生事物，农民们都不知它的含义，只听说是与大集体不一样了，至于怎么个不一样法，却没人能说出个子丑寅卯来。

高恩良虽然上了几天夜校，却也还是大文盲一个，因为当时成年人不脱产上夜校，事务缠身，不是今天你有事不来，就是明天他有事不到，办着办着就自动解散了，就像庄户人说的一样："也就是三天的热度！"锦鸡岭1957年冬天开办的夜校，前后不过一个月，到了年底就没剩几个学员了，年后就再也办不下去了。第二年冬天又办了一期夜校，但还是重蹈去年的覆辙。所以高恩良才不知道"计酬"是啥名堂。

"啊不！人家不叫单干！叫——叫什么来责任制！"高为农纠正道。

"我道的！是让它给……给治（制）着了吧？"高恩良未等儿子回答，接着说，"只是……是改了改——名罢了，不过！"

"改名？"高为农挠挠头，皱起眉头，问。

"为——农呀！咳，咳！你没听说……说过南乡（当时成立人民公社已经二十多年了，但是，老人们仍然习惯称公社为"乡"）里亭、亭家庄吧？"高恩良就盛旱烟末的瓢里装上一袋烟，说，"名义上也、也是什——么制，吭，吭，可事实上跟……跟单干没啥两样，还——卖地呢，不少人！"他划燃火柴点上烟，"虽然不是……是一个县，可是一个天下，你——想想，就是差……差也差不到哪里去！咱村搞、搞这个——什么制的话。"

从高恩良记事以来，尤其是新中国成立以后，一个运动跟着一个运动，从没间断过，他现在把一切看得很淡薄，对什么都持无所谓的态度，至于什么理想信念、前途愿望也就无从谈起了，整天"当一天和尚撞一天钟"地混日子。如果说他还有理想愿望的话，那就在他有生之年为继子巴结上个对象，他在九泉之下也就瞑目了，除此别无他求。

"这……？"高为农坐下来。

"唉！没、没——想到啊！"高恩良端起酒盅。

"您、您的气管炎……？"

欲知后事，下回分解。

第七十一回
校院外两情侣编导
家庭中三人转演出

上回说到，锦鸡岭村召开家长会议，高为农顶替父亲去开会，被撵回。由于高恩良不识字，孤陋寡闻，误以为"联产计酬责任制"就是单干，并言说外县临近公社的亭家庄也是实行了什么制，导致卖地。他这"引经据典"是真有其事，还是自己杜撰的？不得而知。但是，就凭高恩良的本事而言，他自己是编不出来的，据此，只能猜测他是"道听途说"罢了。因为在时间上就不对茬口。据史料记载，1978年安徽省凤阳县小岗村才秘密实施小型的包产到户，至现在还不到一年的时间，"南乡里"不可能在春天就实施分地、卖地的"联产计酬责任制"，假若事实如此，就是不知名的"什么制"了。然而，高恩良却将小道消息信以为真，深信不疑，认为是已经习惯了的人民公社大集体又要解散，回归单干老路子。为此，他才借酒浇愁。儿子见状担心他的气管炎发作，急忙上去夺酒杯，然而，却来不及了。只见他仰头将酒一口顺下，沮丧地说：

"听天由、由、由——命吧！咳！咳！"

却说锦鸡岭学校。由于地理位置的优势、先进单位名气的缘故，十年前，经上级研究批准，周围村庄共同摊工摊料，在距离社场以北二百米远的地方建起了占地三十余亩的学校，将"锦鸡岭完小"扩充为包括联中（初中）在内的"锦鸡岭学区"。

这座学校的校院门向东开，砖石水泥座，铁木结构双扇门。院门两旁一边挂一块白底黑字的长方形木牌，分别上书："永康公社锦鸡岭学区""永康公社锦鸡岭联办中学"，校门前不远就是篮球场，周围植有白杨树。校门外，靠墙根南边有数棵直径盈尺的梧桐树，北边是一行碗口粗的刺槐树。时值刺槐花盛开，阵阵花香迎面扑来，使人闻之欲醉，行者驻足。

初夜，月色朦胧。高志强与抱着一摞学生作业本的张建琴一同出了校门，顺着南北路慢慢地向村里走来。高志强拿一根枝条胡乱地抽打着，说："我也不愿意顶撞俺爹，可他那个老犟筋脾气，太那个了！"

"龙生龙，凤生凤，老鼠的儿子会打洞！"张建琴望一眼高志强，说，"有个老犟劲，还愁没个小犟劲！"说完竟笑起来。

这张建琴，乳名圆圆，与张建新是双胞胎兄妹，是黑白无常张武昌的二女儿。"女大十八变"，如今的圆圆出脱得亭亭玉立，一表人才。她现年二十六周岁，一米六三的身个，瓜子脸，高鼻梁，两条发辫盈尺长，一双炯炯有神的大眼睛似会说话，透着机灵。

20世纪60年代初，不满八周岁的张建琴与张建新一同进入本村小学读一年级，正当兄妹二人六年级毕业，准备考初中之时学校停止了招生，毕业生延期一年毕业，各级学校考试制度一概废除。是年下半年始，小学毕业生推荐升入初级中学的新生审批工作由公社负责，学制缩短，小学改为五年，中学由六年改为四年，即初中两年，高中两年。两人直至60年代末才得以被"推荐"上初中。后只上了一年高中的她在时任锦鸡岭副校长的孙月英老师的推荐下，回村当了小学代课教师，后转为民办教师。而其孪生兄长张建新则无缘于高中。

"不愧是个教书匠，骂起人来还变着花样儿！"高志强狠劲地抽了下地，说，"我才不服他呢！"

"好哇！有本事你爷俩就憋着劲使吧，看老犟劲厉害还是小犟劲厉害！"张建琴笑着说。

"唉！"高志强装出一副垂头丧气的样子，无可奈何地说，"怕的是咱家会出个小小犟劲，比俺爷俩更厉害！"

"去去去！咱家咱家的，谁跟你是咱家？没正经！又让你赚了便宜了不是？咯……"

张建琴比高志强大一岁，小学时期比他高一级，由于后来不能按时毕业、升学，初中时两人成了同班同学。推荐升高时整个锦鸡岭村只给了两个名额，正好是张建琴与高志强。高中驻地距离锦鸡岭六七里路远，一早一晚、上学放学两人都结伴而行，高中一年级又一起辍学，成了"回乡知识青年"。回村后你来我去的，感情越来越深，最后发展成大有"一天不见如隔三秋"之势的情感。在别人的提说下，确立了恋爱关系。他们本来想在去年登记结婚的，只因当地有"不能漫过锅台上炕"的婚姻风俗，因张建琴的双胞胎哥哥张建新还未成家，所以就把个婚事给拖了下来。

今天下午大队召开扩大会议，会上高志强与老子闹了个不愉快，他知道父亲心中窝的火一时半霎还下不去，担心回到家老爷子轻饶不了他，所以，队委会一散，他跑回家告诉母亲说他姨夫吴友来了，要在他家吃饭后，又来到学校大门口等候张建琴，求她给想个办法。但他光贪顾走没有算计——今天是星期六，学区所辖学校的老师都来集中学习开会，散会时天已经黑了。没有时间看学生作业的张建琴抱着作业本准备回家打夜班批改作业，在校门口遇上了他。

"哈……！本来嘛！"高志强笑起来。

"好啦，别耍贫嘴了！"张建琴止住笑，说，"人谁没个火性？你爹是上了岁数的人了，又干了这么多年的村干部，你当众顶撞他，树还要皮呢！"如果她直言"人要脸，树要皮"的话，这句话的本身就含有侮辱和蔑视之意，为了给高宏伟爷俩留个面子，她才有意避开"人要脸"三字不说。

"你说咋办？"高志强站下来。

"慢慢解释嘛！"张建琴满怀信心地说，"我想——你爹迟早会转变的！"

"转变？哼！一条道走到黑的人能转变？比登天还难！"高志强忧心忡忡地说。

"这就看你的了——我的团支书大人！"张建琴俏皮地眨眨眼睛，揶揄道，"欲速则不达，一口是吃不成胖子的！"

"那，我就试试？"高志强心有余悸地说，"不过——，不过嘛，我还真有点……"

"丑媳妇早晚得见严婆婆。"张建琴打断高志强的话，用带有责备的口气说，"你这老躲着他又算哪一套？啊，爷俩除非不见面，见面不是抬杠，就是顶牛打嘴官司，又说明了什么？说明你没有本事！"她说到这里，语气缓和下来，"你还记得俺二爷爷吧？他的脾气与你爹比起来怎么样？俺二爷爷是软硬不吃，油盐不进，后来不是照样入了社吗？你爹呢，只是有点儿倔强，但并不是不开窍的榆木疙瘩。"

"他要是光倔强就好了！"

"怎么？"

"自以为是，典型的卖老资格！"

"那有本事你也卖呀！可你有资格吗？"张建琴动情地说，"俗话说：'萝卜不好在窝里'，为爹的不应该在儿子面前卖老，难道儿子在为爹的面前卖老才应该？才对？你呀，连这个道理都不懂，那我告诉你，老子就是老子，永远容不得儿女在眼里插棒槌的！"

"嘿嘿，"高志强默认了，问，"那……？"

"我还是那句话，做耐心细致的思想工作。光靠使性子发脾气什么事也办不成！"张建琴看看手表，说，"刚才你不是说家里来了客人吗？时间不早了，快回家陪客人吧！"

不提张建琴，单表高志强。

"娘，"高志强怀着一颗忐忑不安的心来到家门口，抬头见母亲正倚着屋门框向外巴瞅着什么。他急走几步，问："你在这干什么？"

"好我汰！你看天都这晚了，菜也凉了，可你姨夫和菲菲也不知去了哪。"酒嘟噜高二婶没有收回目光，焦虑地说，"到现在还没回来！"

"弄不好还在大队里商量事！"高志强猜测道。

"好我汰！为娘的也这么想。"高二婶收回目光，说，"可我才刚去过大队回来，办公室的门锁得当当的！"

"噢，那我出去找找！"高志强说着拔腿就要走。

"好我汰！你姨夫在这里是老熟客，说不定是去了谁家，"高二婶阻拦道，"你上哪找？算了吧！"

"说的也是！"高志强笑笑，问，"我爹呢？"

"在屋里！"

"爹，"高志强来到东里间，见饭桌早已放在了炕上，父亲正坐在炕沿上抽闷烟。他关心地问："您的腰好点儿了吗？还疼吗？"

"滚你妈的！"高宏伟拔下嘴上的烟袋，骂道，"我疼不疼的还用你管？滚！"

由于"君为臣纲，父为子纲"的封建意识在高宏伟的脑海中作怪，他认为亲生儿子当着那么多人的面反驳他、顶撞他，简直是大逆不道。

"爹，您消消气，"高志强从来就看不惯父亲倚老卖老、蛮不讲理、张口就骂的霸道来头，真想与他理论，但是，一想到张建琴"骂不还口，打不还手"的告诫，他忙赔了个笑脸，"您慢慢地听我说！"

"说个狗屁！给我滚出去！家里盛不了你！你滚还是不滚？"

爷俩没说上几句话，高宏伟就抑制不住心中的怒火，边骂着："好我把你个王八羔子！就是欠揍！"边脱下一只鞋，下炕就要打儿子，于是一家三口围着磨台演起"三人转"来。高志强头里跑，高宏伟光着膀子，赤着一只脚，手举一只鞋，骂咧咧地撵，他额头上的两个包和腰间的两个茶碗分外显眼，高二婶则在后头追。她好不容易追上高宏伟，一把拉住他，劝道："好我汰！孩子孩子来，干吗发那么大的火？消消气，啊！"

"您听我说，爹！"本来大门是敞着的，高志强满可以跑出去，他只是听了张建琴的话，想劝说父亲，才跑进磨道里。

"我没有你这样的爹！"高宏伟一时气急，颠倒称谓，顺口说出。

"不！我不是爹！爹不是我！儿子……"高志强急忙辩解。

"你没有我这样的儿子！今天说什么也不行！"高宏伟仍未改嘴，他挣扎着，"你这王八羔子，我非揍扁你不可！"

"志强，还不快往外跑！待会儿让你姨夫看见像什么话？"高二婶看看拉不住了，喊道。

此时不逃，更待何时？高志强见势不妙，忙向大门口跑去。

高宏伟见追已无望，急中生智，将手中的鞋狠狠地扔向高志强。只听得"啪"一声响，接着传来"哎哟！"一声。

欲知后事，下回分解。

第七十二回
吴菲菲求就工急切
高恩良修犁杖备用

上回说到，高志强听了张建琴的话，回到家中想劝说父亲，结果爷俩没说几句话，一家人就演起了"三人转"。

高宏伟气愤不过，将鞋抛向高志强，没想到不偏不斜，正好打在与菲菲先后进门的吴友脸上，吴友的半张脸登时肿了起来。

原来，今天下午队委扩大会散会后，太阳即将压山了。吴友与曹义年一起最后出了办公室，在院门外遇见了刚收工回来的女儿吴菲菲。由于他很长时间没见到女儿了，就约她到野外去散步，谈谈心。吴菲菲欣然答应，她把铁锨放在大队院里，跟随吴友上了路。

初夏的夜晚不冷也不热，月光把"三等"以下的星星藏掖在幔帐下，所剩不多的星星也时隐时现，似在与人捉迷藏。父女二人顺着上崖的东西大街，不知不觉来到了东洼的渠道边上。

东洼用来浇地的水不是北岭蓄水池里的，而是打在集体原菜园地里的机井里的，尽管社员们收工后就不再向外抽水了，但是石砌的主渠道里还存着不少水。此时整个东洼一片寂静，只听得见青蛙的鸣叫声。阵阵小麦特有的清香沁入心脾，令人陶醉。渠道里，平静的水面像一面狭长的镜子，映照出周围景物模糊的倒影。

"爸爸，我求您办的事怎么样啦？"两个人刚来到主渠道边，吴菲菲就急切地问。

"你是问出外就工的事吧？"未等女儿回答，吴友接着安慰她说，"单说这事，爸爸比你还着急，可一直……别心急，再等等，心急是吃不了热豆腐的！"

吴菲菲一屁股坐在渠道边上，连珠炮似地质问道："谁心急了？谁吃不了热豆腐了？哦，我承认我的年龄超出了农转非的范畴，可谁逼您给我农转非来？我不就是求您给我找个国有企业的五年轮换工干嘛！"

当时的企业，只有国有企业；县属集体企业，亦称大集体企业；公社集体企业，俗称社办企业，没有个体企业这一说。这社办企业，也不是谁都可以进的，只有"有头有脸"和有一技之长的人才能进。本来，吴友也感到女儿干农业不是长久之计，打算让她进社办企业工作，愿意进哪个厂子都行，他说了还算数。可是吴菲菲却认为"社办工人"的名号不好听，不够冠冕，非要进国有企业当五年轮换制工人不可。

所谓的五年轮换制工人是对国有厂矿企业而言的。国有企业从农村招来的工人，其工资待遇参照国家正式工人执行，户口性质不变，投粮换饭票，或是凭企业的介绍信拿粮食从粮管所换粮票，再把粮票换成饭票，规定期限五年，如果干得不怎么好或犯了错误，企业有权予以辞退，反之会再续聘。轮换工可以被提拔为车间副主任、后勤管理人员，业绩突出、有门路的话也可能会被提升为车间主任、科室部门主任一级的中层干部，称之为"以工代干"。

在渠道边洗手的吴友笑了笑没有说话。

"您倒好，左一个等机会，右一个耐心等，一等就是两三年！难道您就忍心女儿长期寄人篱下吗？"吴菲菲说着竟落下泪来。

"怎么？你姨家待你不好？"吴友一惊，问。

吴菲菲摇头否定。

"那你？"吴友不明白了，问。

"局长的女儿下庄户，您脸上光彩吗？"吴菲菲哽咽着说。

"哦，那张建新呢？"吴友问。

"当然不能让他与土坷垃打一辈子交道了！"吴菲菲不假思索地回答。

"噢！"吴友点点头，站起来。

"爸爸！女儿求求您，只要您跟县劳动局局长和工业局局长通融一下，"吴菲菲见父亲的态度有所转变，止住泪，走过去抓住吴友的手，哀求道，"我想准能行！"

"好好！以后再说！走，咱们先回家吃饭！"吴友拗不过，搪塞道。

"不！就不！就不嘛！您不答应，我就永远不回家了！"菲菲撒娇地拽着吴友。

"哎！哎——哎！"吴友毫无防备，被菲菲一拽，"扑通！"一声掉进水渠里。

"哎！哎——哎！"随着吴友的一逮，吴菲菲也"扑通！"一声跟着掉进了水渠里。

终归季节已到，衣服湿透了的父女俩从膝盖以上深的水渠里爬上来后，都不觉打了个寒战，也就不再在此逗留了，急急忙忙奔向高宏伟家。没想到刚到院门口，吴友就被飞来的不明之物打愣了。高二婶慌忙上前赔不是，解释说高宏伟不是冲着他来的。吴友挨了打，又怨不得别人，只能自认倒霉。他定定神，与女儿一起好歹把高宏伟劝进屋里，等他换好衣服从西里间出来时，高二婶早已把做好的菜肴放在饭桌上，荤的素的把个饭桌摆满了。没用谦让，吴友就脱鞋上了炕。他邀请高宏伟一同喝酒，高宏伟却连理都不理。

"真人面前不说假话，你认为我就赞成'联产计酬责任制'吗？可越是害渴越给盐吃！"红肿了半边脸的吴友，换上了高志强的衣服，自然是裹不住他过于发福的肚腹，无奈之下只好敞着怀，坐在饭桌前，活像个大肚子弥陀佛。他端着酒盅，由衷地说："官身不得自由！有什么办法啊！这不，县委让我到这里来驻片蹲点搞典型，唉！不得已而为之呀！"吴友说完将酒一口顺下。

高宏伟趴在炕上，下巴搁在炕沿上喘着粗气，一手夹着燃着的香烟，一手摸着额上的两个包，没好气地说："哼！少跟我来这一套！啊，你不得已？那就撮着死鬼上树（上去下不来），让我猪八戒照镜子——里外不是人啦？"说着把香烟屁股狠劲地摔在地上。

"姐夫，我知道你还在生我的气，妹夫也知道对不住你！可你得体谅我啊！身在其位不得不谋其政吧？孬好我也是农业局长，你说……唉！俗话说得好，人随王法草随风，识时务者才是真正的俊杰！"吴友斟上酒，无奈地说。

"用不着你给我上政治课！"高宏伟气愤地说。

"瞧姐夫说的。我是说历史的教训值得借鉴！那时候要不是我太偬，也不至于罢官免职吧？菲菲也不会到现在还转不了户口吧？你说是不是？"

高宏伟张了张嘴，没吐出一个字来。

"姐夫，消消气，起来喝吧！千万别跟自己过不去！"吴友赔了个笑脸。他下炕递给高宏伟一支无过滤嘴的大前门香烟，又给他点上，劝说道："说说这农村体制改革吧，是大势所趋，历史使然，甭说你一个人反对，就是全公社、全县的人都起来反对，又顶什么用？咱们还是蟹子过河——随大流吧！你说呢？"

却说老咔高恩良。"咔！咔！咔！"单调而又刺耳的敲打声从他家院中传出来，在万籁俱寂的夜里格外惊人。

"哟！他恩良叔，又要去哪展览？"朱奶奶推开高恩良家虚掩的大门，一眼看见高恩良正在院子里修理一张老式木犁杖，问，"半夜三更地捣弄这宝贝疙瘩？"

"我道的，那个那个，是……是老——嫂子啊？吭！哪……哪里是展览，是自己——用。咳！"高恩良咳嗽着回答道，"那个的！"

原来，昨晚召开户主会议时，大队长杆子高宏伟因腰疼得厉害，没参加会议。会上先由张建柱照文传达了县里下达的《联产计酬责任制实施方案》，随后又宣读了本村制定的《联产计酬责任制试行办法》草案。接着主持会议的挣断筋曹义年对两个文件的中心议题作了解释，强调说："'联产计酬责任制'在咱们锦鸡岭试行，是县里的决定，并不是在座的各位同意不同意的事，而是要无条件地接受！在这里先打个招呼，大队里的初步意见是于麦收后施行这个责任制，大家思想上要有准备，到时候别弄个措手不及，怪这怨那的。至于怎么个分地法，怎么个管理收种法，怎么个粮草分配法，年终怎么个分红法，现在还无法具体定下来，因为咱村定的这个试行方案还得上报公社和县里修订批准。好了，我就说到这里，下面大家就冲着咱村制定的方案讨论讨论！"

讨论什么呢？人们对"联产计酬责任制"到底是什么议论纷纷，莫衷一是，问大队的干部，干部们也说不出个道道来，为此人们乱猜测，认为联产计酬与单干差不多，更何况他们早已听说过今春里邻县的试点村都把土地分到了各户。

散会后，高恩良忧心忡忡地回到家，思前想后，半宿没睡着，天还没亮他就起了床，从东棚子里找出一张老式木犁杖开始修理，打算让它重出江湖，大显身手。

"自己用？"朱奶奶懵懂地问。这朱奶奶六十多岁，与高恩良家隔一条东西小胡同居住，是前后邻居。她的丈夫姓朱，已经去世，外号"炸蟹"的独生子也被石头砸死，剩下她与儿媳于大嫂和孙子一起度日。

"那个、那个的，算——它命大，要……要不是常搞、搞展览，早、早进锅底了！"高恩良放下铁锤，拿起旱烟袋，点上烟，蹲下来，喘着粗气说，"咳！咳！没、没想到如今竟要派上——用场啦，大！"

这张木犁杖不知道是高家哪辈子遗留下来的，高恩良的父亲一直没舍得扔掉，把它从老家带到了锦鸡岭后，从来没有用它耕过地，而是一直当宝贝疙瘩，高恩良也曾因拥有它骄傲过、自豪过——新中国成立后，它曾多次出现在"忆苦思甜"

会上，不止本村用，外村也借用，公社里也几次拿去搞农具展览用，后来闲置了起来。高恩良怕以后再有用处，所以才没舍得把它劈了当柴烧。

"大兄弟，这话怎么说？"朱奶奶在一边的小凳子上坐下来。

"要、要单——干了！就……就分地，麦收后！咳！"高恩良抽了几口烟，说。

"谁说的？"朱奶奶吃惊地问。

"怎、怎么，坚——坚他妈……妈开会没去，昨晚？"

欲知后事，下回分解。

第七十三回
借题发挥喋喋不休
防蹈覆辙谆谆劝导

上回说到高恩良认为实行"联产计酬责任制"就是回归"单干"，才修理木犁杖备用。

在高恩良看来，于大嫂虽然称不起家长，却是户主，且还是妇女主任，她怎能不去开会？高恩良有些不明白，所以才惊讶地问高奶奶。也难怪，昨晚他去得晚，会议室早已没有空座了，站在室外的他自然不会发现会议室里的于大嫂。

"去了！可她回来得太晚，我搂着孩子睡着了，叫你这一折腾把我惊醒了！"朱奶奶解释道。

"噢，我道的！"

却说瓜园地。据老农们讲，小瓜犯重茬，在同一地块里只能栽种一次（茬）瓜，隔上七年后（有的说九年）方可再种，否则，栽种的瓜小苗时还很好，但到了伸蔓子坐果时就会慢慢死掉。此话是真是假，作者没有考证过。锦鸡岭村由于地理位置所定，水土有关，产的小瓜口味好，在周四围村是没有敢比的。为此，自成立人民公社以来村集体就有了年年栽种小瓜的传统，把个凡属适宜栽种的地块基本上都种遍了。虽然二十多年过去了，可人们仍不愿冒险在曾经栽种过小瓜的地块里再复二茬。

今年，村集体的瓜园地就在西北岭后、东西主渠道以北，占地约有四亩，种植有甜瓜、梢瓜、面瓜等品种瓜。大队里临时安排张武昌和另一位老头儿看园侍弄瓜，打算等到开园时再加人。

此时绿油油的瓜叶下已经藏着纽扣大小的小瓜了。

中午，张建柱骑着"大金鹿"大轮自行车前来给张武昌送酒饭，当张武昌问及昨天晚上召开的社员大会上干部们都讲了些什么时，张建柱说："还能讲什么？无非是'各人自扫门前雪，莫管他人瓦上霜'呗！"他一手提着盛饭用的空竹篮子，一手扶着棚子立柱，说，"这联产计酬说到底还不是单干！"

这张建柱于去年春天与张武昌分了家，按说用不着他来送饭，但是因为张武昌家人口虽然不少，却忙的忙、老的老：张建琴教学，按钟点上下班，脱不开身；张建新开车，吃饭都没个固定时间，经常还一天不进家门；妻子彩云又上了年纪。而张建柱身为大队会计，不用下地干集体的活，顶多夏秋两季庄稼上了场的时候帮着干点儿场里的活，与社员们相比空闲时间多得多。所以，去瓜园为张武昌送饭的差事，就非他莫属了。

俗话说："一亩园十亩田。"也就是说侍弄一亩菜园或者一亩瓜园，要比侍弄十亩庄稼地还操心费工夫。就以小瓜而言，首先要组织劳力在整好的地里按一定的规则刨坑、施底肥、浇水。因瓜种子粒小，无法撒均匀，等坑里的水下去后，要用高粱秆席篾子或者薄竹片沾着刚刚露芽的湿瓜种子，一个一个均匀放进坑里，接着小心翼翼地用漫土掩掩，且埯需高出地面二至三公分，以防被雨水培住。这漫土得用筛子筛，其中不能有土坷垃和小石子，且漫土要厚薄适中：厚了瓜苗不易钻出来，薄了出来的瓜苗不旺。

至此，以后的活就得由看园管理人员单独操作了。瓜苗出来后，长到一定大的时候，浇上水后开始间苗、移栽、补埯。到瓜苗伸蔓子时，又得忙着用土压蔓子，过旺的还要打去蔓子头和多余的岔子。什么灌溉、除草、捉虫等一系列的活，还真够看园人忙活的。

到了瓜成熟上市时，不但要细心，而且还讲究技巧和技术。先说瓜的种类，当地将西瓜称作"大瓜"，其他果用瓜统称为"小瓜"。大瓜不提，单说小瓜。小瓜大致分为梢瓜类、面瓜类和甜瓜类三种。当年，梢瓜品种有：白梢瓜；黑梢瓜；表皮白色、瓜体圆形的蛮梢瓜；青梢瓜，亦称脆瓜；体型小而数量多的一窝猴等。特点是瓜的个体不管大小，谢花后就不苦，与面瓜和甜瓜串花（方言：杂交）的除外。面瓜品种有：黑皮面瓜、银灰色皮面瓜、白皮面瓜、花皮面瓜、金黄皮面瓜、十一棱面瓜和十三棱面瓜等，它的特点是不到成熟期瓤都苦，皮肉艮，无滋无味。甜瓜的品种有：羊角蜜、黄牛角、青皮脆、蜜罐子、挣断筋、谢花甜等，它的特点是，除谢花甜以外，不到成熟期都苦，而谢花甜不到成熟期虽不苦，但也不甜。介于上述三种瓜之间的品种还有什么"酢苁"（面瓜类内杂交的），貌相似黑皮面瓜但是不面；"大水罐"，个大水分大，虽然有点儿甜味，却不属于甜瓜类，俗称"二混子"。总之小瓜的种类很多，不能一一列举。

再说采摘瓜的技巧和技术。一是采摘梢瓜。梢瓜的采摘最简单，瓜体长够个就可采摘，如果单体瓜稞上挂果过多，即使瓜体还没长全身量，也要进行疏果采摘，以防所有瓜都长不大。有时为不坠住蔓子，也不得不忍痛割爱，将还未长大的瓜摘掉。留瓜种要选个头大而顺溜的头蔓子瓜，一般会插草棒做记号，待其成熟变色后再采摘。二是采摘面瓜。人们常说的"三熟三落"，指的就是面瓜。据说面瓜成熟后，如果不摘，那瓜会早上接蒂，下午脱落，如此三天。成熟时分裂皮的和不裂皮的两种。一般黑皮面瓜、白皮面瓜和银灰色皮面瓜一到成熟期就会自然裂皮，所以刚刚有裂纹时就要采摘，因裂了皮后易进灰土，招来蚂蚁，口感会大打折扣。瓜种不用刻意留。不易裂皮的面瓜，是否成熟不易辨认，个子大不一定成熟，个子小则未必不熟。所以在谢花坐果后，就必须在一边做记号，用以计算成熟日期。三是采摘甜瓜。因品种不同，甜瓜成熟后，有的表皮变色，有的表皮则不变色，变色的一看就知，不变色的要么做记号，要么用大拇指和食指轻轻敲弹，闻其声而断生熟。

另外，瓜在成熟期特别娇贵，怕烘、怕薰、怕凉、怕涝。采摘者中午前后不能进瓜地，需得一早一晚采摘，以免烘坏瓜秧。进瓜地的人所穿的衣服绝不能用肥皂和洗衣粉洗涤，避免薰坏瓜秧。即使久旱，也不能用刚从井里提出来的水浇灌，防止瓜秧"感冒"。连阴天需及时开沟排涝，否则会瓜烂秧亡。

张武昌已经连续看了六七年瓜了，甭说在管理方面肯定是积累了较为丰富的经验。

现在瓜园里的瓜还不大，不用担心有人偷瓜，但却是瓜苗管理的关键时期。与张武昌搭伙的那位老人膝下无子女，老两口过日子，一日三餐都是回家吃。张武昌则早饭和晚饭与伙伴倒替着回家吃，只午饭在瓜园里吃，一则看管园屋子里的家什，再就是看护瓜苗，防范牲口和野兔进地毁坏苗子。

年近古稀的黑白无常张武昌蹲在瓜园屋子头上的凉棚下，他喝完酒，正低头吃着饭，没有搭理喋喋不休的张建柱。

"爹，您说如今这当官的是咋的了？净出花花点子穷折腾，凭着大片大片的土地整得零儿八碎不说，还给计划生育出了个不大不小的难题！"

"屁话，"张武昌挨到嘴边的饭碗又放下，斥责道，"这能与计划生育扯成块儿？"

大浪淘沙——时代在变，人的思想和精神面貌也在变！这张武昌以前刁钻刻薄，好耍弄人，以说话无遮拦而闻名四村。为这他曾经付出过代价。

那是"文革"期间，因他绰号叫"黑白无常"，常讲"鬼的故事"，且在"破四旧，立四新"高潮中，在他家里搜出了《三国演义》《万年历》等"禁书"，加之20世纪60年代初，他常利用农闲时节到集市上打场子说书挣钱，被打成"牛鬼蛇神"和"走资本主义道路"者，成天挨批斗，游街，吃过不少苦头，妻子彩云和孩子们也跟着受了不少拖累。行头报名参军时，学历、身高、体检等项目都顺利过了关，唯独在公社"政审"这一关卡了壳，理由是"牛鬼蛇神"的后代。经张武昌求亲告友找门子和村干部们的求情保举，第二年行头才得偿所愿，当了海军，后来被提升为军官。当时，如果大儿子张建柱不与他断绝父子关系的话，村会计更不用想当了。从中得到教训的他，即使在多年前已经摘掉了"牛鬼蛇神"帽子，仍心有余悸。现在的他更加本分做人，为人处世，小心翼翼，慎之又慎，对自己的儿女也更加严加管教。不可思议的是他还能处处为集体着想，原因大概是要是没有全村老少爷们和村干部的力保举荐，他的两个儿子不可能当上兵，女儿张建琴也不可能当上教师，他的"牛鬼蛇神"帽子更不会提前摘掉。

"咋扯不成块儿？"张建柱争辩道，"这大集体时，是人七劳三（"文革"期间，实行过一段时间"人八劳二"的粮草分配法），哭的拉着笑的，老虎打食喂狗熊，有劳力没劳力都能吃上饭，可这地一分，恐怕……"他摇了摇头，代替未说完的话。

张武昌白了儿子一眼，没有说话。

"都说男女平等，平等个狗屁！只是说着好听罢了。不用讲别的，坡里有二亩瓜，要是叫闺女去看园，做父母的能放心？猪圈里的粪，闺女孩子家能搬弄出来吗？"张建柱在父亲对面蹲下来，从衣兜里掏出一盒廉价香烟，说，"如果实行'联产计酬责任制'的话，光有女孩的他能甘心吗？能不想法再生吗？"

"你是在说自己吧？"张武昌问。

"我？我……瞧您说的，我是怕别人犯傻！嘿嘿！"张建柱笑了两声，表白道，"孬好我也是大队干部，咋也得为计划生育着想嘛！"

"去去去！咸吃萝卜淡操心！老母鸡没有奶子，小鸡饿死了吗？到了时候上级会有政策的！"张武昌严厉地说，"不过我可告诉你，别人生不生我管不着，你要是想什么歪歪点子，打马虎眼，我可跟你过不去！"从本心里讲，张武昌也不愿儿子断了后，但是他怕"运动"再起，担心儿子违反计划生育政策，重蹈他的覆辙，于是谆谆劝导道："你要是不听爹的话，真有这个想法的话，你的职务被撤掉，被罚款还是小事，恐怕你的两个闺女也就没有出路了！"

"嘿嘿，爹，小瞧为儿的了，难道我还没那点儿觉悟？"张建柱用汽油打火机点着烟，一本正经地说，"计划生育那可是不敢惹的金条玉律，就是借个胆儿给我我也不敢啊！"

原来，张建柱已有两个女儿，做梦都想有个添土上坟的儿子，只是政策不允许，至今还没敢生。

"明白就好！"张武昌说。

"爹，这么说，您还是同意分地了？"张建柱话复前言，重归话题。

"同意！当然同意！"张武昌放下碗筷，揪下肩上的白毛巾擦擦嘴，"要我说早该这样了！省得那些二流子偷懒赚便宜！分地好哇！"他就烟荷包里装着烟末，感慨地说。

张建柱从衣兜里掏出打火机，为张武昌点上烟后，收拾着残饭剩菜，说："好是好，不过以后就有好戏看喽！"

"噢！"张武昌拔下刚塞进嘴里的烟袋，习惯性地捋捋根本没有胡须的下颌，问，"怎么说？"

"挣断筋光知道跟着上边瞎吆喝，说什么奖惩分明，责任到人，严惩不贷！十个指头还不一样齐呢！要真有管不好的，难道连老婆带孩子都典上不成？"

"你说你都快四十的人了，嘴上怎么还是缺个把门的？净说些不着边沿的话！"张武昌用烟袋指着儿子，"联产计酬的事我也听人说了，与单干是两码事！"其实，张武昌并没听到别人讲过联产计酬是不是单干，他这样说的目的就是想堵住儿子的嘴，让他别再在这个问题上说落后话、风凉话，以防犯什么错误。

"什么两码事？不信呀？您瞧着点儿，到时候准有拖要饭棍子的！"张建柱不理解父亲的苦心，说。

"满嘴喷粪！滚！"张武昌火了，站起来，举起烟袋，"谁听你这些狗臭屁！快给我滚！"

"哎！是！是！"张建柱见状，提起竹篮子扭头就跑，只听得"咚"的一声响。

欲知后事，下回分解。

第七十四回
后婆母善意劝改嫁
亲公爹倔强赴黄泉

上回说到，"文革"期间历经磨难的张武昌，对儿女严加约束，不许他们"越雷池半步"。以前儿女们都惧怕母亲彩云，不怕父亲张武昌，现在正好翻了个个。

张建柱见父亲真的生气了，心想：三十六计走为上策，此时不跑更待何时！惊慌中他一头撞在了距离他一尺远的立柱上，鼻血立时流了出来，疼得他一下子蹲下来，叫喊着："哎哟娘呀！疼死我啦！"他连擦带抹，成了个大花脸。

却说朱奶奶家。朱奶奶家就住在石桥子以东，是唯一紧邻东西胡同南的一户，草房三间，两明一暗，西头一间挂耳屋子，猪圈建在院子东南角，大门向西开，出门没几米远就是个长满杂树的闲园子，只有向北有一条路。

"娘，"于大嫂挎着崭新的竹篮子走进家门，看见坐在房门坎上的婆婆呆呆地望着脚尖出神，连自己的到来都没察觉，于是走上前问，"您在这做什么？"

"哦，是坚坚他妈！"朱奶奶闻声回过神来，问，"开会回来啦？"说着要起身。

"嗯！坚坚呢？"于大嫂扶起婆婆，进了里屋。

"哟，看我这记性，都快晌天了！"朱奶奶自责地说，"他还在幼儿园里，我这就去接！"说着就向外走。

"娘，接他还不晚，"于大嫂阻拦道，"待会儿我去！"

"你从城里赶来，还没歇歇喘口气呢！"朱奶奶心疼地说。

"坐客车来的，不累！"于大嫂从篮子里拿出俩花皮面瓜，说，"娘，您尝尝！"

"哟！这么早？"朱奶奶接过瓜，问。

"这是外地用小弓棚栽培的，听说冬暖式大棚里的早上市多日了。这不，我特意买了几个，给您老尝个鲜！"于大嫂放下篮子，说，"待会儿让坚坚给恩良大叔送两个去！"

"难为你一片孝心！"朱奶奶强扭出一丝苦笑，把瓜放在炕上，自己也在炕沿上坐下来。

"娘，您怎么了？"于大嫂进高家的门子已经五六年了，从来没见婆婆这么客气过，又发现她的表情极不自然，关切地问，"是哪里不舒服？"

"不！我很好！"朱奶奶低下头，回答说。

"那您……"于大嫂在高杌子上坐下来，"您有什么心事吧？"

"唉！"朱奶奶叹了口气，泪水在眼里打转儿。

"有话您就说吧！别憋在心里，啊！"于大嫂心中纳闷，劝道。

"那，那我、我就说？"过了一会儿，朱奶奶抬起头，试探地问。

"您信不过我咋的？"于大嫂向前挪挪杌子。

"坚坚他妈，有句话为娘的早就想说，可话到嘴边又咽下去了。事到如今，我不得不说了！"朱奶奶擦擦溢出的老泪，说，"自从坚坚他爸死后，里里外外全靠你一个人，为娘我心里总不是滋味，我……"

"嗨！我还当什么事来，原来为这？"于大嫂不以为然，打断婆婆的话，笑着说，"瞧您，儿媳又不是外人，这些不都是我该做的嘛！"

"我不是这个意思！"

"那您？"

"你是妇女干部，以前，自己挣一份工分，集体再给份误工补贴，如今要单干了。"

"单干？谁说的？"于大嫂惊讶地问。

"这你甭管！反正娘心里有数！"朱奶奶语气坚定，不容置疑。

"娘，您不要听别人胡说，这次我去县里开会，打听明白了，这联产计酬，土地还是归国家和集体所有，家庭和个人只有管理权，集体按管理的好坏计取报酬！这咋能说是单干？"

"别多说了！"朱奶奶鼓起勇气，说，"我是想劝你改嫁！"

"改嫁？"于大嫂站起来，"是儿媳没尽到孝心？还是您嫌弃我？"

"咋会呢！你待我比我自己的亲闺女还好！"朱奶奶忍不住流下泪来，"孩子，娘从心里舍不得你离开！可你还年轻，往后的日子还长着呢！为娘可不能拖累你一辈子吧？为娘的天不怨地不怨，只能怨我自己命相不好妨家人！"

这朱奶奶话出有因：炸蟹朱宇豪不是她的亲生。她十九岁那年给亲姑家做了儿媳，姑家的家庭较为富裕，膝下只有三个儿，没有女儿。老大、老三都已娶妻生子，朱奶奶的丈夫排行老二，是天生的懦弱无能，一副病态，二十八岁那年才与她结婚。朱奶奶进门不久公婆相继去世，从此，老大和老三就拿她当佣人使唤。不知是丈夫生育能力有障碍还是其他原因，她婚后六七年没有"敞怀"，第八年上才生了个女儿，可是在女儿不到三岁时，丈夫就因病一命呜呼了。她本来想"戴孝守节"，不打算再嫁，可兄弟两个一心想独霸家产，事事设障，处处为难，变着法子逼她改嫁，在哭诉无门、走投无路的情况下，她才带着女儿改嫁到锦鸡岭，于 1958 年跟了朱文亨。

在朱奶奶嫁给朱文亨之前，朱文亨从没娶妻结过婚，却有了儿子朱宇豪，对此，有人说是捡的，有人说是买的，有人说是他与地主家的丫鬟生的，还有人说是他偷来的，事实如何，无从查起。不过，听他自己说是丫鬟生的，是否与他有关他却闭口不谈。

这朱文亨胆大、能干、倔强，是出了名的火暴性子，在亲兄弟中排行第三，故人们给他起了个绰号："三炮仗"。

朱文亨年轻时曾当过几年守墓人，俗称："望林地"。由于雇主特别吝啬，不但不拨给他"养老地"，且平常只给够守墓者一人生活的生活费，年底再给为数很少的薪水，自然不够其养家糊口。朱文亨辞职后又到地主家当了"把头"。所谓的"把头"，就是在雇主家领着干活的头儿。"把头"这角色不是一般人所能承当的，首先，得能吃苦耐劳，手脚麻利，庄稼地里的活要样样精通；再者，当"把头"，不管学问高低，要的是头脑灵活，能替雇主出谱拿主意，甚至谱项得想到主人的前头，对所雇之人，要能够按活的轻重缓急因人而异选择使用。当了近半辈子"把头"的他，直到新中国成立前夕才回到家，借居于全家闯东北的人家的空宅里。

于大嫂现在住的房舍是在 1974 年拆除旧房翻建的，所用的土坯是三炮仗一人单枪匹马，一早一晚和打夜班完成的。据说，做这三间屋土坯的工作量相当于十个整劳力两天干的活，而六十好几的他仅仅用了九天就大功告成了。

提起朱文亨的急脾气来，说出来也许无人相信——他嫌捣蒜泥的锤子短使不上劲，直接砍了根一米半长的枣木棍子捣蒜泥。一天，他常用的枣木棍子翻遍了屋子也没找到，不得已只好蹲着用蒜锤子捣，由于用力过猛，蒜汁子溅进眼里，火辣辣得疼痛难忍，可他却不用清水洗，而是赌气地抓起蒜泥在脸上乱抹一通，边抹边嘟囔道："哼！反正一个疼没有俩疼，你不疼我了，我还疼你（指眼睛）干什么！我叫你疼！我叫你疼！"他的整个脸登时肿了起来，如同发大了的老面馒头，鼻子都没有两腮高了，要不是救治得及时，两只眼睛准会瞎掉的。后经查实枣木棍子是被他七岁的儿子朱宇豪拿去玩了。

还有一次，他独自一人在东里间的炕上饮酒，家养的两只母鸡越过半门子进了屋，啄食着地上大盆里的高粱米。他下了炕，推开半门子把鸡赶了出去。没多大一会儿两只鸡又进了屋，他又把鸡赶了出去，可是他刚坐下，两只鸡再次进犯。他忍无可忍，跳下炕来，嘴里说着："哼！还中啦，老子再一再二，可不能再三再四！狗草的！你胆子够大的！竟敢欺负老子我！"于是，他光着脚板就去撵鸡。

他在大门外抓住了一只鸡，当即先掰断了鸡腿，随后一手揪住一根鸡腿，将鸡活生生地撕成了两半，恨恨地说，"狗草的，叫你再进屋！叫你再进屋！"

朱文亨所说的"狗草的"和"老子"，并不是什么故意骂人的话，而是他生气时不经意随口说的，即使说他人或者什么物，甚至是自己的孩子，也是如此说，换言之，这是他不是口头禅的口头语。

1968 年的五六月份朱文亨的父亲病逝，弟兄仨轮流给父亲指路，老大信教，老二信佛，唯独他什么也不信。老大喊："爹，上天堂啊！"老二喊："爹，上极乐世界！一路走好，享福去吧！"朱文亨却喊："爹，你千万别听这俩狗草的说的话，你愿意上哪就上哪，要不就听老子我的，上西南啊！爹！"此事是别人有意臭哄他瞎编的，还是真有其事？不得而知！但是肯定的一点是他的父亲去世的那个年代是决不允许信佛和信教的！不过，当年他与两个哥哥观点不同，却是真的。

新中国成立前朱文亨房无一间，地无一垄，划分阶级成分时他家为雇农家庭，是典型的无产阶级。

"文革"中某年的清明前，全学区的教师和学生都到西果园去扫墓、敬献花圈。当时，无论是开会、忆苦思甜，还是举行什么集体活动，首先是"敬祝"，其次是背毛主席语录、诗词，语言表达时，称："最高指示""最新指示"或者"毛主席教导我们说"，最后才转入主题，办正事。朱文亨没上天学，大字不识一个，尽管脑瓜好使，背书本背条条可就抓了瞎。为主持好扫墓的活动，头天晚上他就让女儿逐字逐句、手把手地教他，直到鸡叫才罢休。第二天，吃过早饭，他精神抖擞地站在师生们面前，信心百倍地举起了《毛主席语录》："首先敬祝我们心中通红通红的红日头毛主席万岁（寿）无疆！万岁（寿）无疆！坐下！"师生们来给烈士扫墓，不可能坐下。都拿眼睛望着他，等他的下文。

"大叔，"带队的副校长来到他身边，低声提醒他，"林副主席还没有祝愿呢！"

"噢，对啦！还有这个狗草的！"不知是因为心情激动，还是因为没经过这么大的场面，他把"祝愿"词全忘了，只能举着语录本，喊着，"再那（音：nāng）！再那！"在场的所有人大眼瞪小眼，一时无语。

"毛主席教导我们，"活动继续进行，朱文亨装模作样地打开《毛主席语录》，说："成千成万的先烈，在我们的前头，前头……，嗯，嗯，怎么着来？"他挖空心思，也没想起"英勇地牺牲了……"这句话来，当时卡了壳。但是，在其位谋其政，他无论如何也得把活动主持下去。他停了一会儿，接着说："在我们的前头死了，死了又怎么着？死了死了罢！"他不但骂林主席是狗草的，又擅自篡改"最高指示"，把先烈说成死了，这还了得？要不是朱文亨出身好，大家原谅他是个文盲，把他打成反革命是毫无疑问的，即使这样，他事后也不但向全学区的师生赔礼道歉，而且还向公社革委会做了检讨。

就是这能打死虎踢死龙、不信邪的强悍之人，没想到却让大雪夺去了生命。

朱文亨的姥姥家在西南山里，距离锦鸡岭二十多里地，朱宇豪婚后的当年腊月二十一日是朱文亨舅母的九十岁生日，朱文亨冒雪去祝寿，结果一去不复返。家人见他一夜未归，以为大雪天他在舅家住下了不为奇。大雪整整下了一夜，天放亮时才停，天黑前仍没见他回家，第三天一早朱奶奶就打发炸蟹朱宇豪和他的一个叔伯兄弟去了朱文亨的舅舅家。

"我这外甥也太犟了，前天下大雪，我劝他住一宿，明天停了雪再走，可无论怎么劝说他就是不听，说是老熟路子，就是闭上眼睛也能摸到家。"一见面，朱文亨的舅母就说，"这不，中午喝完酒，太阳还大老高就走了，估计到家也黑不了天，如今还没回家的话，说不定是去了什么亲戚朋友家，你们快去四处找找吧！"那天几乎全村的青壮年都自发加入了寻找朱文亨的行列。然而，寻找了四五天，把凡是他以前好去的地方和所有的亲戚朋友家找了个遍，也没见到他的踪影。直到第二年春暖花开冰雪融化后，才在路边的枯井里发现了他的尸体。时隔没有一年，炸蟹又死于非命。朱奶奶的女儿十八岁那年也死于鼠疫，比朱文亨还早一年。

"娘，儿媳的命也不好，不怕妨！我就是要服侍您一辈子！"于大嫂抑制不住自己的感情，放声恸哭起来。

欲知后事，下回分解。

第七十五回
村中首富意识超前
上门女婿事后反悔

上回说到，朱奶奶命运不佳，用她自己的话说就是："天生命苦，长着一副妨家人的面相。"结婚后没几年，她的公婆公爹和丈夫先后死去。改嫁后，亲生女儿夭折，后夫死于非命，前窝的儿子又遭横祸。她担心再妨死儿媳，多次想劝儿媳改嫁，可是话到嘴边又咽下去了。直到得知要单干，才决议劝儿媳改嫁。于大嫂听后，执意不从。

"净说傻话！"朱奶奶用衣袖给儿媳擦擦泪，自己却也泣不成声了，说，"我已经是快七十的人了，享福受罪也、也没几年的活头！已到这步田地，你，你就听为娘的、的劝吧！啊！"

"娘——！"于大嫂趴在婆婆的腿上放声地哭了。

　　却说张建柱，他家去年新建的房宅就在曹义霞家1957年建起的宅子西边，前后和右边还没有住户。他家的三间新房又高又大，砖瓦到顶，木框玻璃门窗，气派非常，不要说在锦鸡岭村没有第二处，就是在周四围村也不多见。

　　在那个年代，由于经济条件所限，一家人为建一处房屋不知道得憋多少年的劲，攒多少年的积蓄。他们舍不得吃，舍不得穿，甚至东取西借、欠债拉饥荒，能建起一座草帔屋顶、土坯墙体的三间平房就很不容易了。当时，有句形容新房建得标准的顺口溜："齐腰（砖石）房基灯笼框，檐头平瓦三四趟，地基拔台高半米，玻璃窗子明又亮。"意思是说，建得标准的新房底下是石块，上边是四层砖块垒起来的到成人腰际的房基，房屋的四角和门窗两边都是砖座，房顶上边用草帔，下边挂三至四层平瓦，房基高出地面半米，木框窗子镶玻璃。即使到了20世纪80年代初，有许多人家还为赶这个时髦，将旧房的四角和门窗两边的泥皮除掉后贴上砖块，俗称：外扒皮，再去掉房檐草，换上几层平瓦，以假乱真，充当新房。那么，张建柱家能建起如此好的高房大屋，钱是从哪里来的呢？

　　正如张武昌所说："有人有世界。孩子多了，小时候是个累赘，孩子大了就成了帮手和挣钱的！"事实如此，他家前些年"分红"时都是分不到钱，还要欠村集体的。孩子们长大后，情况就不一样了，尤其是行头和方方张建新当了兵、张建琴当了民办教师后，不但每人每年听一个在全村挣工分最高的同等劳力的份额，而且上级和大队里还给予补助。他全家人都是劳动力，没有一个吃闲饭的，是全村年终分红最多的家庭。再加上张武昌会找挣钱门路，有超前意识，从70年代后期开始，他就开始利用二叔由张华友家的猪圈和棚子改成的猪圈养了两头母猪，在自己家里的猪圈年年养上二至三头肥猪，什么鸡呀家兔呀不在话下，一跃成为锦鸡岭村的首富。张武昌手中有了钱，前年拆除了他家住的三间平房，在原址上建成了全村唯一的一座二层楼，去年与张建柱分家前，又给他建了一处砖瓦房。

　　"哎，丽敏！"送饭回来的张建柱似霜打的茄子，耷拉着脑袋，推着车把上挂有盛饭篮子的自行车，拐过胡同角，抬头看见妻子杨丽敏打扮得头紧脚紧，挎着一个花包袱，正要锁大门，疾步走过来，问，"你要去哪？"

"哟，你这是怎么啦？"这杨丽敏年龄在三十三四岁，中等以上的身材，鸭蛋形脸庞，留有齐肩短发。她见张建柱满脸血迹，鼻孔里还塞着两团七七毛叶子，没有正面回答丈夫的提问，而是吃惊地问："又跟谁打架了？我去找他！"

"嗨！你咋老是不向好事上想？这些年你见我跟谁打过架来？"张建柱实话实说，"是我自己疏忽大意磕碰的！"

"毛手毛脚，不会小心点儿！"杨丽敏责备道。

杨丽敏的娘家在平原地带的杨庄村，与锦鸡岭相隔六七里地，所属两个县份。由于地理条件所限不好储存地瓜种，60年代初，每到春上，时为该村妇女主任的杨丽敏就会多次带队来锦鸡岭村买地瓜苗子栽，当时双方商定：购买者自己来人进育苗畦子拔苗子，售出方只负责数棵数、捆把（一百棵为一把），一手交钱一手交货。季节所定，劳力们都忙，唯有张建柱有空，自然而然，结算账、带领老人们数棵数的任务就落到了他身上。因为两个人多次接触，加之在棵数和价格上张建柱每次都给予优惠，杨丽敏出于感激，感到张建柱精明、会来事，不知不觉间对张建柱产生了爱慕之情。而张建柱见杨丽敏人长得漂亮，又有初中文化，大有相见恨晚之感。趁热打铁，1964年春后起，他就托媒人和亲戚去杨庄提亲。

俗话说："人养后代防备老。"杨丽敏没有兄弟姐妹，是个独生女。起先她的父亲杨亮忠和母亲嫌隔得远不同意，加之两村之间还隔着条大河，他们希望女儿就近嫁人，好给他们养老送终。然而，搁不住张建柱家屡屡托人来说，女儿杨丽敏又愿意，说："什么远近，把他倒将过来不就成了！"最后二老不得不妥协，就把张武昌请到家当面谈条件。

"老哥，"两个人坐定后，先说了会儿家长篱笆短，接着进入主题，杨亮忠说，"咱们实话实说，两个孩子的事，你情我愿的，拦是拦不住了。那咱们有话说在头里，到时候可别反悔！"

"谁跟谁来？有话你就直说吧！"张武昌回答说。

"嗯。俺这个家庭情况你已经知道了，没别的意思，我的想法是让你儿子倒插门，当养老女婿！你看怎么样？"

张武昌当场满口答应，赞成道："我儿子好几个，就不差这一个了，把建柱倒将过来，不但省了我盖屋建房子这一块，更主要的是能赡养你们老俩！不是吗？人生在世两头父母，养儿也是养，养女也是养！这事我没意见，但是，我得征求一下建柱的意见，不过——"他有意停了一下，瞥瞥杨亮忠的脸色，才用自豪中带着坚定的口气说，"老哥你放心，我这为老子的说了还算！"按当地风俗：双方儿女结婚前，双方的父母不论年龄大小都称对方"老哥""老嫂子"，以示尊重。

张武昌回家一说，遭到张建柱的坚决反对，他说："爹，杨庄那村太穷了，我如果落户她那只有罪受，没有福享！"

凭着平原地带咋会比丘陵山村穷？上部书说到锦鸡岭人少地多，60年代初种植地瓜多，口粮上经济上都有收入，又加上是县里的先进单位，上级给予的补助多，而平原地带村庄密集，人均占有土地自然就少，种植的大多是高粱、大豆、玉米和小麦等斤是斤两是两的粮食作物。

当时的张武昌还一贯刁钻刻薄，光想赚小便宜，他给儿子建柱长心眼说："真是教的曲子唱不得，咋就不开窍呢！登记结婚前丈人家无论提什么条件你都答应着，做到一百个应承，等结了婚，孩子上了身，到时候一百个不中，事儿就由不得他们了，那时你就说村里没有合适的会计人选，假若两头跑的话，顾了这头，就顾不了那头，两头都误事，如果一早一晚回本村打夜班算账的话，你就强调说自己胆小，不敢走黑路。俗话说'心疼闺女才爱女婿'，假若你丈人丈母真疼爱闺女的话，他们就会妥协，这样你在丈人家多说住上一年半载，甚至仨月俩月就能回来，是不是？"

听君一席话，胜读十年书——张建柱得到父亲的开导，喜不自禁，称赞道："爹，姜还是老的辣。我听您的，就这么办！"

事实如此，当年拾掇完张建柱就把户口迁到了妻子的娘家杨庄，没料到由于他在结婚前就常住丈人家，使杨丽敏未婚先孕，结婚时妻子已经怀孕两个多月了，杨亮忠怕不好看，担心他人说三道四，督促着女儿快结婚。婚后没有俩月，张建柱就强调理由，不管忙闲，有事没事地往锦鸡岭跑。杨家老两口见无法指望，不得不让女婿、女儿的户口一起迁走，在锦鸡岭定居。

不是一家人，不进一家门。杨丽敏能吃苦耐劳，泼辣大方，脾气却与婆婆彩云年轻时差不到哪里去，人们都说儿媳为婆婆掌了教。她推开大门，斥责道："上甘岭了咋的？也不怕路上人家笑话！"

锦鸡岭自从修了储水池和渠道，搞了"大寨田"后，小麦和玉米、高粱等成了种植的主粮，地瓜和豌豆种植的很少了。西坡的麦地刚灌溉过，渠道里存有不少水，只是张建柱一肚子心事，把个洗脸的事给忘了。

张建柱嘿嘿一笑，问："哎，我说，你这是要去哪？"说着推着自行车进了院子。

这院子南北长，东窗前有一大蓬开满红花的月季，月季南边靠墙根是两间敞棚子，大门口向南开，猪圈建在西南角，圈后不远是房屋状鸡舍，门口开在山墙上。

"去孩子她姥娘家！"杨丽敏回答说。

"别去了！"张建柱支下自行车，拔掉塞在鼻孔中的七七毛叶团子，说，"你快进屋收拾一下，咱们去医院！"

"怎么？你早知道了？"杨丽敏问。

"我知道什么？"张建柱的性格脾气与他老子武昌年轻时差不多，所不同的是他不惧内，他反问道。

"你是真不知道呀，还是装乖卖傻？"杨丽敏没有放下包袱，她从水缸里舀出一瓢水倒进搪瓷脸盆里。

"你要去哪，我咋会事先知道？"

"你脑子有病咋的！既然不知道，平白无故地去医院干么？"杨丽敏不满地看了一眼张建柱，说。

"这你甭问！"张建柱洗着脸，吩咐道，"快去拿上俩钱，咱们马上就走！"

"哼！我没有闲工夫哄你玩儿！"

"怎么？"

"俺娘家来人捎话说，她姥娘昨夜得了脑溢血，中风不语，住进了县医院！"杨丽敏把水瓢扔进水缸里，"去送点饭都一头晌价待，要不我早走了！"她摘下车把上的盛饭篮子，"你把它拿进屋里去！"说着就去推自行车。

"哦，那——我咋知道她住院！"张建柱甩甩手上的水，说，"那你快去吧！"

"你不和我一起去？"杨丽敏纳闷地问。

欲知后事，下回分解。

第七十六回
真帮实助问心无愧
报喜递信捕风捉影

上回说到杨丽敏要张建柱与她一起去县医院探望得病的母亲，他却强调理由说："嘿嘿，刚才我差点儿忘了，今下午还要开队委会呢！"

"哼！你呀！"杨丽敏虽然明知丈夫的脾性，几秒钟前还要她拿钱去医院，现在却突然说下午召开队委会议，不用猜就明白他是在撒谎。但她没有时间与他较真，打嘴官司。至于张建柱本来要与她一起去医院干什么，更没工夫过问。她在张建柱的前额上剜了一指头："见沉不拉，净捣鬼耍滑头！"

　　却说方方张建新。张武昌家前年建起的二层楼，因区域所定，上下都是三间，楼梯设在房外的东山墙上，好在后面没有住户，加宽了不少。大门和猪圈位置没变，只在圈后建起一间平房，作为一年两季的伙房。因其楼房为屋脊顶，故当地人习惯称之为"撅屋"。下层张武昌两口子住在东里间，伙房设在明间，西里间为张建琴的卧室。上层建有阳台，铁木结构栏杆，张建新独居东里间，明间为客厅，西里间作为搁放粮食和零七碎八东西的仓库。

　　午后，二楼阳台上的两盆菊花水灵灵的，叶子上还滴着水珠儿。张建新手提洒水壶，俯首在菊花上，自言自语地说："伙计，该开花了吧？"

　　"还不到时候呢！"随着话音，马秀萍拿着几本书，进了院门来到楼下。这马秀萍二十五岁，瓜子脸，双眼皮，戴着一副小巧玲珑、刚刚能遮盖住眼睛的近视眼镜，两条发辫长至腰际，一米六的身个。她是公办教师，在锦鸡岭学校教学，与张建琴是同事，且十分要好。

　　"唔，是马老师？"张建新不好意思地笑笑，说，"是来找我妹妹建琴的吧？她大概去了志强家。你上来等一会儿，我这就去叫她！"

　　"我不找她，"马秀萍笑了笑，说，"是找你！"

　　"噢，找我？"张建新热情地招呼道，"那请上来吧！"

　　"你要的机械类型的书，我找了几本，你看行不？"马秀萍上了楼，说。

　　"马老师，太谢谢你了！为这，我跟建琴说过好几次了，她都没办，没想到我那不在意的话，你倒搁在心上了。"张建新放下洒水壶，在裤子上擦擦手，恭恭敬敬地接过书，翻弄着。

　　那时，文化市场还没有彻底开放，眼下有好多种类的书还没印刷出版，即使印刷出来也还未到最基层的县一级的新华书店。张建新很早就想弄几本农业机械和家庭常用机电类维修的书籍看，苦于无处购买。为这，年后他曾几次求过妹妹建琴向同行们借取，至今无果。马秀萍得知后于几个礼拜前回到家，请同学和朋友们帮着借。她前天礼拜六回到家，昨天下午将借到的几本书带了回来。

　　"不知合不合乎你的要求！"马秀萍甩甩两条长辫，说，"如果不行的话，我再给你找两本！"

　　"行！行！太好啦！谢谢你，马老师！"

　　"嗨！举手之劳，值得吗？"马秀萍习惯地正正眼镜，说。

"嘿嘿，里边坐吧！"

"改日吧！"马秀萍看看手表，说，"时间不早了，我该去上课啦！"说着就下楼梯。

"那……"张建新放下书，"我送送你！"

"我又不是生客，头一次来你家，你客气什么？"马秀萍阻拦道，"去忙你的吧！"

"没啥可忙的！"张建新说着，与马秀萍一同下了楼梯，出了院门口。

真是无巧不成书——刚洗过头、蓬松的卷发披散在肩上的吴菲菲，两手梳拢着头发，正顺着东西大街喜滋滋地向张建新家走来，她刚拐过胡同口，抬头看见张建新与马秀萍站在他家大门外脸对脸，似在亲吻，顿时一团乌云笼罩在她的脸上。她迅速闪回胡同口，探出头向外巴瞅着，直到马秀萍揉着眼睛背向走远后，才向张建新家走来。

"哟！好香啊！"吴菲菲上了楼，刚到门口，就说。

"什么好香呀，"张建新正躺在床上看书，见菲菲到来，忙坐起来，问，"菲菲？"

"刚才谁来过？"吴菲菲没正面回答，劈头就问。

"马秀萍老师呀！"张建新懵懂地问，"怎么？"

"刚才你俩在门外干什么？她怎么哭着走了？"吴菲菲说着进了门。

"她眼里飞进了一个小虫子，我给她吹了吹！"

"哦，那她来干啥？"

"送书呀！"

"大概还带个情字吧？"吴菲菲有意加重了"情"字的语气。

"疑神疑鬼！人家是大学生——！"张建新郑重地说，"你咋就……嗨！"辩白中带有几分不满和委屈。

"哟，还真生气了？我是跟你闹着玩的，就当真啦？傻样！咯……"吴菲菲瞥一眼床上几本有关机械原理、机械修理的书籍，释然了，马上转变了态度。

"那、那……？"张建新啼笑皆非，不知说什么好。

"我是来告诉你一个好消息的！"吴菲菲掩上门，把双手搭在他的肩上，"亲爱的，待不了多久，菲菲我就真的要飞了！"

"飞了？"张建新如坠云里雾里，问。

"俺爸爸已经答应在县城里给我找工作了！"吴菲菲掩饰不住内心的高兴，说。

原来，上次吴友在连襟家喝完酒后住了下来，第二天吴菲菲送他走时，路上再三央求说："爸爸，我求您的事，您可千万别不拿着当回事，实话跟您说，在这里我实在憋屈得慌，一天也待不下去了，请您抓紧办，越快越好！"

"我说让你耐心等，心急吃不了热豆腐你不愿听，可你咋也得给爸爸个时间和机会吧？"吴友回答说。

"多长？"吴菲菲赌气地问，"一年还是两年？"

"瞧你……"吴友笑笑，说，"你的心情爸爸理解！这样吧，我回城找人抓紧办理，快的话咋说也得两个月，最慢不超三个月，怎么样？"结果，刚刚过去没一个月，吴菲菲就沉不住气了，今天一早就跑到大队办公室给爸爸去电话催问事办得怎么样了，吴友打包票说正在求人办着，大概一个月就差不多了。吴菲菲听了高兴地跳起来，她头午去集市上理了发，饭后就向张建新家走来，想与他分享这份喜悦。

"那……那，那你舍得离开咱锦鸡岭吗？"张建新随手拿起一本书，话中有话。

"有啥可留恋的？长年累月，没白没黑，不是耕啊、耩啊、种啊，就是锄啊、收啊、割啊，成辈子与土坷垃过不去，烦透了！在城市可就不一样啦！"吴菲菲没在意张建新的表情，更没细品他刚才的话意。她眉飞色舞，来回踱着步子，说："吃的住的甭说，晚上没事看个电影，星期天、节假日逛逛公园，溜溜马路啦，嗨！真是要多赛（方言：爽）有多赛！"

张建新木然了，连书本掉到了地上都不知道。

"建新，你也跟我一起飞吧！"

"我？"张建新回过神来。

"是呀！爸爸说了，等安顿好我后，就安排你的工作，真的！"吴菲菲站下来，说，"你呀，是当兵的出身，能开车，会机械修理，找工作还不是割不下的热豆腐？我敢保证，你到哪里也是个抢手货！说不定还能混出个一官半职呢！"

"这？这我还没想过！"张建新拾起书。

"怎么？不愿跟我在一起？"

"不！我是说……"

"说什么？"菲菲冲上来双手搂着建新的脖子，深情地望着他，"亲爱的，你要是真心爱我，那就得答应我！你敢用眼睛看着我吗？"未等张建新反应过来，她就向张建新吻去。正在这时只听得"吱——"的一声响。

欲知后事，下回分解。

第七十七回
话不投机安解纠结
心不在焉祸及他人

上回说到，与张建新热恋着的吴菲菲，按捺不住心情的激动，无所顾忌地再次向张建新发起"进攻"。然而，就在她的嘴尚差一点儿就吻到张建新的嘴时，门却开了。

"方方呵，方方！啊！这……这我，嘿嘿，菲菲你在这？我、我是叫建新吃饭，嘿嘿，没……"六十多岁的判官彩云推开门，见状进退两难，语无伦次地说。

吴菲菲尴尬不已，慌忙松开手。

"哦，你们谈！你们谈！待会儿一块下去吃饭！"彩云带上门。

却说挣断筋曹义年。自麦收前召开队委扩大会后，高宏伟的心里一直有个打不开的结，思想上抵触，行动上迟缓，职责上应付，整天郁闷，在会上也很少说话。曹义年看在眼里，急在心上。高宏伟生就的骨头长就的肉，脾气犟，认死理，只有事实才能说服他，否则，即使说下天来，他也不相信。因为锦鸡岭村还没有真正落实"联产计酬责任制"，所以结果如何，曹义年心中也没有底，自然也就无法说服他。

昨天，锦鸡岭村申报的《联产计酬责任制实施方案》草案县里才批复下来，修改后的方案是：按上级下达的计划指标由村集体统一安排耕种、收割。除黄烟、瓜果、菜蔬等经济作物暂不承包外，所有种植粮食作物的大田均承包给各户管理。参照头两年的地亩平均产量，逐片逐块定产定量核定标准，按本年实际产量（遇自然灾害时除外）既定报酬。人均口粮仍按"人七劳三"的比例分配。管理的好坏，收成的高低用工分找补，纳入年终决算考核依据。常年在外的人员，凡户口在本村的，当兵参军者，待遇与往年一样，不划分责任田；就工者（县社企业工人，不含教师）不划分责任田，但须按规定交款给集体，抵顶工分。责任田原则上按人头划分，对村干部与社员同等对待，外加补贴。对于人口多劳力少的家庭和光劳力的家庭，应酌情处理，统筹兼顾，区别对待。属于本村的副业人员和其他杂工人员，视情定夺……

当晚，曹义年就组织召开了队委扩大会议，制定了具体分地方案，对全村的地亩和人口登记造册。整个会议期间高宏伟仍然没发表一点看法和意见。

今天曹义年特意约高宏伟出来，一是为了到田野里观望一下庄稼的长势，再就是为了做他的思想工作——眼下麦收就要开始了，作为一村的大队长，如果再这样闹情绪，那以后的工作很难开展！

两个人漫步出了村，来到北岭顶，由于地理位置不同，岭地的麦子早熟于洼地。储水池周围和主渠道两侧以前全是栽种地瓜的地块，这几年则基本变成了麦田。此时，麦穗已成柳黄色了。

刚才曹义年一路上苦口婆心地劝说了一番，可高宏伟思想上就是难以接受，他一听到"联产计酬责任制"这个词，就恨不得捂上耳朵，抬脚走人，但是碍于面子，只能耐着性子听下去。

"杆子，你啥时候成了没嘴葫芦？"曹义年望一眼面无表情的高宏伟，说，"咋河料子（石头）腌咸菜——一言（盐）不进哪？"

"不管怎么说，我心里总感到不踏实！"高宏伟走进麦田里，将几穗麦子拢在一起，忧心忡忡地说。

"也难怪！前些年政策多变，使人心里没了底。"曹义年掏出一盒两角钱一盒的丰收烟，启封后，抽出一支给高宏伟，说，"哟，书记就是书记，不得不承认有本事！"高宏伟接过烟，故意打岔，"上哪倒换的这好烟？不会是上级奖励的吧？"

仅仅只是两角钱一盒的香烟，怎会引起杆子的好奇和羡慕？难道它比带过滤嘴的香烟还好吗？并非如此！

由于经济条件所定，庄户人舍不得买好烟。对这黄色烟盒的丰收烟，社会上当时流传着这样一句话："丰收烟，真是怪，光见抽，不见卖！"由此可见，它是代表时尚的名牌烟。虽然它不如三角九分一盒的"大前门"、三角一分一盒的"金鹿"、二角九分一盒的"金叶"和二角七分一盒的"云门"等烟质量好、价钱高，但是各个商店里货架上却极少摆有，要想买到它还真不容易，需得求门子托关系。如果求人办事的话，首推"大前门"，次之"金鹿""金叶"和"云门"烟，假若在场合上自己抽，视家庭经济条件而定，稍微宽裕的抽壹角九分一盒的"金杯""金菊"和一角七分一盒的"马兰花"等，次之的抽一角五分一盒的"金鱼""珍珠鱼"和一角三分一盒的"红梅"等，再次的抽一盒不足一角的"葵花""勤俭"和烟盒呈黄红色、商标也是"丰收"字样的香烟，人们习惯上称它为"假丰收"，俗称：一毛找。不难看出，人们看重的不是烟价钱的高低，而是烟的牌子和由此表现出来的"能耐"的高低。曹义年手中的这盒烟是前天去公社开会时，管委会主任给他的，一共两盒，他一直没舍得抽。

"别打岔！听我说。"曹义年划燃火柴为二人点上烟，问，"杆子啊！咱俩搭档多年了吧？"

"嗯！自成立初级合作社以来到现在，不多不少整整二十五年啦！"高宏伟掐着指头算了下，回答说。

"对于在农村实施'联产计酬责任制'的事，不用说你想不通，就是我在感情上也……"曹义年感慨地说，"自建国以来，先是土改、互助合作，接着是初级社和高级社，1958 年成立了人民公社，由单干到大集体，近三十年过去了，现在又要分田到户，人们已经习惯了大集体经济体制和分配形式，想要求全村人一下子从思想上拧过这个弯来，既不现实，也不可能！得慢慢来。有句俗话说：'干部干部，先行一步。'你我是村干部，又是党员，全村近三百双眼睛在看着我们哪！如果在'联产计酬责任制'这个问题上，大队班子思想再统一不起来，社员们会怎样看待咱们？咱们又如何能说服别人呢？"

高宏伟想说什么，却没吐出一个字来。

"所以说，丑不丑一伙手！各人心里可以反对，但不能表现出来！我还是那句话，既然县里要在咱村搞试点，咱们是思想通也得执行，不通也得执行！这是原则！更何况上级是不会让老百姓吃亏的！"

高宏伟一笑了之。

"好啦，咱不谈这些了！"话不投机半句多，曹义年见状摇摇头，换了话题，问，"杆子，今天是农历五月十一了吧？"

"嗯，明天就是芒种！"

"你看开镰还得几天？"

"蚕老一时，麦熟一晌。"一提到这个，高宏伟来了精神，说，"在咱这地儿季节性太强了，如果不用水浇灌的话，芒种三日见麦茬，甚至还早。咱这浇过了水的，就这成色，最多不过两集（一般为十天）的空！东洼里的估计至少还得半个月。"

斗转星移，日月如梭，眨眼间柳黄色的麦浪已转变成金黄色的麦浪，锦鸡岭村的麦收开始了。

北岭顶，一辆辆马车、拖拉机、地排车，或空车，或满载小麦，往返于生产路上和田间路上。

两部收割机在麦田里"突突突"地欢叫着。

马秀萍与张建琴带领小学生们在收割过的麦田里捡麦穗。

　　高志强、吴菲菲、高为农、于大嫂等十几名男女社员在机械无法收割的田头地尾和渠道边上用镰刀收割麦子。

　　吴菲菲手忙脚乱地割着麦子，身后满是零乱的麦子堆和稀稀拉拉尚未割倒的麦子，让人一看就知道她毫无章法，根本不会割麦子。

　　不就是割麦子嘛，庄户人谁还不会？难道还得遵循什么章法不成？的确，这割麦子不同于割谷子、割豆子，满了把随便搁成堆就行。割麦子虽然没有什么学问可言，但必须掌握技巧，首要的一条是会攥把，须上搭镰和下搭镰（左手反把正把攥麦子），这样既攥得多，不会散，麦子还呈扇子面，好捆，要求三把为一个麦个子。一般情况下，三人为一组，且要拉开一定的距离。中间者头前开道，负责打约扣，最后者负责捆麦个子。两人一组也可，但费时窝工。再就是要握紧镰把，保持平衡，使麦茬一般高矮，似刀裁一样。若攥得高了，易割伤手，反之会割着石头或地皮，毁坏镰刃子不说，还容易划破鞋、割伤脚。就割麦子而言，割伤手的情况不多见，割伤脚趾头的不足为奇，割伤脚后跟的却闻所未闻。然而，事情偏偏就发生了——

　　"哎、哎……哎哟！菲菲割、割着我，我的妈！哎哟！"吴菲菲身边的高为农一下子蹲在地上，他的鞋子被镰刀割破了，鲜血从右脚后跟上流下来，疼得他龇牙咧嘴地嚎叫着。

　　按说，吴菲菲在锦鸡岭村住了不是三年两年了，下地干农活该不会太生疏了吧？原来一则是村干部们看在她父亲吴友的面子上，可怜她一家的遭遇，在安排农活上和日常生活上处处给予照顾，可以说吴菲菲基本上没干几天沉锄大镢的活，要不是碍于上级的政策，早就让她去当民办教师了。1976年以后，教育界定编定员，学校不再招民办教师，吴菲菲自然无法再进校教学了。但是村里也很少安排她干累活脏活。再者就如她的亲姨夫杆子所说的那样，她"天生就不是下庄户的料，干什么活都浮浮巧巧，完全是应付了事"。特别是自从吴友答应她最短一个月、最长不过俩月就给她安排工作以后，她的心早就离开锦鸡岭，跑到城里去了，干起活来总是一副心不在焉的样子。

　　"为农，怎么了？"社员们闻声围上来，几乎异口同声地问。

　　"她、她——菲菲她……"高为农蜷相着脸，说。

　　"我，我、我……"人们的目光一起投向菲菲，她不知所措，忙辩道，"我不是故意的！"

　　"菲菲，怎么回事？"张建琴跑过来。

　　欲知后事，下回分解。

第七十八回
大队会计有失本分
公办教师甘尽义务

上回说到割麦子不同于割谷子、割豆子。其实也不同于割高粱、割玉米，高粱和玉米间距宽，抡起镰刀能使上劲，而小麦沟垅窄，棵距密匝，成趟成行，只能插镰，不能抡镰。这吴菲菲却偏偏不遵循这个章法，挥镰抢之，所以才会不小心割伤高为农的脚后跟。

张建琴隔得远，不知何事，跑过来问。

"呜……"菲菲扔掉草帽，蹲在地上哭了。

"来！咱俩换换！"张建琴接过菲菲的镰刀。

却说社场。锦鸡岭村小人口少，虽然名义上也有两个"生产队"，但是却没有自主权，分粮食、柴草和年终分红还是大队说了算，全村就一个社场，还是沿用高级社时的那个社场，如社员们所说的那样："一个锅里摸勺子。"所以只能称是两个"生产作业小组"。

这天午后，突然乌云翻滚，瞬间布满天空，整个天空顿时暗了下来。低低的云层似乎用长竹竿一戳就能捅下水来。未等人们反应过来，但见雷鸣电闪，稀疏的大白雨点子已砸了下来，暴雨马上就要来了！整个社场似开了锅一样，男男女女、老老少少都在忙着抢场。

"杆子！"张武昌身披蓑衣，夹着一领炕席颠进场，对敞着头正在麦垛顶上遮盖草苫子的高宏伟喊，"接好啦。"把炕席递过去。

这张武昌在瓜园看瓜，午饭都是在瓜园吃，咋能及时赶到社场呢？前面说过，送午饭的任务大都是张建柱来完成。今天已经晌午多了，张武昌却左等他不到右等他不来。时下，面瓜和甜瓜都已经开园上市，梢瓜也已进入盛果期，二十天前大队里又安排了一位中年人来，平常日与张武昌他们共同管理园地，逢大集则上市场帮着摆摊卖瓜。今天张建柱去赶红沟河大集，至今未回，原来的老搭档回家吃饭也还没来。如此，张武昌就是再饿，也不能一走了之。直到回家吃饭的搭档回去，他才赶回家，可刚到家雨就下开了，他饭也顾不得吃，卷起西里间炕上的席子，披上蓑衣，就奔向社场。

　　原来，锦鸡岭村只有一部收割机，另一部是借用的外村的，为突击抢收麦子"歇人不歇马"，来了两个司机。张建柱吃过早饭后，就去红沟河赶集置办酒菜，以备晚上招待外村的司机。可巧，他在集上遇见一个熟人，相约进了饭店，饭后才回家，所以没能去瓜园送饭。而其妻子杨丽敏到家就忙着喂猪、做午饭，饭刚做好，天就阴上来了。这时，听得杆子吆喝拾掇场，于是先让小女儿吃饭，自己与大女儿珍珍则披上雨具去了社场。

　　"哟！无常，你也来了？"高宏伟没有改嘴，仍称外号。他接过席子遮上，问。

　　"再来！接好啦！"张武昌没有接茬回答，毫不犹豫地脱下裳衣扔上去。

　　"大叔，当心淋着！"于大嫂摘下自己的六角苇笠递过去。

　　"不要紧！"张武昌没接苇笠，感激地说，"嘿嘿，你大叔虽然上了几岁年纪，可咋说也……你自己戴吧！"言外之意：我身为男人，就是年纪大点也顶得住折腾，你身为女人，不能让雨直淋。他看看麦垛上还有一块不大的地方没遮盖严，而地上已没有草苫子了，于是说："杆子，你等着！我再回家揭领席子来！"说完转身向家跑去。

　　"好！我等着。"高宏伟撑兔子皮似地趴在没遮严的麦子垛上，然而斜坡的垛顶使他无法趴住，身体不由地滑下，他又使劲地向上爬，再滑，再爬，爬上，滑下……

　　"二叔，小心！"于大嫂喊着跑过去，想用双手撮住他的脚，然而为时已晚，随着"咕咚！""咕咚！"两声响，急剧滑下的高宏伟正砸在于大嫂的身上，二人叠罗汉似地倒在地上。

　　不表社场，且说张武昌。

　　他冒雨赶回家中，苦于家里没有多余的席子和草苫子，正在犯愁之时，猛然想起大队办公室里的炕上有领席子，于是想如果办公室敞着门的话，我何不拿它去遮盖麦子垛？想到做到，他转身向大队院走来。脚刚迈进院门，就听见儿子张建柱唱戏的声音从办公室的窗子里传出来。

　　这张建柱赶集回来，刚支下自行车，雷雨就上来了。他不想去社场受累挨淋，但若不到场又怕别人说他游手好闲，不关心集体，于是喜好午休的他干脆牺牲了一个晌觉，来到大队办公室，佯装办公。

　　雨哗哗地下着。他坐在桌前，一只脚丫子放在桌子上，一手悠闲地敲着桌面，望着窗外的大雨，用五音不全的嗓子唱着京剧《空城计》中诸葛亮的戏段：

　　"我正在城楼上观山景，忽听得司马懿兵临城，我这里……"

张武昌见状，一股无名野火从心头升起，于是疾步奔过去，"咚！"一声猛地推开虚掩着的门，斥责道："柱子！你咋不去抢场？在这做什么！"

"这，我？我正在……"张建柱吓了一跳，急忙放下脚，从抽屉里摸出一本账簿，支吾道，"哦，我正在忙着做麦季分配方案嘛！"

何谓"麦季分配方案"？这实际上是一个大概性的预计方案，即对本年夏季粮食作物进行估产，除留足公粮、种子和集体应该储备的外，剩余的就是社员们的口粮。在分麦子和分豌豆（当时，豌豆属细粮）时，一般都是结合本年每户麦收前所得工分数，参照去年上半年所得工分数，按照国家标准分配到各户。

"什么？做分配方案？"张武昌卷起床上的席子，问。

"是啊！我查查谁家生了小孩，谁家娶了媳妇，谁家的闺女出了嫁，谁家死了人，嘿嘿，人七劳三嘛！"张建柱一本正经地说。当时，如果有人在麦季前死了，会根据其活得时间长短，酌情分给其粮草，如果有的人家在麦前娶了媳妇或者添了小孩，一般按人口分配。

"放屁！瞪起你的狗眼，好好看看！"张武昌放下席子，一把夺过账簿，摔在他的面前。

原来张建柱见父亲到来，一时慌了手脚，本来想拿《户口登记簿》，却鬼使神差地将一本《生猪存栏登记簿》拿了出来。他无法自圆其说，只得站起来，喃喃道："这、这……我、我拿错了！"

"哼！什么拿错了？骗小狗去吧！"张武昌抓起建柱的胳膊，向门外猛一拽，"快去抢场吧！"

"哎，哎！我的鞋！"张建柱还没来得及穿另一只鞋，被父亲一拽，打了个趔趄。

"去吧！"张武昌又推了张建柱一把。

"哎！哎！哎呀！"张建柱站立不稳，"啪嗒！"在门外摔了个狗抢屎。巧的是他的脸正好没在一摊水湾子里，他被水呛得咳嗽连连，翘起头，两只脚在湿滑的地上乱蹬一番，也没能爬起来。

且说圆圆张建琴。她吃过晚饭，匆匆忙忙赶往学校。

这座学校设小学一至五年级，共十个班，初中一、二年级三个班，其中两个一年级，一个二年级。近二十名教师员工中包括张建琴在内仅有四名女教师，其他两名女教师是附近村庄的，晚上备完课或看完学生作业后大都回家睡，只有马秀萍一人路远不能回家，校领导单独为她设了一间女教师宿舍。本来张建琴家房舍够宽绰的，四口人两层楼，一人占一间房间还多，但是为了与马秀萍做伴，她就搬到了学校里来住，与马秀萍一个宿舍，一般很少回家住。

"哟！我还当没人呢！"张建琴进了校院，来到女宿舍门前，用钥匙开了门，拉开灯，见马秀萍鞋未脱，和衣躺在床上，问，"咋摸黑呀？"

"哦，回来啦？"马秀萍翻翻身，懒懒地说。

前面说过，驻地农村的学校，为了支农在夏秋两季农忙时放假，麦假二至三周。离家远的公办教师一般不安排回校值班和带班护校，集中学习和开会另行通知。民办教师基本没离家太远的，都是周围村的，放假后由男性轮流到校值班，平常日回村参加劳动，带领学生捡麦穗什么的。麦假已经放了近十天了，马秀萍一直没回家，与每年一样在假期中带领学生们拾麦子，要等到小麦基本收割完后才回家。

这拾麦子从天明到天黑，不是弓着腰捡，就是蹲着拾，遇到没被割倒的还要用手拔，一天下来累得腿酸腰疼，躺下了就不想爬起来。今天下午收工后，连续作战的马秀萍饭也没吃，就躺下了。

"马老师，我去忙麦场了，你先睡吧！"张建琴在对面自己的床上坐下来，脱下凉鞋，从床底下拿出布鞋换上，说，"收工大概不会太早，今晚我回家睡，你就别等我了！"

张建琴作为民办教师，除麦季、秋季放假期间带领学生拾麦子和拾地瓜、地瓜干外，其他时间包括星期天在内为集体干活会另加工分。为集体干活，完全是自愿的，没有强制和逼迫之说。这"民办教师"虽然与"公办教师"一样上下班，一样教学，但是却同工不同酬，公办教师拿固定工资，而民办教师则在应得的工分外，由上级每月再给予象征性的现金补助。

"等等！"马秀萍强打精神坐起来，戴上眼镜，说，"我也去！"

"你也去？好，那你先把手伸出来！"张建琴站起来，说。

欲知后事，下回分解。

第七十九回
打麦场抱病惊魂魄
做鞋垫刻意扯亲戚

上回说到圆圆张建琴要去打夜班突击脱粒麦子，晚饭后来校告知马秀萍今晚不要等她，自己关门睡觉。马秀萍听说后执意一起去，张建琴则要她伸出双手。

"做什么？"马秀萍疑惑地看着张建琴，不由得伸出满是血泡和血口子的双手。

"看看我的吧！"张建琴也把满是老茧的双手伸到她面前，"怎么样？你呀，还是在这歇着吧！"

"那……？"马秀萍无话可说，喃喃着。

"你呀，咋能跟我们吃瓜干儿的比？等什么时候吃上俺大队的口粮了再说吧！"这张建琴虽然嘴巴不饶人，乍一听似乎有点儿刁钻刻薄，但是细细品味一下，言语中却含有对马秀萍的关怀和心疼之意。她一笑，关上灯，带上门。

暂不表马秀萍，且说张建琴。

夜，没有月亮的夜，星斗满天，万里晴空没有一丝云。张建琴一路小跑来到社场，社员们已经下手干开了，整个社场一派繁忙景象。两台脱粒机喷着金黄色的麦粒，在电灯下宛如长虹。

高宏伟、高志强、张建琴、于大嫂与吴菲菲等十几名男女社员正忙着打场，他们有的向脱粒机里续麦穗，有的运成捆的麦个子，有的专门解麦个子并用铡刀铡麦穗……

直接连麦秆一起脱粒就是，岂不省事多了，为什么还要铡麦穗呢？

在那个年代，庄稼的秸秆对农村来说是不可替代的一宝：高粱秆可以做房顶笆，扎篱笆，当扁豆和黄瓜的架柴；谷子秸可以做苫子，拧墙头；玉米秸可以铡成段喂牲口，磨碎后喂猪；麦秆儿可以用来做屋顶，做苫子，只有过矮的或是太凌乱的麦秆儿人们才舍得把它连同麦穗一起脱粒，打成麦穰，抹墙和做土坯用。一般情况下，麦个子一进场，家庭妇女们就利用一早一晚和中午头时间，用镰刀或者菜刀裁下麦穗，将麦秆儿捆成个，亦称："押麦子"。来不及时才用铡刀铡。用这种方法裁下的麦秆儿会长短不一，较为浪费。

头上蒙着褂子的吴菲菲拄着腊叉，连打几个哈欠，现出一副困倦不堪的样子。

还未等到收工，她就对杆子高宏伟说："姨夫，我请个假！"

高宏伟问："什么事？"

吴菲菲双手掐着肚子，装出一副难受的样子，说："我、我肚子疼，实在靠不住了！"

"哦，那要不要上医院？"高宏伟放下铁簸箕，关心地问。

"没必要！"吴菲菲推辞说，"老毛病了，没什么大碍，回到家喝上碗姜汤，在床上趴趴就好了！"

这吴菲菲真是撒谎也不打草稿，只有感冒发烧才喝姜汤冒汗，哪有肚子疼喝姜汤的！如此，不是摁着天灵盖擤鼻子——一用不管嘛！再说，吴菲菲在姨家长住，什么样的老毛病高宏伟还不知道？可粗人就是粗人，他才顾及不到这些呢！他点点头，说："嗯！叫人送送你吧？"

"不用！不用！"吴菲菲见高宏伟准了假，先是装模作样地弯着腰，双手捂着肚子，一步挪不了四指远，出了社场西门后，她四下里观望了一番，见无人注意，随即摘下蒙在头上的褂子，搭在肩上，加快了脚步。

夜深人静，路上没有一个行人。吴菲菲从社场西的南北路，刚拐进东西路，抬头见路灯下一辆载满麦个子的解放牌汽车停在张武昌家的那条胡同头上。

半夜三更的，建新不快把车往场里开，停在这里做什么？吴菲菲心里想，不由得小跑起来。

"哎！哎！哎哟！"吴菲菲来到汽车前，见驾驶室里无人，就想到车后看看，由于走得过急，又没低头看脚下，从车的一边转到车的另一边时，被什么东西绊倒了。她趴在地上回头一看，见四条人腿伸出车底，顿时三魂去了两魂半，转了嗓子地喊："啊！出车祸了！压死人啦！来人呐！"当满脸是油渍道子的张建新和马秀萍钻出车底时，她想爬起来逃跑，怎奈四肢不听使唤，只能连滚带爬，没命地喊，"诈尸啦！诈尸啦！鬼！救、救命啊！鬼！"

"菲菲，鬼在哪？"张建新手持铁扳手，与马秀萍钻出车底，围着车转了一圈，疑惑地问，"哪里有鬼？"

"你、你……怎么是你俩？"吴菲菲定定神，吃惊地问，"你们没死呀？"

"废话！"张建新拉起菲菲，笑着说，"死了还能说话？"

"啊呀妈呀！可吓死我了！"菲菲拍拍胸口，埋怨地说，"你俩闲着没事，钻车底干什么？"

"哦，我去麦场，遇见建新在这修车，他一个人无法修，我顺便帮帮他！"马秀萍亮亮手里的手电筒，说。

　　原来，张建琴走后，马秀萍饭也不想吃，拖着似灌了铅的双腿出了校院。按说，学校就在社场以北，马秀萍直接去社场就行，咋还上了大街，岂不多走路？那是因为张建琴来校换鞋时马秀萍没有问她吃过饭没有，不知道她从学校里走后是回家吃饭还是直接去了社场。她来到张建琴家，只彩云一人在家，彩云说建琴吃了饭就走了，没再回家。马秀萍听后扭头就走，刚出了南北胡同，正遇见张建新开的车在街上抛了锚。张建新正嘴含手电筒躺在车底下修车，见马秀萍到来，就央求她帮忙。

　　"哼！就这么巧？"吴菲菲白了马秀萍一眼。

　　却说大路西麦茬地。刚浇过水没几天的麦茬地里光秃秃的，只有被落下的稀稀拉拉的麦茬。当年，燃料欠缺，家家户户都烧煤做饭和生炉子取暖，可凭票供应的煤炭根本不够用的，有的户就拿木檩条去换煤炭，这样虽然缓解了燃眉之急，但是，擀饼、摊煎饼和烧炭打炉底的柴草却还是无着落。于是村集体采取了割倒大豆后按人口分豆地，搂豆叶，割倒麦子后按人口分沟或小地块、段刨麦茬的办法，就是高粱茬、玉米茬、谷子茬、苘茬、红麻茬甚至豆茬也是如此。自然就不存在"秸秆还田"和"就地焚烧"的现象。

　　80年代前，不兴小麦玉米套种，割倒麦子后才播种玉米。于大嫂、高为农、杨丽敏、吴菲菲等几十名男女社员在点种玉米，他们结伙成对，一人刨坑，一人撒种和漫土平埯。

　　"大兄弟，你歇会儿，"高为农在前边刨坑，于大嫂跟在后面撒种、平埯。二人已遥遥领先。她见高为农气喘吁吁，衣衫都被汗湿透了，就放下盛种子的小筬子去夺高为农手里的镢头，"咱俩换换！我来刨吧！"

　　"嘿嘿，不用！我、我不——累！"高为农没停手，笑着拒绝道。

　　"撒谎！瞧你热的！"于大嫂揪下肩上的白毛巾，递过去，说，"先擦把汗喘口粗气，看都落下别人一大截子地了！"

　　"你不是还、还要打猪草吗？"高为农没有接毛巾，继续挥动着镢头，说，"快、快到地头了！"

　　锦鸡岭村以前基本上家家户户养兔子，后来，全村基本上没养兔子了，改换成养猪，也有少数养羊的。原因一是地瓜种植得少了，荒场也改造得不多了，兔子的饲料来路就窄了，加之兔子的价格下跌，不如养猪合算；二是鲜玉米秸秆和叶子、磨碎后的干玉米秸秆和干叶子都是喂猪的好饲料；三是养猪比养兔子省心，得到了改良和杂交的猪不但生病率和死亡率降低了，而且比以前长得快多了，一年就可出栏，能长到一百七八十斤，甚至达到二百斤；再者，上级有关部门还根据各村人口和户数定指标，列计划。如此一来，养猪一度形成热潮。于大嫂家老的老、小的小，里里外外全靠她一个人忙活，没个帮手。她家里年年养猪，今年又养着两头猪，夏秋季节她都是利用下坡休息时间打猪草的。

于大嫂微笑着摇摇头，感激地望了为农一眼，拿起筐子。

"大嫂，你、你不打猪草吗？"到了地头，高为农放下镢头，就去渠边田埂旁拔野菜青草，回头见大嫂站在地头上用白手巾抽打了几下身上的尘土后，又把白毛巾铺在地上，纳闷地问。

"昨天下午我打了不少，够猪今天吃的了！"于大嫂脱下鞋子，坐在屁股底下，说。

"那……？"高为农一手掐着一把青草，站在原地，不知如何是好。

"别拔了，"于大嫂指指地上的毛巾，说，"过来坐下歇会儿吧！"

"你坐、坐！"高为农腋下夹着野菜和青草走过来，轻轻地放在地上，在镢柄上坐下来。

"把鞋脱下来！"于大嫂近乎命令地说。

"干——啥？"高为农不解地问。

"叫你脱你就脱，问那么多干什么？"于大嫂以不容分辩的口气说。

"你不说，我、我就不——脱！"高为农别过头。

"还真够倔的！"于大嫂笑笑，说，"紧说慢说天就凉了，我想抽空给你做两双鞋垫子！"

"这……"高为农不知说什么好。

"怎么，还得我给你脱不成？"于大嫂说着蹲下来，就要脱掉高为农的黄帮子球鞋。

"别、别……"高为农望望尚未到地头的社员们，向后缩缩脚，难为情地说，"让人家笑话！"

"笑话什么？"于大嫂不以为然，强调说，"论起来咱们还是亲戚呢！"

"亲戚？"高为农茫然地问，"什么——亲戚？以前我、我怎么没……没听说过？"

"你二姨姥娘的小姑子是我的叔伯嬷嬷的兄弟媳妇，论起来你还得叫我表姐呢！"于大嫂煞有介事地说。

"那——么远！"高为农掰着指头算了一番，说，"八百杆子都抢打不着，怎、怎么论？"

"再远他也是亲戚呀！"于大嫂认真地说。

"那，我以后该、该叫你大嫂，还是、是表姐？"高为农征求于大嫂的意见。

"嫂子表姐一个辈分，只要你愿意，叫什么都行！"于大嫂白了高为农一眼，假装不耐烦，说，"哪来那么多的废话，叫你脱，你就脱！快脱下来，我量量！"

欲知后事，下回分解。

第八十回
更改路线难辩情理
披戴雨具造成误会

上回说到于大嫂想给高为农做鞋垫子，要他脱下鞋来测量脚的大小，高为农怕别人笑，执意不脱，于大嫂不得不套近乎扯亲戚，并要亲手给他脱鞋，高为农见状，忙说："嘿嘿，我、我自——己来！"他脱下鞋，在草上擦擦上边的泥土，又用手拍打了几下，才红着脸把脚伸过去。

"哟，我的妈呀，怪不得壮得像头牛呢，得穿四十五码的鞋！"于大嫂惊讶地说。她把高为农的脚放在自己的膝盖上，用手抚摩着，测量着。

"哈……痒、痒死我了！"高为农奇痒难忍，躺在地上手刨脚蹬近乎打滚，"哈……"

"娇气！"于大嫂说着又故意在高为农的脚心挠了几把。

"哈……，咳！咳！"高为农连笑加咳嗽，翻身趴在地上，气都快喘不过来了。

却说吴菲菲，为进城她特意起了个大早，饭后骑着辆崭新的飞鸽牌小轮自行车进了大队副业院。

所谓副业院，其实就是座大杂院，它建在街北原牛棚和牛粪窝子的遗址上，独门独院，宽大的栅栏大门临街开。院里有磨面房、粉房、油坊、木工房、农具维修房、车库等共十多间平房。

"建新，你是要出车吧？"吴菲菲来到车库门前，下了车，说，"我搭搭车！"

"去哪？"张建新向汽车水箱里加着水，问。

"去县城，回趟家！"吴菲菲说着就要搬自行车。

"哦，真不凑巧，今天我去公社煤场拉烤烟煤！"张建新放下水桶，不无遗憾地说。

"嗨！方向盘不就掌握在你手里吗？"吴菲菲不以为然，放下自行车，说，"咋那么认真！"

"话不能这么说！"张建新较真道，"虽然是我开车，可大队里安排我今天去拉煤呀！"

"哼！还真求不起啦！"吴菲菲不满了。

"瞧你说的！这公社和县城一个在东一个在西，我要是……"张建新左右为难，不得不折中地说，"这样吧，你先在家等等，等拉煤回来后，晚不晚的我专程送你，汽油钱我自己出，行吗？"

"算了吧！不敢让你破费！"吴菲菲骑上自行车，"我用不起！"赌气地扬长而去。

"哎！哎！……"张建新向吴菲菲追去，"菲菲，你等一下！"

"哎！哎！哎哟！"

"哎哟！"

张建新在门口与急于进门的高宏伟撞了个满怀，"咕咚"两声响，二人都跌了个仰面朝天。

"二叔，摔伤了吗？"张建新麻利地站起来，又拉起高宏伟，问。

"不咋的！"高宏伟望着菲菲远去的背影，问，"哎，你俩又闹别扭了？"

"嘿嘿，"张建新不好意思地笑笑，"没，没什么！"

"你们青年人呀！"高宏伟摇摇头代替了要说的话。他摸出一盒金杯牌香烟，抽出一支，说："建新，今天你去县城拉化肥吧！"

"烤烟煤不拉了？"张建新问，"昨晚你不是说……？"

"计划不如变化快，刚才接到县里的电话，通知咱今天拉化肥，期限两天！"

"那煤……？"

"路程短，用拖拉机！"

成立人民公社后，国家逐步实施计划经济，一切讲求个宏观调控。何谓"计划经济"？就企业而言：国营和县属大集体生产企业，产品生产计划产量和商品价格，厂家说了不算，都由国家既定指标。国家对列入亏损的厂矿实行政策性弥补。紧缺的生产资料和生活用品都属控购物资：布有布票，粮有粮票，食油有油票，煤有煤票，购买自行车也得有票，甚至连煤油和火柴都是凭票供应。

统一供应的烤烟煤是按各村实际种植烟草的亩数来核定煤的供应量的，煤价要比市场价低将近一半。化肥则根据各村的实有耕地面积予以供应，并限定时间购买，"逾期不候"。当时，煤站（场）隶属供销合作社管辖，各村直接去公社驻地拉就行，时间一般不限制，而化肥则必须到指定的生产厂家或者县生产资料供应站去拉。所以高宏伟才说用拖拉机去拉煤。

"你咋不早说？你要是早来一步，吴菲菲也不用与我怄气了！"张建新听说高宏伟改变了原来的计划，心里十分不满，但是却无法把这话说出口来

"还有，昨晚马老师家来电话，说她妈病了，要她快回家。你呢，顺便送她到县城车站！"

"那钱……？"

"化肥钱有多少就交多少，不够就先赊着，改日再还！"

张建新送走高宏伟，发动起汽车直接开往学校，接上马秀萍后就上了乡村路。

"马老师，"张建新关心地问，"杆子说你妈病了，什么病？"

"是委托邻居打的电话，光说是急病，去了医院。要我快回家！"马秀萍忧心忡忡地说。

"哦，那咱得快走！"张建新加足了油门。

"嘎——！"汽车刚上县乡公路没多久，就见吴菲菲扛着断了链子的自行车在前面吃力而行。于是，张建新开足马力追上去，在她身边停下来。

按说，崭新的自行车一般不会轻易断链子的，只是因为她赌气，用力过猛，即使上陡坡也不想减速，为此自行车才会开了链子扣。

"菲菲！"张建新喊着，与马秀萍跳下驾驶室。

"哼！"吴菲菲回头看了一眼，用手背擦了一把满是油道子的脸，不但没站下，反而加快了脚步。

"嗨，你还真生气了？"张建新追上去，两手抓住她肩上的自行车。

"你不是去公社吗？"吴菲菲顺水推舟，松开手，捶捶腰，问，"现在……？"

"怎么说呢，你在门外遇见你姨夫了吧？昨天晚上他来俺家，要我今天去公社煤场拉煤，刚才却突然变卦，又要我去县城拉化肥，说去公社路程近，改用拖拉机拉煤炭，这不……！"张建新放下自行车，解释道。

"哼！你编吧！"吴菲菲心里说，"骗三岁的小孩吧！"她撇了撇嘴，没有说话。

张建新爬上车厢，说："搬上来吧！"

吴菲菲与秀萍一起抬起自行车。

"你俩都上来吧！"张建新接过自行车轻轻地放倒后，跳下车厢，进了驾驶室。

"菲菲，"马秀萍拉开车门，招呼说，"来，里边坐吧！"

"不！天没下雨，"菲菲瞥一眼马秀萍，说，"淋不着！"

"下雨？"张建新仰头看天，天空中没有一丝云，只有许多小燕子在展翅飞翔，无数只红色的蜻蜓上下飞舞。他不明其意，问："你这是什么意思？"

原来在一个礼拜前的下午，吴菲菲、高宏伟、高志强、高为农等十五六个男女社员正在东洼抢收用收割机割倒的麦子。马秀萍与张建琴领着近二十个小学生跟在后边捡落下的麦子。

突然间乌云压顶，电闪雷鸣，大风裹着暴雨铺天盖地袭来了。由于雨来得太急，大家没有思想准备，都没有带雨具，但是，尚有二亩多已割倒的小麦没捆好运走，大家不得不冒雨捆麦个子、装车。马秀萍和张建琴让学生们先回家后，两个人当即加入了社员们的行列。

一捆麦个子开了，马秀萍苦于不会打结，咋也捆不起来，而套在脖子上的草帽偏偏又与她作对，一会儿跑到她的胸前，一会儿又遮住她的视线，她干脆摘下来，任凭草帽被风刮远。

"马老师，"张建新开着空车刚进地，见状忙跳下车，来到马秀萍面前，脱下身上的军用雨衣，"快披上，小心着凉！"说着给马秀萍披上，马秀萍执意不肯，二人推让着。

"哼！滚你妈的！"不远处正在拉麦个子的吴菲菲看见了，她狠狠地踢向麦个子，由于用力过猛，疼得她一屁股坐下来，双手抱着脚，"哎哟妈呀！疼死我啦！"……

对此，吴菲菲心中不满，一直耿耿于怀，在她看来"一拃不如四指近"，他张建新的雨衣要么自己穿，要么给她，说啥也轮不着马秀萍！难道张建新对她的感情还不如别人？

那会儿自己想搭车回家，张建新说要去公社，现在却与马秀萍一起去县城，尽管张建新做了解释，可她仍认为他是撒谎。要不是自行车断了链子没法回家，她才不搭车呢！

"菲菲，你咋不说话呀？"张建新走近她，问。

欲知后事，下回分解。

第八十一回
请吃饭高为农坐蜡
闹离婚张建柱耍赖

上回说到张建新让吴菲菲和马秀萍都进驾驶室，吴菲菲却说没雨淋不着，张建新不解其意。那天在地里冒雨抢收麦子时，容不得他分人情关系的疏与近。作为公办教师的马秀萍为了帮锦鸡岭村忙活，放了假都不回家，他从内心敬佩她，也替全村人感激她。即使去掉马秀萍为锦鸡岭着想不回家这一层，一个大男人把雨衣让给一个弱女子也是天经地义的。按张建新的性格，即使吴菲菲离他与马秀萍同样远的话，他也会毫不犹豫地把雨衣给马秀萍穿——吴菲菲咋说也是庄户人！况且事情已经过去一个多礼拜了，他早把这事给忘了。

吴菲菲又不好明说，只得强装笑脸，说："我是说，没雨没风的，里边太热，还是车厢里凉快！"

却说于金华于大嫂。今天是坚坚四周岁的生日。中午收工后，她就急急忙忙赶回家和婆婆一起包水饺。尚未包完，高音喇叭里就传来高宏伟的喊声："各家各户注意啦，社员们听好了！今晌午分麦子，听到通知后都先别吃饭，带上家什到社场分麦子，来晚了的分不着活该，不准说不是的！"

大集体时期，劳力们都下地干活，由老幼残疾守家。大忙季节，为不耽误社员们下坡干活，村集体分粮草大都选择在午饭时或者下午收工后。

"娘，您先去喂猪吧，"于大嫂听到喊声，说，"就这么几个了，我自己包！"

"喂猪不用急，还是我来吧！"擀面皮的朱奶奶没有停手，说，"你下了坡回来就忙活，快喝口水歇歇，待会儿还得去社场分麦子！"

"杆子才刚吆喝，不去吃那个挤地瓜（方言：排队挨号）！"于大嫂头也没抬，说，"我煮好饺子后去也不晚！"

"嗯，那好，我去喂猪！"朱奶奶擀完最后一个饺子皮，起身走出去。

于大嫂包完水饺，端起盛水饺用的高粱梃做的盖垫，进了西挂耳屋子。

这间挂耳屋子是前年由大门楼子过道改建的。宅子建成时大门口在正房的西头，坐南朝北，出门对直撞高恩良家的猪圈南墙，人们说这样开门不好，诸事不顺。请来的阴阳先生说得更邪乎：易遇窝囊事，甚至会家破人亡！当时还健在的三炮仗朱文亨不信这个邪，执意不改门，说："别听那些狗草的们胡嚷嚷！人命天定！与大门口朝哪开有什么关系？"不知是巧合还是被风水先生言中，房子建成不久，先是炸蟹的妹妹得鼠疫而亡，继而三炮仗雪夜死于枯井，后炸蟹尸骨飞天，他家这才改门朝西。

在农村，锅灶大都安在明间里，有条件的家庭，为尽量避免烟熏火燎，减少房间里的热量，每到夏秋季节除蒸馒头、窝窝头外，就到闲房、棚子或大门的过道里、门楼里临时支锅安灶做饭、炒菜，天冷时再回到明间里来。于大嫂家的临时伙房就设在西挂耳屋里。

"娘，饺子煮好了，您和坚坚先吃吧！"于大嫂用铁笊篱把水饺捞在盖垫上，对在猪圈门口喂猪的朱奶奶说，"我到社场去分麦子了！"

"大、大嫂，甭……甭去了！"正在这时高为农扛着一麻袋麦子进了院门。

"哟！大兄弟，又麻烦你了！"于大嫂迎上去，说，"来，我给接下来！"

俗话说："远亲不如近邻，近邻不如对门。"于大嫂自从公爹和丈夫相继死去后，生活的艰辛是可想而知的，什么推土运肥等粗重的活都多亏了高恩良爷俩的帮忙。婆媳二人从内心里感激他们。当然，高恩良家有什么用得着她的地方，她也都是无力不出，什么缝缝补补的针线活全都包揽了，有什么稀罕之物也都与他爷俩分享。

这高为农无牵无挂。由于高恩良身体大不如前，痨病说不定啥时犯，队里一般不给他安排重体力活和离村较远的活，大忙季节，在不上坡或就近干活的日子都是由他来做中午饭和喂猪、喂鸡，不用高为农操心，高为农收工后坐下就能吃现成的饭。今天中午，高为农刚进家门就听见喇叭里喊分麦子，他放下家什，拿着一条空麻袋立马去了社场，算是第一炮。回到家后，父亲已经把饭菜摆上了饭桌，要他快吃饭，他说刚才回来时听见于大嫂在家做饭，还没去社场，要先去替她家搬弄回麦子，回来再吃饭。

"不，不——不用！"高为农毫不费力地放下麻袋，用衣襟擦擦脸上的汗。

"来，擦擦汗！"于大嫂进房拿出一条手巾。

"大嫂，你，你家，分、分了一百三十二斤！"高为农没有接手巾，撩起衣襟擦着脸上的汗，说。

"为农呵，真难为你了！"朱奶奶拦上猪，走过来，感激地说。

"叔叔，叔叔，饺子！吃饺子！……哎哟！"大人们贪顾说话，谁也没有注意到于大嫂四岁的儿子坚坚什么时间进的伙屋，只见他端着半碗水饺从屋里向外跑，不小心被门槛绊了一跤，"啪！"碗被扔出好远，打碎了。他爬起来，嚷着：

"妈妈！妈妈！碗磕了骨碌子！"

"坚坚，磕着没？"朱奶奶疾步走上前，拍打着坚坚身上的土，心疼地问。

坚坚没回答，挣脱身，跑去捡饺子

"大，大嫂，我、我回去了！"高为农说。

"吃了饭再走吧，大兄弟！"于大嫂挽留道。

"是呀为农，别不实在，"朱奶奶帮腔道，"不就是吃顿饭吗？等吃了饭再走！"

"不，不！俺爹还、还……还等我吃饭呢！"高为农强调说。

"这还不好办？你先坐下歇歇，"于大嫂抢着说，"我去叫大叔过来一块吃，不就得了！"

"那……？"高为农无话可说。

俗话说："让让是一礼，锅里没下着你的米。"那时候的农村无论在什么时候，家中有几口人就做几人的饭菜，不可能多做。高为农真不想在此吃饭，可婆媳二人如此真诚挽留，并要叫高恩良一起过来吃，使得高为农走也不是，不走还不是，一时坐蜡，不知如何是好。

"叔叔，我不要你走！"坚坚一手拿着两个饺子，一手拉住为农的手，"给我过生日！"

"坚坚，你叔叔不走！"于大嫂与高奶奶相视一笑，说，"跟俺坚坚一起过生日！"

再说张建柱。他住的东里间，虽然置有柜橱、缝纫机、收音机、挂钟、电视机等较为高档的家电、家具，但却摆放得七零八落，铺盖和零乱的衣服占了半个炕，让人一看就感到心里堵得慌。

身穿背心、大裤头的张建柱，正蹲在炕上，就着一根鲜黄瓜、一瓢带壳的生花生、几瓣大蒜，嘴对着酒瓶，边饮酒边随着收音机正在播放的京剧《空城计》瞎哼哼。

杨丽敏挎着一筐子青草野菜，肩扛一张铁锨，推开大门走进院子。院子里，柴草、鹅粪、鸡粪满地，无处下脚。三只大白鹅"呱呱"地乱叫。圈里的两头半大猪"哼哼"地撞着栏门。四岁的女儿兰兰倚着屋门框无声地哭泣。她放下铁锨，把草和野菜倒进猪圈，对着女儿吼道："我还没死，你哭什么！"说着猛地踢翻一只鹅。

"我饿！我饿嘛！呜……"兰兰见到母亲竟哭出了声。

"饿！饿！你饿死鬼托生的你！"杨丽敏扔掉筐子，推开半掩的屋门，几只在盛麦子的大盆里刨食的鸡被惊得乱飞，麦子洒了一地。她揭开锅盖，锅内一无所有。

"妈，我饿！"跟进来的兰兰哭着要吃的。

"饿！叫你饿！"杨丽敏拖过兰兰，对着她的屁股就是两巴掌。

"哎哟！哎哟！呜……"兰兰在地上打滚儿，喊叫着，"疼煞我啦！"

"珍珍她爸，你做的饭呢？"杨丽敏没有顾及兰兰，走进里间，强压住火，问。

"别嚷！司马懿要进城啦！"张建柱眼皮也没抬。

"叫你早回家做饭，你看，都快一点了，"杨丽敏关掉收音机，指着墙上的挂钟，"你倒好，猪也不喂，孩子也不管，你……"

原来，今天中午收工后，杨丽敏在回家的路上遇见去丈量土地的张建柱回家，她要张建柱先回家做饭，说有现成干粮，放进锅里馏馏，再捣蒜拌黄瓜就行，自己趁空拔些猪草后再回家。

"嘻嘻，人家把城都围住了，诸葛亮手下连一员大将也没有，我哪有心思管那么多？"张建柱喝了口酒，说。

"啊，别人都忙得一个劈成俩使唤，你倒有闲心灌猫尿！"杨丽敏夺过酒瓶子，放在书桌上。

"一日有酒须当醉，一滴何曾到九泉！"张建柱并不生气，误将一大瓣蒜扔进嘴里，顿时辣得嗷嗷叫，舌头吐出老长，"唉！都怪你！"他咬了口黄瓜，躺下了。

"起来！外边闹翻了天你管不管？"杨丽敏怒斥道。

"嘻嘻，什么人什么福，泥塑胎子住瓦屋！"张建柱嬉皮笑脸地说。

"你，你……你这没良心的东西！"杨丽敏说着竟伤心地哭了，"怨我伤了八辈子天理，咋就嫁了你这个不通人气的畜类！呜……"

"哟，受委屈了吧？"张建柱不但不劝慰妻子，反说道，"嘻嘻，咱们离婚？"

"离就离！谁不离就不是人养的！"她一把揪起丈夫，"走！去公社！"人民公社时期，结婚登记和离婚的手续，一段时间由公社文书负责办理，一段时间由民政助理负责办理。

"嘿嘿，要去你去，我才不那么傻呢！"由于张建柱过于懒惰，还油嘴滑舌，杨丽敏看不惯他游手好闲的来头，两口子三日一小吵，五天一大吵，却从没动过手，吵闹着要离婚已不足为奇，成了家常便饭，但是从没办过真的，这次也是一样，张建柱下了炕，抱起吓得早已不敢哭的兰兰，唱着不太准确的"苏三离了洪洞县，将身来至大街前，哪一位要到南京去……"的戏词，向外走去。

"这日子没法过啦！"杨丽敏气愤不已，搬起14英寸的黑白电视机就要摔。

欲知后事，下回分解。

第八十二回
搞演讲笔者字难认
报独子他人担忧愁

上回说到，杨丽敏要张建柱回家做饭，而张建柱当作耳旁风，杨丽敏气不过，闹着要离婚，张建柱见势不妙，抱起孩子溜之大吉。杨丽敏满肚子的气无处发泄，搬起电视机就要摔。

这块电视机是大前年春天行头探家时捎来的，据说价格高达一千二百多元，分家时，张武昌把它给了张建柱。在当地农村来说，这可是稀罕物，也成为张建柱自豪和炫耀的资本。大热天和冬天农闲时的晚上，不用张建柱亲自动手，青年们就会替他把电视搬到大街上或者大队社员开会的会议室里播放节目，不止本村的人来观看，附近村的人也赶来围观凑热闹，尤其是播放电视连续剧的时候。即使现在，他家里也经常看客盈门。

这杨丽敏居家过日子是一把好手，人们背地里都叫她"密笸子"。你想，她能舍得一千二三百块钱打水漂？她放下电视机，搬起收音机向门外扔去。

"哎哟！"收音机刚好扔进彩云的怀里，收音机未摔坏，却把彩云砸了个屁股墩。

却说大队院。晚饭后，村里召开家庭育龄妇女大会，五六十名家庭育龄妇女聚集在队委大院里，她们有的抱着小孩，有的领着小孩，静坐在院子里听于大嫂讲话：

"凡是有一个男孩的和两个女孩的育龄妇女的节育环，该戴的都戴了，咱村没有没戴的了，不必多说。今晚召开的大会，主要是向大家传达结扎的待遇问题。

"这事一个月前已向你们打了招呼，按上级政策，已经有了两个男孩或者一男一女和三个女孩的都得结扎！现在夏收夏种大面上已经基本结束，没有急着要干的活，'联产计酬责任制'也还没实行，正是闲时候，公社通知咱村后天集体到县医院去动手术！"

妇女们一时间骚动起来，相互议论着：

"结扎？不会又是试点吧？"

"不是！听说外县已经实行了！"

"听说党政事业单位和厂矿企业单位早就实施好几年了！"

"我看早就该实行，要不怎么能堵住超生的口子。"

"哼，撒啥腔，我要是有一个男孩的话，就第一个报名结扎！"

"就是，别看我已经有三个女孩了，我还真不想没个继香火的！"

"说的是！要真结扎了，死后连个添土上坟的都没有！"

"哟！女的结扎那可是要开膛剖腹，怪吓人的！"

"可不，听着我就打哆嗦！"……

"别嚷啦！别嚷啦！我的耳朵都震聋了！"坐在桌旁的张建柱把桌子拍得山响，吼道，"我的亲姑奶奶们，你们先听妇女主任把话讲完好不好！我给你们鞠躬磕头还不行？"说着真的对着桌面磕了三个头。

"哈……"人们被逗得大笑起来。

"静一静！大家静一静！等我把话说完！"于大嫂等人们静下来后，说，"经队委会研究决定，凡是这次报名去结扎的，男扎的半个月，女扎的二十天，这期间在家歇着不用出工，视为出勤，大队里再补助二十个工日、十五元钱！我们统计了一下，全村应结扎的共十一人，在这里我就不点名道姓了。给你们两天的空，回家后好好商量一下，是男扎呢还是女扎，由你们自己定，明天下午报到大队办公室！好了，我就说这些。下面请大队会计讲话！"

"我呢，是冒名顶替，不不！是代替！代替！这个会本来应该由杆子大队长主持，可他今晚上去公社里开会了，所以才委托我来。我呢，先来讲一下结扎的意义！"张建柱站起来，吸了一口纸卷烟。

这计划生育政策，从 20 世纪 70 年代初普及到农村，提倡少生优育。

70 年代中、末期，农村才实施戴环、结扎和罚款的计生政策。但提倡"一对夫妇两个孩，期间相隔三四年"，80 年代初，强制"一孩化"。1982 年计划生育被纳入国家法律，被提升为"基本国策"。

"这意义谁还不知道？"于大嫂小声说，"南山顶上滚碌碡——石（实）卡石（实）的来，就别瞎耽搁工夫了。"

"演戏不像不如不唱，做啥都得讲究个套路才是！"张建柱强调道。他照着手里的几张写满字的信纸念道："我们中国是一个大国，也是一个穷国，要是无计划地尽着生就会增加社会和家庭的经济负担，妨碍社会的发展！所以嘛，啊，提倡晚婚晚育，推行少生优育，实施结扎手术，就是抑制人口过快增长的有效措施，特别是结扎，这不是咱大队里关着门起年号——独出什么心裁！它关系着国家的百年大计，万年大计！"他缓了口气，接着说，"关于结扎的待遇问题妇女主任刚才已经讲了，大队补助二十个工日、十五元钱，什么概念呢？够一个整劳力挣二十多天的工分，钱呢，按七毛二一斤猪肉算，能买二十多斤，也能买近三十斤鸡蛋！这买卖怎么样，够意思吧？在这里我不再重复，所强调的一点是，一定要破除迷信，解放重男轻女的思想，男女都一样！光有女孩的只要有三个及以上不结扎的——啊，不结扎是不行的！照扎不误！为什么呢？就是提倡一对夫妇两个孩儿，中间相隔三四年嘛！都三个了或者更多，不结扎行吗？显然不合适！因为这结扎并不是愿意不愿意的问题，而是要无条件地执行！尤其是家里有人在外当干部和当工人的家庭，以及村干部家庭，更要带好这个头！对于终生只要一个孩子的独生子户，年底公社会召开表彰大会，奖励一辆大金鹿自行车，大队再奖励一百元钱！还有，还有……"张建柱读到这里，卡了壳，他手指信纸，问于大嫂，"哎，哎，这下边是什么来？"

"不是你自己写的吗？"于大嫂纳闷，反问道。

"杆子大队长说得太快，又加上他那点水平根本就穿不成串，我哪能跟上趟？"张建柱竭力为自己争辩道。

"连你自己都不认识，那我就更不认识了！"于大嫂看了一眼信纸，"哟，咋像蟹子爬叉的？不认识！"她摇摇头，说。

在之前我们曾提到，张建柱上小学时就偏科：数学好，文科就差远了，还净些"二窝子字"（方言：错别字）。他为这上了六年学，也没能爬出四年级的门槛。昨天召开队委会议，研究部署计生结扎补助事宜，由杆子高宏伟传达前天他去公社参加的计生会议精神。这杆子与高恩良一样，只上了"三天半"夜校，不算是个识字的，顶多认识几个人名，连报纸都看不了，更不用说记录了。巧的是，由于他有事去得稍晚点儿，不知是有的村多拿了一份纸质文件，还是公社里少印了一份，等他去领时已经没有了。无奈之下他只能死记硬背，好回来传达。在队委会上高宏伟就用嘴说，张建柱就用笔记，说的少逻辑，记的文字功底浅，再加上高宏伟说得有点儿快，他张建柱跟不上趟，最后写的什么连他自己都不认识了。

"嘿嘿，是仓促了一点儿，一点儿！那咱就算了，不用它了还不行？"张建柱放下信纸，说，"挣断筋，我们村是县里的先进单位，绝不能因为计划生育砸了锅！砸了锅怎么办？加不上钢，加不上铁，铁匠木匠都没法接，补不上啊！对不对？是没法补了吧？噢，我想起来了，要是这次不报名结扎，等到秋后的话，大队不再补贴工分，只补贴十元钱！明年结扎的不但不给补贴，而且还要扣工分！扣多少呢？不知道！到时候再研究。希望大家伙儿看清形势，好好地琢磨琢磨！是得好好琢磨琢磨！琢磨什么呢？"说到这里他又卡了壳，只好猛吸烟，

"咳！咳！咳！"被呛得咳嗽了好一阵，眼泪都流出来了。他擦擦眼泪，突然想起了什么道："刚才嘛，刚才我琢磨着，对！你们的议论我都听到了，是担心害怕，你说你担的哪份子心？害的哪份子怕？县医院的医生说了，不论是男扎还是女扎都是再小不过、再小不过的小小手术了，多么小呢？结扎了就知道了！反正啊，跟没扎一个样，既不妨碍干活，夫妻俩那事怎么着？该干什么就干什么！你们说算不算小？小事一桩，一桩小事！我的话完了，大家伙儿还有什么意见？"他扔掉烟屁股，从衣兜里掏出半盒金菊牌香烟，叼起一支点上，说，"看来都没意见，那好！谁能主着男人的事的话，就请到这边来填报独生子女户，主不着的改日再说！"

于大嫂当即带头第一个报了"独生子女户"。第二天午饭后她就将此事告知了婆婆朱奶奶，并言说没什么大不了的事。

"小事？这可不是小事！"半躺在炕上的朱奶奶轻轻地摇着芭蕉扇，给睡午觉的坚坚扇着风，听说后吃惊地坐起来，说，"你报了独生子女，就不打算改嫁了咋的？"

正用缝纫机给朱奶奶做半截袖凉褂子的于大嫂没做回答。

"听人家说，按上边（方言：上级政府）政策，带着一个男孩子改嫁，对方只要没孩子，可以再生一个，要是报了独生子女，以后可怎么找主（方言：婆家）？"朱奶奶忧虑地说。她见儿媳没反应，接着说："昨天下午杆子家你高二婶来过，说她娘家的一个叔伯侄子死了老婆，今年三十三岁，身边只有一个女孩儿，你看？"

于大嫂摇摇头。

"还有东庄的媒汉子前些天也来给你介绍了一个，说是离咱庄不远的小路子有一个姓刘的青年，上无父母，是个孤儿，今年正三十，还会木匠手艺，说是只要咱这头同意，他过来也行，咱全家搬过去也行！我……"

"娘——！"于大嫂打断婆婆的话。

"也不行？"朱奶奶惊讶地问。

"媒人说的那个人我认识，好吃懒做，整天游手好闲，"于大嫂停下手，"都什么年代了还住着他祖上传下来三间小趴屋。这样的人能指望过日子吗？"

"说的也是！"朱奶奶叹了口气，"唉！眼看就要实行什么制了，咱这孤儿寡母的家里没个男人，推车搬运的活儿可怎么行？"

"娘，儿媳还年轻，"于大嫂说着又动手做起衣服来，"您就甭操心啦！"

"我知道我操心也白搭！"朱奶奶无奈地摇摇头，"俗话说，'寡妇门前是非多'，这么着也不是长远之计啊！"

"娘，您又听到外边说什么啦？"

欲知后事，下回分解。

第八十三回
盼儿子丈夫胡扯淡
禁超生妻子拒配合

上回说到于大嫂将自己上报了独生子女户之事告知婆婆，朱奶奶听后，为儿媳担忧。当时的计划生育政策是提倡一对夫妇两个孩。女方若带着一个孩子改嫁，而对方没有儿女的话，经审批可再要一个孩子；女方若坐山招夫，身边只有一个孩子，对方没有儿女的话也可申请再生一个。一句话，重组后的家庭不得再超生第三胎，否则罚款。

在朱奶奶看来，儿媳于大嫂早晚得再找对象，改嫁也罢，坐山招夫也罢，万一男方身边没有孩子，那你现在就报了独生子女，以后还能再生吗？除非不怕罚款！于大嫂却劝她别操心，朱奶奶无话可说，不经意间说出"寡妇门前是非多"的话。于大嫂追问，她否认道："没！我是担心呀！"

"常言说得好，'身正不怕影子歪！'谁要是闲着没事嚼舌头的话，就让他嚼好了，我才不怕那么多呢！"于大嫂拿起做好的白色半截袖褂子，站起来抖了抖，说，"娘，您试试合身不。"

却说张建柱家。院落里，一根粗铁丝从东扯到西，分别拴在两根竖着的木柱上作为晾衣绳。铁丝上已有三四件还在滴水的衣服，地上的铸铁大洗衣盆里还有好几件洗过的衣服。

昨天晚上育龄妇女会议结束后，杨丽敏就与张建柱商量谁去做结扎手术，张建柱不予表态。今天傍晚，正在洗衣服的杨丽敏再次提起此事，张建柱却说："你是不是贪图自行车和一百元钱，才想去结扎的？"

杨丽敏反驳道："谁说我是贪图那自行车和一百元？"她从脸盆里拿出一件衣服使劲地抖擞着，"美的你！咱已有两个孩子了，你就是想要人家能给吗？"

其实，当时并没有强制已有两个女孩的非得结扎不可的计生政策，杨丽敏自然不可能是真心要去结扎，她之所以这样做，就是因为张建柱曾多次向她提出过超生三胎的要求，故用此打消他的念头。

"那谁又说咱有两个孩子了？"张建柱光着膀子，赤着双脚，抽着卷烟，不依不饶地跟在杨丽敏的身边，被衣服上甩出的水逼得左躲右闪。

"那你说几个？"杨丽敏问。

张建柱干脆地回答："一个！"

"哼！大瞪着眼说瞎话！"杨丽敏质问道，"那个孩子去了哪？"

"不错，咱是有两个孩子，可是是两个什么样的孩子？"

"什么样的孩子？"

"闺女呀！"

"闺女又怎么了？那也是俩呀！"

"只能顶一个！"张建柱吹着烟圈，回答道。

"哎，在会上你是怎么说的？"杨丽敏追问道。

"会上是会上，家里是家里，两码事！"张建柱不以为然。

"你手电筒啊你？"杨丽敏听后，干脆不晾衣服了，问。

"我张建柱灯下黑！哎，我说你先别打岔好不好？"张建柱站下来，"我来问你，闺女大了怎么着？"

"还怎么着？结婚找婆家！"杨丽敏不假思索地回答道。

"嗨！这不就对了嘛！女婿怎么着来？"未等杨丽敏回答，张建柱就抢着说，"半个儿，只顶半个儿！两个女婿是几个？一个！"

"哈……什么混蛋逻辑！"杨丽敏忍不住"噗嗤"笑了。

"这回你还能说什么？要不上级就不会提倡倒将，女婿到女方家落户呢！"张建柱向杨丽敏身前凑了凑，带有几分遗憾地说，"那天要不是她姥娘瘫了住院，事早就办好了！"

"什么事早办好了？"杨丽敏晾完衣服，甩甩手上的水，纳闷地问。

"来，咱到屋里说，小心被外人听去！"张建柱说着就去拉杨丽敏的手。

"好话不背人，背人无好话！什么样的事还怕人听见？"杨丽敏嘴里虽这样说着，还是进了屋。

"珍珍，我跟你妈有话说，"东里间，电灯下，十四岁的大女儿珍珍正趴在桌上做作业，四岁的小女儿兰兰在炕上摆弄几个铜钱。张建柱走进来，说："领你妹妹到大门外玩去！"

"我的作业还没做完呢！"珍珍说。

"好珍珍，就一会儿，待会儿再做！"张建柱好言相劝。

"走，兰兰，咱们出去玩儿！"珍珍不情愿地站起来，抱起兰兰走出去。

"什么事还这么神秘？"杨丽敏在炕沿上坐下来，"说吧！"

张建柱关掉外间的电灯，又关掉里间的电灯后，才在杨丽敏耳边嘀咕了一下。

"什么？取节育环！"杨丽敏霍地站起来。

难怪那天张建柱去瓜园送饭，鼻子碰破了也忘记了洗，原来他一路上一直在想用什么办法说服妻子杨丽敏到医院去取掉环儿，没想到妻子急着要去县医院护理病重的母亲，使他的计划落空。后来由于种种原因，而他自感也没有把握说服妻子，所以把个事搁起来了。昨天晚上召开妇女大会，他感到这事宜早不宜迟，越快越好，所以打算今晚就来个快刀斩乱麻。

"嘘——！你不会小点儿声？"张建柱忙去捂杨丽敏的嘴，低声说，"怕外人不知道是吧？真是的！"

"俺娘生下俺来就这么大的声！"杨丽敏打掉他的手，故意抬高了嗓门，"怎么着？"

"好好！我的姑奶奶，我服了你还不行！"张建柱在木椅子上蹲下来，嘟囔道，"无论怎么说，我张家可不能断了后！"

"哼！亏你还是个村干部！就带这样的头？"杨丽敏手指丈夫，"瞎当大队会计这么多年，真还不如个普通社员！"

"村干部怎么着？村干部他也是人啊！"张建柱话音如蚊子哼哼，"大队会计值多少钱？三毛还是五毛？实话和你说，我就是豁上村干部不当，也一定得要个带把儿的！要不我就是挣个万贯家产留给谁？"

"要是再生一个还是闺女呢？"杨丽敏瞥了丈夫一眼，随意回了他一句。

"那……那只能听天由命，该当咱没烧好香，祖坟没占着好风水，我张建柱的命不济！到那时不用说你戴环儿，就是我戴环儿也就甘心情愿啦！"张建柱急了，一时说溜了口。

"什么，你戴环儿？"杨丽敏疑惑地问。

"啊，啊！你戴！你戴！先济（方言：优先让给）你！先济你！我不跟你争还不行吗？嘻嘻，贪走忘了算计，我是不能戴！我是说，只要你再给我们张家生个一男半女，我就是结扎也……啊，对对对！刚才你听到了吧？一男半女，这女的是几个？看看，我这人咋这笨，人们经常挂在嘴边上的话我怎么就给忘了呢？"张建柱为自己找到了"确凿"的依据而沾沾自喜，"这样即便是再生一个还是女的，那咱也比别人便宜了半个儿不是？"

"你呀，"杨丽敏嘲弄地说，"让儿子给想疯了！"

张建柱见有了转机，得寸进尺，问："不过，你敢断定再生一个还是女儿吗？"

"狗舔香油壶——想好事去吧！"杨丽敏撇了撇嘴，说。

"什么，我净想好事？"张建柱振振有词，"那世界上能有几人是大姑娘当媒人——好事先让别人的？除非是脑子里进水！"

"得得，我没工夫跟你打嘴官司！"杨丽敏不耐烦地说，"你呀，愿意找谁生就找谁生！不关我的事！"说着走出房门。

"你要是敢去报名结扎，我就、就……"张建柱一时无辞可措。

"你就怎么样？"杨丽敏站下来，问。

"我就和你、你……"

"离婚是不是？好哇！咱们明天去公社还是后天？"杨丽敏打断张建柱的话，问。

"不！不是离婚！我、我……我就——就……"口齿伶俐的张建柱由于没想到行之有效的措施，一时间变成了结巴。

"你就怎么样？"杨丽敏抢白道，"跳井还是上吊？"

欲知后事，下回分解。

第八十四回
吴菲菲惊魂黄烟地
张建柱历险老鼠窝

上回说到张建柱为达超生的目的，胡搅蛮缠，妻子坚决反对，问他是要跳井还是要上吊，张建柱说：

"哼！牙疼是一股子火，甭烧地瓜顶门——撑胡劲，"他将烟蒂狠狠地摔在地上，"你不是能吗？到时候我给你个样儿看看，让你无法收场！"

"悉听尊便！"杨丽敏说完，头也不回地向大门走去。

"哎哎！哎哟！"屋门外，地上的大铁盆里的半盆洗衣水尚未倒掉，张建柱追出屋门，没看脚底，"啪叽"一脚踏翻了铁盆，"咕咚"一声摔倒在地上，脏水"哗啦"泼了他一身，他趴在地上嘴里唠叨着，"哼，大水冲了龙王庙，一家人还真不认一家人啦！"

却说杆子高宏伟。这天蒙蒙细雨下了一上午，下午雨停了，可天还阴着，他约上张建柱去东北坡的黄烟地块察看苗情，估算黄烟产量。

此时，春茬烟已半人高了。吴菲菲、于大嫂、高为农、高志强等二十多名男女社员在地里掰下二蓬烟叶。何为"下二蓬烟叶"？这得从头说起。

在那个年代，黄烟是农村，尤其是地处丘陵地带的村庄的主要农副产品，种植面积在农作物中占相当大的比例。当时，村集体、独立核算的生产队的经济来源首推黄烟，其次就是上缴公粮款，再就是养几头猪，养几只羊，种点蔬菜瓜果什么的。岭地特别适宜种植黄烟，烤出来的烟叶色泽好，价钱高。而洼地里培植的黄烟叶子厚且发黑，不易上色，烘烤出来色泽发青，很难烤出"一黄"和"二黄"上品烟，在价钱上自然就打折扣了。更重要的是黄烟特别怕涝，一遇连阴天，洼地里烟沟里的积水很难及时排出，在阳光的直射下，烟根就会被水烫伤，烟秸秆会变软变黑，烟叶会变黄变薄，就像庄户人说的"没有烟（成分）了"。进了烤烟房，烟叶要么薄如蜻蜓翅，要么发黑，甚至烂掉。

黄烟分春烟和夏烟。顾名思义，春烟是春天栽培的，夏烟是夏天小麦收割倒出茬子后栽培的。种植黄烟不但投工投料多，而且还得需要技术。从育苗到出售得一二十道工序。

先说育苗。由于烟种子太小，须按比例掺上用筛子筛得均匀的细土撒在育苗床上，烟苗长出两三个叶后，开始间苗、除草，等长出四至六片叶时开始移苗栽植。

再说田间管理。栽植前先施底肥和农药，栽植后培土，烟苗长到半尺高时进行追肥，什么去叉子、打头、掐烟花、除草、灭虫都是日常作业。因为黄烟的品种不同，一棵烟上能进入烤房的烟叶一般在十三片至十七片不等，最多不超过十九片。由于烟叶的数量所定，不含四至五片底叶子（一蓬），能烤的烟叶分下二蓬、中蓬和上二蓬三个档次。上一蓬叶子即顶叶子一般不烤，但片大、叶厚的除外。掰生烟叶时，要一手扶牢烟秆，一手横向掰，不要顺着烟杆竖向掰，免得把烟秆的真皮扯下而影响烟棵的正常生长。掰烟叶的时间要在一早一晚，若在中午太阳毒的时段掰，会烘了烟棵导致蔫蔫。判断烟叶是否成熟，主要是看烟叶色泽：成熟的烟叶，青中泛黄，稍带点儿褐红色；熟大了或者枯了的烟叶片薄柄软，不能进烤烟房，即使进了烤烟房，也出不了好成品；若烟叶通身青色，说明未成熟，不能掰。

最后说烤烟，选色。生烟叶运回后，先在烤烟杆子上捆烟把，亦称"上烟"。烟叶的大小决定了每个烟把所捆烟叶数量的多少，大的烟叶一个烟把绑两片，甚至一片烟叶。中等大小的烟叶每把绑三片左右，像驴耳朵般大小的烟叶每把绑四片至六片。捆烟把时捆线拴得紧了不好在烟杆上别扣，也不好翻过烟杆，弄不好会别断叶柄和较粗的叶筋；捆得松了，烟叶易脱落，会引发火灾。烟杆上烟把的稀与密，直接关系着烟叶的成色：烟把过密了不透风，烤出的烟叶色泽不好，会出现叶柄和叶筋不干的现象，烟叶甚至会霉烂；烟把过稀了费火费料。另外，对烟杆子和捆烟叶线的选择也很重要！烟杆子的种类有：小竹竿、葵花秆、细木杆、捆成把的高粱秆等，首推高粱秆烟杆子，竹竿和细木杆因过于光滑，烟把易"放鞭"，烟杆子两边的烟把容易滑到一边去，葵花秆子易断易折。捆烟把的线必须用棉线，若用尼龙线或者上过蜡的线，经高温后会变形、缩短，甚至挣断。

烟叶进了烤烟房，烟烤得质量如何，这就看专业烤烟人员掌握的技术和经验如何了。其最重要的是把握火候。烟叶从进烤房至出烤房的时间是五至七天，天数的多少取决于四个因素：一是烟叶的大小厚薄。二是进烤烟房的烟杆子的多少。三是烟叶出自地块的土质与环境，就洼地和岭地而言，土层厚的洼地中出产的烟叶水分相对大些，大概需六至七天方可出烤房，山岭薄地中出产的烟叶五天即可出烤房。四是烟叶所处的部位，泛指"下二蓬""中蓬""上二蓬"。如此一来，主要靠烤烟人员的经验。烟叶的着色靠的是技术，也就是对火候的掌握。烤烟热量分"小火""中火""大火"和"尾火"。"小火"主要用于去烟叶的水分，"中火"决定叶片色泽，"大火"主要用于烘干叶柄和叶子的主筋，"尾火"用于巩固烟叶的成色。停火后起码六个小时后烟叶方可出烤烟房，亦称"卸烟杆"。此时烤房内的温度相对下降，能够进得去人。出烟叶时要慢慢拿、轻轻放，以免弄碎烟叶。否则，烟叶不但重量减少，而且上不了档次，卖不上好价钱。卸下的烟叶首先要进润烟房，使叶片柔软，但不能使叶柄和主叶筋变软。然后抻烟叶，或者叠烟叶。

选色。挑选成品烟叶，也叫"捋烟"，是一门技术含量较高的学问，主要靠手试眼看来定等级。手试，试叶片的厚薄；眼看，看烟叶的大小和色泽。成品烟叶的等级划分为：一黄，二黄，三黄，四黄，等外品；一青，二青，三青，等外品。等级定好了，开始捆烟把，烟把必须大小均匀。最后是"搭烟帘子"，即将捆好的烟把装到用木板或竹片做成的烟帘子上，再用绳子捆紧。之后什么运烟叶、售出，便不值一提了。

锦鸡岭村所栽培的烟，品质好，口感好，是远近闻名的。种植的面积也比较大。

高宏伟和张建柱刚来到地头，还未站定，突然从烟地里传来令人毛骨悚然的喊叫声："蛇！蛇啊！"

原来，倒穿着长袖褂的吴菲菲正与几名社员向地头抱掰下的烟叶，准备把烟叶装进停在地头上的拖拉机和地排车里。她刚抱起一堆烟叶，突然发现烟叶堆底下盘着一条一米多长的蛇。她忙扔掉烟叶，跌跌撞撞地跑出地头，不顾一切地扑向张建柱，转了嗓子地喊："蛇！蛇！啊——妈呀！"

张建柱毫无防备，被吴菲菲"咕咚"一下子撞倒了，吴菲菲自己也闪倒了，趴在他的身上。

"啥是啥？"高宏伟懵懂地问。

"什么啥？菲菲！"由于吴菲菲精神过度紧张，说话都变了腔，将"蛇"说成了"啥"，跟着跑出地来的几位年轻的社员问。

"蛇就是蛇！还什么？"吴菲菲站起来。言外之意：你们明知故问。

"我问的就是啥是啥！"高宏伟还没弄明白，着急地问。

"我说的就是啥！"吴菲菲夸张地比量着，说，"这么长，可吓死我了！"

"噢——！你说的是长虫啊？"张建柱被菲菲突如其来的举动搞懵了，当他明白过来后，坐起来揉着腿肚子，说，"不就是一条蛇嘛！有什么可怕的！我还以为是个大癞蛤蟆哪！这不，把我的腿肚子都吓转了！"

这张建柱是啄木鸟发脾寒——身子颤颤嘴硬。其实他最怕蛇了。不错，以前他确实是不怕蛇，见了它定会想法处死而后快，只是因为后来曾经被蛇追过，才惧怕它。那是1959年夏末的一天上午，他在社厂里帮工晒麦子，发现了一条半米多长的"风稍"蛇，他想找东西把它砸死，可社场里一时找不到可手之物，正在这时那条蛇吐着长信向他追过来，他一惊非小，撒开脚丫子就跑，蛇在后面紧追不舍，他跑了二三十米才好歹摆脱开。从此以后见了蛇他都敬而远之，躲开走。

然而，越是怕鬼，却偏偏遇上鬼。1959年秋末的一天，张建柱与行头扛着镢头，挎着篼子去东洼寻找老鼠窝，刨豆子。弟兄俩找寻了半下午，终于在一块春豆子地边的田埂上发现了一个大仓老鼠窝。何谓"大仓老鼠"？野外的老鼠基本上分大仓老鼠、小䶄老鼠和土拨鼠三个品种。野外的老鼠与家老鼠相比体肥尾巴短。大仓老鼠，个头极大，成年鼠体重足有半斤，一胎最多生四至五只；小䶄老鼠，成年鼠体重最多不超过二两，一胎能生六至八只；土拨鼠，前脚呈鹅蹼状，外翻，有力，其窝不固定，很难找，个体体重大约三到四两，对于其一胎生几只笔者没有考究。一般来说，老鼠个头大食量就大，储备的食物就多，反之就少。

这大仓老鼠，喜爱储存大豆和花生，玉米、红小豆、绿豆次之，什么高粱和谷子极少能在其窝中发现。秋后刨一窝仓老鼠就能收获二三十斤大豆或者花生，在那个口粮定量的年代无疑是一份可观的额外收入。而刨一窝小䶄老鼠则只能获得三斤五斤的粮食，最多也就七八斤粮食。至于土拨鼠干脆无人过问，因为它是杂食动物，不只吃粮食，还食诸如蚯蚓、地下虫类等小型动物，况且其窝还不好找。所以，拾掇完后人们都争相寻找大仓老鼠窝刨，不光孩子们刨，大人们也参与其中。

不过大仓老鼠极其狡猾，巢穴中不但岔道多，内设仓囤、起居室、厕所、临时放粮处，且设有临时躲避处，一有风吹草动或者遇它的天敌蛇侵犯时，在逃不掉的情况下，它会迅速扒土堵死躲避处的进口，并用屁股敦实。其巢穴的出入口也设二至三个，经常出入的一个口俗称"道眼"，余者为"气眼"，以备应急逃逸用。田埂上老鼠窝的"道眼"一般平且直，做"气眼"的窟窿则不是斜插，就是垂直。刨老鼠窝时必须从"道眼"刨，这样可以顺藤摸瓜。如果从"气眼"刨就会事倍功半，极易被迷惑，七岔八拐找不到窝了。刨"道眼"时首先要堵死"气眼"，以防老鼠闻声逃脱，因为"大仓老鼠"的肉特别鲜美，逮到它后用葵花叶、葫芦叶或南瓜叶包起来，或用泥包起来烧熟了，诱人的香味能传遍半条街，那可是一顿美餐！

张建柱二人如获至宝，似乎看到了黄灿灿的一筻子豆子，闻到了老鼠烧熟后的香味。他俩来不及休息，就开始了对老鼠洞的进攻。这刨老鼠窝也得讲求个技巧：镢头切的土层要薄，刨一镢头，就要用手四下里扣扣，遇到岔窟窿随时用石头堵上，以便找不到穴道时再找岔窟窿。张建柱负责刨，行头用手扒土、扣窟窿，半个小时后，他们找到了老鼠窝里的临时放粮处，里边大约有一捧膨胀了的豆粒子。说来也怪，不论是豆粒子、花生仁，还是其他粮食，一进了老鼠窝后，多长的时间也不会发芽，更不会发霉烂掉，据科学上讲，老鼠的唾液中含有一种化学成分，这种化学成分能阻止穴中的食物发芽、发霉。张建柱见有了些微收获，立马来了精神，劲头也足了，他自己刨，自己扒土、抠窟窿。这时，只听得"啊呀娘啊！"一声叫。

欲知后事，下回分解。

第八十五回
服假药践誓言胁迫
透实簧求补救讨教

上回说到张建柱刨老鼠窝，因见到老鼠的临时放粮处，兴致大发，不用行头插手，自己一人刨土、扒土、抠窟窿，扣着扣着，突然惊叫起来："吓煞我啦！"

原来鹊巢鸠占，一条一米多长的大花蛇从洞穴里蹿出来，吓得他顿时脸色蜡黄，尿了一裤筒，一下子瘫在了地上。

因此刚才听吴菲菲说起蛇，他才闻风丧胆，吓转了腿肚子，但是在众人面前还是"醉死不认那壶酒钱"，强装大胆的，说："蛇有什么可怕的！我还以为是个癞蛤蟆呢！"惹得人们哄然大笑。

却说杨丽敏。已近午夜，她跑到于大嫂家，坐在西里间的炕沿上，哭着说："这日子没法过了！"她两眼肿得红葡萄似的，一把鼻子一把泪，"我不活啦！"

"嫂子，什么大不了的事，还值得要死要活的？"于大嫂端着一碗白开水走进来，"先喝口水吧！"杨丽敏接过碗，放在炕上，继续抹她的眼泪。

"一定是建柱哥欺负你了吧？"于大嫂在她身边坐下，问。

"唉！怎么说呢！"杨丽敏止住泪，叹一口气，苦笑了一下，说。

"大嫂，家里又没外人，俺娘领着坚坚回娘家去了，你有什么话就直说吧，千万不要憋在心里！"

杨丽敏憋了半天，才说："俺要离婚！"

这妇女主任于大嫂当时虽然不在队委班子，但却是全村妇女的代言人、主心骨，也就是人们所说的娘家人。什么婆媳、妯娌、姑嫂、邻里妇女间及两口子之间闹纠纷、闹矛盾都是跑到妇女主任那里哭诉，求她调解。杨丽敏经常与张建柱吵嘴怄气，可她是要脸面的人，从来没找过于大嫂，这次实在忍无可忍了，才来找于大嫂。

"离婚？有这么严重吗？"于大嫂笑了，说，"嫂子，你们两口子，吵嘴打架还不是跟玩儿似的，为不了一点儿事就吵着离婚，这次是不是也——"她有意把话打住，言外之意：是不是也是闹着玩儿的。

"不！"杨丽敏认真地说，"这次是真的！"

"真的？"于大嫂一惊，问，"是你们吵架了？还是他打你了？"

杨丽敏摇摇头。

"那是……？"

"俩人常在一块儿，拌嘴吵架还不是上牙磕下牙的事！"杨丽敏申辩道，"要是因为吵嘴打架的话，我能跑来吗？"

"嗯，说的也是！那又是为什么呀？"于大嫂未等杨丽敏回答，接着说，"哦，我明白了，一准是家花不如野花香，建柱哥寻花问柳，在外边拈花惹草了！"

"有我这老母鸡在，他就是有那个贼心也没那个贼胆，敢五花六花（方言：出轨）吗？"杨丽敏没有避讳，颇为自豪地说。

"那……？对对对！"于大嫂想了一会儿，自信地说，"那一定是大嫂你心中另有他人，才提出离婚的吧？"

"嗨！你把我看成什么人了？"杨丽敏感到于大嫂侮辱了她的人格，不服地问，"你看我杨丽敏是那种红杏出墙的人吗？"

"既然是这样，我可就说你的不是了！不用说你们没有吵架，就是吵架了，他在气头上打了你几下，也不至于闹离婚吧？不是常说嘛，天上下雨地下流，两口子打架不记仇！白天俩人打得仇仇死恨，到了晚上炕上一躺，俩人一搂，什么样的疙瘩还解不开？何必……"于大嫂拉过杨丽敏的手，劝导着，"大嫂，这两口子过日子，就得一弓一弦，一软一硬，都是弓也捏合不成块儿，都是弦也没法过，你说是不是？有时自己还跟自己过不去呢！既然摸着脾气了，遇事互相将就着点儿不就行了？干么非要闹翻呢？要是为不了一点儿小事就嚷着离婚的话，那多伤感情啊！"

"她婶子，你说的这些我都明白！要是能将就的话我会这么做吗？"

"那？"于大嫂纳闷了，"嫂子，到底是为了啥？"

"取环儿！"

"取环儿？"

"说出来你也许不会相信。"杨丽敏停了停，说，"前天，我本来想跟他开个玩笑，说是报名结扎，倒好，烧香引出鬼来！他非得逼我去医院把环儿取出来不可！还说如果我不去取的话，就叫我无法收场！"

"那你去取了吗？"

"我能去吗？"

"大嫂，你越说我越糊涂了！"

"那你听我慢慢说！当时，我也没在意，心想他不过说说罢了，谁料想，今晚上他竟喝了敌敌畏！"

原来，今天晚饭后，大女儿珍珍去了同学家，趁她没在跟前，张建柱再次动员妻子明天去公社医院取环儿，遭到妻子的拒绝后，张建柱威胁说："你要是不去的话，我就真给你个样看看！"杨丽敏说："你爱有个什么样，就有个什么样！与我何干？"说完，就领着小女儿到大队副业大院磨煎饼糊去了。

这张建柱因受"不孝有三，无后为大"封建思想的影响太深，一心想要个儿子来继承香火。上次因杨丽敏说报名结扎，他怕的就是"结扎"两个字，只要夫妻中有一个结扎的，他生儿子的希望就会化为泡影，那真成了"武大郎盖床单——今被子（辈子）不能了"。所以他说要给妻子个样看看！后来得知妻子是跟他闹着玩儿的，张建柱心中的石头才算落了地。但他"居安思危"，得寸进尺，又要杨丽敏去取环儿，自然得不到他想要的答复。于是使出了无赖手段：我要给你个样看看！到底是什么样的个"样"？当时他自己也不知道。然而，搁不住他挖空心思地日夜琢磨，最后还是想出个"样"来了。

今天下午，他从村边的垃圾堆里捡了个注有"敌敌畏"商标的空瓶子，趁妻子和孩子去副业大院磨煎饼糊之际，在家将药瓶子洗刷了七八遍，并兑上了肥皂水。当年，家家户户都没有小型喷雾器，只能用一头粗一头细、呈直角形的简易嘴吹喷药器，也叫吹管喷药。他将吹管插进瓶子里，放在显眼的锅台上后，坐等妻子的到来。

有句老俗话："等车和等人，时间过得特别慢，最急躁人。"这张建柱坐立不安，在屋里来回踱步，一会儿抬头看墙上的挂钟，一会儿向掩着的院门巴望。

"吱！"院门响了。

可把你等来啦！张建柱喜出望外，迅速拔下嘴上的纸卷烟，就地踩灭，一把抓起敌敌畏瓶，在小凳子上坐下来，装出一副愁眉苦脸的样子。他等了一会儿，没听见杨丽敏的脚步声，只有一只黑狗钻进屋来。

"咳！又不是等你，你来凑什么热闹？"张建柱端着瓶子去赶狗，"去去去！这里没好玩儿的，到外边玩儿去！"那只狗是邻居家的，与他并不陌生，故意逗他，在院子里兜圈子，赖着不走。"嗨嗨！真有你的，看我怎么收拾你吧！"他边嘟囔着，边跟着狗跑，直累得满头大汗，那狗还是不出大门，直到他摸起立在圈墙上的铁锨，黑狗才低鸣着蹿出院门。"真没劲！"

"吱——！"

"哎，你可真够赖皮的！"张建柱虚掩上门，刚进屋院门又响了。他以为还是狗进了院子，头也没回，喘着粗气嘟囔道："来就来吧，这回老子可不上当了！"

"她爸。"杨丽敏在院子里喊。

张建柱闻声，慌忙在脸盆里蘸了一把水，洒在脸上，水合着汗顺着脸往下淌，背心也湿了一大半，他在凳子上坐下来。

"哟！你在下神呀？"杨丽敏肩挑两桶煎饼糊，一手领着兰兰，来到屋门前，问，"天都这晚了，喷药驱蚊子了没？"

当年农村里虽然大部分的户都撑着蚊帐，但还是会用药喷洒炕前、明间和墙旮旯儿。张建柱没有搭话。

"哟！你病了？咋喘得这么厉害！"杨丽敏见张建柱紧闭双眼，满头大汗，顿时慌了神，忙放下担子，说，"我去叫赤脚医生！"说着就向外走。

何为"赤脚医生"？所谓的"赤脚医生"，就是经过县医院或者公社医院培训的庄户土医生，其医疗水平可想而知，顶多能给伤风感冒、肠胃不舒服的患者打打针、开点儿药罢了。不过这赤脚医生在农村来说却是个美差，村集体给予一定的补助不说，到了年底还会给予与全村（生产队）工分最高劳力的同等工分。

"谢谢你大黑狗，要不是你我还真无法回答她呢！"张建柱心里得意地说。但表面上却装出一副病态，有气无力地说："不必了！"

"怎么？"杨丽敏进了屋，问。

"我的病我知道，将是不久人世了！"张建柱眼皮也没抬。

"有病看病，说什么丧气话？"杨丽敏对张建柱的话既纳闷，又生气，认为他是在有意赌气，说，"你怨得了谁！"

"真的！"张建柱一本正经地说，"我这是旧病复发，就是找再好的医生也白搭！"

"旧病？什么样的旧病，"杨丽敏诧异地问，"这么些年我怎么没听你说过？"

张建柱一言不发。

"叫你这么一说，真是无药可救了？"杨丽敏问。

"也不全是！"张建柱抬了抬眼皮，回答道。

"那……？"杨丽敏怀疑地问。

"只有你能救我！"张建柱直截了当地说，"否则，赙等着收尸吧！"

"你不是发热给烧糊涂了吧？"杨丽敏更不明白了，说，"我又不是医生，怎能救得了你？"

张建柱摇摇头。

"那你说吧，"杨丽敏在张建柱身边的小凳子上坐下来，问，"要我怎么做？"

"去把节育环取出来！"张建柱看一眼倚在门框上的兰兰，压低声音说，"只要取出来，既不用打针，也不用服药，我的病立马就好！"

"原来是为这呀？你呀……"杨丽敏霍地站起来，鄙弃地看了他一眼，说，"韩湘子他哥哥——韩（还，方言音hán）湘（想）什么？"

"你真不去？"张建柱问。

"做你的梦去吧！"杨丽敏说着出了房门。

"好！那我这就死给你看！"张建柱咬牙切齿地说。

"好哇！我还是那句话，是跳井呀还是上吊？随你便！"杨丽敏说完提起一桶糊子向东边的棚子走去。

"唉，想我张建柱英雄一世，到头来却落得如此下场，可悲啊！可叹！"张建柱长叹一声，"咱们永别了，来世再见吧！"说完一口喝下瓶中的"敌敌畏"，"咕咚"一声跌下凳子，霎时口吐白沫，眼珠上翻。

"爸爸！爸爸！你怎么了？"兰兰见状吓得大哭，她晃着张建柱，"妈，快过来啊！呜……"

"兰兰，什么事？"杨丽敏放下桶跑过来，见丈夫仰躺在地上，手脚乱刨，浑身抽搐。她望一眼他身边的盛敌敌畏的空瓶子，明白了，慌忙吩咐道："兰兰，快跑去叫你奶奶和你三叔来！路上谁问也别说！"

"嗯！"兰兰答应着向外跑去。

"她爸，你醒醒呀！"杨丽敏就地坐下，扶起张建柱，把他拥进怀里，见他毫无反应，大哭起来，"她爸，你、你不能死啊！你不能……不能撇下俺娘们不管了！呜……，冤家呀，你咋想不开呢？老天爷啊！求求你了，只要她爸能活过来，叫我、我做什么都行！不就是取环儿吗？我明天就去！"

"真的？"张建柱要的就是这句话，他仰起头，"这可是你亲口说的！"

"啊！你……？"杨丽敏惊呆了，一时不知所措。

"嘻嘻，你不能说话不算话……呕！呕！噗——咕噜噜……"张建柱话没说完，随着一声声打嗝，串串气泡从他的嘴里冒出来。

"呸！"杨丽敏见受到耍弄，又气又恨，她把张建柱狠狠地摔倒在地，站起来，抹着眼泪向院门跑去……

于大嫂听到这里，愤愤地说："你咋不快送他去医院？还离什么婚！"说着抬脚就要走。

"看你急的，他要是真喝了毒药，我能来这儿吗？"杨丽敏坐着没动。

"那？你刚才……？"于大嫂站下来，问。

"他喝的是肥皂水！"

"嗨！可吓死我啦！"于大嫂拍拍胸口，忍不住笑起来，"哈……够滑稽的！"

"还笑呢！"

"怎么？"

"我要是再不去取环儿，"杨丽敏哭丧着脸，不无担心地说，"恐怕真会闹出人命来！"

"那就去取啊！"

欲知后事，下回分解。

第八十六回
峰回路转生子有望
瞒天过海蒙女失败

上回说到张建柱为达到让妻子取环儿的目的，不择手段服假药，把杨丽敏唬得七魂出窍，她怕真闹出事来，后果会不堪设想，于是求救于妇女主任，没想到于大嫂同意让她去取环儿。

"什么？你、你也……，哎哟！"杨丽敏简直不敢相信这话是从妇女主任的嘴里说出来的，她想与于大嫂拉开距离，却忘记是在炕沿上坐着，"咕咚"一声跌坐在地上，气愤地说，"我还以为你、你……，哼！算我看走了眼！"

也难怪杨丽敏生气，尽管她刚才说要离婚，其实是想请于大嫂为她想法出主意，帮她做张建柱的思想工作，没想到于大嫂竟然叫她去取环儿，使她从心里瞧不起，心里说："哼！作为堂堂的妇女主任就这点儿觉悟！"

"哈……发什么火？"于大嫂见杨丽敏认了真，憋不住笑了起来，说，"起来我跟你说！"

却说张建柱。"四海翻腾云水怒，五洲震荡风雷激。"可能是他用的肥皂量过多，杨丽敏走后，肚子里如同翻江倒海，他连吐带呕把个五脏都快要倒出来了。一直闹腾到半夜，感觉稍微好受了些，他这才想起妻子杨丽敏出去还没回来。前面说过，他与杨丽敏经常吵闹打嘴官司，却从未动过手，没有真正伤害到夫妻间的感情，两人过不了多长时间就会和好如初。他后悔这次的玩笑开得过火，担心妻子万一在气头上想不开，再弄出个三长两短来就不好收场了。

什么是"三长两短"？所谓的"三长两短"是对于"死"字的婉转说法。它源于棺材的造型：棺木是由六片木板拼凑而成的，棺盖及棺底分别俗称天与地，左右两片叫日月，这四片是长木板，前后两块分别叫彩头彩尾。因棺材两侧和上下部是三块长板子，而头部和脚部是两块四方形的短料，所以共是四长两短。由于棺盖是人死后才盖上的，故称其为"三长两短"，泛指意外、灾祸、寻短见等非正常死亡。

他越想越怕，忙叫起已经睡着了的珍珍和兰兰，要姐妹俩做伴去上崖，自己去下崖，分头去找杨丽敏。爷仁把全村的住户找了个遍，也没见到杨丽敏的身影，遗憾的是他们唯独没有去于大嫂家找。此时已经下半夜了，要不是呕吐得浑身没劲，他一准会跑到老丈人家找，即使这样，他也在打发两个孩子进屋睡觉后，自己带上手电筒，挂着一根翻地瓜秧子用的杆子，围着村子转了一圈，又去蓄水池和附近所有的水井寻找了一遍后，才拖着疲倦的身子、怀着心灰意冷的心情慢慢向家走来，到家时已经鸡叫了。他推开屋门时，东里间的电灯亮了。

"丽敏！你……"张建柱由于心情过于激动，扔掉杆子，想奔向东里间，没料到脚下一软，瘫在地上，再也没有力气爬起来。

"她爸，"衣服未脱的杨丽敏向前扶起张建柱，把他架上炕，问，"磕伤了没？"

原来，杨丽敏从于大嫂家出来，已经半夜多了，她前脚到，两个女儿后脚跟着到了家，当她得知丈夫还在外边寻找她时，一股热流传遍全身，她放心不下，跑出家门在街上转了一圈，也没寻见张建柱，于是回到家中为他做了饭菜，准备让他回来吃。她刚进东里间躺下就听得大门响，急忙拉开灯。

"我、我……"张建柱躺下来，惭愧地说，"都是我不好，以后……"

"好了好了，别说了！"杨丽敏打断他的话，"你先歇歇喘口气，我给你拾掇饭去！"

"那你……？"

"叫你别说，你就别说！这事也怨我！"

"怨你？"张建柱感到莫名其妙，本来他想自我检讨，发誓再不提取环儿的事，但出乎意料的是妻子却把个不是揽了过去，于是问，"什么意思？"

"我刚才出去转了一圈，总算把事想开了，"杨丽敏从暖瓶里倒出一碗水，放在炕上，自己也在炕沿上坐下来，说，"'人生一世，草木一秋。'咱就是豁上挨罚，免了你的职，咱也不能绝了后，百年之后没个添土上坟的！明天我摊煎饼，后天咱就去医院取环儿。"

这真是"山重水复疑无路，柳暗花明又一村"。"真的？"张建柱没想到峰回路转，以为自己是在做梦，希望又在刚才已成死灰的心中燃烧起来。他想爬起来给妻子磕三个响头，然而四肢如酥了一般，根本不听他的使唤，他只能欠起身子一个劲地说："谢谢！我代表俺张家的祖上谢谢你！"

　　且说马秀萍。前天张建新把她送到县城汽车站后就拉化肥去了。马秀萍买上车票，急急火火地回到了家。今天午后又马不停蹄返回了锦鸡岭。她连学校门也没进，就直接去了张建琴家。她到的时候张家刚吃过午饭，于是与张建琴相约一起去学校，刚到胡同头，当张建琴说她不该急着赶回，等她妈痊愈后再来也不晚时，马秀萍却回答说："我妈根本就没得病。"

　　"没病？"张建琴懵懂了，问，"那你在俺家，不是对俺娘说重感冒住院挂吊瓶吗？怎么……？"

　　"俺妈跟我说她生病了我才回的家，那你叫我如何回答你娘？"马秀萍反问道。

　　"也是！"张建琴站下来，问，"那你妈她……？"

　　"要我相亲！"马秀萍说，"怕我不回家。"

　　"嗯，用心良苦啊！"张建琴点点头。

　　"什么用心良苦？是瞒天过海！"马秀萍不满地说。

　　"哎，相了个什么样的人？"张建琴笑笑，问。

　　"我高中时的同学！"马秀萍停了停，说，"他爸是地委宣传部的部长！他本人大学毕业后，在外地区人事部门工作，是正科级干部！"

　　原来，马秀萍的父亲是地区行署专员，即现在的地级市市长，身边有两男一女，大儿子已经结婚成家，马秀萍身下的弟弟还在上学。马秀萍刚读大学一年级时被勒令退学，到锦鸡岭"安家落户"，接受劳动改造。1976年后马秀萍的户口还原为非农业户口，成为公办教师。

　　父亲对于女儿的工作选择和婚姻之事一直持漠不关心的态度，让女儿自行选择。而在市工业局工作的母亲则不同。她认为：以前的事没法说情理，过去就过去了。可现在堂堂的正厅级干部的女儿竟调不到身边来，仍在偏僻山庄教小学，她心理上感到不平衡。她每每与丈夫提及此事，丈夫都是付之一笑，说："萍萍又不是不懂事的小孩子，她有自己的主见和选择的权利，咱们作为父母的不应该做过多的干涉！如果像你说的那样，京城里和省里干部的子女就不能到县乡和农村工作了？"母亲听后无言答对，背地里却求亲告友给女儿在城里找婆家，不知是缘分不到，还是什么原因，女儿虽然相了几个，但是至今仍孑然一身，为此，女儿的婚事成了她的心病。

　　前些日子有一同事前来提亲，介绍说对方是本市地委宣传部长的儿子，正科级，在外地的人事部门工作，想借用女方在本市的理由调回来。大前天，宣传部长的儿子专程赶回来了，秀萍母亲瞒着丈夫自己先去偷相了一番，感到与自己的女儿蛮般配，当场就替女儿一口应承下来，但是又担心马秀萍不回来相亲，所以才打电话说自己病了。

"好哇！郎才女貌，门当户对！"张建琴赞许道，问，"哎，怎么样？"

马秀萍摇摇头，没做回答。

"没相中？"张建琴提醒说，"你呀，千万别'一失足成千古恨'，抱憾终生啊！"

"不！在高中时他曾追求过我，可我对他没好感！再说，我现在还没考虑个人问题！"

"建琴！"正在这时，吴菲菲从她们背后赶来，问，"你三哥在家吗？"

"给于大嫂家修缝纫机去了！"张建琴问，"怎么，你找他有事？"

"没事，没事！"吴菲菲见马秀萍在场，又道，"哦，不！有一点小事！"

"噢！"张建琴说，"那你俩在这等一下，我去叫他！"说完转身走去。

"菲菲，啥时吃你俩的喜糖？"马秀萍问。

吴菲菲话中有话，说："他呀，心里早没有我啦！"

"从何说起呀？"

欲知后事，下回分解。

第八十七回
亦真亦假将计就计
诚心诚意杀鸡伤己

上回说到马秀萍的母亲不听丈夫的劝告，私地里为女儿谋工作，物色对象。为骗女儿回家相亲，谎称自己患病。同事兼好友张建琴问及马秀萍的相亲结果，马秀萍如实回答。正在这时吴菲菲来到，马秀萍问何时吃她与张建新的喜糖。吴菲菲说："有人想拆散我们！"吴菲菲话有所指。

"瞧你，愿天下有情人终成眷属！哪有不希望人家好的？"马秀萍不敢苟同。

"好话谁都会说，可当面是人、背后是鬼的伪君子多着呢！"吴菲菲话没说完便扭头离开。

　　回头再说张建柱。肥皂水虽说毒不死人，但却是一副刷洗肠胃的好"药"。前天晚上，肚腹空空的张建柱好歹吃下了妻子杨丽敏做的荷包鸡蛋，结果又吐了个天昏地暗。第二天仍感到两眼发花，头脑发胀，精神恍惚，浑身乏力，肚中虽饥，却难下咽。他躺在炕上昏昏沉沉地睡到下午三点多，方才起床。今天他强打精神，天还不亮就起了床，吃完饭东方才刚刚泛红。于是，他哄骗两个孩子说有事要与杨丽敏外出，要姐妹俩午饭去奶奶家吃，随后用自行车载着妻子奔向永康公社卫生院。

　　这座卫生院距离锦鸡岭村十五六里地，院门向南开，写有"雄远县永康公社卫生院"字样的白底黑字的长木牌子挂在大门旁。大大的院落里坐落着几排平房。最前排的平房门旁依次挂着外科、内科、小儿科、妇科的小门牌。二人来到卫生院，张建柱把自行车支在南院墙根。杨丽敏一人径直进了妇科室，过了近三个小时还没出来。

　　等候在院子里的张建柱坐立不安，一会儿抬手看表，一会儿巴望紧闭着的妇科室的门，一会儿蹲下，一会儿来回走动，"一上午的时间，生孩子也能生俩！"他不知有多少次在心里骂道，"什么医生，不就是取个环儿嘛，又不用动手术，抠出来就是，干么费这么些事？"

　　"行了？"已近中午，妇科门终于开了，杨丽敏双手掐着小腹，一副弱不禁风的病态模样走出来。张建柱扔掉还未吸几口的烟，推起身边的自行车迎上来，未等杨丽敏回答，就吃惊地问："你怎么了？"

　　"放得时间长，都嵌进肉里了！"杨丽敏叹了一口气，有气无力地回答道。

　　"哦，怪不得这么长时间呢！"张建柱一手推自行车，一手搀扶着妻子，关心地问，"能坚持吗？要是不行的话咱们去饭店吃了饭歇会儿再走？"

　　"不碍事！医生说，过几天就会好的。"杨丽敏说，"回家吧！"

　　"那好，就听你的！"张建柱把妻子扶上自行车后货架，说，"回家后，我张建柱一定好好地犒赏你这有功之臣！"他怕颠着杨丽敏，一路上慢慢地行，回到家时已将近下午两点了。

　　"她妈，你先躺下歇歇。"吃完饭已经下午三点，张建柱把杨丽敏扶上炕，说，"我杀鸡去！"

　　"杀鸡？"杨丽敏纳闷地问，"杀什么鸡？"

　　"咱家那只黄母鸡呀！我把它杀了，好给你补养补养身子。"张建柱回答道。

　　"算了吧！就数它下蛋多。"杨丽敏没想到丈夫所说的"犒赏"，就是宰杀家中的黄母鸡。那时候鸡在家庭妇女的心目中占有非常重要的地位，假若丢失、死掉或被黄鼠狼、老鹰叼走一只她们会心疼得吃不下饭，甚至会哭一场，有的泼妇若疑心鸡是被他人偷走的能骂街三天。杨丽敏家共养了六只母鸡，就一只是黄色的，是她的心上之物。

杨丽敏明白丈夫是为给她补养身体才要杀家养的大黄母鸡，她心疼得不得了，但又不能干预阻挠，只能忍痛割爱，弃车保帅。为什么呢？此是后话。她委婉地说："要杀就杀别的鸡吧！"

"不！我就杀它！"张建柱以不容辩解的口气说，"你没听老人们说嘛，什么创伤、生病和生孩子后最好的补养品，就是炖黄（色）母鸡汤，黄母鸡比其他毛色的母鸡营养丰富。为了你好，我什么都舍得！"他还未征得杨丽敏的同意，就去了鸡舍前。

当时，农村各户的鸡是允许散养的，因张建柱"早有预谋"，为图省事，去卫生院前他就没让妻子撒鸡，以便回家后堵鸡舍抓鸡。然而，当他去鸡舍抓鸡时，鸡舍已经空空如也，甭说是珍珍把鸡舍敞开了。无奈何，他只得去野外寻找。

这鸡饲养得时间长了，无论二十只还是三十只在一起，主人不用怎么端详，一眼就能辨认出哪只鸡是自家的。张建柱来到村后排水沟前，见那只黄母鸡就在鸡群中觅食，当即拔腿去追，散养的鸡能跑善飞，他费了九牛二虎之力也没能追上，直到把它撵回家中才逮住。

"水快开了，"张建柱走后，杨丽敏再也躺不住了，下炕添水烧锅。她向塘灶里添了把柴草，问："好了没？"

"甭急，一会儿就行！"院子里，张建柱大汗淋漓，赤膊上阵，他一脚踩着黄母鸡的双腿，一手掐着鸡头和鸡翅膀，一手拿着菜刀，在鸡脖子上比量着，口中念念有词，"鸡呀鸡，你别怪，你是东家一道菜。你生的伟大，死的光荣，你对我儿子的无私奉献，我会永远怀念你的！哎，你自己说说，我是在这儿下刀好呢？还是在这儿好？"

"叫你别杀它，你非要杀不可，杀就杀吧，可都半天了，还没杀死，你到底会杀不会杀？"杨丽敏站起来，"要不我来！"

这张建柱孩童时期天不怕地不怕，后来由于有过多次惊心动魄的遭遇，变得胆小如鼠。说出来也许无人相信，他一个堂堂的男子汉，现在见到医生给孩子打针都会吓得浑身颤抖，更不用说让他亲手杀鸡了。以往逢年过节宰鸡，都是父亲张武昌亲自主刀，他每每都是躲得远远的，不敢靠近前，自然也就不知道如何杀鸡了。杨丽敏自进他家门，确实没见他杀过鸡，所以才问他会不会杀鸡。

在当时，任何一个农村家庭是不会无缘无故地杀鸡的，更何况正在下蛋的老母鸡，为这，他不敢麻烦父亲，也不想让外人知道内情，以免节外生枝，自找没趣。但是，为了妻子早日康复怀胎生子，他尽管不会杀鸡，也得壮着胆子尝试一番。

"得了吧！这哪是娘们干的活？我堂堂男子汉，杀鸡还不是小菜一碟？我呀——既想让它少受罪，又想让它死得快！所以才端详在哪儿开刀好！"

"哟，这么说它还得对你感恩戴德了？"杨丽敏笑着说。

"那是！那是！出家人慈悲为怀嘛！"张建柱沾沾自喜，飘飘然了。

"油嘴滑舌！快点儿吧！"杨丽敏说完进了里间。

"好好！就这儿，就这儿！"张建柱别过头，闭上眼睛，对着鸡脖子就是一刀，随着他的"哎哟"一声叫，菜刀"当啷"落在地上，被割到了气管而未被割断动脉的黄母鸡挣脱他的手跑了。

"怎么啦？"杨丽敏问。

"煮熟的鸭子又让它给飞了！哎哟！真是一点情面也不讲，临死还要拉个垫背的！"张建柱自嘲自解地说。

"你呀，干什么中用！"杨丽敏走出来，见张建柱坐在地上，大拇指上鲜血直流，"鸡没杀死，倒把自己伤了！快进屋，我给你包包！"

"嗨！革命还怕流血牺牲，这点伤算什么？"张建柱爬起来就去追鸡，说，"我张建柱要发扬一不怕苦、二不怕死的大无畏精神，非得逮住它，把它宰了不可！"

"算了，该当它命大！"杨丽敏本心里就巴不得黄母鸡死里逃生，急忙上前阻拦道，"你就饶了它吧！"

"我就是想饶它不死，那也是枉然！"张建柱脚步没停，气喘吁吁地嚷道，"它的脖子都快断啦！"

"哦，那快追！"杨丽敏不在杀鸡现场，不知道鸡的伤势如何，听张建柱说鸡脖子都快断了，活命是无望了，说，"别让它活受罪了！"

鸡在前面跑，夫妻二人在后边追，左截右堵，鸡被逼急了，只听得"扑棱"一声，飞越墙头，落在院外的一棵大梧桐树上。

"哟，还真登高望远了不是？甭得意，我张建柱'舍得一身剐，敢把皇帝拉下马'，你以为上了树，老子就没办法了？哼，实话告诉你，就是追到天边我也要把你追回来！"张建柱开了院门，来到树下，脱掉鞋，挽了挽裤腿，向手心吐了两口唾沫。只听得"嗤啦""咕咚"两声响。

欲知后事，下回分解。

第八十八回
走亲戚遭遇黑狐挡
送晚饭担心鬼打墙

上回说到，张建柱要给妻子杨丽敏补养身子，不会杀鸡的他不但没有将母鸡杀死，反而割伤了自己。母鸡飞到树上，他紧追不舍，来到树下，两手抱着树干笨拙地向上爬，然而，没爬多高，便"嗤啦"一声掉下树来，"咕咚"一声跌坐在树下。

"哈……"紧跟出大门的杨丽敏见状大笑起来，说，"瞧你这笨劲，谁知道黑瞎子的娘是怎么死的！"

"哎哟哟！还真有你的！"张建柱没有顾及妻子，站起来，双手摸摸跌疼了的屁股，抬头望望蹲在树枝上、脖子上流血、从气管里发出"咕咕"声的母鸡，自嘲地说，"哼哼，靠价钱呀！"他从衣兜里拿出一盒"金鱼"香烟，叼起一支，划燃火柴点上，双手抱肩，"你不下来，我还不上去呢，看看谁靠得过谁！"说完，竟唱起京剧《沙家浜》中阿庆嫂的唱段来："来的都是伤病员，伤势有重也有轻……"

却说判官彩云。她天黑前就已做好饭、炒好菜，并装在竹篮子里，单等张建新回来给张武昌送去，可是已经七点半了，还不见他回家。女儿张建琴按以往的惯例，若没特殊情况，礼拜一至礼拜五基本上都是打夜班备好课、批改好学生作业后，才回家吃饭，现在也还没回来。无奈之下，她挎起篮子来到了张建柱家。

"珍珍她爸，"彩云一进院子就说，"你三弟说他给你爹送饭，到现在出车还没回来，天都黑了，看来是没法依仗他了！"

"娘，您来得正好！"院子里，张建柱与珍珍、兰兰正围着饭桌子准备吃饭。杨丽敏端着一白碗鸡炖地蛋块儿从屋里走出来，"俺今晚上炖的鸡，正准备叫珍珍给您送碗去呢！"她放下碗，说，"您就坐下一起吃吧，走时再捎着。"

"奶奶，到这边坐！"珍珍站起来，让座道。

"奶奶，上我这边来！"兰兰走上前，拉着彩云的手，嚷嚷着，"过来挨着我！"

"不啦！你们都坐下吃吧！家里的猪和鸡都还没喂呢！"彩云放下篮子，说，"珍珍她爸，你就少喝点吧！趁明快把饭给你爹送去。"

前边说过，面瓜和甜瓜不比梢瓜，在成熟盛期摘不迭卖不迭，平常日瓜园里的三个人晚饭还能轮流吃，要是第二天赶大集，他们头天下午要忙着摘瓜，摘完后接着就要打夜班挑瓜装篓子，有时甚至得忙活到大半夜，除那位老头儿忙完后可以回家吃饭外，其他两个人的晚饭只能由家人送来。

"娘，我不敢走黑路嘛！"张建柱就着一碗蒜泥拌黄瓜、一碟子咸菜，独自饮着酒。已经两盅酒下肚，他放下酒盅，从衣兜里掏出一盒"珍珠鱼"牌香烟，抽出一支，叼在嘴上，说。

"没出息！个大男人家害什么怕？"彩云责备道。

俗话说："多年的媳妇熬成婆。"不知道中国从哪个朝代起遗留下的规矩：只要婆婆在，没分居过日子的话，媳妇的年龄再大，也称不上家庭的主妇。彩云未进张家的门公婆就已亡故，自然而然，她就成了名副其实的主妇，掌控家中的一切，换言之，家里一切由她说了算！再加上丈夫张武昌惧内，所以全家人都得听她的。随着时间的推移，先是大儿媳妇杨丽敏进了门，搬进了张华友的宅子里住，没几年二儿子行头也结了婚，其妻在张武昌家住了两三年后才随了军。也不知是因几经的变故、世代的变迁，还是儿女们都大了，抑或是杨丽敏的性格和脾气继承了她的衣钵，又加她自己大字不识一个，自从大儿媳进了门，她就干脆"退出历史舞台"，把家务的主管权交给了杨丽敏。分家后，她才再次归位，但是，现在的她，无论是脾气还是嗓门与以前相比，都好像换了个人似的，更不用说向儿女们使厉害了。

"害怕可不是装的！"张建柱点上烟，说，"以前我不都是太阳没落山就去，你们什么时候见我黑天去送过饭？"

"这天不是还不太黑嘛！"杨丽敏抢白了他一句。

"是不太黑，可回来呢？"张建柱扔掉火柴棒，说，"其实我也不是太怕黑，要是不穿过女大路的话，就是再晚点我也敢去！"

这"女大路"与锦鸡岭村近在咫尺，张建柱为何如此害怕？因为他曾经吃过夜行女大路的苦头。那是他结婚后的第二年夏初，他去岳父家，刚到杨庄就下起了小雨，直到中午雨才住。因岳父与他一样也是好那么一口，翁婿二人又投脾气，所以两人中午就坐下了，直喝到上黑影才罢休。岳母见他喝得不小了，劝他明天再走，说："他姐夫，去你村的路，这半路平坦还好说，可那下半路除了上岭就是爬坡，沟沟汊汊的怪不好走，又加上阴天，你就住下待一夜吧！"

张建柱借着酒劲执意要走，他硬着舌头嚷着说："不——不就是五六里地嘛，我就是闭、闭着眼也能回到家！"

"那路上一定要小心！"岳母不放心，再次叮咛道。

"又、又不是什么生路，您二老就——就放心吧！"张建柱自信地说。

"哎，等一等！"张建柱趔趄着步子，刚出大门，他岳母拿着蓑衣赶上来，关心地说，"你捎上它，万一路上再下雨！"

"嗨，用、用不着！"张建柱没有接蓑衣，拒绝道，"下雨不——下雨的，半个来小时就——就能到家！"

张建柱出村没走多远，小雨就飘飘洒洒地下了起来。天黑得伸手不见五指，他凭着记忆，码量着大体方位一路小跑，待爬上锦鸡岭村的北岭时已是大汗淋漓、气喘吁吁了。

这北岭顶紧靠储水池南有一条东西小路，叫"女大路"，据当地的老人们讲：这条路如果三天不过一个女人，第四天肯定过一个女神仙。多么美妙的传说啊！但是到了晚上就不同了，在蓄水池东女大路与南北路的交叉路口，据说假若是下雪天和阴雨天走到这里极易迷路，尤其是在酒后经过此地，不是见到此地有一方砖、一处高粱秆攒，俗称：秫秸攒，就是见到一个头大如柳斗、两腿长丈余、状似榺子的怪物挡住去路。听说，有不少人还在此遇到过"鬼打墙"，即俗话说的黑狐挡。

这些骇人听闻的传说，张建柱的耳朵里小时候就有，对此他将信将疑，因为他生在锦鸡岭，长在锦鸡岭，晚上独自一人走过这里多少次连他自己也记不清，从来没遇到过，没想到这次还真碰上了。

张建柱闭上眼睛，想在此歇息一下，喘口粗气再走，当他睁开眼时，周围却突然亮堂起来，只见前面有一堵上通天、下接地、两头望不到边际的黑墙挡住了他的去路。"难道这就是人们常说的'黑狐挡'？"张建柱不禁打了个寒战，心里说。好在他小时候晚上去东菜园与张华友做伴，练就了一副好胆量，他摸起一块石头向"黑狐挡"狠狠地砸去，却落地无声。"大家不是都说它怕明火吗？我试试看，先抽支烟再说！"然而近一盒子火柴都划完了他也没能点上烟，这时他才真正害了怕，心想：坏了，回不了家了！他后悔今晚上喝大了酒，后悔没听岳母的话，然而，事已至此，已无退路，只得硬着头皮向前闯，听天由命了。刹那间天地间又暗了下来，张建柱如同被装进了箱子里。冥冥中好像有一个东西在头前领着他走，他只感到在无休止地上坡下坡，直到鸡叫也未到家。此时雨停了，天也开始放亮了。累得腰酸腿疼的张建柱实在迈不动步子了，想坐下来休息一会儿，然而，他低头一看，顿时三魂去了两魂半，根根汗毛都立起来了，没想到他已来到了悬崖峭壁的二层崖上。"俺娘啊！我咋走到阎王鼻子上来啦？"他不禁惊叫起来。

　　原来，北岭顶柏树林东北有一里多路处有两道大沟汊子。历经长年累月的雨水冲击，沟汊子的交汇点像个巨人的鼻隔，两道沟汊子极似鼻孔，故人们称它：阎王鼻子。这个阎王鼻子的鼻隔宽约二十米、高约十五米，立陡竖崖，如刀削一般。它共分两层，上层高约三米，上下层之间有一条狭长的长平台。这条平台窄的地段也就二三十公分，最宽的地方也不超过半米，有的地方还有间断。张建柱所在的位置正在鼻隔的中间，脚踏之处多说也就四十公分宽。真是上不着天，下不着地，前不能进，后无退路，稍一疏忽就会葬身在崖底的花岗岩石板上。令他难以置信的是：在大白天也难到且也不敢到达的地方，自己在漆黑的夜晚是如何过来的？除非是神仙，否则就是会飞檐走壁！张建柱来不及多想一些，慌忙转身双手抓住崖头上的两棵荆棘，高喊救命。恰巧外村有几位赶早集的人，听到喊叫声过来救了他。

　　张建柱连惊带吓，回到家后得了一场大病，第四天他叫上几个伙伴去寻找他曾上坡下坡的地方，结果在北岭顶上的柏树林后找到了——林中的几十座坟头顶几乎都让他踏平了。从那以后，他谈虎色变，再也不敢独自夜走女大路了，即使在他遇上"鬼打墙"的地方放上一百元钱，让他月黑天去拿的话，除非用枪押着他，否则他怎么也不敢去。

　　这瓜园地就在主渠道以北，去瓜园地女大路是必经之地，尽管经过的是女大路的西段，但是仍让他心惊胆寒。

　　杨丽敏虽然知道此事，但是她不信这个邪："怕狼吃了你不成？"她白了丈夫一眼，对彩云说，"娘，您先端着这碗回家吧，他这就去！"

　　由于通往东西大街的南北胡同还没安路灯，天上又没有月亮，杨丽敏放心不下年迈的婆婆自己走，端着碗将她直送至大街上。回家后她见丈夫坐在原地未动，便问："哎，都什么时间了，你怎么还没去给咱爹送饭？"

　　张建柱吸了几口烟，不无忧虑地说："我不是不想去，而是担心再遇上……"

　　"嗨，还真是一朝被蛇咬，十年怕井绳了？"杨丽敏打断张建柱的话，说，"那回你是喝醉了酒，又遇上天不好下小雨，今晚你可没喝多少酒吧？"

　　"不多不少就两盅。"

　　"既然喝得不多，那又怕的什么？"

　　"唉！"张建柱叹了一口气，"不怕一万，就怕万一！万一……"

　　"得得！什么也别说啦！"杨丽敏打断他的话，说，"叫珍珍和兰兰去给她爷爷送饭算啦！"

　　"去去去！黑灯瞎火地让孩子们去，你就放心？"张建柱反驳道，"外人知道了，还不笑掉大牙？"

"你自己不想去，又不让孩子去，"杨丽敏说着就去挎篮子，"看来只有我去了！"

欲知后事，下回分解。

第八十九回
救死扶伤弟误约会
鬼使神差兄代赴约

上回说到天色已晚，杨丽敏催促丈夫快去瓜园送饭，张建柱担心再遇"黑狐挡"，犹豫不决，杨丽敏见状，使用了激将法。张建柱阻拦道："慢着！"问："你去我就放心？"

"那你就快去呀，还磨蹭什么？你看都八点多了吧！"杨丽敏放下篮子。

"珍珍，去屋里拿出手电筒来！"张建柱拗不过，吩咐道。

"爸爸，"珍珍说，"手电筒昨晚就被兰兰跌坏了！"

"啊——！"张建柱不满地白了兰兰一眼，摇摇头站起来。

"等等！"杨丽敏说，"我去盛上碗鸡块你给咱爹带去！"

"这老三也真是的，"张建柱埋怨道，"自己知道没空儿送，为啥不早说？让我黑灯瞎火地去！"暂且不提。

却说吴菲菲。女大路南、通往西北坡的路西原有四五亩荒场，成立人民公社后村集体在这片荒场上栽植了刺槐树，二十多年过去了，由于土层薄，不易扎根，刺槐树粗的也才如暖瓶粗。这片刺槐林离村半里多地，是人们下坡时休息乘凉的好去处，晚上却很少有人涉足。

傍晚，林中静悄悄的，只有渠道里青蛙的鸣叫声和水的流淌声。雾气合着渠水的蒸气似烟如幔缠绕在树林间，在树梢上盘桓升腾，使本来就朦胧的大地更增添了几分神秘感。

吴菲菲在槐树林边上徘徊，她一会儿向村头巴望，一会儿抬手看表，耳边响起张建新的声音："放心，我下午给我爹送完饭就来，只能比你早到，决不会比你晚到！咱们槐树林见，不见不散！"

"哼！什么玩意儿！骗子！典型的骗子！"为了这次约会还不到八点就赶来的吴菲菲着意打扮了一番，她身穿淡绿色长筒连衣裙，脚蹬月白色高跟塑料凉鞋。她抬手看看表，快八点半了，不满地骂道："你不是说八点前准时赶到吗？赶到个屁！"她以为张建新是故意失约，却不知事出有因，此时的张建新还在医院里。

原来，昨天一早起来，于大嫂来到张建新家，说她家的缝纫机坏了，急着要用，请张建新抽空去给修修，午饭后张建新就去了于大嫂家。

在那个年代，农村时兴"三转一扭"四大件，是姑娘们找对象的首要要求（彩礼）。第一件，手表。要手表不只是为了看时间，而是将其作为一种装饰品，从某种程度上讲，它能代表拥有者的地位和身价。城市里的人不用说，就是在农村也以此为荣，在经济条件允许的情况下，青年男女都争相购买。经济情况相对好的购买一百二十元一块的"上海牌"，不过得凭票或者托关系。条件一般、无关系、无门路的只能购买青岛、西安、大连、南京等地产的手表，俗称"杂牌子表"。第二件，自行车。要自行车也不只是为了走路快，便当，更是作为一种显示家庭条件的摆设。那时候在农村里有自行车的户比现在家里有高档轿车的户还少。尤其是"大金鹿""飞鸽""永久""凤凰"等名牌自行车，就更不用说了。退一步说，就是想有辆"杂牌子"自行车，也得凭票或关系购买，否则，即使有钱也很难从市场上买到。谁家要是有一辆崭新的名牌自行车，不是你今天借去相亲，就是他明天借去相媳妇，不止本村人借，亲戚朋友也来借用，可以说整天不在家。第三件，缝纫机。那时候农村家庭中拥有缝纫机的户寥寥可数，什么上海产的"蜜蜂"牌缝纫机和青岛产的"工农"牌缝纫机就更是凤毛麟角了。这缝纫机是实用品，不仅替代了针线手工活，做出的衣物既精密又漂亮，而且还大大提高了劳动生产率。第四件，收音机，也就是所谓的"一扭"。它既是摆设，也是高档的娱乐器具。

于大嫂家的缝纫机是"工农"牌的，是她前年冬天托亲戚直接从青岛购买的。因她人缘好，针线活又好，左邻右舍都愿意找她缝这补那的，整天不得闲。年前已经用坏过一次，也是请张建新修好的。

张建新刚到于大嫂家，张建琴就跑来叫他，告诉说吴菲菲有事找他，未等张建琴走，吴菲菲随后就赶来了。张建新问及有何事找他，当着朱奶奶和于大嫂的面，吴菲菲支支吾吾，没有说清，张建新送吴菲菲至于大嫂家大门口时，吴菲菲才告诉他说，她爸爸已经为她找好工作了，大概过不了太长的时间她就能去上班了。她问张建新愿不愿意出去工作，如果愿意的话，她爸爸答应抓紧给他找单位，最好他俩在一个厂子里。张建新说容他再考虑考虑。为此，二人约好于今天晚上八点在村北的刺槐林里相会，再做商榷。

今天一早，张建新开车去公社烟站送烟，等倒换烟帘子、验级、过称、结算款等程序完毕后，天已经晌了。为了晚上的约会，他家也没回，直接去了县化肥厂拉化肥。这化肥厂在县城以北，离县城十多里地，等装上化肥出厂时，已是下午六点多了。

"嘎——！"事有凑巧，汽车驶出县城也就二十里地，却见一位六十多岁的老太太躺在公路边上呻吟。张建新陡然刹住车，跳下驾驶室，问："大娘，怎么了？"

"脚踏车（方言：自行车）撞的！"老太太回答说。她摸着左腿，一个劲地喊疼："哎哟！"

"他人呢？"张建新问。

"跑了！"老太太指着去县城的方向，说，"向那边跑了。"

"你有没有看清是个什么人撞的你？"张建新问。

"是个小青年！"老太太说，"他从背后撞的我。"

"这么宽的路，咋会大瞪着眼向人身上撞呢？一定是喝醉了酒！"张建新前后望望，公路上车辆、行人稀少。他抬手看了看表：七点十分。

"哎哟！疼死我啦！哎哟！"老太太满脸豆粒大的汗珠，喊疼声越来越大了。

"大娘，家住哪里？我扶你起来，送你回家！"张建新说着就去搀扶老太太。

"哎哟哟！别别别，别动我啦！"张建新刚扶老太太坐起来，她就喊疼得受不了了，嚷着说，"大概骨头断了！"

"那……？"张建新对此左右为难：不管吧，实在不忍心看着老太太在此受罪；管吧，耽误了约会，说出来吴菲菲肯定也不会相信。他搓着双手，徘徊着，最后决定：救人要紧！……

回头再说吴菲菲，她在刺槐林里左顾右盼，八点半多了，还不见张建新的踪影。此时雾气更浓了，周围的景物模糊得看不清。"哼！摆什么臭架子！请都请不来！难道我就那么下贱？"她心里说，"姑奶奶还不等了呢！"刚要抬脚走，就听到有"咚！咚！咚！"人的跑步声，从通往村子的方向传来，且由远而近。

"打盹还脱了死？你到底还是来了！"吴菲菲蔑视地笑了笑，躲到树林中。

"站住！"吴菲菲隐隐约约地见来人近了，一下子蹿出来，挡在路中。她背过身，伸展双臂，拦住去路。

"啊呀娘啊！"张建柱一惊非小，篮子扔出好远。他双手死死地抱住一棵树，头不敢抬，眼不敢睁，只有哆嗦的份儿。

说来也怪，越是不愿去想的事，在脑海中越是挥之不去。张建柱还未出家门，十多年前遭遇"鬼打墙"的事就浮现在脑海中，但又不能不去送饭。他出了村子就一溜小跑，想早早穿过是非之地，眼看就要越过女大路，一个"白衣女鬼"却挡住了他的去路。张建柱心想：上次遇见"黑狐挡"差点儿要了命，这回又遇见了女鬼，肯定是活不成了！他仿佛看见面前的女鬼披头散发，露出狰狞面目，伸出长长的舌头诡异地狞笑着，一双瘦骨嶙峋、长指甲的魔爪慢慢地伸向他的前胸，要挖他的五脏六腑。不！要是吊死鬼的话，也有可能是拿着一条绳子，正准备向他的脖颈上套，他似乎听到女鬼在喊："拿命来——！拿命来——！"他抱定一个信念：我紧紧地抱住树干，让你无法开膛，即使被吊死也比留不下囫囵尸块强！

"都快九点了，你还来干什么？"吴菲菲怒斥道。

"我？哦！……哦！"张建柱上牙磕着下牙，颤抖着。他心中纳闷：难道死还有个时间？

"都让你气饱了，谁还饿？"

"不！不！我……"

"我什么？考虑好了吗？想不想跟我一起走？"

"去、去、去——哪？"张建柱卯里不知榫里的事，如坠五里雾中。他定了定神，结结巴巴地问。

"呀嗨！真装疯卖傻呀？少跟我来这一套！干脆点！要么跟我一起走，"亲弟兄们说话的声音本就差不多，又加上吴菲菲在气头上，没顾得细辨声音，说，"要么咱们马上结婚！"

"结婚？不！不！不！"张建柱听出了面前跟他说话的不是女鬼，而是他的准弟媳吴菲菲，也明白了吴菲菲错把他认做了张建新。他松开双手，转过身，慌忙说："使不得！万万使不得！"

"哼！我早就料到你会这样说！骗子！"菲菲转过身，对着张建柱的胸口狠狠一拳。

欲知后事，下回分解。

第九十回
小孔成像疑神疑鬼
精神恍惚梦觉梦幻

上回说到，吴菲菲与张建新商定去刺槐林约会，结果阴差阳错由张建柱"替代"赴了约，情绪难控的吴菲菲未辨真假，对着来者狠狠一击。

"哎哟！我、我不是……"张建柱毫无防备，被一拳打倒了。他躺在地上，一手捂着胸口："我是他哥呀！"

"啊！你……"吴菲菲羞愧难当，哭着跑了。

"你说，这是什么事儿这？放屁打着脚后跟，"张建柱爬起来，望着远去的菲菲，在身上拍打着，"我张建柱时气就是再低也不至于低到这份儿上！"

不提张建柱，且表吴菲菲。

阴差阳错的约会，使她内心的窝囊气无处发泄，她拔腿就往村里跑，半路上却被石头绊了一跤，头一次穿在身上的连衣裙被石子磕上了两个小窟窿，一只鞋带扣也被挣飞了。不得已，她手提着一只鞋，含着泪，一瘸一拐地回到高宏伟家。进了卧室，她压低声音痛哭了一场，心情方慢慢地平静下来。她不由得回想起往事，历历在目：

20 世纪 60 年代她随父母一起举家来到了锦鸡岭村，在老滑溜张华友的宅子里住下来。全村人都尽量照顾接济她们一家，并设法让她进校完成了初中学业。

60 年代末，栽植在村东北角和村北的苹果树、梨树都已挂果，村西齐茬换代的果树也已到盛果期，成了锦鸡岭村主要的经济支柱，村里为此成立了（果树）青年技术队，并在村西的老果园里建起了三间平房，作为技术队专用。时年张建新和比他小一岁的吴菲菲都被安排在技术队。张建新能干好学，愿意钻研，不到两年时间，无论是修剪技术，还是嫁接技术全队数一，有不少村都请他去讲课做示范。

这张建新可怜吴菲菲一家的遭遇，把吴菲菲当亲妹妹看待，时时处处呵护着她。张武昌老俩更是对她疼爱有加，经常要张建新约她来家吃饭，有什么稀罕物都给她留着。当时，吴菲菲虽然感激他们一家，但由于自己的身份，绝无委身于张建新之意，对他只有敬慕之心。

1971 年张建新入伍参了军，吴菲菲对他恋恋不舍，一年多了还感到心里空荡荡的，但她不知道为什么。直到 1975 年因为一件稀奇的事，她对张建新的敬慕之心才真正升华为爱慕之意。这年拾掇完，张华友家的东里间，每到晚上就有一个人头骷髅图形出现在北墙上。这骷髅灯亮时有，灯灭时还有，且轮廓更加清晰，一连几天夜夜如此，全家人都认为与墙壁有关，先是揭去墙上贴的报纸，接着又刮去墙皮，但骷髅依然挥之不去。村里人听说后都来查看，却找不出半点原因。一时间谣言四起，这件事被传得沸沸扬扬，有的说是冤死鬼的阴灵进宅要吴友家代为申诉、超度，有的说是宅子不干净，需驱邪祭宅子，还有的说是吴友一家人不知是谁前世作孽欠下了人命案，或做了伤天害理的事而现世现报，更有甚者说是张华友阴魂不散，变作骷髅要撵走吴友一家。为此，从不迷信的吴友无奈之下请来巫婆和神汉子，经过祭宅子、下神驱邪等多次折腾后，一到晚上骷髅照样存在。

正在吴友家想搬走时，张建新回来探家了，他得知后，当晚来到吴友家，屋里屋外看了个遍，也没看出什么破绽。他感到蹊跷至极，心里说："北墙上出现影子，宅子南应该有光亮才对，可张华友家的南边没有住户，只有集体的一块面积数亩的菜园地，那么光亮是从哪儿来的？"他百思不得其解，无意中却发现：当他站在炕上，身体挡住窗户的某一方位时，北墙上的骷髅就不见了。毫无疑问，亮光是从窗户上某个窟窿中透过来的。当时的旧房子，前窗户的木棂子大都是横九竖八，一年基本上用白纸糊两次，上冻前一次，春节前一次。农村的家庭妇女往往都有个习惯：在炕上做完针线活后把针插在窗户纸上，一则怕丢了不好找，再就是插针计时间（俗语：吃了夏至饭，一天短一线；吃了冬至饭，一天长一线。），用时再拔下来，久而久之，再加上小孩子们的乱捅乱戳，窗户纸上就布满了小孔。吴友的妻子是庄户地出身，窗户纸上的小窟窿小眼也难免星罗棋布。

"到底是哪个小窟窿透进的光做的怪？管它呢，我挨个试试不就知道了！"张建新心中有了底，他撕了张本子纸，逐个窟窿粘贴，当贴到从上数第三趟、从右数第四个窗户棂子纸上细如麦秸梃子的小窟窿时，北墙上的骷髅消失了。可附近并没有亮光，那光亮又是从哪里来的呢？他干脆撕掉那个窗户棂子上的纸，从那个窗户棂子向外四下观望，光源又让他找到了。

原来，是年春天在锦鸡岭村西南角离村近一里地的小闺女放鸡之北建了一座烧砖用的地下转式轮窑，秋后投入使用。一到晚上，安装在窑边高木杆上的五百瓦灯泡就亮起来，人们在光照下打夜班装窑（砖）、出窑（砖）。光亮的来源虽然明确了，但这灯泡位于西南角，与张华友家的东窗户成二三十度夹角，说什么也照不到北墙上，既然这样，北墙上的图案又该作何解释呢？通过他一番勘察后，真相终于大白——窗纸上的小孔直射到贴在东墙上的年画上。这张年画是白塑料纸印制的，年画的左上角耷拉下来，光线通过年画纸的凸起面被折射到北墙上，于是形成了活灵活现的骷髅。

　　当时，他并不清楚这是"小孔成像"的光学物理现象，但驱鬼的名声却不胫而走，得到人们的翘指称道。吴友两口子更是赞不绝口，说张建新不止人品好，相貌好，而且又有科学头脑，以后肯定有大出息。说者无心，听者有意，吴菲菲听到人们的夸奖和父母的称赞，为张建新感到骄傲、高兴，一颗爱情的种子在她心里偷偷地发芽了。在张建新探家的日子里，她有事没事地去他家，还经常把张建新拉到家里做客。吴友老俩看在眼里，喜在心上，巴不得女儿嫁给他，可在那个提倡晚婚晚育的年代里，又不能也不允许操之过急。

　　1976年秋张建新回来探家时，吴友老俩就委托高二婶求于大嫂到张武昌家提亲，说愿将女儿吴菲菲许配给张建新为妻，于大嫂满口答应下来。是夜晚饭后她即登门造访张建新家，为两人牵线。

　　"大叔和大婶子都在忙啊！"于大嫂一进大门就说。

　　"哟，是他于大嫂呀！"张武昌夫妇正在院子里扒玉米皮，彩云忙站起来打招呼，"屋里坐吧！"说完进了里屋。

　　"大婶子，"于大嫂说，"别客气！"

　　"于主任，你可是稀客！"张武昌嘴里叼着香烟，说道。

　　"我呀，是无事不登三宝殿！"于大嫂一笑，说。

　　"噢——！我就说嘛，你这大忙人没事是不会来！说吧，有事尽管吩咐好了！"无常笑着说。

　　"不是吩咐，"于大嫂在小凳子上坐下来，"而是特意来道喜的！"

　　"道喜？"张武昌懵懂了，"此话怎讲？"

　　"他嫂子，有话进屋说！"未等于大嫂回答，彩云在明间里喊，"茶我已经沏好了。"

　　"那咱们进屋喝水！"张武昌站起来与于大嫂一起进了屋。

　　"他嫂子，"明间里的饭桌上放着三个茶碗，彩云手持茶壶，边倒水，边试探着问，"你刚才……？"

　　"是这样的，"于大嫂坐下来，说，"志强他娘今中午去俺家，托我来提亲，我也不知道你家建新定亲了没有，这不，我搁下饭碗就来啦！"

　　"嗨！多大的庄，建新定亲没定亲你还不知道？"彩云放下茶壶，端起一碗茶水双手递给于大嫂，未等其回答，就急着问，"你说的这女方是哪里？"

"还能是谁？"于大嫂喝了一口茶水，说，"就是杆子的外甥女菲菲呀！"

"她？"张武昌夫妇几乎同时出口问，但都没有下文。

"怎么，不同意？"于大嫂看看张武昌，又看看彩云，问，"是菲菲配不上你家建新？"

"嗨！瞧他嫂子说的，"彩云与丈夫对视了一会儿，交换了下眼神，说，"我们才巴不得呢！可俺俩的意思是说，闺女是好闺女，只是人家是局长的女儿，跟咱们不当户不对的，哪敢高攀？"

"哈……"于大嫂笑了起来，"什么局长！他呀，现在还不如咱贫下中农吃香呢！她吴菲菲要真能嫁给建新的话，那真是她家烧了三辈子高香，算她有福！"

"嗯！"有客人时，在彩云面前很少插言的张武昌就地上捻灭卷烟屁股，"事——确实是这么回事！但不知道吴局长和他闺女是……？"言外之意，是问他们爷俩是否愿意。

"这你们老俩就把心放到肚子里去吧！"于大嫂深明其意，说，"志强他娘在俺家里虽然没有明挑开，但是一猜就知道，肯定是吴友家委托她的！如果我没猜错的话，很有可能事前吴菲菲曾央求过她大姨呢！"

"既然是这样，只要他们不嫌弃咱，那我们都没意见！至于建新——"彩云为于大嫂续上茶水，非常自信地说，"在孩子们成家前，我这为娘的说了还算！"

"大叔，那你呢？"于大嫂问。

"嘿嘿，"张武昌从衣兜里掏出半盒子丰收香烟，抽出一支，在大拇指甲上轻轻地扣着，模棱两可地说，"刚才你婶子不是说来吗？"

张武昌这盒丰收烟，是七天前去出门，亲戚家给的，他装在兜里一直舍不得抽，今天媒人来了，为了装门面才掏出来的。他在想：我是抽呢，还是不抽？

"那好，事就这么定了。"于大嫂一口喝完茶碗中的水，放下茶碗，说，"咱就长话短说，依我的意见，在建新回部队前最好把婚事定下来，免得夜长梦多！"

"他嫂子，甭多说了，事就托付给你，"彩云忙说，"你看着办吧！"

"好！"于大嫂站起来，"我走了！"

"他嫂子，没事就多坐会儿吧！"彩云挽留道。

是夜，张建新回家后，父母将此事告诉了他，张建新也无异议。于是，两人在张建新回部队前就把婚事定了下来，只等择日登记结婚。

1977年底张建新复员回到了锦鸡岭。第二年吴友官复原职，与妻子和小女儿一起去了县城，只有吴菲菲一人留在了户口所在地锦鸡岭村。

作为吴菲菲来说，当时于大嫂为她提亲时，她不仅爱慕张建新既会开车，又懂机械修理，是农村的拔尖人才，而且更看上了张建新的相貌和家庭条件。现在时过境迁，她虽然没有改变初衷，但却没有长住农村的念头。张建新回家后，张武昌家就急着要完婚，吴菲菲却不急，说："亲已经定下了，登记结婚不在一时一霎，等我爸给我找到工作时再结婚也不晚！"所以她才催促爸爸快给她找厂子当工人，并请求爸爸也抓紧给张建新找工作。这样，二人都参加了工作，在城里结婚才光彩。然而，事与愿违，吴友去年回了县城，今年又升为农业局第一把手，公务私事缠身，无暇顾及女儿的要求，直到三天前来锦鸡岭安排部署"联产计酬责任制"具体实施办法时，才告诉菲菲已经为她找好了接收单位，接到通知就可去上班，张建新的工作也正在托人找关系，大概得等一段时间……

吴菲菲越想越感到进了闷葫芦：张建新明明说好由他去瓜园送饭，怎么会变成张建柱？我俩明明定好晚八点相见，怎么快九点了还没见到他的影子？难道是他没考虑好，无法回答我，才求大哥来抵挡一阵？难道是他另有新欢，根本就不想见我了？那这个新欢是谁？难道是马秀萍？要不怎么会给她雨衣，给她"吹眼睛"？不对呀，人家是高干子女，又是吃国家粮的，怎么会看上他？如果是这样，那他张建新可是镜里观花，傻得不能再傻了！假若不是马秀萍，那这个人又是谁呢？

她躺在床上，胡思乱想一通，脑子里乱成了一团麻，咋也理不出一个头绪来。哼！管她谁呢，你不是躲着我吗？只要不死俩人总会见面的！我先试探试探你，你张建新是愿意在我进厂之前结婚呢？还是愿意等咱俩都就工后再结婚？两样任你选，假如你答复一样，那证明你还没有外心，今天的违约一定是有事耽误了！想到这里，她内心坦然了，憧憬着美好的未来，恍惚间看到刚完婚的自己身着艳丽的婚服，与张建新肩并肩、手挽手，漫步在县城喧哗的大街上。周围的人都投来羡慕的目光，唯有人群中的马秀萍望着他俩，伤心地落下了泪。"哼！"她得意地笑笑，与张建新昂首而过，来到了绿树吐翠、花团锦簇的公园里，二人在小船上接吻，继而又搂抱在一起翻滚着，任凭小船在人造湖中悠然飘荡。

突然，一阵大风刮起，将小船掀翻，"咕咚！"一声，俩人双双落入水中。

"建新！建新！救命啊！"吴菲菲没命地喊，"救命啊！"

正在这时，外边传来了"咚！咚！咚！"的擂门声。

欲知后事，下回分解。

第九十一回
跑买卖希图家当攒
熬酷暑方知务农难

　　上回说到吴菲菲由于胡思乱想，导致做噩梦，大叫起来，惊醒了北屋里的高二婶。"菲菲！菲菲！"高二婶闻声来不及穿好衣服，披着上衣，下了炕，一溜小跑过来，双手擂打着吴菲菲插着的卧室门，喊，"你怎么了？快开门！"

　　"哦！没、没什么！"吴菲菲被惊醒了。此时的她上身只穿一件乳罩，下着一件三角内裤，双腿夹紧一床毛巾被，连同枕头都在床下，蚊帐也被撕裂了。她慌忙爬起来，没有开门，而是坐在床沿上，用毛巾被护着前胸，惊魂未定地说："刚才我做了个梦！"

　　"做梦？好我汰！你大喊小叫的可把我吓坏了！"高二婶放心了，说："我还以为什么事，是做梦，这我就放心啦！那你快睡吧，我不进去了！"

　　却说张建柱。今天晚上锦鸡岭村召开了队委扩大会议，散会后张建柱回到家时孩子们已经睡下了。他端着一脸盆凉水进了东里间，边洗脚，边告诉躺在炕上的妻子杨丽敏说："队委决定后天晚上召开全村社员大会，公布联产计酬的实施方案和具体办法。大概三五天后就分割责任田。以后村集体只管耕种收割和化肥分配，什么除草、除虫等田间管理一概不管，干不干各户自己看着办，到时候按实际收成算工分，既定报酬。"他见杨丽敏一直没说话，停了一会儿才说，"这样一来，各户就不再受集体的约束了，自家可以找空干。我呢，还是那句话，吃饭是不成问题，可钱从哪里来？我琢磨来琢磨去，只有赶集摆摊做买卖！"

　　这张建柱孩童时没离天学校门，还不满十六周岁就接替朱文斋当上了村会计，至今基本上没随集体下天坡，没体验过耕耩、扒粪、推车、挑担等重体力活，有事没事蹲在社委办公室里，顶多在自留地里干点什么拔草、间苗、翻地瓜蔓子等轻来轻去的活，再就是帮社场里干点零敲碎打的活，对于什么季节种庄稼、收庄稼，大田应如何管理可以说一窍不通。所以，他望着庄户地里的活就打怵。自由、懒散惯了的他从本心里就极力反对"联产计酬责任制"的实施，只是"胳膊拧不过大腿"，这才在十多天前就几次向妻子提出过自己想做买卖的事，但妻子一直持反对意见，故今天再次提出。

"你一心想做买卖，那咱的责任田咋办？想靠咱爹那边？甭指望！"杨丽敏忧心忡忡地说，"咱三弟开车，妹妹教学，都忙得不可开交，咱爹吧，那么大岁数还在看瓜园地，难道还能让地荒了不成？"

事实上，杨丽敏并不是完全反对张建柱做买卖。改革开放、活跃市场、促进经济发展的春风吹遍祖国大地，在当地已有不少有头脑的农民群众在市场上做起了小买卖。但"知夫莫若妻"，丈夫半斗麦子打烧饼——自己还不知道有多大的本钱，以为做买卖很容易。不错，上级来人和单位来客，由于附近没有饭店，大都是由张建柱去集市上采购办理招待物品，可那是公对公或公对私，斤两多点少点、价钱高点低点都无所谓，可做买卖当贩子则不然，在斤两和价钱上必得分厘必争、斤斤计较、两两不让，甚至一钱一毫也不能放弃。否则，有地不用踢蹬宅子。反过来说，若不让他做买卖，对庄稼地里的活，他既拾不起也放不下，连最简单的锄地都不会，再加上他那个懒劲，在家又能帮上什么忙？但是这一切她又不好直说，只能旁敲侧击，说别想依靠别人。

"谁说依靠爹那边了？"张建柱洗完脚，将两只脚踏在脸盆沿上，回答道，"我是说，你在家抓紧干，我呢，一早一晚得空闲忙地再搭搭帮手，你咋就瞻前顾后，怕这怕那的？不是说嘛？舍不得孩子是套不着狼的！咱不就是苍蝇掉进牛眼里——豁上吃泪（累），受点巴结？要不，光靠坷垃地里刨食，几辈子能攒下家业继承给儿子呀？"

"哟，八字还没有一撇，就儿子儿子的！你呀，说得怪好听，地里的活俺哪敢指望你？"杨丽敏的嘴撇得老长，鄙弃地说，"不是我瞧不起你，甭说攒家当，你就是能挣出自己的吃喝来，俺也算烧了高香啦！"

"呀嗨，你说话咋这难听呢！"张建柱不服气地说，"是骡子是马咱牵出来遛遛不就……哎哎！"他一激动，"咣当"一脚把盆子踩翻了，"哗啦"泼了自己一身水。

再说东洼。锦鸡岭村的岭地虽然大都得到了改造，但土质却难能改变。这几年来北坡、西坡和南坡，大都种着大豆、谷子、高粱、玉米、小麦、豌豆和数量较少的地瓜及棉花、花生等经济作物。唯独东洼，因其土质好，产量高，一年只种植两季——小麦套玉米，玉米地里套大豆、绿豆、小豆等矮棵植物，倒出茬子再种小麦，基本上年年如此。

"联产计酬责任制"在锦鸡岭村如期实施了。责任田除个别情况外都按人口分到了各户。此时麦茬地里的玉米已经有尺把高了。在晨雾缭绕中，依稀可见地头上插着间距不一的小木牌，木牌上标着户主的名字。许多男女社员在锄二遍地。

何为"二遍地"？"高粱七遍谷八遍，玉米地里锄五遍。"顾名思义，这句农谚说的是不同庄稼从破土出苗到收割所应锄地的遍数。那时还没有化学物品"除草剂"，全靠人工用锄头除草。要是遇上连阴天的话，锄地的遍数还要多。

俗话说："锄头上有三件宝，防旱排涝和除草。"即：天旱时锄地能抗旱保墒，天涝时锄地能使水分蒸发得快，锄地的遍数多了杂草自然就少了。但是，锄地得掌握"春锄深，夏锄浅，秋天锄地似刮脸"的要领。也就是说，地锄得深与浅要视季节和庄稼的生长情况而定。就以夏玉米地为例，夏玉米大都播种在麦茬地里，没有"春锄深"之说，只有夏秋两季锄地。玉米苗出土后约十公分，俗称"小喇叭口"时开始锄第一遍地。此时地里的杂草很少，有的话也不高，主要是麦苗子。锄地的目的是松土扶苗、补墑移苗，间第一次苗，一般每墩（坑）留两棵苗，最多留三棵。当玉米苗长到三十公分左右，俗称"大喇叭口"时，锄二遍地。此时已过补墑移苗期，假如再移苗的话苗就会光长秸秆，不长棒子。锄二遍地主要目的是松土、除草，掩盖追肥的坑，再次间苗，苗壮的每墩留一棵，苗弱的留两棵。当玉米苗长到七八十公分时锄三遍地，主要目的是松土除草和保墑。锄四遍地时已经进入秋天了，玉米刚刚抽穗吐缨，下锄一定要浅，如同刮脸一般，换言之就是浅得不能再浅，只要刮破地皮即可，绝不能伤到玉米的根。锄五遍地时玉米棒就有七八分成熟了，锄地不只是为了松土和除草，而且要顺手掰掉玉米棵中部以下的叶子，促使玉米棒提前成熟。这第五遍地亦称"灭茬子"，要为播种小麦打好基础。

张建柱家分到的责任田是紧挨路边的第四块地。珍珍正在地里锄地，她如同顽童拿着木浆划船般吃力，毫无章法地乱挥着锄头。

照此说来，这锄地还讲究什么章法不成？戏剧《朝阳沟》中有这么一句戏词："前腿这么一弓，后腿这么一蹬，草死苗活地发松。"可那是演戏，真正锄地时得会"倒锄"，两只手轮换着攥锄把端，锄头带动身子，两脚轮番交替前行，这样才能省工省力，不能如多人划船一样，一顺撇地锄，那样就会加倍得累。珍珍是一个十四岁的女孩子，头一遭锄地，不用说技巧，光挥锄头就够她累的。

"珍珍，靠近苗子的草就用手拔，"在前边锄地的杨丽敏回过头，拢拢头发上的露珠，叮嘱道，"小心别榜出苗子来！"

"嚓！嚓！"杨丽敏话音未落，一连两棵玉米苗被珍珍送上了"断头台"……

中午，赤日炎炎，似无数钢针刺向大地。热浪阵阵，锄地的人如同进了蒸笼，闷得喘不过气来。落在地上的麻雀张着嘴，耷拉着翅膀，无心找食物，路边的草翻着白眼，卷曲着叶子，地头杨树上的黑蝉拼命地嘶叫着。

锄玉米地的人们都回家了，唯独杨丽敏母女俩还未收工。

"妈，咱回家吧！"上衣被汗水湿透了的珍珍用手背擦擦脸上的汗水，恳求地说。

"好容易盼个星期天！"杨丽敏未停手，说，"咱再锄会儿！"

"您看，都晌午多了，地里光剩下咱了。"珍珍强调道。

"珍珍，再坚持会儿！"杨丽敏走过来，摘下头上的草帽给珍珍戴上，以商议的口气说，"趁着日头毒肯死草，多锄点儿，到地头咱就回家，怎么样？"

"妈，您说一早一晚趁凉快，抓紧锄，中午又说肯死草。"珍珍没做正面回答。她噘起嘴，摘下草帽，使劲地扇着风，问："那锄地还有没有个不行的时候？"

欲知后事，下回分解。

第九十二回
欲达目的骄横跋扈
挑战极限反目为仇

上回说到实行联产计酬后，张建柱家分了四口人的责任田，杨丽敏一人既得管理田里的庄稼，又得忙活家务，她想早早把田里的这一头子忙个差不多，大体有个头绪，好得空回娘家照顾病魔缠身的老母，所以才要珍珍搭帮手。刚才听女儿所说，她无言答对，说："你呀！"

"到现在咱还没吃早饭，我的腰都直不起来了！"珍珍疲倦加厌烦，干脆蹲在地上，不起来了。

"唉！"杨丽敏叹了口气，摇摇头说，"你啥时候才能懂事呢！"

却说吴菲菲。在她的恳切请求下，父亲吴友"不敢怠慢"，没用半月的时间就把准女婿的工作单位给找好了，他打电话给吴菲菲，让她抓紧回家拿表格。昨天吴菲菲回家把厂里发给的《聘用工人合同协议书》带了回来。正好今天张建新没有出车，在副业大院里洗刷车，吴菲菲跑来把他叫到高宏伟家。一进她的卧室，她就迫不及待地从抽屉里拿出合同纸，说："入厂的手续爸爸都替你办好了，光填表就行！"她将一纸合同递给张建新，"你看看！"

张建新接过合同纸，一眼也没看，仰头沉思着。

"我真不明白，农村有啥恋头？"吴菲菲望一眼张建新，面带忧愁地说，"现在不比大集体了，那时还有个好活轻活，在一起说说笑笑还能解解愁，如今一家一户各干各的，凑不成堆，枯燥乏味不说，耕耩锄割哪一样不是要命的活儿？以后就是有了孩子也是修理地球的庄户佬儿。"

"菲菲，你没听说过吗？"张建新抬起头，"'孩不嫌娘丑，狗不嫌家贫，牲畜还不嫌地面苦呢！'锦鸡岭穷也罢，富也罢，可它是生我养我的地方，在感情上我还真……"言外之意：舍不得离开。

吴菲菲张了张嘴，没有说话。

张建新停了一会儿，说："我在部队待了这么多年，学过机械维修，给团首长开过车，曾经有多次机会到军教导大队学习提干，临复员了团领导还一个劲地挽留我，不让我转业，可我做梦都想回来，为咱村出点力，把锦鸡岭建得更好。眼下，咱村只有我会开车，我要是抬脚走人的话，那车不就成了一堆废铁了吗？"

原来，张建新开的解放牌货车，就是在他复员那年年底，地区召开"农业学大寨"先进单位表彰大会时，作为"特别贡献奖"发给锦鸡岭村的。因张建新会开车，大队里也就没再培训驾驶员。

"这么说，你是不愿跟我走了？"吴菲菲白了张建新一眼，问。

张建新委婉地说："我也没说不与你一起走！我是说，即使要离开咱村到厂里工作，走之前那也得培养出个会开汽车的，你说是不是？"

在此之前，吴菲菲曾向张建新提起过求父亲为他谋求进厂工作的事，张建新都是含糊其辞，没有明确表态。这次吴菲菲自作主张，尚未征得张建新的同意，就来了个先斩后奏，求爸爸把他入厂的合同办好了。她原以为张建新会欣喜若狂，会感激她，赞赏她的能力，没想到却碰了一鼻子灰。

"哼！没有你地球就不转了？"吴菲菲颇为讽刺地说道。

"菲菲，话可不能这样说吧？"张建新微笑着说。

"你要我怎样说？"吴菲菲强压住心中的怒火，强调道，"说一千道一万，开车也罢，培养技术员也罢，但至少得讲求点现实吧！反正我在这里是一天也待不下去了！"

"这……"张建新不知如何对答才好。

"可话又说回来，你不愿现在就走，我也不强求！"吴菲菲虽然是以缓和的语气说，但却含有不容辩解之意，"但是有一条，咱得马上结婚！"

"瞧你，这结婚又不是小孩子过家家，是人一辈子的大事，哪能说结就结呢？这我是一点思想准备都没有，家里也没有做好结婚的准备！"张建新赔了个笑脸，说，"这样吧，你再给我一点儿时间考虑考虑，好吗？"

这张建新与吴菲菲订婚好几年了。为这张武昌曾多次向吴家提出结婚，吴友说："菲菲与建新的婚事，我和她妈都没有意见，男大当婚，女大当嫁，越早越好，免得节外生枝，弄出什么不光彩的事来。但也不好横加干涉和包办，只要菲菲愿意，什么时候结婚都可以，反正俩人的年龄不小了，已经到了该结婚的年龄啦！"但吴菲菲一直想去国营厂子里当工人，想找到工作后再结婚。如此一来，就把个婚事耽搁了下来。以前吴菲菲从未提过结婚的事，现在却突然提出，张建新确实一时无法接受。

结婚是人生大事，即使东取西借、砸锅卖铁拉饥荒，也得打肿了脸充胖子，倾其所有，把个婚事办得红红火火，热热闹闹！所以，从双方达成协议，选定结婚日期，到举行婚礼拜天地，得需两三个月的时间甚至半年准备。

不说女方家的婚前准备，只表男方家在婚前所要做的事情：

一、准备四大件。自行车、缝纫机、收音机和手表，这"四大件"是必不可少的，即使有钱也得凭票或者托关系买，多长时间能买到无法保证，主家说了不算。

二、准备衣物。一般是"四铺四盖"，即：四床被子，四床褥子，两身或四身衣服及结婚时穿的礼服，两个枕套，两双鞋袜，一匹红绸子和"迈火盆"时穿的红棉裤棉袄。当时，不管大人还是孩子年人均仅六尺布票，用这六尺布票所购的布料，对成年人来说，只能做一件上衣，或者做一条长裤。尽管在男女双方去领取登记证时政府会优惠给两丈或两丈二尺布票，那也只够做两床被子，想要做完上述衣物，要么得向亲戚和邻居家借取布票，要么得设法去"黑市"上购买，然而，却不能过于提前借取和购买，因为布票是有时效的，有效期一般为一年、两年，三年的很少，过期作废。

三、准备木制家具。包括：大衣橱（立橱）、半橱、高低柜、三抽桌或"一头沉"或书桌、衣柜、衣箱、双层圆形饭盒、鞋箱子等，什么饭桌、椅子等小型木制品不在话下。

四、叫客。结婚前接叫、通知什么姥娘家、姑家、姨家、姐妹家、干兄弟家、义父义母家和三服以内的叔伯姑家、叔伯姐妹家及亲兄弟们、叔伯兄弟们的岳父家等亲戚、朋友。路程近的提前个三五天通知即可，路程远的则要提前十天或者半月通知接叫，还要提前安排好客来后的食宿问题。

五、请人帮工。婚前两天内聘婚礼司仪，找好"嫁客"（伴郎）和帮工的。

当时村里没有"红白理事会"，"喜公事"村干部也一般不插手，全靠喜主本家的近份、亲朋好友和邻居们帮工料理。喜主家要提前三至五天找好厨子，并提前请人杀猪宰羊（当时锦鸡岭村兴自家有猪羊的请人杀，没有的去购买活的）、杀鸡、支锅灶。置办好烟酒茶糖、鲜鱼和菜蔬。至于什么央人写喜联、请柬，购置鞭炮、新席子、碗盘碟子筷子，蒸馒头、糖饺子、炒花生、葵花籽，劈柴，烧水等琐碎之事无须细表。

按说，张建新二十六了，结婚所用物资家里该准备得差不多了吧？然而并非如此！因为吴菲菲对结婚不急，张武昌家中的钱和木料都用在了楼房建设上。现在不用说马上结婚，就是再给他家一年的时间也未必能筹办全结婚所用的一切。可吴菲菲却要马上结婚，的确是有点欺人太甚。

"好哇姓张的！你当我是傻子呀！"吴菲菲怒不可遏，"啊！跟我一拖再拖，还不是为那个姓马的骚货！"

"你说谁？哪个姓马的？"

"哼！明知故问，还能有谁？马——秀——萍！"

人在恋爱时感情十分脆弱，容易疑神疑鬼、神经质，有时候甚至出现幻觉，认假成真。因工作关系，马秀萍经常去张建新家，这无法不引起吴菲菲的怀疑和反感，尤其是让她遇见两人数次的"不检点"行为，更是验证了她的判断——俩人的亲密关系，超出了人与人一般交往的界限。对此吴菲菲曾多次想质问张建新，却又感觉难以启齿，直到现在才说出来。

"你……你胡说！"张建新做梦也没想到菲菲会这样说，因为吴菲菲以前从未说过结婚的事，反过来却怨他拖延了婚事，并且还牵扯到了颇受他尊敬的马秀萍。他实在是无法容忍，霍地站起来，怒斥道："不许你侮辱我的人格！"

"人格？你有什么人格？有人格的话，就不会吃着碗里的，还看着锅里的！哼！一个见异思迁的人还要讲人格，你配吗？你呢，还不如条狗呢！哈……"在吴菲菲看来，张建新与她已经是貌合神离，他总是设法敷衍她，否则他就不会失约，更不会安排张建柱去送饭。虽然张建新早已向她解释过失约的原因，当时吴菲菲也表示理解和原谅，然而事到如今，她又开始怀疑张建新所说的失约原因完全是骗人的鬼话。她感到以前所做的努力统统付诸东流，所以，破罐子破摔，大骂出口。

"你，你……"张建新大为光火，举起了拳头。

欲知后事，下回分解。

第九十三回
杨丽敏擀饼待贵客
马秀萍婉言相谢绝

上回说到吴菲菲本身就是带着不可一世、盛气凌人的姿态来的，才蛮不讲理，侮辱马秀萍，谩骂张建新，并摆出了一副要打架的架势。她见张建新举起拳头后毫不示弱，逼过来，说："想打吗？有种你就打！来吧，不打就是狗娘养的！"她撩起一只眼睛，讥讽地说，"你有什么了不起，要官没官，要工作没工作，不就是在村里开个破汽车吗？还真摸不着脉了！告诉你吧，瞧你这副德行，你现在就是跪着求我结婚，姑奶奶还坊子洋镐——不抓臭碳呢！哈……"

"你……哼！"张建新放下拳头，把合同纸撕了个粉碎，狠狠地掼在地上，一甩门奔了出去。

却说马秀萍。珍珍已经两天没有来学校了。珍珍是五年级一班的班长，无故不到校以前是从没有过的，作为班主任的马秀萍心中纳闷：是病了？还是有什么事？昨天下午课间时她问张建琴，张建琴也说不知内情，答应放学后去嫂子家代问一下。放学后天色尚早，张建琴没有回家，径直来到大嫂家，却见大门上有"把门将军"当值。当她转身要走时，去赶集做买卖的张建柱骑着自行车回来了。

"哥，"张建琴迎上去，问，"赶集回来了？"

"嗯！"张建柱支下自行车，"建琴，有什么事吧？里边说！"说完打开门锁，推着自行车头前进了院子。

"哥，珍珍呢？"张建琴一进屋，就开门见山地问，"她咋没去学校？"

"我刚回来，不太清楚！"张建柱提起地上的铁水壶嘴对着嘴灌了一肚子凉开水，他放下水壶，用手背抹了抹嘴巴，说，"大概跟你嫂子下坡锄地去了！"

"锄地？"张建琴在小凳子上坐下，问。

"现在实行'联产计酬责任制'，"张建柱从衣兜里掏出一盒"珍珠鱼"香烟，抽出一支叼在嘴上，用铁皮汽油打火机点上，说，"责任田按人口分配承包，她不帮着干，你嫂子一个人能忙活得过来吗？"

"那也不能为了家里的活不让她上学了吧？"张建琴问。

"我也没说不让她上学！"张建柱连吸了几口烟，说，"眼下正是锄三遍玉米地的时候，听老人们说，这三遍地是关键的一遍地，地荒与不荒就在三遍地上。"

"那……"张建琴听了哥哥的话，想反驳他。

"你呢，也不用多说了！"张建柱打断妹妹的话，"上学不上学的，耽误个一天两天也不大要紧，估计明天再一天就锄完了，后天就让她去上学。"未等张建琴说话，他就下了逐客令："天不早了，要是没别事，我该去幼儿园接兰兰了！你不忙的话，就在家里看着门，待不了多久你嫂子也就回来啦！"

当时，农村的幼儿园，由于孩子的家长们农忙时都在坡里，接送孩子没个准点，尤其下午接孩子时，什么时候收工，就什么时候去接孩子回家，甚至天大黑了才去。

张建琴知道哥哥的脾气，多说一些也无用，便站起来回家去了。晚饭后她回到学校女宿舍，把下午去哥哥家的事一五一十地告诉了马秀萍。

今天中午放学后，马秀萍没顾上吃饭，就径直来到了张建柱家，正值杨丽敏去幼儿园接兰兰刚到家。马秀萍虽是珍珍的班主任，却很少到杨丽敏家，但全家人都对她有好感，所以，杨丽敏一见她来，赶忙和面，在过道里支下鏊子擀饼，想招待这位她心目中的贵客。她明知马秀萍来的目的，按正常的开场白应该是："马老师，你咋有空来？一定是因为珍珍没上学的事吧？"但她却有意与她拉起了家常，闲聊起来："马老师，最近回家了吗？"

"快一个月没回家了。"马秀萍回答说。

"嗯，离家远了是有点儿不太方便。"杨丽敏擀着饼，说，"马老师，不是嫂子当面夸你，凭人品、学问和家庭条件，谁人敢比？什么样的差使（方言：工作）不好找？你为啥不要求回城，离你父母近点？"

"嫂子，你还不知道吧？我刚上大学一年级的时候，俺爸爸就被第二次打倒了，我也被勒令退学，来到咱村接受教育改造。"正在烧鏊子的马秀萍翻翻鏊子上的饼，说："运动结束后，俺妈就一个劲地要我回城，俺爸却不赞成，说什么专员的子女就该搞特殊，高人一等？"

"哦！原来是你爸爸不让你回城的！"

"是！但也不全是！"马秀萍微笑着摇摇头，揭下烙好了的饼放在高粱楷秆做的盖垫上。

"怎么说？"杨丽敏用擀饼轴子卷起面板上的饼，放在鏊子上，问。

"大嫂，这人可不能忘恩负义！"马秀萍向鏊子底下添了把柴草，说，"我刚来到咱锦鸡岭时才二十刚出头，啥也不懂，举目无亲，可全村人并没把我当外人看待，从村干部到普通社员，谁不把我当亲人？还照顾我当了教师。你说，我能辜负全村人的期望，能舍下孩子们回城吗？"

马秀萍说的不是嘴皮子话，而是事实。1976 年后，她原在学习的大学几次来函，通知说恢复了她的学籍，让她回校继续学习深造，地区里、县里的领导也曾多次亲自出面想调动她的工作，都被她婉言谢绝了，为的就是尽己所能，报答锦鸡岭村的老少爷们对她的知遇之恩。

"说的也是！"杨丽敏有所指地说，"要是农村的姑娘们都像你一样就好啦！"

"嫂子，人各有所愿，"马秀萍笑笑，"不可强求！"

"嗯！"杨丽敏点点头，问，"马老师，有对象了吗？"

马秀萍摇摇头。

"该找了！"杨丽敏感慨地说，"谁要是摊上你这样的对象，那他一定是八辈子修来的福气！"

"嫂子，咱不说这些了，"因时间关系，马秀萍不想把主题扯得过远，单刀直入地问，"这半点多了，珍珍到现在还没回家，是……？"她有意把话打住，听杨丽敏的下音。

其实珍珍已经回来了。连续跟母亲锄了两天半地，今天中午收工后杨丽敏急着接兰兰，回家做饭，头前走了，珍珍感到两臂发酸，两腿发疼，头也有些发胀，就坐在地头上的树底下歇了一大会儿，才无精打采地往回走。刚转过房角，她就听到母亲正在大门楼里跟马秀萍说话，她怕见了老师没法说话，便拔腿去了奶奶家。

"下坡还没来！"看来回避并不是办法，昨天张建琴来过，马老师已经知道了真相，想隐瞒是不可能的，还是实话实说算了！杨丽敏想到这里，苦笑一下，充满歉意地说："马老师，嫂子知道你大晌午头子跑来，就是为了珍珍。不瞒你说，我压根没有重男轻女的偏见，并不是有意耽误孩子上学。可如今不比大集体时候了，地都分给了个人管理，俺那口子又不在家，嫂子我一个人忙不过来，顾了家，就顾不了外。偏偏在这节骨眼上，她姥娘得了偏瘫不说，她姥爷又得了重感冒在家挂吊瓶，家中无人照管，我想早天把三遍玉米地锄过来，好回娘家去待两天，这才……"她摇摇头代替了未说完的话。

马秀萍没有插言。

"哎！一家不知一家，这为家人家可真难哪！"杨丽敏感慨地说。

"是啊，家家都有本难念的经。"马秀萍接过话，她瞥一眼杨丽敏，"谁都知道嫂子是个要强的人，……"她故意说了半句耐人寻味的话，就无下文了。

"秃子头上的虱子——明摆着，遇上这多事儿，嫂子我就是想要强那也要不起来，只能硬撑撑罢了，要是管不好责任田把个地给荒了，还真怕外人笑话！这不是没法子的法子嘛！"杨丽敏无可奈何地表白道。

　　"这我理解！"马秀萍点点头，"可荒废了孩子的学业，比荒废了土地更厉害，'人误地一时，地误人一季。'可要耽误了孩子的前程，那可不是一时一季子的事，而是一辈子的事！"

　　"马老师，嫂子我也不是三砖打不透的人，"擀完饼后，两个人都站起来，杨丽敏语气坚定地说，"你放心吧，今下午就是三遍地锄不过来，我也一定叫她去上学！"

　　"好！那我走了！"马秀萍说着就要走。

　　"先别走！"杨丽敏阻止道。

　　"怎么？"马秀萍懵懂了，站下来问。

　　"说走就走，什么事这么急？"杨丽敏真心诚意地挽留道，"在这里吃了饭再走也不晚！"

　　"嫂子，"马秀萍看了下手表，说，"快到上课时间了，我就不在这里吃了！"

　　"现在估计也就一点多钟，你急什么？"

　　"今下午有我三节课，我得提前赶回去准备一下！"马秀萍说完走出了大门。

　　"既然这样，我就不留你在这吃了。"杨丽敏紧走几步，用手巾抽打着马秀萍身上的灰尘，说，"你先在这里等一下，我进屋拿个包袱，包上几张饼你带上。"

　　"大嫂，我已经委托别的老师给我去伙房打了饭了！"马秀萍一把拽住要去拿包袱的杨丽敏，"你就别客气了！"

　　"你呀，也太不实在了！怕耽误了上课不在嫂子这里吃饭也就算了，咋还不能带回校吃？"杨丽敏埋怨道，"要不是你来，我还真……"未说出的话是"舍不得擀白面饼呢！"

　　锦鸡岭村所种植的主粮不是小麦和玉米吗？怎么还舍不得吃净白面呢？因为在那个年代，各村打的小麦就是再多，也得先缴公粮，小麦与其他包括地瓜干在内的杂粮一般是按四比六或者三比七，甚至二比八的系数上缴。当年，不止农民们的口粮粗粮占比例大，就是行政、事业单位和国有企业的干部职工所发的粮票（饭票）也是按细粮只占定量的百分之三十、四十，粗粮则占百分之六十或者七十的标准供应，且按工种和劳动强度的大小发放不同的饭票。虽然每月平均三十天，但是行政、事业单位的人员和国有企业后勤管理人员的核定口粮却只有二十九斤，如果出外开会或者学习的话，还得自己想法添上一斤粮票方可。锦鸡岭村从入社以来至今，年人均分配小麦都在四十至八十斤之间，今年分得最多，人均八十三斤。按"八五"出面率计算，所出面粉还不到七十一斤。为此，各户只有在逢年过节和招待客人时才舍得吃白面。

　　欲知后事，下回分解。

第九十四回
鱼变味天公不作美
叩婚期建柱余尴尬

上回说到珍珍旷课两天，马秀萍登门造访，杨丽敏擀纯白面饼招待她，她说没时间，杨丽敏让她把饼捎回学校吃，又被她婉言谢绝。

"大嫂，太对不起啦！"她心中十分感激，饱含歉意地说，"不过，你甭不过意，往后我常来吃不就行啦！"

却说张建柱。时逢县城南关大集山会，亦称庙会。这山会并非每个集市都设立，设有山会的集市，一般一年会有两次，个别时候会有三次，每次一天、三天、五天不等。

中午，火辣辣的太阳把大地烤得热气腾升，似乎在冒烟，但却丝毫未减人们赶山会的兴致，乱哄哄的水产市场上，人头攒动，十分拥挤，摊主们可着嗓子的叫卖声，震耳欲聋：

"鲜鱼，活蹦乱跳的鲜鲤鱼，贱卖喽！"

"大虾，刚刚打上来的河虾，四毛钱一斤哪！"

"螃蟹，又鲜又肥的大螃蟹，一元钱两斤，谁不嫌贱，谁拿着啦！"

"卖刀鱼喽！旺鲜旺鲜的中刀鱼，三毛七分钱一斤啦！"

"黄花鱼！真正的东海黄花鱼，贱卖喽！五角钱二斤！"张建柱坐在鱼摊前，面前的蓖麻叶上放着几个肉包子，旁边放着一把花铁皮暖瓶（当时，烧水的拉炉子在卖热水的同时，可以向固定的摊主出租暖瓶和水杯）、一个搪瓷茶缸。他放下手里的芭蕉扇，拿起一个包子，一口咬去半个，边咀嚼着，边用柳条抽打着鲜鱼篓子里的苍蝇，喊："快来抢啊！来晚了可就没有了！"此时的张建柱与以前蹲办公室养尊处优时似换了一个人：白皙脸面变得黝黑，头上戴着一顶六角苇笠，肩上搭着一条满是汗渍的手巾，上身穿一件白色背心，外罩一件被汗水湿透了的、脏得很难辨出颜色的"的确良"半截袖褂，敞着怀。下身穿一条长至膝盖的藏青色大裤头，脚蹬一双黄色半球鞋。让人一见，就知道是常在外跑买卖的小商贩。

这张建柱自杨丽敏答应他的要求后，先是就近上货当了六七天菜贩子，一天下来虽能赚个块儿八毛的，可总是梢瓜打驴——去了大半截，除掉吃喝后所剩无几。他感到不过瘾，这才开始改行下远趟子贩水产。

"哥，你在这？"张建新背着一把行军壶，挤过来，问。

"哦，是你，"张建柱放下柳条，问，"你也赶山来了？"

"不！出车回来，正遇上山会，随便逛逛！"张建新问，"哥，下头怎样（方言：卖得快不快）？"

"太细了（方言：卖得不快）！"张建柱端起茶缸，喝了几口水，说。

"呀！怎么都臭了？"张建新刚蹲下，就捂着鼻子站起来。

"嘘——！别嚷，别嚷！"张建柱慌忙站起来，捂住建新的嘴，又四周看了一番，见没人关注他俩，才压低声音说，"这还是我用凉水泡了一夜的呢！"

"人家买了去咋吃？"张建新小声问。

"姜太公钓鱼——愿者上钩！"张建柱不以为然，"俗话说，无商不奸，无奸不商！商人伤人嘛！搞买卖这行，不哄不骗就甭想赚大钱！"

"那也不能昧着良心坑人哪！"张建新斜了一眼大哥，担心地问，"要是人家买回去吃了中了毒怎么办？"

"嗨，这你就不懂了吧？"张建柱自以为是，"这海鱼不同于肉类，即使烂了，糟了，它都不药人，更不用说只是臭了。要真是……"

"哥，我走了！"张建新打断大哥的话，未等张建柱反应过来，就急忙挤入人群中。

"哎，哎！建新……"三弟的突然离开，使张建柱十分纳闷，他想喊住他问问，刚喊了半句话，却发现吴菲菲正向这边挤来。他点点头，心里说："嘿嘿，当着大哥的面，还装害羞的！"由于他思想开了小差，张建新说的"怎么都臭了"的话还在脑海中萦绕，故脱口喊出了："臭鱼，卖臭鱼啦！真正的臭鱼！啊，不不！是鲜鱼！贱卖啦！买多了优惠，一元钱五斤啦！"

"大哥！在这卖鱼啊？"吴菲菲满头大汗，来到张建柱面前，问。

"哦！是菲菲？"张建柱坐下来，微笑着问，"是找建新吧？"

"哦，不！啊，是！是！他刚才不是在这里吗？"吴菲菲翘首四下张望。

"不错，是在这里来，刚走！"张建柱问，"哎，你俩一起来的吧？"

"唔！"吴菲菲搪塞道。

这吴菲菲前天与张建新闹翻后，当天下午一气二赌地回到家后将两人闹掰的事告诉了父母，母亲大力支持，夸奖她识时务，能当机立断，说："你俩的关系，算了就算了吧，论人才，论工作，论咱的家庭条件，什么样的对象找不到？保险尽挑尽选，随便找一个就比他张建新强！"

父亲吴友则说："你做事欠考虑，年轻人谁没有个脾气，这婚姻大事咋能为一句话、一点儿不着边沿的事就胡思乱想，就与人家下不去了哪！再说张建新所说的也在乎情理，结婚不是过家家，能说结就结？至少得给人家个时间置办置办吧！要是没做准备草草结了婚的话，不止全村人笑话，张家脸上挂不住，就连我这做父亲的也感到不光彩。还有，他张建新并没有说永远不离开锦鸡岭与你一起工作，只是早晚的问题，不是吗？况且他也说了，等村里物色出个汽车司机来就进厂工作。这也不能说他张建新的不是，让谁说也不能因为个人的私事抬脚走人，让汽车变成一堆废铁吧？"

吴菲菲张了张嘴，没说出一句话来。

吴友接着说："你呀，也老大不小了，争取年前把个婚事给办了吧！至于张建新的工作，不是爸爸说大话，只要还在位上，他出来工作的机会还愁没有？"

吴菲菲听了父亲的一席话，一晚上没有睡好觉，她思前想后，越想越觉得父亲的话有道理，感到自己过于草率，太感情用事，做得太过分了。她后悔，她自责，本想第二天就赶回锦鸡岭，向张建新当面道歉。又一想：后天就是县城南关大集的山会，张建新很有可能来赶山会，我去集上去找他。

这南关大集的山会是夏冬两期，每期都是三天，今天是夏季山会的头一天。吴菲菲一早起来着意打扮了一番：描了眉，抹了近似嘴唇色的口红，头戴淡绿色底子、点缀粉红色碎花的圆顶宽边遮阳帽，上身着一件淡淡的葱绿色半截袖绸子衫，袖口上镶有一圈白色的猫耳朵，下穿一件墨绿色百褶长裙，脚蹬一双泛着亮光的淡红色细高跟凉鞋。她吃过早饭，肩背纯白色女士挎包，就匆匆来到山会上，满集上寻找张建新，但直到中午也没见到张建新的身影。正当她心灰意冷准备回家之时，却一眼瞥见张建新就在他哥哥的鱼摊旁，于是费了九牛二虎之力好容易挤过来，不想却扑了个空。

"是不是来置办嫁妆？"张建柱做贩鲜鱼的买卖，为减少中间环节的费用，自己直接往返于海边和集市之间，有时候两三天不回家。前天，天刚蒙蒙亮他就骑着自行车赶向了距县城近三百里的海边，等他赶到目的地时，天已经黑了。昨天一早买上货他就往回赶，由于走得太急，一不留神，半路上倒了自行车，煞车绳子正好磕碰在路边的石头上，挣断了，后货架上鱼篓子里的黄花鱼几乎全被倒了出来。巧的是天不作美，下了一阵小雨，等他重新整理好，赶到县城时太阳已经落西山了，于是找了个旅馆住下，把沾土的鱼泡洗了一遍。如此一来，海鱼见了雨水和淡水，又没有搁置在冷冻设备里，变味也就在情理之中了。今天刚鸡叫他就到南关集的水产市场上抢地方摆摊了，所以不知道吴菲菲与张建新已经闹翻。

"哦！不不！啊，是是！……啊！"吴菲菲面红耳赤，语无伦次。

"噢——！我知道了，你一定是来置办嫁妆，准备结婚的吧？"张建柱自作聪明，"时间定在几月几日？"

欲知后事，下回分解。

第九十五回
昧良心无商不奸亏
论学业重男轻女偏

上回说到吴菲菲在不远处看见张建新与他哥哥在一起，当她赶过来时，张建新却不知去哪了。张建柱不知内情，询问她何时结婚，她窘迫不已，忙岔开话题，问："他去哪儿了？"

"向南边去了！"张建柱用柳条向南方指指，说，"以往逢大集他的车都是停在市场的南边！"

"那我这就去找他。"吴菲菲说完，便挤入了人群中。

"哎，菲菲！"张建柱不放心，大声喊，"你知道他常停车的地方吗？就在大柳树底下！"

"知道啦！"人群中传来吴菲菲的回答声。

暂且不表吴菲菲，接着说张建柱。

下午两点来钟，山会上的人就走得差不多了，张建柱见没什么靠头了，就把剩下的近二十斤黄花鱼一角五分一斤也卖，一角一斤也卖，全部贱卖了。等他收拾好摊子，到家时已近五点了。此时，老天却仍未退烧，火辣辣的太阳把西天的云烤得紫红，离得近的似被烤糊了，烤卷了，块块边沿不整、厚薄不一的云团紫中泛黑。树上黑蝉高歌，灰色的知了伴奏。街上的狗伸着长舌趴在阴凉处，见有人来了也懒得让道。

"水产这买卖做不得！贩这一趟子鲜鱼，三天就折了十多元钱。"院子里，张建柱与杨丽敏卸下自行车货架子上的空鱼篓子，放在地上，说。

"十多元？"杨丽敏问，"你就没算算自从你贩鲜鱼以来共砸进去了多少钱？"

"算过！咋没算过？每天的进出我都记在本子上！"张建柱拿下挂在自行车把上的黑色塑料提包，从包里找出一个塑料皮小本子，翻动着，说，"截至现在我共干了四十六天半，刨去吃喝和住宿钱，一总折进去了三十八块八毛七分钱，一天扯不到九毛钱，不算多吧？"

"折了近四十元了还不算多，那折多少算多？把屋子底赔进去才算多？"杨丽敏不满地斜了张建柱一眼，说，"你这一贩鱼不要紧，近八刀礼的钱算是没着落了！"

"八刀礼？"张建柱问，"什么八刀礼？"

"你呀，瞎当会计这么多年，连这个账都算不出来？"杨丽敏戳了张建柱的额头一指头，说，"结婚去送小饭（方言：贺喜），按一斤猪肉七毛二计算，七斤猪肉多少钱？是五块钱吧？"

原来当地有个风俗，结婚去贺喜，要么是割上七斤猪肉，要么是拿上五块钱，喜主回碗子时一般返回一元五角钱或者二斤猪肉。

"嘻嘻！"张建柱没有反驳，嬉笑着说，"头三脚难踢嘛！"

"你呀，我早就说过，不是做买卖的料，你还死犟着不承认，怎么样？"杨丽敏戏谑道，"不是我瞧不起你，你就是贩大闺女也得赔本！"

"嘻嘻！胜败乃兵家常事，关云长过五关斩六将，可还有败走麦城的时候，那谁还敢说自己是常胜将军？"张建柱嬉皮笑脸，"既然贩水产这条道行不通，咱就改行贩水果，反正都是个水字！"

俗话说："外行不知内行的利。看着容易，做着难！"张建柱认为：庄户地不好下，操心费力，热汗白流地忙活一年也挣不了几个钱。身为会计的他，大集体时为公家买这买那，在集市上见商贩们随日头倒阴凉，不用费什么力气就能挣到大钱，所以才选择了做买卖这一行。然而，行行有道，道道有门。很多人做买卖要耍心眼，以次充好，做到"六亲不认"，才能赚钱。主要的技巧是在秤杆子上做手脚，人们常说十个贩子九个不够秤。

作者亲眼见过，那是在 20 世纪 90 年代初，某村有一个卖烧肉的，他的亲生父亲去割了一斤烧肉，走在回家的路上，有几个常与他开玩笑的青年人说他的烧肉不够秤，他反驳道："闲扯淡去吧，别人割我儿子的烧肉够秤不够秤我不敢说，我这为老子的他还能不给够秤？"青年们说够不够秤，你回家称称不就知道了！这位老者满腹狐疑地回到家称了称，发现烧肉确实不够称，只有八两半，于是立马拿着烧肉就去找他儿子，骂道："好我把你个狗日的！你娘死得早，我拉扯你成人容易吗？到头来连老子我都骗！你还有人味吗？"儿子恬不知耻地说："爹，爹，您别生气，让您说，我不骗您，我骗别人那人家能让吗？"

此正如张建柱自己所说："商人伤人嘛，无商不奸！"遗憾的是他不得要领，不知道做买卖的诀窍，"伤"得不到位，"奸"得不到家，不知真谛所在。自开始做买卖那天开始，他一改晚上不睡、早上不起的习惯，每天都是起五更睡半夜，风里来雨里去，整天忙得脚不沾地，至今快两个月过去了，不但没挣到钱，反倒赔了本。所以，他感到贩卖鲜海鱼的买卖是无法再做下去了，才想改行贩水果。

"算了吧！"杨丽敏就脸盆里拿了块湿手巾递过去，说，"你要是再贩水果，少不得连老婆孩子也搭进去！"

"嘻嘻，哪能呢！风水轮流转，明天到咱家！三十年河东，三十年河西，说不定明天风水就真能到咱家呢！"张建柱不以为然，说，"我改行贩水果，目的是想把贩鲜鱼折的钱赚回来！"

"你呀，就别想吃巧粮食了，外快钱是不好挣的，干脆安分守己地过庄户日子吧！"杨丽敏不无忧虑地说，"眼下，人家的玉米地三遍都锄过来好几天了，可咱家还有一亩多地的三遍地一锄也没下，还有西坡的三亩谷子地、北坡的一亩多豆地和东北坡的近二亩春地瓜地也都该锄了，要是遇上连阴天，那就等着拿野兔吃吧！"

"珍珍呢？她不是和你一起锄吗？"张建柱纳闷地问。

"去上学了！"杨丽敏进屋端出一把茶壶和两个茶碗，放在地上，说，"不用说她锄地不中用，就是中用，也不能让她成个睁眼瞎吧？"

"都上五年学了，咋就能成睁眼瞎呢？她老子我才四年级毕业，有谁说我是睁眼瞎来？没有吧？"张建柱将手巾搭在铁丝做的晾衣绳上，进屋拿出两个矮凳子，说，"闺女孩子价还想有什么大芽子发（方言：大出息）？认得自己的名字就行啦！"

"哟，够封建的！"杨丽敏斟上茶水，毫无表情地说。

"怎么，我说得不对？"张建柱坐下来，"闺女早晚是人家的人，就是上了大学，找上工作，结果还不是干搭工夫白花钱，为父母的还能沾到什么好处？古语说得好：'折本的买卖就别干'！"

"那咱妹妹呢？"杨丽敏反问了一句。

"你是说建琴吧？"张建柱振振有词，"耽搁了七八年的工夫，到头来不就是当抹鼻子（方言：小孩子）的教书匠？还是个吃地瓜干子的民办老师！向好处说，现在上级每个月给补助个六块七块的钱，足够全家人油盐酱醋的，可结了婚后，她还能往家拿一分钱吗？"

　　原来，张武昌家的一群子女中，大女儿一天学也没上，大儿子张建柱虽然上了六年学，却没能爬出四年级的门槛，三儿子张建新算是初中毕业，二女儿张建琴高中上了一年，只有二儿子行头运气好，求爷爷拜奶奶地好歹读完了高中。

　　张建琴初中毕业后，回村下了一年庄户地，又被推荐上了高中。由于锦鸡岭小学改设为学区，时为副校长的孙月英见人手不够，特向锦鸡岭革委会提议推荐，让高中一年级的张建琴辍学当代课老师，两年后转为民办教师。张建琴任教以来先是教小学五年级的语文课，前年才开始教授五年级两个班的数学课。

　　按年代和岁数来说，张建柱如果学习好的话，上高中和大学是没问题的，遗憾的是他偏科太严重，文科一门没门。那还是张建琴当代课教师时，因她有事，请张建柱代课一天，张建柱对全班同学说："同学们，汉字笔画这么多，多个点少个横的没有事！"惹得同学们哄堂大笑。当地至今流传着这么一句话："张建柱教的学——汉字笔画这么多，多个点少个横的没有事！"而他却不以为耻，反以为荣，颇为自豪地说："别看我才四年级毕业，教五年级还绰绰有余呢！"

　　对于珍珍干农活一事，大集体时，粮草按人七劳三分配，珍珍干与不干无所谓，即使参加集体劳动她一天也挣不了几个工分。至于上学，一年下来学杂费和书本钱顶多十来块钱，张建柱家满供应得起。现在情况不一样了，责任田如果管不好，秋后的报酬和年终的"分红"就可想而知了。为这，依张建柱的意见是要珍珍辍学回家帮着妻子下地和干家务活，他自己腾出工夫和精力，无牵无挂地做买卖。而杨丽敏却不赞同，说："你看人家马秀萍，难道还是个大男人不成？"

　　"嗨！谁能和她比呀？"张建柱说着喝了一口茶水，被呛得嘴张得老大，"呕！呕！"想吐又吐不出来，眼泪却流出来了。"咳！咳！"他干咳嗽了几声，问，"你，你下的什么茶叶？可辣死我啦！"

　　"什么？"杨丽敏事感蹊跷，揭开茶壶盖一看，说，"哟！准是兰兰做的孽，把烟末放进壶里了！"

　　六月天，孩儿脸，说变就变。说话间，天就阴上来了，一阵大风过后，稀疏的雨点噼里啪啦地下了起来。

　　"哎，咱家老三什么时候结婚？"张建柱把空鱼篓子和自行车搬弄进东墙根的棚子里，问。

　　欲知后事，下回分解。

第九十六回
好心当作驴肝肺冤
船到江心补漏迟悔

上回说到张建柱从城关山会回到家，本想问杨丽敏建新与菲菲什么时间结婚，只因杨丽敏说起锄地和珍珍上学的事，一直没得空问。直到拾掇天井时才问三弟何时结婚。

"结婚？"杨丽敏抱着柴草走进棚子来，问，"和谁呀？"

"还有谁？菲菲呗！城关山会上我见他俩在一起置办嫁妆呢！"张建柱回答道。

"见鬼了你！"杨丽敏放下柴草，说，"他俩的婚事早就吹了，待不了几天菲菲就要进城当工人啦！"

"那、那……我真见鬼了我！"张建柱摸着后脑勺说。

回头再说吴菲菲。前天山会，她告别张建柱，挤入人群中，去追寻张建新。当她来到集市南边的大柳树底时，却发现此处既无车，也无人，空空如也。她不想放弃，又在整个集市上找了一遍，就是不见张建新的踪影。

吴菲菲本想明天礼拜一返回锦鸡岭找到张建新再好好谈谈，可没料到她刚从山会上回到家，尚未坐下就接到厂里的通知，要她明天早八点前去填表办入厂手续。第二天，一切办理停当后，厂领导批了她六天的假，要她下个礼拜一正式报到上班。由于以前在城里住时的同学们和农业局的干部职工，以及亲戚朋友得知此事后，纷纷赶来祝贺，使她无法脱身，只能在家待客。礼拜四下午才得以抽身回到锦鸡岭。她连姨家也没去，直接来到张建新家，不巧的是今天一早张建新开车去了黑龙江拉豆子。据彩云讲，张建新临走告诉她说连来加去得四至五天，最快也得礼拜天下午或者晚上才能回来。万般无奈，她只得在高宏伟家住了下来。她来锦鸡岭已经三天了，睡不好，吃不下，"人比黄花瘦"——整整瘦了一圈。

明天就是报到上班的日子了，她不知该如何是好——在此等候张建新吧，首次上班就请假或是旷工，会给领导和同事们留下什么样的印象？一旦给人留下了不好的印象，别人一时半霎是改变不了对她的看法的，至于调到好的工作岗位或者提干就更与她无缘了，除非是调离工作单位！不等张建新吧，她又不甘心，二人相处了这么多年，说没有感情是假的，她从心里舍不得张建新。爱情的种子一旦发芽，想一下子除掉也不是件容易的事。退一步说，如果张建新心胸宽阔，不计前嫌，与她重新和好，她就是推迟报到上班时间，豁上挨领导的批评，哪怕是被厂里除名，那也是值得的！婚姻终归是人生的首件大事。可是回想那天他又是扬拳头，又是撕合同纸的恼怒劲，特别是在山会上故意躲避她的举动，他愿意与她重归于好的可能性也不大。吴菲菲后悔自己不该捕风捉影嘲弄侮辱他，然而，"船到江心补漏迟"，说出去的话，泼出去的水，是无法收回的。她更后悔自己不该赌气当天回城，要是当晚或第二天上门当面向张建新赔礼道歉，承认自己的过错，结局可能就会改变，但是这一切一切就是后悔也晚了。

"世界上没有无缘无故的爱，也没有无缘无故的恨"，爱得越深，恨得就越深，吴菲菲恨张建新，恨他小肚鸡肠，认为他作为男子汉不该没有宽宏大量的大将风范，不该吃一点屈就吹胡子瞪眼，举拳头、撕合同，更不该躲避她！她掂对来思量去，感到心中没数，两人和好的希望太渺茫。长痛不如短痛，她临走前在他家扔下一句话："大爷、大娘，我知道我配不上建新，就不等建新了，他回来后请二老告诉他，我们俩的事就算了吧！从今以后各人找各人的对象，谁也别牵扯谁！"所以，今天下午她决定告别锦鸡岭，天黑前赶回县城。

人非草木，毕竟是感情动物，吴菲菲离开锦鸡岭前，觉得马上走也晚了，真要离开时却又觉得难舍难离，她在锦鸡岭住了这么多年，不只是大姨一家和锦鸡岭的村民们，就是这里的一草一木，都使她感到不舍。

下午，天气闷热，蝉声阵阵，知了声声，乌云滚滚，预示着大暴雨就要来临。

吴菲菲坐在卧室里的床上，望着一只红色的大柳条箱子，眼泪不由自主地流下来。这时，外边传来"笃！笃！笃！"的敲门声。

吴菲菲擦擦泪，起身开了门，当她看见来者是马秀萍时，想关门，却又犹豫了。她兀自在床上坐下。"来找建新吧？他不在！"她不冷不热地说。

"菲菲，听说你要走，"马秀萍没有正面回答，真诚地说，"我来送送你！"

在吴菲菲看来，正是由于马秀萍的存在，张建新才不愿离开锦鸡岭，才与自己闹翻的。所谓"仇人相见分外眼红"，吴菲菲一见到她，心中的气就不打一处来，真想骂她个两眼发晕找不着北才痛快，扇她两个耳光才解恨，但还是忍住了。她看了马秀萍一眼，没有搭理。

"菲菲，别误会！"马秀萍明白吴菲菲是误会她了，想辩解也于事无补，于是说，"我已经有男朋友了！真的！"

"哼！做贼心虚，不打自招！"吴菲菲感觉自己判断正确，心里说。"你有没有男朋友与我何干？"她说完，把头别向一边。

"菲菲，我来这里没有别的意思，完全是出于好心，希望你能理解！"马秀萍表白道。

理解什么？装模作样！假惺惺！吴菲菲嘴撇了撇嘴，不屑一顾，没有说话。

"我是真心劝你三思而行，不要感情用事！人生在世，误会、凑巧是常有的事，咋能只凭想象和猜疑呢？"马秀萍以温和的口气劝说道，"你还是静下心来，多待两天，与建新和好后再走，免得他……"

俗话说："好事不出门，坏事传万里。""打一百板子墙，也没有不透风的。"张建新与吴菲菲闹翻的事，没过几天就在全村传开了，说好的说坏的都有，赞成的反对的见解不一。这件事自然也会传到马秀萍的耳朵里，只是她不知道真实原因，感到不解：二人已经订婚好几年了，咋能说散就散呢？

为此，上个礼拜三晚上，马秀萍曾在学校的办公室里问过张建琴这件事。

这学校办公室是一拉四间通房，正面墙上的大黑板上写有《一至五年级和初中一二年级的课程安排一览表》。下午放学后，十几名男女教师正在备课、批改作业。

"张老师，你三哥与菲菲的事是怎么散的？"马秀萍放下笔，小声地问正对着桌办公的张建琴。

"具体情况我也不了解，我只知道俺三哥那天晚上与她失了约。"张建琴批改着作业，小声地回答。

"失约？"马秀萍问，"什么事失约？"

"听俺三哥说，菲菲约他晚上八点钟在刺槐林见面，凑巧的是，俺三哥在出车回家的路上遇到了个被自行车撞伤了的老太太，为送老太太去医院，他回家时都快十点了！"

"哦！要真是这样，解释一下不就行了，何必非闹翻了不可呢？"马秀萍懂懂了。

"她能听解释吗？"张建琴放下笔，说，"依我看，闹翻也好，就菲菲的人品，晚吹不如早吹，只是时间早晚的问题！"

"你呀，根本不体谅别人的心情！"马秀萍说，"他俩也都太较真了，为着点小事散了实在不该！"

"小事？还不是因为吴菲菲辱骂你，我三哥才发火的！"张建琴心里说。她未置一词，只淡淡一笑。

"你这当妹妹的该劝劝他，叫他向菲菲赔个不是，或许还能挽回局势呢！"

马秀萍劝说道。

"'不熟的饽饽难入（蒸）笼！'就我三哥的脾气，就菲菲的性格……挽回的可能性不大！"

"那……？"

"天下何处无芳草！"

"什么意思？"

"他们俩的事我才不管呢！当初于大嫂来为俺三哥提亲时，我就劝他慎重，别看走了眼，可他根本就不听，好像世界上再也找不到两条腿的女人了！怎么样？活该！"

"你……"马秀萍刚要说什么，却听到门口传来"报告"声。

珍珍抱着一摞作业本走了进来……

今天上午，全公社的教师们到公社大会堂集中学习听报告，下午两点半在各学区集中讨论。马秀萍得知已经来锦鸡岭三天的吴菲菲下午要赶回城，心想：我是去送她好呢？还是不去好？基于一般做人的道理和礼节，相处了四五年，好也罢，孬也罢，离别前来送行，属于人之常情。可是一想到吴菲菲曾当面对她含沙射影的话，她又打了退堂鼓。经过一番激烈的思想斗争，她最后还是决定去，并想借此劝说吴菲菲与张建新和好。于是吃过午饭就赶来了。

"姓马的！你有什么资格教训我！"吴菲菲并不买账，"他张建新，又与我有什么关系？你要是看着他好的话，就干脆嫁给他！我毫无意见！"

"你，你……"马秀萍本是一片好心却换来吴菲菲的挖苦和侮辱。她那不近情理的话，噎得马秀萍一句话也说不出来。

"你这不知羞耻的臊逼！装什么好人？今辈子我都不想见到你，"吴菲菲大声怒斥道，"给我滚！"

吴菲菲的话简直如泼妇骂街，马秀萍如何忍受得了，她眼含泪水，紧咬下唇跑了出去。

"咚！"吴菲菲赌气地向门踢去，只听得门外传来"哎哟"一声。

欲知后事，下回分解。

第九十七回
痴情人风雨中昏倒
同胞妹烈日下探望

上回说到马秀萍真心实意地劝说吴菲菲留下来，与张建新和好后再走，吴菲菲却不领情，对马秀萍大骂出口。马秀萍刚出门，她就一脚向门踢去。只听"咕咚"一声，高二婶被门撞倒了，一颗门牙也被门碰掉了，嘴里流出了血。她坐起来，手拿门牙，说："好我汰！好我汰！哪来这么大的火？把我的牙都碰掉了，哎哟！"

这高二婶自吴友家搬走后，就把菲菲当作亲生女儿看待，百般关照、呵护。现在吴菲菲说走就走，也不知道什么时候再回来，高二婶心里有说不出的滋味。今天中午她做了满满的一桌子菜，为吴菲菲饯行，自己却一口也吃不下去，借故出了门，偷着哭了一场，等全家人吃完饭她才回到家。她不愿与外甥女当场离别，担心抑制不住自己的感情，再痛哭流泪，使得菲菲心里更加难受，就直接进了北屋，坐在炕上长吁短叹。直到听到吴菲菲与马秀萍的吵闹声才赶过来，却把牙磕掉了。要是换了别人，一定会大发雷霆，至少会埋怨吴菲菲，然而高二婶性子绵软，没有斥责菲菲一句，只是捂着嘴喊"哎哟"。

"大姨，碰得不轻吧？"吴菲菲见状，忙拉起高二婶，道歉说，"您别生气，我不是有意的！"

却说张建新家。大雨过去后，小雨依然滴滴答答地下个不停。

由于判官彩云先顾着拾掇院子，还没来得及把二楼阳台上的两盆菊花搬进屋里，暴风雨就铺天盖地袭来了。此时两盆菊花已经枝折叶损，没了生机。

屋里间，张建新浑身是泥，躺在床上昏迷不醒。

"方方！方方！你醒醒啊！"彩云摇着毫无反应的建新，泪水无声地落下来，"你这是咋的了？"在农村父母往往感到称孩子的大号别扭，不如叫乳名顺口亲昵，如果不是在公共场合，即使儿女们已经长大成人或者做父母了，有的甚至做爷爷奶奶了，父母即使当着下一辈子的面也还是叫他们的乳名，为儿女的也不会感到难为情，都认为是正常行为。

站在一边的张建柱和杨丽敏望着建新，一筹莫展。

"娘，娘，"张建琴披着雨衣，风风火火地走进来，问，"我三哥这是怎么了？"

今天下午张建琴正在与全学区的教师们一起进行学习讨论，校长接到了锦鸡岭大队来的电话，说她家中有急事，要她立即回家。张建琴听后立刻马不停蹄地跑回家来。

"方方，你醒醒啊！可别吓唬娘！啊！"彩云没有回答建琴的问话。张建柱家两口子对视了一下，也未发话。

"你们都哑巴了？"张建琴脱下雨衣狠狠地掼在地上，跺着脚着急地问，"三哥他到底是怎么了？"

"这谁知道？刚才是高为农把他背回来的，说他昏倒在村头上！"杨丽敏将一块湿手巾敷在建新的前额上，说，"也许是——可能是因为菲菲吧，但是也不一定！"

事后证实，张建新自从与吴菲菲订婚后，就一心一意爱着吴菲菲，任凭再好的姑娘的追求也动摇不了他的心。他盼望着早日与吴菲菲结婚生子，了却父母的心事。然而吴菲菲却推托说等她找到工作时再结婚，让他意想不到的是，吴菲菲找到工作之时，却成了两人分手之日——上次要不是吴菲菲侮辱马秀萍，越过他的底线，他是绝不会翻脸，更不会撕毁合同纸的。虽然他事过之后感到十分后悔，但是，他又不愿放下架子，低三下四求吴菲菲原谅，在他看来：我张建新没有错，是吴菲菲刻薄、自私，素质太差，一切后果都是她造成的，她应该向我道歉才对。

俩人闹翻后的第三天，在城关山会上，他一见到吴菲菲就气不打一处来，所以才有意避开她，兀自走了。他决定与她一刀两断，心里说："你走你的阳关道，我走我的独木桥！权当没有订过婚，什么事也没发生过！"然而说是说做是做，根本不是一回事。有位名人曾经说过："爱情这个东西，爱起来神魂颠倒，忘乎所以，恨起来刻骨铭心，要死要活，不能自制！"事实如此。张建新一空闲起来，就会想起吴菲菲，就连做梦也离不开吴菲菲的影子。他想过几天吴菲菲肯定会回锦鸡岭的，那时俩人心中的气也都消得差不多了，再找她做解释，兴许还能挽回局面。他望眼欲穿，盼着吴菲菲快来，盼着与她早见面。万没想到二人却失之交臂，面没见上大队里就要他跑长途去东北拉豆子。

锦鸡岭村有榨豆油这一副业，因黑龙江省盛产大豆，价格比内地便宜，从去年冬天有了汽车，油坊所用的大豆基本上都是东北产的，农闲时可直接去车到集市或当地农村购买，农忙或车没空时则可给某农场去函或电话，请他们代办托运，将大豆运至省城，再去汽车拉，至今张建新少说也去东北拉过三趟了，包括籴豆子在内一来一回需要四至五天。大前天一早他与大队现金保管员又开车去黑河地区拉豆子，到了目的地正遇上大集，没用一上午的时间就收集满了一车厢大豆。

吃罢午饭他就往家赶，经过三天多的长途跋涉，日夜兼程，于今天下午两点赶回了村，与以往相比至少提前了六至十个小时。汽车刚进副业大院，尚未停稳，但见雷鸣电闪，狂风呼啸，大雨倾盆。张建新急忙停下车，与现金保管员跑进油坊屋里。还没说几句话，就有人告诉他，说吴菲菲来锦鸡岭等了他三天，今下午才走了。

张建新问："什么时间走的？"

"刚走不一会儿，估计此时快走到县乡公路的客车停车点上了。"

"刚走不一会儿？那我在回来的路上咋没遇到？"张建新有点儿不大相信，问。

"你走的是大路，她走的是通往东北山去的小路，怎么会遇上呢？"

此人说得不错。由于下大雨，吴菲菲他们抄小路直奔客车的停车点。当时，高志强身披雨衣，推着载有柳条箱的自行车头前带路，穿着蓑衣的高宏伟与手擎雨伞的菲菲紧随其后。

菲菲一步三回头，任凭雨伞被风刮得反折着。

"走吧，"高宏伟脱下蓑衣，给菲菲披上，催促道，"再磨蹭就赶不上今下午三点的客车啦！"……

张建新听后，二话没说，敞着头冒雨跑出副业大院，出了村后，向菲菲去的方向追去。他刚跑出村头没多远，就一头栽倒，以后就什么也不知道了。

凑巧高为农挂心东北坡责任田里的玉米倒伏，担心地里有积水，暴雨刚转成小雨，就披上蓑衣，扛上铁锨，直奔责任田，刚出村不远就发现了昏倒在路上的张建新，于是就把他背回了家。彩云问及张建新不是去东北拉豆子了吗？咋会昏倒在村外？高为农也不得而知。这高为农看似是粗人，其实却心细，他出了张建新家的门，就去大队办公室跟杨丽敏说了这件事。

杨丽敏猜测：张建新肯定是去东北刚回来就听说菲菲走了，他是去追菲菲时昏倒的，故回答说可能是因为菲菲。

"哼！也真是！"张建琴听说三哥是因为菲菲才昏倒，感到既好笑又好气，嗤之以鼻，说，"三条腿的蛤蟆不好找，两条腿的女人遍地是！干么非得在一根绳子上吊死，值得吗？"

"建琴，你少说两句吧！"张建柱劝道。

"哼！没出息！丢人！"张建琴嘲笑道，"大公鸡都羞得要垫尿布啦！"

"方方！方方！你总算醒过来了！"张建新在母亲的呼唤下，慢慢地睁开眼睛，苏醒过来。彩云破涕为笑，欣慰地说："你可把娘吓坏了！"

"娘——！呜……"张建新的嘴唇哆嗦了好一会儿，才吐出一个字，就放声地哭了。

　　再说圆圆张建琴。中午，烈日炎炎，晒得人皮肉都疼，如同火烤一般。放了学，张建琴匆匆赶回家，饭都顾不得吃，推起自行车就要走。

　　"圆圆，"母亲彩云阻拦道，"快慢不在一霎，饭已经做好了，你吃了饭再走也不晚呀！"

　　"嗨！不就是一顿饭吗？"张建琴不以为然，说，"吃不吃无所谓！到医院再说。"

　　农村人自己就说：庄户人家泼辣，抗摔打，顶折腾，什么头疼胸闷、肚子疼和磕着碰着等小病小灾的，能靠的就靠，能挨的就挨，能吃药就绝不打针，实在挨靠不住了时才去医院看医生。这张建新风华正茂、年轻力壮，正处在三棍子都砸不倒的好年纪，可患病五天了，至今未愈。家里的人起先都以为他是路上缺觉，劳累过度，又加上挨了雨淋才生病的，认为大小伙子家过个三天两日就会好的，也就没送他去医院，只靠村里的赤脚医生给打打针，服点儿药。然而，三天过去了他的病情却仍未见好转，前天才被送去了公社医院。傍晚与张建柱一起陪同去医院的杨丽敏回来告诉公婆，医生诊断说：张建新之所以生病，劳累过度和着凉是次要的，主要是内火攻心，需住院观察治疗，至于得住多少天，目前很难说，视病情而定。今天一早陪床的张建柱从医院里回来，连张武昌的家门都未进，捎上点干粮和用的物就急急忙忙地赶回去了。他临走委托妻子转告父母，说张建新的病情已大有好转，估计再有个三五天就可以出院了，请二老放心。张武昌夫妇信不过张建柱的话，吃早饭时彩云就打发张建琴趁睡午觉的空去医院瞧瞧，探个实底。

　　"瞧你这孩子，常言说得好：'人靠饭，铁靠钢，一顿不吃饿得慌！'这么远的路程，不吃饭哪能成？"这锦鸡岭到公社驻地就是骑自行车也得半个多小时，即使到了医院也不一定有空先去吃饭，现在女儿饿着肚子走，她心疼，说，"你等等，我去拿点儿饭你带上，啥时饿了啥时吃！"

　　"娘，"张建琴笑笑，说，"我又不是小孩子了，饿不饿我自己还不知道？您就甭操心啦！"说完戴上草帽，推起自行车出了大门口。

　　"圆圆，快去快回！"彩云跟在后边叮嘱道，"千万别回来晚了，黑灯瞎火的让人挂心！"

　　"知道了，回来不晚的！下午我还得赶回学校上班呢。"张建琴答应着，说，"娘，您回家吧！我先去趟学校。"

"去学校？"彩云问，"去学校干什么？"

"哦，今中午放了学，走得急，忘记向校领导请假了，"张建琴骑上自行车，"我怕上课前赶不回来，去和马老师说声。"

"这孩子，"彩云摇摇头，自言自语地说，"比我年轻时性子还急！"

张建琴进了校院大门，在女教师宿舍门前下了自行车。她支下自行车后就去开宿舍的门，但门是里插着的，她又推推玻璃窗扇子，发现也是里插着的，且拉着窗帘，于是曲起右手的食指和中指轻轻地敲了几下。

宿舍内，正在伏案疾书的马秀萍听得"笃！笃！笃！"的敲窗声，答应着："来啦！来啦！"她仓促地划了几笔后，就把信纸折叠好，放进桌子上摞着的几本书的中间，起身开了门，说，"哟！是张老师？"

"想捂白呀还是要孵小鸡？大热天的咋还关着窗子？"张建琴取笑道。

原来，在上个礼拜天下午教师们开讨论会时，马秀萍见校长在张建琴耳边说了几句什么，张建琴立马起身慌慌张张地走了，她不知道张建琴家发生了什么事，放心不下，散会后，就打着雨伞径直向张建琴家走去，刚进过道就听到屋里边正在谈论吴菲菲，她感到此时进去不合适，说什么也不好，听了一会儿，就转身走了。昨天她问及张建新的病情如何，张建琴回答说因吴菲菲走前转告母亲，她与张建新已无共同语言，就此分手，张建新经受不住精神打击以致心火入里，久治未愈。

今天吃过午饭，马秀萍回到宿舍里正准备给妈妈写信，但只写了"妈妈您好！"几个字后，就不写了。她站起来用钢笔顶着下颌，徘徊了一会儿，才又回到桌前坐下，却没有继续写。而是手抚前额，自言自语地说："这能行吗？妈妈能同意吗？人家会不会笑话呢？咳！管它呢！不！不！得慎重！对！先请示爸爸！"没想到信未写完，张建琴就来了。于是她借坡下驴："睡午觉！啊呵呵！"马秀萍故意装出一副困倦的样子，支吾着。她担心张建琴再追问下去，忙转移了话题，问："哎，你三哥的病怎样了？"

"前天就住进了公社医院。据俺大哥说，已有好转，不过这话是真是假，是不是为了安慰俺爹和俺娘，还不得而知。"张建琴在床上坐下，"这不，俺娘打发我去医院瞧瞧！"

"哦！我要知道你来……"马秀萍刚要说什么，这时，大队的电话员骑着自行车来到门前，车也没下，一条腿跨在车座上，说，"马老师，你家里来了电话，快去接电话！"

欲知后事，下回分解。

第九十八回
绝密信疏忽遭窥视
提亲事精心明刺探

上回说到张建新因病卧床不起住进了公社医院，父母不放心，打发张建琴去医院探望。张建琴正与马秀萍说话间，电话员就跑来了，要马秀萍去大队接电话，说："来，我载着你，一起走吧！"

"谢谢！你先头前走吧，我马上就去！"马秀萍见张建琴的自行车放在门前，回答道。

按说，以马秀萍的家庭和自身条件，买辆什么名牌的自行车是不成问题的，但是，她怕别人说她搞特殊化，所以一直没有买。

"那好，我先走了。你也得快点儿去！"通讯员话没说完，骑上车走了。

"放心！我这就走！"马秀萍转身对张建琴说，"张老师，你先坐会儿，我借用一会儿自行车！"

"用吧！没上锁！"张建琴站起来，回答道。

马秀萍走后，张建琴一人闲得无聊，随意翻弄着桌子上的书，无意中把信纸弄掉在了地上。她拾起来放到桌上，忽然，像发现了什么，又拿起来，原来是马秀萍写给她爸爸的信，于是随手关上门，看了起来：

"爸爸：您好！

"上次回家，您到省里开会去了，没能见面，女儿十分想念。现在女儿遇到了一个自己无法解答的问题，想请教于您。

"我所在的大队里，有个小伙子与独身住在该村的一位姑娘订了婚，这姑娘因嫌弃农村，最近丢下小伙子进城工作了，婚事告吹。沉重的打击，使他痛不欲生，卧病不起。几天来，女儿吃不下，睡不着，真担心他因此而沉沦，希望能使其摆脱痛苦的旋涡。我想，唯一能拯救他的，是向他伸出温暖的手，给予他精神上的力量。

"女儿所说的小伙子就是我同事的哥哥，也是曾经救过我的命的恩人，此事我以前曾跟您说起过，他叫张建新……"

张建新因何事救过马秀萍的命？那还得从1975年秋某天晚上说起。是年无论是荧幕上，还是收音机里播的、喇叭里放的及年画上画的（除伟人像外）基本上都与八部"革命样板戏"有关。八部"革命样板戏"即：京剧《红灯记》《沙家浜》《智取威虎山》《奇袭白虎团》《海港》、舞剧《红色娘子军》《白毛女》和交响音乐《沙家浜》，当时还有被称为"样板作品"的四部戏，即：《龙江颂》《沂蒙颂》《平原作战》和《杜鹃山》。至于什么相声、说书、杂技、小品等娱乐节目在文化市场内可以说是销声匿迹了。

由于人们耳闻目睹的只有"样板戏""样板作品"，很多人对于剧目可以说是如数家珍，有的甚至能背下整部戏剧中的台词和唱词，就连一字不识的老人孩子和家庭妇女也能唱上几段样板戏。既然如此，大家对这些戏应该说是已经厌烦了不愿看了吧？事实上正相反！因为那时文化娱乐生活贫乏，人们无以消愁解闷，消磨时光，所以，尽管对"革命样板戏"和"样板作品"看了已有几十遍，乃至上百遍，可一打听到在哪个村里放电影，或者县剧团演唱（样板）戏，凡是距离在二十里路以内的，男女青壮年和学生们下午收工、放学后，还是饭都顾不上吃，就结伙成群地直奔现场，假若与演出地点相距个三里五里或十里八里的，老人、家庭妇女和孩子们也不甘落后，带上干粮和座位老早就去抢位置占场子。

那天晚上，南山里距离锦鸡岭十五六里地的河洼崖村放电影，下午收工后，正在探家的张建新和高宏伟、马秀萍、吴菲菲等十多个人一起去看电影，当《平原作战》放至一半时，突然电闪雷鸣，大雨倾盆，淋散了场子。

河洼崖，两面环水，一条大河从村前流过，向东不远，又掉转头向北而去，这段河离该村有半里多路，河面上建有一座长六七米、宽两米二三的砖石结构的简易桥。当人们跑到河边时，洪水已漫过桥面近半米了。

"啊——！救……"由于人多桥窄，大家都急于过河，刚走上桥几米的马秀萍不知是因被急流冲击，还是被人们挤得，一脚踏空，掉进了河里，她"命"字还没喊出，就被冲出了五六米远。紧跟在马秀萍身后的张建新见状，毫不犹豫地跳进湍急的洪流中，他仗着会水，于二十多米后将马秀萍撮上岸，自己又被冲出好远才搂住岸边的一棵大树上了岸……

"看来还是真的！"这张建琴那晚因感冒没去看电影，张建新和马秀萍回家后都没有对她提过此事，她只是听别人说过。她点点头，自言自语地说完后，继续看信：

"他的为人我颇为了解，忠厚老实，热心能干，勤快好学，为建设新农村而放弃了当工人的机会。坦率地说，女儿以前对他只有敬佩和感激之心，绝无爱慕之意！但自他病后，我的心情怎么也平静不下来，心中有一种不可名状的滋味，难道这是由好感而产生的爱……"

"张老师！"正在这时，马秀萍回来了，在门外喊，"你快走吧！"

"这么快就回来了？"张建琴急忙把信纸放回原处，拉开门，问。

"不好意思，"马秀萍没有接茬，歉意地说，"耽误你走了吧？"

"瞧你说的，早晚还在这一时？"张建琴笑笑，迎出来，问，"哪里来的电话？"

"我爸爸！"马秀萍回答说。

"马老师，那我去医院了！"张建琴接过自行车，说，"如果我今下午上课前赶不回来，麻烦你代我向校长和主任请个假！"

却说东洼。初秋，夏玉米已长全身量，开始含苞、抽穗扬花，正是锄四遍地的季节了。这锄四遍地相比于前三遍来说最受罪，此时玉米的不定根已经基本扎齐，遍布玉米棵周围，锄前三遍地时漏掉的"护根草"偏偏生在玉米的根隙中，不能锄，只能用手拔。进了密不透风的玉米地，不但燥闷难当，而且就是阳光再毒也无法戴苇笠和草帽。锄地时叶片遮挡视线不说，锯齿状的叶片边沿还极易划伤皮肤。玉米秸秆上的毛状物及花粉末沾落在人身上，让人奇痒难熬，如此，锄地的人就不得不在大热天穿上长裤和长袖褂。

整个东洼的夏玉米四遍地基本都锄过来了，地里几乎没人，唯有于大嫂还在锄她的承包地。

"大、大嫂，表姐，"高为农来到于大嫂的玉米承包地头，见于大嫂早已锄进一大截子地了，问，"那个早、早下手了？"

高为农家只有两口人的责任田，玉米的四遍地昨天上午就锄完了，父子俩回家后高恩良累得午饭也没吃就躺下了，睡了一下午。高为农却用一下午把于大嫂家北坡的一块玉米承包地锄完了。今天吃过早饭，高为农就扛上锄头直奔于大嫂家东洼的玉米承包地。

"哦，是为农大兄弟呀？"于大嫂闻声回头站下来，揪下肩上的白毛巾，笑了笑，不好意思地说，"这不，在这火候上我去县里开了两天会，又回娘家待了几天，把个四遍地给耽搁了！"

原来，这于大嫂五天前去县城开了两天会，回家后摊上公事，她的亲叔伯婶子病故了，就又回娘家待了三天，昨天下午傍黑天才赶回家。

"怪不得好几天没、没看到你呢！"高为农说着，放下锄头锄起地来。

"大兄弟，"于大嫂阻拦道，"你快回家歇歇吧！我自己锄得过来！"

"大男人家干点活，累、累什么？"高为农没有停手，说，"你、你家北坡的那块玉米地，我已经给锄……锄完了！"

"大兄弟，太谢谢你啦！"于大嫂真诚地说。

男女搭配，干活不累。二人膘着膀子干，一亩多玉米地未到天晌就锄完了。于大嫂蹲在地头上，用石片擦着锄头，问高为农想不想娶媳妇，高为农说不想。

"不想？不想你脸红什么？哈……"于大嫂望一眼高为农，忍不住笑起来。

"嘿嘿！"高为农轻轻地踢着锄头，低头憨笑着。

"男大当婚，女大当嫁，天经地义的事，不用害羞！谁也得走这条道！"于大嫂停住笑，一本正经地说。

"大、大嫂，表姐！你……"

"嗨！你这是咋叫法？大嫂就是大嫂，表姐就是表姐，哪有大嫂表姐一块称呼的？"于大嫂打断高为农的话，歪着头问。

"嘿嘿，那、那我还是叫……叫大嫂吧？"高为农以商议的口气问。

"随便！只要顺口叫什么都行！"于大嫂瞄了为农一眼，问，"你信得过大嫂我吗？"

"信！谁说信、信不过——你了？"高为农反问说。

"好！既然信得过，那你的婚事就包在大嫂我的身上了！"于大嫂狡黠一笑，"不过呀，事成之后，可别忘了请我这个大媒人喝喜酒啊！"

那时，村里如果有男青年超过了婚龄还未成家，是会遭到外村人的耻笑的，人们会说某某村有几个光棍子（未结过婚的老青年，不含失去家口的），他们开口不提光棍子们自身条件如何，却指责村干部没尽到责任，团支部书记和妇女主任更是首当其冲，所以，于大嫂有责任、有义务给高为农介绍对象，这属于其分内之事。在这之前，于大嫂曾经背着高恩良爷俩暗地里给他物色过对象，但是，女方一听他那人才和家庭条件就够了，自然她也就不好告知高恩良爷俩了。

"嘿嘿，哪能呐！"高为农认真地说。

"那好，你先坐下来，"于大嫂示意高为农在她身边坐下，问，"跟大嫂说说，想要个什么样的？"

高为农犹豫了一会儿，才在离她三米外坐下来，却没有回答她的话。

"我是老虎呀，还是大麻风？"于大嫂白了高为农一眼，以近乎命令的口气说，"靠近点儿！我年纪大了，耳朵不好使。"说完兀自哑然笑了。

"这……？"高为农四下望了一下，才勉强地向她身边挪近了两米。

"说吧，要个什么样的？"看得出于大嫂对为农的行为有些不满意。

"这个嘛——"高为农思忖了一会儿，说，"反正是个——女的！"

"呀嗨，说（娶）个媳妇死在轿里——说和没说有什么两样！难道想要个大公鸡、大叫驴不成？"于大嫂感到好笑，说，"哼，真是的，跟我还不说正经的！我是说要你提个条件！"

"嘿嘿，条件？我、我没有！"人贵有自知之明——高为农把头插进两膝盖间，自卑地说，"只要人家不、不……不嫌弃我就行！"

"给你说个六十的老太太，怎么样？"于大嫂故意问。

"那、那不成老娘了嘛！"高为农抬起头，说。

"西庄有个老大闺女，今年四十九岁了，你看合适不？"于大嫂再次投石问路。

"好像——不、不大行吧？"高为农虽说是否定，却也没直接说不行。

"嫌大了是不是？"未等高为农回答，于大嫂接着说，"哦，对了，我有一个远房妹妹在公社针织厂工作，今年二十一岁，要人品有人品，要模样有模样，真是一表人才，你看？"

"不，不——敢要！敢要？"高为农头摇得似货郎鼓，双手摇摆着，说。

"哈……"于大嫂忍不住笑了，笑着笑着顺势仰身躺下了，她无意识地撩了撩衣襟，洁白的肚皮露了出来，十分诱人，"到底是敢要还是不敢要？"她追问道。

"我，我、我……"老实人就是老实人，要是换了别的青年，一准会按捺不住心中的欲火，毫不犹豫地扑上去。然而高为农却触电似的收不迭眼光，唰地转过身，脸红如大红布，结结巴巴地说："不！不！你、你……"

"我？我怎么了？"于大嫂懵懂了，问。

高为农没敢回头，一手指着于大嫂的肚子。

"哦！"于大嫂这才想到自己没穿内衣，忙放下衣襟，坐起来，说，"我是问你，行还是不行！"

高为农没有说话。

于大嫂推一把高为农，问："你既然觉得不好明说，那咱摇头不算点头算怎么样？"

高为农转过身，连摇了几下头。

"不行？为什么？"于大嫂追问道，"难道你嫌人家配不上你咋的？"

"不！俺这样，家庭条件又、又不好，人家能看中吗？嘿嘿，就是看、看中了，俺也等不起呀！"高为农忧心忡忡地说。

"什么意思？"

欲知后事，下回分解。

第九十九回
小辈子单独添心病
老街坊相互诉衷肠

上回说到于金华于大嫂要给高为农介绍对象，当她提及自己的远房妹妹时，高为农却拒绝说"等不起"，她问为什么。

"等她到了结婚年龄，那时她要是再和我那个、那个了，"高为农两个大拇指并起又分开，说，"怎么办？"

"呵，你的意思我明白了！"于大嫂点点头，问，"是你俩的年龄相差太大，担心等到她到了结婚年龄，对方再反悔，和你不中了，你就双手不够天了是不是？"

"对！对！"高为农赞同地说，"哭都找、找不着个坟——疙瘩！"

"哈……"于大嫂再次笑起来，"你这不是不傻嘛！"

"嘿嘿，咱——走吧！"高为农被说得不好意思，忙站起来，说，"天、天都快响了！"

"走！咱边走边说，"于大嫂站起来，扛起锄头，"你提个具体条件吧。"

却说自留园。何谓"自留园"？成立人民公社后村集体拿出很少的一部分地，人均一分二分地分给各户，作为个人自留地、自留园。自留地和自留园及个人开垦的荒地，所收获的粮食和蔬菜、经济作物不在集体分配的指标内，故又称作"帮忙田"。自留地一般是分散在村四周围的零星地块，主要用于种植庄稼和经济作物。自留园则选择离村近、土地肥沃、水浇条件较好而又集中的地块，实行割方划片，主要用于种植蔬菜。

锦鸡岭的个人自留园就集中在村前的南柏树林子里，六七十年代"老社员"集体搬迁，柏树被伐掉，柏树林被整为平地，成为菜园。锦鸡岭村民人均二厘（过去的土地计量单位，一百厘为一亩）地。这地儿离村近，土层厚，好看管。为便于灌溉，村集体又在村前打了一口水井，并安装了一架手摇式水车和一台水泵，愿意拿电费的用水泵，不愿花钱的使用水车。分菜园时大队里再三强调：任何人不得在园里栽种包括玉米、高粱、谷子和苘麻、树苗等高杆植物，否则予以罚款，并赔偿邻户因遮阴挡阳、掠夺养分而影响蔬菜生长所造成的损失。

此时，菜园地里啥菜都有。朱奶奶家的菜园地里种植了两个畦子的西红柿、一个畦子的扁豆、一沟茄子、半沟辣椒、半沟葱、一个畦子的小白菜、一个畦子的青萝卜。

"老、老嫂子，够……够了！"跟在朱奶奶身后的老咔高恩良跑过来，抢过篮子，说，"咳！咳！你、你，那个你还要摘——多少呀？"

这高恩良家的菜园地与朱奶奶家的并不挨着，而是相隔好几个户的地块。因高恩良家今年没有栽种西红柿，朱奶奶吃过早饭，就挎着竹篮子来菜园里摘西红柿，准备送给他家。她来到菜园，见高恩良正在用高粱秆架晚扁豆，于是就叫高恩良跟着她去摘西红柿。高恩良也没怎么客套，放下手中的活，就与朱奶奶一起来到了她家的菜园地。

将近中午，在阳光的照射下，熟透了的西红柿似一个个透亮的硕大红色珠宝，尚未成熟的又像一个个圆形的翡翠宝石。朱奶奶提着即将装满西红柿的竹篮子，还在顺着畦子寻找成熟了且个大的西红柿摘。

"大兄弟，你看这么多柿子，俺娘们能吃得了吗？"朱奶奶说着又摘了一个大西红柿。

"你、你要是再——摘，这些我……我也不要了！咳咳！"高恩良的犟脾气又发作了，他把篮子放在地上，"要是再、再摘！"

"好好好！我不摘就是了！"朱奶奶把西红柿放进篮子里，与高恩良一起来到园地头上的一棵粗大的梧桐树下。

这棵梧桐树是伐掉柏树林后栽上的，足有一搂抱粗，庞大的树冠像一把巨伞遮住了火辣辣的太阳。

由于高恩良言语欠利落，不愿意扎人堆、凑热闹，所以他与别人也说不上话来，唯独朱奶奶不嫌弃他。

大概是"惺惺惜惺惺"、同病相怜的原因吧，两个人说了没一会儿话，就又扯到了各自不幸的家庭上来。

"好是好，可也不是长久的谱啊！"朱奶奶坐在地上，低着头用小树枝胡乱地划着道道，说，"不管怎么说也是没了儿子的儿媳妇。就像人家说的那样，没个橛子能拴住！"

"噢，我道的！其、其实呀，也别顾虑那——么多了！坚坚他妈虽、虽然是……是你的儿媳妇，可、可待你比亲闺女还、还、还强！"高恩良蹲在一旁，吧嗒了几口烟，"要、要是叫她坐山——招夫，保险……入赘到家，就成、一商量！"

"有啥说啥，儿媳待我是没说的！可现如今的承包地是有人在份儿，谁家愿意揽个光能吃不能干的棺材瓢子？"朱奶奶苦笑一下，无可奈何地说，"算啦！

还是让她自个儿改嫁，享几天清福吧！反正我把老骨头也熬不了几年了！"

"我道的！"高恩良点点头，"在理，说的——也是！"

"哎，他大叔，为农的婚事有着落了吗？"朱奶奶抬起头，问。

"唉！就、就……就他那样，谁家的闺女能——看上？咳！咳！"高恩良沮丧地说，"就是个婆婆儿回头儿（方言：曾经有过丈夫的女人）也、也未必……唉！"他叹了一口气，代替了未说完的话。言外之意十分明确：也不一定肯嫁给他。

此话并非言过其实，而且还少说了一半。在那个年代，女方相亲首先是看男方家是否有高房大屋和室内的摆设，有没有"四大件"，换言之就是经济状况如何，其次才看男方本人的年龄、长相和高矮及健康状况。而高恩良家可以说是家徒四壁，一穷二白。要人才，虽然说高为农身高力大，棒得如一头犍子牛，却天生一副憨相，说话还有点结巴。要家庭条件，由于高为农家几经遭遇，现如今全村各户现在基本上都建起了高房大屋，他家却至今仍蜗居于40年代初建的老宅子里，南屋和东边的棚子十几年前就倒塌了，无力再建，三间正房也是透风漏雨，摇摇欲坠，说不定哪天就会成为一堆瓦砾，更不用说"四大件"了，整个锦鸡岭村的青年男女大概就只高为农没戴手表了。再加上还有个三六九就犯病的爹，就这样的家庭，提亲说媒的能登门吗？姑娘们能看上吗？除非是瘸腿瞎眼，身有残疾的！所以说高恩良只说了一半——没说他本人和家庭条件。

朱奶奶没有说话，颇有感触地跟着叹了口气："唉！"

"你、你看无常家的三——小子吧，真是……是要模样有模样，要身个有、有身个，那才叫精神呢！"高恩良首先打破了沉默。他磕掉烟灰，重新向烟袋锅里装着烟末，羡慕地说："听说去他姥娘家出门，全庄八个大闺女九——九个都、都看中了——他！"

"哟，怎么还多出一个？"朱奶奶纳闷地问。

"走——姐姐家的！"高恩良划燃火柴点上烟，长叹了一口气，说，"老嫂子，你说，这事——事就怪了，为农不是我、我亲生的，咋随我随得——神神的，结巴不说，还憨儿巴叽的。要是有人家建新一半的，早就、就——就抱着孩子了不是！"说完如泄了气的皮球，原先蹲着的他无力地坐下来。

朱奶奶扔掉小树枝，宽慰道："大兄弟，别愁！为农只是姻缘还没到罢了。这婚姻大事急不得的，就是急也急不来，攀不得买饽饽火烧子，贵点儿贱点儿想买就能买得到的。也不论丑俊，也不管高矮，更说不上穷富，命里该当和谁是一家就和谁是一家。远的不说，咱还是说武昌家的三儿子吧，论哪一样，搞对象还不是瞎子擤鼻子——把里攥，尽挑尽选！可现在怎么样？都二十六七了，不也是没着落嘛！你家为农比他还小个年头，急什么，慢慢掂对吧！"

高恩良张了张了嘴，却没说出一句话来，只长长地吐了一口烟。

"你家为农虽然是有点……可一点儿也不傻，就是茶壶里煮鸡蛋——肚里有，嘴里吐不出来。"朱奶奶夸奖道，"心里明白着呢！"

"那个……这还不、不愁人？要是他娘还在，也不至于到、到这——种地步！"高恩良长吁一口气，一手捏着眉心，说，"唉——！那个家里没、没有个办饭的（方言：家庭妇女），说、说啥……啥也……，怎么说呢？"

"说的也是，过家支灶，没个女人确实不大像个家样。"朱奶奶感慨地说，"反过来说，家里没有个男人也撑不起个家来！"

"我道的！"高恩良突然想起了什么，问，"南乡里的、的憨木匠他……那个表姨，昨天不是去、去——你家来吗？那个的是、是做啥，来？"

欲知后事，下回分解。

第一百回
万念俱灰拒绝服药
百般劝说口若悬河

上回说到，老咔高恩良因儿子的自身条件和家庭条件搞不上对象而无咒可念，朱奶奶则为不愿拖累儿媳，劝其改嫁未果而犯难，真是"两样心情一样愁"。高恩良问及憨木匠朱宇轩的表姨来朱奶奶家干什么，朱奶奶说：

"俺那冤家（方言：去世的丈夫）和文斋是一个老爷爷的兄弟，俺儿媳妇也是宇轩他表姨给说的，自朱文斋老俩去世后，出门上店路过咱这里，俺家就是她的落脚点，她光为给坚坚他妈找埝（方言：婆家），跑来好几趟了，昨天来也是为了这事。"

"噢，我道的！"高恩良点点头，"老嫂子，你、你能不能托付她也给为农那个——个找个，从山里说个——对象？你。"

"她下次来时我就跟她说说，不过，她应不应口我可不敢说，她又不是专门吃这碗饭的！"朱奶奶点点头又摇摇头。

却说方方张建新，自患病后，父亲张武昌一再劝诫全家人谁也不要在他面前透露吴菲菲临走时说的绝情话，而张建柱还是无意中在张建新面前说漏了嘴，导致他的病情加重。张建新在公社医院住了整整五天才回家。由于受的打击太大，致使他对人生失去了信心，感到没了奔头，虽然出院五六天了，却仍是打不起精神来，如同遭到过寒霜的地瓜蔓子，蔫蔫得很。他想彻底忘掉吴菲菲，但是又做不到，一闭上眼睛吴菲菲的身影就闪现在跟前，使他整晚整晚地做噩梦。

作为长兄的建柱，不仅在医院里一直陪床，三弟出院后，大部分时间也陪伴于三弟身边，三天两头做三弟的思想工作。今天上午他叫建新服药，遭到拒绝，于是劝说道："知道不？你是在自杀！慢慢地自杀！是在一步一步慢慢地走向死……呃，不！是走向无底深渊，懂吗？"他一手托着几片药片，一手提一把竹编外皮的暖瓶向桌子上的军用茶缸里倒着水。

张建新一副病态，躺在床上，身体倚靠在两个摞在一起的枕头上，下身盖一床棉被，没有回话。

"不懂是吧？那哥给你上一堂人生哲学政治课！"张建柱放下暖瓶，在椅子上坐下来，说，"人这一辈子，掐去两头，好时候能有几天？三年、五年还是十年？就说你吧，都快到而立之年了，说得吓人一点，就只剩下青春尾巴了，过不了几年就步入壮年、老年……老年怎么着来？"他一时想不起恰当的词来，思忖了一会儿，才说，"不管怎么着，真是往事不堪回首啊！明白了吧？"

"生老病死是人生的必然规律，这跟自杀有什么关系？不明白！"张建新不以为然，说："骇人听闻！"

"骇人听闻？那你说，有病不吃药，不叫自杀又叫什么？"张建柱见三弟未做回答，郑重其事地说，"趁着年轻力壮不抓紧娶老婆，等到七老八十再娶，还能繁衍后代吗？那时虽然用不着戴环儿、结扎，省了计划生育的事，却把自己给杀了！"

"自杀了？"张建新懵懂了，说，"你越说我越糊涂了！"

"忘了是一个外国的伟人说的，还是一个中国的伟人说的，是一个政治家说的，还是一个哲学家说的，浪费青春就等于自杀！"

"不是浪费青春，是浪费时间！"建新纠正道。

"一个样！一个样！"张建柱问，"没有时间哪来的青春？没有青春又哪来的时间？熬不下后代也是等于自杀！你说对吧？"

"哥，一样的话从你的嘴里说出来怎么就两个味？听起来咋这么别扭！"张建新没做正面回答，说。

"别扭？你说别扭是吧？那是因为你比哥多喝了几年墨水！不过你那是书本知识，我可是实践经验！所以，所以嘛，别扭归别扭，可是真理！"张建柱站起来，端着茶缸来到床前，"杆子家高二婶介绍的娘家侄女今年二十四岁，在公社针织厂工作，那模样真是要鼻子有鼻子，要眼睛有眼睛，要……"

"没鼻子没眼，那不成了葫芦头了嘛！"张建新忍不住笑了，打断了哥哥的话。

"去去去！你可真会抠字眼！"张建新不满地白了三弟一眼，说，"哥是说她漂亮得赛西施！当然了，她只是个社办工人，可那也是个工人呀！咋说也比下庄户强吧？可你咋就一口回死了呢？"

俗话说："得病乱求医。"张武昌老俩虽然不太迷信，但是由于建新经打针吃药后病一直不见大的好转，便认为他得的不是实病，是虚病，别人也说他是不知冲撞了哪路神仙，于是请了邻村的一位巫婆来驱邪。那巫婆手持桃木剑，乱跳乱舞了一番，口中念念有词，说建新是触犯了什么神灵，阴鬼上身，需要婚事冲喜，并强调说越快越好，只要订了婚，不结婚也行，七天后保险康复如初。张武昌大喜过望，好酒好菜伺候了不说，还给了巫婆十元钱。巫婆走后老两口就请亲戚朋友、东邻西舍和媒人张罗着给建新提亲，并言明：事成之后，不但给一双新鞋，一双袜子，还会给四十元的报酬。"重赏之下必有勇夫"，加之无常家的家庭条件和建新的人品，一时间前来提亲的说媒的你来他去，有的甚至直接领着姑娘来相亲，差点儿把个门槛踏平了，而张建新一个也没应口，更不用说见面了。昨天晚饭后，酒嘟噜高二婶领着她的娘家亲侄女来到张武昌家。那闺女细眉大眼，花红果般的面皮，身个足有一米六五。高二婶："老嫂子，我又不会说话，就直接把我这侄女子领来了，古人们都说'百闻不如一见'嘛，光靠我说不行，你们都亲眼瞧瞧，就放心了！"当时因杨丽敏的母亲病情加重住进了县医院，她三天前就回了家。除她外，张武昌、彩云和张建柱都在场，一家人都看中了。

彩云跑到楼上，对张建新说："方方，杆子家的领着她侄女来了，我是扶你下去呢，还是把她叫上来？你们俩面对面谈谈，怎么样？"

张建新摇摇头，说："娘，你跟俺爹说声，对这我没兴趣，哪个也不看，请你们别操心啦！"

"这娘知道，可杆子的妻侄女不同别的闺女，无论是身个，还是模样，不敢说百里挑一，左近方圆可算是难找的美人！"彩云强调道，"还是社办厂里的工人，不论在哪方面都没挑剔的！"

"就是天仙我也不稀罕！"张建新倔强地说，"不看！"

"不看？那你以后可别后悔！"彩云不死心，说，"机会错过了，以后就很难找回来！"

张建新没有说话，只摇了摇头。

"那，那——杆子家……？"彩云没说完的话是：面子上怎么说得过去！她为难了，问："你叫为娘如何回你高二婶呢？"

"你就说我病得厉害，还不知道什么时候死，"张建新不假思索地说，"别再耽误了人家的青春！"

"你呀，谁还不生个病？"彩云狠狠地剜了儿子一眼，斥责道，"小小孩巴伢子不向好处想，净胡说八道！"说完下了楼，委婉地对高二婶说："他婶子，建新让我转告你，他非常感激你为他操心，只是由于身体欠安，现在还没有心思谈婚事，以后再说！"

"好我汰！"高二婶未置可否，说，"这孩子！"

"建新还说，"彩云见状，说，"你侄女该怎么找对象就怎么找，千万别为他耽误了时间！"为此，张建柱才说埋怨话。

"哥，我……"

"你别说了，哥知道你还忘不了菲菲！可她有什么值得留恋的？你图她哪一样？"张建柱在床边坐下，把茶缸递给建新，说，"论模样，一般！论本事，了了！庄稼地里的活，更甭说，没一样能拿得出手。真是百样没一样，不对，有！那就是从小娇生惯养的脾气和任性！还有，就她那个名字吧，还吴菲菲！吴是什么？就是没有！菲菲又是什么？是猴子、猩猩，还是狒狒？是禽鸟飞，还是蝴蝶飞？正南正北的人家谁会起这样的怪名字？"

"什么论道？驴唇不对马嘴！"张建新心里暗笑道。说出口的却是："哥，借题发挥了吧？人家是姓吴的吴，口下是天，菲菲是非常的非加个草字头，也不是鸡飞蛋打的飞！"

"写出来是这样，可叫起来呢？还不是无飞飞！名如其人，到头来还不是真得飞了？"建新一句话可让张建柱找到了由头，说，"人都走了，不是鸡飞蛋打又是什么？"

张建新想反驳，然而无词，只好摇摇头。

"你说和这样的人能长久吗？再说了，你们已经吹灯拔蜡，你就是想也白搭！哥劝你，干脆死了这条心吧！"说着竟把药片向自己的口中送去。

"哥！哥！你……"张建新直起身子，阻拦道。

"别打岔！"张建柱摆摆手说，"哥还没说完呢！"

"我是说我的药片，你怎么吃了？"

"药片？什么药片？"张建柱明白过来，说，"对啊！你的药片呢？我怎么把你的药片给吃了！啊呀呀！我不想自杀啊！真的不想！可我怎么就吃了呢？都是让你气得！你咋不早说？这可怎么办？啊！咳！咳！"张建柱吓坏了，拿捏着喉咙想吐出来，然而已是枉然，药片早已被他吞进肚子里去了。无奈之下，他只得夺过三弟手里的茶缸，不管凉热，一气喝下。他张大嘴，舌头伸得老长，边拍着胸口边问："药（毒）不死人吧？"

"没事！"张建新哭笑不得，摇摇头，倚在枕头上。

"哎，刚才我说到哪儿了？对啦！这人嘛，就得讲求点实际，不能强求！"张建柱听说没有事，放心了。他把茶缸放在桌子上，倒剪双手在房间里来回走着，说："这几天咱家里来说媒的没有一把子（方言：十个），也有八九个，说实在的，哥也没看中几个，就是高二婶的侄女嘛——我还真提不出意见来，与你蛮般配，你是没见，要是见了面，保证忍不住……哈……那个了！"他站下来，做了个搂抱的姿势。

"哥，别说了！"

"怎么，配不上你还是咋的？那你——想要个什么样的？天仙？"张建柱止住笑，说，"那你等着吧！天老爷爷和王母娘娘总共就养了七个女儿，老三和小七早就名花有主了，剩下的五个，这么多年了不可能待阁不嫁吧？说不定孩子都一大群了！啊，你是在等八仙女？那可就晚了三秋了！要么是还没下生，要么是岁数太小，这还得上天打听打听呢！"

"哥，你都说了些什么啊！"

"怎么，哥说得不对？"张建柱又在床边坐下，"不是常听人说吗？搞对象这事一得工夫，二得缠，三得职业，四得权！哥问你，你是国家干部还是吃国库粮的工人？都不是吧？自然职业和权就沾不上边了！那么，就只剩下工夫和缠了，可怎么个缠法？你现在连个目标都没有，就是有工夫你能缠谁去？还不是阴天竖倒立——没有影子！反过来说，谁又能无缘无故让你缠？所以嘛，哥有个诀窍，就是不能认定一个卵子死凿，七十二个人介绍都应着，能将就就将就，逮着谁算谁，丑俊当不了饭吃，只要不瘸腿瞎眼就行，反正就大半辈子耍，再一辈子还不知和谁呢！所以嘛——剜到筐里的才是真正的菜！楞大个人咋能让尿给活活憋死呢！"

"哥，你让我清净一会儿好不好？"张建新累了，也有点儿听得不耐烦了，央求道。

"嫌哥说多了？那就……"张建柱话没说完，突然"哎哟"一声嚎叫起来。欲知后事，下回分解。

第一百〇一回
野外巡察喜忧参半
分内之事全力以赴

上回说到张建新不配合医治，拒绝服药，张建柱胡拉八侃地劝解了一通，一不留神误吞药片，大概是药力上来了，或是心理作用，他的肚子突然疼起来。

"你想让哥多说也说不成了！"张建柱捂着肚子，喊叫着，"哎哟哟，我的肚子！我的肚子哟！疼死了！不行，不行！我得去看医生，你、你自己好好想想吧！"他话没说完就已经跑出门外。

却说挣断筋曹义年，他非常了解杆子高宏伟其人是个典型的"不见棺材不落泪"的犟汉子，自麦收前约他到麦田里谈过心后，因夏末秋初还是小苗的农作物看不出个孬好，与往年没什么大的区别，所以一直没再与他交心。昨天，曹义年自己先到田野里转了一圈，心中有了底，今天上午才约他来到田野里巡视苗情的长势，想让事实说服他。他们从南坡转到西坡，又从西坡转到北坡，傍晌天时来到东洼，钻进了玉米地田间的小路，走了不远，他就问高宏伟："怎么样？还担心吗？"

"嗯！这地管得比大集体时强多了！"高宏伟扶着一棵粗壮的玉米，由衷地说。

这高宏伟自从实施"联产计酬责任制"以来，作为大队长的他，一颗心老是空悬着，担心庄稼不如大集体时管理得好，无论是出门，还是开会，晚不晚的都是先到大田里观望一圈后才回家，每逢下大雨刮大风时，别人都在家里睡大觉，他却怎么也要到坡里去转悠一番。结果大出他意料之外：一则，老天帮了大忙，这一年风调雨顺，不旱不涝，再则，田间管理得好，施肥及时，秋季的庄稼和经济作物的苗情比任何一年都好，他悬着的一颗心才实落下来，打心里赞成"联产计酬责任制"。或许是由于面子的事吧，他从未对任何人提起过。与以前相比他仍然显得少言寡语，整天绷着一张脸。

"从苗情上看，如果不遇上特大灾害，亩产得这个数！"曹义年做了个"八"的手势。言外之意：八百斤。

"嘿嘿，不至于吧？起码得一个数！"高宏伟露出了笑模样。

"这样一来，咱们的工作就好做了！社员们尝到了'联产计酬责任制'的甜头，明年就是想改法子，回到大集体，社员们也会跳起来反对！甚至于……"曹义年话没说完，扭头看见高为农背着一捆青草正与肩扛两把锄头的于大嫂说笑着在田间的腰路子（为便于浇灌和运送肥料、庄稼，在较长的地块里留的路）上闪过，于是转了话题，问，"哎，你看到了吗？"

"看到了！"高宏伟两眼盯着离他不远、长满青草的十几趟玉米地处，没好气地说。

"你看见什么了？"曹义年问。

"荒地！"高宏伟走过去，顺手拔起一把半尺多高的杂草，说。

"谁家的？"曹义年这才注意到长满杂草的荒地，问。

"还用问？"高宏伟气呼呼地说，"一准是建柱家的！"

"你咋这么肯定？"曹义年不解了，问。

"从大体位置上看，我能码量个八九不离十，"高宏伟肯定地说，"跑不了，除了他张建柱，谁人能做出这丢人现眼的好事来？"

"走，咱到地头上去瞧瞧！"曹义年提议道。

两个人来到地头一看，果然不出高宏伟所料，荒地确实是张建柱家的。

"老支书，你先回家吃饭吧！"高宏伟说，"我再到东北坡他家承包的地瓜地看看是不是也荒成了这样。"

"都晌天了，先回家吃饭，"曹义年劝阻道，"下午再说！"

"我去看看就放心了！"高宏伟说，"你先走吧！"

"真是不到黄河心不死！"曹义年心里说。他知道高宏伟认准的事，劝也无用，于是说："那我先走了！"暂且不提高宏伟。

且说曹义年，他有儿有女，女儿已经出嫁，儿子也已成家，小两口都在外地工作。他从东洼回到家，见妻子已做好饭炒好菜。饭桌上他对妻子说起上午于大嫂和高为农在一起的事，妻子说："为农和大嫂的事在村里早就传开了，只是没人当面说罢了。我想你耳朵里也不是没有吧？"

"听说是听说了，"曹义年说，"一个大男人家有谁能信捕风捉影的事？哪能像你们娘们一样，听着风就是雨，聚在一块儿没别的话说，什么张家长李家短、顺杆子扑柳子地乱插舌头！"

"你可不是男人！"

"你说什么？"

"你是村干部，是支部书记！"

"你这是什么意思？"

"铺路修桥都是为了本村老少爷们的利益，是村干部们该办的事。如果想法把他们俩捏合成块的话，咱村里就少了一个寡妇，也少了一个光棍子，你们当干部的就少了一桩心事！"

曹义年点点头，说："既然是这样，得空你费下心，给他俩撮合撮合吧，要不你就托别人去说。"

妻子说："我去说也行，别人去提也好，但是都不如你这支书去提亲有力度！"这曹义年的妻子虽识字不多，只上了二年学，脑瓜却比较好使，曹义年在外遇到什么挠头的事，都是先听听她的见解。

"话是这么说，可我一个大男人家，怎么能……？嘿嘿！"曹义年为难地说。

"嗨！瞧你说的，"妻子白了丈夫一眼，说，"让你这一说，难道媒汉子还是女人不成？"

"那……？为人说媒，这可是大姑娘上轿——头一遭儿。"曹义年问，"叫我怎么开口才好？"

"没吃死羊肉，还没见活羊走？本庄本村的谁也瞒不了谁，照实一说就行！千万可别说'韩刘二同志来了'！"妻子说完忍不住笑起来，"哈……"

"哟！你还真打脸呢！哈……"曹义年随着笑了一会儿，"那我就豁上这张老脸不要了，去试它一番！"

"不是试，而是要尽心尽力，既想事成，就应该全力以赴地去办，保险一办一个成！"

"这可不敢说，万一于大嫂看不上高为农，说我做事欠考虑，怎么办？"

"你真是捧着奶子过河——小心大了劲儿，她于大嫂要是不带孩子和婆婆，自己一人改嫁的话，也不至于等到现在，除非她自己不知道自己，没量没数！"

"嗯，也是！可要是为农嫌弃于大嫂是个二手货，还带着个孩子和婆婆，不应承怎么办？"

"嗨！他高为农家要啥没啥，二十六七了就是不招媒人，他要是挑肥选瘦、嫌这嫌那的话，就赇管打他的光棍子吧！"

"话虽然这么说，万一这事要是说不成的话，那我的脸可就丢尽了！"

"万一万一，你咋那么多万一？这可不是你的性格！"妻子斜了他一眼，"这说媒提亲从来就有成与不成的事儿，谁敢说一提就成？只要全力以赴尽到心意就行了！再说啦，成也罢，不成也罢，没什么丢人的，至少人们会说村干部们处处为他人着想，连社员个人的婚事都操心。"

"那……？"就曹义年的性格脾气，要是上去二十年，他会说到做到，午饭也不吃了，扔下饭碗，拔腿就去于大嫂家，而现在他却顾虑重重，问，"我什么时候去好？"

"怎么，你馋人家酒了咋的？还想事先通知人家做好准备？"妻子说，"事儿宜早不宜迟，越快越好，晚饭后你就去，先到于大嫂家探探她的口气再说！"

晚饭后，曹义年来到于大嫂家，恰巧于大嫂领着孩子给邻居送做好的衣服去了，只朱奶奶一人在家。他对朱奶奶说明了来意。朱奶奶听后一直没发表意见，他以为朱奶奶不愿意，劝说道：

"老嫂子，别想不开，居家过日子，没个男人撑着怎么能行？"曹义年坐在椅子上，吧嗒着烟卷，"坚坚他妈还年轻，在这待到啥时是个头？可话又说回来，你也这么大年纪了，要是儿媳妇改嫁到外村，你还能依靠谁？当然了，按政策可以五保，也可进公社敬老院，但终归不如自家人体贴周到，是吧？"

朱奶奶坐在蒲团上，低着头未置可否，拿草棒在地上乱划着。

"老嫂子，咱打开天窗说亮话，为农这孩子是咱们看着长大的，为人老实忠厚，也能干，就是嘴巴有点儿不好使，可这也算不了什么大毛病，对吧？我呢，这么一撮合，你有了儿子，他老咔也有了儿媳妇，家里野外都有人把揽着，这样的好事就是打着灯笼上哪找啊！"

"好是好，可剃头挑子——一头热，还不知道恩良那头怎样呢！"朱奶奶抬起头，忧心忡忡地说。

"这呀？你放心好了，他儿子也快到三十了，连个媒人都不招，你想老咔不急吗？他才巴不得呢！"曹义年有几分自信地说。

"你说的也是，可不知坚坚他妈愿意不愿意。"

"怎么？"

欲知后事，下回分解。

第一百〇二回
妇女透查爷们犯愁
自身染疾外人挂怀

上回说曹义年为于大嫂和高为农二人作筏，是义不容辞之事，属村干部的职责范围。他本以为朱奶奶会满口答应，可朱奶奶苦笑了一下，说："闺女大了不由娘，何况是儿媳妇，我这为婆婆的说了不算！"

"嗯，确实是这么个事，不能强求！"曹义年赞同地点点头，站起来，说，"这样吧，你得空和坚坚他妈透透气，好好琢磨琢磨，中与不中都给我个信！"

却说麦秆桯张建柱，他不顾妻子杨丽敏的百般劝说和阻挠，做起了贩水果的买卖，还算他运气不错，五天就净赚了四块多钱。今天是红沟河大集，他一早就去外村上了两果篓子鲜桃，准备去赶集贩卖，然而事与愿违——他饭还没吃完，电话员就跑来叫他去大队办公室开会。快到中午时，他才似霜后的茄子，耷拉着脑袋进了大门。

"哎，你说，你去了趟大队，回到家咋像得了鸡瘟，蔫儿巴叽的！"房间里，正向篮子里拾掇着饭菜的杨丽敏见状，说，"天快晌了，还不打算去给爹送饭？"

自张建柱做买卖后，杨丽敏出出进进一个人忙活，又得接送兰兰、做饭，又得去瓜园送饭，张武昌的午饭和晚饭就吃得不及时了，有时下午一两点才吃上午饭，晚饭有时得八九点才吃上。在杨丽敏不得空或回娘家时，彩云就委托别人顺路捎去。今天杨丽敏见张建柱去了大队，没能去赶集，就去西坡锄了会儿谷子地，提前回家做好了饭，正准备起身去瓜园送饭，丈夫就回来了。

张建柱没有进屋，双手抄肩，倚靠着自行车，低着头一个劲地抽卷烟，没有说话。

"说你呢！"杨丽敏挎起篮子，来到张建柱跟前，"鬼附了身，还是失魂了咋的？不老不少的咋没点儿精神头！"

"唉——！"张建柱没有接茬，一手掐捏着眉头，蹲下来，自言自语地说，"愁人！愁人！"

"愁人？什么愁人？是愁她三叔？"杨丽敏宽慰道，"放心吧，年轻轻的生点病算什么，过几天就会好的！"

"我自己的事还愁不过来，哪有心思去愁他？"张建柱没好气地说。

"那……？"杨丽敏懵懂了，问。

"要透环儿了！"张建柱抬了抬眼皮，有气无力地说。

"透就透呗，还用愁成这样？"杨丽敏不以为然，问，"是给妇女透环儿，与你们大老爷们有什么关系？"

"说得倒轻巧！你有吗？"张建柱瞥一眼杨丽敏，说，"听杆子大队长说，明天就给妇女透环儿，要是去公社透环，我还能找熟人托关系，走个后门，瞒天过海就可完事。可这回是公社计生办拉机子来大队。"

"好事啊！在这大忙季节，有谁愿意出工破日地跑出十好几里路去透查？"杨丽敏称道说，"他们来村里透查，全是为咱老百姓着想，是为了尽量节省社员们的工夫嘛！"

"什么节省工夫？我看完全是怕别人顶替。"

原来，锦鸡岭村虽然是由妇女主任于大嫂主抓计划生育，但她不在大队委员会里，不属于村干部。包括农业生产、计划生育等业务都由大队长高宏伟主管。今天早上公社计生办来电话，说明天来锦鸡岭村给育龄妇女透查，要大队里通知育龄妇女明天早饭后都不要出远门、下坡干活，在家等候。上午十点左右片（类似现在的社区）里的通讯员又专程跑来找杆子高宏伟，说片领导要村里做好透查工作的同时安排好计生人员午饭和午休的地方。高宏伟不敢怠慢，立即派人将张建柱、于大嫂和保管员叫到办公室，开了个碰头会，做了分工：保管员准备钱，提前找好做饭炒菜的人，负责来人的生活安排；张建柱今天下午、最好是明天一早去置办烟酒和菜肴；于大嫂负责下通知。最后他再三强调说："计生透查以往都是去公社计生办做，这次是头一回来村查，你们要各负其责，在谁负责的环节上出了错或者误了事，就拿谁是问！"所以，张建柱才为已经取去环的妻子犯了难为。

杨丽敏没有说话。

"你说，这本庄本村的谁不认得谁？就是想瞒那也瞒不了！唉，你说愁人不愁人！"张建柱忧心忡忡地说。

"嗨！我说当时不去取环儿，你还又是喝药，又是上吊，寻死觅活地逼着我去，怎么样？没辙了吧！"杨丽敏幸灾乐祸地说。

"要早知道屙下，就一夜别睡觉！"张建柱不满地说，"过去贼了抢担杖，现在说什么都晚了！"

"顶多你这大队会计打了浆，有什么大不了的？"杨丽敏轻描淡写地说。

"你……？"说归说，张建柱还是舍不得辞职。他突然灵机一动，说，"哎，对了，我咋没想到，你就说你的环儿不知什么时候掉了，大不了重新再戴！"

"你当是衣服上的扣子，说掉就掉？"杨丽敏反驳道。

"那……"张建柱无咒可念了，站起来，一个劲儿地搓手，"这可怎么办？这可怎么办？"

"哈……"杨丽敏忍不住"噗嗤"一声笑出来。她嘲弄地说："你还有犯愁的时候？你的能耐呢？使啊！耍藏掖的趴下了——没本事了吧？哈……"

"还笑呢，我都愁死了！"张建柱哭丧着脸，扔掉烟蒂，不满地说。

"甭犯愁！"杨丽敏止住笑，充满信心地说，"我自有办法！"

"什么，你有办法？不会是找理由请假或是躲避吧？"张建柱掏出半盒"金杯"烟，抽出一支叼在嘴上，又拔下来，说，"丑媳妇还脱了见严婆婆？跑了和尚跑不了庙，早透晚透都脱不了透，到那时还不照样露馅儿？"

"当然不能躲避了！躲得了初一，还躲得了十五？过来我跟你说！"杨丽敏放下篮子，在张建柱耳边耳语了一阵。

"能行吗？"张建柱疑惑地问，"你敢打包票吗？"

"瞧你，秦桧还有三个相好的呢！透环儿这事大老爷们靠不到近前，杆子说不进话去，只有坚坚他妈能靠前，我想这个面子她不会不给吧？你呀，"杨丽敏在张建柱胸口戳了一下，"没听人们常说，事在人为嘛，就把心放进肚子里去吧！"

"哎！哎！哎哟！"杨丽敏虽然没有用力，但是张建柱毫无思想准备，被杨丽敏一戳，倒退在自行车上，只听得"咕咚"一声，他连人带车一起倒下了。还好，由于自行车后货架担载着的两个果篓子都用盖子封着，里边的桃子没掉出来。而他却实实在在地仰躺在了自行车上，于是自嘲自解地说："我的心放在自行车上了！"

且说方方张建新。他出院一周多了，身体虽然康复得差不多了，却还是打不起精神来。现在他大门不出二门不迈，愁见外人，手头的书也不愿看一眼，整天待在楼上郁闷加无聊，无所事事。

房外的树上几只喜鹊正"叽叽喳喳"地争相鸣叫着，无数只年老体衰的黑蝉"嘶啦嘶啦"地悲鸣着死期的到来，不甘寂寞的麻雀也来凑趁，在楼顶上"叽叽叽"地争吵着。要是以往，在他听来这不啻是一首优美动听的交响乐，而今天他却被吵得心慌意乱。他想使烦躁的心情平静下来，便顺手拿起一本《钢铁是怎样炼成的》看起来。

这本小说是几天前马秀萍托张建琴捎来给他看的，书中主要叙述了主人公保尔·柯察金身残志坚的动人事迹，歌颂了他忠心为国的高尚情操。马秀萍借给他这本书的目的不言而喻：想让他消除落寞，磨砺意志。但是他却怎么也看不下去，翻了几页，便随手把书扔在床上，自己也在床上躺了下来，双手捂着耳朵想睡一觉，却无法隔绝室外的噪音。"该死！几辈子哑巴来，稍静一静不行吗？"他骂了一句，坐起来，一眼瞥见地上的两盆缺枝少叶的菊花，与菲菲在水渠边嬉闹的一幕又闪现在他的脑海里，耳边响起菲菲的话："啥好东西？不就是臭虫菊嘛，不稀罕！不稀罕！不稀罕！"

他紧闭双眼，泪水忍不住流下来，心里说："臭虫菊？还不如臭虫菊呢！臭虫菊还能开花，看你这个熊样，一辈子也甭打谱开花！谁稀罕？"他睁开眼，下了床，搬起一盆菊花，拖着虚弱的身子，走出门外，举起花盆就要摔。

"慢着！"张建新刚举起花盆，就被疾步跑上楼来的马秀萍擎住了，"你要干什么？"

事就这么巧？这得从马秀萍去与吴菲菲道别时说起。以前吴菲菲虽然对她冷眼相视，说些令人费解的话给她听，但她都没在意，以为自己不知在什么地方得罪了吴菲菲，根本没向张建新身上想，更不会想到吴菲菲正是为了她才与张建新分手的，即使吴菲菲当面大骂她时，她也还蒙在鼓里。吴菲菲走后的几天里，马秀萍一直愁眉苦脸，闷闷不乐，郁郁寡欢，张建琴问及何故，马秀萍则追问说："张老师，你说实话，你三哥与吴菲菲到底是因何事决裂的？"张建琴犹豫了半天，方将那天吴菲菲如何逼迫张建新填表，如何威逼要与张建新立即结婚，如何侮辱马秀萍，如何谩骂张建新的经过告诉了马秀萍。马秀萍听后恍然大悟，方才真正明白张建新患病久治不愈的原因。所以，才决心伸出援手。

她给父亲写信前，心里就做了激烈的斗争，由于当时的社会环境，她难免受"门当户对""平起平坐"，甚至男方要比女方高出"半肩"的世俗婚姻观的影响，没有顾虑是不可能的。为斟字酌句，以打动父亲，一封信她写了撕，撕了写，废掉了半本稿纸，牺牲了两天的午觉才算写好。信寄出去后，她一直感到忐忑不安，担心父亲会反对，批评她没出息。前天，她收到了爸爸的回信，信中的大意是：婚姻大事一定要慎重处理，不要讲求门槛儿，首先是人品好，什么家庭条件、个人身份地位、工作岗位等条件次之。做人要敢爱敢恨，男女双方都在订婚登记之前，尤其是张建新已经分手，就不会存在乘人之危、鸠占鹊巢之说。因爸爸未见到此人，没有发言权，但是爸爸相信你能自己权衡，一定会酌情处理的。至于你妈，你也不要有太多的顾虑，爸爸会做她的工作的，你在那里安心工作，注意身体健康。

爸爸会抽空去看望你的，具体时间暂时还无法确定，最迟在拾掇完后。

父亲的回信如同给了马秀萍一颗定心丸，她心里踏实了，决定于这个礼拜天来看望张建新，如果公社里没有集体活动的话。

以往的礼拜天，马秀萍由于离家远，一般很少回家。在公社不召集集体活动时，她要么在宿舍里看看书、备备课，再就是阴雨天或农闲季节来找张建琴玩，农忙季节还会帮张建琴家干点儿农活。自张建新病后，她虽然十分惦记他，但大概是"心中有鬼"，有意避嫌，一次也未去过他家。今天吃过早饭，她带上昨天晚上去代销点买的两瓶梨罐头和两包饼干，一路向张建新家走来，刚上了楼梯，正遇见张建新要摔花盆。

"快死了！"张建新是说花呢？还是说他自己呢？不得而知。他有气无力地说完后，就再没有搭理马秀萍，兀自回到卧室里，在床上坐下来。

"不会的！只要好好管理，一定会起死还阳，发芽开花的！"马秀萍将花盆放到阳台上，又把另一盆菊花搬到阳台上。

张建新苦笑了一下，摇了摇头。

"你呀，得了病就该好好疗养，何必折磨自己呢！"马秀萍从书包里拿出两瓶梨罐头和饼干，放在桌子上，说，"快躺下休息吧！"

"这大忙季节，可我……唉！"张建新没有躺下，而是深深地低下了头。

欲知后事，下回分解。

第一百〇三回
刺槐林抑制云雨意
胡同头推辞信使充

上回说到张建新是心理病，虽然身体已无大碍，却提不起精神来。马秀萍得知后买上礼品来看望他。劝说中，张建新怨自己生病不看时候，马秀萍说：

"吃五谷杂粮的哪有不生病的？再说，生病还能选忙闲，是吧？"她劝慰道，"你呀，就静下心来养病，别胡思乱想了。过去的就让它永远过去，一切从头开始！"

本来马秀萍在来前准备了一肚子的话，想对张建新诉说，但是由于性格决定，没有吐露出来。她在床上坐下来，说："你看你爹和你娘都多大年纪了，你应该体谅他们的心情，打起精神来才是！"

却说圆圆张建琴，午饭过后，她与高志强一起扛着锄头来到了西大路东她家承包的夏谷地。下午两点左右的太阳特别毒，吝啬的风婆婆攥紧了风口袋，似乎想要把世间的一切闷死。这块谷地近二亩，两个人只锄了一个来回，就汗流浃背，有些熬不住了，苦于附近没有个遮阴处，两人不得不奔向离此一百多米远的刺槐林休息。

这片刺槐林就是吴菲菲约会张建新的那片。此时整片树林静静的，只有捎钱、知了的声声歌唱和叫不上名来的鸟的婉转鸣叫。时值刺槐树枝繁叶茂的季节，虽然没有风，树不摇叶不动，但是，一个个树冠像一把把挨在一起的遮阳伞挡住了烈日的肆虐，叶隙中滑落下来的点点斑驳阳光，如同一块块碎金子，闪闪发光，耀眼夺目，给人以无限的遐想。两个人来到树林的深处坐下，越谈越热乎，距离越靠越近，先由拉手，继而搂抱亲吻。张建琴喘着粗气，高高耸立的胸脯剧烈地起伏着。一股女人特有的馨香味沁入高志强的肺腑，使他如痴如醉，高志强无法控制自己，霍地趴在了张建琴的身上，边吻边去解她的上衣扣。刚解开第一个扣子，张建琴下意识地感到无法抵御的暴风骤雨即将来临，其后果不堪设想，当高志强解她第二个衣扣时，理智战胜了云雨意，当机立断，她"啪"一巴掌打开他的手，佯怒地说："去去去！让你亲亲就罢了，还想外快！蹬着鼻子上脸了不是？"说着将高志强推下身去。

"嘻嘻，"高志强在她身边躺下，头枕双手，眼望天空，说，"咱俩恋爱好几年了，从来没这么亲近过，我真想看看你那两座……不！是想摸摸到底是啥样，嘻嘻！"

"想得美！"张建琴笑着在高志强的太阳穴上戳了一指头，"难得个星期天约你出来，你还大白天做梦了不是？"

"哎——！说到做梦，昨晚我还真做了一个梦，"高志强侧过身子，一手支着头，脸朝着张建琴，问，"你猜我梦见什么了？"

"你梦见什么了？"张建琴系上衣扣，问。

"哈……"高志强大笑着，又仰身躺下了。

"你笑什么？"张建琴被笑蒙了，坐起来，催问道，"说呀！你梦见什么了？"

"哈……"高志强无法控制自己，笑着回答道，"不说！"

"你到底说不说？"张建琴穷追不舍。

"打死我也不说！"高志强忍住笑，意志坚强。

"我看你说不说？"张建琴转过身子在高志强腋下挠起来。

"哈……，我说！我说就是了！求求你……你饶了我吧！哈……"高志强笑得快喘不过气来了。

"看你还敢不敢！"张建琴停下手，命令道，"说！照实说！"

"好，我说就是了！不过你可千万别后悔哟！"高志强坐起来，摇摇头，打了退堂鼓，"算了，算了！这事还是不说得好！"

"梦是你做的，我后悔什么？"张建琴说着躺下来，警告道，"不过，可不许你胡编乱造！"

"那我可真说了？"高志强试探地说。

"谁堵着你的嘴来？"张建琴把头扭向一边。

"好！"高志强犹豫了一下，说，"我梦见咱俩结婚了，还在一个被窝里干了那个了！"

"你真坏！"张建琴起身把志强摁倒在地，二人搂抱在一起在地上翻滚着，嬉笑着……

或许是天上的云朵看不惯烈日的专横跋扈，它们商量好后集中成大块大块的云团把太阳包围了，遮挡了。疲倦的风婆婆大概是睡着了，亦有可能是良心发现，她大发慈悲，松开了布袋口，阵阵清风吹来，树叶沙沙，透彻着凉爽。隐藏在树荫中的粉蝶纷纷冲出树林，在空中翩翩起舞，求偶配对。尚在幼虫期的蚂蚱，从草丛下、树荫中钻出来，欢快地蹦跳着。

"走吧，"高志强伸伸懒腰，说，"趁凉快，早干完早回家！"

两个人出了刺槐林之后，又去锄地，在太阳离西山尚有一竿子高时就锄完了。二人顺着通往西山顶的路向村里走来，边说边走，话又扯到张建新的病情上来。高志强蔑视地说："你三哥也太那个了，分手就分手呗，咋还寻死觅活地想不开？要是换了我……"

"要是换了你，保准比他还厉害，说不定早寻短见了！"张建琴白了肩扛两张锄头的高志强一眼，抢白道，"哼！别阿拉子（云雀的一种，俗名叫天子）顶着个蒜臼子——自不量力，站着说话不腰疼！"

"嘻嘻！"高志强既不承认也不否认，只嬉笑了一下。

"哼！甭跟我嬉皮笑脸！说不定哪天呀——我就……"张建琴说到这里把话打住了，"哎，慢着！"她一把拉住了高志强。

高志强懵懂地问："怎么？"

张建琴向着自家门口抬了抬下巴，把高志强拖到胡同头的拐弯处，问："你真的没看见吗？"

"哦！"高志强探出头一看，见马秀萍出了张建琴家的门，低头背道而去。

"我说你不是还不信吗？"张建琴问，"看到了吧！"

"二姑娘吹笛子——是有那么点儿自来音儿！"高志强转过身，回答道。

原来，张建琴早已将她偷看马秀萍写给她爸爸信的事告诉了高志强。当时高志强根本不相信，嘲笑张建琴瞎编，想好事都想到云彩眼里去了。

"去吧！只要你跟俺三哥说说，保证药到病除！"张建琴接过锄头，说。

"嘿嘿，'七寸的裤腿，八寸的腰——都是老褊腰！'我呀——这棉裤腰嘴，褊都褊不上来，人家死的能说成活的，可我，活的也会让我说死啦！"高志强拒绝道，"还是你去吧！"

欲知后事，下回分解。

第一百〇四回
糊弄女驴唇对马口
欺骗父无病真呻吟

上回说到张建琴要高志强去给张建新当信使，高志强强调理由，推辞不去。张建琴不满地说："哼！狗肉上不了大酒席！"她轻轻地戳了高志强的额头一指头，说，"傻瓜！我是他亲妹妹！"

却说张建柱。本来今天附近就有集市，可他听说离锦鸡岭十多里地的货郎沟集市上桃子下货快，从没去赶过该集的他只载上了一篓子鲜桃便想去碰运气，但是一到那里就出了凉气——这个货郎沟地处南山里，集市不大，因为山里盛产桃子，摆摊的不多，卖桃的却不少。由于他在去的路上一不留神倒了自行车，加上一路颠簸，鲜桃变成了少皮无毛的"下四烂"，已经下集了桃子还没处理完，只得收起摊子，去小饭店草草填了下肚子，就往回赶，回到家时就快两点了。

"人要是背了时，喝凉水都塞牙！"他推着载着半篓子烂桃的自行车进了院门，自言自语道，"贩卖水产折了本还有情可原，可贩卖水果还折觌了鼻！难道我跟水字犯冲不成？嗯，邪门！真他妈拉巴子的，撒尿溅了绣花鞋……"

"爸爸，爸爸，什么折觥了鼻？什么绣花鞋？"正坐在房门旁玩布娃娃的兰兰迎上前，好奇地问。

"折觥了鼻就是折大了，"张建柱脚步没停，说，"连本钱都没换回来！"

"哦，那绣花鞋又咋的？还撒尿？"兰兰不甘心，打破砂锅纹（问）到底。

"去去去！"张建柱不好意思向女儿解释脏话，说，"小孩子家咋那么多为什么！"

"那……"兰兰不满意父亲的抢白，转了话题，问，"那你给我买了什么好吃的？"

"吃！吃！馋嘴丫头就知道吃！"张建柱在墙跟前支下自行车，"要吃，篓子里有桃！"说完无精打采地进了房间，鞋也没脱就上炕躺下了，自言自语道，"娘哎，可累死我了！"

"爸爸，爸爸！你又要睡懒觉了？"兰兰放下布娃娃，在篓子里扒拉了一番，也没找到一个好桃子，于是在衣服上擦了擦手，拾起布娃娃，跟进来，嚷着，"别睡了，快起来给我扒个瞎话、讲个故事吧！"

"去去去！外边玩去！"张建柱翻翻身，不耐烦地说。

"不嘛！就不嘛！"兰兰把布娃娃扔到炕上，自己也爬上炕，拽着张建柱的手，说，"俺都看了好几天门了，躁（方言：闷）死啦！爸爸！"

原来，杨丽敏的娘病情加重，再次住进了县医院，她离家五天了，得空回家办好干粮，拾掇拾掇，顶多住一晚上，傍明天就往医院赶。杨丽敏担心丈夫喂猪不上心，猪不长不说，可能还会跌了膘，便把两头尚未喂肥的猪卖掉了一头。今天上午她回来摊了一铁桶糊子的煎饼，午饭后就又风风火火地走了。如此一来，无人接送的兰兰就不能上托儿所了，只好在家看门。

"唉！真拿你没办法！"张建柱坐起来，伸伸懒腰，"好，我就扒：瞎话瞎话，三根驴毛擀了双毡袜，老子穿了三冬，儿子穿了三夏，扔在炕头上，出了二亩西瓜，新生的孩子去偷瓜，一腰褊了二十仨，瞎子看着，聋子听着，哑巴吆喝，瘸子就去撵，撵到漫洼里，头发辫子上还拴着俩。行了吧？"

"不是这个！不是这个！你都说了多少回了。"兰兰吵着，"俺不要瞎话，俺要故事，就像你那天讲的王二小那样的！"

"哦，你是说要我讲故事，对吧？"

"嗯！嗯！"兰兰使劲地点点头。

"可让我讲什么？狗、公鸡、狐狸、太阳山、王二小、两块瓜地等等等等，这些你都听过了，爸爸呀，挖了暴糠啦，肚子里再没有了！"张建柱拍拍肚子说。

"不嘛！你肚子里还有，骗人！"兰兰不依不饶。

"好吧，那就讲个刘备招亲的故事，怎么样？"张建柱妥协了，无可奈何地说。

"什么是招亲？"兰兰皱起眉头，问。

"招亲嘛，就是相媳妇！"张建柱说着从衣兜里掏出半盒"金杯"牌香烟，抽出一支，叼在嘴上，点上烟。

"好！好！"兰兰赞同地拍着小手说。

"话说蜀国的皇帝刘备，接到了吴国的来信。这一天，他带着大将赵云，乘船来到江东相亲，相谁呢？就是吴国皇帝孙权的亲妹妹，叫孙尚香。这孙尚香长得天仙一般，可她没有中刘备，却看上了赵云。说来也巧，吴国的女大将军周瑜，啊，不对！不对！是大都督，她也看中了赵云，你想这能行吗？这女大都督可厉害了，与孙尚香大战了三十六个回合、七十二个照面，直杀得天昏地暗，难解难分，那个场面呢，真叫……"张建柱说到这里一时没有好词来形容，便把话打住了。

这张建柱不愿看书，一拿起小说就打盹，只是小时候断断续续听父亲讲过《三国演义》，他是真不知道周瑜的性别，还是有意哄骗兰兰胡编的？不得而知。张建柱十分宠惯两个女儿，不敢说事事顺着她们，处处将就她们，但从没戳过她们一指头却是真的。

"爸爸，爸爸，谁打过谁了？"兰兰正听得入迷，爸爸却不讲了，便问，"你怎么不说了？"

"这？我……"张建柱刚要说什么，忽听得"吱呀——"一声院门响，便对兰兰说，"瞧瞧谁来了！"

"爷爷！"兰兰透过玻璃窗子向外一看，喊叫着，"是爷爷，爷爷来了！"说完就要下炕。

张建柱一惊非小，要是让爹看到自己不下地干活，在家睡大觉，肯定会与他过不去！他暗暗庆幸：幸好还没有睡着，要是睡着了就坏了，父亲闯进来看见，那是有嘴也说不清的。但是，他又不好迎出去，于是一把揪住向外跑的兰兰，叮嘱道："兰兰，爷爷问你时就说爸爸病了！啊！"

"你没病！你骗人！"兰兰据理力争。

"爸爸没骗人！听话，明天爸爸给你买一大些糖！"张建柱压低声音说，"只要你听爸爸的，八月十五中秋节时我给你买一筐子樱桃吃！"

"我不！"兰兰知道爸爸在骗她，这样的话他不知说过多少次了，可一次也没兑现过。她拽着身子，大声说："我偏不嘛！"

"不？我揍死你！"张建柱虎着脸，威胁道。他放开兰兰，抓过一床被子盖在身上。

农历的七月初，天气还很炎热，炕上怎么会有被子？在当时，一般农村家庭极少有毛巾被或者专门的棉单，大都是把棉被的棉花掏出来做棉单。张建柱家虽然较为富裕，但是刚建了新房，加之贩卖水产和水果都没有赚到钱，手中有俩钱儿，也都拿给岳母去看病治病了，所以也没有专门的棉单。

兰兰嘬着嘴，怯怯地倒退着出了房门，喊："爷爷，爷爷！"

"噢——！兰兰，你妈呢？"黑白无常张武昌手持一把扫帚扫着满是柴草的院子，问。这张武昌真是"无事不登三宝殿"。他没事一般不来大儿子家，尤其是夏天，大热天的一家人在一起穿多穿少的无所谓，还时不时会赤身裸体地洗洗澡什么的，在这当口儿要是一步闯进去，儿子倒无所谓，要是儿媳妇呢？那才真是进不来退不出，羞惭加尴尬，让他为公爹的老脸往哪搁？眼下早瓜进入了尾声，紧挨早瓜地块栽种的晚瓜刚刚开园上市，瓜园里还不太忙，特别是自从张建新生病后，他放心不下儿子的病情，基本上天天回家吃午饭，有时晚饭也回来吃。今天他回家吃午饭，听判官彩云说杨丽敏一早就赶回来了。从礼节上讲，他应该过问关心一下亲家母的病情，要不是因为张建新生病，他真想去瞧瞧亲家。他放下饭碗后直接来到了大儿子家，为防止遇上不雅的一幕，进了大门就拿起扫帚开始清扫院子，算是提前打个招呼，好让儿媳妇有时间做准备。

"去了咱姥娘家。"兰兰回答道。

"不是咱姥娘家，是你姥娘家！"张武昌笑着纠正道。他停下手，接着问："你爸爸呢？"

"他——？"兰兰犹豫了一下，才说，"他病了！"

"病了？"张武昌追问道，"啥时病的？"

"刚才！"兰兰走近张武昌，实话实说，"那会儿他还讲……讲谁相亲来？说是女大都督周什么来？看中了赵云，还要跟他呢！"

"听他胡说八道！周瑜是男的！"张武昌问，"怎么会跟赵云呢？真是驴唇不对马口！"

"不嘛！就是个女的！她还跟孙尚香打仗呢。"

"桑树上打一棍，柳树上去了皮！哪儿跟哪儿呀？净胡扯淡！"张武昌放下扫帚，抱起兰兰，"这么说你爸爸没病啦？"

"我不敢说，"兰兰望了望窗子，说，"说了他会揍死我！"

"别怕，有爷爷在呢！"张武昌安慰说。

"爸爸说，爷爷问的时候，就说他病了。他还说要给我买一大些糖吃！"兰兰小声说。

"哼！"张武昌放下兰兰，二话没说，怒冲冲地闯进屋。

欲知后事，下回分解。

第一百〇五回
大呼隆没奔头泄气
运气佳购水酒甭票

上回说到黑白无常张武昌得知儿媳从医院回来了，想去探听问候一下亲家母的病情，到儿子家后却得知儿媳已经走了。他听说张建柱在家装病后，疾步闯进屋里，见儿子建柱正躺在炕上，蒙着被子呻吟着。"给我滚起来！"他一把掀起被子，照准建柱的屁股"啪"就是一巴掌。

张建柱满头大汗，战战兢兢地爬起来。

"你还通人气不？啊，活不想干一点，你丈母娘病了也不打算去瞧瞧，看看珍珍她妈什么时候能回来！"张武昌铁青着脸，怒斥道。

却说杨丽敏。杨丽敏的娘家就在锦鸡岭北岭后平原地带的杨庄，与张建柱家相距虽然不算远，只有五六里地，中间却隔着一条大河，且还属于两个县份。母亲住院期间杨丽敏一直陪伴着她，母亲昨天才出院，回家来打针吃药。她又跟了回来服侍。

"丽敏，丽敏……哎哎！哎呀！"杨丽敏的父亲杨亮忠推着装满鲜烟叶的胶轮木桩车趔趔趄趄地进了院子，"咣当"一声撞到粗大的梧桐树干上，烟叶子"哗啦啦"从歪倒的车上落下来，压在了一堆高粱秸做成的烟杆上。因他来不及摘掉脖子上的车襻，人被车把别倒了，连起好几起也没能站起来，只好向着屋里喊："丽敏，快来帮帮我！"

这杨亮忠年近七十，刀条脸，细高个，好那么一口，一天两顿，下雨阴天和农闲时甚至三顿。不过，他能吃苦耐劳，是庄户地里的一把好手，什么耕耩锄耘样样拾得起放得下，由于他虽好酒却从不误事，得到了极好的口碑。

在当地，酒场上为了助兴（实际上是为了灌醉汉），往往好划拳、猜火柴棒，其规矩为：不论是划拳还是猜火柴棒，猜错了的不用喝酒，猜对了的反而得喝酒，亦称罚酒。杨亮忠因嗜酒如命，喝不够不算完，每当招待客人和搭伙喝酒，他人猜对了时，他使劲咽下馋涎，说我早就知道了，但有意不猜对，为的是让你们两盅。故此人们给他起了个绰号："让两盅"。

　　女儿出嫁后，他与妻子相依为命，生活倒也过得去，没想到今夏天老伴儿却得了偏瘫，起先虽然说话咬字不清，走路跟跟跄跄，但生活还能自理，小小不然的还做做现成饭、炒点儿菜什么的。没想到这次她病情加重，连炕也下不来了，需得他人伺候。杨庄还是大集体，他下坡收工后还得回家忙家务伺候妻子。今天生产队一早就组织社员们下地掰烟，收工后他家也没回，去烤烟房前装了满满一推车鲜烟叶推回家，想利用饭前饭后集体尚未开始干活的空余时间"上烟杆"，挣另一份工分。由于装得太多，体力不支，他一进家门又被门槛绊了一下，车子就由不得他了。

　　"爹！怎么了？"

　　杨丽敏的娘家草房三间，院子不太大，大门向南开。西南角是猪圈，圈后有几棵刚栽上没几年的刺槐树，猪圈以东有一棵搂抱粗的梧桐树，树荫遮了大半个天井。东里间，六十多岁的丽敏娘正躺在炕上挂吊瓶。正在服侍母亲喝水的杨丽敏听到喊叫声，忙放下碗，奔出来，不解地问："爹，你没事干么趴在烟叶堆上？也不嫌脏！"

　　"你当我就愿意？是它！是它！"杨亮忠一手指指车襻回答说。他挣扎着想站起，怎奈无法挣脱脖子上的车襻，急切地说："别站着，快来把车扶起来。"

　　杨亮忠与女儿卸下烟叶，胡乱填了下肚子，放下饭碗，扛起锄头就下了坡。天近中午，领头的队长一说收工，他抬脚就是一溜小跑，想快点儿赶回家上烟杆，免得耽误了傍晚前后进烤烟房。

　　烟杆为何要在傍晚前后进烤烟房，而不在早上或中午前后进烤烟房呢？那是因为刚掰的烟叶带有露水，遇到热气蒸发会霉烂掉，即使没有露水也得余出上烟杆的时间。傍晚前后烟杆进烤烟房，鲜烟叶上的露水经过捆绑烟叶、上烟杆后，在自然温度的作用下已经蒸发掉了，再者，不耽搁时间，好集中劳力，社员们集体劳作，下午收工时提前通知一声就行，不用再喊喇叭吹哨子集合。

　　"哟，你……你快上完了？"杨亮忠一进家门，见女儿正在梧桐树下上烟杆，他推回的一车烟叶已经完成了十之七八。他气喘吁吁地说："省了我的事了！"说着放下锄头，吩咐女儿说，"去屋里拿个座位，爹和你俩干！"

　　"爹，您刚到家，快进屋歇歇吧！"杨丽敏没有停手，说，"午饭我已经做好了，您喝口水喘口粗气，咱们就吃饭！"

"快别多说一些了！"杨亮忠在烟荷包里装着烟，"干完了就没有心事了！"

杨丽敏拗不过，站起来把小木凳给了父亲，进屋拿出一个盛有凉开水的搪瓷茶缸和一个小木凳。她把茶缸递给已经坐下了的父亲，说："爹，您先喝口水歇歇再说！"说完揪下搭在肩上的白洗脸巾给了爹。父女二人边说边干，由家务事谈到地里的活，谈了没一会儿就扯到了"联产计酬责任制"上，杨亮忠啧啧赞叹，十分羡慕。

"爹，这么说，您也赞成'联产计酬责任制'了？"杨丽敏在烟杆上熟练地捆绑着烟叶，问。

"可不咋的！"杨亮忠笨手笨脚地捆绑着烟叶，说，"要是咱这里也实行那个什么制就好了！"

"我想明年就差不离儿了，"杨丽敏宽慰他说，"最晚也拖不过后年就能实行！"

"但愿早点儿！"杨亮忠停下手，叼起旱烟袋，吧嗒了几口烟，"听你刚才说，自从你们村实行什么制后，大田都由各户管理，时间上自己说了算。可你再看看咱这里，出力不出力一样挣工分，活多活少都得混天熬日头，有事非得请假不行。这不，为了多挣工分，你爹锄了一上午地，下了工还要捎回烟叶子来上，连晌觉都不能睡！要是实行那个什么制的话，还用没白没黑地干吗？唉！越说越没劲，干不干先吃饭，不能和肚子过不去！"他站起来，"走走走，先吃饭去！"

"爹，您先去吃吧，"杨丽敏指指地上已没剩多少的未上杆的烟叶说，"就这点了，我上完了再吃！"

再说张建柱。他昨天装病被父亲张武昌训斥了一顿，未敢回言。自己也觉得：不为别的，就为妻子的脸面，也应该去瞧瞧丈母娘。他心想：家中无稀罕之物可带，明天是岭后村的崖头大集，何不多走几里路到集市上再说？今天吃过早饭他就领着兰兰一路向集市走来。本来，张建柱有自行车，那他为啥不骑？因为前天夜里下了一场大雨，他估计河里的水肯定不小，骑自行车不但不方便，而且还是个累赘，过河时如果扛着它，就没法背孩子了。没多大一会儿二人就来到了崖头村，只见集市上人山人海，熙熙攘攘，买什卖什的都有。

张建柱无暇顾及其他货物，背着兰兰径直来到乱场子市的瓦罐盆摊，几经讨价还价给丈母娘买上了一把酱紫色陶瓷女用尿壶（亦称汤婆子），向摊主要了根小绳子拴上。他双肩驮着兰兰，脖颈上吊着尿壶，满头大汗地挤在人群中。

"爸爸，爸爸，你看，那些人在干什么？"兰兰指着供销社门前排成长队的人群问。

"不知道！咱们过去瞧瞧？"张建柱以商量的口气说。二人挤过去，见排队的人有的提着水桶，有的提着燎壶，有的提着瓦罐，有的提着几个空酒瓶，甚至还有拿着水瓢和脸盆的。他走上前问一位老头儿："大爷，你们排队干什么？"

"打酒！"老头儿回答说。

"打酒？不是凭票供应吗？"在当地购买散酒也得凭票，并且按人头限量供应。张建柱纳闷地问："还用排队？"

"噢！你还不知道吧？"老头儿打量了张建柱一番，说，"说是要迎接上边的什么检查，今上午不用票，敞开卖。快来挨号吧！晚了恐怕就没了！"

"嘿嘿，想吃海味，来了个卖虾皮的！我还正愁没什么好礼物带给老丈人呢！真是天助我呀！哈……！"张建柱喜不自禁，自言自语地说。他放下兰兰，嘱咐道："你在这里等着，爸爸去挨号！"

"爸爸，那得等到什么时候？咱不去姥娘家了？"兰兰望一眼长长的队伍，着急地问。

欲知后事，下回分解。

第一百〇六回
涉水渡河脚趾钓鳖
担肥路过乳房招袭

上回说到张建柱去岳父家感到无称心之物可带，事实如此，农村对农村很难有什么稀罕之物，他这才去集市上随机选择。为丈母娘买尿壶是妻子早对他说好的，算是遂了丈母娘的心愿，却还没有送给老丈人的礼品，这还真使他犯了难为：做女婿的不能有个偏私厚薄。巧的是今上午打散酒不用凭票，他大喜过望，放下孩子就去排队挨号。兰兰不解，问是否还去姥娘家。他说："去！谁说不去？但咱可不能捎着十个胡萝卜（方言：两手空空）去吧？正因为要去，爸爸才给你姥爷打酒呢！"说着摘下挂在脖子上的尿壶，挨在了队伍后面。

算他运气不错——他刚打上酒，就停止了优惠。他的身后尚有半截"长龙"，少说也有三十余人，都还满怀希望地翘首以待，然而却与优惠无缘。这不是因为没酒了，而是检查的领导们走了，再打散酒就得凭票。

张建柱喜滋滋地挤出人群，又去割上了二斤五角八分钱一斤的猪头肉与五脏混在一起煮的烧肉，这才回到兰兰身边，抱起她出了集市，嘴里哼着连他自己都不知道是什么词的曲子向岳父家走去。

这崖头村与杨庄隔河相望，张建柱没用半个小时就来到了河边。这截河段为东西向，足有一百多米宽，河水虽然不深，浅的地方只没到小腿，深的地方才没到腰际，但其中却有少数深浅不一的跌窝子。每到汛期，河上简易的土木结构的桥都会被冲掉。去年冬天重建的大桥，又被今夏天的几场大雨冲垮了，桥基上只有为数不多的木桩露出水面。南来北往的人只能码量着桥基的方位涉水过河。几近中午，河里有不少正趟水过河的人。

"泰山上有十八盘，也没有今天上楼难……"

张建柱上身穿一件满是汗渍的蓝色背心，下着青灰色大裤头，胸前挂着尿壶和用苘匹子捆着的烧肉，一手抱着衣裤，一手扶着骑在他肩背上的兰兰。他优哉游哉地下了河，徜徉在不凉不热的河水中，心中不免有些惬意，忍不住唱起了《徐九经升官记》中的段子。

古语说得好："祸兮福之所倚，福兮祸之所伏。"眼看就要大功告成，在离河对岸只有六七米远时，张建柱忘乎所以，偏离了桥基，"咕咚"一声掉进了一个深水湾里。"啊呀，娘啊！"他禁不住喊出了声。要不是他反应快，一把抓住前面的木桩，爷俩准会摔个跟头，与水亲吻个够，但他虽稳住了身体衣服却遭了厄运，掉进水里，顺流而去。

张建柱急忙来到对岸，放下兰兰，摘下挂在脖子上的尿壶和烧肉，沿岸去追寻衣裤。还好，水流越是靠近岸边越缓慢，衣裤只被冲出二十多米远，就让河边的水草挡住了。

"爸爸，咱走吧！"

中午，太阳当头，大地都被晒得要冒烟了。河北岸不远处的柳树林里蝉声响成一片，河里也没有几个人趟水了。兰兰站在毫无遮挡的太阳地里，满头大汗，催促着："走吧！"

"我可不能穿着湿衣裳去你姥娘家吧？"张建柱的衣服虽然捞上来了，衣兜里特意掖着的没抽几支的一盒"金鹿"牌香烟和半盒"珍珠鱼"牌香烟却被泡成了一摊泥，只得全扔掉。他坐在河边的一块石头上，将两只光脚伸进水里，指着晾在岸上的衣裤，说："等它干了咱就走！怎么样？"

"不嘛！不嘛！"兰兰不同意，拽着身子，嚷着，"再不走，我都快晒死啦！"

"好兰兰，咱们坚持最后五分钟！一会儿就……"张建柱话没说完，突然"哎哟"一声，触电似地站起来。原来一只三四斤重的大甲鱼咬住了他的一个小脚趾。有句俗话说："鳖咬人不松口。"加之他动作太快，甲鱼尚未反应过来，就被带出了水面。他怎么甩也甩不掉，不由地惊叫起来："啊——！王八！王八！"

"爸爸不是王八！是鳖！是鳖！"兰兰跑过来纠正道。农村里的人们管甲鱼叫鳖或者团鱼，极少有称王八的，兰兰当然不知道王八是什么玩意儿。

"爸爸就是爸爸！怎么会是鳖呢？爸爸不是鳖！"张建柱反驳道。

"爸爸就是鳖嘛！"兰兰坚持道。

"管它是鳖不是鳖，你快来帮我把鳖拽下来！"张建柱疼得龇牙咧嘴，想硬往下拽，却又不敢，手到了甲鱼边又缩回去。

"爸爸，你可真会钓！"兰兰没有动手，她高兴地拍着巴掌，说，"好大的鳖呀！"

"什么会钓，是它自己上钩的，不不，是咬上的！哎哟，疼死我了！"张建柱笑得比哭还难看，"你看什么热闹？还不帮爸爸拽下来！"

"我不敢！"兰兰倒退了几步，胆怯地说，"它咬人！"

"那……？那快去拿小刀来！"

"什么小刀？"兰兰懵懂地问，"在哪里？"

"在爸爸腰带上的钥匙串上！"张建柱回答道。暂且不提。

再说老咔高恩良。下午，夕阳像一个巨大的火球，把西天一抹白云烧得血红血红的。

"坚坚！"高恩良扛着一张铁锨上坡回来，刚要开大门，一眼看见坚坚正蹲在地上拿一根火箸专心致志地捅着猪圈墙上的一个窟窿，问，"那个的坚——坚，你在……在做什么？"

"捅耗子窟窿！"坚坚头也没抬。

"噢！我道的！那个……个我。"高恩良点点头，说。

"爷爷，你也会倒耗子窟窿？"坚坚眨巴着眼，纳闷地问。

"爷爷咋会倒、倒……倒耗子——窟窿？"高恩良纠正道，"是耗子倒的！"

"刚才你还说是你倒的呢！"坚坚被搞糊涂了，不解地问。

"不、不是我、我——倒的！我道的！"结巴的人越急了越结巴，高恩良亦是如此，"咳！怎么会是、是……是我、我倒的？我道的！"

"是你倒的？"高恩良越说坚坚越糊涂了，但是他明白了一点儿，那窟窿是高恩良搞的。他听话地说："那我就不捅了！"

"我道的！不、不——不是我倒的！咳咳！跟你说、说……说不清楚！给你——个洋蝈蝈耍！"高恩良放下铁锹，摘下六角苇笠，小心地拿下被夹在边上的带长翅的青褐色蝈蝈，递给坚坚。

"哎哟！"坚坚扔下火箸，刚接过蝈蝈，它便猛地一蹬后腿，从他的手中飞走，落在了不远处。坚坚慌忙喊起来："爷爷，爷爷飞了！爷爷飞了！"他喊着就要去捉蝈蝈。

"别、别、别拿！爷爷——来！"高恩良蹑手蹑脚靠向蝈蝈。

这蝈蝈是长江以南特有的品种，人们称其为洋蝈蝈。进入20世纪后，在当地就很少见到其身影了。它翅长会飞，身上颜色为黄褐色或者青褐色相间，很少见纯青色的。假若去掉翅子，其个头和长相与江北的蝈蝈基本相同，它靠翅翼摩擦发出"吱吱吱"的声响，发音直，叫声不如江北的蝈蝈婉转动听。它不知是有意逗这一老一少，还是因为被苇笠夹的时间长了，翅膀不好使了，飞飞落落，既不远飞，又不待在一个地方不动，老是让高恩良扑空。它最后落在了于大嫂家东山墙的拐角上。

"嘿……，今——回看你往……往哪里跑！"高恩良扔掉苇笠，踮着脚尖轻轻地走过去，看看近了，双手猛地向前一捕，蝈蝈飞了，他却差点儿被闪倒，一下子扑进了挑着一担空粪筐走来的于大嫂的前怀里，一手抓在了她的一个乳房上。

这于大嫂今天去参加公社召开的有关育龄妇女秋季透检的专题会议，回到家时已经下午四点多了，她没下坡，而是摸起担杖和带有"三角鼎立"攒把的架筐，去村南的菜园地里送圈肥。她家猪圈里出的粪就堆在圈墙南边，为便于运送圈粪，在院墙与东边的个人闲园子间留了一条不到两米宽向北通的小便道，向南则不通。她送完了两趟粪，挑着空筐回来准备再送第三趟。

她顺着房后的胡同刚来到拐角处，就被高恩良突如其来的举动吓坏了。"大叔，你……你这是咋了？"她扔下担子，双手紧护前胸，倒退着，神情极度紧张，问。

"我？我、我……我，咳！咳！是蝈——蝈！蝈蝈那个的飞了！捕蝈蝈我，才……"高恩良尴尬不已，他本想辩解自己不是故意的，一着急却说不出来了，急得直跺脚。

"爷爷，爷爷，蝈蝈飞到箔障子（方言：篱笆）上了！"坚坚只关心他的蝈蝈，大叫道，"快来抓！……嗨，叫你快来，你不快来，又让它飞了！"

"哦！没什么！"于大嫂本以为高恩良抓她的乳房是有意的流氓行为，当她听了坚坚的喊叫声，看到篱笆上的蝈蝈时，才知道是误解了高恩良，忙换了笑脸，说，"大叔，甭解释了，我知道你不是有意的！"说完一边揉着被抓疼了的乳房，一边挑起担子向粪堆走去。

"嘿嘿，"高恩良释怀了，问，"那个——挑粪去、去哪？他……他大嫂哪去？"

"菜园地！"于大嫂将粪筐放在粪堆旁，装起粪来。

"噢，我道的！"高恩良回到自家大门旁拿起铁锨跟过来，一边帮着装粪，一边说，"那个，他——嫂子，跟你说、说多少回了，为农干细活不……不行，出大力气的活可、可、可不在话下！吩咐一声不、不就行了？咳！咳！等他下坡回来，两、两车子就——推出去了！这点儿粪。"

"这么点小事，怎好再麻烦他！"于大嫂拢了一下头发，说。

"我道的！"高恩良顺口吐出口头禅，感到不妥，忙改口说，"那个，那个见——外了不是？俺爷俩的、的……的缝缝补补，还不亏了你——和老嫂子！让他帮着干点活就、就不应——该了咋的？他干点活。"

欲知后事，下回分解。

第一百〇七回
行令猜拳翁婿较量
宴席酣战爷俩比肩

上回说到高恩良捕蝈蝈却扑进于大嫂的怀里，差点儿闹成误会。于大嫂释怀后去装粪，高恩良说让儿子给帮着用车推运，于大嫂推辞道："我是说，俺大兄弟干了一天的活已经够累的了。这点粪我挑得动，就不麻烦他了！"于大嫂放下锨，挑起担子，说，"对了！大叔，我给俺大兄弟织了件毛衣，叫他下坡先别吃饭，接着上俺家，试试合身不！"暂且不提。

回头再说张建柱，等晒干衣服后，他到达杨庄时已经是下午一点多了，岳父家刚刚吃过午饭，杨亮忠要女儿重新炒菜，爷俩再喝上几杯酒，杨丽敏说："都什么时候了，让他将就着吃上点算了，又不是别人，哪有那么多方方（俗语：礼节）？晚上再说！"

杨亮忠说："做不做菜不该我的事，你们是两口子，比我实在，到时候可不能怨我苟鄙（方言：不大方、舍不得）！"

依着张建柱的想法，盼着杨丽敏重新炒菜，哪怕炒上一样也行，翁婿两人再喝上几杯，也好解解乏，给自己压压惊。他见妻子不愿意炒菜，当着老丈人的面也不好反驳，只好顺着说："算啦，算啦！怎么还将就不了一顿饭，下午再说！"

杨亮忠见说，便与张建柱打了个招呼，出了房门，下坡去了。

将就着残肴剩菜喝完酒吃完饭，张建柱一瘸一拐地与妻子把上好的烟杆用车推到了烤烟房边。卸下烟杆后，杨丽敏回到家就忙着炒菜。

傍晚的酒肴是四菜一汤，在农村算是丰盛的。西里间的炕上放了一张矮腿饭桌，桌子上摆了一把尿壶，一小盆清炖甲鱼，一盘蒜泥拌烧肉黄瓜，一盘猪肉炒芸豆，一盘韭菜煎鸡蛋，一盘油炸浮稍鱼。张建柱赤着双脚坐在炕上，与杨亮忠隔桌相对，他那用白布包着的小脚趾分外显眼。

俗话说："酒逢知己千杯少。"共同的爱好，使翁婿两人产生了共同语言，真是酒到狂时话正稠，话到醉时酒正酣。两个人越说越投机，越喝越兴奋，起先还用小酒盅，酒过数巡，感到不过瘾，干脆换了能盛半两的大酒盅喝。没多长时间两个人就都有了几分醉意，但兴致未减，喝着喝着竟划起拳来："哥俩好呀！"张建柱与杨亮忠握手"戴帽"后，抢先出手，"宝拳一……一对！"原来这划拳有个不成文的规定，为表示友好，开局时要先握手戴帽"哥俩好呀"，第一局后再划拳当事人只要击掌即可。

"啊啊！不对！不对！"杨亮忠两眼蒙眬，摆着手说。

"咋不对？我、我是攥着……着拳来嘛！"张建新不明其意，舌头都有些硬了，辩道。

"我，我——没说是你没握拳不对！我……我是说，是说我是你老丈人，你这为女婿的怎么能、能称哥俩好、好呢？"杨亮忠咬字不清地说，"这样，我、我不亏啦？亏煞了——我！"

"噢，我倒忘、忘了，是有些亏！那、那咱重——来！"张建柱提议道。

"重来就——重来！"杨亮忠赞同地应和着。

"老丈人小女婿爷俩好呀！"未等杨亮忠伸出手，张建柱捷足先登，亮出巴掌，喊，"五、五魁首啊！"

"停！停！"杨亮忠左手指顶着右手掌当即叫停。

"怎么，我、我又错了？"张建柱丈二和尚摸不着头脑，心想：不用说我伸出了五个指头，就是一个两个指头或者直接出拳也没错！你不是还有五个指头嘛！咋又叫停？

"一口一个老丈人小女婿的，别扭呀——不？拗口不？烦不、不烦呀你？"杨亮忠心里还明白，质问道。

"那……？"张建柱无所适从，疑惑地问。

"干脆，咱不戴帽、帽啦！"杨亮忠以不容辩解的口气回答道。

"好，就——听你的！再来！"张建柱点点头。于是翁婿二人接着伸手划起拳来。第一局，张建柱猜对了，第二局他又猜对了，接连喝了两杯酒，杨亮忠咽了下口水，有些不太愿意了，说："你呀，也……也太不讲情面了，不会让两盅？"

"你当是、是我、我、我就愿意喝吗？"张建柱深感委屈，摇摇头，无可奈何地说，"可是太——邪了！"

"好啦，好啦！赚了便宜还、还卖乖！"杨亮忠嗤之以鼻，说，"我就不信还输给你！再来！"

"三桃园呀！"

"六六顺啊！"

"八匹马呀！"

"双四喜呀！"

"嘿嘿！你猜对、对了！喝！"由于张建柱多偏了两杯酒，意识不如杨亮忠清醒，以为老丈人猜对了，得意地说，"喝吧！"

"哈……！我就说嘛！你到底还是给了面子，让了两盅！"杨亮忠端起酒杯，刚送到嘴边突然想起了什么，又放下酒杯，说，"你、你是真想让我两盅，还是想赖账咋的？酒局如、如——战场，要真打实战，赖账可不行！"

"有话说在、在明——处，"张建柱不明白老丈人所指，问，"我什么时候赖账过？"

"我是、是说咱俩都——都猜对了！八匹马是八，难道双四喜就不是、是八了吗？"杨亮忠掰着指头问。

"啊！对对对！是八，都是八！"张建柱恍然大悟，讨好地说，"看来咱爷俩是真、真有缘分呀，连划拳都——说成块儿，来，一起喝！今天咱就比试比试，一争高……高低，非喝它个小辫儿朝、朝前不可！"说着端起盛满白酒的酒盅一饮而尽，还亮了亮盅底，算是表示诚意，也算是道歉。

"喝！"杨亮忠也不示弱，来了个盅底朝天，笑着说，"哈……痛快！痛快！来，吃菜！吃菜！"

"吃！吃！"张建柱拿起筷子点着小盆里的几个甲鱼蛋，说，"来，叨蛋！

叨——王八蛋！"

"哎，我说，你、你今天是、是怎么了？"杨亮忠撩起一只眼，埋怨道，"怎么还、还叨——王八蛋？"

"那咱叨——鳖蛋！"张建柱以为是同样的东西各地叫法不同，说，"爹，叨鳖蛋！"

"还、还不是一样……样骂人吗？"杨亮忠则以为女婿是故意变着花样骂他，气得拿起筷子点着桌子，问，"我怎么得罪你了？你咋除了……了让我捣（叨）王八蛋，就是捣（叨）——鳖蛋？还能不能捣（叨）点儿别的蛋？"

"那……，爹不叫叨（捣）蛋，那应该怎么说？"张建柱无咒可念了，请示道。

"用筷子就应该叫——叫夹，或是击！反正不能……能叨蛋！"杨亮忠放下筷子，一手托着下巴，以教训的语气说。

"好好好！"张建柱口服心服，增长了见识，说，"那咱就、就夹……夹王八蛋！击鳖蛋！"

"这也不好听！"杨亮忠听了不顺耳，但是挖空心思也没想出恰当的词汇来，头摇得似货郎鼓，说，"算了，算了，不说了！你快——倒酒吧！"

"哎，你们爷俩还有没有头儿啊？"张建柱刚捧起尿壶，替父亲去烤烟房上烟的杨丽敏就领着兰兰回来了。她在院子里洗了洗手，擦着手走了进来，见二人舌头都大了，可还在喝酒，上去一把夺过张建柱手中的尿壶，责备他说："你当是凉水？六十二度的酒精啊！喝起来还没个完！"

"有事忙事，没事一、一边待着去，你、你——瞎掺和什么！"杨亮忠瞪了女儿一眼，怒斥道。

"爹……"杨丽敏想做解释，但却被父亲打断了。

"怎么？你爹我好久没有这么高……高兴了，你想让爹不痛快是……咋的？"杨亮忠不容分说一把夺过女儿手中的尿壶，"你、你别多管闲、闲事！今天俺爷俩喝它个够！"他给自己倒满酒，又给女婿倒酒时酒盅却被杨丽敏抢走了，酒全倒在了桌子上。

"爹——！天都黑了，兰兰她爸还要赶回去呢！"杨丽敏求情道。

是年有钱也买不到酒，酒洒了那么多，对好酒的人来说，还不如打骂他一顿好。杨亮忠心疼极了，他放下夜壶，慌忙搭了个趴，一气舔净了洒在桌子上的酒，抬起头，咂了几下嘴，质问女儿："多远？三里五里的地算得什……什么路？不就是一拃近——远吗？撒泡尿的工夫就……就到家了！给我放下！"

"还隔着条河呢！"杨丽敏没有放下酒杯，强调道。

"正因为过河，才、才别走早了，越晚河水不就……就越浅啦！待会儿我——送他！"杨亮忠用手背擦了下嘴，说。

"这？我……？"张建柱本想说：我是听你的，还是听咱爹的？见杨丽敏白了他一眼，不得不把话打住。

"喝酒就是……是喝个对脾气，不投脾气的话、话，请都请不了——去！放心，俺爷俩谁也……也喝不醉、醉！"本来，杨亮忠的酒量与张建柱差不多，且少喝了两杯，但是因为他一气喝下了洒在桌子的近两杯酒，又加上生女儿的气，酒劲上得特别快，自然就有些把持不住自己了，说，"我——那个我先去方便、方……方便，回来咱接着喝……喝！你、你、你自己满——上！"杨亮忠说完下了炕，歪歪斜斜地走了出去。

"珍珍她爸，也不是我说你，出门走亲戚咋不留个寸头，非得喝得这么大？"杨丽敏见父亲出去了，放下酒杯，劝道。

"你说、说，人家——人家啊……啊，好酒好菜地伺候，咱不真喝，人家、人家不、不说咱不实在吗？"张建柱振振有词，"咱不能拂了人家的一片热情吧？"

"那在家待客呢？"杨丽敏追问道，"你不也是经常喝大吗？这又作何解释？"

"叫、叫你说说，亲戚朋友上……上咱家来，我如果不带头喝，能行吗？人家肯定会说、说咱心疼酒，舍不得喝！嘿嘿，我、我说得还——在理吧？"

"什么在理？"杨丽敏鄙弃地说，"狗屁不通！"

张建柱无语了。

"难道你还不知道咱爹的脾气，见了酒就像蚊子见了血一样，喝起酒来连命都不要！"杨丽敏从窗口望着走路都嫌墙角是九十度的父亲，埋怨地说，"咱爹是上了年纪的人了，还攀得年小？近七十岁的人了，你打算怎么着？真想看他的醉汉，把他灌倒吗？"

"依着我，我、我早就不、不想喝了，可……可咱爹他非要喝个……"张建柱假装委屈，说，"我这为女婿的又……？"他双手一摊，代替了未说出的话。

"别强调理由！"杨丽敏剜了张建柱一眼，说，"我还不知道？你们爷俩是二百五对着个半吊子，一路货色！除非是坐不成块儿，坐成块儿十回扎着九回醉！你呀快吃点饭，趁天还不太黑带着兰兰走吧！"

"别拉我！别、别拉我！我……我没醉！没醉！"正在这时杨亮忠在房外喊起来。

欲知后事，下回分解。

第一百〇八回
扎篱笆老咔伤指头
搭鹊桥媒人吐谎言

上回说到杨亮忠和女婿张建柱在酒桌上互不相让，酣战不休，杨丽敏怕丈夫喝大，无法带女儿回家，正斥责间，听得杨亮忠在房外叫喊。

原来杨亮忠出了房门，想到猪圈里小便，但是半天也没打开圈门，于是来到圈后倚着一棵小槐树小便。他系腰带时把小树也绑在了身上，他挣脱着，大声嚷嚷道：“我还要陪女婿喝、喝酒！省得女婿喝——喝不够！说我不、不……不仁（义）！”

却说老咔高恩良。傍晚，月牙斜挂，繁星满天，天色不算太黑。几颗流星充满着无限眷恋，想为自己在宇宙间留下最后的亮光点，于是尽最大努力释放着余热，划过苍穹，拖着长长的尾巴，极不情愿地结束了它们的终生旅程。

“勒、勒、勒……”

大概是为了省钱，也或许是因家庭条件所限，院子里没亮电灯。高恩良与为农借着淡淡的月光，在西窗下扎着高粱秆篱笆圈鹅栅栏子。高恩良在栅栏子里边负责续戒条，高为农在栏子外边负责缠麻刀、勒麻刀，他见父亲还一个劲地喊勒，就坐下来用两只脚蹬着篱笆勒，嚷着说：“爹，我使得劲不、不小了！”

“勒、勒……勒着指——头了没！”高恩良憋得青筋暴露，半天才道出了实情：麻刀没有勒在戒条上，而是勒在了他的指头上。

“嗨！你咋不早、早说呢？”高为农松开麻刀。

“哎哟！你、你……？”高恩良抽出手，指头上流出了血，疼得他乱跳。他本来想埋怨高为农行事莽撞，干起活来不管不顾，可是“你”了半天却说不出下文来。

“我还以为你、你嫌勒得不紧呢！”高为农歉意地说。他走近一看，道：“爹，都出血了，快进屋包包吧！”

“嗨！那个的哪有、有那——么娇贵，庄户人家？搽上点那个……猫奶子土就、就止血，能！”俗话说“十指连心”，高恩良虽然是疼痛难忍，但还是嘴硬，吩咐高为农说，“快去——啊！”

何谓猫奶子土？其实就是受雨水侵蚀，遗留在土坯墙上的道道痕迹下端所形成的猫奶子状淤泥。它既不能杀菌，也不能消毒，但是，却不含沙粒，质地十分细腻，能阻止毛细血管渗血。所以，当地的人们受了轻微的磕碰外伤和被利器割伤时都用它止血。高为农刚要去取猫奶子土，掩着的大门随着"吱呀"一声响，敞开了。

"老咔，你爷两个在忙活什么呢？"人未见声先到，挣断筋曹义年进了大门。

"哦，大伯来了？俺爷俩在扎鹅栅栏子！"曹义年无事很少来高为农家，高为农知道他一定是找他爹有事，打了声招呼，便拉开院子里的电灯，说，"大伯，屋里坐吧！我、我垫猪圈去。"说完拿起筐子和铁锨，知趣地走出了大门。

"曹、曹、曹书记，"自合作社至今二十多年过去了，高恩良无论是当选为村干部，还是妻子、祖母和岳父母的后事都是曹义年亲自出面代为操劳的。遇到什么大事和难以渡过的坎儿他都请曹义年帮忙打谱出主意，所以他始终十分尊重曹义年，感激曹义年的大恩大德。他出了鹅栅栏子，进屋拉电灯："坐、坐……坐吧！里边。"说完，借去院子里洗手之际用嘴吸了吸伤指上的血，又用衣服擦擦手，才进屋在明间放下饭桌，摆上一把嘴口边沿缺了一小块的白瓷茶壶和两个白瓷茶碗，沏上茶后，进里间拿出一盒"一毛找"葵花烟，启开封从中抽出一支递过去，带有几分羞惭地说："嘿……那个的，好烟没、没有，就、就——抽吧！"

"哦！谁还不知道谁？不用客气！"曹义年接过烟，从衣兜里掏出半盒"金叶"牌香烟扔在桌子上，随即在桌边的小木凳上坐下来。

"曹——书记，"高恩良划燃火柴为曹义年点上烟，又为自己点上烟，坐下来，边倒茶水边说，"吩、吩……吩咐吧，什么事！"

曹义年端起茶碗，说："我是特意来找酒喝的！"

"我道的！"因曹义年有恩于高恩良，高恩良曾多次想请曹义年的酒，但曹义年每每借故不到，这回竟主动说要酒喝，高恩良受宠若惊，求之不得，说，"好、好酒没有——瓶，散酒、酒……酒倒还有三瓶五瓶的！"说着站起来，"我叫——为农炒菜，咱、咱弟兄俩、俩……喝一顿！俺爷俩没、没吃饭，还！"

在那个年代，散酒是凭票供应的，高恩良家咋还有那么多的酒？那是因为高恩良虽然喝酒，但是没有酒瘾，平时自己舍不得喝，只有待客或者遇到喜事和不愉快的事时才喝，且酒量不大，多说一顿也喝不上一两酒，若是超量就会酩酊大醉，非得吐出来看看，睡上两天不可。他家所留存的几瓶酒是积蓄了几年的。

"我不是这个意思！"曹义年放下茶碗，磕磕烟灰说。

"那……？"高恩良纳闷了。

"酒是一定要喝的！"曹义年理解高恩良的心情，知道他是真心实意想请他的酒，说，"不过不是现在！再说我已经吃过饭了。"

"我道的！那……？"高恩良真的找不着北了，一时不知如何是好。

"哈……"曹义年忍不住笑了，说，"你先坐下，我有话说！"

"我道的！"高恩良坐下来，"说——吧！"

"为农大侄子眼下有头儿（方言：有提媒的或者定了亲）吗？"曹义年问。

"这样的家庭条件再加他的人物有谁能跟？"高恩良心里嘀咕着，说出口的却是："就、就他？"说完把头扭向一边。

"没有呀？"没等高恩良回答，曹义年接着说，"我给他掂对个怎么样？"

"嘿……，敢情——好那个的！"高恩良转过头，感激地说，"操、操心了你！"

"不过可不是什么黄花大闺女，"曹义年就地捻灭烟，说，"而是个婆婆儿。"

"那个的，什、什么大闺女小、小……小媳妇的，"高恩良给曹义年续上茶水，说，"只要别、别——相差太多，年龄！"

"差不了几岁！"曹义年拿起"金叶"牌香烟，抽出一支给高恩良，高恩良拔下只剩没有一指节长的烟蒂，摆了摆手。曹义年笑着说："都烧着嘴了，扔了吧！"

高恩良嘿嘿一笑，把烟蒂扔出门外，在裤子上擦擦手，才双手接过烟。

曹义年就烟盒里叼起一支烟，高恩良将烟卷放在桌子上，赶忙划燃火柴，站起来双手捧着为曹义年点上烟。

"至于人才和人品嘛，无可挑剔！"曹义年吸了几口烟，等高恩良坐下后，说，"包你满意！"

"那——就行！行！"高恩良的老脸上光彩横溢，皱褶之间喜悦荡漾，他头点得似鸡啄米，一个劲地说，"行，行，刚、刚好！嗯，刚——好啦！"

"看来你是没意见了？"曹义年拿起桌子上的烟卷递给高恩良，问，"但不知为农中意不？"

"放、放心吧，你就！说了就、就……就算，我！"高恩良拍拍胸膛，自信地回答。他点上烟，问："你、你……你说的这个是——哪庄的，不知？"

"不远，也就是个一二十米远！"曹义年端起茶碗，说。

"你、你是说他于……？"高恩良想了一会儿，试探地问。

"怎么样？"曹义年问，"还满意吧？"

原来，自从曹义年去于大嫂家提亲后，一直在等于大嫂的回音。行还是不行他心中无数，六七天过去了，他想去她家催问一下，妻子却劝说道："你别去躁气了吧，行的话就是于大嫂不好意思来说，她婆婆也该踏个脚印儿来！"妻子停了一会儿，接着说："肯定是不好抹你的面子才不来的！你想她于大嫂是个多么精明的人，既能干人才又好，怎么会看上他为农？依我看，你提的这个事十有八九够呛，大概黄了！"

"嘴是两扇皮，咋说咋有理！"曹义年不满地说，"行也是你说的，不行还是你说的！"

"这我承认，当时我是说过于大嫂不会有什么意见，可那只是猜测，咱又没钻进她心里去看看她到底什么想法。再说了，前些日子老憋他表姨不是去过她家吗？未必不是为于大嫂说对象。"妻子说，"我看等几天再说吧。"

曹义年认为妻子分析的有道理，也就把个事搁下了。今天下午曹义年在村前的菜园里浇扁豆，正遇见去摘西红柿的朱奶奶，他提及此事，朱奶奶说儿媳妇既没说行，也没说不行，不过在家得空就给高为农织毛衣。"看来这事有门儿，"曹义年心里说，"要是真不愿意的话，她就不会给高为农织毛衣了，只是害羞不好意思张口实说吧！"他思忖了一会儿，对朱奶奶说："老嫂子，既然坚坚他妈没有提出什么意见来，今天晚上我就去老咔家！"他回到家对妻子一说，正在做晚饭的妻子也同意他的推测，要他先不吃饭，快去高恩良家。他刚才说吃过晚饭了，只是托词而已。

高恩良得知曹义年所指，摇摇头没有说话。

"怎么？还挑肥选瘦咋的？"曹义年以为高恩良不同意，语重心长地说，"你是嫌弃人家是个婆婆儿，还带着孩子和后婆婆是吧？可反过来说，你家能有啥可图的？真是要什么没什么！能摊上这么个儿媳妇就算你高家烧了高香了。这事我还没跟于大嫂提说，她能看上看不上为农还两说着！所以说，我奉劝老弟一句话，心里得有个底，先称称自己是半斤还是四两才是！"

"那个的，意思不是——这个的，我！"高恩良急了，几次想插话，然而，苦于嘴巴不好使，等到曹义年说完后，才慌忙辩解道，"她、她于大嫂、嫂人家，我的意思是……是——看不上为农的！别费心了，你就！"

这高恩良说的是真心话，炸蟹在世时，高恩良就十分敬慕于大嫂的持家、孝敬和为人处世，连做梦都盼望自己能有这么个儿媳妇，那样的话，他就是把眼睛一闭，也后顾无忧了。炸蟹死后，他知道年轻貌美的于大嫂肯定会改嫁，但也从没敢往儿子身上想。现在作为支书的曹义年上门提亲，在他看来，成功的希望是非常渺茫的。假若真是这样的话，还不如不应口的好，邻居还是邻居，有事还能相互照顾、帮衬，省得以后见了面不好说话。

"看来我刚才是误会你了！"曹义年站起来，说，"咱们长话短说，你要是真没意见的话，有空我再到于大嫂家透个气！我走了。"

曹义年走时，高为农也垫完了猪圈，爷两个直送到胡同西头的石桥子方回，到家进屋后高恩良将曹义年所言之事一五一十地述说了一遍，高为农听了一言不发，闷闷不乐地到院子里洗脸。

"那个的——为农啊，行还是、是……是不行，不说话呀你咋？"高恩良拿着一块白手巾，跟出来，问。

"爹，您叫我说什么？曹、曹书记不是对您说过吗？"高为农洗完脸，接过手巾，说，"他、他还没有跟于大嫂说嘛！行与不行咱说了不算，还得听、听人家的！"

这高为农所言不错，对于他与于大嫂"相好"之事，在村里早就风言风语地传开了，说什么于大嫂至今不改嫁是：关上门熏蚊子——有意存烟（缘）（当地人将姻缘两字读做 yīn yán），无非是看上了高为农才不想找对象的。此"风"并不是没有刮到高为农的耳朵里，但他不以为然，认为人们是在取笑他，无须当真，依然尽己所能帮于大嫂家干这忙那。今天曹义年亲自来他家提亲，他起先心里似吃了蜜，巴不得明天就结婚，尝尝女人的滋味。但是当得知曹义年还没有征求于大嫂的意见时，他就如同充满气的尿泡被扎了一针，登时干瘪了。他认为两家好归好，谈到婚姻上就是两码事了，于大嫂就是随便找个主也比他家强。如此，他高为农就是想高兴也是枉然。

"我道的！"直肠子了大半辈子的高恩良也学会了动脑子，感到儿子说的没错：事成与不成并非他家所能左右的！他思忖了一会儿，安慰为农说："大——大体概有个，他、他曹书记没个数，心里，他能来、来那个提吗？再说不、不一定不行！曹支书说……说没跟你于大嫂说，不是、是那个试探呢，未必！"

"既然您是这样认为的，那、那您就看着办——吧！"高为农认为父亲说的也不是没有道理：身为书记的曹义年心里要是没有一定的把握，是不会轻易来提亲的。至于把握性有几成，他不得而知，说让父亲"看着办吧"，到底是"办什么"，他也说不出个所以然来，只是囫囵推车子，顺嘴说。

"咳！什——么我、我看着办？"高恩良一听急了，"是我搞呀，还、还是……是搞对象，你？"

"嘿嘿，"高为农无话可说，岔开话题，说，"爹，咱先不说这个了，该吃饭了，我先去拦、拦上——猪，您拾掇饭吧！"说着就要向外走。

"我道的！你、你忙——什么？"高恩良阻止道，"那个的，有话还没说完、完我，坐下你！"

欲知后事，下回分解。

第一百〇九回
多舛命妨死顶梁柱
一句话矜持惹烦恼

上回说到曹义年前来为高为农提亲，六七天过去了，行与不行还没得到于大嫂的真信，虽然朱奶奶曾对他说于大嫂给高为农打毛衣，但她到底是给高为农织的还是给别人织的？他也不好断定，难免会有顾虑，所以才撒谎说事前还没跟于大嫂透气，致使高为农狗咬尿泡——空喜欢。高为农要去拦猪，父亲阻拦说别急，有事跟他说，他茫然地望着父亲，停了一会儿，才坐下来。

"今天，傍黑天时，我、我遇见运肥，坚坚他妈，说、说……说给你织了件、件毛衣，晚上先别吃饭，去、去她家大——大小试试！刚才啊，曹书记来，忘了我。"

"那、那您替我去试试大小不、不就行了！"高为农感到无意思，说。

"我道的！咳咳！傻孩子，我这身板跟你、你……你的一样吗？你看！"

却说于金华于大嫂。于大嫂是红颜薄命之人，她娘家在南山里，与朱宇轩的表姨家邻村，还是瓜蔓子亲戚。于大嫂在家为闺女时，一天好日子也没过，自从她记事时，父亲的身体就不好，大田里的力气活根本干不了，家里家外全靠母亲一人，在她十三岁那年母亲因病撒手人间，家中除了她只剩身体多病的父亲和年幼的弟弟，尚未成年的她支撑起了残破的家。七年前经表姨介绍她与炸蟹朱宇豪相识，并订了婚。因父亲需人照顾，直到弟弟当兵复员回家，看见弟媳进了门，1975 年秋后拾掇完，她才与炸蟹朱宇豪结了婚。

"龙生龙凤生凤，老鼠的儿子会打洞"——朱宇豪的父亲三炮仗朱文亨的脾气是出了名的倔强，朱宇豪作为儿子更是"青出于蓝而胜于蓝"，与其父亲相比有过之而无不及。他的外号炸蟹就是由此而来的。这绰号包含两层意思：一者是他的面部特征，脸红得如同刚出锅的螃蟹，再就是说他性格耿直地恰似炸熟的螃蟹的肢节一样，直撅撅得不会折弯。

本来，于大嫂嫁到锦鸡岭图的就是个好家庭，公婆虽然年纪大了点儿，身子骨却都还硬朗，没有什么大病，一家四口三个劳力，婆母轻来轻去的还能干点儿活，吃穿是不用犯愁的。然而，"人有旦夕祸福"，先是公爹大雪天枯井中丧命，第二年丈夫朱宇豪又骑鹤升天而去。

那是 1976 年初冬的一天上午，时任副业队长的炸蟹带领人马在东高埠子的石坑里打石头为集体卖钱。当时有个规定：上午十一点半前凿好炮眼，下雷管，装炸药，十一点准时点炮。因为如果过早装炸药，会妨碍施工——炸药万一遇上烟火或者铁家伙触碰，就会引起爆炸。人们饭后上工后先掀石头和搬运石块，清理石渣，然后凿炮眼；下午，天黑前装好炸药，太阳即将落山时点炮；第二天一早再处理石块，清理石渣。这天上午点了三炮，却只响了两炮。另一炮等了大约有半个钟头，也不见动静。炸蟹等得不耐烦了，非要去石坑看个究竟不可。在场的人都力劝他："算啦，算啦，不必冒这个险，拿着命撂高，先回家吃饭，下午上工再说。"他却反驳道："过了一顿饭时（方言：三十五至四十分钟）了都不响，难道两天后它还能再响不成？"炸蟹不听他人的劝告，一气跑进石头坑，拿起铁錾子在哑炮上刚剜了两下，突然，"轰隆"一声炮响了，炸蟹被炸上了天。此时其儿子坚坚刚过百日。

两根顶梁柱相继倒塌后，于大嫂家老的老小的小，日子过得举步维艰。按当地以前的风俗：男人死后，妻子需守孝三年，其间不可改嫁。新中国成立后虽然没有了这些条条框框，但根据一般情况亡者的配偶需在周年后方可嫁婆，否则儿女拒绝不说，还会被他人戳脊梁骨，甚至会被别人当着面骂个狗血喷头。炸蟹第一个忌日刚过，那些上门提亲说媒的就你来我去，络绎不绝。这于大嫂并不是没有改嫁的打算，只是要求的条件特殊：不但要带着孩子，而且还要带着年迈的后婆婆一起嫁过去，否则，免谈！

假若说，坚坚是个女孩的话，问题还不大，闺女早晚要改姓嫁人，无所谓。男孩就不行了，操心费力地拉扯大，成人后改名换姓，亲母死后返回原籍，不能为本家传宗接代，添土上坟。此例比比皆是，不胜枚举。至于婆婆，在那个挣工分吃饭的年代，自然是个能吃不能干的累赘，况还是个后婆婆，没血缘，担待不得不是。为此，那些求亲者不是条件好些的退避三舍，不予接纳，就是条件差的，于大嫂看不中。所以，她才拖至现在，一直没改嫁。

曹义年的上门提亲不啻是"一石击破水中天"，打破了于大嫂生活的平静，改变了她找对象的轨迹。那天她回到家后，曹义年已经走了，婆婆将曹义年的来意全盘端出，问她是否愿意，说曹义年立等她的回信。她听后没做正面回答，而是反问婆婆有什么意见。

朱奶奶踌躇了很大一会儿，才说："论说为农这孩子，老实厚道，心眼好使，性格耿直，孝顺老的，事事都顺着你恩良大叔，叫他向东，他决不会向西，还不会发脾气使厉害，这些年我还真没见他跟别人打架斗殴过呢。别看他天生一副慈相，可心里什么都明白！就是不知道是随你大叔还是咋的，说起话来也有点儿快结巴。叫我说，这一切都不是什么大毛病，可就是他那个家庭……唉！"朱奶奶说到这里，戛然把话打住。因为她感到自己已经说的不少了，再说多了怕引起儿媳的反感，所以才停下来，想听听儿媳会发表什么意见。

"娘，"于大嫂笑笑，说，"您接着往下说！"

"娘又没有文化，啰啰唆唆地说了一大堆，就是让我再说也没得说了，我就别叨叨了。"朱奶奶推辞道，"事儿还得你自己拿主意！"

"这事以后再说吧！"于大嫂点点头，说了一句模棱两可的话。正因为这句话，导致两个家庭都产生了误会和曲解。此是后话。

当晚，于大嫂辗转难眠，扪心自问：说媒的虽然不少，为什么没有一个提到过高为农的？就高为农来说，我以往虽然好拿他开心、取笑，但是却一直把他当作异姓兄弟看待，根本没有过嫁给他的想法。曹义年为什么会突然来提他呢？是不是因为我与高为农的风言风语，他才来撮合的？还是高恩良委托的他？不可能！那是……？我要是真嫁过去，以后会怎么样？假若我不应口，那以后还能遇上不嫌弃我带着儿子、婆母进门的主吗？很难说！于大嫂反反复复地权衡了一番，最后决定：不能舍近求远，旗杆底下误了操，她要接受曹义年的提亲！一则高为农爷俩的脾气和家庭条件她都熟知，进门不会受气，更不会遭到歧视；再者，事成后，高为农爷俩完全可以搬过来住，省去了操劳建新房这一环节；尤其这场婚事已征得了婆母的暗示同意。

主意既定，第二天她就去供销社买了三斤夹带化学成分的羊毛线，一有闲空就为高为农织毛衣。但是，作为女人，作为儿媳，她不好意思亲口对婆母说，更不好意思去曹义年家当面应承。她期盼曹义年或者他的家属再来她家，她好相机而行，侧面说开。时隔六七天了，却杳无音信，她为此异常焦虑，坐立不安。她更希望婆母能看透她的心思，代儿媳去曹义年家明说。

而身为后婆婆的朱奶奶并非不明白儿媳的心意，只是没有得到儿媳的亲口允许，担心自己领会错了，出力不讨好，自然也不好自以为是，擅自去曹义年家摊牌。

今天下午，朱奶奶从菜园地回到家，对儿媳说曹义年今天傍晚就去高为农家提亲。为此，于大嫂特意准备好了晚餐，想叫高恩良爷俩一起过来吃。

明间里的饭桌上摆了五只空碗，一瓶白酒，一碟小咸菜，桌中央放着一大盆西红柿蛋汤。一旁的机子上放了一瓦盆煮好了的面条。

"娘，别等了！"在农村晚饭时已过，还不见高为农爷俩到来，于大嫂织着尚未上袖的毛衣走出屋门，说，"大概人家不愿意，要不早来了！"

"或许为农上坡还没回来！"朱奶奶倚在屋门框上，巴望着院门，怀有希望地回答。

"早回来了！"坐在桌前无聊地敲着饭碗的坚坚抢着说，"那会儿我还见他挎土垫猪圈来！"不过，他却没见曹义年去了高恩良家。

"回来了？那我去叫他来！"朱奶奶说着就要向外走。

"娘！……"

欲知后事，下回分解。

第一百一十回
惧怕鬼摸黑绕远道
解嘴馋贪懒酿祸端

上回说到于大嫂由于改嫁所提的条件苛刻，守寡近四年了，还待守在家，曹义年前来说媒，因她一句"以后再说"的话，致使高恩良爷俩"半夜五更测宅子——不摸四至"，心中无底，所以，她请高为农前来试穿毛衣高为农也未到。朱奶奶沉不住气想去叫高为农。

于大嫂阻拦道："娘，人家不来就算了！叫什么叫？肯定是嫌我拖老带少的是个累赘！"她心灰意冷，没好气地把毛衣扔在小凳子上，"咱吃饭！"接着在毛衣上坐下来。

却说张建柱。昨天晚上，他与老丈人喝了个一醉方休，本打算在岳父家住一宿，明天再走，可妻子杨丽敏却力逼他当晚赶回家。万般无奈，只得从命。由于他喝了酒不愿走黑路，更打怵村后的女大路，担心旧事重现，不得不绕道多走十三四里路回家。小孩子有个特点：不管是上了自行车还是坐汽车都无法抑制自身的生物钟，天一黑就打盹儿，眼睛无法睁开，光想睡觉。刚出杨庄兰兰就喊着要睡，在张建柱的连哄带吓下，好歹走了许有一里路，张建柱的招数就不管用了，任凭他再怎么说也不听，站在原地吵着非睡觉不可。黔驴技穷的张建柱只能负重赶路。

兰兰虽然只是个四岁的孩子，体重充其量也不到四十斤，但是，远路无轻载，尤其她睡熟了，软绵绵地既不好背，也不好抱。张建柱背着走一会儿，又抱着走一会儿，一路上不知歇了多少次。他走了也就一半多路，饥肠辘辘的肚子就向他提出了强烈的抗议，不甘落后的眼皮也开始捉对儿打架，红肿的小脚趾钻心地疼，但他又不得不强打起精神赶路，好歹挨到村头时，已经鸡叫了。一到家他就像被一棍子撂倒了一般，顾不上吃喝，穿着衣服就上炕躺下了。一觉醒来，已是日上三竿了。他想起来先填饱肚子再去粘蝉。

在江北，除草蝉外，树上的蝉分四个种类：一是捎钱。它夏至成虫出土，个头最小，还没有指头肚子大，鸣叫起来声音小且是直音："吱——"。它除肚子上有几道白灰色的条纹外，通身暗灰色，基本与树皮一个色，很难辨认。二是蚊嘤蛙子。它中伏前后成虫出土，个头约有两扁指长，鸣叫之声似："蚊嘤蚊嘤哇！蚊嘤蚊嘤哇！蚊嘤——！"它通身白灰色，生性好动，在一个地方待不了多会儿就"蚊嘤——"一声飞离。三是知了。它末伏前后成虫出土，它的出土预示着盛夏过去，秋天到来。知了的个头大于捎钱，小于蚊嘤蛙子，通身灰青色，背与肚子衔接处有两小块淡绿色的"铜锈"斑点，"知了！知了！"就是它的鸣叫之声。四是黑蝉，俗称蚧蟟。它个头最大，体重约五克，脱壳成虫时间不太规则，小暑前初见，拖拖拉拉直至立秋前。出土越晚的生命期越长，有的能活至农历的九月份，极个别的甚至能活到农历十月份。此时存活的黑蝉，被称之为：秋蝉或者寒蝉。它的鸣叫声震耳欲聋，"嘶啦，嘶啦！"的噪音使人心烦意乱。它除背上有个不太显眼的红褐色的"w"图案外，通身如炭。人们常说的粘蝉，指的就是粘它。为何不粘其他的蝉呢？原因有三：一是炒或油炸后，捎钱最香，但其个头太小，一千个也没有一斤重，不值得粘；二是蚊嘤蛙子和知了相对于黑蝉来说数量少，好动，不容易靠近，且都带有苦味；三是黑蝉香味仅次于捎钱，皮也比捎钱厚，但是个大肉多，数量也多，生命期长，较为老实，易靠近。粘蝉的最佳季节是初伏至末伏，立秋之后，膘肥体胖的黑蝉会变得皮柴，其所含的肉和蛋白质会减少许多，味道也有点发苦酸。粘蝉的最佳时间是中午前后，天越热它鸣叫得越欢，粘蝉的人越容易发现目标，且此时是其交配时间，其相对来说比较老实。

以上四种树蝉，由于受气候、人工养殖（黑蝉）和环境条件的影响，其出土成虫的季节性，也并非十分规律，不说远了，就说 2016 年，从夏至到小满仅仅半个月的时间内，四种树蝉几乎同时出土成虫。

这张建柱不愿下地干活，喜好赶集上店跑跑达达，对粘蝉和捉蚂蚱的勾当更是乐此不疲，每到粘蝉的季节，他能豁上不吃午饭，牺牲午睡。他是粘蝉的高手，收获多的时候，一个中午头就能粘二三百个，那可是一道难得的酒肴。时下立秋没过几天，黑蝉的苦酸之味还不浓，所以他才想去粘蝉——有总比没有强。然而他今天却力不从心，双腿打不上弯儿，迈不动步，浑身散了架子般酸疼，连下炕的力气都没有，于是，不得不再次躺下睡。

　　早饭是判官彩云来做的，她本想叫酣睡如雷的儿子起来吃饭，可是当她看到儿子那副疲倦样时，又打消了念头，心里说："睡吧，睡好了才能歇过来！"为了让儿子起来能吃到热乎的饭，她伺候两个孙女吃完饭后，把饭菜重新拾掇进锅里，又给儿子的伤趾头挤出脓血，换了包扎布，才回家。

　　"爸爸，你还睡呀？"中午，珍珍放了学领着兰兰回到家，见父亲还在睡，她做完饭，喂饱了猪，来到里间，见父亲仍未醒，就摇晃着他叫道，"爸爸，爸爸，起来吃饭吧！"

　　"几点了？"张建柱闻声睁开蒙眬的双眼，问。

　　"快一点了！"珍珍回答说，"吃了饭，我还要上学呢！"

　　"嗯，知道啦，你去拾掇饭吧！"张建柱揉揉眼睛，下了炕，活动了一下筋骨，身上的酸疼减轻了，他感觉精神比先前强多了，受伤的脚趾也没那么疼了。"我去洗把脸，咱就吃饭！"他说着出了房间。

　　酒足饭饱后，已是两点多了，错过了粘蝉的最佳时间。张建柱在家里喝足了茶水，不知是茶水的作用，还是天热的原因，他觉得肚子里空荡荡的，好像缺了点什么，心想：要是能吃上一顿青梢瓜就好了！意念一到，那凉飕飕、嘎嘣脆、稍带甜味的青梢瓜使他当即垂涎三尺，觉得一时吃也晚了。他锁上大门，一路向瓜园走来，想去瞧瞧晚梢瓜开园了没有。遗憾的是他刚过渠道没几步，抬头就看见杆子高宏伟和父亲正在棚子里谈论着什么，于是，他打消了去瓜园的念头，快快不乐地扭头而去。

　　对于高宏伟，张建柱不是怕他，而是不愿见他。按说，两个人一起在队委里多年，愁见面那又如何共事？那是因为高宏伟认死理，一条道走到黑，脾气是属毛驴子的——受摸弄，不受呛。顺着他怎么都行，如庄户人说的那样："把头割给你都行！"否则，对不起！他是既不讲究场合和方式方法，也不管对方是谁、是否受得了，更不计后果，先大发雷霆一番再说。就像急性子的猎兔者一样，除非见不到兔子，一经发现，哪管距离远近和角度，抢起枪就搂机子，反正枪是放了，打着没打着与他无关，只要图个痛快。不过，这高宏伟只要火气一消，就会云开雾散，好像事情根本没发生过一样，从不会记仇。

　　高宏伟虽然脾气暴躁，争强好胜，却极少与张建柱发生争执。尽管他看不惯张建柱的为人处事，但是也没办法，张建柱净歪理，讲情理，他自感不如，甘拜下风，再说，张建柱当着他的面，不是阿谀奉承，就是多加赞赏，极少顶撞他，讨论事和说话基本上都是顺着他的意愿，让他有火也发不出来。

这张建柱明明知道高宏伟有时说得不在理，发脾气也无来由，但是，"事不关己，高高挂起"，只要你不针对我就行。他认为：高宏伟是村里的二把手，如果和他较真，争执起来，于己无益不说，可能还得罪了他，既然这样，还不如顺着他。

现在，他见高宏伟在瓜园，担心高宏伟会当着他父亲的面，不一定为什么事，甚至为一句话，让他下不了台，觉得不如远避为妙，免得惹火烧身。

事实如此，张建柱猜测得一点儿也不错，此时高宏伟正在向张武昌告他的状。

那天高宏伟与曹义年在东洼分手后，直奔张建柱家的承包地瓜地，不看则已，一看把他的肺都气炸了——草长得都漫过地瓜蔓子了。他于是一气跑到了张建柱家，然而，铁将军把门挡住了他的去路。他坐等了一大会儿，也没见张建柱家的人回来，只得回家。

高宏伟的儿子高志强去公社参加村团支书会还没回来，酒嘟噜高二婶把做好的饭菜端到了饭桌上，说："好我汰！天晌午歪了才回来？看饭都凉了，快吃吧！"

高宏伟端起饭碗又墩在饭桌上，没好气地说："吃，吃什么吃？还吃狗屎！"说着摸起一盒刚开封的"金菊"牌香烟，抽出一支叼在嘴上。

"好我汰！吃饭了还巴结这口烟！"高二婶说，"待会抽还不行？"

高宏伟没有搭话。一双手哆嗦得连划几根火柴也没点着烟。

"好我汰！谁又风着雨着了你了？"高二婶笑着问。

"混账东西！"高宏伟将火柴盒摔到饭桌上，干脆不点烟了。

"好我汰！好好的咋就……？"高二婶划燃火柴替高宏伟点上烟，懵懂地问。

"堂堂的五尺汉子，正事不干一点，光想歪门邪道！你到他的责任田里瞧瞧，荒草连片，都无处下锄了！"高宏伟把尚未吸几口的烟卷狠狠地扔在地上，气愤地说。

"好我汰！云山雾罩的，"高二婶丈二和尚摸不着头脑，问，"你说的是谁呀？"

"除了他麦秆桯还能有谁？"高宏伟曲起食指敲着桌子，不由得骂出了声，"什么玩意儿，还有不知道害臊的？"

"倒也是，"高二婶颇有同感地说，"眼前又没连阴天，地咋就荒了呢！那他两口子忙什么来？"

"还能忙什么？"高宏伟重新叼起一支烟，高二婶再次为他点上。他赌气地连吸了几口烟，说："这事儿怨不得他老婆，他丈母娘住了院，他老婆跟着去伺候，大概也有个三四天了。可恨的是他张建柱，地都荒成什么样了，还有心做买卖！"

"唉！"高二婶未加评论，只叹了一口气。她摸起酒瓶给高宏伟斟上一小杯白酒，劝道："别生气了，先喝点儿酒压压气吧！"

高宏伟沉不住气，傍黑天又去了趟张建柱家，直等到晚饭后也没见到张建柱的影子。高二婶劝告说："好我汏！你还是少管闲事吧，别人家的地荒了，与你有什么关系？只要把咱家的地管好就行了！人家贪图了做买卖挣大钱，不指望靠挣工分那俩钱过日子。"

"真是娘们见识！"高宏伟斥责道，"他张建柱身为大队会计，管不好地，丢的不是他一个人的脸，是咱全庄的脸，再说社员们又会对干部们怎么个看法？说什么我也得找他，让他说说道道（方言：说个理由或者找个原因）给我听听！哼！说什么也不能给他惯瞎（方言：坏）了脾气！"

"好我汏！发什么脾气？"高二婶慢言慢语地说，"既然是这样，叫我看，跟他说还不如跟无常说管用，他爹娘要是再不管的话，那可怨不得咱了！你说是吧？"

大男子主义的高宏伟恐怕是第一次听了老婆的话，他点点头，赞同地说："嗯，在理！去找无常！"心粗的人往往事一搁就淡忘了，前天他去公社开会回来，这才想起去看看张建柱家的承包地锄过了没，结果又把他气了个半死———一锄未动，于是决定第二天就去找张武昌。

今天上午，上级来人，由于支书曹义年没在家，只能由他作陪，他没能脱开身。午饭后他就去瓜园将此事告知了张武昌，张武昌听后气愤不已，却没流露出来。他微笑着，在向高宏伟赔礼道歉的同时，也给自己和张建柱争情理，说：

"哦，这事儿我还真不知道，你看光这瓜园就把我忙活得团团转，没得空到大田里去逛逛。再说，这事恐怕柱子也未必知情，自从实行'联产计酬责任制'以来，他就跑买卖，地里和家里的事都由珍珍她妈把揽着，她回娘家大概有个七天八日的了，我估计着可能是走得急，临走短了句话，没跟柱子说锄地的事。也有可能，前些日子他一直陪伴着方方，珍珍当时对他说了，他转眼就把个事给忘了。你看看这事弄得，让你操心，大老远地跑来，还真不好意思。不过，你放心，我张武昌说话算数，还是那句话：'一言既出驷马难追。'今下午我就去找他，让他豁上不吃饭、不睡觉，也得把地锄过来！"

高宏伟被张武昌的"大概、估计、可能、也有可能"等措辞搞糊涂了，不清楚张武昌到底想要说明什么，只有最后一句话他算弄明白了，说："老大哥，你话都说到这个份上了，我还有什么不放心的！"……

俗话说："是福不是祸，是祸躲不过！"傍晚，光着膀子，只穿一条又肥又大的裤头的张建柱刚端起酒盅，彩云就来叫他，说："柱子，你爹有事在家里等你，要你马上过去。"

欲知后事，下回分解。

第一百一十一回
迂回包围扑朔迷离
触及心灵噤若寒蝉

　　上回说到张建柱既馋又懒，本想去粘黑蝉，但错过了最佳时间，就想去瓜园找瓜吃，可他刚到瓜园就见杆子高宏伟在，只好打消了吃瓜的念头，转身回家。晚饭时母亲来叫他，他又认为是可以打馋虫饱口福了，问："娘，是不是俺爹又打到什么野味了？"张建柱觉得母亲在晚饭前跑来一定是叫他去分享美味，"是野兔子还是什么鸟？"

　　原来，瓜园里有杆长筒鸟枪，这杆鸟枪本是老滑溜张华友的，他去世后家人的意见是让它随葬入坟，张武昌却力排众议，把它拿回了家，据为己有，从此他"半路出家"，耍起了枪。他把枪带进瓜园不只为壮胆，吓唬偷瓜的，而且还用来打猎。他若是在瓜园附近发现了野兔或者体型较大的鸟类，随时就能打。十几天前，张武昌就打了一只大野兔，拿回家来掺上白萝卜炖了半锅，叫上张建柱一家四口，饱餐了一顿，令张建柱回味无穷。

　　"你去就知道了！"彩云笑笑，说。

　　"是不是让两个孩子也去？"张建柱以为有好事所以想带着孩子。

　　"黑灯瞎火的就算了，你爹只叫你自己去。"彩云阻止道。

　　"好嘞！"张建柱以为爹打到了什么鸟类，只是数量不多，个体不大，要不母亲一定会叫上两个孙女一起去会餐的。他一听不怠慢，衣服也没换，就拿着桌前的大半瓶白酒，嘴里哼着小调儿，喜滋滋地来到父亲家。让他意想不到的是刚进门就挨了父亲的一顿熊：

　　"柱子呀，你都快四十的人了，咋就不知道害臊啊！"张武昌蹲在东里间的炕上，用旱烟袋指着他，斥责道，"你到底还算不算个人？"

　　张建柱豆大的汗珠从脸上滚下来，颤抖的双腿把难辨原色的裤头带得一抖一抖的。他低着头，不敢看父亲一眼。

　　"看你，说着说着就又发火了，"随后进门的彩云走进来，用带着责备的口气说，"有话不会好好说？"

　　"你当是我就愿意发火吗？可……咳！咳！"不知道是被旱烟呛得，还是怎的，既没有气管炎，也没有感冒的张武昌咳嗽了好一阵子后，才没好气地说，"都是你养的好儿子！"

彩云心里说："哼！都是你从小惯得他！这能怨我吗？"假若是十几年前，彩云肯定会大发雷霆，丈夫也不敢当面埋怨她。现在她的性子比以前慢多了，虽然她听着不顺耳，但是又不想把事情闹大，于是吩咐儿子说："去，给你爹倒杯水来！"

张建柱如得赦令，趁空抹了把脸上的汗，一瘸一拐地走了出去。

张武昌就炕沿上磕磕烟袋，心灰意冷地说："唉！真是一岁不成驴，到老是个驴驹子！"

"能管不如别摊上，养着了又有什么办法？可自己的孩子你又不是不知道……"彩云劝慰道，"你要是气坏了身子，哪个值得多？"

"爹，给！"张建柱端水进来时，哆嗦的双手将碗里的水洒掉了一半，把裤头的前面都湿透了。彩云接过碗后，他又战战兢兢地站到一边。

"柱子呵，你在家里排行老大，该给弟弟妹妹带出个好头来才行，可你……叫我怎么说好啊！"张武昌没有接碗，他在烟荷包里装着烟末，数落道，"你是村干部，是大队会计，可你都干了些什么？麦收那阵子，别人忙得连轴转，你倒闲得没事干，爹迁就了你。前些日子，你跟珍珍她妈打架，这我知道，不能怨珍珍她妈，不是肯定在你身上，我想说说你，可你处处躲着我。实行联产计酬后，你又跑买卖，贩海货、贩水果，当时爹本应拦挡，又一想，既然你起了这个意，就放你一马，让你出去闯荡闯荡也好，挣钱也罢，折本也罢，至少能长长见识，称称自己几两重，知道自己的本事，结果怎么样？没出爹的预料，连本都没挣回来吧？为这，爹是悖晦你了，还是埋怨你来？没有吧？啊，你当是钱就那么容易挣？首先得龙睛虎眼，抬头心眼低头见识，长进眼劲去。最为重要的是得勤！哼！不是爹看不起你，你就不是经商的料，光你这个懒和馋，有地就不用踢蹬宅子！……"

"就事论事，咋婆婆妈妈地数黄瓜道茄子的！"彩云嫌丈夫说话啰唆，有点不耐烦，心里嘀咕道。但同时她又感到丈夫说得不无道理，当儿子面又不好抹他的面子，才忍了又忍，她见张武昌越说越激动，声音越来越高，实在忍不下去了，忙把碗放在张武昌面前，赔了个笑脸，打断他的话，说："他爹，别上火，喝口水歇歇吧！"转脸又问儿子，"你爹说的话你都听到了吗？"

"听到了！"张建柱声如蚊子哼哼。

"那还不给你爹点上烟？"彩云给儿子使了个眼色，吩咐道。

张建柱没有说话，走上前，摸起火柴给爹点上烟后，退到炕前东头。

　　"退一步说，政策开放了，做买卖也不是不行，但是作为庄户人，得在侍弄好地的前提下才能再想外快，设法挣钱，去打捞别的干！"张武昌吸了几口烟，语气缓和下来，说，"可你鬼迷心窍，由着自己的性子，心口窝里主事（方言：没商议的余地），想怎么着就怎么着。你有本事别把地管荒了！"

　　"荒了地？什么地？"张武昌转了一个大圈子，才切入正题，张建柱刚才并不明白父亲所指，要不是怕母亲训斥，他肯定会不服气，当面顶撞父亲。的确，在他看来，论谱项和远见，父亲远不如母亲。母亲虽然身为女流，口快心直，嘴巴不饶人，脾气让人受不了，但是单说动脑筋拿主意这方面却不让须眉。现在父亲说他荒了责任田，张建柱如同进了闷葫芦，于是低声问："这又从何说起呢？"

　　"背着布袋上海——装潮（嘲）是吧？"张武昌瞪了儿子一眼，"你去东洼和东北坡去看看吧，整片整片的地只有你的地能拿兔子吃了！"

　　今天下午高宏伟走后，张武昌憋着一肚子气，天不黑就去了大儿子家，张建柱却还没回家。傍晚，一股火气把他的肚子塞得满满的，在彩云的劝导下，他好歹喝了两盅酒，就搁下了筷子，起身又要去大儿子家。

　　"你要去哪？"孩子们不在跟前，彩云又使出了当年的厉害。她双臂一伸，挡住了张武昌的去路，以近乎命令的口气说："给我安稳稳地坐下！"

　　"怎么……？"张武昌懵懂了。

　　"这么大年纪了咋不考虑事！你没脑子呀你？"彩云问，"柱子都快四十的人了，你当着两个孩子的面揭他的底，他的脸往哪搁？孩子们会对他有什么看法？以后还能把他当爷老子吗？"

　　"嗯，也是！"张武昌见妻子说得在理，口服心服地进了东里间，在炕沿上坐下来，问，"你说怎么办？"

　　"还用问？"彩云回答说，"把他叫到这里来，你打也中骂也行，愿意怎么着就怎么着，你看着办！"

　　"听你的！"张武昌站起来，说，"我去叫他！"

　　"算了吧！我还不知道你？"彩云撇撇嘴，说，"说起来就怪了，你年轻时可不这样，越上了年纪咋还压不住火了呢！家丑不可外扬，你去叫他，说不定当场就跟他过不去！"

　　"嘿嘿！"张武昌点点头，干笑了几声，没有回言。

　　"你干了一天的活，在家歇着吧！黑灯瞎火地不好走，我去叫他！"这彩云厉害归厉害，可挺疼丈夫，应了那句"少年夫妻老来伴"的话，现在更是对张武昌照顾有加。她收拾好饭桌，就去了张建柱家。

　　这张武昌不愧是个说书的出身，一个章回的书，他连诌带编能说三天。"知子莫若父"，如果他单刀直入，直达主题，张建柱肯定会寻找一百个理由。触及皮毛，不如一针见血，所以他才揭张建柱的老底，历数他的一堆不是，让他只有招架之功而无还手之力。

　　"这……"张建柱一听傻了眼，心里感到委屈：人家的四遍地都锄完好几天了，你咋才说？早说的话，我约上几个或雇上几个人，不用两天的工夫就能把地锄过来，又不用给工分，不就是管几顿酒饭嘛！现在倒好，我卯里还不知道榫里的事，就挨了顿熊。他心中纳闷：父亲是怎么知道的？平常他就是从家里到瓜园，"两点一线"，今年队里划分责任田时没有他的份，所以他极少到大田里转悠。张建柱百思不得其解，想了好一会儿，才恍然大悟：哦，对了，杆子有事没事就到坡里逛荡，一定是他向父亲告的状，别人是不会管闲事的！杆子你也是，直接找我说不就行了，干么找到我父亲头上？不够意思！他心里埋怨妻子：你去县医院前咋不告诉我东洼的玉米地和东北坡里的地瓜地没有锄？当时可能走得仓促，没来得及说，还可以原谅。可我去了趟你娘家，你该有时间说了吧？可你……？怎么说呢？现在说什么也晚了，算我倒霉！张建柱只吐出一个字，就哑口无言了。

　　其实，他错怪了高宏伟，高宏伟去过他家几趟，他家要么锁着门，要么只有孩子在家，高宏伟没有讲明来意，只是说找他有事商量。张建柱回到家，珍珍把高宏伟来找他的事都跟他说了，张建柱问及女儿什么事，珍珍说他只说有事跟你商议，别的什么也没说。村干部碰头议事司空见惯，张建柱也就没拿着当回事，他认为事肯定不急或者不重要，否则高宏伟还会来找他的。

　　"你呢，不但不抓紧想法子除荒（地），反倒在家装病，你咋不拍拍胸膛想想啊！"张武昌烟袋敲着炕沿，越说越激动，声音都嘶哑了，"你呀，你呀！丢人啊！丢人啊！爹都替你害羞啊我！我、我的老脸都让你丢尽了！唉！'养不教，父之过。'都怪我啊！"说着竟落下了泪。

　　"爹！爹！是儿子不好，您打我吧！"

　　在张建柱的记忆中，父亲从没向他发过这么大的火，也难怪他被吓得颤抖似筛糠。从他记事以来，除赴丧事之外，也没见父亲哭过，不由得动了情，两腿一软，双膝跪地，含着泪哀求道："只要您能出了气，破了火，要儿子怎么做都行！"这时，只听得"哗啦""啪"两声响。

　　欲知后事，下回分解。

第一百一十二回
杨丽敏夜半倚门睡
张建柱胆破钻鸡舍

上回说到张武昌为达目的，没有单刀直入，直奔主题，而是迂回包围，让儿子口服心服。张建柱被父亲万炮齐轰，打得晕头转向，后来才明白父亲所指。他羞愧难当，给父亲下了跪。

"柱子，你这是……"彩云心疼儿子，忙去拉张建柱，却被张武昌的鞋子绊了个趔趄，只听"哗啦""啪"两声响，彩云手中的碗连碗带水全扣到了张建柱的头上。

却说杨丽敏。一晃间，她离开家去伺候母亲已整整九天了。母亲住院的第二天，医院就下了病危通知书，值得庆幸的是，医院为抢救母亲的生命，请了地区医院的专家来会诊救治，终于把她母亲从死亡的边缘拉了回来。母亲住院期间她只回家了三趟，还都是为摊煎饼、擀饼、蒸窝窝头等置办干粮的事，办好后就急火火地往医院赶，在家仅住了一晚上。昨天上午，她与母亲去县医院复查，医生说目前患者病情稳定，没特殊情况，不会再发展，没生命危险，让母亲回家后好好保养，再打上一个星期的小针，服上十天的药巩固巩固。但是，想恢复到住院前那样是很难的。

短短的九天，对杨丽敏来说真是度日如年。她不放心家里的一切，因为她明白自己的丈夫是个什么人，除了懒惰和嘴馋外，其他的狗屁都不是，家里就是油瓶子倒了他也不会去扶，似乎天塌下来也与他无关，至于珍珍的学习情况如何，他也从来不闻不问，更不用说伺候家畜、家禽等张口子货了。尤其是前天张建柱的到来又给她添了心病，她后悔自己不该在气头上撵他，更不该让兰兰与他一起走，她明知丈夫当晚喝大了酒，要绕路走的话得偏出十几里地，脚上又受了伤，还得背着孩子走。夜间走生路，爷俩迷了路怎么办？她没法向好处想；人们都说喝了酒胆子就大，万一他酒后忘了以前的教训，不管不顾贪图路近，过女大路时再遇上"黑狐挡"怎么办？他会不会掉进井里或者水库里？兰兰会不会……？她不敢往下想，恨不得插翅飞回家看看。当晚，她一宿没睡好，闭上眼睛就做噩梦。第二天一整天，她如坐针毡，经常走神，做什么也少心无力。要不是得陪母亲去医院，她肯定一早就赶回家看看。好歹挨到天黑，家里没有送来凶信，她才稍微感到欣慰。下午，她从医院回来，大气都没顾得喘一口，就为娘家擀了一摞掺有地瓜面的饼，蒸了一锅玉米面与地瓜面合成的窝窝头。半夜一点刚过，她就起身要走，父亲杨亮忠劝阻道：

"大蜀黍棵里，你个女孩子家，黑灯瞎火的，要是遇上个好歹，让爹如何向你婆婆家交代？我和你娘以后又能指望谁？急不急的等天亮了再走也不晚，省得爹挂心！"

"爹，我又不是头一回走黑路，什么都没遇到吧？"杨丽敏笑笑，宽慰道，"女儿从来就不信邪魔鬼祟，咱这地儿早就没有狼了，怕什么？您就放心吧！"

"嗯，你得把它带上，"杨亮忠找出一把劈柴的斧头，"不怕一万就怕万一，带着它也好防身！"即使这样，他还是送杨丽敏过了河，直到望不见女儿的背影了才回家。

且说张建柱。昨晚，他从父亲家出来时已经半夜了，回家后他躺在炕上思绪万千，怎么也睡不着，回想起来，自己以前有些事情确实欠考虑，做得不得体，身为男子汉不该"一退六二五"（一斤为十六两的"老黄秤"与一斤十两的秤的换算率），把个家务和坡里的活都推给了妻子，正如爹说的那样：庄户人家目前还得靠那二亩地生存，别指望吃巧粮食过日子。做买卖也不是不行，但是得在侍弄好大田的前提下再想别的挣钱门路。"干部，干部，先行一步！"他心想自己作为大队干部，不同于一般社员，处处得起表率作用，要不"社员看干部"的话又从何说起？假若来了连阴天，自己管理不好责任田，锄不过来真荒了地，那该如何向全村老少爷们交代？此事若是传出去，自己又如何向公社领导表白澄清？全公社的人又会怎样看待他？

张建柱巴望着天快些亮，想着自己先学着干一早上，早饭后再约上几个相处较好的帮他一起锄，估量着东洼和东北坡的责任田地亩数，两天就能锄过来。想着想着，不觉此起彼伏的鸡叫声迎来了黎明。他一骨碌爬起来，怕惊动两个熟睡的孩子，轻轻地开了屋门。

山中无老虎猴子称大王。该夜无月亮，只有启明星眨着贼亮的眼睛傲视着大地，似乎在说："怎么样？我不比月亮逊色吧！"一只只蝙蝠幽灵般掠过天空，身后留下"吱吱吱"的磨牙声。或许是天明黑一阵的原因吧，周围的东西还模模糊糊的，只能看清轮廓。

张建柱扛起锄头蹑手蹑脚地来到院门前，刚拉开大门，只听得"咕咚"一声，一个人倒在了门里边。

"啊呀娘哎！鬼！鬼！"张建柱三魂去了两魂半，扔下锄头，拔腿就向回跑，跑近屋门前，猛然惊醒：说什么也不能把鬼引进屋里，那会连累了孩子们！他不敢回头，只好绕着院子乱跑，而"鬼"的脚步声似乎始终紧随其后，他根本无法甩掉"鬼"，实在被逼得走投无路时，哪管三七二十一，他一头钻进了房前用砖建成的鸡舍里，惹起群鸡"吱呀——！吱呀——！"一连串的惊叫声。遗憾的是鸡舍的门口太狭小了，他的头是进去了，身子却露在外边。他战战成一团，没命地喊："鬼！鬼啊！救命啊！救命啊！"

"哪来的鬼？"杨丽敏赶过来，一把揪出张建柱，问，"你想模仿《半夜鸡叫》，学周扒皮咋的？"

"你，你……？怎么是、是、是你？"张建柱满脸鸡粪，瘫坐在地上，结结巴巴地说，"俺娘哎！把我的魂都、都，都吓掉啦！"

"妈，你回来了？"珍珍被惊醒了，她拉开屋门，赤着脚出来，吃惊地问，"妈，怎么了？怎么了？"

"没你的事！"杨丽敏怒叱道，"回屋搂着兰兰睡去！"

"半夜三更折腾什么？"珍珍揉着双眼，嘟囔着，"真是的！"

"老虎撵着顶多也不过这样吧？"杨丽敏候珍珍进屋闭上门后，白了张建柱一眼，说。

"你、你……你比老虎还厉害！"张建柱坐起来，连喘几口粗气，两手紧捂着剧烈起伏的胸口，说。

这张建柱从小就被父亲无常和老人们灌输了满脑子的鬼故事，说人死后在入殓前，如果不在尸体上压上煎饼鏊子等沉重的铁家伙，夜晚就会诈尸成鬼，行走如飞，兴风作浪，祸害人间。一到鸡叫方恢复原初，停止活动，成为僵尸。所以，张建柱才错把杨丽敏当成了行尸走肉之鬼。即使是在他做买卖时，所谓的"早起"，也都是在鸡叫之后。

"你说，楞大个人，胆子咋比烟种还小？"杨丽敏哭笑不得，轻轻地踢了张建柱一脚，说，"熊样！还不去洗把脸！"

"嘿嘿！你啥时回来的？"张建柱在妻子的搀扶下站起来，问。

"我一点多点儿走的，"杨丽敏回答道，"到了估计有两个多钟头了！"

"咋不叫门？"张建柱不解地问。

"你不是常对孩子们说，阴间的鬼能模仿别人的声音在半夜三更叫门，"杨丽敏说，"头两声很像某人，第三声就变成直音。你还说，鬼叫头两声时千万别回答，谁要是答应了的话，魂就会被鬼摄去，那么，他的死期也就不远了！这都是你说的，我学得没错吧？"说完拉开院子里的电灯。

"你也信？"张建柱问。

"我是不信！可我担心吓着你，才……"杨丽敏把话打住，去大门外拿回盛有她自己的换洗衣服的竹篮子，揭开水缸上的盖垫，摸起水瓢为张建柱倒上洗脸水，说，"再说我是想让你们多睡会儿！"

原来，杨丽敏过了河，路两边净是高粱、玉米等高秆庄稼地，秋风吹动沙沙作响。她怕的不是鬼，而是劫色的男人。为此，她一路急走，汗水湿透了衣服，到家估计也不到三点钟。她本想叫门，又担心丈夫害怕，才倚着门休息，坐等天明，没想到却睡着了。

"你也真是的！"张建柱这句话的含义，是感激？是心疼？还是埋怨？只有他自己知道。他洗完脸，岔开话题，问："她姥娘的病好些了吗？"

"昨天去了趄县医院做了复查，医生说站住了，不需要再挂吊瓶了，回家打打小针、服服药巩固巩固就行！"杨丽敏推开屋门，放下篮子，拿出一块洗脸巾，递给张建柱，问，"天还没亮，你准备去哪？"

"锄地！"张建柱擦着脸说。

"锄地？"杨丽敏纳闷地问，"锄什么地？"

"咱东洼的玉米地！"张建柱把洗脸巾递给杨丽敏。

"哦，你看我这脑子，都是让她姥娘给搞的……"杨丽敏接过洗脸巾，歉意地说，"一直忘了告诉你！"

"也怪我，这些天没到咱们的责任田里瞧瞧，昨天我才知道咱家的玉米地和地瓜地都还没锄过来！"张建柱不无自责地说，"这不……"

"嗯，别说了！"杨丽敏接过话，"说不定地里的草得有半人深了！"

"你屋里歇歇吧！"张建柱说着向大门口走去，说，"我走了。"

"去吧，"杨丽敏见丈夫突然间像是变了个人，喜悦之情无以言表，微笑着说，"做完早饭，我就去！"

张建柱扛着锄头来到东洼的承包地头时天刚蒙蒙亮。他向地里一看，鼻头一酸，泪水"哗"地流了下来。

欲知后事，下回分解。

第一百一十三回
魂不守舍解词未毕
恼羞成怒毛衣遭殃

上回说到，张建柱天不亮就想去锄地，不想被妻子吓得魂不附体，钻进鸡舍。张建柱来到自家责任田地头见高宏伟、高志强、张建琴、于大嫂四人已经锄进半截地了。他感动不已，用手背擦擦眼泪，向手心吐了两口唾沫，挥起了锄头。

却说马秀萍。她担任五年级一班的班主任，由于那时候小学是五年制，五年级就是毕业班，所以她只教该班的语文课。一进学校的大门口，路北向西不远就是她所教的班级。这天，早饭后的第一节课是语文课，她在黑板上写解词：

1．正气凛然——形容极为威严的革命英雄气概。凛然：是指不可侵犯的样子。

2．不知所措——是不知道怎么办才好的意思。本课指阴险狡猾的敌人，面对刘胡兰……

她写到这里突然停下笔，下了讲台，来到教室门口，向校门口张望着。原来，她听到"轰隆隆"的汽车马达声由远而近，最后在校院门外停了下来。当年有汽车的村少之又少，锦鸡岭大队的汽车就附近村庄来说可以说是独一无二的。

她自从上次带着罐头去看望了张建新后，虽然非常挂怀张建新的病情，但又担心别人会说三道四，就再也没去过他家。昨天早上，她问过张建琴。张建琴说她三哥的病虽是基本上好了，但是身体还较为虚弱，估计还得个三两天才能彻底恢复。马秀萍怀疑校门前的汽车是锦鸡岭村的，所以才想看个究竟。当她一眼看到汽车上标有"锦鸡岭大队"的字样时，顿时释然，心想：他已经痊愈无疑了，否则，不会出车的！未等她转身，就见张建琴从西边跑过来，直奔汽车。张建琴与待在驾驶室里的张建新说了几句话后，张建新就开车走了。

原来，今天一早起来，张建琴听说三哥早饭后要出车去县城，就对正在刷牙的张建新说："三哥，我用的挂式教学算盘实在没法用了，不止路柱上的毛磨没了，算盘珠子站不住，光往下掉，而且还少了好几路珠子。顺便的话，你给捎个来。回头我向教务主任请示！"教学算盘样式不同，贵贱不一，由于张建琴急着去学校，张建新没来得及问清楚，所以才驱车来问个明白。张建琴说一般的就行，让张建新自己瞅着办，并说她已经向教务主任打过报告了。

马秀萍担心张建琴发现她在窥视，急忙回到讲台上，放下手中的粉笔，说："同学们，把黑板上的解词背熟，并抄在笔记本上！"

"报告！"珍珍举起手。

"什么事？张珍珍同学。"马秀萍问。

"老师，您还没写完解词呢！"珍珍站起来，说。

"哦！"马秀萍不好意思地笑笑，拿起粉笔，写完了"不知所措"的解词。她放下粉笔，说："同学们，抄完解词后，自己默读一遍课文，把本课的生字词写在语文作业本上。"说完，在木椅上坐下来，心却跟着张建新走了。

"当！当！当！"下课的钟声惊醒了沉思中的马秀萍。

"张老师，"马秀萍出了教室，向西边的办公室走去，见张建琴腋下夹着木制大三角板刚出五年级二班的教室，她紧走几步，撵上去，急不可待地问，"你三哥的病好了？"

"好了！今天还出车了呢！"张建琴站下来，回答说。

"那——那他的身体……？"马秀萍问，"昨天你还说再有个两三天才能康复如初的，怎么今天就出了车？能行吗？"

"哟！马老师啥时关心起他来了？"张建琴瞥了马秀萍一眼，说，"没问题，保险能行！"话刚说完，竟忍不住笑起来："咯……"

"要不是咱俩是同、同事，我才不关心他呢！"马秀萍的脸霎时变红，低声说。

"咯……"张建琴笑弯了腰。

且说朱奶奶。"坚坚他妈，还在屋里忙活什么？"傍晚，明间里，饭桌已经安放好。朱奶奶端着一碗炒扁豆和盛着煎饼的竹笸箩进了房门，朝东里间喊："待会儿再忙吧，菜都凉了！"

于大嫂没做回应，东里间却传来"咔嚓"一声剪子铰东西的声响。

"呀！你这是干什么？"听得声响，朱奶奶放下碗和笸箩，走进里间，见于大嫂坐在缝纫机旁，手持剪刀已经剪掉了半截毛衣袖子，又要动剪子铰另一根袖子时，被她一把夺过来。"有什么不顺心的事朝着我来好啦！干吗拿它煞气？"她双手抱紧毛衣，动情地说。

于大嫂的泪水无声地流下来。她把剪刀扔到炕上，别过头，没有说话。

"你看看，费力劳神地好不容易（织成）！"朱奶奶捡起地上的半截毛衣袖子，心疼地说，"这么好的毛衣咋舍得糟蹋呢？"

于大嫂紧咬下唇，没有说话。

　　"哟！你这是——咋……？"朱奶奶这才发现于大嫂泪流满面，纳闷地问，"是谁欺负你了？"

　　于大嫂摇摇头。

　　"噢，是为跟为农的事吧？"朱奶奶问，"他……？"

　　"娘，"于大嫂打断婆婆的话，没好气地说，"提他干什么？"

　　"这、这——"朱奶奶恍然大悟，明白了儿媳绞毛衣的原因：肯定是因为高为农没答应提亲。她宽慰儿媳，说："兴许挣断筋还没向人家提呢！"

　　"都满城风雨了！"于大嫂哽咽着说。

　　"风雨？咱这里这几天没风没雨的，是不是城里刮大风下大雨了？"朱奶奶心中茫然，说，"它城里雨下得再大，风刮得再大，可这与你们俩的事……？"她摇摇头代替了未说完的话。

　　"娘——！我是说，俺俩的事，全村现在没有不知道的！"于大嫂知道婆婆没上天学，自己也不明白怎么会鬼使神差地对婆婆说出这文绉绉的话来，她想笑但没笑出来，转过头说，"可他倒好，既不长也不团，还真是扒手跟着个卖蒜的——想拿头。哼！卖什么臭味？好像咱求着他似的！"

　　"为娘的也纳闷，以前他爷俩有事没事地向咱家跑，可自从老挣来提亲后，连个脚印都不轧了！唉！人哪！"朱奶奶在炕沿上坐下来，颇有同感地说。

　　"更气人的是，现在见了面，脸不是脸，鼻子不是鼻子，理都不理，好像欠他什么似的！"于大嫂说着，趴在缝纫机上无声地哭泣着，说，"叫我以后怎么再见人哪！"

　　这于大嫂的话并非空口无凭，而是有根有据。以前，高为农见了她有说有笑，表姐长大嫂短的，自从曹义年为她俩提亲后，她与高为农的事已经在锦鸡岭传开了，人们都称道说："高恩良家上辈子烧了高香，别看高为农一副憨相，却摊上了这么好的个婆娘。就是精明、长得帅的青年也未必能找上于大嫂这样的女人！"于大嫂听了喜在心里，却不表现在面上，嘴里说："你们别拿我开心取笑了，我不配，人家高为农还是个未结过婚的青年，一掐水还滋滋的，怎能看上我这个半老婆子？比我好的大姑娘有的是，说不定哪个有福的在等着他呢！"她盼望高为农早日表态，向她许下"表姐，不！于金华，咱俩现在就结婚吧"的诺言。然而，半个多月过去了，她不但没有候到佳音，高为农还有意躲着她，就是与她走个碰头也从不打个招呼，俨然陌生人。今天下午，于大嫂下地回来，刚到石桥子就看见高为农在猪圈前晾晒垫栏土，她紧走几步，想与他搭讪，让她意想不到的是高为农回头看了她一眼，还未等她来到跟前，土还没晾晒完的他就扛起锄头回家去了。于大嫂为此又气愤，又尴尬，羞愧难当，恨不得当面骂他一顿。她回到家后火气难消，拿起早为他织好的毛衣，剪掉了半根毛衣袖。

其实，此事完全与曹义年有关。在他看来：既然男女两头已经说好了，没意见，他这媒人的任务也就完成了，至于何时登记结婚由他们自己磋商，与他无关。可是他忘了在高恩良家所说的还未去于大嫂家透透风的话。

老咔高恩良则一直以为曹义年要么还没有到于大嫂家把话挑开，要么曹义年已经去过她家，是于大嫂不愿意，否则，曹义年早来报喜了。

将心比心，她朱奶奶现在不也是很少到高恩良家串门嘛！事若如此，作为上辈子的直系亲属在一块儿又能说什么呢？见了面顶多礼节性地说上几句客套话后，就各走各的。由此可见，朱奶奶是当着儿媳的面，片面强调，纯属煎饼鳖子——一面子光（理）。

"常言说得好：'买卖不成仁义在！'这提亲说媒中与不中从来是有的事，他又何必呢！"朱奶奶义愤填膺，为儿媳打抱不平。她把毛衣放在炕上，站起来，扳着于大嫂的肩头，劝说道："坚坚他妈，别哭了！为这事用不着伤心，像他这样的还不脚踩脚捻有的是！也真是，自己不知道自己，他就不会撒泡尿照照？哼！他看不中咱，咱还不稀罕他呢！"

"妈，你叫唤（方言：哭）什么？"坐在饭桌前的坚坚闻声拿着筷子跑进来，拉着于大嫂的一只手，"妈，别叫唤啦！谁叫唤谁就不是乖孩子！"他把奶奶和母亲常哄他的话原样搬出，说。

"妈妈没哭！"于大嫂拿起缝纫机上用来擦汗的洗脸巾擦擦泪，强展欢颜，说，"好坚坚，坚坚乖，妈跟你奶奶有话说，你自己先去吃饭吧！"

"那你可别再叫唤啦！"坚坚不放心，边叮嘱，边倒退着出了房门。

"刚才呀，咱俩说的这事，我琢磨着有些蹊跷，说不定是为农这孩子脸皮薄呢！"

欲知后事，下回分解。

第一百一十四回
唆使冒险貌似轻率
畏葸不前实属懦弱

　　上回说到，高为农与于大嫂现在如同陌生人，于大嫂无处撒气，一气之下剪掉了为高为农织好的毛衣的半截毛衣袖，婆婆朱奶奶虽然生气，但心疼儿媳，她没有火上浇油，而是百般劝慰，说高为农或许是因脸皮薄，怕害羞，才不与她说话的。

　　于大嫂没有插言。朱奶奶思忖了一会儿，猜测道："还是曹义年他……？猜不透！"朱奶奶摇摇头，叹了一口气："唉！"

　　于大嫂张了张嘴，却没吐出一个字来。

　　"再说了，你不是也没向人家表态，说中不中吗？"朱奶奶见儿媳没有反驳她，再次宽慰道。

　　却说方方张建新。紧挨路边的麦茬烟地里，近人高的烟棵上已只剩下上二蓬烟叶了。张建新背着喷雾器，在靠近路边的一趟黄烟上喷洒着药剂。这张建新是技术工，属大队的长工类，工分报酬稍高于同等劳力，开车出差的补助另算。大队规定：司机出差的误餐补助按吃饭的顿数算，半天不补。一般在本公社内出车在外吃一顿饭补助一角钱，去县城一顿饭补助一角五分钱，去县城以外但仍在本地区一顿饭补助两角钱，去省城或者外省份一顿饭补助三角钱。住宿费和招待费依照单据实报实销。

　　张建新一家四口人，今年除彩云一人分有承包地外，其他三口都没有责任田。张建新在不出车的日子会修修车、副业使用的机械什么的，农忙时就到打麦场里帮工干点零活。司机参加集体的活不计工分，都是义务劳动。

　　今天张建新没有出车，早饭后，杆子高宏伟找到他，说："建新，咱村东高埠子西还有亩来地的黄烟没有喷药，不值得花工分再雇人，如果你没有什么急事要办的话，去干干吧，顶多一上午的活。"张建新爽快地答应了。

　　"七月八月看巧云。"深秋，天高气爽，朵朵云儿像耍魔术似的，霎息万变，令人眼花缭乱，目不暇接。一群群大雁不时地变换着队形，高歌嘹亮，展翅翱翔。

　　高埠子西的烟地紧靠乡村路，沟垄是东西向的。临近中午，尚有西头的两个半沟的黄烟没有喷完药。

"三哥，你在干啥？"

"建琴，"正在全神贯注喷洒药剂的张建新闻声回头望去，见妹妹建琴骑着自行车从东高埠子岭上飞驰而下，眨眼就到了跟前。他停下手，走出烟地，摘下口罩，问："你这是去哪来？"

"这不，"下了自行车的张建琴拍拍后货架子上的一大摞新课本，气喘吁吁地说，"去公社教委领新书来！"

"哦！那你快回家歇歇吧！"张建新说，"就这两半沟了，我干完就回家。"

"三哥，你咋有空干这个？"由于张建新极少到坡里干活，张建琴支下自行车，拢拢前额的头发，不解地问。

"一样！一样！"张建新没正面回答，笑了笑，说，"反正在家闲着也没事！"说着就要进地。

"三哥，志强跟你说了没有？"张建琴突然想起了什么，劈头就问。

"什么说了没有？"张建新被妹妹这句没头没尾的问话弄懵了，收住脚步，问。

"马秀萍呗！"张建琴用手绢擦着脸上的汗，说。

"噢，你是说她给她爸爸写信的事吧？"张建新淡淡一笑，摇了摇头，意思是说：不可信。还在他病愈前，高志强就将张建琴说的话依样画葫芦地对张建新复述了一遍，当着准妹夫的面，张建新既没插言，也没表态。在他看来，妹妹和志强这样做的目的，无非是想给他一颗救心丸，使他打起精神，战胜病魔，早日康复。所以，他一直没拿它当回事。张建新不想在此事上与妹妹争执纠缠，进地喷洒药剂去了。

"怎么，你还不相信？"张建琴推着自行车步步相随。

"不是！我的意思是一个普通的农村姑娘都看不上咱，何况是吃国家粮的！癞蛤蟆想吃天鹅肉，做梦去吧！"张建新不以为然地说。

"这你甭管！"张建琴语气逼人，问，"跟我说实话，你到底喜不喜欢她？"

"喜欢又能怎样？"张建新反问道。

"你，你，你，你真是杞人忧天！既然是喜欢，你为何不表露出来？真是不可救药！"张建琴急了，不知如何措辞才好。她见三哥无言答对，接着说："你咋不想想，她又是送书，又是送罐头的，多关心你呢！"

"嗨！送书和送罐头什么的，那是人之常情，说不定还是看在你的面子上。如果她真有那个意，为啥不当面说开？咱们哪，就不要自作多情了！"张建新沮丧地说，"唉，关心并不能代表爱情，梦想与现实相差十万八千里呢！"

　　"好我的大师傅！对待汽车和机械你咋那么大的本事，一谈到这个咋就缺少心眼呢？"张建琴走到他的前边，支下自行车，气冲冲地说，"啊，将心比心，要是换了你，男方不主动表态，一个大姑娘家能当面说要嫁给某某谁？如果真是那样做的话，除非是痴呆，要不就是脑子里进了水！你呀，真是笨蛋一个，一个笨蛋！"

　　张建新见妹妹这样说，知道她所说的是真心话，看来以前给他的不是救心丸，而是定心丸。他没有反驳，放下喷雾器，摸着后脑勺笑了。

　　"男人就是男人，要争取主动，敢作敢为，要不怎能称得起大丈夫呢？"张建琴的语气缓和下来，循循善诱，"既想摘花莫怕刺，要想吃鱼就别嫌腥！不亲口尝一下，怎么会知道梨子的滋味呢？要是换了我，早就发起总攻了，反正是在此一举，何管他胜与败！"

　　"哥要是跟你调个个，有你这样的性格就好啦！"张建新羡慕妹妹大胆泼辣的冲劲，称道她无所畏惧、敢作敢为的胆识，赞赏她宽阔的胸怀，但却没说出来，只嘿嘿一笑了之。

　　张建琴在路边的烟沟垄上坐下来，说："明天是礼拜天，老师们都去公社开会，只有马老师在校做《假期安排计划》，这个机会可是千载难逢啊！你呢就大胆地找她谈谈，千万别东扯葫芦西扯瓢的，弄不到要点上，要直接跟她开门见山地说开！"

　　"这……？"张建新为难了，说，"这怎么好意思开口呀？"

　　"有啥不好意思的？女人的心你不知道，只要光俩人在一起，即使她不愿意，也会婉言谢绝，顶多编个理由推辞说我已经有男朋友了，或是说我订了婚了，再不就是说自己目前还不考虑这个，说什么也会给男方留个脸面，绝不可能当面让男方下不了台的！作为男人呢，更不会自己贬低自己，到处宣扬女方没看中他，说自己如何如何不好吧？"

　　"嘿嘿！"张建新默认了。

　　"再说啦，当初你与菲菲是……嗯？"张建琴把话打住，两眼直望着张建新，言外之意：当初你不是谈过恋爱嘛！难道一点经验也没有？

　　"这可不一样！当初是她爸妈托于大嫂来说的媒！"张建新慌忙辩解道，"是吴菲菲主动找的我！"

　　"这次——你还想这个样，恐怕就晚了三秋了！"张建琴不满地斜了三哥一眼，意味深长地说，"没几天就要放秋假了，她回家后，事情就难办了！男大当婚，女大当嫁，马老师已是老大不小了，至今还单身一人，做父亲的可能不过问，当娘的可就会六神不安，胡思乱想，挖空心思地为女儿找对象。今年光我知道的，她妈为给她找对象，就诓骗她回家三趟了，还有我不知道的呢！你仔细琢磨琢磨，秋假放得时间长，她待在家里，说媒的相亲的肯定少不了，她再经不住她母亲的三说两劝，移情他人也不是没有可能的！"

"你的意思是——？"张建新试探地问。

"机不可失，时不再来！明天你不出车正好，就是真需要你出车，也得找个理由拖到下午或者后天。情况紧急，刻不容缓，早饭后你立马去学校！"张建琴警告道，"否则，过了这个村就难寻下个店了！抓而不紧，等于没抓，后悔药可没有卖的！"

"那，那我去？"张建新心中没底，问。

"去不去由你！我可管不了那么多！"张建琴假装生气，绷着脸说，"你自己看着办吧！"

"好妹妹，我听你的！但是——"张建新挨着妹妹也在沟垄上坐下来，求助道，"你得教教我怎么开口才行呀！"

"哼！这事别人怎么个教法？你当是学干活，别人还能帮教你？谈情说爱有谁能使上劲？笨蛋！"张建琴心里感到好笑。她眨眨眼，拿着张建新的腔调，怪声怪气地说："亲爱的马秀萍同志，我太爱你啦，咱俩搞对象吧！你是我的精神支柱，没了你我一天也活不下去了，你就可怜可怜我吧！"最后竟憋不住大笑起来，"咯……"笑着笑着，身子挪到了两棵粗壮的烟之间。"点到为止，我要走啦！"她停住笑，想站起来，可烟棵把她夹住了，她连起几起也没挣脱出身子。

"哈……"张建新见状，笑得前仰后合。

"哼！有什么好笑的？"张建琴敛住笑，猛力一起身，只听到"嗤啦——"一声响。

欲知后事，下回分解。

第一百一十五回
心自卑欲摘花怵刺
话离谱敞心扉太难

上回说到张建琴力劝兄长不要瞻前顾后，让他大胆地向前闯，争取在学校放秋假之前与马秀萍见面会谈。张建新心中无数，要妹妹教他如何做。妹妹逗弄一番后，想站起来回家，没想到左裤腿被烟秆上的杈子划了道大口子，差点儿来个上下通。她哭丧着脸白了一眼建新："都怪你！这叫我怎么回家？"

这黄烟属半木本植物，人们掰烟杈子时怕伤及烟秆的真皮，往往都是掐掉或剪断，残留下的杈子随着烟棵的生长，也会相应得变粗变长些，到了一定的时间就会自动干枯，再加上当年的布料其韧度也不如现在的好，才出现了这样的情况。

"哈……！不多！不多！谁让你胡说呢！"张建新幸灾乐祸，拍着手掌霍地站起来，随着"嗤"的一声，他的右裤腿也被烟杈子划了个大豁口，并且腿也被划伤了，鲜血流了下来。

兄妹二人相互对视了一会儿，都忍不住笑起来。

却说马秀萍。前天下午放了学，校长和教务主任把马秀萍叫去，校长说："秋假即将来临，没有特殊情况的话，大概下周四下午放假，公社暂定假期为四十三天。今天下午接到教委的电话，后天早八点，也就是礼拜天让全体教师去公社礼堂开会，安排部署假期间的有关事宜。刚才我跟刘主任研究决定，还是由你编写咱学区的《假期安排计划》吧。因为我和几位校领导明天要去县教委参加会议，所以，才提前找你来的。后天你就不要去参加会了，在家编写计划，写好后，我们结合县、公社两级领导们的意见要求再做修订调整。"

"怎么样？"刘主任微笑着问，"没问题吧？"

编写学区的《假期安排计划》，对于马秀萍来说可谓是轻车熟路。从前年开始，无论是麦假还是秋假和寒假，《假期安排计划》都是由她起草，校领导们都十分满意，为此才秋假安排计划的编写任务再次指派给了她。马秀萍回答说："放心吧！只要领导们信得过，我保证完成任务！"

今天，校领导和教师们都到公社参加会议去了。整个校园里静悄悄的，只有马秀萍一个人在敞着门的办公室里编写《假期安排计划》。

"马，马老师，"张建新站在门口，怯怯地说，"在忙啊？"

"哦，是你？"马秀萍闻声放下笔，站起来，微笑着招呼道，"里边坐！"

张建新走进来，坐在椅子上，两只手不自然地搓着。

"有事吗？"马秀萍从暖瓶里倒上一杯开水，问。

"没、没事！我来找建琴！"张建新红着脸，语无伦次地说，"不！有事，有事，是俺娘有事！打发我来叫她！"

"怎么？今天去公社开会，"马秀萍将水杯递给张建新，惊讶地问，"她没跟家里的人说？"

"哦，大概没吧！"张建新接过水杯，站起来，说，"既然她开会去了，那、那我走了！"

"时间还早，才十点稍多点儿，"马秀萍望一眼墙上的挂钟，挽留道，"没有急事的话，就再坐会儿吧！"马秀萍的挽留是出于真心的，她有好多话想跟他说，上次去看望他，本想敞开心扉向他表白，但出于女性的矜持，话到嘴边又被她咽下去了。现在她真想面对面与他说开，看他如何表态。

"呵，不！不！不！"张建新把杯子搁在桌子上，结果放偏了，差点儿掉下来，他忙用手去扶，水洒在手上，烫得他不停地吹手。

"烫伤了没？"马秀萍欲拿他的手看。

"没、没什么！"张建新站起来，躲闪着。

"还没什么？都起泡了！"马秀萍掏出花手绢递过去，心疼地说，"给，先擦擦吧！"

"我有！我有！"张建新手伸进裤子口袋里，掏出来的却是一大把白花花的糖块。

这张建新，昨天他在妹妹面答应得好好的，今天早饭后就来找马秀萍，是他把事忘了，还是有什么事绊住了脚，拔不出腿来？事实并非如此！与妹妹谈话后，昨天傍晚他就去供销社买了一元钱的糖块，作为备用。他晚上半宿没睡着觉，想象着两个人见面的开始和结局，考虑着怎样才能把话题引到男女相爱这方面来。甚至连见面的第一句话该怎么说，如何应对马秀萍的问话，他都在心里打好了草稿。

教师们去公社开会，由于住址各异，路程远近不同，所以各走各的，不用到学区集合。从锦鸡岭到公社驻地步行得一个多小时，张建琴昨晚就把哥哥张建柱的自行车推回了家。她今天一早吃了饭，临走时再次强调说："你去找马秀萍时，不要去得太早，也别去得太晚，八点半就行。那时候学校里大概没有第三个人。见了面首先要镇定，先看她怎么说，再见机行事，千万别冒失，把事搞砸了。还是我昨天说的话，如果她推辞说有男朋友了，订了婚了，或者目前还没考虑个人问题，那这事便就此打住，多说一些也无用！假若说她没有反对，或是言语表情上没有流露出反感来，即使没有明确表态，也说明此事十有七八了，那么，咱就马上托媒人，争取在放假前把这事搞定！"张建新听了妹妹的话，按时到达了学校大门口，然而却又犹豫不定，在门外徘徊。

他怀疑妹妹的判断：虽然马秀萍真给她爸爸写了信，那她爸爸要是反对怎么办？马秀萍是我行我素，一意孤行呢？还是尊重父意，俯首帖耳呢？退一步说，即使她爸爸当时同意了，那她妈未必赞同，她爸爸要是经不住"耳边风"，顶不住妻子的软硬兼施，再见风使舵，悬崖勒马，改变了主意怎么办？

他怀疑自己的实力，担心自身条件。多少辈子传下来的世俗婚姻观念，讲究的就是"门当户对""郎才女貌"。人家是高干子女，公办教师，自己是与土坷垃打交道的庄户人，门槛相差十万八千里！以才而论，自己既没有"文可治国，武可定邦"的胸怀大志，也没有当基层领导干部的才能，说白了，自己当了多年的兵，军官的台阶一步也没迈上，复员回家后连大队班子都没进。如果降低"才"的标准，自己也就是懂点儿简单的机械，会开车，其余的又有什么特长呢？他似乎听到了马秀萍的辱骂声：

"自我感觉不错吧？哼！癞蛤蟆吃了个花蝴蝶——心里美！做你的美梦去吧！……人贵有自知之明，我劝你好自为之，放尊重点儿！我一辈子不想再见到你！"

他越想越感到自己是自不量力，与其自作多情，丢人现眼，还不如知难而退，好自为之，免得以后见了面不好说话！否则，此事要是传出去，还不让人笑掉大牙？说什么也不能厚着脸皮去自找没趣！张建新打了退堂鼓，不由得转身向回走。走了没多远，妹妹的声音又在他耳边响起："既想摘花莫怕刺，要想吃鱼就别嫌腥！这个机会可是千载难逢啊！……机不可失，时不再来！过了这个村可就难寻下个店了！抓而不紧，等于没抓！后悔药可没有卖的！"

"妹妹说得对，反正又没有第三者在场，她即使不同意也不会把我怎么样！"张建新心里说，"管它呢，我就豁上被她撵出来，也要去碰碰运气！"于是折转身，毅然向学校走来。结果一见面，他心脏加速了跳动，脑子里一片空白，把昨晚想好的应对问答的词忘了个一干二净，妹妹的话也被他抛到九霄云外去了。他回答的第一句话就离了谱，接着又丢人洒了水，把手烫伤了，他恨不得使劲扇自己几个耳光，羞得地上有条缝的话就会一头钻进去。当马秀萍给他手绢时，他没有勇气去接，搪塞说自己有，结果掏出来的却是糖块，便顺口说："给！"

"是喜糖吗？"马秀萍问。

欲知后事，下回分解。

第一百一十六回
煞费苦心探套谜底
忘乎所以露出马脚

上回说到张建新来见马秀萍，语无伦次，词不达意，掏手绢却掏出糖块来，马秀萍没有接，问是不是喜糖，其意甚明：是你的喜糖吗？你与谁订了婚？

张建新被问得心慌意乱，手足无措，说："是！哦，不是！没、没有的事！"他把糖块放在桌子上，转身跑了出去。

假若说，张建新前边的问话离谱和洒水烫手还可原谅的话，那么，马秀萍问是不是喜糖，张建新应慷慨回答"不是喜糖，是我特意拿来给你吃的"才对。这样一来，事情还可能会向着理想的方面发展，亦有可能达到妹妹建琴的预期目标。张建新却回答说"没有的事！"此话何意？不过只有他与马秀萍心里明白。

"哎！哎！你……"马秀萍追出门外，望着他的背影，摇摇头，又叹了口气。

却说圆圆张建琴。光阴荏苒，转眼到了"三忙"季节，学校也已放假两天了。昨天下午她听本村的校工说，马秀萍还没有离校回家，据她本人说还有些事儿没有处理完，再待个三天两日才走。

教师在校除了授课就是看作业，别的还有什么事非得在假期中做？张建琴想：有可能与俺三哥有关吧？如果是这样的话，用什么样的计策才能探出马秀萍的实底，让她暴露心中的秘密呢？可万一她真有别的事呢？可巧今天傍晚高宏伟来她家对张建新说，明天不出车，就是出也不会远，后天一早要去省城拉豆子。张建琴心想：假若马秀萍真是有意于张建新的话，她就会愿意搭车跟他一块走，否则，只能怨我自作多情了。不管怎么样，我要投其所好，明天我就约她去捕捉蝈蝈，借此打探一番再说！

"夏至的悄钱，秋分的蝈蝈。"这句话是指它们的成熟季节。所谓的蝈蝈是指雄性而言，它会鸣叫。当地人称雌性蝈蝈为"母蝈子"，它不会鸣叫，有一条专门用来钻土产卵的长尾巴，就下酒肴而论，它是蚂蚱类中的极品。雄性却不好吃，瘦不说，肚子还带有咸味。但人们所喂养的蝈蝈都是雄性的。此地的雄蝈蝈靠背上的透明短翼摩擦发出叫声，声音清脆，略有颤音，节奏感强，不只城里人对它情有独钟，就是庄户人也非常喜欢，尤其是孤寡老婆子更是对其爱不释手。霜降前人们把它放在高粱秆篾子做的笼子里，挂在门旁，用扁豆、豆角、葱白和小昆虫喂养。立冬前把笼子挂在屋里，只有中午前后有太阳的话，才再把它挂回原处。大雪后，高粱篾子蝈蝈笼要换成一种蒜臼子般大小的圆圆小葫芦蝈蝈笼子。这种小葫芦用处不大，做瓢太小，做蝈蝈笼子却正好，是个玩物，人们就把葫芦带把的周围、仅能放进蝈蝈去的区域整块凿掉或锯掉，留作盖子，再抠掉瓢子，在葫芦周围钻上数个小孔。也有的把勺瓢子葫芦锯掉上端的长把部分，把切面盖严作为蝈蝈笼子。大冷时要为其取暖，就用棉花把小葫芦除气孔外全包起来，放在热炕头上喂养。由于蝈蝈是趋光性昆虫，见到光亮，即使夜晚也鸣叫。人们喂养它为的就是聆听它优雅悦耳的歌声。据说用此种养法，蝈蝈能活到来年正月，命长者活到二月份的也不鲜见。

马秀萍的父母也非常喜爱蝈蝈，每年放秋假时她都带几个回家，家里只留一个，其余的都会作为礼品馈赠给亲戚朋友。今年放秋假前，她曾央求张建琴给逮几个，可张建琴一直没得空。

今天早饭前，张建琴没有下地干活，而是利用一早上的空，用高粱秆篾子编了三个专门养蝈蝈的笼子。

同样是用高粱秆篾子编织的蝈蝈笼子，却有好几种样式，有的呈正方体状，在一个面上留门；有的呈葫芦头状，上方留的圆形门的边沿必须用与蜡条筐沿"收口"时一样的编织法，否则，容易割伤手。上两种笼子虽然美观大方，但是费工费时，技术含量高，非心灵手巧者不能编成。还有一种样式，下呈三角形，上为三棱状，站柱和底上的边框是用去掉篾子的高粱秆瓤子做成的，高粱秆篾子直接插在高粱秆瓤子上，俗称插笼子。此种做法最为简单，但蝈蝈极易咬断站柱而逃跑。张建琴做的三个蝈蝈笼子呈"鼓盖子烧饼"状，只是比鼓盖子烧饼多了八条爪，直径八九公分，厚五六公分。这种编织法较正方体式和葫芦头式简单。现在，集市上卖的盛蝈蝈的笼子基本上都是这种式样。

饭后，张建琴用包袱包着五六张白面饼，提着蝈蝈笼子，去了学校。学校里除马秀萍外只有一个做饭的炊事员、一个带班的教师和七八个负责护校的初中学生，整个校园里显得空荡荡的。

"马老师，"张建琴径直来到女教师宿舍门前，未进门劈头就问，"在忙什么呢？"

"哦，是你，张老师！"正无所事事在宿舍里踱步的马秀萍闻声停下来，问，"你咋有空来？"

"想你呗！"张建琴进了门，说，"听说你还没回家，我就给你带了几张饼来，好让你换换胃口！"未等马秀萍表态，她就把包袱放在了桌子上。

"嘻嘻，"马秀萍说，"这怎么好意思！"

"客套什么？"张建琴一语双关，"和谁家来！"说着在自己的床上坐下来。

"那，谢谢你啦！"马秀萍也在自己的床上坐下来。

"看你，"张建琴用狡黠的目光望着她，"你什么时候学会的客气？"

"哎，你拿着它——"马秀萍不好回答，指着张建琴放在床上的三个蝈蝈笼子，问，"准备去哪？"

"明知故问吧？"张建琴没正面回答。

"噢，我知道了，"马秀萍明白过来，"一定是要上坡逮蝈蝈，对吧？"

"要不，我拿着它干什么？"张建琴笑了，站起来，说，"我来的目的就是想去给你逮几只蝈蝈捎回家，如果你有兴趣的话，咱俩一起去。否则，我就自己去，你在宿舍里等我！"

"咋没兴趣？"马秀萍忙不迭地回答说，"我对逮蝈蝈太感兴趣了！我跟你一起去！"她站起来，"咱这就走！"说着就去摘挂在墙上的草帽。

她们出了校门，无暇观赏路两边的景物，直奔东北坡的杏树底。杏树底周围都是大豆地。豆地里，蝈蝈们争先恐后的欢叫声响成一片。没用一个钟头，张建琴就逮了两只。好斗是蝈蝈的天性，如果把两只蝈蝈放在一个笼子里，没一袋烟的工夫，它们就会把对方咬得遍体鳞伤，两败俱伤。张建琴扒宽篾子之间的缝隙，把它们分别放进两个笼子里，然后合拢篾子间的缝隙，递给马秀萍。

又一只蝈蝈在豆棵上振翅高歌。

"吱——！"张建琴蹑手蹑脚，慢慢地靠近它，就在它发现敌情，即将逃跑的一刹那，她以迅雷不及掩耳之势，一双手"唰"地向它拢去，可怜这只蝈蝈在悲鸣中做了"俘虏"。

"又一个马老师！"张建琴拿着蝈蝈，喊。

"你说什么？"与张建琴隔着一段距离的马秀萍似乎没听清楚，问。

"我是说，"张建琴取笑道，"又一个蝈蝈马秀萍！"

"怎么说话呀你？"马秀萍低声嘟囔了一句，走近张建琴，自己扒宽空笼子篾子间的缝隙，接过张建琴手里的蝈蝈，笑着还了她一句，"进来吧张老师！看，已经三个张建琴了！咱们该走喽！"说完二人都笑起来。

"好啦，咱别闹了！还不到晌天，"张建琴提议道，"咱们先到杏树底凉快会儿再走也不晚！"

"好，就听你的，"马秀萍没异议，"走！"

因突出附近地面的小埠岭子上有几棵碗口粗的杏树，左近周四围的地块统称"杏树底"。虽然秋分在即，但骄阳当空，再加上一丝风也没有，依然燥热难当。二人走出豆地，直奔杏树底。此时，有十多只不知名的鸟儿在枝繁叶茂、冠若华盖的几棵杏树上"叽叽嘎嘎"地欢叫着，见到有人来，扑棱棱展翅起飞后，在杏树的上空乱叫着，仿佛抗议不速之客抢占它们的领地，盘旋了好一阵子，才恋恋不舍地飞走了。

"马老师，"张建琴来到一棵较为粗大的杏树下，在一块石头上坐下来，直奔主题，"都放假两天了，你还不打算回家？"

"反正回家也没事干，急什么！"马秀萍摘下草帽放在张建琴对面的石块上，却没立即坐下。她全神贯注地用半截豆叶柄挑逗着一只蝈蝈，未假思索，敷衍地回答道。

"真的吗？"张建琴瞥一眼马秀萍，"明天我二哥出车去省城，你……？"

"什么？什么？你说什么？"马秀萍抬起头，"去省城？那太巧了！太巧了！……哎哟！哎哟！该死的还咬人！"她忘乎所以，竟把指尖伸进了蝈蝈笼，被蝈蝈咬出了血。

"太巧了？"张建琴佯装懵懂地问，"什么太巧了？"

欲知后事，下回分解。

第一百一十七回
宛如陌路欲哭无泪
车陷鼹穴人仰马翻

上回说到张建琴问马秀萍放假了为何不回家，马秀萍的回答未出张建琴所料。张建琴于是再做试探，说张建新明天出车去省城，马秀萍大喜过望，露出马脚，脱口说出：太巧了。张建琴问及何故，马秀萍说："去省城正好路过我家家门口，"她放下蝈蝈笼子，"明天我也正想回家！省了坐客车的麻烦，不是太巧了吗？"

"刚才你不是说回家没事干吗？现在……嗯？"张建琴对马秀萍俏皮地眨了几下眼，竟大笑起来，"咯……"

却说于金华于大嫂。中午，在岭西下地干活的社员们都收工了，路上可见三三两两的行人，他们手持镰刀或挎着筐子向村里走来。

于大嫂用镰刀把背着一大捆草沿路低头走着，抬头间，见高为农推着一辆空推车刚下了岭顶，顺路向西走来，看看近了，于大嫂忙在路边站下，嘴张了几张，想与高为农搭话。高为农却视而不见，如遇陌生人，加快了脚步，低着头从她身边走过。她呆呆地望着为农的背影出神。

于大嫂家与高恩良家虽属一个生产小队，今天上午却没在一块地里干活：小队长带领着高为农等八九个青壮年男劳力去北岭搬运割倒的夏谷子,副小队长领着于大嫂等十几个妇女、老人和半劳力在西大路东割豆子。收工后于大嫂又去割青草,所以才落在了后边。

"那、那个的,他……他嫂子,"走在为农后边的高恩良赶上来,问,"收——工了?"

"啊!是大叔呀?"于大嫂回过神来,问,"大叔,天晌了,您这是去哪?"

"为农说、说——有点儿割倒的豆子,还……还没运进场,大路西。"高恩良站下来,说,"他怕晒——爆了,我、我、我和他装车,这不……"

这西大路西的大豆是于大嫂所在的生产小队今天早上收割完的,饭前没能搬运完。因为数量不多,中午头收工前,小队长才安排高为农利用中午饭前的时间去西大路西运回地里的豆棵。

"我跟你一块儿去装车吧!"于大嫂说。

"不用!不用!为农说、说还有不满的一……一推车。"高恩良阻拦着,"我、我看见坚坚,还、还在门口等——你吃饭,来时。你回家吧,快!"

"要是真不多的话,"于大嫂说,"那我就先走了。"

"我道的!走吧,走吧你!"高恩良走了几步,又站下来,"对对对,对了他大嫂,你、你先把草放、放在这儿,我我……我替你背,待会儿!"

"不重,我背得动!"于大嫂笑着谢绝,说,"您快去吧,要不俺大兄弟准等急了!"

"我道的,那……那咱各——走各的!"高恩良说完转身走去。

"啥玩意儿,有什么了不起!中就中,不中拉倒!还得罪了不成?"于大嫂欲哭无泪,委屈至极,一肚子苦水无人诉说,边走边在心里漫骂着,"你看不上我,我还看不上你呢!就说你吧,于金华,自作多情,丢人不?下贱不?活该!他就是打一辈子光棍儿又与你何干?"

不说于大嫂,单表高恩良爷俩。

两个人没用半个钟头就把豆棵装满了车,地里余下的豆棵还能装半车,依着高恩良的意见,轻快快地分成两车推运,高为农却执意要一车装完,省了一趟腿。高恩良无奈,只好同意了。爷俩一气装完了豆棵,把个推车装得小山似的,前面望不见后面的事,这才上路。

"那个的,为农啊,你遇、遇见坚坚他——妈,刚才,"由于豆地松软,尽管老子吃力地拉,儿子使劲地推,车速仍然十分缓慢,高恩良已经气喘吁吁,用带有埋怨的口气问,"她想跟你……你说话,你你、你,咋不——理人家呀你?"

高为农喘着粗气，"嘿嘿"一笑，没有回答。

"是聋了，还、还……还是哑巴了你？"高恩良生气了，"问你话呢，我！"

"我？"高为农回答道，"我没得说！"

"我道的！"高恩良自作聪明，断言道，"事、事已经说——开了，老挣家的来说，你、你于大嫂又不是不……不同意！我知道，你是因为她填报了独、独生子，才不愿理她，肯定的，你生气！可、可她报名独生子，是以前的事，现在你们两个既……既没订婚，也没登记，那、那你生的什么气？"

原来，朱奶奶发现自从曹义年去她家提亲后，高恩良爷俩不但不向她家套近乎，反而疏远了，儿媳为此茶不思饭不想，脾气也比以前暴躁了许多，连劳心费力织好的毛衣袖子都绞了。她心疼儿媳，为儿媳愤愤不平，想去高家理论：你家有什么条件？为农又有什么人才和特长？俺儿媳哪一样配不上你们？不是吹的，就凭俺儿媳的模样和活络，闭着眼随便摸一个，也比你为农强百倍！哼！癞蛤蟆腚上插鸡毛——算个什么嘎嘎鸟！啊，看不中是从来有的事，你不同意就算了，咋还得罪了你们呢？她又一想：不妥。这事还不知道曹义年跟高家提了没有，假若没提，自己这样做的话，就有些荒唐了。至于高家为什么不上门，不搭理，也有可能不是为了这事，不一定儿媳在什么地方做错了或者做过了头，反正自己感到在高家爷俩身上是没有对不起的地方，她百思不得其解。朱奶奶想：要得到问题的答案，还不如直接去找中间人问个究竟。可没得到儿媳的允许，又不好自主其事。朱奶奶左右为难，最后决定：即使豁上被儿媳埋怨和怒斥，也得去问个明白！昨天下午，她得知曹义年的妻子在家摊煎饼，没有上坡，于是直截了当地去了曹义年家。

"老嫂子，"曹义年的妻子正在摊煎饼，见朱奶奶到来，没停鏊子，两个人拉了会儿家常，曹义年妻子就开门见山地问，"我没猜错的话，你一定是为坚坚他妈来的吧？"

"嘿嘿，弟妹家，真不好意思，"朱奶奶说，"让曹书记费心了！"

"哦，"曹义年的妻子以为于大嫂没看中高为农，她本人不好直接来说，才让朱奶奶来做挡箭牌，说，"这说媒提亲只是为男女双方牵牵线，搭搭桥，中与不中还得看他俩，谁也强求不了，不行就算了，谈不上费心不费心！你回去告诉坚坚他妈，甭不好意思，俺家那口子不会拿着当回事的！"

"弟妹家，我可不是那个意思！"朱奶奶矢口否认道。

"那你……？"曹义年家纳闷了，问。

"我是来问问曹书记去跟高恩良家提了没有！"

"提了！提了多日子了！"

"高恩良家爷俩……？"

"老咔说做梦都不敢想，不知哪辈子烧了高香，能摊上这么个好儿媳妇！"

"为农呢？"

"就他呀？就是打着灯笼又向哪去寻这么好的婆娘？你想他能不愿意？怎么……？"曹义年的妻子用疑惑的目光望着朱奶奶。

"哦，这我心里就有数了！"朱奶奶微笑着点点头。

"噢——！我知道了，他一定是没去你家告诉老咔家的实情！"曹义年的妻子虽然心里责备曹义年，但嘴上还是为他争情理，说，"老嫂子，你还不知道俺那口子，心比笤帚筒子还粗，再加上一天到晚地瞎忙，有可能把个事忘了。你放心，既然坚坚他妈愿意，那晚饭后我就去老咔家！"

朱奶奶本想回家后就将高恩良家的实情告诉儿媳，可事有凑巧，刚到家门她就见娘家庄里的人骑着自行车来接她，说她九十多岁的老爹午饭后上猪圈时摔了一跤，要她立即走，否则就见不上面了。在当地，报丧有个忌讳：去父母、女儿等死者的直系亲属家报丧时，只能说死者病危，不能直接说咽了气。目的是使奔丧人心里有个盼头快走。再者担心奔丧人听说亲人已经死了，会哭得死去活来，经受不住打击、哭昏过去的事也司空见惯，场面不好收拾；对稍远点儿的亲戚则直接说某某某逝世了。朱奶奶心里明白，老爹已经是凶多吉少，很可能已经过世了，当即瘫坐在地上大哭起来。左邻右舍没有下坡的老人和孩子听得哭声，不一会儿就来了七八个人，在人们的劝说下，朱奶奶才好歹忍住哭，进屋收拾了一下，锁上大门，委托邻居们等她儿媳回家时告诉一声，就随报丧人走了。

晚饭后，曹义年的妻子践行前言，到高恩良家把与朱奶奶说的话，一五一十地说了一遍。爷两个当时的高兴心情不必细表。

"不！不是的，爹！"高为农慌忙辩解道。

"不是？"高恩良如同进了糊涂阵，问，"那咋像、像老鼠见——了猫似的躲、躲着她，你？"

"嘿嘿，爹，您说怪——不怪，自从有了那事，我本来有好多话想和她说，可、可真见了面，脸就发烫，心里还、还一那（方言，音nāng）一那的！"高为农解释道。

这高为农自从曹义年来提亲后，便在内心产生了异样的感觉：既想见于大嫂，却又怕见她。昨天晚上得知于大嫂早就应允了他俩的婚事后，见了面他就心跳加速，脸红得更厉害了，不知是该称她表姐好，还是称她大嫂好，还是称……？他自己也说不上来。

"哈……，我道的！有门！就、就这感觉！"儿子的话引起了高恩良的"共鸣"，他深有感触地说，"当初我、我跟你妈——恋爱时，和你一样，那个的，不、不……不见面时盼见面，可一、一见面，心里就、就像揣了个小兔子，明明考虑了一宿的话，一句话也——记不起来了！那个对！感觉就……就这！"

其实，高恩良与张武贞从小定了娃娃亲，哪来的恋爱之说？不过他有一半话是真的，那就是他说的是张武贞的丈夫死后，回到娘家住，他与张武贞见面时的心情。他之所以这样说，既是为了炫耀自己过去的辉煌，也是为了给儿子打气。

"不过——不过嘛，你、你要主动，要不人家还、还认为是……哎，哎，哎哟！"高恩良话没说完，只听得"咕咚"一声响。

欲知后事，下回分解。

第一百一十八回
表达爱意旁敲侧击
敷衍应对避实就虚

上回说到高恩良爷俩只顾说话，结果车轮"咕咚"一声陷进了鼹鼠的窝坑里。这真是应了无巧不成书这句老话——鼹鼠窝穴的出口很少露在地面上，就是成心找也很难发现，可偏偏让这爷俩碰上了。车子一下子前竖起来，双手握着车把的高为农毫无思想准备，一下子被撅起来，悬在半空中，双脚乱蹬，喊道："爹！爹！我、我……"

"哎！哎！哎哟！"高恩良被绳子逮倒了，跌了个屁股墩。

"爹，爹，快放我、我下来呀！"高为农求救道。

"哎哟哟！"高恩良站起来，摸着被豆茬扎出血的屁股，"那个的，你、你不是说……说装不满车的？真没数！叫你少装做两车，贪多嚼不烂了——不是？你又不听！"

却说马秀萍。她已经五六个星期没回家了。大前天学校放了秋假，教师们家近的当天下午就回了家，路远的第二天一早也离校回了家，只有她放假两天了还待在学校里没走。母亲放假前曾打电话到锦鸡岭学区询问过什么时候放秋假，放假两天内又来过两次电话，问她因为什么事还不回家，马秀萍要么说有些业务还没处理完，要么就说在学校值班，说再有个两三天就回家。

当时，驻地农村的学校，公办教师少，民办教师多，能达到百分之七八十。距离学校路程远的少，路程近的多。假期中学校不会安排离校远的教师来校值班。就顶班的教师来说，所谓的业务就是课堂教课、备课、听课、批改作业和参加极少数的其他活动。学校里放了假，不可能还有什么业务要在假期做。如此一来，不用明说马秀萍是在对母亲撒谎，至少是搪塞。其实，也由不得她不这样做。

一个礼拜前马秀萍的爸爸来电话告诉她说，他好不容易劝得她妈不再固执己见，勉强同意了女儿与张建新的事。他要女儿争取在秋假前与张建新把个事定下来，放假后领张建新来趟家，好让全家人看看，也好让她妈放心。不然，她妈可能又会变卦！这真使得马秀萍左右为难。

她自从去探望了张建新的病情后，自感缺少勇气，至今没有再去过他家。之前她想时间还长，咋也能有见面的机会，可事实并非像她想象的那样简单：两人一个开车，一个教学，要不是特意相约，很难有接触的机会。好歹机会来了，上个礼拜天她终于把张建新盼来了，然而，还未等她开口和盘托出，张建新却一溜烟逃跑了。张建新走后，她的《假期安排计划》再也没心思写下去了，满脑子塞的全是张建新：他今天来的目的是什么？如果是想来探底，或是求亲，为什么不直接摊牌？不错，我尽管有意于他，可从没向他流露出来，更不用说表白，可他又怎么会得知我的内心？难道他是一厢情愿，自作多情？不对呀，他张建新并非恬不知耻之人！难道是自己夜晚说梦话，被张建琴听到了？也不对，从她记事以来还没听到过有人说她有这毛病！……？她绞尽脑汁也没想出个所以然来。无意间看到曾经夹放过信笺的《语文参考资料》书时，她才豁然大悟——问题就出在张建琴身上！那天她借用张建琴的自行车去大队办公室接电话，回来时发现夹放信的位置变了，自己明明将信笺夹在《语文参考资料》书页数的大体中间部位，当她翻找的时候却发现夹在了页数的大前半部位。当时她没放在心上，以为是自己记错了。现在回想起来，她给爸爸的信毫无疑问是被张建琴偷看了。难怪张建琴老是说一些少头无尾、耐人寻味的话给她听。照此推测，张建新就是在她的怂恿之下来的，否则，就是借个胆儿给张建新，他也不可能来！可是又一想，他既然来找她，那他的逃跑又该做何解释呢？哦，我明白了，可能是俺俩人的身份地位相差悬殊，他没有信心，也有可能害羞，不好意思开口说。对！没错！换位思考，要是我处在他的位置上，我恐怕连来的胆量也没有！不行，事已经到了这步田地，我得去找他，力争在放假前把事搞定！想着想着，不觉天已晌了。她的《假期安排计划》是打了个夜班才完成的。

　　在男女双方确定恋爱关系前，各方都有所顾忌，谁都想首先发起攻击，但却"狗咬马虎（狼）——两下里怕"。张建新走后她多次想找上门，当面向张建新发起攻击，却又怕自己判断错误，担心万一张建新挂免战牌，含糊其辞，抑或直接拒绝的话，两人在一个村里，抬头不见低头见，面子上过不去。尤其她与张建新的妹妹在一个单位共事，并且非常要好，那以后还怎么相处呢？可不能因此事就调离工作单位吧？"雁过留声，人过留名。"若她真被张建新拒绝了，那用"声名狼藉"一词来表述再形象不过了——凭着一个高干的女儿去追个泥腿子，还被人家拒绝了的典故不知道能流传多少辈子！

　　自从盘古开天地，三皇五帝到如今，男女相交，阴阳相和，归根结底就是个"缘分"。可"缘分"究竟是个什么东西？大概没人能说得清！它所讲求的是家庭？是地位？是身份？是金钱？是贫富？是高矮、相貌？还是……？无论是书里写的、戏里唱的，还是电影、电视里呈现的故事至今也都没有离开过"爱情"两个字。但是男女双方所追求的条件却又等等不一，莫衷一是。所以说：是！又都不是！难怪人们都称恋爱婚姻是邪门。假若说缘分能解释的话，恐怕只能归因于月老这位乱点鸳鸯谱的当事者了。他手里有无数根红线，在两眼蒙眬中，或是醉酒后，随意地将红线的两头分别拴在了男女的手腕上。

　　马秀萍想就此罢休，不再留恋此事，放弃走人，可她又做不到。一是无法向父母交代，更重要的是现在她心里装的只有张建新。为此，放假两天了她还未走，想再寻找机会。她想，长期滞留此地不回家并不是明智的选择，应当机立断，如果三天内张建新再不来找她，她就登门去找张建新面谈，没想到千载难逢的机会会从天而降。

　　昨天上午，听张建琴说张建新明天开车去省城后，本想对张建琴隐瞒真相的她一时抑制不住激动的心情，脱口说出了"太巧了，明天我正想回家……去省城正好路过俺家门"这样的话。

　　事实上，张建新驱车去省城，马秀萍家居住的地区城市是必由之路，但是距离她家所居住的行署家属大院却还有七八里路远。马秀萍这样说的目的是：既然到了她居住的城市，还能没有办法让张建新进她家？就是拖也要把他拖到家见见父母，那样她就如愿以偿了。

　　下午，她收拾停当后，就给家里去了电话，说明天她就与张建新一起回家。今天一早她没去张建新家，而是直接来到副业大院里等候。等了没一会儿，张建新就来了，两个人一起进了驾驶室。

汽车在公路上奔驰，张建新把着方向盘，目不斜视。

副驾驶座上的马秀萍手提三只蝈蝈笼，深情地望着建新，一幕幕往事闪现在眼前：

夜晚，大雨过后，河水泛滥，她被大水冲走，张建新将自己的性命置之度外，冒死相救……

社员们在地里冒雨捆、运麦个子。张建新脱下雨衣给马秀萍披上，二人推让着……

飞驰的汽车戛然刹住。一位老太太躺在地上呻吟，张建新跳下驾驶室，去扶老太太……

大街上，张建新与马秀萍躺在车底下修车，四条腿伸出车底，吴菲菲被吓得喊救命……

张建新搬起菊花盆要摔，被马秀萍用手擎住……

学校办公室里，张建新被热水烫得一个劲地吹手，马秀萍递给他花手绢，张建新躲闪着，从裤兜里掏出一大把白花花的糖快……

"咯……"马秀萍想到这里，忍不住大笑起来。

"你……？"张建新被笑懵了，转过头。

"哦！我……真不明白！"马秀萍忙提起蝈蝈笼子，停住笑，说，"我在想，反正都是蝈蝈，为什么没尾巴的会叫，长尾巴的不会叫呢？"意思是质问：你是男子汉，为什么不主动发话呢？

"这？这大概是母的没有鸣叫的功能吧！"张建新就事论事，转回头，目视前方。

"它们是不是因为搞恋爱才叫的？"马秀萍故意装出一副好奇的样子问。

"说不上，"张建新如实回答，"没研究过！"

"哦，对了，"马秀萍故意平淡地问，"于大嫂与高为农的事你知道吗？"

"好像听说过！"张建新头也没回，机械地回答。

"那你呢？"马秀萍歪着头，两眼直望着张建新。

"我？"张建新明知故问，"我什么？"

"什么时候吃你的喜糖啊？"马秀萍虽然旁敲侧击，却有意向他身边靠靠，左手放在他的大腿上抚摩着。

欲知后事，下回分解。

第一百一十九回
张建琴恨铁不成钢
马秀萍设计枉费神

上回说到马秀萍搭张建新的车回家,在车上马秀萍打比喻举例子,就势引导,而张建新却答非所问,最后逼得她单刀直入,直奔主题,她把手放在张建新大腿上的同时,问何时吃他的喜糖。

"这?我?呵……"张建新窘迫不已,大腿痉挛了几下,想拿掉秀萍的手,却又缺少勇气。他满头大汗,忙岔开话题:"你看今年的庄稼长得多好啊!"

"哼!"马秀萍狠狠地白了他一眼,心里骂道,"天底下的笨蛋!典型的傻子!"她抽回手,挪挪身子。

马秀萍见张建新是属榆木疙瘩的,没法让他开窍。后来她不得不避开有关男女之间的话题,问了些无关紧要的话,张建新都是敷衍了事,被动应付。真把马秀萍的肚子都要气爆了,但她又不好发作。到了马秀萍父母所居住的城市,她心想:我就来个瓮中捉鳖,只要你到了俺家门口,去不去就由不得你了,那样一切就好办了!于是马秀萍借口行李重要张建新送她到家门口,可没想到她的如意算盘却打错了——张建新虽然答应去送她,然而却只送到行署家属院的大门口就停了车,不再向里走了。马秀萍问他为何不进院,张建新说没时间。

马秀萍挽留道:"既然到了家门口,急不急的不在乎一时,到俺家去休息休息,喝口水再走也不晚啊!"

"我真是急着要去拉豆子,"张建新跳下驾驶室,上了货箱,说,"去省城这么远,杆子要我今天必须赶回家!他还一再强调,要是赶不回去,油坊明天就耽作了。"

这张建新真是连谎也不会撒,至少是不合乎情理,难自圆其说——锦鸡岭村的油坊虽然是常年榨豆油,但是在麦忙季节和"三秋"季节不可能不停产,即使不停产,那也不可能原料迟到一天就会耽作——库存不可能一点也没有了,何况该村种植的春大豆早就收获并晒干半个月了。

"去省城不就是三百二百的地吗?一个来回也用不了多长时间!"马秀萍不知张建新所说是真是假,她看看手表,"现在还不到九点半,你就把车开进来吧,到俺家坐会儿,就一个小时,要不半个小时也行!下来吧!就半个小时,多了一分也不待，行吧？"

"路是不算远，可我去——去不一定能找上人。今天大队保管有事没来，又是挨号，又是算账，就我一个人忙活，往回走还不知道是几点呢！"张建新拿着马秀萍的行李跳下车，说，"改日吧！"

"俺爸妈说要见你呢！"马秀萍一时急了，吐了实话。

"那、那实在对不起了！"要是马秀萍不说父母要见他，张建新还有可能不急于走，可一听说后他就慌了神。他放下行李，慌忙进了驾驶室，说："下午我回来早的话，一定登门拜访！"说完开车走了。

"哼！真跟他妹妹说的一样，属地瓜蔓子的，永远也架不起来！"马秀萍望着渐渐远去的车，狠狠地踢了行李一脚，骂道，"胆小鬼，狗才稀罕你呢！"她的心情沮丧极了，提着行李无精打采地向家走来，还未到家门口，就见母亲领着八九个妇女迎出了门。

这马秀萍的母亲昨天下午听说女儿今天上午要领着男朋友回家，吃过早饭，她就把七大姑八大姨大娘婶子二嫂子，以及要好的女同事都请来了家，以观张建新的尊容，也就是俗话说的相亲。然而，却见马秀萍孤身一人回来了。

"萍萍，你不是说和他一块来吗？"母亲接过马秀萍手中的行李，向女儿身后巴望着，疑惑地问，"怎么……？"

"噢，"马秀萍强装笑脸，解释道，"他本想和我一起来，可是不巧的是他们村的保管员有事，不能来，只有他一个人去拉豆子，路远不说，又是交钱算账，又是看着装货，他怕找不上仓库的熟人，还担心在天黑前挨不上号，这不……"

"你是说——他今天来不了了？"母亲问。

"有可能！"马秀萍搪塞道，"但也不一定，他说得看事办得顺利不顺利了，如果回来得早的话，一定来咱家！走，走，都进门喝水去！"妇女们一听，都大失所望，当场就走了五六个。

"萍萍，你跟爸说实话。"晚饭后母亲出去了，父亲把马秀萍叫到跟前，先询问了张建新没来的原因，马秀萍依照对母亲所说的话又叙述了一遍。父亲怀疑女儿说的话有水分，接着问："你俩到底定下了……哦，是说开了没？"

马秀萍违心地点点头，没做回答。

"托媒人了吗？"

马秀萍摇摇头。

父亲笑笑，问："他持什么态度？"

　　"既想跟我接触，又怕见我，见了我就像老鼠见了猫一样，吓得连话都不会说了。"马秀萍如实回答。

　　"哈……"父亲大笑起来，指着女儿，说，"你呀，就别骗我啦！如果爸爸没猜错的话，你俩只能说你有情他有意，是在暗恋，根本就没有说开！对不对？"

　　"爸爸，"马秀萍望着父亲，"您怎么知道的？"

　　"傻丫头，是你刚才告诉我的！"父亲叼起一支烟，说。

　　马秀萍吃惊地看着父亲，心里说："我没告诉您呀！"

　　"不是吗？你俩没有这个事之前像猫与老鼠吗？没有吧？"父亲点燃香烟，说，"还有，如果你俩已经说开的话，那他既然到了家属院门口，为什么还不进咱家门呢？"

　　马秀萍张了张嘴，没吐出一个字来。

　　"你不必说了，爸爸心里都明白！"父亲吸了几口烟，说，"一是年轻人脸皮薄，未订之前进门没得说没得道，再就是封建婚姻观念在他思想深处作祟！"未等女儿回答，父亲接着说："你在家休息个三四天，就回锦鸡岭，觉得自己不好开口说，就托个人把这个事挑开，看来他是不会主动的！说什么也不能再拖了，力争在这个假期中把这个事落实下来！实在不行的话，爸爸忙忙这一阶段，再待个半月二十日就抽空去趟锦鸡岭，也不用等到秋后拾掇完了。"

　　马秀萍在家待了三天，准确地说只有两天半多一点儿，她食不甘味，夜不能寝，心神不定，坐立不安，第四天一早就乘车向锦鸡岭学校赶来。到了学校，她放下行李，大气没喘一口，就去了张建琴家。张家锁着大门，经打听才知道判官彩云正在社场里扒玉米皮，张建琴正领着一帮学生在东洼一名叫刘家林的地块里掰玉米。

　　"珍珍，你姑姑呢？"马秀萍来到刘家林玉米地头，但见地头地边上有堆堆玉米棒子。她气喘吁吁地问正在玉米堆上倒玉米棒子的珍珍。

　　"来了！来了！"未等珍珍回话，随着话音张建琴挎着一筐子玉米棒子走出地来，问，"哟，是马老师？你啥时回来的？"

　　张建琴原以为，三哥与马秀萍的事至此就没戏可演了——自张建新和马秀萍走后，她既抱有大事告成的希望，又担心三哥前怕狼后怕虎，把事搞糟了，整整一天精神恍惚，忐忑不安。下午收了工，她急急忙忙跑回家，一进门，扔掉篮子，就迫不及待地问："娘，俺三哥回来了吗？"

"疯妮子！火上了屋脊咋的？"正在喂猪的判官彩云佯怒道，"你这一惊一乍的把猪都吓跑了！"她边赶猪，边回答："在他屋里。"

"三哥！"张建琴没等母亲回答完，就"噔噔噔"地上了楼，喊。

阳台上，两盆菊花已"起死还生"，抽出了新芽，长出了新枝。张建新蹲在一边呆呆地望着菊花出神。

"怎么样了？"张建琴来到三哥身边，劈头就问。

"还阳了！"

"什么还阳了？"

"菊花呀！"张建新喜滋滋地回答，"它又长出了新枝，秋后保险能开花！"

"嗨，裤筒里放屁——两岔里去了！"张建琴笑了，说，"谁问你这个来？"

"那你问……"张建新站起来，疑惑地望着妹妹。

"和秀萍的事啊！你们谈开了吗？"张建琴直截了当地说。

张建新摇摇头，进了卧室。

"啊！你没说啊？大好的机会又叫你白白地浪费啦！"张建琴跟进卧室，不无遗憾地说。

"你叫我咋说呀？干脆死了这条心吧！"张建新在床上坐下来，丧气地说，"往后就别再逼我了！"

"逼你？什么叫逼你？"张建琴感到既可气又好笑，有火也没法发，说，"不错，你生孩子的不急，倒急了我这接生婆！算我白操心啦！"

"唉！谁让你摊上个没出息的哥哥呢！"张建新叹一口气，把头深深地埋进双臂里。

"蠢猪！无用！打八辈子光棍才好呢！"张建琴无法压抑心中的怒火，话没说完，"哐啷"一声，甩门走了出去……

张建琴深知马秀萍的母亲是势利眼，一心想为女儿找个如意郎君。秋假这么长时间，马秀萍如果经不住母亲软磨硬逼，改变立场是不足为奇的。她既恨三哥"成事不足败事有余"的懦弱，又生自己"依仗破鞋扎着脚"的气，明明知道三哥是胆小鬼，不能指望，为什么自己不直接与马秀萍摊开明着说？然而，此时即使悔青了肠子也已于事无补了。她想等农忙稍微松弛下来，或者下雨阴天不能下地的时候，亲自去马秀萍家一趟，可是又一想，作为当事人的亲妹妹，为哥哥提亲，岂不是自找没趣，丢丑败坏？她期盼假期快结束，或者县里和公社里最近就能召开教师会议，那样就能当面问明白马秀萍的婚事如何。没想到会"天上掉下个林妹妹"。

"刚到一会儿！"马秀萍接过筐子。

"在家只待了三天？"张建琴拢拢头发，揪下搭在肩上的手巾抽打着全身的暴尘和干玉米花。

"咱村……呵，"马秀萍说溜了嘴，忙纠正道，"农村里这么忙，我在家待得住吗？"

"看来是真想吃俺大队的口粮啦！"张建琴见同学们都进了地，就在玉米棒子堆上坐下来，说，"农村年年如此，学校年年放假，去年、前年，还有前年的前年，你在家待了多少天？不是直到公社里组织集中学习你才回来的？我看哪——你的心让那位带走啦！"

张建琴虽然偷看了马秀萍给其父亲写的信，但仍感困惑：不知马秀萍是哪根筋没调着，要不，怎么会看上个庄户人？退一步说，马秀萍是"突发奇想"，那她的父母就能同意认可？所以，事后才两次用言语试探马秀萍，试探的结果证明，马秀萍是真心有意于张建新，不是一时心血来潮。她的父母肯定也默许了，至少没有给她施加阻力。

她恨不得一下子抱起马秀萍，大声喊："我的亲三嫂子，可把你盼回来了！"但是却没喜形于色，因为她还是担心马秀萍不是为她三哥而来的，也有可能是走得仓促，把什么重要东西遗忘在了学校里，回来拿的。所以，她才再做试探，以求心中有底。

"胡说！"马秀萍在张建琴身边坐下来，红着脸反驳道，但语气却不够理直气壮。

"对对对！是胡说！应该叫思念心切才对！"张建琴揶揄道。

"空口无凭！"马秀萍否认道，"我思念谁来？"

"也许！那……要真这样就惨喽！可悲啊！可叹！可笑呀！可怜！世界上怎么会有这样的傻蛋呢？唉！"张建琴叹一口气，摇摇头，故作惋惜地说。

"莫名其妙！啥意思？"马秀萍低下头，问。

"那位呀——得了相思病，卧床两天，水米不打牙了！"张建琴含沙射影，意有所指。

"真的？"马秀萍一惊非小，霍地站起来。她心急如焚，连走带跑地向张建琴家奔来。只听得"砰""哐啷啷"几声响。

欲知后事，下回分解。

第一百二十回
谈论体改溢于言表
述说小女黯然失色

上回说到张建琴两探马秀萍，仍感无十分把握，故再做试探。马秀萍听了她的话，拔腿奔向张建新家。她"砰"地撞开掩着的大门，大门在剧烈的撞击下借着惯性"哐啷啷"响了几声。当她看见张建新正在阳台上浇菊花时，才如释重负，喘着粗气，无力地倚在门框上。

"当啷！"张建新被吓了一跳，盛着水的喷水壶失手落下，正好砸在脚上，疼得他龇牙咧嘴，想喊疼又不好意思，只好抱起一只脚，就地跳起了"独脚舞"。

却说农业局长吴友。锦鸡岭实施"联产计酬责任制"初期他来得比较勤，大都由队委招待，由于"话不投机半句多"自然就很少在连襟杆子高宏伟家吃饭。后来他到地区去学习了一个多月，加之女儿吴菲菲与张建新闹翻，来的次数就相对减少了，即使来一般也不在锦鸡岭村住下吃饭。前些日子，他听说锦鸡岭今年的秋季作物获得了大丰收，经济效益比以往任何一年都好，心中感到自豪。本想早日亲眼见证一下，只因公务缠身，又去省农业厅开了几天会，昨天下午才回县城，今天上午向县委领导做汇报，直到今天下午才向锦鸡岭赶来。为表庆贺，他特意捎带着两瓶高档次的白酒、二斤烧肉和一条四斤多重的大鲤鱼，想与连襟杆子喝上一番。他乘坐吉普车来到了锦鸡岭，打发司机先把礼物送到高宏伟家后再回县城，自己则约挣断筋曹义年和张建柱去田野里转了一圈，又到社场观望了一番，这才来到高宏伟家。

将晚，三菜一汤的饭桌上，还放了两个脱了皮的大玉米棒子。吴友与高宏伟在炕上对面饮酒。

"姐夫，听大队会计说，你们村今年的玉米产量估计平均亩产九百多斤，是真的吗？"吴友呷了一口白酒，拿起玉米棒，问。

"嗨，那还有假？"高宏伟递给吴友一支"大前门"烟，颇为自豪地说，"他姨夫，不瞒你说，今年预计全村人均毛收入得超过八百元！"

"噢，在你们这丘陵山庄能达到这个数，可真算是个史无前例了！"吴友沾沾自喜，用打火机为高宏伟点上烟，又为自己点上烟，道，"如此说来，我吴友蹲的这个点，可以向全县公开宣布，试行'联产计酬责任制'成功啦！"
言外之意：不可否认，锦鸡岭经济效益的提高，与我吴友领导有方、督导得力
是分不开的！

"那还用说！自从实行这个责任制后，社员们干得有劲，累得高兴，心里
真的有了奔头！"高宏伟连吸几口烟，发自内心地说，"这是我做梦都没想到的！"

"的确如此！不过嘛——"吴友有意把话打住。

"不过什么？"高宏伟拿起筷子，又放下，"你可千万别说上级又改了政策。"

"嘿嘿，还真让你猜对了！"吴友长长地吐了一口烟，说。

"什么？你说什么？"高宏伟不敢相信自己的耳朵，质问道。

"在这里，我先透个风，"吴友没有接茬，说，"明年要改变经济形式，
农村的经济体制又要……"

"又要改变了？对吧？"高宏伟欠起屁股，向前探探身子，问。

"别急！别急！听我把话说完嘛！"吴友夹了一筷子菜丢进嘴里，说，"县
委决定，明年将在所有农村全面铺开'联产计酬责任制'，后年推行农村经济大
包干！"

"大包干？什么意思？"高宏伟坐下来。

"就是经济大包干！还叫什么家庭大包干，具体怎么个大包干法，我也说
不清楚。不过有一点，肯定是比联产计酬更进了一步。"

高宏伟张张嘴，想说什么，却没说出口。

"你们村呢，仍然是全县大包干的试点单位！我呢，明年还要来你们村蹲
点！怎么样？"吴友放下筷子，两眼盯着高宏伟，问。

高宏伟未置可否，"唉！"叹了一口气，仰头沉思着。

"是不是心里没数？"吴友未等高宏伟回答，接着说，"你呀，就别担那
份子心啦！不是常说吗，'到哪山砍哪山柴，到哪河脱哪河鞋'，咱们去北河，
可不能在这里就脱鞋吧？"

"我是说，人们刚尝到了联产计酬的甜头，现在又要改，我，我想不通啊我！"
高宏伟一口顺下一杯酒，忧虑重重地说。

"当初实行'联产计酬责任制'时，你不是也想不通吗？结果怎么样？啊，
哈……"吴友大笑起来。

"嘿嘿！你咋哪把壶不开偏提哪把壶，打人还不打脸呢！哈……"高宏伟
也跟着大笑起来。

"好我汰！什么样的好事把你俩高兴成这样？"高二婶端着一盆糖醋鲤鱼

走进来，问。

"姐姐，我又不是外人，还用做这么多菜？"吴友止住笑，接过盆子放在饭桌上，客套地说，"又叫你费事了！"

"好我汰！不就是几个菜嘛！还都是你捎来的，我只是下了下锅，费啥事？"高二婶说。

"姐姐，你就别忙活了，"吴友站起来，说，"过来一起喝两盅吧！"

"我不会喝酒，你快坐下喝吧！"高二婶在炕沿上坐下，问，"他姨夫，咋不和菲菲一块来？"

"哦，她上班，"吴友坐下来，回答道，"不好请假！"

"好我汰！在厂里上班也这么紧？"高二婶由衷地说，"这闺女一走就是好几个月，还真想她！"

"她也想你们了！整天念叨你和俺姐夫，"吴友接过话，"很早她就想来看望你们老俩，可一直没得空，今天她原打算跟我一起来的，可是目前厂里正搞'三定一包'责任制，菲菲在财务科当会计，所以今天没能来！"

"好我汰！厂里也搞什么制？"高二婶问。

"眼下各行各业都一样，哪碗饭也不容易吃啊！"吴友说。

"闺女的个人大事怎么样了？"高二婶拉开电灯，问。

"唉！怎么说呢？"吴友叹了口气，"从这里走后，她对象是相了五六个，可她眼眶子太高（方言：要求多）了，不是嫌这就是嫌那，挑来选去的，至今还没实落下来。"

"好我汰！可不是咋的，"高二婶深有感触地说，"闺女找婆家，高不行低不就的，比儿说媳妇难多了。当年，志强他叔伯姐姐也是相了不少，他这为叔的是从来不管不问，我这为婶子的可真算是操碎了心，淘够了力气，快三十了才嫁出去！"

这高宏伟原来是弟兄两个，他为老二，哥嫂二人年龄都不到四十岁就相继去世了，撇下一个独生闺女，跟着他长大。

"一样！"吴友说，"菲菲今年也二十五六了，我跟你妹妹为她的终身大事正犯愁呢！"

"嗨！人们不是常说，晚饭是好饭嘛！"高宏伟道，"你不是也常说，车到山前必有路，什么什么自然直，叫我说，缘分不到，操心犯愁也白搭！"

"是这个理！"吴友点点头。他说到这里突然问："哎，无常家的三小子现在搞上了没？"

　　原来，吴菲菲告别锦鸡岭到县化肥厂工作后，下车间工作还没有半个月就干够了，回家说活太脏太累，吴友找到工业局长诉说此事，提出要给女儿调动工作岗位，最好让她到后勤工作。三天后菲菲就被提升为车间统计员，上个月才被调到财务科担任全厂的成本会计，亦称：成本核算员，成了真正的后勤管理人员。

　　吴菲菲自从与张建新分手后，她的父母便求亲告友托媒人为女儿找对象，菲菲自己也搞，亲是相了不少，却都有始无终，有花无果。吴友劝告道："菲菲，千万别眼眶子太高了，也别太讲求家庭地位，穷无根、富无苗，不用说远的，就说爸爸我吧，虽然是农业局的领导，不是也曾被打倒，下放到农村接受劳动改造嘛！要爸爸说，只要青年相貌端正，没病没癖的，人品好就行啦！"菲菲不以为然，虽没有当面反驳，但却流露出对母亲的不满，埋怨母亲对她的婚事横加干涉，否则，今年秋后拾掇完她就能与张建新结婚了。为此事她一直耿耿于怀，后悔听了母亲的话。

　　吴友今天之所以来，一则是挂心他所蹲点的锦鸡岭今年的收益如何，另一方面是他感到女儿对旧情还是念念不忘的。尽管菲菲没有公开提出过请他去看看张建新是否订了婚的要求，但是，他看得出女儿是"身在曹营心在汉"——她每次相亲时，都把张建新的人品与他人相比较。本来，他一进连襟家的家门就想打探一下张建新的近情，但是又想：不能操之过急，显得自己无城府，酒席上找个茬口再问也不迟。直到大姨子提起菲菲的婚事，他才问起张建新的近况。

　　"早搞上了！"高宏伟抢过话头，说，"无常没用操心，也没用找媒人，就搞成了！"

　　"好我汏！你咋知道没用媒人？"高二婶大概是第一回反驳丈夫，说，"是马老师自己委托的于大嫂！"

　　"马老师？"吴友问，"哪个马老师？"

　　"咱这锦鸡岭学校里就马秀萍一个马老师，没有第二个姓马的！你不会不认识吧？"高宏伟回答说。

　　"不就是马专员的女儿马秀萍嘛，我当然认识！"吴友用怀疑的目光看看高宏伟，又看看高二婶，说，"可我在地区学习时曾去过他家两次，马专员两口子从来没提起过这事，怎么……？"

　　高宏伟说："才没几天的事！多说也没一集的空！"正在这时，突然响起"当！当！当！"的声响。

　　欲知后事，下回分解。

第一百二十一回
社员们社场寻乐趣
割不断酒桌推主持

上回说到吴友来锦鸡岭有两个目的，一是察看体制改革后的经济实效，再就是为女儿打探一下张建新是否已订婚。当他得知张建新已与马老师订婚后，顿时大失所望。

"噢，"吴友摇摇头又点点头，刚要说什么，墙上的挂钟响了起来。

"哟，六点了！好我汰！光顾了说话，把个事给忘了。"高二婶站起来，歉意地说，"他姨夫，你们慢慢喝，队里分玉米粒子，我给志强送麻袋去！"

却说社场。傍晚，贼亮贼亮的二百瓦的电灯把整个社场照得如同白昼，无数飞虫围绕着它盘旋飞舞，有的经不住灯光的诱惑，刚一落到灯泡上，登时掉落下来。锦鸡岭村集体正在分玉米粒子，引得许多顽童前来嬉戏，捉迷藏，阵阵吵闹声和嬉笑声把个场院都要撑破了。社员们个个喜上眉梢，自觉地挨号排队，有的已经分出来了。

张建柱对着分配表，把算盘打得山响，尖着嗓子喊："于金华于大嫂家秋季共分玉米六百八十一斤，人均一百九十七斤整，这次应分一百二十三斤，加上皮共总一百五十二斤！"

高为农与一青年将磅秤上大木斗里的玉米粒倒进于大嫂的一条麻袋里。

"下一个，高全声，秋季共分玉米一千三百三十二斤，人均二百……哎，珍珍她妈，"张建柱见杨丽敏推着带斗的独轮小铁车进了场，说，"你先回去吧，等分完了后我搬弄！"

"那我回家做饭啦！"杨丽敏放下小铁车，转身走了。

马秀萍正帮张建新装麻袋。她向张建新努了努嘴巴："哎！"

张建琴和志强正扎麻袋口。她也向高志强使了个眼色："嗯！"

"我来！"

"还是我来！"

"哎！哎！你，你、你们……？"张建新和高志强会意，齐奔向正在撮玉米粒子的高为农，一齐争夺着他手里的铁簸箕。高恩良不知所措，茫然地望着张建柱。

　　张建柱一笑，戏谑道："于大嫂，别犯愁！有人会办你的！不不！是有人会和你办的！"

　　"哈……"人们被惹得哄堂大笑。

　　"愣着干么？还不快去抬！"高志强夺过铁簸箕，推了为农一把。

　　"这……，嘿嘿！"为农接过曹义年递过来的扁担，羞答答地向于大嫂走去。

　　"你俩可悠着点儿办，千万别弄急啦！"一青年逗趣说。

　　"哈……"全场的人都大笑起来。

　　回头再说吴友与高宏伟。夜深了，连襟两个越喝兴致越大，不知不觉已喝干一瓶，第二瓶也下去将近一半了。不知是因为吴友的酒量不如高宏伟，还是因为吴友得知张建新已经订婚心情不佳的缘故，他说话都没有平时利落了。他喝了一口酒，眯起双眼，笑着说："姐夫，你又是——嫁闺女，又娶儿媳，真是、是双喜临门哪！恭喜啊！恭喜！哈……"

　　高宏伟喜滋滋地抽着烟，没有说话。

　　"哎，姐夫，你、你打算什么时候办？"吴友摸起筷子，问。

　　"什么我打算什么时候办？大侄子娶媳妇——没他二大爷的事！"人逢喜事精神爽。高宏伟掩饰不住内心的高兴，嘴上却说："咱说了可不算，他们啊——爱啥时办就啥时办，不关我高宏伟的事！"

　　"'事不关己，高高挂起'了你？这、这可不是他们自己的事，"吴友眯起一只眼睛，郑重地说，"你既当公爹，又是、是老丈人，咋说——不关你的事？"

　　"哎哎！你这是咋说话呀你？"高宏伟纠正道，"我是公爹就罢了，咋还成了老丈人呢？"

　　"哟哟！我这一高兴，竟喝嘛达了（方言：喝大了）！迷了向，把黑白无常当成你啦！"说完自嘲地笑起来，"哈……"

　　"这还差不离！"高宏伟点点头，说。

　　"哎，姐夫，我、我怎么听说是、是什么集体婚礼，真的吗？"吴友从饭桌上的大前门烟盒里抽出一支烟，问。这吴友今下午在坡里，听到张建柱问曹义年村里举办集体婚礼的事杆子和他商量过没有，曹义年说没有，他还不知信。当时，吴友也不好过问。

　　"是有这么回事！"高宏伟划燃火柴为吴友点上烟，说，"前天晚上无常来我家，说他想打破一年中一个家庭不能'一进一出'的婚姻习俗，建议以大队名义来个集体婚礼，同时把闺女嫁出去，把儿媳娶进门，这样既省钱又热闹。当时我答应说等我与老挣商议一下再说！我是主家不好出面，还是由他主持好了！"

按当地说法：儿子和闺女如果岁数相差不大，同时或者先后订了婚，在一年中绝不能既嫁出闺女又娶进媳妇。如果执意违反，那么该家庭家境就会每况愈下，处处不顺，人财不旺。难道如此大的忌讳这张武昌就不知道？他说是为省钱、图热闹，事实并非如此！张建新和张建琴是孪生兄妹，尽管岁数相同，下生的时间却有点差距，这就是人们常说的："竖起根草棒也有高低！"即应儿子娶妻成家在先，闺女出嫁在后。

本来，张武昌打算今年年前就让张建新和吴菲菲成婚，女儿与高志强早就订了婚，明年什么时间结婚都行，反正是大局已定。没想到"煮熟的鸭子又飞了"——成婚在即，吴菲菲却与儿子决裂了，这是他始料不及的。他为此一筹莫展：假若让女儿张建琴先结婚，那就成了"漫过锅台上了炕"，惹人笑话不说，儿子以后就不好找对象了，不知情的人会以为建新有什么缺陷。假若让建琴等到为哥的成家后再结婚，那又不知道得等到何年何月了。就农村而言，女儿本身已经超过了出嫁的"规定"年龄了。就在他左右为难、无计可施之际，突然间"峰回路转"，出现了转机，可谓是"柳暗花明又一村"。他做梦也没想到高干的女儿竟愿意委身于儿子。张武昌大喜过望之余又犯了愁：让谁先结婚呢？先让儿子结婚虽然是正理，可女婿是本村，假若女儿女婿俩人"即景生情"，再把持不住，闺女大了肚子该怎么办？那可真是"背着粪篮子推磨——臭一圈"。他可丢不起这个人。为这，张武昌与彩云两口子一夜没睡，商量来商量去，最后决定打破婚俗常规，让一双儿女同时嫁娶。至于闺女和儿媳的彩礼置办全与不全，双方各尽其能，无可攀比。于是第二天晚上找到了亲家高宏伟协商。因高宏伟还没来得及征求于大嫂和高为农的意见，不清楚他们俩是否也是今年结婚，所以也就还没与曹义年通气。

"你身为一村之长，这么大——的事，你不……不管谁管？"吴友听连襟说要让曹义年主持婚礼，感到不妥当：基层党组织负责人怎能出面干预村里的婚事呢？忙劝阻道："他曹义年虽然是、是村里的支部书记，可、可没有称他是一村之长的！姐夫，你说是——不是？"

"嗯！在谱！既然是集体婚礼，我这一村之长是得管！得管！那就等过了秋忙这阵子办好啦！"高宏伟点头称道。

"如此甚好！到时可、可得先给我送个信，我、我也好讨几杯喜——酒吃！"

吴友请求道。

欲知后事，下回分解。

第一百二十二回
计划生育完成指标
集体婚礼归结终局

上回说到吴友与高宏伟连襟两个在酒桌上谈起集体婚礼之事，吴友请求说别忘了给他信儿，他好前来祝贺，高宏伟满口答应：

"当然！当然！就是不请别人，也得先请你这位局长大人呀！"

"来！来！为我们的婚事，呵，不不！是为他——们的婚事，干杯！"吴友提议，二人举起了杯。

却说大队办公大院。秋末冬初的一天傍晚，金乌西坠，彩霞满天，映红了大地。锦鸡岭村的集体婚礼在这里举行了。是年，按当地风俗，只有婆婆儿再嫁时才在中午举办婚礼，新人结婚需在傍晚看不见屋檐时方可过门成婚。杆子高宏伟力排众议，独出心裁，既不在中午也不在晚上，而选择在太阳落山前举办集体婚礼，还自誉为移风易俗。这集体婚礼是当年上级提倡的，不是个别现象，故不算是赶时髦、出风头。锦鸡岭村本来就不大，也就五十户左右的人家，近三百口人，基本全出动了，再加上喜主家的亲朋好友，把个大院塞得满满的，有的不得不站在院门外。

鞭炮声、锣鼓声和人们的喧闹声震耳欲聋。

办公室的墙上悬挂着毛主席的画像，下面一字儿摆开三对大大的红底黑字"双喜"喜帖。

办公室前并排摆着三张办公桌，中央放着两盆盛开的菊花。这两盆菊花是张建新家的"贵妃醉酒"，经他精心养护，十多朵花竞相开放，清香四溢，令人陶醉。花盆的两边，分别摆着三个盛满散的香烟、糖果的圆形大瓷茶盘。

身着新装，胸佩大红花的张建新和马秀萍、张建琴和高志强、于大嫂和高为农三对新人，并排站在桌前，面向院子里的观众。

笑容满面的张武昌和彩云、高宏伟和高二婶、朱奶奶、高恩良及马秀萍的父母八位喜主坐在桌后。曹义年与吴友坐在贵宾的席位上。

"进行第二项，请家长代表、大队委员会代表高宏伟大队长讲话喽！"鞭炮声、锣鼓声停后，司仪官张建柱尖着嗓子，高声喊道。

"众位老少爷们，婶子大娘嫂子们！让我讲话我就讲，可我没得多说，也就是枣核子解板——三两一半句（锯）。"高宏伟站起来，向众人转着圈鞠躬后，说，"我心里高兴着哩！眼看着新的一代长大成人，我是，是、是太、太高兴啦！"说着竟落下泪来，他用手背擦擦眼，"咳！今天我咋就不争气，流得哪份子泪？应该高兴！应该大笑才对！哈……"

"哈……"人们跟着大笑起来。

高宏伟离开位子，走到新人前面说："各位大娘大爷、叔叔婶婶、哥哥嫂嫂、弟弟妹妹们！各位同学们、小朋友们！今年，我们锦鸡岭村经过了那么多的风风雨雨，在大家伙儿的努力下，不但获得了好收成，而且，也丰收了爱情！"

全场响起了雷鸣般的掌声。

"大家静一静，都先别鼓掌，喜主家的事我代表完了，可代表大队的事还没说，现在我有两个好消息告诉大家！"高宏伟等众人静下后，接着说，"第一，今年不论是粮食产量还是经济收入都创历史新高，冒了顶。再一个就是，截至现在，咱们村没一个超生的，报独生子女的七户，应结扎的十一人，由于特殊情况，只有一人因两口子检查都不合格，没结扎，占总数的百分之、之……"说到这里他卡壳了，转身问张建柱，"哎，之多少？"

"九十九点九九九九……，循环不断！"张建柱小声说。

"九十九就是九十九，什么不断，什么循环？多点儿少点儿的，后边那些九九九咱干脆就不要了！反正在全公社的那个率是第一！该戴节育环儿的也都百分之百的戴了，在……"

"不对！应该是百分之九十九！"张建柱打断高宏伟的话，纠正道。

张建柱语惊四座，人们的目光一起射向他。他伸长脖子大声喊："丽敏！珍珍她妈——！"

杨丽敏从人群中钻出来，举起双手，大声应道："我根本就没取节育环儿——！"

这杨丽敏怕张建柱因节育环的事，真的喝了农药，为哄骗丈夫，她与丈夫一起到公社医院去取环儿，并撒谎说"放得时间长了，都嵌进肉里去了"，张建柱坚信她已取出了节育环，还特意杀掉母鸡为她补养身子。现在他想通了，才承认自己错了，"举报"妻子没带环儿。没想到妻子原本就是美丽的谎言，把他惊得嘴巴张得老大老大。

欲知后事，还看今朝。

后　记

　　至此，长篇小说《锦鸡岭》顺利脱稿、即将付印了。值本书出版发行之际，衷心感谢潍坊市委、市政府领导，潍坊市委宣传部、市文联领导，安丘市委、市政府领导，安丘市大汶河旅游开发区及社会各界朋友对本小说的创作和出版给予的热情关怀和大力支持！

　　同时衷心感谢国家一级作家，"山东省十大杰出作家"，潍坊市作协原主席，屡获省级以上文学作品奖的穆陶先生为小说作序！

　　长篇小说《锦鸡岭》为现代农村题材的文学作品。上部主要描述的是20世纪50年代农村实行"高级合作社"时期发生在锦鸡岭村的故事；下部则主要描述改革开放初期、中国农村土地改革刚刚开始时发生在锦鸡岭村的故事。

　　作者以安丘市当地同时代的农村、农业、农民生产生活、风土人情为背景，从大处着眼，从小处用笔，从大量素材中提炼、加工形成了本小说，并以"现代三农的《清明上河图》"的形式，呈现给广大读者。

　　作者之所以选材于农村20世纪50年代末和70年代末的两个特殊时段，是因为通观近代农村题材的小说，很少见有关"高级合作社"时期和改革开放刚刚开始的"家庭联产承包责任制"时期单独著传的作品，故想以自己的绵薄之力填补该期间空白的一二。其目的是：让广大读者回顾、重温那段历史，尤其是让青年读者通过小说的真实描述和写照，触摸、了解当时的现实状况。

　　作者酷爱长篇小说，特别喜欢章回体小说，在阅读小说时深有感触：有的章回体小说和章节式小说篇幅冗长，读者遇有急事释手时，就得折叠书角或做上记号，过一段时间再拿起来看时，在短时间内却难以与上次看到的地方接上茬。所以，本小说有意缩短每章回的篇幅，将过长的事件分作几回来叙述，尽量减少读者半天看不完一回而折角做记号的麻烦，以迎合人们现代生活的快节奏。小说语言尽量朴实幽默，有意突出方言特点，情节尽量轻松活泼，用喜剧的形式创作表述，使广大读者更加轻松地阅读，在捧腹的同时受到启发和感染。

　　由于作者水平所限，加之首次尝试用章回小说形式创作现代农村题材的小说，难免出现这样或那样的缺憾，还望广大读者批评指正。如若能使广大读者在茶余饭后聊以打发时间，作者就心满意足了。

　　本小说在潍坊市和安丘市优秀文学作品征集活动中，均荣获一等奖，被评为潍坊市重点文学作品、安丘市重点文学作品。作者同时欢迎各界有识之士，将此小说改编成电影、电视剧，若能实现更多形式、更广范围的传播，则殊为幸事。

王洪德

2017 年 10 月

图书在版编目（ＣＩＰ）数据

锦鸡岭 / 王洪德著 . —济南：山东友谊出版社，
2017.9

ISBN 978–7–5516–1497–9

Ⅰ . ①锦… Ⅱ . ①王… Ⅲ . ①长篇小说—中国—当代
Ⅳ . ① I247.5

中国版本图书馆 CIP 数据核字 (2017) 第 251746 号

主管单位：山东出版传媒股份有限公司
出版发行：山东友谊出版社
地　　址：济南市英雄山路 189 号　邮政编码：250002
电　　话：出版管理部（0531）82098756
　　　　　市场营销部（0531）82098035（传真）
印　　刷：潍坊新天地印务有限公司
版　　次：2017 年 10 月第 1 版
印　　次：2019 年 2 月第 1 次印刷
开　　本：710 毫米 ×1000 毫米 16 开
印　　张：29
字　　数：520 千字
定　　价：88.00 元